DANE BORGES
e o Segredo da Lua

Editora Appris Ltda.
1.ª Edição - Copyright© 2022 do autor
Direitos de Edição Reservados à Editora Appris Ltda.

Nenhuma parte desta obra poderá ser utilizada indevidamente, sem estar de acordo com a Lei nº 9.610/98. Se incorreções forem encontradas, serão de exclusiva responsabilidade de seus organizadores. Foi realizado o Depósito Legal na Fundação Biblioteca Nacional, de acordo com as Leis nos 10.994, de 14/12/2004, e 12.192, de 14/01/2010.

Catalogação na Fonte
Elaborado por: Josefina A. S. Guedes
Bibliotecária CRB 9/870

B732d
2022
	Borges, V. A.
	    Dane Borges e o segredo da lua / V. A. Borges. - 1. ed. - Curitiba: Appris, 2022
	    404 p. ; 23 cm.
	
	    Inclui referências.
	    ISBN 978-65-250-3561-1
	
	    1. Ficção brasileira. 2. Fantasia. I. Título.
	
	                                                                         CDD – 869.3

Appris
editora

Editora e Livraria Appris Ltda.
Av. Manoel Ribas, 2265 – Mercês
Curitiba/PR – CEP: 80810-002
Tel. (41) 3156 - 4731
www.editoraappris.com.br

Printed in Brazil
Impresso no Brasil

V. A. Borges

DANE BORGES
E O SEGREDO DA LUA

FICHA TÉCNICA

EDITORIAL	Augusto Vidal de Andrade Coelho
	Sara C. de Andrade Coelho
COMITÊ EDITORIAL	Marli Caetano
	Andréa Barbosa Gouveia (UFPR)
	Jacques de Lima Ferreira (UP)
	Marilda Aparecida Behrens (PUCPR)
	Ana El Achkar (UNIVERSO/RJ)
	Conrado Moreira Mendes (PUC-MG)
	Eliete Correia dos Santos (UEPB)
	Fabiano Santos (UERJ/IESP)
	Francinete Fernandes de Sousa (UEPB)
	Francisco Carlos Duarte (PUCPR)
	Francisco de Assis (Fiam-Faam, SP, Brasil)
	Juliana Reichert Assunção Tonelli (UEL)
	Maria Aparecida Barbosa (USP)
	Maria Helena Zamora (PUC-Rio)
	Maria Margarida de Andrade (Umack)
	Roque Ismael da Costa Güllich (UFFS)
	Toni Reis (UFPR)
	Valdomiro de Oliveira (UFPR)
	Valério Brusamolin (IFPR)
SUPERVISOR DA PRODUÇÃO	Renata Cristina Lopes Miccelli
ASSESSORIA EDITORIAL	Débora Sauaf
REVISÃO	Bruna Fernanda Martins
	Débora Sauaf
PRODUÇÃO EDITORIAL	Raquel Fuchs
DIAGRAMAÇÃO	Bruno Ferreira Nascimento
CAPA	João Vitor Oliveira dos Anjos
REVISÃO DE PROVA	Stephanie Lima
	Bárbara Oblinger

Para Luana Santos.

Minha mulher, amante e melhor amiga.

AGRADECIMENTOS

Obrigado, Arian, por me lembrar que a boa amizade ainda existe.

Nós poderíamos ser muito melhores, se não quiséssemos ser tão bons.

(Sigmund Freud)

SUMÁRIO

CAPÍTULO UM
A GRAVIDEZ INESPERADA — 15

CAPÍTULO DOIS
*A SOMBRA NA ESTRADA
E A CHEGADA AO HOSPITAL* — 21

CAPÍTULO TRÊS
A DESPEDIDA — 29

CAPÍTULO QUATRO
A CHEGADA — 37

CAPÍTULO CINCO
O PEDIDO DE DANE — 46

CAPÍTULO SEIS
A MENINA GLINTH — 55

CAPÍTULO SEIS
A RAINHA GLINTH — 64

CAPÍTULO SETE
O ENCONTRO COM HEVON — 71

CAPÍTULO OITO
O REENCONTRO COM PREDAR — 82

CAPÍTULO NOVE
COMAR, O GUARDIÃO DE NEBOR — 90

CAPÍTULO DEZ
O PORTAL SECRETO DO LAGO GLINTH — 102

CAPÍTULO ONZE
A CHEGADA AO CASTELO   109

CAPÍTULO DOZE
O GUARDIÃO PERDIDO   121

CAPÍTULO TREZE
O RETORNO DO HERDEIRO   131

CAPÍTULO CATORZE
A TROCA   140

CAPÍTULO QUINZE
O INÍCIO DOS TREINOS   150

CAPÍTULO DEZESSEIS
O TREINAMENTO EM CASTON   162

CAPÍTULO DEZESSETE
A VISÃO DE DANE   171

CAPÍTULO DEZOITO
MIRO, O ELFO   182

CAPÍTULO DEZENOVE
O PODER DA PEDRA LIMIAX   195

CAPÍTULO VINTE
A VILA DOS CULPADOS   216

CAPÍTULO VINTE E UM
A PEDRA TRANSFORMA   229

CAPÍTULO VINTE E DOIS
TEM SOMBRAS NA FLORESTA   241

CAPÍTULO VINTE E TRÊS
POR ÁGUA ABAIXO   254

CAPÍTULO VINTE E QUATRO
O ENCONTRO COM O MAGO DA VILA   267

CAPÍTULO VINTE E CINCO
JORGE, O PRIMEIRO   283

CAPÍTULO VINTE E SEIS
A VOLTA DE TIA ELDA   302

CAPÍTULO VINTE E SETE
A MONTANHA DA MAGIA   316

CAPÍTULO VINTE E OITO
DO OUTRO LADO DA MONTANHA   331

CAPÍTULO VINTE E NOVE
O AGOURO DE MORTE   342

CAPÍTULO TRINTA
O GRANDE PODER DE MORLAK   352

CAPÍTULO TRINTA E UM
A AJUDA DE TIA ELDA   371

CAPÍTULO TRINTE E DOIS
O SEGREDO DE KIRIAN   379

CAPÍTULO TRINTA E TRÊS
A BATALHA DE NEBOR   386

CAPÍTULO TRINTA E QUATRO
A VOLTA PARA CASA   398

CAPÍTULO UM

A GRAVIDEZ INESPERADA

No pequeno vilarejo de Dawsdren, em uma casinha pequena, porém cheia de vida da Rua 14, os Borges eram muito conhecidos por sua bondade e generosidade. Apesar de terem pouca condição financeira, sempre procuravam ajudar a quem quer que precisasse, de alguma forma, mesmo que isso lhes custasse o último alimento de sua minúscula dispensa. O Sr. Heitor Borges, Sr. Borges, ou simplesmente Heitor, para os íntimos, era um homem alto, pardo, magro, de pouca barba e de temperamento um tanto forte. Temperamento esse que era domado facilmente pela belíssima Sr.ª Borges.

Heitor, como poucos o chamavam, era pescador, mas quando a pesca dava pouco resultado, ele trabalhava na roça. A Sr.ª Borges, como todos chamavam, já que os homens não se atreviam a chamá-la pelo primeiro nome e a maioria das mulheres do vilarejo a odiava, o acompanhava às vezes, mas nos últimos dias ela preferia ficar em casa, pois vinha sentindo-se mal há algumas semanas. Na última vez em que ela acompanhara Heitor na pesca, quase caíra do barco após um desmaio repentino.

A Sr.ª Borges era linda... tinha grandes olhos azuis-claros, longos cabelos loiros e era magra, tão magra, que as fofoqueiras do lugar diziam que ela era assim porque não tinha o que comer em casa. Mas isso não era verdade. Sua beleza só se comparava com sua bondade, e embora vivesse uma vida realmente muito simples, estava sempre sorrindo – o que causava inveja em boa parte da vizinhança, principalmente nas mulheres. Em Dawsdren, de tempos em tempos, ouviam-se relatos de coisas estranhas acontecendo pela região, mas nunca fora provado nada, exceto, é claro, que quase diariamente, depois de se embriagarem, algumas pessoas saíam dos bares e andavam peladas pela floresta.

Apesar dos comentários, na vila, poucos acreditavam em magia ou em qualquer coisa relacionada a isso. Na verdade, a maior parte das pessoas não acreditava em nada, exceto naquilo que viam com os próprios olhos. Apenas os mais velhos acreditavam que existia algo além daquilo. Que havia magia naquela floresta. Todos os dias eles se sentavam em frente ao Julius bar, um bar frequentado na maioria das vezes apenas pelos mais velhos da vila, e que ganhara esse nome por causa do seu dono, o Sr. Julius Ramon, que era um senhor bem moreno, baixinho, corpulento e careca, tinha os olhos negros e miúdos. O Sr. Julius não tinha filhos nem mulher, mas estava sempre sorrindo e ficava ainda mais feliz quando chegava o fim do dia, que era quando todos se reuniam em frente a seu bar para as histórias, na verdade, o lugar nem parecia um bar, era apenas uma casa de madeira de dois cômodos com um terreiro amplo na frente e que se não fosse por um letreiro grande de madeira com o nome do bar, passaria despercebido aos olhos de um turista. Apesar de que, na verdade, quase não houvesse muitas pessoas interessadas em visitar Dawsdren, apenas uma ou outra, por causa dos boatos que circulavam e chegavam em outros vilarejos e algumas vezes até cidades distantes, sobre a floresta. Vez por outra, as crianças da vila iam até o Julius bar para ouvirem as histórias contadas pelos anciões. Todas começavam da mesma forma... "Quando criança, eu ouvia histórias sobre aquele lugar...". Alguns até afirmavam terem visto criaturas estranhas andando pela floresta. Mas isso também nunca fora provado.

Era exatamente em uma casinha simples e próximo à floresta que os Borges moravam. O Sr. Borges, assim como a maioria das pessoas da vila, não acreditava nas histórias que eram contadas. Nunca, nem mesmo de relance, Heitor vira ou ouvira algo, qualquer coisa que indicasse a presença de algo sobrenatural na floresta ou próximo a ela. Isso o deixava ainda mais descrente sobre as histórias contadas pelos velhos da vila. A Sr.ª Borges, por outro lado, era muito, mas muito o oposto disso, ela tinha uma opinião diferente sobre esse assunto. Ela acreditava em magia, fadas e duendes. Talvez, pela pureza que trazia em seu coração. Acreditava em criaturas mágicas vivendo naquela floresta. Certa vez, pouco antes do amanhecer de um dia que prometia ser muito chuvoso, ela teve a sensação de ter visto alguns vultos, seguidos de alguns lampejos de luz bem intensos, vindo de dentro da floresta.

Os dois tinham apenas uma filha, Lurdinha, de dez anos. Esta puxara a mãe, não só na aparência, mas em todo o resto.

Na noite do terceiro dia do mês de outubro daquele ano estranhamente chuvoso, oito semanas após o seu primeiro mal-estar, a Sr.ª

Borges cozinhava à luz de velas, pois diferente da maioria dos vizinhos eles não tinham um gerador de energia. Ela aguardava ansiosa a volta de Heitor, que tinha ido pescar, mas a chuva que caía com mais frequência naquele ano atrapalhava na pesca, fazendo com que desse pouco resultado e também com que os pescadores demorassem mais a voltar para casa. Sr.ª Borges sabia disso, ainda assim cozinhava, cantarolando alegremente. Sem imaginar os acontecimentos bizarros que não tardariam a acontecer.

Enquanto Lia cozinhava, Lurdinha a observava como quem observa um grande ídolo – ela a admirava... apesar de tudo, Lia sempre sorria e... se mostrava sempre tão otimista quanto a tudo. A pedido da mãe, Lurdinha fora buscar alguns ingredientes que ficavam dentro de um armário velho de três pernas, encostado na parede na parte de fora da casa. "Dinha, pega pra mãe" era a frase que Lurdinha mais gostava de ouvir. Adorava ajudar a mãe, ficava ansiosa para ajudar no que precisasse. Enquanto procurava a tudo o que a mãe pedia, por um breve momento a garota fora surpreendida por um silêncio angustiante, tanto que dava para ouvir o canto dos muitos grilos ao redor da casa.

Um barulho muito alto veio da cozinha. O barulho era alto, como o de algo grande que acabara de ir ao chão, assustada, a garota voltou correndo em direção à cozinha, desejando, mais que tudo, que o barulho não fosse o que a menina estava imaginando. Torcendo que a mãe tivesse deixado cair algo.

Ao entrar na cozinha, Lurdinha encontrou a mãe caída no chão, gemendo e com fortes dores na barriga, a julgar pela posição das mãos, se contorcendo de dor. Ela pôs os braços embaixo do pescoço e do braço da mãe e fez força, mas estava sozinha, era pequena e fraca demais para levantar a mãe. Seu desespero aumentou ainda mais quando Lia começou a sangrar. Fazendo o chão irregular da cozinha ganhar um tom escuro sob a luz da única vela acesa.

– *MÃE... MAMÃE, LEVANTA!* – soluçava. Enquanto quase que ao mesmo tempo gritava por socorro. Apesar de Lia, sem motivos, não ser muito querida na vizinhança, dois dos vizinhos mais próximos que ouviam os gritos angustiados da menina e também os altos gemidos da Sr.ª Borges vieram ajudar. Um deles era o Sr. Erwer, um militar aposentado, um homem muito grande, pardo, de cabelos longos e grisalhos, também muito gentil e, que diferente da mulher, não tinha nada contra os Borges. Erwer tinha na perna esquerda uma cicatriz muito grande e profunda, andava com dificuldade, e sempre se orgulhava de dizer a quem quer que perguntasse, e algumas vezes, até a quem não perguntasse, que aquele ferimento mostrava o tamanho da sua bravura, pois o ganhou quando enfrentou um urso de duzentos quilos com as mãos nuas, e o botou para correr. Com dificuldade, embora realmente tivesse muita força, Erwer levantou Lia nos braços e levou-a até uma caminhonete velha que estava estacionada a poucos metros dali e que pertencia a ele.

– Temos que levar ela ao hospital, agora! – Berrou Erwer. A essa altura, Lurdinha não sabia se ia ou ficava para dar a notícia ao pai. Mesmo no pior dia de chuva, na pior das pescarias, Heitor fazia o possível para voltar logo pra casa. Mesmo que isso significasse levar pouca coisa pra casa.

– Pode ir, querida, eu falarei com seu pai. Explicarei tudo! – Gritou de longe o Sr. Fofo, o outro vizinho que veio ao socorro de Lia. Mas que na verdade ficara o tempo todo escondido atrás do Erwer, soltando gemidinhos de preocupação enquanto mordia as unhas e fugia do sangue no chão. Ele apareceu na porta, tomando quase todo o espaço. Chamavam ele assim porque ele era realmente bem gordo, o Sr. Fofo era mais baixo que o Sr. Erwer, os cabelos muito loiros e estranhamente bem assentados, penteados de lado, talvez para esconder uma careca enorme no meio da cabeça, seus olhos gordos e projetados para a frente, sempre girando de um lado para o outro, pareciam um radar, pareciam sempre estar à procura de comida. A verdade é que ele sempre estava mastigando algo.

– Vão, vão logo! Deixem que eu cuido de tudo por aqui.

Com exceção dos Borges, Erwer e Fofo sempre foram as pessoas mais boas e justas daquele lugar.

Lá se foram eles... a caminhonete, derrapando de leve ao fazer a curva, desapareceu atrás das árvores.

Na cabine, as dores de Lia só aumentavam. Por várias vezes, Erwer teve que parar o carro e, por fim, o jeito foi deitar ela atrás, na carroceria da caminhonete. "Vai mais rápido, mais rápido Sr. Erwer, por favor", falava Lurdinha, sempre que a mãe gritava lá atrás, mal se atrevendo a olhar. Durante a viagem, de vez em quando, Lia levantava a cabeça e por duas ou três... teve a impressão de que algumas pedras a observavam. Na verdade, ela acreditou até ter visto olhos em uma delas. Balançou a cabeça, como quem faz negação a algo e voltou a se deitar.

– Quase lá! – Falou o Sr. Erwer, apressado.

Após quase três horas de viagem, por uma estrada de chão, cheia de pedras enormes e terrivelmente massacrada pela ação da chuva, eles finalmente chegaram ao hospital. Erwer entrou, ou melhor, ele quase derrubou com um chute a porta ao passar carregando Lia nos braços, depositou ela em uma maca e só parou de gritar quando alguém veio atendê-los, o que não demorou muito, pois ele provavelmente devia ter acordado até os pacientes em estado de coma. Após ser atendida, examinada pelo médico e aguardar os resultados por mais duas horas, uma enfermeira finalmente apareceu. Sorridente, trazia com ela alguns papéis. Era o resultado dos exames e surpreendeu a todos.

— Sr.ª Lia Borges?

— Sim. — Respondeu ela, prontamente.

— Meus parabéns, a Sr.ª está grávida! — Disse ela. Com um tom educado e muito animada. — Certo, bem, eu preciso ir agora. Mais uma vez, meus parabéns. — Disse. Dessa vez, em tom mais sério, ao perceber que Lia parecia tão chocada quanto Erwer e Lurdinha. Saiu andando.

Por alguns segundos ficaram ali, os três, olhando um para a cara do outro, até que Erwer tomou a iniciativa.

— ... ah, hum, bem... então é isso... a senhora está esperando um bebê, por isso passou mal. Só não entendo por que a senhora sentia tantas dores... ou o motivo do sangue... será que a senhora perdeu o bebê?

— Não, não, a enfermeira disse que estou e... ainda me deu os parabéns. — Disse em tom distraído. Erwer, particularmente, considerava uma criança uma benção, não entendia por que Lia não estava soltando fogos. Ele mesmo tinha um filho e dois netos, mal via a hora de chegar as férias deles de fim de ano para poder revê-los. Em todo o caso, preferiu não comentar. Conhecia os Borges e sabia que se não estavam comemorando, tinham um bom motivo. Com isso voltaram os três para a caminhonete. Sem falar mais nada.

Na volta pra casa, Lia, que agora já não sentia mais dores e estava sentada ao lado da filha, na cabine, não conseguia tirar da memória a pedra que parecia olhar para ela. Que coisa estranha.

Talvez tivesse sido a notícia da gravidez ou outra coisa, mas na volta, Erwer dirigiu bem mais devagar, desviando de cada buraco na estrada, o que fez a viagem de volta durar bem mais tempo. Já era manhã, quando eles chegaram de volta à vila. O céu escuro, agora havia ganhado um tom azul-claro com um dourado que banhava as nuvens. Ao se aproximarem de casa, logo avistaram Heitor, que tinha chegado minutos depois que eles partiram. Ele as esperava na porta de casa, com uma expressão preocupada no rosto. Recebera o recado dado por Fofo, que pelo visto, tinha matado Lia.

– *GRÁVIDA?!* – cuspiu de uma vez a voz trêmula. Seu corpo fraco e exausto do trabalho não aguentou a notícia, e ele desabou no chão.

Lurdinha, que ouvia a conversa, ficou meio que sem entender.

– Isso é ruim, papai?

– Não... não, filha... isso é bom, é só que... é só... – Respondeu Heitor. Com a voz ainda trêmula e fazendo força para ficar de pé. A verdade era que, tanto ele quanto Lia, queriam aquele filho, mas sabiam que aquele não era o melhor momento de trazer uma criança ao mundo. A pesca não estava dando bom resultado e a grande quantidade de chuva que caía estava destruindo a plantação. Lia sabia exatamente o que seu marido pensava e, de certa forma, concordava. Ainda atordoados pela notícia e sem jantar, todos foram dormir.

Após um generoso café da manhã, que incluía: duas fatias de torrada, um pão, café com algo que parecia ser leite e muita abóbora cozida com casca, o Sr. e a Sr.ª Borges tiveram uma demorada conversa e, como resultado, veio a decisão de terem o bebê.

Os meses foram se passando e junto com eles, foi-se também o longo e estranho período chuvoso. "Nunca tinha visto uma coisa dessa, que tempo mais louco!", falou o Sr. Julius uma manhã, enquanto se sentava para bater um papo com um cliente, tomando um delicioso café preto. O calendário azul berrante do "Gás do Jóca, o melhor gás da cidade" pendurado na parede dos Borges mostrava que era dia primeiro de março, com o ano mil novecentos e oitenta e dois, escrito com números exageradamente grandes e muito coloridos, na parte de cima do calendário. Lia agora estava às vésperas de completar nove meses de gravidez e sua barriga, que agora tinha um estranho formato de meia lua, dava a ela muitas limitações. Isso fazia com que Lurdinha tivesse que assumir muitas tarefas, algumas pesadas demais para a idade dela. O fato de sua filha ter de fazer a maior parte dos trabalhos da casa não agradava em nada Lia. Ela estava acostumada a fazer tudo e também achava que sua filhinha ainda não tinha idade suficiente para isso.

CAPÍTULO DOIS

A SOMBRA NA ESTRADA E A CHEGADA AO HOSPITAL

Naquele mesmo dia, enquanto preparava o almoço, que Lurdinha, relutante, concordara que ela fizesse, a Sr.ª Borges lembrou-se de que não tinha agradecido ao Sr. Erwer, por ter ajudado naquele dia difícil e estranho. Assim que Heitor voltou da pesca, que agora finalmente voltou a dar resultados novamente e agora ele se dedicava somente a ela, pois a lavoura não dava mais o resultado esperado, após uma longa conversa, resolveram convidar o Sr. Erwer e também o Sr. Fofo para um almoço, no dia seguinte.

O dia amanheceu. Banhando as casas da rua 14 com calorosos raios amarelos-ouro, que atravessavam por entre os galhos altos das árvores da floresta distante. Como de costume, Lia, que se levantara às cinco da manhã, já tinha recolhido a mesa do café da manhã, geralmente ela esperava até às oito horas para recolher tudo, mas como estavam planejando ter visitas para o almoço, decidiu recolher tudo um pouco mais cedo. Mesmo com dificuldade, achando que ela mesma deveria fazer isso, Lia tratou de ir à casa de Erwer, que ficava a apenas alguns metros dos Borges, ela bateu à porta e esperou. Erwer apareceu, pisando alto e bocejando, sonolento.

– Quem é? – Perguntou, escorando na porta, com a Sr.ª Borges a dois metros de distância, os olhos quase fechando – Ah, Sr.ª Borges... hum, o que deseja?

– Hum, como vai o senhor, Sr. Erwer? Me desculpe incomodá-lo a essa hora, digo, tão cedo... – Com a voz trêmula e um aparente aspecto de vergonha, por ter se lembrado somente agora de agradecer por algo que acontecera vários meses atrás. Ela o convidou para almoçar e saiu o mais depressa que pôde.

Minutos depois ela chegou à casa do Sr. Fofo, que atendeu a porta vestindo um grande pijama de bolinhas amarelas e uma toca que lhe caía sobre os olhos quase fechados. Ela abafou um risinho.

– Sr.ª Borges? – Assustou-se. O olhar indo do rosto até sua barriga – Hum, a senhora gostaria de entrar, tomar um café?

Não que o Sr. Fofo não fosse trabalhador, mas duvidava que tivesse café pronto na casa. Sua esposa, assim como a maioria das mulheres do lugar, odiava acordar cedo. Se ela entrasse, não tinha dúvida de que o coitado do Sr. Fofo se transformaria em dois para preparar o café, mas não queria dar a ele todo esse trabalho. Ela também o convidou e saiu em seguida. Segundos depois, ouviu-se passos apressados e uma cabeça cheia de bobes espiou sobre o ombro de Fofo.

– Quem era? – Perguntou.

Por um segundo, Fofo hesitou.

– Era a Sr.ª Lia. Ela veio nos convidar para um almoço na casa deles. – Disse, com firmeza. Embora tivesse dado alguns passos para trás ao dizer isso.

Não deu outra. A mulher mudou de cor, os lábios contraídos, torcendo o nariz. Parecia que ia explodir.

– Muito bem. – Disse respirando profundamente. – Você pode ir. Eu não vou entrar naquela casa. Esse povo é tão... estranho. E que nome é esse... Lia, é ainda mais estranho que eles.

– Pois eu não acho eles nada estranhos, pelo contrário, são pessoas muito boas e civilizadas.

– De que lado você está, Fofo? – Disse ela. Agora encostando nele.

– Lado? Que lado? Não tem lado algum. Apenas você, falando mal de boas pessoas, ora. – Resmungou, Fofo, depois que ela deu as costas e agora arrastava os chinelos na cozinha.

Já passava do meio-dia quando Erwer e Fofo chegaram juntos à casa dos Borges, mas talvez por educação o Sr. e a Sr.ª Borges decidiram não comentar nada. Na cozinha não havia espaço suficiente, então todos tiveram que comer na sala mesmo, onde tinha um sofá velho e rasgado, e que deixava encostar-se ao chão o bumbum de quem quer que se sentasse ali, também algumas cadeiras de madeira que eram cobertas por uma espécie de couro muito duro e peludo. A comida era simples, porém digna de elogios. Erwer teve que dar um pisão no pé do Sr. Fofo para fazê-lo parar de repetir o prato.

– Simplesmente maravilhosa essa comida, um baita almoço. – Falou o Sr. Fofo estalando a língua, lambendo os cantos da boca. – Obrigado pelo convite. – Disse, dando uma risadinha engraçada, cheia de dentes.

Apesar de tanto Heitor quanto Lia estarem se esforçando ao máximo para que suas visitas se sentissem bem em sua casa... Erwer e Fofo não conseguiam disfarçar certa impaciência. Talvez por, agora, estarem ali sentados já há algum tempo e não se ouvisse uma palavra de nenhum dos lados. Com exceção da Sr. Borges, que sempre perguntava se os vizinhos queriam repetir o prato.

– ... ou talvez um cafezinho? – Dizia ela. Fora isso, não se ouvia mais nada. Até que ouviu-se uma voz fina e suave, com um tom meio acanhado, perguntar algo que fez todos se entreolharem.

– ... Sr. Fofo... hum, bem... o senhor acredita nas histórias que as pessoas contam sobre nossa floresta? – ela abaixou a voz – É verdade que criaturas mágicas andam por ela? – a pergunta pegou todos de surpresa. Ninguém esperava aquela pergunta, ainda mais vindo de Lurdinha, que nunca demonstrara interesse nesse assunto. Pelo menos não na frente do pai, pois sabia o que ele achava disso.

– Claro que não, Lurdinha! Não existe isso de almas e criaturas, ou seja, lá o que andam dizendo que existe na floresta, acredite, filha... Não existe nada nessa floresta além de árvores e animais – falou sacudindo uma caneca. Naquele momento Lurdinha abriu um sorriso com o canto da boca, daqueles que não esconde certa decepção, pois ela, assim como a mãe, queria muito acreditar naquilo.

Lia, que tinha ido à cozinha para preparar mais um bule de café, voltou a tempo de ouvir a resposta de Fofo, encheu novamente as canecas das visitas, com um café quentinho, e voltou para a cozinha. Erwer, que até aquele momento tinha permanecido quase calado, olhou para a criança e com sua voz grossa, porém gentil, falou:

– Na verdade, criança, há alguns anos meu pai me disse que quando estava caçando, ele viu alguém ou alguma coisa correndo pela floresta, e que atrás dessa criatura iam... – ele chegou bem perto da menina e sussurrou – pedras... pedras rolando montanha acima.

– Não diga essas... bobagens pra criança, Erwer... – sibilou Fofo, agitando freneticamente suas mãos gorduchas, derramando um pouco de café no chão. – Tá assustando ela, onde já se viu? Pedra, subindo montanha acima, a... – Mas o Sr. Fofo não conseguiu terminar a frase, sua clara crítica ao amigo foi interrompida pelo som de vidro se partindo. Lia, que naquele momento ia entrando na sala, acabou ouvindo a resposta do Sr. Fofo ao comentário do amigo, a história do vizinho Erwer, o que fez vir à mente a lembrança da pedra que olhavam para ela durante a ida ao hospital naquela noite. Ela não tinha imaginado aquilo, afinal... seria possível?

De repente, as imagens das pessoas à sua frente viraram borrões, a sala inteira começou a girar sem parar, as vozes na sala viraram um ruído contínuo e Lia desabou no chão guinchando de dor. O chão da sala que tinha sido limpo para a chegada das visitas se avermelhou com a mistura de sangue e água.

– Filha, por favor, vá buscar panos limpos e água, seu irmãozinho ou irmãzinha vai nascer – gritou Heitor. – Erwer, temos que levar ela pra cama.

– Você está louco, homem... Vai matar sua mulher! Temos que levar ela ao hospital – gritou o Sr. Fofo, enfiando o dedo na caneca para tirar o açúcar grudado no fundo. Erwer dessa vez apenas observava, sabia que caberia apenas aos Borges essa decisão. Mas concordava com Fofo.

– Erwer... pode nos levar? Por favor – pediu Heitor, com aparente ar de desespero. O rosto mais pálido que o da esposa.

– Claro! – respondeu ele, prontamente, já se virando e indo em direção à sua caminhonete, estacionada a poucos metros dali. Foi a vez de Heitor tomar Lia nos braços e levá-la para fora. Novamente, ela teve de ir na parte de trás da caminhonete. Erwer deu a partida, engatou a marcha e pisou fundo no acelerador. Só deu tempo de Heitor pôr a cabeça para fora da janela e gritar algo que, por causa do barulho do motor, não deu para ouvir direito.

Fofo pegou no ombro de Lurdinha e fez sinal de positivo, indicando que entendera. A menina ficou se perguntando se ele realmente tinha entendido as palavras de seu pai. Ela estava certa, na verdade, ele não conseguiu entender bem a pergunta, mas como os outros saíram e só ficaram os dois ali, ele supôs que a pergunta seria se ele, Fofo, poderia cuidar da criança até eles voltarem. E fora exatamente essa a pergunta de Heitor.

Deitada na carroceria da caminhonete e passando pelas enormes pedras à beira da estrada outra vez, Lia não conseguia tirar da cabeça a história que Erwer contara.

— Seria possível aquilo que vi ser verdade? — conversava com seus botões em voz baixa — tudo, ÚI, ÚI, ÚI, ÚI... UFFF, ufff... tudo o que ele falou é muito parecido com o que eu vi. — Enquanto, entre gemidos e ufs, se questionava, nem percebera que algo muito estranho estava acontecendo, uma estranha sombra se aproximara do carro. Aquela coisa não parecia ser uma sombra comum... voava de um lado para o outro da caminhonete. Era como se tentasse chegar até Lia, que naquele momento abandonou seus pensamentos e voltou a si.

Talvez fosse pelo fato de estarem correndo por uma estrada velha que cortava parte da floresta, que de início ela não tenha percebido a sombra se aproximando cada vez mais. Estavam cercados de árvores por todos os lados e passavam por eles várias outras sombras, sombras essas que vinham das árvores à beira da estrada. Naquele momento Lia voltou a sangrar com mais intensidade, e, finalmente, levantando a cabeça avistou aquela coisa estranha, escura e sem forma definida. Na verdade, aquilo parecia mudar de forma, e, pelo menos aos olhos de Lia, nenhuma parecia ser humana. Ela então tentou gritar para Erwer e Heitor, que estavam na cabine e conversavam, gesticulando. Porém, tudo que conseguiu produzir foi um gemido rouco e estranho, como alguém que está se afogando. Quanto mais a coisa se aproximava da caminhonete, mais as dores de Lia se intensificavam e ela sangrava mais e mais. Aquela coisa não tinha olhos. Deu para ver quando ela encostou atrás, de alguma forma, arranhando o fundo da caminhonete, produzindo um som metálico angustiante.

Mesmo aquela coisa não tendo olhos, dava pra notar que ela parecia estar olhando ou... cheirando o fundo da caminhonete. Como quem procura desesperadamente por algo. Agitada.

— He... itor... — disse ela, claramente com intenção de gritar, mas sua voz não passou de um sussurro forçado. Lia agora olhava aquela coisa tão perto que dava para sentir um tipo de energia maligna no ar. Seja lá o que fosse aquilo, ela agora pairava a poucos centímetros, do lado de dentro do carro. Vendo aquilo e percebendo que não havia outra solução,

Lia tentou se levantar, mas devido à grande perda de sangue, estava fraca e acabou caindo. Para sua sorte ou talvez azar, dentro do carro mesmo.

Com a queda Lia acabou batendo a cabeça e desmaiou por alguns segundos e, abrindo os olhos, percebeu que a sombra agora estava sobre seu peito e tentava cheirar seu rosto, se é que isso era possível, também não se via nariz naquela coisa feia. Lia estava tremendo... A sombra começou a descer... Cheirando seu peito, barriga, coxas e pés... até que encontrou, ali, escorrendo, uma linha fina de sangue, que descia lentamente com o leve declive da carroceria, formando uma pequena poça dois palmos abaixo de seus pés.

Erwer e Heitor continuavam conversando. Apontando para os lados da estrada. De vez em quando eles olhavam para trás, rapidamente, pareciam não notar nada além dos gemidos e dos arranhões lá atrás, como se tudo estivesse perfeitamente normal para a situação. Como estavam errados...

Por um momento, Lia teve a sensação de que a coisa parecia cheirar o seu sangue e talvez até gostar. Levantava, fazendo um movimento estranho, algo que parecia um tipo de dança esquisita, e novamente voltava a se abaixar. Parecia uma bolha enorme e escura.

A essa altura, Lia já não conseguia mais ficar acordada e voltou a desmaiar. Heitor, que estava sentado na frente, por um segundo pareceu sentir que alguma coisa estranha estava acontecendo, como se sentisse que Lia corria perigo, e no impulso olhou novamente para trás, através do vidro na parte de trás da cabine. Ele viu a sombra no fundo da caminhonete... ela não agia como as outras, essa... não desaparecia, estava parada e parecia cheirar o sangue que saía de sua esposa. Com um movimento involuntário, assustando até a ele mesmo, Heitor abriu a boca e deixou escapar um grito de horror que de tão alto pareceu ecoar por toda a floresta. Assustado, Erwer olhou para trás por um segundo, apenas por um segundo, mas isso juntou-se com o nervosismo por conta do grito e Erwer acabou perdendo o controle do carro e desceu ladeira abaixo, desviando por pouco das árvores no caminho. Indo parar de pneus para cima no fundo de um córrego, a menos de um quilômetro do hospital.

Além de pássaros e do som suave que a água fazia ao bater nos lados, na margem, nas folhas secas e ricocheteando, o som de um chiado como o de uma frigideira com gordura quente e que vinha do carro foi só o que se ouviu por algum tempo. Todos tiveram sorte. O córrego estava com pouca água e quase não cobria os pés. Uma tosse fraca e rouca quebrou o silêncio. Lia acabara de acordar, molhada, com dor, em choque e questionando sua própria sanidade. "Não, não é verdade, huhum, não é verdade! Não é, não é... mas eu vi, eu vi!". O fundo da caminhonete agora estava alguns centímetros dentro da areia branca do córrego, mas frente à cabine deixava um bom espaço por onde passavam alguns raios do sol que eram refletidos pela água.

    A posição de barriga na água a desfavorecia, estava sem forças e quase não conseguia manter a cabeça erguida para não beber água. Sentia que continuava a perder líquido. Sabia que não podia desmaiar novamente, então, com grande esforço, começou a se arrastar até a parte da frente da carroceria, para a abertura. Olhando a todo instante para os lados e... por um momento, simplesmente parou... seus olhos estavam fixos na parte traseira do veículo, seu rosto pálido perdeu o resto da cor e o seu corpo molhado escondeu bem o suor que descia pelo seu rosto. O corpo inteiro tremendo. Como se a pouca água do córrego tivesse lhe causado hipotermia. A um canto da traseira tombada da caminhonete estava ela, se ouriçando... a sombra, que agora, mesmo com o fato de estar protegida, estava mais visível que antes. Além dos que passavam pela lateral, alguns buracos no fundo da carroceria deixavam passar raios da luz do dia, que para sorte da Sr.ª Borges iluminavam um pequeno espaço entre ela e a coisa.

    Embora talvez pelo pouco espaço entre o carro e a água a sombra agora parecesse bem menor, tendo apenas uns cinquenta centímetros, isso não a deixava nem um pouco menos medonha. Talvez tivesse mudado apenas para se ajustar ao local. Seguiu em direção a Lia, que sequer conseguia se mover de tanto medo. O sol ardia lá em cima, os raios que passavam pelo fundo da caminhonete perfuravam a água cristalina e iluminavam parte da areia branca do fundo. A sombra recuou. Dois braços negros e esfumaçados saíram em direção a Lia, e, à medida que se aproximavam, se viam claramente garras se formando, saindo daquela coisa. Algo semelhante a uma boca se abriu, tanto que chegou ao ponto de parecer um bueiro de esgoto, deixando entrar água e sangue para dentro dele. Ignorando os raios do sol, ela avançou lentamente. Partes dela desaparecendo ao serem tocadas pelos raios do sol. Era como se... evaporassem.

    Lia, que por conta do medo tinha preferido ignorar a coisa fechando os olhos, tentando assim fazê-la desaparecer, não viu quando uma luz intensa surgiu do nada e invadiu o lugar, ficando entre ela e a criatura. Apesar de não ter visto, ela pôde sentir um calor diferente, que percorreu todo seu corpo, espantando o frio e o medo. A claridade não durou mais que três segundos, mas quando desapareceu levou com ela aquela estranha criatura.

Ouviu-se gemidos. Dentro da cabine Erwer e Heitor acordavam, com poucos machucados. Ainda desnorteados saíram e foram até Lia, que ainda estava presa debaixo do carro. Com a ajuda de um galho forte de uma árvore, e de muita força bruta, conseguiram erguer um pouco mais a caminhonete, o suficiente para Lia passar com seu barrigão, escorregando por baixo. Por ser muito maior e mais forte, Erwer pegou-a nos braços e seguiram pela elevação até a estrada, e de lá em direção ao hospital, que agora, depois de andarem um pouco, estava tão próximo que dava para ouvir as vozes das pessoas que gargalhavam e conversavam em voz alta.

Após uma viagem, que devido aos acontecimentos nunca mais seria esquecida por eles, e mais alguns minutos de caminhada, eles finalmente chegaram. Talvez por reconhecerem, de imediato, o Sr. Erwer, depois de sua estadia lá com Lia e Lurdinha, dessa vez ele não teve que chutar a porta ou gritar. Lia logo foi atendida e medicada, porém estava fraca devido à grande perda de sangue e já não conseguia mais sequer ficar acordada. Heitor a seguiu até certo ponto e depois disso não pôde mais acompanhá-la. Fora levada com urgência à sala de cirurgia. Heitor não parava de espiar na direção para onde levaram sua mulher, preocupado, ainda não tinha percebido, mas também estava sangrando, no acidente sofrera um corte na cabeça. Mas isso foi algo que não passou despercebido pelos enfermeiros que passavam por ele.

A sala de curativos ficava no sentido oposto de onde Lia estava. Chegando lá, encontrou Erwer sentado, com um curativo na sobrancelha e mais alguns nos dedos, e a julgar pelos tufos de cabelo ensanguentados que uma enfermeira tirava com uma tesoura, ele ia levar alguns pontos na cabeça também.

CAPÍTULO TRÊS

A DESPEDIDA

— Quer me dizer alguma coisa? — Falou Erwer, encarando Heitor com um olhar sério.

— ... eu, não, não sei do que está falando, Erwer.

— Claro que sabe, Heitor, você soltou um baita grito lá, me tirou da estrada! — o Sr. Erwer sempre fora muito calmo, mas agora estava claramente chateado.

Após três demoradas e angustiantes horas de espera, Heitor foi chamado à sala de cirurgia, e, ao entrar, quase esbarra com o médico que estava tratando da esposa e que agora já ia ao seu encontro.

Ele não fez rodeios.

— Sua mulher está muito fraca e talvez ela não resista à cirurgia, mas... podemos salvar o bebê — o chiado do carro que ainda perturbava a cabeça de Heitor juntou-se ao choque de ouvir essas palavras, tudo começou a girar... e sair de foco. Com a ajuda do médico Heitor sentou-se em um banquinho no canto da sala. Cada segundo de sua vida com sua esposa, cada momento, abraços, risos, beijos... parecia um filme diante dos seus olhos...

— Salve ela... salve minha esposa, doutor. Por favor, em imploro, não a deixe morrer.

— Sr. Borges... como o senhor sabe, tem chovido muito por estas bandas. O fato é que na última tempestade houve uma grande descarga elétrica... o hospital perdeu grande parte dos equipamentos, e sem eles... — ele olhou cabisbaixo para Lia. Como se pedisse desculpas. — Bem, sem eles... sinto muito. Nós poderíamos tentar transferi-la para outro hospital, mas...

— Mas o quê?

— Senhor, eu entendo o que deve estar passando, mas deve se acalmar. Não recomendo transferi-la, porque pela minha experiência garanto que perderemos os dois.

— Então faça o que eu disse... salve-a.

— ... se fizermos isso... se tentarmos salvá-la... O mais provável é que assim também perderemos os dois. Entenda... – disse pondo a mão em seu ombro – Não temos como salvá-la. — Enquanto os dois discutiam sobre quem deveria ser salvo, uma voz doce e fraca, porém lúcida, interrompeu-os.

— Salve ele, amor... salve o nosso bebê. – Lia com sua voz costumeira e um aspecto de dar dó sorria para ele. Uma lágrima escorrendo pelo canto do olho. – Você deve amá-lo, tanto quanto me ama, serão felizes, os três... me prometa.

— Querida... você não está bem. Não sabe o que está dizendo.

— Na verdade, ela está bem lúcida. – Informou o médico.

Heitor amava demais a sua esposa para desistir dela assim, mas as palavras "talvez ela não resista" ditas pelo médico, juntaram-se ao peso do pedido de Lia. Heitor sabia que não dava para discutir com sua esposa, pois ela sempre tinha um jeitinho de fazê-lo concordar com ela. Aproximou-se da mesa de cirurgia... um conflito dentro de sua cabeça... a olhava direto nos olhos e um leve sorriso saiu do canto da boca, daqueles que deixa aparente o ar de reprovação.

— Está bem... eu... eu prometo, querida. – Disse. Com um sorriso artificial e as sobrancelhas arriadas. – Será como você quiser, meu amor. Mas tem que me prometer que vai lutar, que... que não vai desistir. Seremos... Lia? A-amor, amor, fala comigo! Lia!

Ela ainda estava acordada, mas parecia distante.

A equipe estava pronta para fazer a cirurgia, aguardavam apenas a decisão de Heitor que estava ao lado da cama e apertava a mão da esposa, como quem acabara de achar uma enorme pepita de ouro e não a queria deixar cair. Não era segredo que Lia amava, respeitava e admirava o marido. Ela o olhava, o tempo todo, como se ele fosse o homem mais incrível do mundo, enquanto sorria pra ele.

Tentou levantar a outra mão até o rosto de Heitor, que tratou de segurá-la. Enquanto tentava passar algum consolo a si mesmo, teve de ver o olhar de sua esposa mudar gradativamente, até ficar vazio... sem seu costumeiro brilho e ver seu sorriso, que fazia o seu dia, por pior que tivesse sido, melhorar, se desfazer. Agora, Heitor percebeu que era apenas ele que impedia que os braços sem vida de sua esposa caíssem a ponto de quase tocar o chão.

— FAÇAM ALGUMA COISA! — vociferou.

Heitor, que relutante soltou a mão da esposa para que o médico e sua equipe pudessem trabalhar, afastou-se de costas até a porta... um novo olhar em direção à esposa comprovou o que estava difícil de aceitar. O médico e enfermeiros a cortavam como se cortassem um pedaço de carne qualquer e sem valor. Tudo isso para trazer ao mundo aquilo que, ao menos para ele, Heitor era o responsável pela morte de sua esposa. Ele voltou sem pressa, apoiando-se nas paredes, a cabeça girando, a voz de Lia ecoando em sua cabeça. Quando se deu conta, estava na sala de espera onde Erwer estava sentado, aguardando os dois ou, quem sabe, com sorte, até mesmo os três.

— E então... como ela está, e o bebê, eles vão ficar bem?

Heitor respirou fundo.

Acabou... está... ela... ela se foi, Erwer... se foi... — ele parecia completamente desorientado. Seu olhar estava vazio. Erwer não era tão próximo assim dos Borges, mas também não conseguiu se conter, as lágrimas que percorreram seu grande rosto deslizavam pelas grandes bochechas, rumo ao chão.

Apesar da pouca intimidade, Erwer não tinha nada contra os Borges, e sabia que aquele seria um momento difícil para ele e principalmente pra Lurdinha. Os dois se sentaram... ficaram assim por um tempo, até que o Erwer se levantou de um salto.

— E o bebê? — perguntou, depressa.

— O que tem ele? — rosnou Heitor, com a cara amarrada.

— Ele tá vivo ou... quer dizer... se ela... bem, se ela...

— Ele está bem, pelo que parece. — Respondeu Heitor antes que o amigo terminasse a pergunta. — Lia foi a única a ser morta nessa maldita viagem. — Erwer olhou pra ele. Sentia-se mal, com tudo o que estava acontecendo, e o comentário do amigo não ajudou em nada. Claramente ele buscava um culpado para tudo aquilo.

— Talvez a culpa seja minha, eu devia ter prestado mais atenção na estrada — falou Erwer, olhando nos olhos do amigo. Heitor sabia que aquilo não era verdade, ali não tinha nenhum culpado, o que acontecera fora uma fatalidade, ao menos para ele, sem culpados. Heitor sabia que Erwer tinha feito o possível, mas pelo menos, naquele momento, seu olhar era de alguém que concordava.

Sentados ali, tentavam reorganizar os pensamentos, para tentarem encontrar a causa do acidente. Com a cabeça ainda a mil, Erwer, lembrou-se de Heitor, e do seu grito repentino, ao seu ouvido.

– Você...! Mas por que você gritou daquela forma? Lá na estrada, lembra? – Heitor fez o olhar de alguém que puxa as lembranças bem lá no fundo da memória e, por fim, começou a falar.

– ... Eu... mas eu... – ele ergueu a cabeça, agora dava a Erwer o mesmo olhar de quando estavam na caminhonete – Uma sombra... eu vi, uma, uma sombra – Erwer meio confuso olhava para Heitor, examinando-o cuidadosamente, para ver se o amigo havia batido a cabeça. Ele agora não estava falando coisa com coisa.

– Heitor... tem muitas sombras na estrada, meu amigo, dos morros, das árvores. Você sabe.

– *Não é dessas que estou falando, Erwer*! – falou cuspindo – Aquela... era diferente. Estava no carro e era como se não dependesse de nada pra existir. Estou falando, Erwer, aquela coisa na estrada tentou nos matar! – disse, segurando Erwer pela gola da camisa.

Erwer não tinha visto nada, ainda assim, gesticulou com a cabeça concordando com o amigo, pois imaginava que fosse uma forma de tentar aliviar sua dor. E se culpar uma sombra na estrada ia fazê-lo parar de olhar feio... que fosse.

– Ok, ok, acalme-se. – falou, tentando fazer o amigo se sentar novamente. – Hum, certo, bem... se essa, sombra, está na estrada, como vamos voltar? Quero dizer, não podemos voltar por onde viemos. Não é? – Erwer não parecia acreditar no que ele mesmo dizia, mas não queria correr o risco de ver o amigo zangar e perder as estribeiras de vez.

– Não vamos dar a volta. – Falou em tom mais calmo, sentando-se, entrelaçando os dedos.

– Como assim? – perguntou Erwer. Somente agora se dando conta de que se Heitor tivesse dado ouvidos a ele, e fossem dar a volta por outra estrada, perderiam muito tempo, um dia inteiro, no mínimo. Pareciam ter se esquecido de que sairiam dali com um bebê no colo. Mas o esquecimento não durou muito.

Momentos depois, o médico veio com um sorriso no rosto e apontando para uma enfermeira logo atrás dele. Ela segurava um embrulhinho inquieto nas mãos.

– Seu filho. Ele está bem e parece ser muito saudável. É um menino, mas não sei como, acho que vocês já sabiam, ah, ok, aqui está ele... é muito bonito por sinal – enquanto falava, a expressão no seu rosto mudou, completamente – e... eu sinto muito, mesmo, pela sua esposa. Com licença.

Naquele momento a enfermeira se aproximou com o embrulhinho nos braços. Era um pano acinzentado, que por sua aparência, devia ser muito velho.

– É um belo rapaz que temos aqui – disse ela, afastando um pouco o pano. Um rosto apareceu. Era muito pequeno e rosado, olhava direto para Heitor. A enfermeira se inclinou um pouco, abaixando um dos braços para facilitar a visão.

– Nossa! A semelhança é incrível – disse Erwer, olhando muito rapidamente de um para o outro. Não porque ele se parecesse com o pai, mas sim porque tinha a aparência da mãe. – Ele se parece, com, com...

– ... com ela... – Completou. Heitor estava encantado, o olhar inocente daquele bebê transbordava ternura. E realmente havia uma incrível semelhança com sua mãe, o nariz fino e pontudo, os poucos cabelos que tinha eram dourados, e até mesmo o desenho do rosto lembrava Lia, apenas os olhos que não eram azuis e sim muito verdes. Heitor perdera a fala.

– Deixe-me segurá-lo um pouco, por favor. – Implorou. – Olha só pra ele. Se parece tanto com a sua mãe. – Heitor, hipnotizado, não desviava o olhar dos olhinhos miúdos e curiosos do filho, então, como um raio cortando o céu, um pensamento deixou-o paralisado... sua mulher estava morta, numa sala a alguns passos dali, mas estranhamente, a dor que sentia já não era tão grande. A sensação angustiante de um enorme aperto e vazio no peito, que sentia há pouco, tinha diminuído. Isso era errado?

As lembranças da sala e do corpo de Lia, naquela mesa, foram varridas de supetão.

– Senhor, precisamos levar o bebê. Vamos precisar de algumas informações, o senhor poderia me acompanhar, por gentileza? – disse um enfermeiro de cabelos espetados, pálido, magricela e do rosto espinhento.

Heitor o seguiu até uma sala afastada mais adiante, à esquerda. O lugar cheirava a mofo, a pintura estava muito desgastada, dava para ver umas manchas verdes no teto e por um segundo, Heitor podia jurar ter visto o teto ceder um pouco. Havia também uma enorme quantidade de papéis em umas prateleiras e em caixas no chão e até uma velha máquina de escrever, sobre uma outra mesa. Um minuto depois, o médico se juntou a eles.

– Ok, Sr. Borges, – começou. Sentando-se em uma cadeira que inclinou com o seu peso. – Como o senhor bem sabe, estamos sem equipamento. Esta sala... – ele deu uma boa olhada em volta, aparentemente, fazia tempo que não entrava ali – bem, ela, ela era usada, antigamente, para controle de óbitos e nascimentos em nosso hospital. E, como o senhor acabou de passar pelos dois... – ele fez uma pausa com um longo suspiro – precisamos preencher alguns papéis.

Heitor realmente não se sentia bem. Talvez fosse por causa do que estava passando, ou talvez fosse aquela sala, que fazia ele querer vomitar sempre que respirava. Tratou de dar todas as informações o mais rápido que pôde e foi liberado em seguida.

– Ok. Já está quase tudo pronto. – falou o médico, levantando-se e acompanhando Heitor até a sala anterior, onde Erwer continuava sentado.

Heitor não parava de pensar em sua filha, Lurdinha, que ficara sob os cuidados de Sr. Fofo. Tinha que ir embora. A mesma enfermeira de antes voltou segurando nos braços um bebê, agora vestido, e ao se aproximar dos dois...

– Senhores, o Dr. Couto liberou uma ambulância para levá-los, já está tudo pronto, ela já está aguardando vocês lá fora. Ah! Espero que não se importe, uma enfermeira que trabalha aqui deu à luz há poucos dias, gêmeos, ela veio nos visitar hoje e como ela sempre anda com roupinhas reserva, resolveu doar uma para o seu filho. – Heitor nunca gostou de aceitar presentes, ainda mais de estranhos, mas o fato é que no momento ele não estava podendo recusar ajuda.

– Sem problemas – engoliu –, mas e quanto à minha esposa?

– Já está tudo pronto, o senhor já pode ir – confirmou ela com a voz e cabeça. Um sorriso que não escondia sua expressão de pena.

Já do lado de fora do hospital e com o bebê nos baços, após horas dentro daquele hospital, os dois finalmente puderam olhar para o céu.

As estrelas lá em cima os fizeram perceber que já era noite, ainda assim o céu estava claro, muito mais claro que o normal.

— Que estranho... já tinha visto a lua assim? — perguntou o Sr. Erwer, apontando para uma esfera gigantesca e muito brilhante no céu.

— Mas o quê que está acontecendo...? — Heitor já tinha preenchido sua cota de coisas estranhas para a vida toda. Primeiro aquela sombra na estrada e agora isso! A lua estava quase três vezes o seu tamanho normal. Até onde ele sabia, aquela não era noite de lua cheia. Vários funcionários do hospital saíram para ver o estranho fenômeno.

— É o dragão, sabe. — Disse uma vozinha rouca e meio falha. Todos se viraram para olhar. Era uma velhinha quem falava, e que pela aparência devia ter no mínimo uns cem anos de idade. A roupa e os cabelos muito brancos, esvoaçando com o vento suave da noite. Credo. Ela parecia um fantasma. — Jorge não matou o dragão — continuou — como todos dizem, na verdade, ele quase foi morto. Ele deu sorte de sair com vida de lá.

— Sr.ª Clarkson, por favor, volte para o seu quarto. — Pediu um enfermeiro, bondosamente.

Mas ela não deu ouvidos.

— Jorge estava cansado e quase sem poderes, mas no fim, usando o poder que ainda lhe restava, conseguiu fazê-lo dormir. Ele tem dormido desde então... bem, pelo menos até hoje, pelo que parece.

— Vamos Sr.ª Clarkson, aqui fora está muito frio. A senhora não pode ficar aqui. — Disse o enfermeiro de cara espinhenta, que também estava lá.

— Sabe, meu rapaz, o dragão não era mau, nunca foi. — Continuou ela, acariciando o rosto do rapaz, quando ele começou a levá-la para dentro. — Mas agora, ele acordou. Depois de ter sido atacado e ter sido obrigado a dormir por séculos... vai saber.

Heitor e Erwer, assim como os outros naquele lugar, não deram muita trela para aquela história fantástica. Dragões? Que maluquice.

Após todos ali concordarem que aquele fenômeno devia ser perfeitamente normal, os dois entraram na ambulância abaixando a cabeça para não rocarem no teto baixo. Entraram na parte de trás da ambulância, onde encontraram o corpo da Sr.ª Borges, coberto por um pano muito grosso.

Durante a viajem de volta, Erwer estava pensativo...

O que será que ele quis dizer com aquilo, tem um dragão furioso vindo pro nosso mundo?

Mas Heitor não respondeu. Não tirava os olhos do volume sob aquele pano à sua frente. Não houve muita conversa após isso. Apenas quando eles já se aproximavam de casa, Heitor falou algo. Emocionando até o motorista ao se lamentar.

– Olha ela, Erwer... linda, como sempre, até parece um anjo... ela, hunf, ela está dormindo! Lia, acorde, meu amor... não faz isso comigo, ainda não... ainda não. O que eu vou fazer sem você? – ao ouvir aquilo, Erwer não conseguiu conter as lágrimas. O motorista, que era um senhor muito moreno e velho, olhava apenas para frente. Talvez para que os dois não notassem que ele também chorava.

CAPÍTULO QUATRO

A CHEGADA

Já era manhã quando eles finalmente chegaram. A primeira voz que se ouviu foi a de Heitor chamando o Sr. Fofo, que logo apareceu acompanhado de Lurdinha.

— O que houve, está tudo bem? Onde está a Sr.ª Borges? — mas as perguntas de Fofo foram interrompidas por Erwer.

— Fofo, leve a criança pra minha casa, e diga à minha esposa que cuide dela por umas horas. Depois volte, precisamos conversar. — Fofo não precisou ouvir mais nada para entender o que estava se passando.

— Venha, criança, vou levar você pra conhecer a casa do tio Erwer, vou mostrar a cadeira favorita dele, a coitada já quebrou quase todas as pernas por causa do enorme peso dele — ao fazer esse comentário, Fofo pareceu esquecer-se que ele próprio mais parecia uma bola. Porém conseguiu arrancar uma risada de canto de boca da menina e até do próprio Erwer.

Era incrível como, mesmo em um vilarejo pequeno como Dawsdren, um velório conseguia reunir tanta gente... Até mesmo as que não tinham afinidade com a família de luto. Heitor não conseguiu, então coube ao Sr. Erwer e ao Sr. Fofo contar e confortar Lurdinha, que, embora todos a tratassem como uma criança, a verdade é que ela suportou aquilo melhor do que o pai. Os olhinhos curiosos das pessoas procuravam por Heitor, que em certo momento pareceu ter desaparecido do lugar, mas foi Fofo que o encontrou sentado em um tronco de uma árvore, do lado de fora da casa e com o bebê nos braços. Provavelmente achou difícil ter que ficar lá dentro, não só pelo fato de ter que olhar sua esposa ali, deitada, dentro de uma caixa de madeira, mas também porque não suportou todas aquelas pessoas apontando e rindo o tempo todo. Erwer apareceu, tanto ele quanto o Fofo, ficaram ali, parados, encarando Heitor embalando o bebê no colo.

Heitor apontou na direção da floresta, muito calmamente...

37

– DANE BORGES... ele se chamará, Dane Borges. Foi esse o nome que tínhamos escolhido para ele, antes, antes de tudo isso. Foi o nome que eu dei no hospital. – Os amigos se aproximaram e puseram as mãos sobre a cabeça da criança.

– Dane Borges...é um belo nome, meu amigo. Que Deus o abençoe. – falou o Sr. Erwer, bondosamente.

– É verdade. – Concordou o Sr. Fofo, rindo. – Olha... – ele parou de rir e seu olhar mudou. – Temos que, hum, bem, você sabe... terminar tudo.

– Eu sei que é difícil, mas temos que deixar ela descansar, caro amigo. – Disse Erwer, pousando a mão gentilmente no ombro de Heitor e o ajudando a levantar.

Após o enterro, no cemitério São Jorge, que era o cemitério da vila, um cemitério pequeno, porém extremamente bem cuidado pelo zeloso Sr. Lúcio Motta, que era uma espécie de jardineiro do lugar. Lurdinha correu até o calendário pregado na parede da cozinha, do "Gás do Jóca, o melhor gás da cidade", que mostrava no alto o ano de mil novecentos e oitenta e dois, escrito com uma tinta azul extravagante, e marcou com uma pedra vermelha que largava tinta, a data vinte e seis de abril. Encheu de coraçãozinho ao redor, cobrindo os outros números, e saiu em disparada rumo ao quarto, chorosa.

À medida que crescia, Dane ficava ainda mais parecido com a mãe, não apenas na aparência, mas também no comportamento. Os anos foram passando, e agora Dane tinha nove anos. As coisas mudaram muito desde a morte de Lia. O casamento de Lurdinha aos vinte e um anos de idade e a saída dela de casa uniram-se com a dor da perda sofrida nove anos atrás, isso tudo fez com que Heitor começasse a beber. Desde a morte da Sr.ª Borges, Lurdinha vinha sendo o pilar da família.

Não demorou muito para que Heitor ficasse conhecido como o bêbado do lugar. Tentava levar alimento para casa todos os dias, e tentava, da melhor forma possível, dar conforto a Dane, mas sua condição financeira, que já não era boa, diminuíra ainda mais de uns anos pra cá. As cores sempre muito vivas de sua casa já haviam sumido, a parede no fundo da casa estava quase caindo, boa parte do telhado agora era sustentado por escoras de madeira e a perda de parte da pouca mobília que tinham para o tempo e cupim... Tudo isso contribuíra ainda mais para a sua bebedeira. Isso tudo deixava evidente que Heitor já não ligava mais para quase nada, exceto para seu filho, Dane.

O Sr. Julius estava sempre atento, e sempre que podia ajudava Heitor, quer fosse com conselhos, alimentos ou até mesmo, dispensando o dinheiro da bebida.

– Vá pra casa homem! Pense no seu filho. Ele é só uma criança. – Disse ele certo dia. Quando Heitor já não se aguentava mais de pé de tão bêbado.

Mesmo bêbado, Heitor costumava ter certa noção. Nunca procurava encrenca e quase sempre dava ouvidos aos conselhos do Sr. Julius, com exceção do de "pare de beber homem, para o seu próprio bem!".

Nas noites em que Heitor saía para beber, as lagartixas na parede acabavam se tornando a única companhia de Dane, que apesar da pouca idade, entendia perfeitamente o que o seu pai estava passando, e ali, deitado... Ele contemplava a beleza da lua, por um dos buracos no teto. Se imaginava voando por entre as nuvens e chegando até ela. Lembrava de ter ouvido, de um dos velhos da vila, que a lua podia conceder desejos. Inseguro do que estava fazendo, ajoelhou-se e fez um pedido, tão sincero que seu coração vibrou e encheu-se de alegria, um calafrio subiu pela espinha, fazendo seu corpo todo tremer. De sua boca não saiu mais palavras, apenas em chiado esquisito. Ele se levantou e sentou-se novamente na cama sem entender direito o que acabara de acontecer ali, mas estranhamente, acreditava, estava certo de que o seu pedido seria atendido.

– Isso é loucura. – Bocejou, deitando-se. E tirando completamente a lua e a tremedeira do pensamento, pegou no sono.

No dia seguinte, Dane acordou com o som de marteladas e um gemido, tão alto, que provavelmente devia ter acordado todos os vizinhos mais próximos. Dane se levantou, como sempre, vestido em seu pijama azul com listras brancas, que ganhara do Sr. Erwer no Natal. Ele teria ganhado um par de sandálias de pano também, se não fosse um dos netos do Sr. Erwer, Tomé, ou como ele mesmo gostava de se chamar, "Demolidor". Tomé era dois anos mais velho que Dane, com alguns centímetros a mais de altura e três vezes o seu tamanho para os lados, arrogante e extremamente burro. Ele tomara as sandálias de supetão, após dar um grande empurrão em Dane. Levantou-se descalço e foi até a parte de trás da casa, que parecia ser de onde vinha o barulho.

– Pai? – Heitor martelava alguma coisa metálica, e a julgar pelo que viu, o menino supôs que ele já estava ali há algumas horas. Havia ferramentas espalhadas para todo lado e uma grande quantidade de fios soltos espalhados pelo chão. Enquanto chupava o dedo indicador esquerdo e apertava com força o dedo vizinho, muito vermelho, Heitor examinava o objeto cuidadosamente, com os olhos. Tentava instalar um velho gerador de energia que ganhara do Sr. Erwer, na noite anterior.

— Diz aí, filho... O que achou? — Dane abriu um grande sorriso, seus olhos se encheram de lágrimas, estava muito orgulhoso.

— O que é isso?

— É um gerador de energia. O Erwer comprou um novo e... Escuta, filho, eu sei que estive distante... Bem, eu sei que não é muito, mas... hum, bem, eu pensei, eu, pensei que talvez quisesse ter energia em casa, sabe, como todo mundo, ler um pouco à noite ou... só olhar as gravuras no livro, eu sei que você gosta de ver elas, então...

— Eu adorei... — disse Dane, prontamente. Abraçando Heitor e quase o derrubando.

— Mesmo?

— É... é maravilhoso, pai. — Heitor não notou, mas Dane não olhava para o gerador, e sim para ele. O simples fato de seu pai estar ali, trabalhando na casa logo cedo e também de não estar bêbedo, o deixava muito feliz.

— E então, filho... — falou virando de costas para enxugar os olhos. — Quer me ajudar a passar alguns fios pela casa?

— S-sim... — respondeu. Sem sequer pensar.

Heitor riu com a resposta do filho. Sabia que Dane não conseguiria, e também, não permitiria que ele o ajudasse com os fios, seria muito perigoso para ele. Talvez pudesse segurar algumas ferramentas.

— Ok. Bem, então vamos começar... Mas antes, filho, quero que vá até a casa do Erwer, diga a ele que mando perguntar se ele poderia trazer pra mim aquilo que disse antes. — Dane não fazia ideia do que seu pai estava falando, ainda assim, saiu correndo. Estava realmente se divertindo muito com tudo aquilo, afinal, era a primeira vez que via seu pai daquele jeito, tão sorridente e otimista. À medida que corria, Dane deixava para trás pequenas gotas de água de escapavam pelos cantos dos olhos. Não se sentia feliz assim há muito tempo.

Pouco antes de chegar à casa do Sr. Erwer, algo chamou sua atenção. Dane parou, espremeu bem os olhos e viu... Lá longe, na floresta, encostado em uma árvore, alguém que parecia olhar diretamente para ele, sem desviar o olhar e sem se intimidar. Sem dar muita importância, Dane seguiu em frente. Era comum ver pessoas andando pela floresta, ainda mais se estivessem bêbadas, Dane sabia disso. Chegou ao seu destino sem problemas, passou o recado, sem mencionar que tinha visto alguém andando pela floresta logo cedo. Dane voltou para casa, acompanhado por Erwer, que trazia com ele um monte de fios remendados e de várias cores.

— Obrigado por vir, Erwer, sei que ainda é cedo, mas bem, Dane vai me ajudar, mas acredito que é muito trabalho, mesmo pra nós dois. — Falou rindo para Dane. — Além do mais... você entende dessas coisas muito mais do que eu. Tudo que eu consegui, foi quase quebrar os meus dedos. — Ele riu e mostrou os dedos enfaixados com trapos.

— Falei a verdade, há nove anos... Quando disse que podia contar comigo, pra qualquer coisa. Mas acho que talvez eu nem precisasse ter vindo, temos esse rapazinho forte aqui. Acho que vai nos dar uma força, não?

— *Sim*! — respondeu, empolgado. O coração palpitando. Nunca se sentira tão feliz na vida.

Começaram.

Mesmo trabalhando meio de improviso, não demorou muito para que se vissem fios espalhados por quase toda a casa. Embora estivesse gostando da ideia de ter energia elétrica em casa, Dane estava desapontado. Realmente esperava ajudar os dois um pouco mais, mas até agora ele só tinha segurado alguns fios para eles. Cansado de esperar surgir algo em que ele realmente pudesse ser útil, foi se sentar na cozinha, na esperança de alguém sentir sua falta e chamá-lo para fazer algo empolgante.

Da mesa da cozinha, onde Dane estava sentado, dava para ver um pedaço da floresta lá fora, através de uma janela na parte da frente da casa. A lembrança daquela estranha pessoa, parada, parecendo estar encarando-o, varreu os fios de energia do pensamento do garoto.

— Mas quem...? — sussurrou. Tinha que ter certeza... Algo estava corroendo-o por dentro. Tinha que olhar outra vez... Apenas para ter certeza, só... para ver se aquela pessoa ainda estava lá. Ele encostou-se na janela, pronto para sumir atrás da parede, caso a pessoa espiasse de volta. Mas ela não estava lá. Contudo, Dane não pôde deixar de notar uma enorme pedra lá fora, era estranha, não lembrava de já tê-la visto ali antes. Novamente, espremeu bem os olhos para tentar ver algo mais. Tudo estava exatamente onde deveria estar, tirando aquela enorme pedra.

Por um segundo, Dane podia jurar que ela tinha se mexido. Só havia uma coisa a se fazer... Saiu correndo até a sala onde os dois emendavam fios, com pedaços de plástico.

— Até que enfim, filho. Onde você estava?

— Papai, você precisa ver isso, tem uma coisa lá fora. – Falou ligeiro.

— Uma coisa, filho? – perguntou Heitor, parando o que estava fazendo. Por algum motivo seu coração acelerou. – O que?

— Que coisa, Dane, o que tem lá fora? – dessa vez, foi a vez do Sr. Erwer perguntar, mas diferentemente de Heitor, estava tranquilo, dando risadinhas.

— Pedra... Tem, hum, tem, uma... uma pedra, muito grande, lá fora. – Heitor riu, aliviado, mas as risadas do Sr. Erwer cessaram quase que de imediato.

— Filho... tem muitas pedras lá fora. E...

— Mas essa é diferente, pai – cortou-o –, é muito grande, está na frente da nossa casa... e acho que vi ela se mexer. – Erwer olhou para ele e deu um sorriso acanhado com o canto da boca.

— Isso é verdade, pode me mostrar a tal pedra?

— Erwer... por favor, é só a imaginação dele. Não dê importância.

— Mas é verdade. Está lá fora e...

— Claro que está. – Riu-se, Heitor. – E você viu essa pedra gigante, assim como também viu aquela fada passar voando pela nossa janela, semana passada.

— Então... ele está mentindo? – perguntou Erwer, encarando Dane, que sacudia a cabeça freneticamente.

— Não! Dane não conta mentiras, nunca mentiu. Só estou dizendo que a imaginação dele é muito fértil, ele vê o que quer ver. E às vezes acaba acreditando.

— Bom – disse Erwer – então ele é mais parecido com você do que pensávamos. – Riu.

— Se parece mais com a mãe dele. Fica mais parecido a cada dia.

— Sabe do que eu estou falando, Heitor.

— Naquele dia eu só fiquei confuso. Sabe disso.

Dane estava intrigado... Do que eles estavam falando?

— Não é minha imaginação! — vociferou — ela está lá fora, olhem!

— Ok, hum, Heitor eu... Só vou dar uma olhada. Preciso ver uma coisa.

— Não está realmente acreditando nisso, está, Erwer? É só a imaginação dele, criança é assim mesmo — disse Heitor com total descrença.

Dane estava desapontado, esperava que os dois saíssem correndo para olhar. Ao invés disso eles ficaram rindo e conversando. Ele correu novamente até a janela... A estranha pedra continuava lá e... mais além, distante, alguma coisa sacudia as árvores. Dane olhou à sua volta, não tinha vento. Espremeu bem os olhos, tentava enxergar melhor, alguma coisa deslizou por entre as árvores e parou, imóvel, na orla da floresta. Dane reconheceu na mesma hora, era a mesma pessoa que o observara mais cedo. Continuou olhando... A figura começou a se mover, vinha direto, em direção à casa, Dane se abaixou, deixou apenas os olhos, vidrados, à mostra.

Aquela pessoa, seja lá quem fosse, parou no meio do caminho... Se contorcendo, como se sentisse uma dor cruciante. Como se estivesse queimando. Dane continuou olhando e viu a pessoa se partir em muitos pedaços em uma explosão abafada. Uma coisa escura saiu de dento e flutuou, agitada, até que se dissolveu no ar.

Dane voltou para a sala sem dizer nada. Não conseguia acreditar no que acabara de ver. Pensou em contar tudo aos dois, mas duvidava que eles acreditassem nele.

— Ok, meu rapaz. Viu mais alguma coisa? — perguntou Erwer, que embora risse, parecia meio nervoso.

— Continua lá fora... — falou Dane, pensativo.

— Filho... eu acho muito bom que você tenha uma boa imaginação, mas também acho que deve sair um pouco e fazer amigos. Que tal os netos do Erwer? Eles parecem serem legais.

— Foi a gota d'agua. Dane até que tolerava os outros dois netos do Sr. Erwer, mas não tinha como engolir o Demolidor.

— *Mas eu a vi!* — explodiu — eu juro, está lá fora e também tem aquela sombra e... — Heitor desceu como um raio da escada em que estava. Estava, definitivamente, assustado.

— Sombra? Que... Você viu uma sombra? Fala, filho, você a viu? — foi pela primeira vez na vida que Dane viu seu pai agindo daquele jeito. Estava com medo.

— Tinha uma sombra, lá fora, ela saiu de dentro daquela pessoa, ela veio da floresta, ela... Ela parecia estar vindo pra cá — por alguns segundos Erwer sacodiu a mão próximo aos olhos do amigo, tentava trazê-lo de volta a si. Parecia estar distante. E Erwer sabia exatamente por onde a mente do amigo andava. Ouvira Heitor falar dessa tal sombra anos atrás. Dane agarrou a mão do pai que se deixou conduzir. Erwer largou a fita que segurava e saiu correndo atrás deles, até a janela.

— Está lá, estão vendo? Ué... cadê? Estava lá, juro!

Heitor respirou profundamente. Sinceramente, estava aliviado.

— Filho, vamos comer um pouco, não comemos nada ainda. — Falou, passando a mão na cabeça de Dane. — Erwer, nos acompanha?

— Não, caro amigo, eu agradeço o convite, mas tenho que ir. Acho que terminamos tudo por aqui, pena que depois de tanto trabalho só deu pra colocar três lâmpadas na casa. Mas tá melhor que antes. — Heitor concordou com a cabeça e os dois riram. Apesar de claramente estarem um pouco nervosos. Erwer deu uma ligeira aula de como fazer a manutenção do gerador e depois, com um tranco forte, o ligou, fazendo fumaça. — Ele tá com um probleminha de vedação, mas não é nada demais — justificou, ao mesmo tempo que Dane gritou lá de dentro, informando que uma das lâmpadas tinha se apagado. A lâmpada tinha ficado preta e uma fumacinha escura subia do bocal, soltando um cheiro de borracha queimada.

— Ok. Ah... hum, acho que duas ainda é melhor do que nada. — Falou Heitor, rindo para o amigo.

— Concordo. E podemos arrumar isso depois, o que acha? Vou ver se tenho algumas sobrando lá em casa e outro dia podemos arrumar isso. Mas agora, realmente tenho que ir.

— Bem, então pelo menos deixe-me acompanhá-lo até sua casa, preciso falar com você sobre um projeto que eu venho pensando. — Insistiu Heitor. Os três já do lado de fora da casa.

— Um projeto? — repetiu Erwer, interessado.

— Sim. Garanto que vai gostar. Filho, entre e espere, eu não demoro. — Dane não pensou duas vezes. Correu para dentro de casa e esperou o pai, que realmente não demorou a voltar. Após um almoço fora de hora, Dane pegou no sono e quando acordou já era noite. Como de costume, para tristeza de Dane, Heitor tinha saído. Ele agora estava sozinho, e sem sono.

Por causa dos inúmeros buracos no teto de sua casa, Dane conseguia ver perfeitamente pedacinhos do céu aqui e ali, o maior deles ficava exatamente sobre a cabeça de Dane, era o que ele mais gostava, exceto quando chovia, quando ele tinha que empurrar sua cama para o lado e voltar ela para a posição anterior, assim que a chuva passava. Era exatamente por ele que Dane passava a noite observando o céu lá fora, na esperança de a qualquer momento ver algo que nem ele mesmo sabia ao certo o que seria. O gerador ligado atrás da casa fazia um barulho estranho e irritante, sem falar que por algum motivo mal conseguia manter acesas as duas lâmpadas que seu pai e o Sr. Erwer penduraram na casa.

CAPÍTULO CINCO

O PEDIDO DE DANE

Como sempre, Dane achou uma forma de se divertir com aquilo. Para ele, as luzes apagavam e acendiam, não devido ao mal funcionamento do gerador, e sim por magia.

Não demorou muito para que seus olhos verdes e brilhantes começassem a fechar aos poucos com o efeito do entardecer da noite. Antes de Dane fechar os olhos por completo e adormecer, mergulhando em um sono profundo e muito tranquilo, avistou algo pequeno e de luz intensa passar muito depressa sobre uma das brechas no telhado. Os olhos novamente bem acesos tentavam convencer a si mesmo de que se tratava apenas de uma estrela cadente. Esperou para ver se aquela luz passava novamente... Talvez ele conseguisse enxergar melhor dessa vez. O coração palpitando.

Já era tarde e Dane mal conseguia manter os olhos abertos. Eles abriam e fechavam, lentamente, até que ele pegou no sono. Uma mulher cozinhava alegremente. Dane a ouvia cantar... Era uma voz doce. Tentou ver o seu rosto, mas estava oculto por uma luz branca muito intensa. Já o lugar... Tinha certeza, nem mesmo uma dúvida... Era a cozinha da casa do Dane. Alguém passou correndo por ele, uma garotinha. Ela começou a dançar em volta da mulher. Dane reconheceu Lurdinha. Era pequena e dançava alegremente ao redor da mulher. Sentindo um nó no peito e uma vontade enorme de chorar, Dane se aproximou um pouco mais, precisava ver o rosto daquela mulher... Tinha certeza de que nunca a tinha visto antes, mas era, sentia como se a conhecesse... Era ela... Só podia ser!

Dane esticou o braço...

– *Mamãe...?* – a cozinha inteira começou a girar. Uma sensação de escorregão fez com que Dane acordasse, assustado, gritando. Sentou-se na cama. Por algum motivo o seu quarto estava estranhamente bem iluminado, mas ele pareceu não notar. Andou até a porta e a abriu... Ficou ali... Parado, tentava se lembrar do sonho que tivera agora a pouco. Conseguiu.

Lembrava perfeitamente que sua irmã, Lurdinha, estava no sonho e... Tinha uma outra pessoa, uma mulher, mas quem era ela?

– Espera aí... Talvez aquela mulher seja a minha mãe! – ele meteu a mão embaixo da cama, tateou e trouxe nela um pedaço velho de espelho. Sorriu para um Dane descabelado e por alguns segundos ele ficou ali, contemplando o próprio reflexo no espelho, rindo. – Espera... – o sorriso de Dane desapareceu – aquela não pode ser a minha mãe... Não posso me lembrar de como ela era, afinal, eu nunca a vi! – Dane soltou o pedaço de espelho no chão, pensativo... "...Talvez fosse, afinal, ele não chegara a conhecer ela... Talvez por isso não conseguiu ver o rosto dela, e como explicar Lurdinha ali, com ela?" Ele apanhou novamente o pedaço de espelho e mirou outra vez o seu reflexo nele, o sorriso voltara, acanhado.

Das duas lâmpadas funcionando na casa, apenas uma estava do lado de dentro da casa, a outra tinha sido colocada nos fundos, para iluminar o gerador, caso precisasse. A da cozinha iluminava bem, mas embora deixasse o resto da casa um pouco mais claro, não iluminava bem nenhum outro cômodo da casa. O gerador lá fora, embora continuasse a soltar baforadas de fumaça de vez em quando, até que funcionava bem, alimentando as duas únicas lâmpadas da casa. A da cozinha, que Dane tinha passado um bom tempo admirando mais cedo, tinha uma luz mais forte e clara. Mas naquele momento sua luz tinha sido ofuscada pela claridade que vinha do quarto de Dane. Sua sombra, assim como a dos poucos móveis do seu quarto, estava bem desenhada no chão. Ele largou o pedaço de espelho em cima da cama... Não tinha como a única lâmpada da casa estar iluminando o seu quarto daquele jeito, era impossível. O pedaço de espelho sobre a cama refletiu algo passando rapidamente pelo telhado, fazendo a sombra de Dane dançar, quase desaparecer e tornar a ficar bem visível novamente.

Tomando coragem, Dane levantou o olhar, lentamente, para o teto.

– Nossa... Você quase me matou de susto. – falou, aliviado. Olhando para uma parte visível e extremamente brilhosa da lua, que dava para ver pelo buraco no teto sobre sua cama. – Espera um pouco... – Dane mudou de posição, esperado ver as extremidades da lua... – O quê... mas... o que é isso? – Dane era corajoso, por várias vezes, sem que seu pai soubesse, correu sozinho pela floresta, mas agora, sentiu uma vontade enorme de sair correndo dali o mais depressa possível. O problema é que ele não sentia as suas pernas. Aquela coisa no teto... definitivamente, não era a lua. E como se já não bastasse, o gerador parou, fazendo um barulho estridente, ao mesmo tempo que a luz no teto se apagou, deixando a casa completamente escura, a não ser pelos raios do luar que penetravam na casa pelos buracos no teto. – Essa não! Pai, cadê você? – chamou. A voz mais parecendo um ganido acanhado.

    Ouviu-se um ruído vindo dos fundos e segundos depois uma luz clareou parte da casa. Parecia vir da porta dos fundos. Pela primeira vez, Dane estava com medo, quase dava para ouvir as batidas do seu coração. A imaginação estava a mil, mas a verdade era que ele, embora não a tivesse conhecido, se parecia demais com a sua mãe, e assim como ela, acreditava e desejava conhecer uma criatura mágica, qualquer uma. Mais cedo ele vira com os próprios olhos que elas existem, então... Motivado pelo impulso de talvez encontrar algo diferente lá fora e ao mesmo tempo, por alguma razão, desejando profundamente que não fosse aquela pessoa estranha que ele vira evaporar mais cedo, andou até a porta e estancou a poucos centímetros, a mão quase tocando o pedaço de madeira giratório que a mantinha fechada. Enquanto decidia se saía ou não, para tentar ver algo lá fora, todo o seu corpo tremeu, como alguém que acabara de ser impactado por uma forte emoção.

    Sem dúvida alguma tinha algo lá fora, dava para ver pelos raios de luz que atravessavam pelas frestas da porta. Alguém andava para lá e para cá, com uma lanterna acesa.

    Enchendo-se de coragem, Dane andou vagarosamente, como quem conta os passos, novamente até o seu quarto, pegou o pedaço de espelho que tinha deixado sobre a cama e voltou para a porta. Não sabia exatamente o que ia fazer com ele, mas era como se sentisse que ia precisar muito daquele pedaço de vidro velho. Dane girou o pedaço de madeira e escancarou a porta. A luz que vinha lá de fora havia desparecido. Como era possível?

    – Olá... Tem alguém aí? Eu... eu vou chamar o meu pai! – ameaçou, com a voz trêmula. Na tentativa inútil de espantar um possível ladrão.

    Apesar dos inúmeros raios de luz do luar que invadiam a casa, passando pelos buracos no telhado, realmente não dava para ver muita coisa dentro de casa. Já do lado de fora... o luar iluminava muito bem. Dava para ver os vultos das árvores distantes, na floresta, dava para ver também muitos outros vultos próximos à casa. Dane apertou os olhos... ele sabia exatamente o que eram alguns daqueles vultos... Lá estava a velha árvore, mangueira, que nascera por acaso, depois que o Sr. Fofo devorou uma manga e arremessou o caroço, sem querer, no quintal dos Borges, viu também um volume grande que parecia ser as velhas redes de pesca do seu pai, um grande tronco, onde Dane gostava de se sentar para apreciar o pôr do sol, uma horta suspensa, onde Heitor cultivava cebola de palha, coentro e outras coisas, algumas pedras, que Dane conhecia bem e... Ele recuou alguns passos... Começou a apalpar o bolso, tirou o pedaço de espelho e segurou-o firme. Dane nunca fizera mal a uma formiga sequer... talvez a uma aranha. Ele morria de medo delas.

Enfim...

A mesma pedra de antes estava lá fora. Dane olhava diretamente para ela.

O mais profundo dos calafrios atingiu a nuca de Dane, com tanta força, que ele ficou paralisado. Por um instante, e deixando-se levar pelo medo, recuou um pouco mais, após recuperar um pouco da sensibilidade das pernas.

Quando Dane se preparava para atravessar a casa e sair correndo e gritando pela porta da frente feito um louco, lembrou-se de seu pedido à lua.

– ... Eu... eu vou sair, por favor... Não me machuque – pediu Dane, à medida que passava pela porta. – Estou saindo, não... – Dane nem conseguiu terminar a frase, foi surpreendido por várias criaturinhas, que pulavam como loucas, de um lado para o outro. Elas não tinham asas, ainda assim pareciam tentar voar. Apesar da pouca luz, dava pra ver que aquelas coisas de aparência estranha não eram animais normais, pelo menos nenhum que Dane já tivesse visto antes.

Os olhos eram grandes e repuxados, a cabeça pequena, pareciam não ter braços, nem pernas, na verdade, elas pareciam bolas com olhos. Eram muito pálidas. Se não fossem os olhos, Dane, até poderia jurar que estava encarando várias e grandes melancias albinas.

– Desculpe, mas o que são vocês? – perguntou Dane. Olhando admirado para uma delas que se aproximou dele. – De onde vocês vieram? – continuou. Mirando a pequena criatura, esperando ansioso, que ela ou qualquer outra começasse a falar. Dane estava se divertindo com aquelas coisinhas saltitantes. Parecia ter-se esquecido da enorme pedra logo ali. Dane só voltou a dar atenção à pedra quando aquelas coisinhas começaram a pular em volta dela. Ele viu, abismado, a enorme pedra se mover em direção a ele. – Hum... Olá, como, como vai? – falou. Naquele momento parecendo ter substituído, completamente, o medo pela curiosidade.

Por um tempo, Dane, acompanhou com o olhar a pedra sair rolando em direção à floresta, com as criaturinhas logo atrás. Se perguntava para onde elas estavam indo, mas inesperadamente, no meio do caminho, entre a casa de Dane e a orla da floresta, elas pararam... Se viraram para o menino e esperaram. Como se quisessem que ele as seguisse. Mas Dane não foi, ele ficou ali parado, encarando-as, ainda sem acreditar no que estava acontecendo. O som de algo metálico caindo, vindo da casa do vizinho, o fez voltar a si. Dane espremeu bem os olhos, uma das pequenas criaturinhas vinha voltando, parou a alguns metros e olhou na direção da floresta. Parecia estar com medo.

– Quer que eu vá com vocês? – Perguntou, dando uma passada para trás. – Eu não posso... Eu, sinto muito, meu pai... Ele vai voltar daqui a pouco, se não me encontrar aqui vai ficar preocupado. – Enquanto Dane tentava explicar para a estranha criaturinha que não podia sair de casa, outra se aproximou e deu uma mordida no seu pé.

– Ai! Isso dói! Você... Tem dentes? – gritou ele. As duas voltaram ao encontro das outras e novamente aguardaram.

Dane olhou para casa... um sorriso e uma lágrima no rosto...

– Tudo bem... Eu vou com vocês. Mas não posso demorar, e, só, só não me machuquem, por favor – Dane alcançou a enorme pedra e juntos foram em direção à floresta. Mesmo sendo tão pequenas as bolinhas saltitantes iam depressa. Pouco antes de se embrenharem floresta adentro, elas, assim como a enorme pedra, pararam. Era como se vissem ou ouvissem algo que Dane não conseguia.

– O que foi, por que paramos? – Novamente, Dane teve vários olhares em sua direção – vão... me matar... não é? – ele não teve resposta, era obvio que aquelas criaturas não sabiam falar, mas para a surpresa de Dane, todas elas começaram a fazer sons estranhos. Continuaram ali, parados, por dois ou três minutos.

O vento frio da noite embalava as árvores, arrastando folhas pelo chão e causando estalos nos galhos. O céu estava limpo e a lua agora parecia estar ainda mais clara, iluminando bem a vila e a floresta. Um raio de luz, muito intenso, iluminou uma pequena parte da floresta à frente deles. Estava tão claro que dava para ver algumas formigas andando pelo chão, em fila, carregando pequenos pedaços de folhas em suas presas. Então....

Era isso, tinha sido pego em flagrante. Quando se virasse, veria o seu pai e provavelmente até o Sr. Erwer, segurando lanternas e com as caras amarradas para ele. "mas espera aí..." Dane olhou para os lados e para trás, para ver de onde vinha aquela luz, e nada. A claridade aumentou ainda mais, iluminando ainda mais a floresta. Dane olhou para baixo, sua sombra no chão foi ficando mais nítida, ela foi mudando... mudando... Ganhando forma, até chegar ao ponto de parecer que Dane estivesse diante de um espelho. Ele olhou para as outras sombras, apenas a dele era diferente.

– O que está acontecendo? – tinha enlouquecido... Não tinha outra explicação!

Enquanto encarava o seu reflexo no chão. Tentava encontrar uma explicação para tudo aquilo, se é que isso era possível. Queria ver algo que indicasse que ele não ficara louco de pedra.

Enquanto questionava sua própria sanidade, algo lhe veio à mente...

– *A LUA!* – exclamou, olhando rapidamente para cima. Havia algo ainda mais estranho acontecendo lá em cima. Pela reação de Dane, talvez fosse a mais estranha e improvável até agora. Acima deles, a lua estava imensamente maior, na verdade, parecia estar dez vezes maior que o normal. Brilhando... tão intensamente que Dane poderia jurar que continuava vendo-a onde quer que olhasse. Mesmo com os olhos fechados.

Olhando na direção das casas, ele notou que por algum motivo, ninguém tinha saído para ver o estranho fenômeno. Seria possível que apenas ele estava vendo aquilo? Isso seria impossível. Claro que alguém mais devia estar vendo aquilo. Respirou profundamente, sentindo a leve e gélida brisa da noite banhar seu rosto e algumas folhas secas passarem, tombando, por entre os seus pés. Seus pensamentos foram varridos pelo barulho das árvores atrás dele. O vento estava soprando violentamente agora, dava para ouvir ele vindo, sacudindo as árvores dentro da floresta. Dane olhou na direção de algumas árvores da vila, elas continuavam a mover-se lentamente, embaladas por uma brisa suave.

O som de árvores sacudindo mudou, agora era como se estivessem caindo. Seja lá o que fosse aquilo, vinha na direção de Dane.

– Hum, certo. Eu, eu preciso ir agora. Foi... Foi um prazer, mas meu pai deve chegar a qualquer momento, então... Eu já vou indo. – Dane mal fechara a boca e algumas árvores próximas caíram. A enorme pedra começou a mover-se, para lá e para cá, como se estivesse sendo embalada pelo vento, as criaturinhas ficaram ainda mais inquietas, uma delas quase derrubou Dane, quando saltou e acertou o seu peito. – AI!!! Cuidado! – reclamou, massageando o peito dolorido. Olhava na direção das árvores que caíram há pouco. Mais algumas caíram... Dane firmou o olhar... esperava ver alguma coisa surgir bem ali, diante dele, na parte mais iluminada pelos raios lunares. Nada aconteceu. Seja lá o que fosse aquilo, continuava a fazer barulho, nos lados da floresta, na parte escura, por algum motivo estava evitando a parte iluminada. Por entre os galhos de uma árvore caída, lá longe, deu para ver... Era uma pessoa. Ela andava de um lado para o outro, inquieta.

Alguma coisa no chão chamou a atenção de Dane. Olhando novamente para seus pés, ele viu claramente o seu reflexo no chão, apontar para as árvores iluminadas pelo luar, à frente. Agora era definitivo, Dane ficara louco de vez. Ele esfregou os olhos com as mangas do pijama e olhou uma segunda vez. Ele agora gritava e apontava, quase arrancando os cabelos.

– Eu não posso ir, eu... – falou, olhando a floresta e voltando o olhar para seus pés. – Não posso. – Mas seu reflexo continuava a apontar. – Tá! Eu vou. – disse, ofegando. Indo na direção apontada por ele mesmo. – O que eu tô fazendo? – choramingou.

Alguma coisa se moveu à esquerda de Dane. Se parecia com uma pessoa, mas seus movimentos eram mais duros. Andou na direção de Dane e parou, mais cinco passos e aquela estranha pessoa ficaria exposta aos raios mais fortes da lua. Ela não andou... Ela simplesmente saltou dentro da luz, ficando a um metro de Dane. Com a queda ela rachou. Não era uma pessoa, na verdade, mais parecia um tipo de casco ou armadura. Alguma coisa lá dentro se encolheu quando a luz iluminou a rachadura. Dane bem que tentou ver o que era, mas aquilo simplesmente explodiu perto dele. Uma coisa enorme e escura surgiu diante dele, seja lá o que fosse aquilo, estava sendo castigado pelos raios de luz da lua, estava... desaparecendo... Por um segundo, Dane sentiu pena daquela coisa que tinha visto, parecia sentir muita dor. Aproximou-se com o braço estendido... queria poder fazer algo. Uma segunda criatura saltou entre os dois e, assim como o anterior, rachou com um estalo e explodiu, arremessando Dane para trás, fazendo-o cair com um baque surdo no chão, que por sorte, ali, próximo à floresta, era fofo e úmido. Ele se levantou com um gemido, bem a tempo de ver as duas criaturas se fundirem, ficando quase o dobro do tamanho, e também de ver, para sua tristeza, garras do tamanho de facas surgirem, como se fossem os dedos daquela coisa.

Mesmo agora estando muito maior, aquilo ainda parecia sentir os raios da lua. Dane não tinha maldade no coração, mas de certa forma, sentia-se aliviado vendo aquela criatura fantasmagórica evaporar aos poucos. As garras agora mais pareciam facas cheias de enormes dentes.

Por um segundo, apenas por um segundo, Dane, desviou o olhar para baixo, esperava ver novamente o seu reflexo no chão, mas ele havia sumido. Ao retornar o olhar, uma parede negra e fantasmagórica tinha se formado diante dele. Duas garras levantadas, prontas para cortá-lo ao meio. Vendo aquela coisa levantar as garras para ele, Dane fechou os olhos e esperou pela morte certa, desejando do fundo do coração que nunca tivesse saído do seu quarto. Aquela coisa certamente arrancaria a sua cabeça e ele não poderia fazer nada. Enquanto esperava a morte, Dane pensou em seu pai, em Lurdinha, em como ele não pôde se despedir, em sua vida até aqui e em como ele poderia estar dormindo tranquilamente uma hora dessas, se não fosse tão curioso. Tudo isso, em menos de três segundos.

Ouviu-se então um som alto e tufoso, como o de uma roupa molhada, batendo contra uma parede. Dane abriu os olhos, lentamente.

– *UAAAU!* – exclamou. Vendo um braço rochoso estendido diante dele. A enorme pedra agora estava ao lado dele. Ela começou a rachar e diante de seus olhos Dane viu aquela pedra enorme se transformar em um poderoso gigante. – Minha nossa... Incrível... você parou aquela coisa só com um dos braços! – Dane estava completamente maravilhado. – Uau! Meu pai não vai acreditar. Vocês, hum, também se transformam? – perguntou, olhando para os "olhudinhos". – Claro que não... olha só vocês... são pequenos demais pra lutar! Assim como eu. – Mais sombras vieram, forçando o gigante de pedra a recuar.

Pelo que parecia, mesmo um gigante de pedra não conseguiria deter todas aquelas coisas. Novamente Dane olhou para o chão, seu reflexo voltara. Ele agora olhava para frente, para a floresta, apenas olhava. Dane parou, espremeu bem os olhos para ver... Dois pontinhos brilhantes vinham em sua direção. Pareciam dois olhos... Dois olhos incrivelmente brilhantes. Antes mesmo que Dane pudesse esboçar uma reação, duas flechas incandescentes passaram raspando suas orelhas e por pouco não atingiram o telhado de sua casa.

– Mas o que foi... – ele não conseguiu terminar, as flechas voltaram a toda velocidade em sua direção, acertando os lados do pijama embaixo dos braços, arrastando-o para dentro da floresta iluminada.

Durante alguns segundos, lampejos de luz, de várias cores, foram tudo o que Dane viu. Até cair com um baque, desacordado.

Dane abriu e fechou os olhos rapidamente. O dia já estava claro. Tivera um sonho muito estranho na noite anterior... Tinha uma coisa escura, umas bolinhas com olhos e também um gigante de pedra, que loucura! Se espreguiçou, soltou uma grande e gostosa bocejada e abriu novamente os olhos. O sol aquecia suavemente o seu corpo e uma brisa gostosa massageava o seu rosto.

CAPÍTULO SEIS

A MENINA GLINTH

— Que sonho mais esquisito... – sussurrou ele, ainda deitado. A visão fora de foco. – Pai? – chamou. A visão voltando lentamente ao normal. Dane sentou-se, escorado nos braços, organizou os pensamentos e após uma nova espreguiçada, parou para examinar o seu quarto. – Com os olhos saltando das orbitas ele finalmente percebeu... Não fora um sonho... Ele não estava mais em casa. E a julgar pelo que via, nem mesmo em Drawsden.

Dane ficou ali, sentado. As lágrimas se formando nos olhos. Tentava entender o que tinha acontecido. A vila inteira tinha sumido e levado sua casa junto com ela.

— *PAPAI!!!* – Berrou, finalmente levantando-se. Deu uma boa olhada ao redor. Estava no alto de uma colina, a paisagem não poderia ser mais diversa, apresentava montanhas, florestas e rios, um deles passava lá embaixo. Era evidente que aquele lugar não era Dawsdren – Onde estou? Que lugar é esse? – perguntava-se Dane, olhando com os olhos arregalados em todas as direções. – O quê... o que é aquilo? – Dane olhava para o rio lá embaixo. Apesar da distância, ele tinha quase certeza de que estava vendo uma pessoa dentro d'água. Um sorriso do mais claro alívio tomou o rosto do garoto, seja lá quem fosse, poderia levar ele pra casa, ou ao menos indicar a direção para ele.

Dane começou a descer por uma trilha na lateral da colina, embalado por uma felicidade sem fim. Sem perder de vista a pessoa lá embaixo, parou, pensativo... "Para onde fora o gigante de pedra e os olhudinhos?", sacudiu a cabeça e recomeçou a descida e, após alguns tropeços e de escorregar parte da descida, finalmente chegou à parte baixa. Dane observava a pessoa, sem tirar os olhos dela. Por algum motivo, agora, sentia-se nervoso, assustado, seu sorriso desaparecera. Se aproximou lentamente. Talvez por estar de costas para Dane, a pessoa no rio parecia não ter notado o menino se aproximar. Girou um pouco o corpo, ainda sem se dar conta da presença de Dane, mas não era um homem, era... era uma garota! Talvez três ou quatro anos mais velha que ele. Ele continuou a examiná-la. Tinha longos cabelos um tanto falhos e a cor... Tinha uma cor um tanto esverdeada. Ela brincava, batendo com os braços, jogando água pra todos os lados, engolia grande quantidade de água, depois lançava para cima. Dane observava a cena, com a boca aberta. Imaginando, como era possível uma pessoa engolir tanta água e não se afogar, e ainda lançar pro alto toda ela.

– Olá! – falou, finalmente. A menina parou, levantou o olhar, parecia procurar de onde vinha o som – Eu... Eu preciso de ajuda, eu, estou perdido. Ah! Eu, eu me chamo Dane... Dane Borges – acrescentou rapidamente, achando que tinha sido mal-educado. – Hum, bem, meu pai se chama Heitor, de Dawsdren... Sabe... O vilarejo. Talvez você conheça ou quem sabe, o seu pai conheça ou... – mas a menina não respondeu. Virou-se rapidamente para ele e Dane desejou nunca ter dito nada, desejou desaparecer.

Sem a menor sombra de dúvida, aquela era a garota mais estranha que Dane já vira na vida. Não tinha sobrancelhas, os olhos eram extremamente grandes e esbranquiçados, os poucos cabelos que tinha, agora, olhando bem, estavam repletos de plantas verdes e gosmentas que caíam sobre o peito da menina. Dane deu mais um passo e tentou dizer algo, mas foi abafado por um grito da menina, um som ensurdecedor, que fez Dane jurar que tinha alguém dentro da sua cabeça, assoprando dezenas de apitos ao mesmo tempo a plenos pulmões.

A cabeça girando. Dane já não sentia mais o seu corpo e o som dos apitos, agora, parecia distante. Atordoado, Dane caiu, desmaiado. Nem viu a estranha garota afundar na água e desaparecer.

Passado algum tempo, Dane começou a ouvir vozes. Elas pareciam vir de longe, finas, distorcidas e muito baixas. Ele gemeu, coçou a testa e lentamente começou a abrir os olhos... A cabeça zunindo, girando e a visão ainda distorcida. Ele olhava para o chão, estava caído, soprando areia para longe ao respirar. Dane piscou algumas vezes, tentava distinguir dois vultos à sua frente... Pareciam duas árvores, lá longe. O chão parou de girar, e Dane, finalmente, começou a focar direito as coisas. Não eram duas árvores, e sim um pequeno par de pernas com dois pequenos pezinhos grudados a eles. Levantando um pouco o olhar, Dane, concluiu que definitivamente não estava mais em Dawsdren. Aquela criatura, seja lá o que fosse, tinha pés pequenos e com apenas dois dedos na frente e um na parte de trás, que mais parecia um esporão de galo, as unhas cor de madeira eram muito rachadas, tinha pernas muito finas, tórax e peito ficavam escondidos por trás de um tipo de armadura feita de casca de árvore, folhas e cipós, os braços muito longos e ossudos se confundiam com as pernas na aparência, a não ser pelo fato de as mãos terem dois dedos a mais, os olhos muito miúdos e negros se escondiam por trás de uma fina camada de pele.

Dane não pôde deixar de reparar no quanto ele era vermelho. Parecia um camarão exposto ao sol por um longo período de tempo. Não se via orelhas, no lugar do nariz via-se apenas uma pequena elevação, já a boca... essa era extremamente grande.

A criaturinha estava distraída, conversava com alguém e pareceu não notar quando Dane levantou um pouco a cabeça, na tentativa de ver o seu rosto. As vozes aumentaram em quantidade e volume, mas Dane não conseguia distinguir nada do que conversavam. Talvez sua cabeça ainda não tivesse bem... É... Devia ser isso mesmo. Dane continuou deitado, fingindo ainda estar desacordado, queria ver se conseguia escutar melhor o que diziam ou, melhor ainda, se aquelas criaturas iam embora, para que ele pudesse se levantar e sair correndo dali o mais depressa possível.

– Ele já vai acordar... – falou uma vozinha fina e incômoda atrás de Dane. – Por que não matamos? Vamos matar ele antes que acorde.

– Não! – exclamou uma outra voz, parecendo zangada. – Não podemos matar... Não somos iguais a ele.

Dane tornou a levantar o olhar. Era a criaturinha em frente a ele quem falava com uma expressão aborrecida. E... O que ela quis dizer com *"não somos iguais a ele?"*, e como assim queriam matá-lo?

– Ele é muito feio, não é mesmo? Deve trabalhar pro malvado Morlak, com certeza. – falou um outro. Uma onda de comentários se formou. Dane estava cercado.

Com os olhos fechados, Dane respirou profundamente, tomou coragem e levantou-se o mais depressa que pôde, assustando a criatura que estava próxima a ele, que correu e só parou quando tropeçou e caiu, a uns trinta metros. Realmente, estava completamente cercado pelas criaturinhas, que, apesar de muitas, não eram lá muito grandes. Dane tinha onze anos e aquelas criaturas talvez tivessem menos da metade do seu tamanho. Ao verem Dane de pé, as outras desataram a correr para todos os lados, algumas foram tão longe que simplesmente desapareceram, outras encontraram uma árvore ou pedra ali próximo e ficaram observando, escondidas.

Elas repetiam sem parar a mesma coisa, com um olhar ameaçador, a palavra *"Morlak"*.

Sentindo um calafrio subir pela espinha e congelar a nuca, Dane começou a achar que talvez ter descido até o rio tivesse sido uma péssima ideia, afinal de contas. Ele virou-se lentamente para não deixar aquelas criaturas ainda mais nervosas...

– Mas... – Dane deu alguns passos para trás, olhando tristemente para a água e para a descida por onde ele escorregara até o rio. As pedras da trilha agora abrigavam uma criatura atrás de cada uma delas. Ele olhou para o rio, aflito, talvez cair na água do rio, depois de ver o que ele vira agora a pouco, na água, não fosse uma boa ideia no momento. Mas... Ficar ali? O único caminho parecia ser mesmo o rio, mas aquela garota estranha ainda poderia estar por ali. – Me deixem em paz! – tentou, decidido. – Eu... Eu tenho um amigo, ele é enorme, é de pedra, ele vai pegar vocês! – Ameaçou. Duvidando que aquele gigante de pedra fosse aparecer ali para salvá-lo.

– Predar? – Falou uma das criaturas. Dane olhava para todas elas, tentando descobrir quem tinha dito aquilo. Ao mesmo tempo, varria o chão com a mão, tentando encontrar algo que servisse como arma.

– Quem falou? Por favor, me ajude, eu estou perdido, eu... Eu, só quero ir pra casa. – Dane girava a cabeça feito louco, procurava qual delas havia falado. – Onde estou? Que lugar é esse?

– Predar. – falou novamente, quando Dane, que já estava na beira do rio, voltou em direção às criaturas. Tomando cuidado para não se aproximar demais. A criatura continuou falando, mas ainda era impossível saber qual delas estava falando, uma multidão de criaturas vinha andando na direção do menino. Pararam em frente a Dane, que se manteve firme. Algumas delas se afastaram e de trás saiu uma, que embora fosse parecida com os outros, havia nela algo que a diferenciava das demais, a diferença estava nos olhos, literalmente, nos olhos, essa tinha os olhos extremamente azuis. Ela se aproximou de Dane, e embora eles estivessem em um número absurdamente maior, ainda pareciam ter medo do garoto. – Predar... – repetiu a criaturinha de olhos azuis, evitando olhar nos olhos de Dane. – Grande, grande, grande, Predar, na montanha da magia. – Continuou, agora, encarando o menino... parecia medir suas mãos e pés, com os olhos. – Quem é o senhor?

Dane não tinha certeza, mas ele parecia estar falando do gigante de pedra.

– Então... Você os viu? Você sabe onde eles estão? Pode... você... Pode me levar até eles? – na verdade, Dane não tinha certeza, mas imaginava que o gigante de pedra, o tal Predar, era quem o tinha levado para aquele lugar, sendo assim, eles também poderiam levá-lo de volta para casa – sabe, tem um bem grande, e uns pequeninos, você os viu? – continuou ele.

A criatura parecia ter perdido o medo, bem próxima observava e ouvia ele com muita atenção, em certo momento todos olharam na mesma direção, na direção para onde as águas do rio corriam, seus olhinhos pequenos ficavam ainda menores à medida que eles tentavam enxergar algo que, pelo jeito, parecia estar muito longe. Então, sem aviso, todos começaram a fugir correndo, alguns pela colina, outros pela margem, rio acima. Pareciam terem visto algo assustador, algo que, embora forçasse muito a visão, Dane não conseguiu ver.

Mesmo sem ver nada, Dane correu e se escondeu atrás de um arbusto, a dois metros da água, afinal qualquer coisa que pusesse medo a aquelas criaturas, com certeza também poria a ele. Dane continuou ali, escondido por alguns minutos, examinando cuidadosamente a sua frente, as costas e o lados, principalmente o lado do rio. Não queria ter mais uma surpresa como a de antes, quando aquela garota, de alguma forma, o deixara desacordado. Mas ele não viu nada.

Um pensamento passou por sua mente. Fazendo Dane rir.

– Pre... Predar? – sussurrou. Talvez aquele não fosse o nome verdadeiro do guerreiro gigante de pedra, mas para Dane pareceu ser um ótimo nome, afinal, ele era um gigante... feito de pedra. Arriscou até dar uma risadinha mais alta. – Espera aí...

Dane se ergueu. Talvez, eles tivessem visto Predar, por isso correram, afinal, ele é muito grande e forte também. Saiu de seu esconderijo e seguiu a correnteza. À medida que andava, Dane sentia suas pernas tremerem. As criaturas tinham sumido, mas a criaturinha de olho azul ainda continuava lá, escondida, atrás de uma árvore. Apesar de tudo, ele pareceu sentir um certo alívio por não estar ali sozinho. Dane corria de um lado para outro, se escondendo, tomando cuidado para não se aproximar demais do rio.

A criaturinha era rápida, foi atrás dele, escondendo-se atrás das árvores, em cima nas colinas, atrás de pedras e arbustos.

Não precisou andar muito. Já dava para ouvir alguma coisa... O som parecia vir de uma parte do rio, um pouco mais abaixo.

– Uurgg – gemeu, uma voz rouca e apressada.

– Lametu – respondeu uma outra. Obviamente não era Predar. Essa tinha uma voz muito grossa e agoniada. Sem falar que Predar não falava. Pelo menos não que Dane tenha ouvido.

As vozes ficavam mais altas à medida que Dane se aproximava. Ele desceu pela margem, se escondendo atrás do capim e das moitas baixas da margem. Chegou próximo o bastante para ver... eram pessoas, elas puxavam uma grande rede de pesca, do rio.

– Lametu... gritava uma delas, parecendo preocupada – lametu, rarresh...

– Vulrer – respondeu outra. Todos davam gargalhadas.

"Talvez fossem apenas gírias", pensou Dane. "Talvez eles não estivessem falando em outra língua, afinal". Pensou esperançoso. E talvez porcos voassem!

Por várias vezes um deles saía de uma ponta da rede e corria para ajudar na outra ponta. Pareciam extremamente preocupados em não deixarem os peixes escaparem. Dane, que já estava bem perto, pôde examinar bem a rede. Era diferente das que seu pai costumava usar para pescar, era feita de corda e as malhas eram enormes, por um segundo, Dane, duvidou de que eles conseguissem pegar algum peixe com aquela rede, mas... Dane espremeu os olhos, a rede inteira tremia, de alguma forma, parecia estar cheia. Todos botavam muita força para puxá-la.

Finalmente ele havia encontrado pessoas, e eram pescadores. Com certeza conheciam seu pai, tinham que conhecer. Dane riu.

– XÁAAA... XÁAAAAA... – Fez a criaturinha de olho azul, agora, uns vinte passos atrás de Dane, e saiu em disparada, fugindo do lugar o mais rápido que suas pequenas pernas lhe permitiam.

– O quê... Mas por quê? – ele olhou rapidamente e acompanhou a pequena criatura subir, embalada, a colina por onde ele havia descido. Dando de ombros, Dane, tratou de voltar a sua atenção para os pescadores. Finalmente iria para casa, alguém ali devia conhecer seu pai ou pelo menos saber onde fica Dawsdren.

Correndo aos tropeços, as lágrimas escorrendo pelo canto do olho e apenas um pensamento, apenas um... Chegar em casa. Faltando apenas cinco ou seis metros ele parou abruptamente, jogando areia para os lados, onde o rio formava uma prainha. Dane olhava, horrorizado, para a rede, o corpo paralisado de medo. Não eram peixes que eles puxavam na rede, era... era a garota! A garota que ele tinha visto antes, no rio. Ela se contorcia, arranhava e mordia as cordas da rede, tentando escapar.

Aqueles homens pareciam estar se divertindo com aquilo. Eles riam, gritavam, e já mais próximo da margem, um deles correu até o final da rede e tirou um tipo de faca muito branca da cintura, ela parecia ser feita de osso, e desferiu um golpe. A água rapidamente ficou vermelha. Dane começou a tremer e cerrou os punhos... os dentes rangendo. Pela primeira vez na vida, Dane sentiu raiva.

– Gutraxx – gritou o que estava na água. Enquanto os outros retiravam parte da menina da água. Nem notaram Dane, de pé, bem ali.

Aquela definitivamente não era uma menina normal. Ele confirmou isso só de olhar. Além do que ele observara antes, agora, vendo melhor, da cintura para baixo, dava pra ver, claramente, escamas em alguns pontos, elas pareciam terem se emendado uma na outra e grudado na pele da garota, formando um tipo de couro. As duas pernas eram estranhamente longas e viscosas, uma delas sangrava muito na altura da coxa.

A menina olhou direto para Dane, parecendo pedir ajuda, os olhos murchos.

– *PAREM COM ISSO!!!* – berrou Dane, furioso. Indo em direção à rede, não conseguindo se conter. – O que pensam que estão fazendo? Não podem matar essa... bem... ela, voc...

TAC... – Dane foi interrompido pelo som da faca, que caiu da mão do homem que acabara de sair da água e agora se juntava aos outros. Parecendo não acreditar no que via.

– Meu... Deus... – parou, encarando um deles bem de perto e se dando conta de que eles não eram, exatamente, humanos. Todos vestidos em peles de animais, um deles tinha apenas um olho, outros tinham dois ou mais, mas todos, todos ficavam no meio da cara. Dane pensou em conversar, mas aqueles... homens, ou seja lá o que eles fossem, não eram como os outros que ele encontrara antes, esses... pareciam gostar de matar. Um deles, que tinha três olhos, tirou da cintura um osso em forma de punhal e deu uma lambida exagerada na ponta. Encarando Dane. Rindo.

Andando de costas, lentamente, Dane, que agora estava entre os pescadores e a menina, encostou com o pé na mão dela e puxou rapidamente. Ela estava perdendo muito sangue, nem sequer teve força para se mover. Um dos homens, o com um olho só, se lançou para frente e agarrou no braço de Dane, que se debateu e berrou, mas contrário ao que Dane esperava, aquela coisa feia começou a gargalhar e erguer ele no ar.

— Me solta! Seu bicho feio, me solta! – Dane nunca na vida gostou de ofender as pessoas, nem mesmo um xingamentozinho, mas aquelas coisas não eram exatamente pessoas.

— Lametu... úuunc. – Gritou o bicho, sacudindo Dane como um boneco. Os outros apenas observavam, gargalhando.

— Tira a mão de mim! Quer saber? – gritou Dane, indignado – se tirar um olho dele – apontou para um que tinha três olhos – e botar em você... você continuará horrível, seu feioso.

A cabeça de Dane zumbiu e, por um instante, ele sentiu como se tivessem jogado ele em uma banheira de água fria com pedras de gelo. Novamente, tudo voltou a girar à sua volta.

— Do que essa coisinha me chamou? – perguntou o homem, ainda segurando Dane, no alto.

— Acho que ele chamou você de coisa feia! Hahahahaha.

— Não... – falou um outro. Esse tinha três olhos, projetados para frente. – *FOI DE FEIOSO! HAHAHAHAHA* – todos deram gostosas gargalhadas, que, infelizmente para Dane, pareceram deixar o bicho muito zangado. Ele gritou, dando um soco tão forte no menino, que o coitado foi parar em cima da faca. Ele voltou a si... a cabeça tinha parado de girar. Tinha certeza de que ouvira os homens falarem a sua língua... o que estava acontecendo? Já não era a primeira vez. Olhando para a faca Dane pensou em golpear o homem e depois sair correndo. Como ele era pequeno e magricela, não teria muita dificuldade em despistar eles, agora quanto a conseguir ferir um deles, com uma faca feita de osso...

— Sabe... Hum, eu, bem... – Dane respirava rapidamente – sou humano... vocês não podem matar um humano, existem, sabe, leis... e...
— Ele não teve tempo pra terminar. O homem que o socara antes veio com tudo para cima dele.

Sem pensar, Dane pegou a faca debaixo dele... gritou o mais forte que seu peito, desmilinguido, pôde suportar, correu para a rede e passou a lâmina com força, abrindo um buraco grande o suficiente para a garota escorregar para fora.

– *NÃÃÃÃÃÃÃOOO!!!* – Gritaram os pescadores ao mesmo tempo.

– Anda! – gemeu Dane. Tentando alertar a garota. Aparentemente ela estava sem forças devido ao ferimento, fraca demais para conseguir se arrastar até o rio. – Saiam daqui! Não se aproximem! – ameaçou. Sacudindo a faca no ar, quando três daqueles estranhos homens ameaçaram saltar nos dois. – Ele agarrou-a pelo braço longo e pegajoso e puxou com toda a força que tinha, para dentro da água. Apesar da pouca força e para sua própria surpresa, isso acabou dando certo... a menina boiou por uns segundos e então, afundou. Por um segundo, Dane, contagiado pela vitória de ter conseguido arrastar a menina até a água, esqueceu-se dos estranhos homens atrás dele e, quando voltou a lembrar...

– *TRÚC* – o som de couro sendo perfurado, seguido de uma dor ajuda... Dane olhou para o seu peito que agora ganhara um pontinho escuro, que foi crescendo e ganhando um tom vermelho intenso e brilhoso, sob o pijama. Olhou para o seu reflexo na água... Incapaz de se virar, ainda sob enxurradas de gargalhadas e urros. Uma outra faca estava cravada em suas costas. Um segundo depois, Dane sentiu como se tivesse sido teletransportado para o lugar mais quieto do planeta, de repente, todo o seu corpo começou a tremer, tomado por um frio intenso.

Com um sorriso de vitória no rosto deformado, a criatura de três olhos, que muito provavelmente fora quem furara o menino, andou atrás de Dane, desarmado, enquanto o garoto, agonizando, tentava a todo custo se manter em cima d'água.

– Vai morrer... fez a gente perder a nossa comida, mas quer saber... – falou a criatura, apertando o pescoço de Dane e arrancando a arma de suas costas, fazendo jorrar sangue na água. – Você me parece muito apetitoso. – Ele fez uns estalinhos com a boca. Por um reflexo trêmulo na água, Dane viu a criatura se preparar pra desferir um novo golpe. Estava preparado.

– *TRÚC... TRÚC...* – parcelada. Alguma coisa que mais parecia uma espada, de tão grande, saiu da água, passou raspando o ombro de Dane e perfurou o peito da criatura, que com a dor começou a gritar palavras estranhas. Pela situação, deveriam ser gritos de socorro ou algo do tipo, ele continuou a fazer o barulho até ser arremessado com força no chão da margem. Isso fez com que os outros saíssem correndo, deixando o colega ferido, para trás.

CAPÍTULO SEIS

A RAINHA GLINTH

Dane, que hora apagava, hora voltava, ainda pôde ver uma cauda enorme e malhada se arrastar pelo fundo do rio, e no final dela... havia uma espécie de ferrão. Porém, ele estava fraco, e já não conseguia organizar os pensamentos, talvez fosse apenas alucinação. Uma lembrança passou pela sua cabeça... Seu pai, trabalhando no gerador... Mergulhado nessa lembrança, Dane pareceu não sentir mais dor e até se permitiu um sorriso que veio acompanhado de uma lágrima. Pareceu não perceber dois grandes olhos, encarando-o, do fundo do rio. Era a garota. Alguma coisa emergiu ao lado dele, segurou-o pelo pescoço e o arrastou para o fundo, com uma das mãos aberta sobre a boca de Dane.

Acordando do que na hora pareceu ter sido um sono de décadas e lembrando-se do sonho mais fantástico que alguém poderia ter, Dane se sentou com as pernas cruzadas, esperando recuperar-se do sono e a vista embaçada voltar ao normal. Tentava se lembrar dos detalhes do sonho.

Estava frio dentro de casa. Mas isso era comum em Dawsdren, só que, ao mesmo tempo, sentia o suor pingando do seu corpo todo. Talvez tivesse sido um pesadelo.

– O que é isso? – assustou-se. Virando ligeiro a cabeça, olhando para frente, tentando ver melhor algo que parecia se mexer. A visão foi ficando mais clara... – É... é água? Ah!!! – Dane quase caiu novamente na água ao perceber que estava sentado em cima de um emaranhado de raízes poucos centímetros acima da água. E isso nem se comparou ao espanto de perceber que não fora um sonho... Que tudo fora real.

Olhando à sua volta... As raízes pareciam vir de todas as partes, estavam em todo canto, de todos os tamanhos e grossuras. Dane, de alguma forma, tinha ido parar dentro de um tipo de câmara. Havia uma camada de barro branco nas paredes, mas as raízes eram predominantes.

Havia túneis que pareciam ir para todas as direções, para cima, para os lados, e tinha até alguns que saíam do chão, onde se via a água indo e voltando dentro deles. Dane se lançou na água, em direção à parte maior e mais alta da câmara, nadando o mais rápido que pôde.

A enorme câmara tinha formato de uma pera, lá no alto, bem lá no alto havia um clarão. Parecia um buraco, por onde alguns raios do sol passavam, iluminando parte do lugar.

Com a visão, agora, totalmente recuperada, Dane começou a vasculhar o lugar, tentava achar uma saída. Talvez por um daqueles túneis, desde que não tivesse que sair nadando.

– Tá brincando... – em um dos túneis, dava pra ver uma luzinha, lá longe... meio fraca, mas ainda assim era uma luz e que parecia ser do sol. Dane tentou correr até a entrada do túnel, mas sentiu uma fisgada e uma dor intensa no peito. Botou a mão, o peito agora começara a doer e latejar... Tinha se esquecido do sangue e da dor cruciante que sentira há pouco. – O que é... Uma raiz? Mas...? – enfiada no peito do Dane, com uma parte do lado de fora, tinha um pedaço grande de raiz, que pela aparência ou estava bem batida ou muito bem mastigada, mas a julgar pela gosma, aquilo com certeza tinha sido mastigado. – Hum... hummm... *AAAI!* – a cada tentativa de arrancar aquela coisa, Dane guinchava de dor. Aquela coisa parecia atravessar todo o seu peito.

Alguma coisa grande e pesada caiu.

– Que foi isso...? – Dane olhava para o canto mais escuro da câmara, que é de onde parecia ter vindo o barulho. Imediatamente veio à mente a lembrança dos homens que atacaram ele antes, no rio. O som era muito parecido, embora esse se parecesse mais com um grande ronco, meio trovejado no final. Parecia um crocodilo. Dane olhava pra todos os lados e escondendo-se atrás da raiz mais grossa que avistou... observou. Apesar da luz que entrava pelo teto da câmara, não dava pra ver muita coisa ali. Isso não importava, Dane estava seguro, achara um bom esconderijo dentro de uma dobra da raiz. Por um tempo, Dane permaneceu quieto em seu esconderijo, apenas observando. Até que a raiz em que estava encostado começou a se mover, seu esconderijo foi desmoronando, até ganhar a forma de uma serpente gigantesca. – *AAAHHHHHHH!!!* – o grito do garoto ecoou pela câmara, ampliado pelo lugar e mesmo com o peito sangrando, correu em direção ao único túnel onde se via luz.

Os raios do sol que passavam pelo teto faziam com que a câmara não fosse totalmente escura, Dane conseguia vislumbrar a cobra. Ela tinha o formato do corpo muito estranho... Por várias vezes, Dane se deparou com cobras na floresta, mas nunca com uma tão grande e estranha. Por mais que o garoto tentasse, não conseguia ver muito mais que o meio dela, a cabeça estava escondida atrás do seu corpo enorme. Ela se ergueu ainda mais. Quase cinco vezes a altura do menino, mas não foi isso que assustou Dane... Agora que ela havia se desenrolado por completo, a ponto de quase tocar o teto da câmara... Deu para ver... na parte de cima, o último metro e meio, era humano. Ou pelo menos parecia ser. Tinha uma cabeça careca muito grande com dois grandes olhos apontados para o garoto, ameaçadores. Ela se moveu um pouco para frente, debaixo de um raio de sol, e por um segundo, Dane, quase desmaiou. A cabeça era cheia de calombos, alguns fios de cabelo, amarelados, escorriam por um ombro ossudo e desigual, dois longos e finos braços, que Dane podia jurar que tinham quase dois metros e meio cada um, saltavam dos ombros e em certos momentos chegavam a tocar o chão.

Ela soltou um chiado fino e agoniante, um segundo depois, a câmara inteira mais parecia um gigantesco saco de cobras.

Sem saber exatamente de onde vinham os sons, pois pareciam vir de todos os buracos na parede, inclusive do que ele tentava alcançar, Dane sentou-se sob um dos túneis. Não demorou muito e o seu receio se tornou realidade. Em questão de segundos ele já estava completamente cercado pelas criaturas. Uma delas caiu da parede, com estrondo, bem ao lado dele, e embora essa fosse menor e mais fina que as outras, ainda assim era quase do tamanho do seu amigo, o Predar. Apesar de o lugar estar um tanto escuro, Dane observava a criatura friamente. Tinha a estranha sensação de já ter visto ela antes, por mais louco que fosse pensar isso. Ela se ergueu, de costas para Dane. Aquela serpente realmente lhe lembrava alguém...

Ali, imóvel e torcendo para que ela não se virasse, Dane voltou a examinar a serpente, que até o momento parecia não ter notado que ele estava atrás dela, ou talvez fosse porque estivesse fraca demais para movimentos bruscos. Já que ela cambaleava para os lados, quase caindo.

– Não! Essa, você é... é... aquela... – exclamou, finalmente lembrando de onde conhecia aquela criatura. Seus braços estavam maiores, a cabeça estava maior, assim como todo o resto do corpo. Longa e sem pernas. – Já me notou... Não foi? Você só não quer me assustar. Tudo bem... pode se virar, não vou ficar com medo. – Provavelmente o garoto tinha razão, pois, ao ouvir isso, ela começou a se virar, lentamente. Apesar da pouca claridade, Dane viu que seus olhos, agora, estavam ainda maiores, a boca extremamente grande e repuxada para os cantos ficava exposta quando ela girava a cabeça. Estava ainda mais medonha.

– O-Olá! – gaguejou, com a voz trêmula – sou eu... hum, eu, ajudei você... no rio... com... com aqueles homens, você consegue lembrar? – continuou Dane.

Ela finalmente se curvou, encarando-o nos olhos e ele enfim pôde perceber que aquela não era a garota que ele salvara.

Por alguns segundos, Dane poderia jurar que ele acabara de engolir uma barra de gelo inteira. Tentado ao máximo não se mexer, embora as pernas não parassem de tremer. Dane aguardou, enquanto os chiados aumentavam ao redor e, agora, a poucos centímetros do rosto dele. Inesperadamente ela se afastou rápido e se enroscou em algumas raízes próximo à água, Dane viu aquela coisa enorme com o dorso... sim... com o dorso de uma mulher, balançar a vários metros de altura, chiando, ameaçadora, roçando o teto do lugar e... Com um grito estrondoso, embora diferente daquele do rio, ela atacou.

Dane fechou os olhos e esperou.

– Grrrrrrr, Grrrrrrr... – dava para sentir a coisa respirando sobre a cabeça dele. Alguma coisa a fez parar o ataque.

Ainda com os olhos fechados, Dane esperava a morte.

– Grrrrrrr. – Fazia a mulher serpente, sobre sua cabeça.

Outra daquelas coisas, respondeu. Dava para saber que era outra, porque o som que ela produzia com a boca era diferente. Parecia mais calmo, mais... amigável.

– Grrrrrrrrr...

Se Dane ia mesmo morrer, pelo menos que fosse com os olhos abertos. O menino abriu um dos olhos, devagar, e depois, respirando um pouco mais aliviado, o outro. Estava ali o motivo pelo qual ele ainda não fora devorado... A outra formara sobre ele uma barreira com o corpo e embora fosse visivelmente menor, ela segurava com as mãos a boca da mulher serpente, empurrando-a para trás.

– Grrrrrrrrrrrrr – Dane, chocado, olhava aquela garota segurando com apenas as mãos a enorme cabeça da mulher serpente. Os enormes dentes à mostra. Sua vida estava, literalmente, nas mãos daquela garota.

Dane queria ajudar, mas não via como. Estava sendo vencida. Agora, era só questão de tempo até Dane virar lanche de cobra.

Em uma tentativa de ajudar, na verdade, a única que veio à mente naquele momento, Dane agarrou a primeira coisa que viu e lançou com força contra o inimigo e, embora o objeto arremessado tenha sido um pedaço podre de raiz, que se partiu assim que tocou a cabeça enorme da mulher serpente, serviu bem para tirar a atenção dela. Seus olhos grandes agora estavam voltados para Dane. Sua enorme calda dançou a dois metros de altura antes de ser arremessada com força na direção de menino, errando por pouco, acertando, com estrondo, o chão, e em seguida, a parede grossa de raízes e argila atrás dele, após ele se jogar no chão.

Ainda deitado, Dane sentiu o peso esmagador daquela calda se arrastar sobre ele, recolhendo-se para um novo ataque. Outra vez aquela calda ficou ali, dançando, a dois metros do chão. Dane estava preparado e torcendo para que o truque funcionasse novamente.

– Grrrrrrrrrrrrrrrrrrrr. – A mulher serpente, sem dúvida alguma, estava extremamente brava, botava a enorme língua para fora, tentando alcançar a cabeça de Dane. A calda se agitou outra vez e Dane se preparou...

– NÃAAAAAO!!! – Dane paralisou outra vez. A garota... acabara de falar. Dane acompanhou com um certo alívio a menina empurrar para trás, com força, a mulher serpente, fazendo ela recuar para dentro de um dos túneis. Ele ouviu-a se arrastar pelo túnel por um tempo, até não a ouvir mais.

– O-obrigado. – Disse ele. Sem ter muita certeza se, mesmo a mulher serpente tendo ido embora, ele estava seguro. – Hei, espera... – ele deu uma boa olhada na garota... ela agora apertava com força uma das pernas, que só agora Dane notou estar sangrando na altura da coxa. – Não pode ser você! – admirou-se – isso é impossível! Você era um pouco maior do que eu... só um pouco. – Dane falava com a garota olhando para cima. Ele realmente estava enorme. Mas não restava dúvida, era ela. – Você falou... quero dizer, você realmente... falou! Hum, sabe, lá no rio... foi você, não foi? Você me salvou... Me trouxe para cá... E agora outra vez, você me ajudou... Por quê? – Dane não entendia por que estava sendo ajudado. Até onde ele pôde perceber, aquela menina conhecia aquela serpente, então, por que impediu que ele virasse o prato principal? Esperava que a menina pudesse responder suas perguntas.

– *XIÁAAAAA* – gemeu ela. Enfiando o dedo no ferimento, que para o seu azar, sangrou ainda mais.

– O que era ela? – perguntou ele. Ignorando a cena. – Tive a sensação de que vocês conversavam, você, sabe, é uma... bem, você vai, se transformar naquilo? Sabe... – ele abaixou a voz – em uma daquelas coisas? – não se ouviu resposta para nenhuma das perguntas.

Embora ela o tivesse ajudado, a menina afastou-se dele, o mais rápido que suas longas e bambas pernas permitiram. Ela o olhava como se não confiasse nele.

Um estalo seco chamou a atenção de Dane. Vinha da parte mais escura da câmara. Algo enorme vinha deslizando em sua direção. Se aproximou, fazendo um som que fez Dane, por um segundo, olhar para a água, desejoso.

Ouviu-se um grito rouco, porém extremamente alto. Parecia vir do túnel mais largo. Dane, ao ver que a garota, ao ouvir o grito, recuou ainda mais, sentiu o mais terrível dos calafrios lhe subir da altura da cintura até a nuca. Todas as mulheres serpentes se precipitaram pelos túneis, ligeiras, até mesmo a maior delas, recuou, escondendo-se novamente na parte mais escura da câmara.

Dane ouvia o som se aproximando, algo vinha deslizando pelo túnel. Enquanto isso, Dane tentava convencer a si mesmo de que ficaria tudo bem, desde que a garota não saísse do lado dele.

– O que foi, por que está me olhando assim? – por algum motivo, a garota deixou de dar atenção ao som que vinha do túnel e voltou-se para ele. Com os olhos quase o dobro do tamanho.

Não tinha como não ter medo, a garota era muito maior que ele. Um novo barulho, quase na boca do túnel, fez com que ela se agitasse ainda mais. Até onde Dane sabia, aquela poderia ser uma ordem para matá-lo.

Embora a garota o tivesse ajudado duas vezes, não dava para confiar.

Tentando convencer a si mesmo de que poderia chegar ao túnel antes da menina, e, também, não se sentindo nem um pouco tranquilo na companhia dela, que, agora, olhando bem, suas grandes pernas a faziam ficar quase o dobro do tamanho de Dane, e também que a qualquer momento ela poderia devorá-lo. Lançou as costas contra a parede, andando de lado, passo após passo, sem perder de vista a garota, que, por um momento, pareceu já não se incomodar mais com a presença dele.

– Unnnnnnnnnngg... – se antes Dane ficou com medo, agora então... O som era como se viessem uma dúzia de jacarés em sua direção, um som pré-histórico. Estava mais próximo. Veio acompanhado de um tremor que fez a câmara inteira vibrar.

Saindo dos túneis à sua volta, várias cabeças, seguidas de enormes corpos, começaram a surgir novamente. Pareciam ainda mais horrendas e furiosas que antes. Se é que isso era possível. Apressando-se em entrar em um dos buracos, mais próximo, Dane tratou de sair correndo por ele, hora em pé, hora agachado, hora deitado. Por causa da grande quantidade de gosma nas paredes e também no chão do túnel, Dane estava sempre caindo e deslizando, sem controle. Depois de algum tempo deslizando, o túnel começou a clarear e enquanto escorregava, ele notou que o túnel tinha uma grande quantidade de pedras brilhantes cravadas nas paredes. Eram de todas as cores, formas e tamanhos, algumas delas, na parte de baixo, rasgavam a roupa do Dane quando ele passava veloz sobre elas. Observou também que o buraco se encontrava com vários outros, e de certa forma isso meio que o tranquilizava, pois sabia que assim seria mais difícil de encontrarem ele.

CAPÍTULO SETE

O ENCONTRO COM HEVON

Estava ficando claro, com certeza era a saída. Dane escorregou, fora cuspido do túnel, de uma altura de quase três metros até cair, de costas, com força, no chão do que parecia ser uma nova câmara. Dera sorte... Sem dúvida era exatamente a que ele procurava, a que o levaria para fora daquele lugar. Essa era muito maior que a anterior.

– Cadê... Onde está... Onde está? – Dane procurava algo que, pela pressa, tinha que ser a saída. Era muito claro lá dentro... As belíssimas pedras nos túneis e nas paredes refletindo... era um festival de cores. Refletiam uma luz muito limpa e intensa, mas... de onde estava vindo, onde estava a fonte? Com os olhos e ouvidos bem atentos, Dane começou a examinar cuidadosamente o lugar que também estava cheio de pedrinhas cintilantes, incríveis, nas paredes, no teto e até no chão, a cada passo que dava Dane se maravilhava com um show de luzes e cores, e então... – Olá! – assustou-se. – Senhor... O senhor está bem? – Dane não acreditava na sua sorte, olhava, ligeiro, para todos os lados para ver se havia ali uma porta ou algo do tipo. Acabara de encontrar um homem que dormia a sono solto. Os olhos semiabertos.

Dane já vira aquela forma de dormir antes, era exatamente como Heitor dormia, só faltavam os roncos agora. O homem estava dentro de um emaranhado de raízes. Era igual a ele... era humano, tinha tudo no lugar certo, inclusive os olhos, que fora o primeiro lugar para onde Dane olhou ao se aproximar um pouco mais dele. Usava uma jaqueta preta com uma camisa cor de ouro por dentro, uma calça vermelha com alguns pedaços de metal dourado, grudados nas pernas. Estava descalço e Dane nem ousou se perguntar o motivo, já que ele mesmo, olhando para seus próprios pés, tinha perdido a sandália de pano que ganhara do Sr. Erwer e nem notara. Ele alcançou os olhos, eram tão azuis que mais pareciam um pedaço do mar, cabelos altos e pontudos e, agora, olhando bem... Embora o rapaz tivesse os cabelos extremamente grisalhos, não parecia ter mais que dezessete anos.

– O que, mas o que é isso? – no braço esquerdo do rapaz, ele usava um tipo incomum de bracelete. Tinha uma forma escamada que ia do pulso até o ombro dele e pela cor, parecia ser de ouro. Dane conhecia bem a cor do ouro porque, todos os dias, sempre que via o Sr. Erwer, ele era obrigado a tocar em uma grande medalha que ele carregava, muito orgulhoso, no seu grande peito estufado. Somente após isso e também de ouvir o ato heroico que o fizera ganhar a medalha, o garoto finalmente era liberado, mas Dane não tinha muita certeza se era verdade, ainda assim, ouvia a tudo com paciência e não deixava de dar um grande "UAU" quando ele terminava a história. Bagunçando o cabelo do menino com sua grande mão e um sorriso satisfeito.

Tinham algumas pedras bem estranhas no bracelete, a maior e mais bela delas ficava logo no início, no pulso. Ela acendia... Brilhando intensamente, e diminuía de intensidade em segundos.

– UAU... – Sibilou, fascinado.

Examinando a pedra mais de perto, deu para ver que ela tinha duas cores bem distintas em seu interior: vermelho e amarelo, que ficavam bem visíveis, sempre que seu brilho diminuía. A pedra tinha um formato oval e, olhando ainda mais de perto... Pequenas ondas se formavam dentro dela e à medida que varriam seu interior, lançavam uma quantidade enorme de luz para fora. Afinal, era dali que vinha a iluminação do lugar, ela saía daquela pedra e era ampliada e refletida pelas outras, do lugar. Uma passando para a outra. Como ele não tinha visto isso antes? Mesmo desiludido, Dane não disfarçava a alegria de ver alguém igual a ele. Na tentativa de acordar o rapaz, Dane deu um grito... e nada, ele enfiou a mão entre as raízes e deu um puxão... e nada, um beliscão... e nada, Dane até deu um chute no coitado, mas nada parecia acordar o rapaz. Sua alegria foi diminuindo à medida que ele percebia que nada que ele fazia surtia efeito no adormecido. Por um momento, Dane, chegou a pensar que o rapaz não estivesse mas vivo, embora tudo em sua aparência indicasse o contrário. Na verdade, por uma ou duas vezes, Dane teve certeza de tê-lo visto respirar.

Enquanto estava ali, velando o adormecido, ele continuava a examinar o estranho objeto no pulso do rapaz, estava realmente intrigado com aquilo. O garoto pareceu desligar-se das suas preocupações, pareceu não notar as várias mulheres serpentes que desciam lentamente pelas paredes. Algumas delas mais mulher que serpente, enquanto em outras quase não se notava traços humanos.

— Um humano...? O que faz aqui? — disse uma voz rouca e grossa. Parecendo não gostar nada da presença do garoto, no lugar.

Dane, que estava de joelhos, ainda examinando o bracelete, levantou-se de um salto.

— Eu, eu sou... eu vim... hum, sabe, é que eu fui trazido para cá, pelo Predar... — Soltou, de supetão. — Ele me trouxe, com a ajuda da lua... Eu, acho. — Completou. Parecendo, por uns segundos, refletir sobre o que ele próprio acabara de dizer. Estava completamente cercado. — Eu... não sou daqui — disse olhando as mulheres que agora estavam todas fora dos túneis, e agora, olhando-as mais de perto, do centro da luz, elas eram bem mais feias do que ele notara antes — meu pai ele é... bem, ele, é... ele trabalha na roça — soltou. Nada a ver. Mas Dane achou melhor dizer algo, para não ser confundido com um pedaço suculento de carne. Se bem que elas já olhavam dessa forma para ele. Por sorte, ele acabou falando que Heitor trabalhava na roça e não como pescador, o que foi realmente uma sorte, porque talvez essa afinal não fosse uma boa ideia. — Fez-se silêncio por um tempo, em seguida, um barulho de água. — Dane não tinha reparado antes, mas havia alguns túneis na outra extremidade da câmara, que pelo visto estavam inundados — e ele está me procurando — acrescentou, rapidamente. Enquanto falava, Dane procurava uma saída, mas desistiu, ao ver um enorme buraco no chão transbordar e a maior serpente que ele já vira na vida, incluindo todas as outras ali, saiu deslizando suavemente de dentro dele e, a julgar pelo tamanho, devia ser a mãe de todas as outras serpentes do mundo.

— O que quer aqui, *humano*? — sibilou ela, em tom de ameaça. Aproximando a grande cabeça da dele. Tão rápido que Dane quase não conseguiu acompanhar.

Aquela câmara era enorme se comparada à anterior, mas aquela serpente a fazia parecer minúscula.

— Eu fui trazido por... por... ela! — respondeu apontando com o dedo para a menina, que acabara de aparecer em um dos túneis.

— *MENTIRA!* — guinchou, tão próxima à cabeça de Dane que o garoto quase vomitou com um forte cheiro de peixe, que saía da sua boca. — Glinth não traz humanos aqui...

Não é mentira! – retrucou, chateado. – Eu não minto. Tentaram matar a gente, eu fui ferido... depois eu, acordei... aqui.

– E por que, fala que ela trouxe humano aqui? Se humano, estava, morto – Dane notou que ela falou isso como se soubesse o que havia acontecido lá atrás, no rio.

– Eu não estava morto! Eu apenas fui feri... espera ai... Foi você! você matou aquele pescador... Me salvou... – falou, aproximando-se da serpente. Percorrendo a extensão do seu corpo à procura de um enorme ferrão na ponta de sua calda. – Eu sabia! Foi você sim... eu vi você... no rio. – Dane sentiu o medo que ainda restava se dissipar.

– Como ousa! Seu pequeno... Pedaço de carne, molenga e fedido. O humano está acusando... nós, de salvar a sua vida? – falou isso se enchendo de ar. O que a fez parecer quase duas vezes maior. Dane sentiu parte do medo voltando.

– Não! Não... eu sinto muito, eu não quis ofender, só, eu só, estou comentando. Queria agradecer.

Talvez por acharem que Dane não representava perigo algum, algumas serpentes começaram a se afastar. Enquanto a rainha serpente se aproximou ainda mais, quase encostando a cabeça na dele. Parecia tentar ver alguma coisa, algo escondido sob sua camisa.

Se Dane já não estava nada bem, com ela ali, perto dele, quase teve um treco quando ela começou a cheirar e passar a língua pelo seu pescoço escorregando para o peito. Ela parecia farejar algo... encostou no volume sob o pijama, na altura do peito do garoto e Dane gemeu de leve. Ele viu duas coisas murchas e que davam a impressão de que cairiam no chão a qualquer momento, se desgrudarem do corpo dela e irem em direção a ele. Dane precisou de uns segundos para perceber que eram os braços daquela criatura. Com as mãos esqueléticas, puxou o pijama e espiou por dentro da gola e encontrou a raiz mastigada que atravessava o corpo do garoto. Como se tivesse levado um baita choque elétrico, ela se afastou... Olhou enfurecida para a menina e soltou um grito, fino e ensurdecedor. Muito parecido com o que deixara Dane inconsciente na margem do rio.

– Por favor, ela não fez nada! – gritou Dane, que mesmo tapando os ouvidos, sentia uma pontada forte na cabeça enquanto a câmara saía de foco, girando.... girando.... Dane desabou no cão. As mãos apertando os ouvidos. – Ela... ela só tentou me ajudar! – Gritava. Agora apertando violentamente as mãos contra os ouvidos.

— Ajudar... um humano, por quê? Humanos só destroem tudo à sua volta, incluindo eles mesmos, tudo pra humanos é motivo de guerra... São movidos pelo desejo, pela ganância e são facilmente corrompidos... Uma Glinth nunca ajudaria um humano... Mesmo um tão pequeno, fraco e patético. – Enquanto ela falava a pequena Glinth desceu e sussurrou algo na cabeça dela, que pela reação da rainha, com certeza fora o que ele havia feito pela garota – disse que foi trazido pela lua... E quem é Predar?

— Sim... pela lua, a lua... o círculo brilhante no céu, que aparece a noite. – disse Dane. Imaginando que a rainha não soubesse o que isso significava – Predar... Predar é... um amigo – continuou. Dando alguns passos para trás e olhando para o rapaz, que continuava deitado, preso no emaranhado. – E quanto a ele? Se... a senhora, bem, – arriscou – não gosta dos humanos, por que está cuidando dele? – falou Dane. Que não deixou de reparar que a grande serpente, vez por outra, lançava um olhar sereno ao rapaz. Movendo-se cuidadosamente, de forma que seu enorme corpo passasse longe do rapaz.

A serpente pareceu um tanto distante por um momento, e então bateu a calda com tanta força no chão que Dane podia jurar que o lugar inteiro estava tremendo. Alguns pedaços de pedras voaram quando a ponta da calda bateu, com força, no chão.

— ... Ele, também me salvou... – mudou de assunto – das sombras, sabe. Antes de eu vir pra cá, só que agora eu não sei onde ele está e nem como voltar pra casa... pro meu pai. – falou isso abaixando a cabeça, deixando, sem perceber, cair uma lágrima sobre o peito.

O olhar da serpente mudou, agora era como se ela soubesse mais do que estava acontecendo, do que o próprio Dane.

— Sabe quem ele é? – perguntou de repente. Inclinando a cabeça para o rapaz.

— N-não senhora. – Respondeu, prontamente.

— ... Foi trazido antes de você... pelo homem de pedra, por ordem dos guardiões – falou. Roçando a cabeça no emaranhado e encarando os olhos semiabertos do jovem. – Tolo, tolo... Achava que poderia vencer o mal... mas ele estava enganado... ah sim, todos estavam... os guardiões estavam... – disse isso de uma forma que Dane não pôde deixar de notar uma mistura de raiva, tristeza e desespero no olhar e nas palavras dela – a raiz está quase caindo de você – continuou. Parecendo tentar mudar de assunto.

— Isso? – perguntou Dane, segurando a ponta da raiz que saía do seu peito. Como uma flor desabrochando. – O que é esta coisa?

— Ela salva vidas. E é só isso que você precisa saber. – Disse friamente.

— Salva, vidas... tipo, pode curar qualquer ferimento? Foi você? Quem colocou ela em mim?

— Não! – sibilou com sua voz grossa e rouca, agora, também, um tanto arrastada. Dando uma breve olhada para a menina, que estava a um canto, próxima a eles.

— Então, foi, ela...? – falou, lentamente. Fazendo a garota chiar para ele.

— Você salvou ela... ela salvou você... Glinths não devem mais nada ao pequeno pedaço de carne.

— Sabe... eu queria perguntar... como a senhora consegue falar? Quero dizer, a senhora fala muito bem! Sabe, no começo falava um pouco errado, mas agora... – Dane calou, a cabeça enorme da mulher, agora, quase tocando a dele.

Uma nova onda pareceu varrer a pedra, pois toda a câmara se iluminou mais uma vez. As ondas não pareciam ser constantes, já fazia um tempinho desde a última, embora, mesmo depois que ela passava, o lugar permanecia iluminado. Alguma coisa ditava o tempo entre uma e outra.

Uma nova olhada...

Ele não tinha percebido, mas agora, olhando atentamente, Dane percebeu que o rapaz também tinha algo atravessando o seu corpo, em várias partes, para falar a verdade. Eram raízes, muitas raízes. Nas mãos, no pescoço, saindo dos buracos esfiapados da calça, na altura da coxa, Dane contou pelo menos três raízes enfiadas ali e embora fossem menores e parecessem não atravessar a perna do homem, ainda assim eram buracos. Uma raiz um pouco maior que as outras, logo abaixo da clavícula esquerda do rapaz, fez Dane pôr a mão na sua própria. Como ele não tinha visto antes?

— E como eu tiro isso? Ai! – Dane deu um puxão forte na raiz, mas desejou não ter feito isso, ao ver a mancha vermelha eu seu pijama aumentar.

— Não deve tirar! – bufou a mulher serpente. Embora não conseguisse esconder certa satisfação ao ver o menino gemer, afinal, com uma boca tão grande, dava para ver o seu sorriso assustador a trinta metros. – Vai sair sozinha, quando chegar a hora. – disse.

— Mas ele...

— ... Ainda não está pronto!

— Sabe... quando eu o vi, assim que caí aqui, achei que ele só estivesse dormindo, sabe, e que assim que acordasse poderia me ajudar a voltar pra casa. Mas ele não vai acordar... não é mesmo? – perguntou, e pela primeira vez, ela abaixou a cabeça com um olhar de tristeza e pena ao mesmo tempo. — Quando eu olhei, agora a pouco, esses... pedaços, achei que fossem pedaços dessas raízes que estão cercando ele, que... elas tivessem se partindo e caindo sobre ele. Estava errado... Vocês tentaram salvar ele também.

A serpente deu uma virada e deitou a cabeça sobre o emaranhado.

— Você, conhece ele?

— Não... – respondeu, após um longo suspiro. Dane entendeu. Não queria aborrecer ainda mais aquela enorme criatura, mas não podia evitar. Tudo aquilo era tão... fantástico.

— Hum, sabe... agora a pouco, a senhora chamou ela de glinth. Me desculpe, mas o que isso quer dizer? É como ela se chama? – ela suspirou novamente, mas não respondeu. Parecia distraída.

— Hum... certo. Sabe, eu acho, acho que é melhor eu ir andando. – falou, somente agora percebendo que estava, sem querer, testando a paciência de uma mulher enorme, cujo corpo era metade serpente e que se quisesse poderia facilmente arrancar seus membros a dentadas, ou simplesmente quebrar todos os seus ossos apenas passando por cima dele ou com um único aperto. Ao ouvir isso, novamente ela ficou alerta e olhou para Dane. Indicando com a cabeça que essa era a melhor coisa que ouvira do garoto.

— ... Sabe... eu tava pensando... como ela conseguiu? Quer dizer, como ela... me trouxe para cá, sem eu me afogar? – tentou.

— SAIA! VÁ EMBORA!!! – Berrou – NÃO SE ATREVA A VOLTAR AQUI OU NÃO PROMETO QUE SAIRÁ COM VIDA! – a enorme cabeça da rainha serpente, novamente, ficou a poucos centímetros da de Dane. Fazendo o garoto inalar aquele cheiro horrível novamente.

— Sair, como? – retrucou. Ele olhava para todos os lados e, com exceção do túnel por onde ele caiu, e que era razoavelmente mais baixo que os outros, não havia túnel por onde ele pudesse sair daquela câmara. A menos que ele tentasse a sorte, nadando por um túnel inundado. Não havia um túnel por onde ele pudesse escapar, pelo menos não um que ele alcançasse, e mesmo o túnel por onde ele escorregara era um tanto inclinado e tinha gosma nele todo. Não dava para voltar por ali, a não ser que ele quisesse escorregar e ser cuspido de volta na mesma câmara.

– Lá! – apontou ela. Desgrudando mais uma vez o braço, e Dane teve certeza que dessa vez aquele troço ia desprender e cair no chão. Ela mal conseguia mantê-lo erguido. Apontou com a mão, um buraco, lá no alto. Agora, com o braço esticado, Dane não pôde deixar de notar que de seu peito saía uma espécie de bexiga murcha, que subia pelo braço e se ocultava no pulso. Ele reparou que nas mãos com unhas de adaga tinha um buraco, bem no meio delas, que ficava exposto quando ela abria a mão.

– O que é isso, na sua mão? – perguntou. Sentindo um ligeiro arrepio.

– Você faz muitas perguntas, vá embora! – era evidente que a rainha perdera completamente a paciência com o garoto. Seu comportamento estava claramente mudando.

– Eu só... – Dane não conseguiu completar a frase. Foi agarrado, arrastado e arremessado em um dos túneis inundados. Por mais que Dane tentasse, não conseguia se livrar da garra enorme da rainha, que o empurrava mais e mais para dentro do buraco, para o fundo. Com apenas uma das mãos, ela apertou a cabeça dele e o levou ainda mais fundo.

Dentro d'água, com os olhos saltando das órbitas e o pulmão quase rachando, Dane sentiu a outra mão da rainha serpente passar roçando o seu peito e cobrir, sem dificuldade, todo o seu rosto. Não conseguindo aguentar mais, Dane escancarou a boca, escondida sob a enorme mão da rainha e, por um segundo, ele parou, pensativo, o peito subindo e descendo, conforme ele sugava grande quantidade de ar. O que estava acontecendo? Ele conseguia respirar, com um pouco de dificuldade, mas conseguia. A rainha fez um movimento, posicionando a mão, de forma que Dane pudesse ver entre os enormes dedos dela... a bexiga ao longo do braço dela havia se desgrudado e formado um tipo de mangueira de ar. Permitindo a ele, de alguma forma, respirar o mesmo ar que ela.

Ainda segurando Dane pela cabeça, a rainha o puxou para fora da água e o lançou a uns dois metros, fazendo ele cair com um baque aquoso. Dane, com aquele pijama molhado, parecia uma tripa enrugada. Levantou-se com as mãos nas costas, encarando a rainha com os olhos esbugalhados. Lembrava, claramente, de ter sido agarrado e puxado para o fundo do rio, também de ter a boca coberta por uma mão, que, pelo que acabara de ver, era de uma glinth.

– Já respondi a sua pergunta. O que quer agora? – perguntou. Vendo que o menino tomava folego.

– Não foi nada. Eu só tava pensando... antes estava tudo meio confuso, mas agora... foi ela, não foi? Ela me trouxe aqui, ela... ela cobriu minha boca pra eu não morrer afogado. – Disse. – Qual é o nome dela, como ela se chama? Quero dizer... não é mesmo glinth, é? Eu só queria agradecer.

– glinths não têm nome, são apenas glinths, agora, vá embora. Ele já deve estar procurando por você.

– Ele... ele quem, Predar? – perguntou. De repente, uma ponta de entusiasmo. – Meu pai?

Ela se enrolou, pousando a cabeça sobre seu enorme corpo e lá, imóvel, encarando o garoto.

– Agora, provavelmente todas as criaturas já sabem que você está aqui. – Disse. Sem tirar os olhos dele – Inclusive, ele. Agora vá!

Por um segundo, ele pensou em perguntar "ele quem?", mas supôs que ela estivesse falando do seu amigo de pedra.

Com o olhar a rainha acompanhava a escalada de Dane, que tentava chegar até o túnel que ela mesma apontara a ele. Acompanhou também, com muita satisfação, a descida rápida dele, que escorregou a pouco menos da metade da escalada e desceu de costas, tentando, inutilmente se segurar em umas raízes e acabando caído de costas, estatelado no chão.

– Ai... ai... – os gemidos finos de Dane davam dó, embora a rainha, sem a menor sombra de dúvida, estivesse rachando de tanto rir, sacudindo a cabeça e batendo a calda com força nas paredes e no chão. Aquela cobra gigantesca estava realmente se divertindo com aquilo.

– O que foi, é alto demais pra você? – falou, se erguendo, amostrada, até ficar na altura do buraco. Rindo, debochada.

Dane rangeu os dentes. Não tinha mais medo dela.

– Vou mostrar pra ela. – falou, entredentes. – Eu consigo, eu consigo, eu consigo – repetia em voz baixa, enquanto segurava firme na primeira raiz, a segunda, a terceira, a quarta... – eu... NÃAO!!! – Ele escapuliu e despencou, ainda mais alto que antes, mas dessa vez, caíra sobre algo macio.

– Obrigado. – Disse ele. Ao ver que caíra sobre a calda da glinth. Isso o fez pensar que, se tentasse fugir dela, ele não teria a mínima chance.

Apesar de ser grande, era muito rápida. Ela fechou a cara e recolheu a calda, como se tivesse agido por impulso, fazendo Dane cair de bunda, devagar.

– Espere! – exclamou, duvidosa. Quando Dane se preparava para tentar novamente. – Aproxime-se do Hevon – falou olhando para o rapaz adormecido.

– Hevon...? Então, ele se chamava, Hevon?

– Ainda se chama! – falou, em tom meio zangado – ele ainda está vivo.

– Ah, me desculpe. Eu não quis ofender. Sabe, é que com todos esses ferimentos eu pensei... – Dane acompanhou, paralisado, a grande mulher serpente rastejar até ele outra vez. – Então... ele, realmente está dormindo, não é mesmo? – disfarçou.

– Sim... mas, já não pode mais lutar. Foi liberado da sua obrigação... talvez nunca mais acorde. Agora é a sua vez, pelo que posso ver. – Disse ela, esquecendo-se do Dane e voltando a encarar Hevon, nos olhos. Parecia admirar o rapaz.

– Minha... vez?

– Sim. – respondeu. Dane não fazia a menor ideia do que tinha acontecido a aquele rapaz, mas com certeza não queria que o mesmo acontecesse com ele.

– O que aconteceu com ele? – Perguntou. Antes que pudesse se conter. – Quero dizer, como ele morr... ficou assim?

– Ele foi gravemente ferido... em uma batalha, contra o próprio senhor das trevas... senhor... da morte. Hevon perdeu parte do coração, quando o seu corpo foi perfurado. Nós, glinths, o encontramos e trouxemos para cá. Existe um ferimento em suas costas, bem maior que qualquer um desses que está visível agora. É o poder da pedra que o mantém vivo.

Por um segundo, Dane, podia jurar que vira uma lágrima descendo pelo rosto da rainha. Mas não ia parar agora, ela finalmente tocara no assunto...

– O que é essa coisa, no braço dele? – Dane finalmente conseguiu fazer a pergunta que tanto queria. Estava remoendo ela faz tempo.

– Essa... é a poderosa, e temida... **Pedra Limiax**.

— Mas, e se eu... aaaaahh! – parece que Dane extinguira de vez a paciência da rainha serpente. Ela o arremessou com força contra a parede. Passando direto pelo buraco.

Não querendo ser arremessado novamente e talvez ter o azar de bater contra a parede, Dane preferiu não arriscar em voltar para a câmara onde a rainha se encontrava.

CAPÍTULO OITO

O REENCONTRO COM PREDAR

 Após quase uma hora de passos apressados por aquele túnel, Dane, finalmente viu a luz do sol que passava por entre algumas raízes finas e um bocado de folhas, iluminando o teto do túnel, um pouco mais adiante. Já conseguia ouvir as árvores balançando lá fora. Talvez fosse chuva, só que tinha aquele vento quente que passava por ele, vindo lá de cima.

 Dane mal via a hora de sair daquele lugar e ir para casa. Ele nem mesmo quis arriscar em continuar andando pelo túnel. Cavando, quebrando raízes e, ainda com a ajuda de seu corpo magricela, não demorou muito para ele estar do lado de fora.

 O cenário não poderia ser pior. Parecia que tinha tido uma guerra ali. As árvores estalavam com força e formas fantasmagóricas passavam rapidamente por ele, ocultas por uma densa fumaça. Dane havia saído em uma floresta em chamas. O vento que passava entre seus pés levava cinza e calor, não demorou muito para o pijama, ainda molhado do garoto, ganhar uma camuflagem cinza. Ele olhou bem a toda volta... É, tinha certeza... Aquela floresta não era a dele. Estava destruída, algumas árvores ainda queimavam, algumas no chão, outras ainda de pé, porém cobertas por um tipo de lama verde, e muitos, muitos animais mortos.

 Com os olhos cheios d'água, Dane vasculhava tudo em volta, calmamente, até onde a visão permitia. Procurava algum animal que ainda estivesse com vida. Procurando em buracos e atrás de árvores caídas, até que avistou, lá longe, algo não muito grande que se movia. Dane correu... Desviando dos troncos e galhos em chamas, ao passar. Um pobre animal tentava sair de debaixo de uma árvore caída, que começava a pegar fogo.

 A grande quantidade de fumaça e cinza trazida pelo vento atrapalhava sua visão. Isso sem falar que Dane já tinha engolido tanta fumaça, que tinha certeza de que passaria o resto do dia soltando baforadas dela.

 Tinha que fazer algo. Não podia simplesmente deixar o pobre animal ali, para morrer, mas o problema era que não havia muitos lugares onde

Dane pudesse pôr o pé sem que ganhasse uma bela de uma queimadura. O jeito foi subir em uma árvore enorme que, embora estivesse caída, não estava totalmente em chamas como as outras. E para a sorte de Dane, um dos galhos dela chegava até o pobre bicho.

    Mesmo andando meio desengonçado por ela, Dane pôde se aproximar o bastante para tentar puxá-lo com um galho em forma de gancho. O estranho animal era do tamanho de um cachorro, a cabeça arredondada com um tipo de topete com pelos falhos na parte da frente, onde se escondiam dois pequeninos olhos redondos e amarelados, a boca não muito grande que ficava abaixo de um curto focinho, apesar de não ter dentes, quando se abria deixava à mostra uma língua cheia de espinhos. Esses, na imaginação de Dane, serviam para perfurar folhas e trazê-las até a boca, e não para matar crianças que tentassem ajudá-lo a sair de debaixo de uma árvore em chamas. O bicho tinha longos braços e pernas, com cascos nas pontas, e nas costas, o motivo pelo qual ainda não tivesse morrido esmagado ou queimado... Um tipo muito forte de carapaça com galhadas nos lados não deixava a árvore esmagá-lo, nem mesmo as labaredas chegarem até ele com tanta intensidade.

    – Vem cá... Anda, vem cá, anda amigo. – Dane esticava o braço ao máximo, tentando alcançá-lo, no entanto o ar quente que ele respirava pesava em seus pulmões, o deixando ainda mais cansado. Já quase sem forças, ele esticou novamente o braço. Segurando o gancho feito de galho, que, por sorte, prendeu em uma das galhadas do animal. Inclinando-se para trás, Dane puxou com toda a força que ainda lhe restava – Vamos, me ajude. Faça uma força... Se não você vai queimar até morrer. Anda! – A criatura começou a cavar com os cascos dianteiro e focinho... Parecia mesmo ter entendido o que Dane havia dito.

    Com os dois utilizando toda a força que lhes restavam, a árvore começou a se mover, ora para frente, ora para trás. Com dificuldade, o animal começou a deslizar por debaixo dela, até que a galhada no final de suas costas prendeu na casca da árvore. Dane olhou para o animal, desesperado, queria que aquilo não tivesse acontecido. A chance dos dois, que já não era lá muito grande, de saírem com vida dali, acabara de diminuir ainda mais. Dane olhava, aflito, o pobre animal se debater, as chamas lambendo as árvores mais próximas. Ele parou, pensou por uns segundos e, por fim, deitou-se sobre a enorme árvore e esticou a mão, arrancou uma casca muito grossa e lançou-a sobre as cinzas e faíscas que o vento trazia para próximo da árvore, que, agora, já começava a fumegar.

Dane saltou em cima dela, engatou novamente o gancho e puxou com força. Com certeza ele esperava tirar o bicho de debaixo daquela árvore, mas certamente não esperava partir a galhada do pobre, no processo.

– Pronto! – suspirou – Você está livre, já pode ir – falou, olhando para o animal, e em seguida para o pedaço de galhada preso à árvore. Dane estava exausto. De joelhos no chão ele agora mal conseguia se mover. O animal também já não tinha mais forças e enquanto Dane fazia um último esforço pra se levantar e expulsá-lo dali, outra árvore, ainda maior, estalou e começou a cair, e a julgar pelo barulho que fazia, seria bem em cima deles. Sem forças sequer para se levantar, ele abraçou o animal e fechou os olhos. Seriam esmagados a qualquer momento.

Um segundo, dois segundos, três segundos... Cinco segundos se passaram e nada, nem mesmo o barulho dela caindo para outro lado. Na verdade, a árvore parecia ter desistido de cair no meio da viagem. Ao abrir os olhos, Dane descobriu o motivo pelo qual ele ainda não tinha sido esmagado. Ao invés de gritos de pânico, Dane abriu um sorriso que foi de orelha a orelha. Nunca tinha ficado tão feliz ao ver alguém. Estendido sobre os dois, estava o Predar, que segurava firme a árvore com apenas uma das mãos.

– P-Predar... – gaguejou. A cara radiante de felicidade. Embora o seu sorriso estivesse muito bem escondido, sob uma grossa camada de cinzas.

Enquanto olhava o amigo arremessar a árvore para longe, Dane se perguntava por onde ele tinha andado, e como o encontrou.

– *Hunf*! – bufou predar. Como se reclamasse com o garoto, por ter desaparecido.

– Para onde foram os olhudinhos? – perguntou. Vendo que o amigo gigante chegou sozinho. A verdade era que até agora o gigante não tinha falado uma palavra sequer, desde que o vira pela primeira vez próximo de sua casa, em Dawsdren, ou na orla da floresta, talvez ele nem soubesse falar. Estava perdendo tempo.

Em resposta, Dane se viu agarrado pela mão enorme do Predar, que o jogou no ombro, e com a outra mão agarrou o animal pelas galhadas que restaram e começou a andar, tranquilamente, por cima das brasas. Fazia isso, como se andasse por um campo de flores, desviando-se apenas das árvores em chamas. Com certeza não por ele, mas obviamente, para que elas não queimassem seus passageiros.

Eles andaram até saírem em uma parte da floresta onde não havia fogo e nem sinais dele. Nesse meio tempo, Dane dormia a sono solto. Talvez, se tivesse acordado, teria percebido que eles entravam mais e mais, em uma parte da floresta cujas árvores eram grandes, frondosas e de formas estranhas. A cada passo, a floresta ficava mais escura. Não demorou muito até tudo ao redor se tornar um breu.

Por causa do cansaço, Dane dormiu por no mínimo três ou quatro horas e, quando acordou, devido à completa escuridão, chegou a pensar que estivesse em seu quarto e que tudo aquilo não passasse de um sonho. O sonho mais real que ele já tivera. Nem reparou que sua "cama" se movia.

– Pai...? – chamou. Bocejando e esfregando o olho, enquanto tentava alinhar os pensamentos. – Pai! – Dane sentiu uma brisa suave e gélida escorrer pelo seu rosto, causando um arrepio. O cabelo, esvoaçando, como se estivesse em uma gangorra. Dane levantou o olhar até onde deu. Demorou um pouco até ele perceber que agora estava sendo levado em uma das mãos do amigo. – P... Pre... dar? – tentou. Ouvindo as folhas sendo trituradas e gravetos se partindo, abaixo dele.

– Hunff – bufou. Aquela foi a segunda vez que ele falou... ou, pelo menos, tentou falar algo desde que se conheceram. Embora Dane desejasse, desesperadamente, ouvir a voz do pai ao acordar, ouvir a voz do amigo gigante de pedra não foi de todo ruim. Afinal de contas, ele já tinha provado que não queria fazer mal a Dane, e também, devia saber como levá-lo de volta para casa. Tinha esperança.

– Para onde está me levando? Eu não enxergo nada! Predar... Para onde está me levando? Eu não consigo ver, eu... – Dane parou de falar de repente. – O que é aquilo? – Perguntou. Vislumbrando uma luzinha distante, que foi aumentando de tamanho à medida que andavam na direção dela. Em minutos, saíram em uma clareira, onde o grandão parou, jogou os dois no chão e ficou olhando para cima, impaciente, parecia tentar ver algo. Como se alguma coisa fosse descer do céu, bem ali.

Após ficar sentado naquela clareira, pela meia hora mais longa da vida de Dane, o garoto estava exausto e muito impaciente... Após uma hora, Já tinha contado ao amigo como conseguira escapar de uma investida letal do demolidor, o neto idiota do Sr. Erwer, e de como gostava também de vê-lo ir embora, esfregando o peito maciço, após uma perseguição fracassada, mas principalmente, contou a ele como gostava de acompanhar seu pai, fosse para a roça ou pescaria, mesmo que não tivesse feito nenhuma das duas mais de uma vez. Após uma hora e meia de conversa, da parte de Dane, o menino finalmente se calou e agora apenas observava as estrelas no céu.

Ele soltou um longo suspiro.

– Sabe, eu não quero que pense que eu estou reclamando nem nada, mas que é que estamos fazendo aqui, Predar? Bem, eu sei que esse não deve ser o seu nome, mas sabe, até que ele é legal. Mas fala, amigo, estamos esperando alguém? Hum, sabe, eu... conheci uma mulher... Quer dizer, ela não era bem uma mulher, acho que se chamava, Glinth... todas elas... – falou, pensativo. Tentava puxar assunto e, embora não tenha conseguido arrancar dele uma única e mísera palavra até agora, conseguiu que Predar virasse o rosto para ele, rapidamente. Aparentemente, ele já ouvira aquele nome, ou, quem sabe, talvez até conhecesse as mulheres serpente. – Ela falou algo sobre guardiões... É, acho que foi isso, e acho eu não entendi bem o que ela quis dizer... talvez você... Predar? – o garoto parou de falar ao ver o grandalhão, que também estava sentado, levantar-se. Aparentemente, quem ele estava esperando tinha desistido de vir. Ou, talvez, Predar, tivesse apenas parado para descansar um pouco e apreciar as estrelas e a brisa gélida que soprava, balançando os galhos das árvores ao redor. Um galho estalou atrás deles, Predar, com um giro da cintura, ficou observando a parte escura da floresta, apreensivo. Ficou parado nessa posição por um tempo, observando. Parecia esperar que alguma coisa saísse da escuridão a qualquer momento.

Dane, que tinha tido bastante tempo para descansar e permanecera boa parte dele na mesma posição, agora ria feito louco sempre que mexia a perna. Predar, que continuava parado na mesma posição, parecia tentar ouvir algo em meio aos berros de gargalhadas do garoto, virou-se rapidamente, agarrou novamente os dois e correu em linha reta o mais depressa que suas enormes pernas lhe permitiam, atravessando a clareira e se embrenhando outra vez na floresta.

Predar parecia nervoso... Como se tivesse visto algo, e seja lá o que ele tivesse visto, deveria ser grande, muito grande, afinal, algo que conseguisse botar medo nele só poderia ser. Dane, que desta vez estava sendo segurado meio que de cabeça para baixo, deu uma espiada na direção contrária, mas naquela escuridão toda, não dava para ver nem mesmo a mão na frente do rosto, no entanto ouviu um som de mato quebrando, vinha na direção deles, muito rápido. Havia também outro som, esse

Dane conseguiu distinguir bem... Era um bater de asas constante que foi aumentando em volume e quantidade... dois, três... estavam por toda parte. Dane ouvia e sentia os grandes pés do amigo esmagando coisas ao pisá-las.

Uma freada brusca fez a cabeça de Dane quase desgrudar do pescoço. Enfim, eles haviam saído da floresta... mas infelizmente essa parte dela terminava no alto de um penhasco.

– Predar, estão se aproximando!

As árvores que caíam, agora, ao som de metal, faziam com que os cabelos de Dane arrepiassem. Algo, que pelo som só poderia ter sido uma flecha, passou raspando a cabeça dele e várias outras acertavam Predar, sem efeito. Dane não parava de olhar na direção do som, queria saber quem estava tentando matá-los. Predar, por outro lado, olhava para baixo... parecia medir a altura da provável queda. O que fez Dane tremer ainda mais.

– O que está olhando? Predar... O que está olhando? Não me diga que... não, você não está pensando em pular! Vamos esperar, talvez você possa detê-los. – Falava. A cabeça balançando para todo lado enquanto Predar corria para lá e para cá à beira do penhasco.

O gigante de pedra, que, como sempre, parecia não dar a mínima para o que garoto falava, olhava umas pedras um pouco mais abaixo. Essas formavam uma espécie de degraus que desciam, serpenteando, pela enorme parede de rocha e pareciam acabar a uns dez metros do chão.

Para alguém que era feito de pedra, inclusive a cabeça, Predar, pensava demais.

As árvores mais próximas se abriram e Dane tratou de abrir bem os olhos, nessa hora, a curiosidade falou mais alto que o medo. Por outro lado, o seu amigo de pedra parecia não querer saber, e, sem aviso, lançou-se em direção ao primeiro degrau, mas o tamanho, o peso e, é claro, o fato de ele ser feito de pedra o desfavoreceram. Eles iniciaram ali uma descida rápida, após o primeiro, segundo e o terceiro degrau se esfarelarem com o peso. Com a mão livre, Predar tentava alcançar os outros degraus que acabaram de dar um salto, de repente, uma curva deles para o lado deixou ainda mais difícil a situação. Os três ganhavam mais e mais velocidade a cada segundo.

Olhando para baixo, Dane percebeu que outra curva dos degraus passava logo abaixo deles e seguia em linha reta.

– Predar, olha! – gritou ele. Mas, devido ao som do vento que fustigava, com força, seus ouvidos, o gigante pareceu não ouvir. – Predar! – insistiu. Gritando a todo volume. O gigante olhou para ele bem a tempo de ver os degraus se aproximando rapidamente. Esticando a mão ele agarrou o primeiro degrau que passava e que, assim como os outros antes dele, também se esfarelou. Um após o outro, todos se partiram. Embora nenhum degrau conseguisse realmente suportar o grande peso de Predar, foi visível a diminuição da velocidade da queda. Já no penúltimo degrau, Predar sentiu-se confiante o bastante para saltar.

Mesmo agora estando em uma área plana, sem árvores e a uma boa distância de seja lá o que fossem aquelas coisas, Predar continuava a correr. As flechas ainda passando por eles. Os três, ou melhor, Predar, já que tanto Dane quanto o animal eram passageiros, correu até não ouvirem mais o zumbido das flechas. Ele parou, jogou os dois no chão e deitou-se logo em seguida... parecia não haver mais perigo. Dane, que ainda não acreditava no que acabara de acontecer, logo ficou de pé, cheio de adrenalina. O céu estava claro, as muitas estrelas lá em cima cuidavam disso. Dava para ver o corpanzil do Predar, arfando, de barriga para cima, e, ao lado dele, o animal... estava imóvel, deitado sobre uma mancha escura. Talvez fosse apenas ilusão de ótica, mas parecia que a mancha ao redor do animal aumentava rapidamente.

Aproximando-se devagar, Dane pisou na mancha, não era ilusão de ótica, parecia, água. Era quente. Passou a mão nele, acariciando-o. Havia algo entre as patas do animal, na barriga, Dane tateou até tocar em algo muito afiado e pontudo, levou a mão no outro lado...

– Não, não, não, por favor não. – Choramingou. Era uma flecha. Ela tinha atravessado de um lado ao outro do pobre animal. Por pouco ela não atingiu apenas a grossa carapaça. – Não... o quê? Por quê? – Dane estava desesperado, andando sobre a mancha de sangue.

Com dificuldade ele tombou o animal de lado, e viu... Em uma linha diagonal imaginária, o cabo e a ponta da flecha. Percebendo que não havia mais como salvá-lo, veio à mente a lembrança dele tentando tirá-lo de debaixo daquela árvore, do esforço que fez e de como se sentiu bem por ter feito o que fez... Agora tudo havia acabado. Levado embora na ponta daquela flecha. Debruçado sobre o inocente animal, Dane chorou. Foi a primeira vez que Dane Borges viu a morte de frente. Mas, infelizmente... Não seria a última.

Com a lembrança do salvamento do pobre animal na cabeça e extremamente exausto, Dane se deitou no chão e, sem perceber, apagou.

Já de pé logo cedo, Predar observava de longe o garoto que acabara de acordar e não conseguia parar de chorar. Tentava, com toda a força, tirar a flecha.

CAPÍTULO NOVE

COMAR, O GUARDIÃO DE NEBOR

Tirando a choradeira de Dane, até que o ambiente estava tranquilo. O cenário mudara completamente e ao invés da bela paisagem com árvores enormes de antes, agora, eles se viram em um ambiente rochoso. Dane olhou para o amigo, ele agora sacudia a enorme mão, somente agora se dando conta de que ela estava coberta de sangue.

Predar se sentou... A cabeça baixa. Dane viu que ele parecia sentir... Ele realmente parecia sentir a morte do pobre animal.

— Que é isso? — perguntou Dane. Levantando a cabeça para tentar ouvir melhor. Era um som estranho, que com o passar dos segundos foi aumentando, ficando parecido com o som de uma forte chuva. No chão, uma sombra vinha na direção deles. Os dois olharam para cima ao mesmo tempo... Da direção de onde vieram, uma árvore gigantesca voava veloz em direção a eles. — Predar! — gritou Dane, que nem teve tempo de tentar sair do caminho.

— PÔOUUUUU — Dane, que havia fechado os olhos, pôde ouvir a árvore se rachando e os pedaços caindo no chão. A árvore havia se partido em muitos pedaços após receber um soco poderoso do Predar, que, após fazer isso, formou uma barreira na frente do menino e deu um urro tão alto que deixou até o próprio Dane com medo. Parecia desafiar quem quer que tivesse arremessado aquela árvore, a enfrentá-lo.

A chuva de folhas que caía e a poeira que levantava dificultavam a visão dos dois. Dane espremia os olhos tentando ver algo em meio a tudo aquilo. Uma sombra foi ganhando forma na frente deles, se aproximando rapidamente, uma cauda, pouco menor que a da rainha Glinth, sem aviso, acertou o Predar com força e o jogou longe. Dane estava paralisado de medo. Seja lá onde o amigo tivesse ido parar, dava para ouvi-lo gemer. Mesmo não entendendo, conseguia ouvir o amigo resmungando algo. A poeira agora estava abaixando, já dava para ver... um monte de pedras, caídas a uns quinze metros de distância. Dane, que olhava como um louco para todos os lados, tentando descobrir quem tinha atacado, só conseguia pensar que com seu tamanho seria fácil desaparecer na nuvem de poeira, mas...

– Predar! – sussurrou ele. Andando em direção ao monte de pedras. Ainda espremendo e limpando bem os olhos, andou com cautela até se aproximar do amigo. – Predar...! – suplicou, vendo que o amigo não se movia.

Alguma coisa muito grande disparou na direção deles. Dava para saber por causa do chão... Estava tremendo.

– Predar... hei, Predar! Vamos, levante-se, temos que sair daqui. – Cochichava ele. Que ao perceber que não tinha resposta, encostou no amigo – P-Predar? – gaguejou, empurrando-o com força.

A poeira sumiu de vez e só então Dane, com os olhos vermelhos e cheios de areia, percebeu que ali não era seu amigo gigante. Ele falava com um simples monte de pedras. O verdadeiro Predar estava caído a mais ou menos nove metros à sua esquerda e começava a se levantar, aparentemente furioso, rugindo alto. Mas ele não era o único, a coisa, seja lá o que fosse, acabara de voltar e se erguia, ameaçadora. À medida que aquele vulto se erguia, Dane paralisava. Parecia não parar de subir. A essa altura quase não se via poeira e ele viu surgir ali, bem diante dele... nítido como o dia, um tipo estranho de lagarto. Estava erguido sobre as duas patas traseiras, das quais o garoto não tirava o olho. Os dedos retorcidos, assim como os das mãos, tinham garras do tamanho do garoto, os grandes olhos vermelhos tinham uma gorda linha esbranquiçada no centro, inúmeros espinhos subiam pela coluna até o pescoço, onde formavam um tipo esquisito de coleira e acabavam pouco antes dos olhos, a cabeça alongada tinha duas fileiras de buracos contendo três em cada e que pareciam ser o nariz da criatura, a enorme boca parecia conter centenas de dentes, as sobrancelhas de couro acima dos olhos se estendiam na direção do pescoço e também do nariz. A cor acinzentada o fazia se camuflar facilmente na paisagem e embora fosse magro, ainda assim, era bem maior que o Predar.

– Olá... – falou Dane, olhando para cima. A respiração ofegante da criatura que passava pelo garoto tirava areia do seu corpo e afastava as folhas ao seu redor. Parecia estar a ponto de explodir de raiva. Dane reparou que com uma das mãos, ele arrastava um tronco que, embora, para o enorme lagarto parecesse pequeno e leve, para Dane, tinha no mínimo, três vezes o tamanho e outras cinco a grossura do garoto. – Hum... oi, por que você... quer dizer... – Dane ofegava – sabe, hum, não precisa fazer isso! – falou olhando umas cicatrizes no corpo dele.

Girando a cabeça, Predar agora parecia totalmente recuperado da rabanada e apenas observava a criatura, girando os punhos.

A expressão no rosto do gigantesco e feioso lagarto não melhorou nada depois do apelo de Dane, pelo contrário, ele percebeu que o bicho ficou ainda mais ofegante. Andando, lentamente, de costas, Dane tratou de se afastar, o máximo que pôde.

Dane, que agora estava distraído, olhando para o seu amigo, Predar, quase não voltou o olhar a tempo de ver o lagarto gigante, sem medir forças, desferir um golpe violento contra o menino que, com uma carreira e um salto para o lado, conseguiu escapar por um triz. Isso fez o lagarto se inchar todo, arranhando o chão com as garras e batendo a calda, furioso. Arrastando o tronco, começou um novo golpe, e dessa vez rasteiro, tentando acertar o garoto. Dane teve de se achatar, enfiando a cara no chão para escapar desse. A criatura levantou novamente o tronco, mas antes que pudesse desferir um novo golpe, foi agarrada por Predar, que embora menor, a jogou para longe com facilidade.

Dane, que olhava o lagarto cair com estrondo e rolar para longe, mal teve tempo para se recompor e várias outras criaturas começaram a aparecer. Algumas desciam por cordas pelo penhasco, distante, outras chegavam montadas no que pareceu serem insetos, grandes besouros de quatro patas. Reparou também que alguns deles traziam pendurado nos longos pescoços um colar com cabeças de outras criaturas. Usavam enormes tranças no cabelo e... tirando o fato de não possuírem nariz, de terem orelhas como as de um boi e de terem quatro pernas... Até que eles se assemelhavam muito aos humanos. O maior deles, que também tinha a maior trança, trazia com ele uma lança grande, com o que Dane teve certeza ser um ferrão da cauda de uma Glinth grudado na ponta. Isso deixou Dane realmente enfurecido.

Não demorou muito e os dois já estavam cercados, deixando claro que aqueles montadores de insetos não estavam ali para ajudá-los. O portador da lança desceu de sua montaria e não demonstrando interesse em conversa... Arremessou a lança contra o Predar, que não conseguiu desviar a tempo. A ponta da lança acertou o ombro esquerdo do grandalhão, arrancando dele uma pedra enorme.

– *Predar!!!* – apavorou-se. Ao ver o amigo estremecer e quase cair. – Não! Não... – Dane olhava desalentado. Não podia fazer nada, ele mesmo estava cercado.

– POW – Predar fora atingido novamente, dessa vez, pelo tronco de árvore. Na verdade, desde a primeira porrada, da lança, com ponta da calda de Glinth, Predar ficou apático. Após ser golpeado três vezes pelo lagarto, com o tronco, Predar já estava caído no chão e defendia-se apenas com uma mão, enquanto era metralhado por arranhões, rabanadas e algumas vezes pelo tronco que mesmo estando se quebrando todo, vencia a defesa do grandão e o acertava em cheio. As outras criaturas apenas observavam, rindo.

As estranhas criaturas já comemoravam a vitória ao verem o lagarto afiar as garras no peito de Predar, deslizando-as em direção à garganta, para desferir o último golpe.

– Levanta, faz alguma coisa! – berrou. Mesmo em meio a um monte daquelas criaturas, tinha que fazer alguma coisa. – Tire as patas dele! – gritou. Os dentes cerrados.

Dane, que agora era ameaçado de ter a garganta cortada por uma daquelas criaturas, que segurava uma lâmina afiada encostada em sua garganta, se calara e agora apenas observava a certa distância. Não se atrevia a entrar na briga dos gigantes, e ter seu pescoço cortado, apenas, olhava, com os olhos cintilantes, cheios d'água. Ao ver as garras da criatura se erguerem sobre a cabeça do amigo, Dane, esquecendo-se das criaturas, da faca ou de qualquer outra coisa, correu em direção aos dois e, sem pensar, arremessou, com toda a força, a primeira coisa que conseguiu pegar, contra o lagarto. Uma pedra pontuda, que o acertou no que parecia ser o ouvido do lagarto, um buraco grande na lateral da cabeça.

– *ISSO!!!* – berrou, satisfeito, quando o enorme lagarto finalmente saiu de cima do Predar. Conseguira. O único problema agora era que ele vinha direto para o garoto. Dane levava os olhos, do lagarto, para o amigo, ainda caído. Não tinha como escapar dessa, era melhor... Era...

– *BUUMMMM* – uma enorme explosão fez o lagarto sair bolando e, ao passar por cima, esmagou boa parte dos montadores. Os que sobraram pararam de rir imediatamente, na verdade, as expressões em seus rostos mudaram completamente, agora, eram de pavor. Os que restaram procuravam, desesperados, de onde tinha vindo... Avistaram no céu, ao mesmo tempo que Dane, um homem montado em uma criatura que era de longe a mais bela que o garoto tinha visto em toda a sua vida. Ela parecia mudar de cor, rosa, amarela, azul... Tinha asas grandes e fortes, um corpo comprido, pequenas pernas se escondiam em meio à grande quantidade de uma penugem amarela, trazia em sua grande cabeça uma pequena boca cônica e dois grandes olhos que mudavam de cor a cada movimento que fazia. Tinha no alto da cabeça uma coroa lisa, muito brilhante, com apenas a letra N escrita nela.

Ao se aproximarem um pouco mais, espremendo bem os olhos, Dane, viu que o homem segurava em uma das mãos uma coroa amarelo-ouro, muito brilhante. Dane viu, muito feliz, as criaturas correrem como loucas, passando umas por cima das outras, algumas montadas e outras a pé, quando o homem apontou a coroa na direção delas. Predar soltou um longo urro, mas continuou caído no chão.

O homem, seja lá quem fosse, pousou próximo ao Predar. Desmontou e andou em sua direção. Era humano, quer dizer... embora o cabelo longo e ondulado dele fosse grisalho e ele aparentasse ter no máximo uns vinte anos, suas mãos e pés eram normais, rosto perfeito, era muito branco, na verdade, chegava a ser pálido, mas isso não mudava o fato de que aquele era realmente um humano. O primeiro que ele encontrara até agora.

O homem misterioso usava uma capa vermelho-rubi, com a parte de dentro cinza, que escondia parte do pescoço, usava umas botas altas cor de ouro, cheia de prendedores, e tinha nos olhos um azul tão intenso que parecia querer transbordar.

Ao ver o homem ir em direção ao amigo, Dane encheu-se de coragem, afinal, para Dane, apesar de tudo, aquele homem dava menos medo do que aquelas criaturas. Ele correu e ficou entre os dois. Olhava fixo para ele, e, mesmo sabendo que aquele homem tinha botado todos pra correr, para Dane... ele ainda não passava de um homem.

– Não o machuque, por favor! – Pediu. Em tom um tanto mais alto do que pretendia. Encarando o homem, que naquele momento se permitiu um sorriso. Só agora ele percebeu... O homem, devia ser um rei... O rei daquele lugar. Por qual outro motivo usaria uma coroa? Ele agora tinha devolvido a coroa à cabeça, a coroa que, agora, vendo de perto, era prateada e não dourada. As laterais da coroa eram escondidas pelas ondulações dos cabelos, mas na parte que ficava exposta, na frente, havia uma pedra verde esmeralda muito bonita, incrustada. Por um segundo, ela o fez lembrar de algo.

— Não se preocupe, não vou fazer mal a ele – disse o homem, rindo e fechando a longa capa por cima dos braços cruzados, fazendo ele parecer que flutuava. – Como vai, velho amigo? Parece que pegaram você de jeito – falou ele, olhando para Predar, que nitidamente parecia aliviado em vê-lo. Dane, que havia se afastado para o homem passar, apenas observava, curioso. O homem subiu no grandão, meteu a mão dentro da capa e tirou de dentro um pequeno frasco com um líquido azul dentro dele, jogou sobre o peito do Predar e desceu em seguida.

— Vamos? Estão todos aguardando você... Não faz ideia de como sua chegada era esperada. – Falou, em tom cordial.

Dane olhou para o amigo caído e em seguida acompanhou o homem até a sua montaria, sem dizer uma palavra, mas então...

— Me desculpe, mas quem é o senhor? E quem está me esperando? – perguntou, examinando o homem.

— Sou um amigo, Dane. – Respondeu, fazendo o garoto ficar ainda mais intrigado. – É... eu sei... mas não posso explicar aqui. Vamos?

Dane não tinha muita certeza se queria ir com aquele homem misterioso.

— Aquilo que jogou em cima do Predar... O que era?

— Predar? Quem é... hum... sei, está se referindo ao leal. – Respondeu o homem, bondosamente.

— Leal... Então, é assim que ele se chama...?

— Sim...

— Por que chama ele assim, esse é o verdadeiro nome dele? – perguntou. De repente sentindo-se menos tenso.

— Não... A verdade é que ele não tem nome, nenhum da espécie dele tem. No entanto, não pode haver amigo melhor, mais dedicado, valente ou mais *leal*. – falou essa última dando uma piscadela para o grandão.

— Leal... entendi. – respondeu o menino, voltando os olhos para o amigo de pedra. – Desculpe-me, mas ainda não sei quem é o senhor. – Disse, sincero.

O homem riu.

— É verdade. Me chamo Comar... E você faz muitas perguntas, sabia disso? – E Dane sabia muito bem disso. Tinha sido arremessado em um túnel, a vários metros de altura, por uma Glinth, por falar demais.

Mas acontece que era mais forte do que ele – Mas é compreensível... – continuou. – Anda, precisamos ir, não estamos seguros aqui... Contarei tudo que você precisa saber assim que chegarmos.

– Chegarmos, aonde? Mas e o Pre... quer dizer, Leal? Não podemos deixar ele aqui. – falou apontando. Mas Leal o liberou com um aceno da cabeça.

– Não se preocupe, ele vai ficar bem, – tranquilizou-o. – é duro na queda. A poção que derramei nele trará de volta um pouco da sua força... Agora ele só precisa comer um pouco. Além do mais... eles não estão atrás dele, nosso amigo era apenas um obstáculo para chegarem a quem eles realmente queriam... Você. – Falava enquanto montava na criatura alada e estendia a mão para Dane.

– Disse que aquelas criaturas estavam atrás de mim? Mas... eu não entendo... Por quê?

– Paciência, Dane... Logo você saberá. – disse Comar, tirando uma pedra grande e prateada de dentro de uma bolsa e arremessando-a para longe, quando já voavam alto. – Achei que eu fosse precisar... Estava enganado, foi melhor assim. – falou, meio gritando. Embora a criatura não voasse tão rápido assim.

Dane observou a pedra cair sem dar muita importância, nem tinha por que, era só uma pedra. Ele riu e balançou a cabeça.

– Disse que ele precisa comer... O que ele come? – perguntou curioso. Gritando lá atrás, para que o homem pudesse ouvir.

– Pedra! – respondeu Comar, prontamente.

Dane deu uma olhada em volta, estavam cercados por pedras de todos os tamanhos.

– Mas aqui tem tantas... Por que ele não as come?

– O grandão é exigente. – Respondeu, rindo. – Não come qualquer coisa. Ele só se alimenta das pedras da montanha da magia... São mais resistentes, quase inquebráveis. Deixa ele mais forte.

– Montanha... da magia?

– Isso! – respondeu, Comar, parecendo intrigado.

– Eu já ouvi esse nome antes, – murmurou – assim que eu cheguei nesse lugar. – Umas... criaturinhas estranhas, que estavam próximas ao rio, onde encontrei a menina Glinth... – falou em tom mais alto – elas, falaram desse lugar. *WOOOOOW!* – disse o garoto, quando a criatura voou mais alto. Fazendo Dane se agarrar à capa do homem.

– Glinth? Disse que conheceu uma, Glinth? – assustou-se. Virando o rosto para o garoto.

– Uma só não... Várias. – falou. Muito satisfeito ao perceber que Comar parecia surpreso.

Comar deu um meio sorriso e, ao mesmo tempo, olhava com cara de espanto para o garoto.

– O que foi? – perguntou Dane, indignado. Era como se o rapaz não acreditasse nele. – Não acredita? – perguntou, não conseguindo conter-se.

– Claro que acredito... Afinal de contas, você não estaria aqui se fosse um mentiroso... É só que... poucas pessoas ficam cara a cara com uma criatura daquelas e sobrevive... Elas não são muito amistosas se quer saber. Garoto, você já tem uma boa história pra contar. – Falou Comar, sorrindo para ele.

"você não estaria aqui se fosse um mentiroso", o que será que ele quis dizer com isso?

Enquanto voavam, Dane, sentia o vento passar por seu rosto, fazendo seus cabelos pontudos dançarem. Uma sensação de liberdade... Dane nunca havia se sentido assim, exceto, talvez, quando montou em um cavalo que o Sr. Fofo comprara para ele mesmo e o vendeu uma semana depois, por não conseguir nem mesmo subir no animal. Eles voaram na direção das montanhas, ao norte, e não demorou muito para o lugar onde deixaram Predar ficar do tamanho de um grão de arroz e desaparecer, engolido pelo verde das árvores lá embaixo.

No ar, Dane estava tendo a maior emoção da sua vida. Olhava para todos os lados, maravilhado. Girava a cabeça de um lado para o outro feito louco, não sabia para onde olhar primeiro, a visão ampla que tinha lá de cima lhe mostrava a quão grande era aquele lugar, e, ao mesmo tempo, o desanimava, pois, mesmo com aquela visão, não conseguia ver nada que pudesse reconhecer. Não via Dawsdren.

Um piado longo e fino chamou a atenção do garoto.

– O que foi isso? – perguntou. Mudando a expressão no rosto, ligeiro.

Comar não respondeu, olhava fixo para as montanhas lá embaixo. Por algum motivo, parecia nervoso.

– Não se preocupe... É só a Nill. – respondeu, dando uma tapinha nas costas da criatura.

– Nill... então... – mas Dane desistiu da pergunta, em vez disso... – por que ele, hum, sabe, faz isso?

– É instinto de defesa... Ela só faz esse som quando sente perigo por perto. – falou, inclinando-se para frente, enquanto sobrevoavam a montanha mais alta do lugar.

Não demorou muito para eles descobrirem o motivo do aviso da criatura. Do outro lado da montanha eles avistaram uma pequena vila, em chamas.

– Morlak! – disse o homem. Em um tom mais alto do que pretendia, apertando as rédeas com tanta força que seus dedos estalavam.

– Morlak... – Dane já tinha ouvido esse nome antes. Sabia que não era coisa boa. – O que são? – perguntou, esforçando-se para manter os olhos bem abertos, agora que Nill começara a voar mais rápido e o vento batia com força no rosto do garoto. O vento uivando em suas orelhas. – Parecem formiguinhas lá embaixo! – exclamou.

– ... Olhe melhor. – Falou Comar, sério. Fazendo Nill dar um mergulho e em seguida plainar em baixa altitude.

Ainda de olho no movimento lá embaixo, e dessa vez com os olhos bem espremidos, Dane viu que não eram formigas. Um massacre estava acontecendo lá embaixo. As criaturinhas lá pareciam ser... eram sim! Aquela era a vila da criaturinha de olho azul! Estavam sendo devastados por seres quase três vezes do tamanho deles. Mesmo eles estando mais baixo agora, ainda não dava para ver muito bem o que estava acontecendo lá. Dane espremeu ainda mais os olhos, pareciam camaleões, camaleões com armaduras.

Agora já era possível ver espadas malfeitas, lanças e flechas cortarem e perfurarem os corpos pequenos e frágeis das pobres criaturas.

Uma coisa cresceu dentro de Dane, algo que ele nunca tinha sentido antes. Aquilo foi crescendo, ofegante, os dentes cerrados, o peito quase explodindo. Ele fechou os olhos por um segundo e voltou a olhar para baixo...

– *NÃAAAOOOOO!!!* – Berrou, fazendo Nill desenhar um "s" no ar, ao ver um dos camaleões lá embaixo perseguir, com uma lança na mão, uma das criaturas. – Desça... – Implorou. – Por favor, desça! Por favor... por favor, por favor... *Azuuuullll!*

– Sinto muito... não podemos ajudá-los. – falou Comar, ao perceber que Dane, de alguma forma, e para a sua surpresa, parecia conhecer as pequenas criaturas daquela vila.

– Mas você matou aquele lagarto, e fez todos aquelas... aquelas criaturas, fugirem.

– Aquilo foi necessário, eu precisei salvar você... E eu não o matei, eu só o afugentei. De qualquer forma, minhas ordens são pra levá-lo em segurança.

Ainda olhando para baixo, Dane viu que pequenos pontinhos voavam, velozes, em direção a eles.

– Que é isso... Comar? O que são aquelas coisas? – Perguntou, parecendo triste e decepcionado, ao mesmo tempo.

Com um puxão gritante na cabeça de Nill, Comar a fez subir rapidamente, fazendo manobras rápidas.

– *Flecha!!!* – gritou, fazendo Nill subir quase na vertical, rapidamente. Embora muitas delas perdessem a força e fizessem o caminho de volta antes mesmo de chegarem até eles, outras passavam assoviando por eles. Uma delas passou tão perto da cabeça do Comar que tirou alguns fios do seu cabelo ondulado, outra, que passou mais distante, perfurou uma das asas de Nill, que pareceu não sentir.

Inclinando-se novamente para a frente, Comar abraçou o pescoço do animal e cochichou algo em seu ouvido. Nill, que já estava fora do alcance das flechas... fez a volta e pegou a todos, inclusive a Dane, de surpresa com um voo rasante sobre eles, se chacoalhando ao ponto de toda sua penugem se ouriçar e parecerem tremer, um pó começou a cair e formou uma nuvem amarelada que desceu rápido sobre os camaleões.

– Quer ver uma coisa legal? – perguntou Comar, excitado. – Observe... a qualquer momento... – Continuou, apontando na direção das criaturas.

Dane ficou observando as estranhas criaturas lá embaixo. Não demorou muito até o garoto notar que elas começavam a se coçar, algumas caíam no chão arrastando-se para lá e para cá, logo todas estavam caídas. Dane notou que algumas se levantavam, tentavam correr e davam de cara em alguma coisa... como se estivessem cegas, outras usavam as espadas e as pontas das lanças para coçar o corpo. Mesmo àquela altura, era possível ver o sangue jorrando.

Impressionado, Dane mostrou-se como sempre, curioso.

– Que foi aquilo? Estão todos se coçando... – falou boquiaberto.

– Apenas um dos muitos talentos da garotona aqui. - falou, muito satisfeito, acariciando Nill, que, naquele momento, estava vermelha.

– Garotona...? – ao ouvir isso, Dane tirou a dúvida que vinha pairando sobre sua cabeça, desde que viu a criatura... Nill era mulher... quer dizer... era fêmea.

Sem fazer mais perguntas, Dane seguiu viagem com seus dois novos amigos.

Lá em cima, era calmo, silencioso, quase como estar mergulhado dentro de um lago gigantesco de água cristalina, se não fosse pelo assovio leve do vento nos ouvidos e do bater de asas lento e gracioso de Nill... poderia até ser confundido. Dane se sentia bem. Observava bosques, rios, rochedos e outros tipos de paisagens por onde passavam. Não fazia ideia de para onde estava sendo levado, mas o que isso importava? Estava sendo a maior aventura de sua vida.

Já fazia horas que eles estavam voando, e, embora Nill fosse macia, Dane sentia-se extremamente exausto. Até a Nill parecia cansada. O bater de asas dela estava diferente e agora começava a incomodar um pouco. Por duas vezes, Dane, que estava sentado atrás, escapuliu pelo lado e, se não tivesse segurado firme na capa do Comar e apoiado o pé na asa da Nill, teria dado um belo salto até o chão.

– O que é aquilo? – Dane apontava para alguma coisa prateada que estava longe e que veio se abrindo como um leque à frente deles, conforme eles se aproximavam.

– Aquele é o lago Glinth – disse. – Antes do meu tempo, durante muitos anos, as mulheres Glinths viveram aqui, nesse lago, daí o nome.

– O que aconteceu, hum, sabe, por que elas partiram? – perguntou, olhando para o lago que agora lançava na direção deles um prateado ofuscante que chegava a doer nos olhos.

– Já faz alguns anos... Morlak chegou, então... elas desapareceram. Quase lá... – sussurrou, olhando a flecha ainda enfiada na asa de Nill.

– É pra lá que estamos indo? – Dane estava meio decepcionado, depois de tudo que vira até agora, ele esperava um castelo gigantesco, com duendes, dragões ou algo do tipo. Ali, só tinha água!

– É bem mais legal do que você pensa, pode apostar, talvez até surpreenda você! - falou, como se Dane já não tivesse se surpreendido o bastante, com tudo que acontecera até aqui. – Primeiro vamos até o conselho... já estamos atrasados eu acho...

Mas Comar foi interrompido pelo ronco da barriga de Dane, que naquele momento parecia gritar mais alto do que qualquer uma das criaturas encontradas até agora.

Ele deu uma risadinha.

CAPÍTULO DEZ

O PORTAL SECRETO DO LAGO GLINTH

— Pensando bem... acho, que eles podem esperar um pouco mais... acho melhor irmos comer algo primeiro... não concorda? – perguntou, com um largo sorriso em seu rosto agora, muito rosado, por causa do vento frio. Dane sorriu com o rosto vermelho.

Eles começaram a sobrevoar o lago. A água que de longe, antes, parecia prateada, acabou se revelando muito escura e funda em algumas partes. Na verdade, mesmo cercado por uma vegetação muito verde, o lago em si tinha uma aparência morta, a água estava muito calma, mesmo agora estando ventando bastante. Às vezes o vento desenhava na água, fora isso... não se via nem mesmo um peixe.

— Vamos lá, Nill... Sabe o que fazer! – disse Comar, dando um tapinha nela, fazendo Dane desviar o olhar da água lá embaixo. Nill desceu um pouco mais e assobiou... um assobio fino e longo, e tornou a subir, pairando a poucos metros da superfície da água.

Dane olhou para baixo e viu que umas poucas bolhas começaram a surgir na superfície.

— Comar! Lá embaixo, tá vendo? O que é aquilo? – perguntou, apontando para as bolhas, que agora subiam aos montes. Era como se uma enorme criatura submersa tivesse emergindo bem ali, para ver quem diabos estava atrapalhando o seu descanso, furiosa.

— Continua olhando, Dane – falou Comar, com um risinho no rosto e um ar de importante.

Agora as bolhas subiam aos milhares, em segundos, todo o lago parecia ferver. Apesar disso, a água escura do lago de repente ficou muito límpida. Uma sombra surgiu no meio do lago, era enorme, gigantesca. Um galho surgiu de dentro da água, era verde e repleto de folhas tão verdes quanto ele – Dane limpou os olhos, não acreditava no que estava vendo –, o galho continuou subindo e vários outros junto a ele, em segundos, uma grande quantidade de perucas verdes havia surgido, copas, de todos os tamanhos pelo que se via, de repente, Dane viu-se sobrevoando uma grande massa de terra, coberta por árvores. Haviam se formado, bem ali, no meio do lago, bem diante dos olhos de Dane. Dava para ouvir o canto dos pássaros, alvoraçados, lá embaixo. Como isso era possível?

Nill Sobrevoou a ilhota e desceu em uma clareira não muito distante das primeiras árvores.

– Chegamos! – falou Comar, que apesar de ainda manter uma postura importante, parecia imensamente aliviado.

– Minha nossa... UAU! – admirou-se Dane. Estava maravilhado, dava para ouvir pássaros cantando para todo lado. Cantavam por toda a floresta.

– Está ouvindo? – perguntou Comar – parece que até as aves já sabem que você chegou.

– Mas isso é loucura! Esse... lugar ele... ele surgiu do nada... Sabe, do fundo do lago, e todos esses pássaros. Como isso é possível?

– Eu não disse que talvez a gente impressionasse você? – falou Comar, dando risadinhas – mas, se quer saber, existe bem mais do que pássaros aqui, meu amigo... bem mais do que pássaros... – Comar já não tinha mais um sorriso no rosto, estava preocupado.

Nill estava realmente se divertindo, ela corria para todo lado, devorando pequenos insetos que sentavam nas folhas do aberto, ela parecia conhecer o lugar. Comar chamou Dane com a cabeça e eles andaram por entre as árvores. Dane observava cada movimento, atento, queria ver algo, esperava ver um duende ou anão sair de trás de uma árvore a qualquer momento. Isso não aconteceu.

Comar levou Dane para outra área que, embora menor, também era aberta. As árvores em volta deles tinham um formato diferente das outras, chegavam a ser medonhas, na opinião do garoto. Embora estivesse começando a entardecer, Dane não pôde deixar de notar duas árvores jovens e finas que, embora cercadas por em emaranhado de galhos, eram muito brancas. Bem diante deles.

– É ali... A entrada. – falou Comar, apontando para as duas árvores.

Dane não sabia o que pensar, muito menos o que dizer. Tá legal que ele já vira muita coisa estranha desde que chegara naquele lugar... mas tirando o fato de aquelas serem árvores estranhamente brancas... eram apenas árvores. Antes que Dane pudesse gaguejar algo, dois pássaros de cores muito intensas, tão intensas que mais pareciam duas grandes gotas de tinta cintilante entre as árvores, passaram rapidamente por ele e pousaram próximo às duas árvores, um em cada lado. Dane, que tentava distinguir as cores dos pássaros, por causa do brilho intenso que emanava dos dois, ficou surpreso quando Comar se curvou diante deles.

– Anciões... sou Comar, filho de Amim e neto de Ziron, peço humildemente que me permitam passar, trago comigo o escolhido dos guardiões. *O novo senhor das pedras.*

Dane, que ainda andava meio duro, por conta da viagem, se afastou um pouco mais do rapaz ao ouvir isso.

Mal fechou a boca e os pássaros tornaram a voar, ficando no topo das árvores, os galhos onde, antes, estavam sentados começaram a se contorcer, logo todos os galhos estavam apontando para os lados, com exceção dos dois onde os pássaros estavam... estes formaram um arco diante deles e Dane sentiu seus pés umedecerem. Algumas gotas de água começaram a subir, elas saíam do chão e circulavam, no ar, sob o arco... em instantes, Dane se viu diante de um grande espelho de água.

O ar em volta era tão maciço que Dane sentia que podia apalpá-lo.

– Isso, é... quer dizer, isso é mesmo um...?

– Portal. – Completou Comar – Não podemos perder mais tempo. – Dane, que já estava andando meio de lado por causa da fome, nem quis saber aonde aquele portal ia levá-lo. Desde que tivesse comida.

Comar entrou primeiro e ele entrou lentamente, membro após membro, logo em seguida.

– *INACREDITÁVEL*...

Um minuto atrás, Dane estava em uma floresta onde só se via árvores, agora... estava tendo dificuldades para fechar a boca, tamanha a surpresa. Saíram em um morro. Uma cidade inteira estava agora à sua frente... Era difícil descrever, havia casas de todos os tamanhos e formatos. Uma muralha no meio da cidade foi o que mais chamou sua atenção, era gigantesca, até mesmo para quem a olhasse de longe, porém, ela não abraçava a cidade inteira... parecia abraçar apenas o centro dela.

A posição de Dane em relação à muralha era generosa e lhe permitia ver parte do que estava atrás dela, e não havia nada sendo guardado por ela, era possível ver apenas um enorme espaço vazio.

— Vamos! Tente não chamar muita atenção. - falou Comar, dando um tapinha nas costas de Dane. O menino olhou para trás... Dava para ver o outro lado, as árvores e os pássaros que já haviam voltado para os mesmos lugares, onde estavam antes. Desse lado não tinha portal... somente...

Dane tentou agarrar algumas folhas... Levava a mão, lentamente, queria ver se conseguia... mas foi surpreendido por um novo chamado do Comar, que já estava se adiantando em descer o morro.

Andaram por uma trilha rochosa, que levava ao começo da cidade. A cada passo que dava o garoto ficava mais e mais impressionado... todas as criaturas que encontrara até ali nem se comparavam à diversidade que estava agora ao seu redor.

Criaturas com quatro olhos, algumas tinham duas cabeças, outras com vários braços e muitas outras, Dane até viu uns bichos rastejantes enormes, mas logo descobriu que eles serviam como alimento, quando uma mulher estranhamente vermelha, com grandes olhos e com tentáculos, puxou um deles e arrancou a cabeça. Todos pareciam amigáveis ou quase todos, havia alguns que não dava para desvendar a expressão em seus rostos.

Ouviu-se sussurros, vindos de todas as partes, mas nenhum que o garoto conseguisse entender.

— O que eles estão dizendo? - perguntou segurando a capa do Comar, com força.

Passando pelas pessoas, Dane tentava não chamar muita atenção, como o homem pedira. Não queria acabar se tornando a refeição de alguém.

Mas era difícil não olhar todas aquelas criaturas e pessoas estranhas juntas, algumas andavam em círculos sem ir a lugar algum, outras trocavam olhares depois de uma longa espiada em Dane, que apertou ainda mais a capa nas mãos e grudou em Comar.

— Está quase escurecendo... Temos que andar mais rápido. - Informou.

Foram ziguezagueando por entre ruas e becos. Passando por feiras ao ar livre, Dane notou que entre os diversos e incomuns tipos de frutas que negociavam, havia entre elas algumas que eram comuns a ele, uvas, peras, melões e outros tipos, notou também que, durante sua breve passagem pela feira, eles arrancaram no mínimo cinco dúzias de olhares. Saíram e seguiram por uma rua com uma cor fortemente esverdeada, já era possível ver um muro altíssimo e, aparentemente, era para onde Comar o estava levando.

Uma dúvida pairou sobre a cabeça de Dane... o que eles estariam indo fazer lá, se o lugar está completamente vazio? Ao mesmo tempo, ele se lembrou de suas experiências até ali... seria burrice fazer essa pergunta.

– Está pronto? – Perguntou Comar, quando os dois chegaram. Mostrando certa preocupação na voz.

– Sim. – Respondeu Dane. A voz meio trêmula. Ele ergueu a cabeça e deu uma boa olhada, para cima e para os lados... o muro era bem mais alto do que ele pensara, com um portão de duas folhas que era ainda mais alto. Embora ele não tivesse visto nada atrás daquele muro, quando dera uma boa espiada lá de cima, não conseguia disfarçar certo entusiasmo. O cérebro fantasiava mil coisas, cada uma mais louca que a outra, mas Dane já estava ali há bastante tempo para saber que praticamente nada naquele mundo era normal.

Mais uma passada em direção ao portão e ele se abriu, era como se alguém lá dentro já os aguardasse e os estivesse observando.

– Uau! – boquiabriu-se – Meu deus... eu... isso é... é incrível! – Dane agora tentava encontrar ar. Deu algumas passadas para trás, queria ver se aquilo era realmente possível... era sim!

Passando novamente pelo portão, cogitou novamente a hipótese de estar sonhando, ou talvez... ele parou, um grande calafrio percorreu todo o corpo de Dane, fazendo o garoto estremecer... talvez... talvez... ele começou a contar na mente. Primeiro ele estava no quarto dele, deitado, depois viu um grande clarão, depois disso, já começaram as coisas estranhas... bolas saltitantes com olhos, gigante de pedra, sombras, Dane estremeceu ao pensar nessas, e mais um monte de coisas anormais. E se ele... e se... Dane... estava... *Morto*?

– O que foi? – perguntou Comar, mais adiante.

– Nada. – Mentiu. – Hum, espere! – falou, quando o rapaz virou de costas e recomeçou a andar. – Não é verdade, tem... tem uma coisa, é que, eu preciso saber... ok, certo – Dane suava, nervoso – o que... o que eu quero saber, é, se, eu estou... morto...?

Comar, que observava o garoto atentamente, não aguentou e acabou dando uma gargalhada.

– Se você está o quê?

– Bem... hum – mas ele não repetiu. Era óbvio que ele não estava morto, e a risada de Comar confirmou isso. – Nada. – respondeu, corando de leve.

Após isso, Dane tornou a voltar a sua atenção para a visão inacreditável à sua frente.

– ...Era enorme. Bem no meio do lugar... Um castelo. Quatro torres nos cantos com dezenas de janelas em cada uma delas, as torres eram no mínimo três vezes a altura do muro. Havia uma quinta torre, maior e mais grossa, ficava no centro, essa era pelo menos duas vezes mais alta que as outras e todas eram ligadas por grandes paredes de pedra. Mesmo estando longe, dava para ver que parte da parede era verde, como se fosse coberta por pequenas plantas, e isso dava ao lugar uma aparência antiga. Embora não desse para ver bem o telhado, dava para ver uma bandeira grande, no topo da torre mais alta. Havia algo desenhado nela.

– É incrível! – admirou-se Dane, mais aliviado.

Agora, do lado de dentro, olhando bem... ele estava mais alto do que as casas. Continuaram andando, dava para ver as pequenas ruas cortando entre elas e as minúsculas pessoas lá embaixo, que pareciam conversar tranquilamente. Tudo em volta era muito verde, havia árvores para onde quer que se olhasse. Vários homens com armaduras desceram do muro por longas escadas de pedra, e vieram cumprimentar Comar.

Todos parecendo felizes em vê-lo.

– Quem é esse? – perguntou um dos soldados.

– Meus irmãos! – gritou Comar, para que todos pudessem ouvi-lo – É com muito prazer, honra e esperança, que eu lhes apresento... *Dane Borges*... o novo escolhido dos guardiões... o novo *Senhor das Pedras*.

Senhor das pedras... isso soou para os soldados como uma ordem de reverência. Todos se ajoelharam diante de Dane, que não fazia a menor ideia do que fazer naquele momento.

– Meu senhor... – disseram em coro, os soldados, todos de cabeça baixa. O que fez Dane pensar se ele realmente sabia onde estava se metendo.

Meio desengonçado, Dane retribuiu o gesto dos homens com uma breve e desajeitada reverência. Os dois seguiram em direção às ruas, onde Dane não ficou nem um pouco mais à vontade. As pessoas que passavam continuavam a olhar e apontar para o garoto como se ele fosse de outro planeta. Se bem que Dane começava a pensar seriamente nisso, elas pareciam surpresas, outras balançavam a cabeça negativamente, pareciam desapontadas. Mas Dane tentou não dar tanta atenção a isso, estava encantado, as ruas embora bem pequenas eram muito bonitas, isso sem falar que também eram muito limpas, na frente de cada casa havia um pequeno jardim muito bem cuidado. O cheiro das flores inundava as ruas com um perfume delicioso.

Andaram pelas ruas por algum tempo e finalmente chegaram...

– Isso é... um lago? – Dane realmente tinha observado lá de cima que as casas na frente do castelo formavam uma linha em "U", agora ele entendeu o motivo. Havia um lago muito estreito, entre as casas e a enorme construção, que abraçava o castelo, embora muito, realmente muito estreito, seguia ladeando o lugar até perder-se de vista.

– Sim... Um dos amores do meu pai! Ele adora vir até aqui, sentar no jardim e ficar observando a água. – Comar apontou para um magnífico jardim do outro lado, onde se via flores de todos os tamanhos, cores e formatos, chegava a ser ainda mais belo que o arco-íris – uma vez, – disse, abaixando o tom de voz – eu peguei ele conversando com a água. Vem comigo.

Comar andou na direção da água e Dane não pôde deixar de reparar o quanto ela era cristalina, dava para ver as raízes podres e pontudas nas margens, dentro d'água. Se Dane tivesse prestado mais atenção, teria visto quando uma ponte começou a subiu do fundo e boiar bem diante deles. Toldando parte da água.

– Uau! Isso é incrível!

– Muito legal, não é? – falou Comar, com tom de orgulho.

CAPÍTULO ONZE

A CHEGADA AO CASTELO

    Eles atravessaram a pequena ponte, molhando apenas a sola do pé. Finalmente chegaram. Quando menor, Dane ouvia histórias todas as noites antes de dormir, histórias essas contadas por sua Irmã, Lurdinha, que tinha o dom de fazer com que Dane dormisse com um sorriso no rosto. A maior parte das histórias contadas por ela eram inventadas. Lurdinha tinha um dom extraordinário para isso e todas sempre falavam da mesma coisa... Um príncipe ou guerreiro que, embora passando por várias dificuldades, lutou, com honra e coragem, persistiu, seguiu em frente e no fim conquistou o amor, respeito, lealdade e a tão sonhada felicidade.

    Para Dane, aquele lugar era o mais belo castelo do mundo. Embora ele nunca tivesse visto um realmente, sabia que aquele era um castelo... era muito parecido com os das histórias contadas por Lurdinha. Era ainda mais lindo do que ele fantasiara nas noites em que fingia ser um príncipe e que a sua cama e alguns panos velhos e mofados que a cobriam eram o seu castelo e suas terras.

    Seria agora... Dane finalmente saberia de verdade o motivo pelo qual ele fora trazido para esse mundo, e o principal... descobrir se eles poderiam mandá-lo de volta?

    – Comar, eu não quero desapontar você... mas, sabe, eu acho que trouxeram a pessoa errada! Predar... quero dizer, leal, deve ter se confundido... sabe... lá, naquele campo de areia e rocha, eu... eu teria morrido se você não tivesse aparecido, não posso defender esse lugar... não posso defender... ninguém. – Antecipou-se em dizer. Lembrava do Hevon e do que a rainha Glinth falara.

    – Pode sim... só precisa do treinamento certo e da arma certa... Além do mais... não escolhemos você pela sua força, escolhemos você pelo que você carrega aqui...

Falou isso pondo a mão sobre o peito de Dane, que se sentiu seguro o bastante para concordar, com a cabeça. Embora não soubesse exatamente o que tinha de fazer.

Com um grande estalo, a porta do castelo se abriu, rangendo, e um homem que aparentava ter quarenta anos apareceu, tinha os cabelos negros e ondulados, que escorriam até o pescoço, era um tanto magro, os olhos negros e fundos, davam a ele uma aparência severa, a pele muito branca, como se quase nunca pegasse a luz do sol. Usava uma veste muito parecida com a de Comar, embora esta fosse cinza por dentro e verde-esmeralda por fora.

– Irmão... – falou Comar, agarrando o homem, que não tirava os olhos de Dane. O homem deu um tapinha sem vontade nas costas de Comar. Como se estivesse fazendo um grande sacrifício.

O garoto sentiu um frio passar pelo pescoço, que o fez tremer.

– Eu só vim para dar as boas-vindas ao novo escolhido, queria ser... o primeiro, a fazer isso. Espero que esse aí tenha mais sorte do que o último. – disse. Lançando em Dane um olhar sinistro.

– Claro, irmão, Dane... este é Ramon, é meu irmão, e logo será um guardi...

– Como posso ser um guardião? Irmão... se você já ocupou o único lugar que estava disponível entre eles... – retrucou, com desprezo – mas tudo bem... não vamos falar disso, como eu disse, só queria dar uma boa olhada no nosso *salvador*. – falou isso e girando nos calcanhares retirou-se. Parecendo deslizar pelo corredor. Olhando para aquele homem... Dane não notou muita diferença do olhar dele para os das criaturas que tentaram matá-lo lá atrás.

– Venha, vamos comer um pouco, sei que está faminto! – Comar agarrou o menino pelo braço e o conduziu por um corredor grande, cheio de vasos e estátuas enormes que empunhavam espadas, machados, lanças e várias outras armas.

O lugar parecia ter sido feito para um gigante morar, era enorme, havia muitas escadas, portas e corredores que iam em várias direções.

– Com licença, com licença! Garoto esfomeado passando. Upa! Dá aqui, obrigado. – Comar acabara de roubar a bandeja de frango de uma mulher que ia passando.

— Isso... eu... posso? – o garoto estava com tanta fome que não parava de olhar para a mesa, era uma grande mesa retangular, de madeira, com muitas cadeiras em volta, tinha de tudo um pouco: porco, ou pelo menos parecia ser, arroz, tripas, coração, saladas de várias cores, frutas e várias outras comidas que Dane não conhecia, e nem se interessou em perguntar, tratou logo de agarrar um prato mais próximo e antes mesmo de pôr a primeira colherada, deixou cair, fazendo um baita estardalhaço. Para sua sorte, a mesa estava cheia deles e tratou de encher um dos maiores, com um pouco de cada coisa.

— Pode... Claro! – respondeu, atrasado. Olhando o garoto enfiar tanta comida na boca, de uma só vez, que chegava a se engasgar. – Ah! Isso é pra você... – falou recuperando-se e pondo a bandeja com o frango na mesa – Humm... deixa eu ver... acho que deve ter uma jarra com uma boa bebida em algum lugar... aqui, achei! Esta é a nossa melhor bebida, na minha opinião, tem que provar. – Dane concordou com a cabeça. – aqui está – falou, enchendo uma grande taça prateada com um líquido esverdeado, cujo cheiro lembrou a Dane o do mel. – Vai ajudar a descer melhor a comida.

Por alguns segundos, o salão ficou muito silencioso. Dane finalmente havia se dado conta de que estava comendo igual a um porco. Soltou a comida, pegou a taça cor de prata que estava à sua frente e deu um grande gole...

Rosa... vermelho... a cara do Dane já estava ficando roxa... ele fazia força, para tentar descer o bolo de comida preso na garganta, quando conseguiu, com os olhos muito vermelhos, respirou fundo e, novamente, voltou a comer, dessa vez, com mais calma.

— Você não vai comer? Perguntou, com voz abafada, sem jeito. – O garoto segurava uma coxa de frango em uma das mãos e uma orelha de porco na outra. Só agora parecia ter se dado conta de que, naquela mesa enorme, havia comida o suficiente para alimentar uma família inteira.

— Não, mas se você puder deixar um pouco para os outros... – ele deu uma risadinha e Dane sentiu que estava corando.

— Outros? Quem são... – disfarçou.

— Espero que tenha feito uma boa viagem, Dane. – falou uma voz alta, rouca e muito doce.

— Meu pai, peço que não fique zangado... ele não havia comido nada desde que chegou, então eu...

— Comer faz bem, ajuda a pensar melhor e afasta a raiva... Você fez bem, meu filho. Eu mesmo como quatro vezes ao dia. — Falou o senhor, rindo, encarando Dane nos olhos e dando uma piscadela. Ele devia ser mesmo o pai de Comar, eram muito parecidos. — Espero que tenha gostado da nossa comida... Nossas cozinheiras são simples, mas fazem uma comida deliciosa, sabe. Enfim... seja bem-vindo, Dane Borges, ao reino de Nebor. Sirva-se à vontade e sinta-se à vontade, conversaremos em breve... Até lá, Comar cuidará bem de você. — E, dizendo isso, saiu da sala de jantar, que mais parecia um grande salão de festas, com um aceno da cabeça. Comar o acompanhou com o olhar até o homem dobrar em um corredor.

Dane achou aquele homem tão gentil quanto misterioso, e também não pôde deixar de reparar nas roupas e na aparência dele: diferente de Comar, ele usava uma capa que era dourada dos dois lados, de lado... usava uma camisa branca, uma calça marrom grossa, e um cinturão, com uma fivela que cobria parte de seu abdômen, desenhado nela, dava para ver claramente um pássaro de asas abertas entre dois ursos. Usava uma bota de couro longa e cheia de prendedores, dois braceletes de espirais que pareciam ser de ouro enfeitavam seus braços, e sob a capa, no peito esquerdo, estava um emblema com a forma de duas mãos se apertando, os cabelos do homem, já tinham passado do branco para o amarelo sujo, olhos tão azuis que eram quase transparentes e um olhar tão doce quanto o bolo que Dane estava beliscando como sobremesa.

Dane pensava em tudo o que passara até ali. Em instantes saberia toda a verdade, pensava muito em Heitor, queria resolver tudo e ir para casa. Só queria resolver aquele provável mal-entendido e ir para casa.

— Terminei... — falou, decidido.

— Muito bem... vamos. Como você pôde perceber, estão nos aguardando — falou, com uma expressão séria no rosto.

Andaram por um caminho diferente do que fizeram para chegar à sala de jantar. Dessa vez, eles andaram por um corredor grande com pedras cintilantes que ia se estreitando à medida que andavam. Esculturas de animais de pedra, cheias de limo, se misturavam com a parede, dando a elas uma aparência medonha. Quando chegaram ao fim do corredor se viram ao lado de uma pequena porta. Eles passaram por ela, andaram por um corredor e depois por outro. Enquanto andavam, Dane bem que tentou memorizar o caminho, caso precisasse, mas já haviam passado por tantos salões e corredores que isso ficou impossível. Eles continuaram andando até ficarem de frente a uma pequena porta de madeira, eles passaram pela porta e entraram em uma sala comprida e muito estreita. Dane reparou que lá, o teto era tão baixo que era possível tocá-lo.

    A sala era muito escura, mofada e se não fosse uma luzinha distante, não daria para ver nada ali.

    – Vamos. – Chamou Comar. Dane ouviu um estalar de dedos, uma faísca passou ligeira na frente dele e no segundo seguinte, um archote acendeu, com um estalo seco, ao lado do garoto. – Vamos. – Chamou novamente, mas Dane não conseguia tirar os olhos do archote, incrédulo.

    – Como fez isso? – perguntou, mas o rapaz não respondeu, continuou andando, ainda mais apressado que antes, fazendo Dane correr para alcançá-lo.

    Eles chegaram à outra porta, no final da passagem. Apesar do archote aceso na parede, não dava para ver muita coisa. Dane conseguiu ver a silhueta do Comar, fazer um movimento com os braços e na mesma hora o som de várias fechaduras foi ouvido, elas destrancavam tão rápido que Dane teve certeza de que aquilo só poderia estar acontecendo por meio de magia. Estava encantado. A porta se abriu com um rangido e uma luz dourada banhou os dois. Eles desceram por uma escadaria que pelo brilho parecia ter acabado de ser lustrada. O lugar era cercado de árvores. Eles desceram os degraus e andaram por um estreito caminho de pedras, oculto por umas plantas baixas.

    O lugar era lindo, havia árvores de todos os tamanhos, formas e apesar de já estar anoitecendo, dava para ver que eram de várias cores. O vento que soprava as fazia dançarem. Era uma brisa gélida e suave.

    Em menos de cinco minutos, já dava para ouvir alguns sussurros, que foram aumentando, aumentando, até se tornarem palavras, depois frases altas e distinguíveis.

    – Quando ele vai chegar? Não temos mais tempo! – Falava uma voz grave e não muito amigável. – O exército de criaturas do Maldito Morlak está crescendo em força e em número. Nós real...

    – Não se desespere, meu amigo... Eu o vi. – Interrompeu, uma segunda voz. Dane reconheceu aquela voz de imediato. Era do homem que entrou no salão de jantar, quando ele estava comendo. O Sr. Amim.

– Como ele é... é forte? – Perguntou uma terceira.

– É corajoso?

– Ele é bom com armas?

– Ele é... exatamente o que nós esperávamos, caros amigos... Um jovem de bom coração, bom o suficiente para dominar os poderes de uma Limiax. – Ele olhou para o Dane, que estava meio escondido por detrás de um galho e deu um sorriso. – E que com a nossa ajuda, e com sorte, uma boa pedra... quem sabe, possa acabar de vez com o sofrimento do nosso povo.

Dane engoliu em seco e se encolheu ainda mais atrás do galho e tentou voltar passando por trás de um arbusto.

– Dane! – exclamou Comar, fazendo o menino parar, congelado – Se conseguirmos, se... se Morlak for derrotado, o nosso reino viverá em paz outra vez! E você poderá, enfim, ir para casa... – apelou. – Você viu o que ele é capaz de fazer... E olha que aqueles nem faziam parte do seu exército, eram apenas criaturas querendo impressioná-lo para ganhar uma vaga entre aqueles demônios, e assim livrar suas próprias peles.

Dane endireitou-se, respirou fundo e...

– Quem... quem é esse Morlak, de quem vocês tanto falam? O que ele quer? – perguntou, se aproximando dos homens que agora pararam de conversar e olhavam ele, com expressões assustadas nos rostos.

– Que petulância! – rosnou um dos homens. Recuperando-se do susto. – Quem é esse, que acha que pode falar entre nós? – bradou o homem, que, a julgar pelas dobras na pele, devia ter uns cento e cinquenta anos, na opinião de Dane.

– Concordo com Alaor... essa é uma reunião de guardiões... esse menino não deveria estar aqui! – falou um homem de pouca barba, cabelos negros, e olhos fundos que pareciam mudar de cor, conforme sua vontade.

– Me desculpem. Eu não queria... – começou Dane.

– ... Guardiões... – disse uma voz macia e debochada. Dane sentiu o seu estômago revirar. – Não estão reconhecendo esse rosto? Não estão ouvindo esse coração que bate tão forte que parece querer saltar do peito...? – zombou – Não reconhecem... o escolhido de vocês...? E quem sabe – ele olhou nos olhos de Dane – o salvador do nosso mundo...

Houve reboliço e grande falação.

Dane, que já se preparava para voltar ao castelo, olhou por cima do ombro e viu Ramon, que estava sentado com uma das pernas no braço de uma cadeira e falava com ironia.

— Achei que essa fosse uma reunião apenas para guardiões — desafiou-o Dane, que não gostou nada, nada do Ramon, desde que o conheceu, na porta de entrada do castelo.

O tiro parecia ter saído pela culatra.

Todos se levantaram e começaram a cumprimentar o menino, com exceção de Ramon, que se levantou e se retirou do lugar, esbarrando em Dane e quase o derrubando. Alguns até sorriram para ele, depois que Ramon deu as costas. Também pareciam não gostar muito dele.

— Sente-se, meu jovem — ordenou uma voz alta e rouca — Dane reconheceu aquela voz, era o pai de Comar, o Sr. Amim, que, com um suave gesto com a mão, fez todos se sentarem. — Senhores... meus irmãos... todos sabemos que os tempos estão difíceis, sombrios, eu diria. Erramos ao tentar enfrentar as trevas, sem estarmos preparados, e pagamos um alto preço por isso... perdemos um reino inteiro, algumas vilas e... — ele fez uma pausa e encarou Dane. — também o nosso escolhido...

Ao ouvir isso o olhar de Dane mirou direto em um dos homens, este estava sentado de cabeça baixa e parecia chorar.

— Hum, senhor... o senhor está bem? — falou, aproximando-se.

— Ainda ouço os gritos... — começou, erguendo os olhos, e Dane notou que o homem realmente tinha andado chorando. — Os olhares dos homens e mulheres que eu deixei pra trás... ainda vejo... as espadas cortando as cabeças de nossos homens e flechas perfurando nossas mulheres. Eu não fui capaz de detê-los... eu sou um rei sem honra! — disse rangendo os dentes e deixando, sem querer, cair algumas lágrimas sobre a perna.

— Esse é Heumir, rei de Fóssen... a terra dos sábios... — falou o Sr. Amim, pondo a mão no ombro do homem e apertando de leve. — Morlak a destruiu completamente, ele não tem piedade, não poupa ninguém... se estes estiverem no seu caminho. Não fique assim, meu amigo... você estava sozinho, não pode detê-lo sozinho... nenhum de nós pode. Não deve se envergonhar.

— Este é Homar, rei de Balt — falou o Sr. Amim, novamente, chamando e erguendo um pouco a mão do primeiro homem à sua direita; este com olhos amarelos e grandes, o cabelo era vermelho, meio gordinho e um tanto baixo. Usava uma armadura com um lobo no peito.

– Esse é marco – falou apontando outro que estava sentado ao lado da cadeira de Homar, e este, assim como o primeiro, levantou-se e segurou a mão direita do amigo, Marco devia ter no Máximo trinta anos, tinha cabelos longos e castanhos, era forte, alto, olhos verdes, usava uma armadura negra que deixava à mostra apenas seu rosto amarelo, e tinha uma cobra no peito.

Foram apresentados e chamados da direita para a esquerda: Dilon, rei de Mirna, era um homem moreno, pouca barba e um olhar penetrante. Usava uma armadura cor de chão, que era para ganhar vantagem nas batalhas, tinha olhos castanhos, usava longas unhas e tranças no cabelo, tinha um veado no peito. Iam levantando e dando as mãos à medida que ouviam seus nomes. Foi chamado também Tymios, rei de Maltec, a terra dos arqueiros. Tymios tinha uma aparência pálida, olhos grandes e claros, sua visão era perfeita, nunca, nem mesmo quando criança, errara um alvo, o seu cabelo comprido tinha uma estranha cor, verde folha. Provavelmente tingido.

– Pheron... rei de Gardian, ágil como um gato e forte como um urso. – Gritou o pai de Comar. O próximo da direita se levantou, Pheron era baixo, porém realmente aparentava ser muito forte, era careca e aparentava ter uns cinquenta anos, Dane notou que seu olho tinha um pouco de amarelo e verde nele. Sua armadura verde-esmeralda era cheia de pontas e parecia estar sempre zangado, um urso brilhava em sua armadura, na altura do peito.

O próximo a ser apresentado foi Heumir, que ainda estava visivelmente abalado. O homem usava quatro espadas na cintura... duas de cada lado, o verde predominante dos seus olhos disputava com um vermelho temporário, cabelos loiros e espinhados, sua armadura era branca com detalhes vermelhos e pretos, com vários amassados nela e cheia de algo que Dane identificou ser sangue, havia um castor em seu peito. E o seguinte foi Alaor, rei de Negur, que parecia indócil, usava uma armadura dupla que era para absorver melhor os ataques dos inimigos, tinha olhos pretos, cabelos pretos na altura do ombro, um nariz comprido e curvado, a pele era vermelha como um camarão exposto ao sol por muito tempo e trazia no peito uma águia.

Com o círculo quase completo...

– Eu sou Amim... Rei de Nebor, senhor desta casa... e guardião do segredo. – falou finalmente o pai de Comar. – E este é Comar... meu filho, herdeiro deste reino e mais novo guardião... cuja lealdade a nós foi provada, mais vezes que o necessário. – Dane notou que Comar ficou sem jeito, ao ouvir isso.

Após isso Comar passou a integrar o círculo... ninguém parecia ter notado a presença de Ramon, que voltara, e agora espiava por entre as folhas com olhar de desprezo e, logo em seguida, subiu as escadas de volta ao castelo.

– E você... continuou Amim. – Dane Borges... Filho de Lia... é o mais importante entre nós, pois você foi nosso escolhido... e, mais que isso... foi aceito pelos anciões. E lhe desejo toda a sorte do mundo, meu jovem.

– Eu tenho ouvido falarem isso o tempo todo... Mas ainda não sei o que quer dizer, senhor.

– Quer dizer, meu pequeno... isto... – ele tirou algo de dentro da capa e mostrou-a a Dane. Era uma bola, do tamanho de uma laranja, tinha uma cor levemente dourada e... ficou cinza, quando o Dane chegou perto, ele ficou observando até que, após uns segundos, apareceu uma espécie de areia dentro dela que foi se dissipando... em seguida, a imagem de uma caminhonete ficou bem nítida dentro dela. Era possível ver uma mulher ensanguentada na carroceria. Encostando o rosto o mais próximo que pôde, Dane espremeu os olhos e, por um instante, teve a sensação de que conhecia aquela mulher. Embora não se ouvisse som, ela parecia gritar de dor.

– Espera, espera!... aquele é... é meu pai! Paaaai, paaaaaiii – Dane avistou um homenzinho magro e minúsculo, sentado na frente do veículo.

– Dane... eu sinto muito, mas Heitor não pode ouvi-lo.

– Por que não? Eu estou vendo ele... está naquele carro com o senhor Erwer... eu... eu estou vendo eles... são eles, eu, eu tenho certeza. Acho que estão me procurando.

– Sim... são eles, no entanto não podem ouvir você, meu pequeno rapaz... Porque você ainda não estava aqui, Dane, quando isso, que você está vendo, aconteceu... você estava lá... naquele carro, Dane.

O menino olhava para o Sr. Amim... chocado, estava mais confuso agora do que nunca, como poderia estar lá se estava aqui... ou estar aqui se estava lá?

– Continue olhando. – Voltou a dizer, calmamente.

De repente, Dane viu o carro perder o controle e descer capotando ladeira abaixo... viu a mulher na carroceria ser lançada a uma altura de três metros antes de sumir entre as árvores. Viu também uma sombra sair da estrada e deslizar por entre as árvores, na direção em que a caminhonete desceu capotando, e antes de sumir completamente por entre as árvores, a coisa parou e levantou o que pareceu ser a cabeça, por um breve momento, Dane teve a sensação de que ela olhava diretamente para ele, parecia ver através da bola, uns segundos depois, continuou a descer deixando à mostra uma garra, tão grande que fez o menino suar frio.

— Espera aí... meu pai me falou sobre esse acidente. O Sr. Erwer estava dirigindo, meu pai estava ao lado dele, estavam levando minha m... minha mãe! Eles estavam levando a minha mãe pro hospital! Aquela... aquela lá, era... minha, mãe? – Falou enchendo novamente os olhos d'água. – mamãe... Lia... mamãe... eu... nunca tinha visto ela. Mas eu ouvi dizer que ela ficou presa sob a carroceria, nesse acidente... eu a vi ser jogada no ar. Como pode?

— Sim, Dane, aquela era a sua mãe... Lia – falou Amim. – e nós...

— Certo, garoto, nós não trouxemos você aqui para conhecer sua mãe!

— Acalme-se, Alaor, lembre-se de que o menino precisa saber por qual motivo foi trazido até aqui – interferiu Marco, meio zangado com o comentário.

Alaor, que agora resmungava em voz baixa, não aguentou...

— Mas é que já não temos mais tempo! Quando vão entender isso? Quando os exércitos de Morlak estiverem em nossos portões? Matando nossas mulheres e crianças? Hã? Deem logo uma pedra pro moleque e vamos lutar juntos. Se juntarmos nossas forças, esmagaremos eles como insetos que são.

— Não. Não vamos esmagar ninguém porque não iremos lutar... ainda não. – falou o Sr. Amim, pondo um fim àquela conversa. – Entenda, Dane... nós escolhemos você, quando ainda nem tinha nascido.

— Por quê?

— Por causa do seu coração puro... Somente alguém assim pode usar e controlar o poder de uma Limiax... uma pedra mágica, tão poderosa, que é capaz de derrotar até mesmo o poderoso exército do Demônio chamado Morlak. – explicou. Guardando a bola na capa novamente.

— Mas se eu ainda nem tinha nascido, como vocês sabiam se eu teria um... você sabe... coração puro?

— Por causa de sua mãe... Lia. Nós a observamos por algum tempo, tão honesta, pura... estava sempre sorrindo... sorria até mesmo para alguém que lhe tivesse feito mal, bondosa, generosa, gentil, doce... como o mais puro néctar de uma flor. Não tinha como Lia trazer ao mundo um ser com maldade no coração. Então, por onze longos anos, o observamos... por onze anos o aguardamos... e, até livramos você de alguns perigos... quando foi possível, é claro. Lembra-se de quando foi até a orla da floresta e encontrou aquela serpente, em chamas?

— Sim... chamei meu pai para ver, achamos muito estranho... foram vocês... Sabe, que, fizeram aquilo?

— Sim, fomos nós, não tivemos escolha... ela estava exatamente no caminho por onde você ia passar... Você sempre faz o mesmo caminho para entrar na floresta, então a sacrificamos, com uma flecha flamejante. Entenda, Dane, aquela serpente era...

— Venenosa... Eu sei. – disse Dane. – meu pai me falou.

— ...Por isso não tivemos escolha, não podíamos arriscar. – continuou Amim. – enquanto você crescia, continuamos vendo florestas inteiras serem dizimadas, vilas inteiras serem esmagadas, rios secarem...

— E não fizeram nada?! Ficaram vendo os pobres animais serem queimados vivos? – falou lembrando-se do pobre animal que ele tinha tirado de baixo daquela árvore em chamas.

— Dane, se não fosse pelos guardiões... este mundo, inteiro, estaria em chamas agora. Estamos fazendo tudo que está ao nosso alcance para protegê-lo, mas nossos poderes são limitados. – falou Comar.

— Mas se vocês não podem detê-lo que chance eu tenho? Mesmo que eu use uma dessas *mimias* de que vocês tanto falam, eu não teria a menor chance. – Desabafou.

Amim pôs o braço em volta do pescoço do garoto, com um sorriso no rosto.

— Sabe qual é a maior virtude de um homem, Dane...? É ter um coração puro. Ele transforma até o garotinho mais fraco e indefeso, em um gigante. A mente faz a ideia... Mas... é o coração quem decide se ela é boa ou ruim, e é ele... somente ele, que explode, levando emoções incontroláveis ao seu portador, tornando-o tão poderoso que poderia derrubar até mesmo a muralha mais alta, apenas com seu grito, ou apenas forte o suficiente para livrar um animal indefeso da morte.

Os olhos de Dane buscaram o amigo Comar, que fez sinal com a cabeça, seguido de uma leve reverência, e logo todos estavam de cabeça baixa.

Dane ainda tinha muitas dúvidas... mas, por enquanto, o que ele sabia bastava.

Acompanhado agora apenas pelo Sr. Amim, Dane voltou ao castelo e andou por novos corredores, até ficarem de frente a duas velhas escadas que subiam em espiral e seguiam uma para a direita, outra para a esquerda. Elas levavam a duas portinhas laranja idênticas, a uns dez metros de altura.

– Queira me acompanhar, por favor. – falou subindo alguns degraus à direita, Dane o seguiu de perto, e, no que pareceu ser a metade do caminho, o Sr. Amim parou... estalou os dedos.

CAPÍTULO DOZE

O GUARDIÃO PERDIDO

Dane o viu fazer um desenho imaginário com o dedo indicador no corrimão, em seguida três arranhões nele com a unha e...

– Aaahhhhh! – o grito do garoto ecoou pelos corredores. A escada sob seus pés tinha se partido a uns trinta centímetros à frente dos pés grandes do Sr. Amim, e seguia veloz em direção ao chão. Enquanto Dane segurava o mais forte que podia com as duas mãos... o guardião à sua frente sequer se movia.

Esperando um choque violento, o garoto ficou surpreso ao ouvir apenas um pequeno estalo da escada ao tocar, de leve, o chão, rente à parede.

– Por aqui. – falou passando por uma porta que surgiu do nada, depois que a escada tocou a parede.

Era um grande salão escuro. Aos poucos a escuridão foi diminuindo e as paredes do lugar foram ficando visíveis. Dane olhou para o lado... A coroa sobre a cabeça do Sr. Amim brilhava intensamente, iluminando o lugar. Era um salão grande e vazio, a não ser por alguns archotes apagados nas paredes e uma fenda enorme no chão.

– Hum... senhor, bom, me desculpe, mas é que não tem nada aqui. – Exclamou o menino. – apenas essas tochas, mas não vejo como elas podem...

– Não viemos aqui pelas tochas apagadas... viemos aqui pelo que está lá embaixo!

– Lá embaixo... quer dizer... dentro dessa, abertura? – falou, desanimado.

– Sim... agora escute, Dane, lá você vai ver e ouvir coisas estranhas... não dê atenção a nenhuma delas, você só precisa encontrar a sua Limiax e sair de lá, ouviu bem? Existem muitas lá embaixo, mas você deve encontrar a sua, entendeu? Faça isso, depois saia de lá o mais rápido que puder, está me ouvindo? O mais rápido que puder.

— Minha? Se existem muitas dessas pedras... então, por que eu não posso pegar qualquer uma?

— Infelizmente, não é assim que funciona... cada criatura quando nasce, sendo ela humana ou não, nasce também uma Limiax que está destinada a ela. Com o passar do tempo os homens se corrompem por um motivo ou por outro, e elas se apagam, perdem sua força. – explicou o Sr. Amim – Outras até se mantêm acesas... mas com pouca energia. Agora você tem que encontrar a sua, e assim que o fizer, iniciaremos o seu treinamento.

— O senhor não pode vir comigo? – Perguntou achando aquela fenda medonha.

— Sinto muito. – respondeu e Dane percebeu que seu olhar estava, sonhador, na direção da fenda. Por um segundo, ele até pensou ter notado um pouco de medo.

— E como eu sei se a minha Limiax está lá embaixo? Ela pode estar em qualquer lugar. – falou o garoto, ainda não muito convencido.

— Sim, é verdade. Ela pode estar até mesmo no seu mundo, mas deixa eu contar uma história a você meu rapaz... Esse castelo foi construído pelos meus avós, há mais de duzentos anos. Lembro, do meu pai ter me dito que o pai dele estava andando por essas bandas, estava à procura de ovos de Guilhos. Acho que você ainda não deve ter visto um Guilho. – Falou, ao ver a cara que o garoto fez. – eles se parecem com os... bois, do seu mundo, seus grandes ovos são ótimos, cozidos. Essa fenda que você está vendo se abriu diante dele e ele sentiu que algo, dentro da fenda, chamava por ele, então, ele desceu e quando retornou trouxe com ele uma pedra... grande e brilhosa, mas ela não era a única lá embaixo, havia várias outras, menores, mas elas desapareciam sempre que ele se aproximava, menos uma.

— A que ele trouxe...?

— ...Isso... mas, mesmo ela sendo muito maior que as outras, tinha um brilho diferente, brilhava bem menos. Somente algum tempo depois descobrimos o porquê.

— É claro que não demorou muito para ele descobrir os grandes poderes dela e começar a usá-los. Entretanto, a pedra também atraiu gente que não tinha boas intenções...

— Morlak?

— Não, ele veio depois... O fato é que meus avós acharam que se pessoas ou criaturas, como aquelas, se apossassem de alguma daquelas pedras, então tudo se tornaria um caos. Então, com a ajuda de sua pedra ele construiu este castelo e os muros em volta dele, para proteger as pedras. Ele ainda não sabia que uma pedra só responde a seu dono.

– Ok. Mas vocês têm poderes, não têm? Eu vi quando o Comar usou, para derrotar aquele lagarto.

– Sim e não. O nosso poder vem da pedra que o meu avô encontrou, mas nós não temos uma pedra, nossa.

Dane estava muito pensativo. Se era verdade que uma pedra só responde ao seu dono, então...

– A pedra que ele achou não era uma Limiax. – falou o Sr. Amim, parecendo ter lido o seu pensamento. – De alguma forma, aquela pedra, comum, conseguiu absorver um pouco do poder das outras. Por isso qualquer um podia usá-la.

– Mas então...

– Dane... – interrompeu-o. – por favor, sei que ainda tem muitas dúvidas, mas creio que agora não seja a hora de tirá-las.

– Certo... mas eu ainda não entendi como vou achar a minha lá embaixo. – disse, meio sem jeito.

– Bem, não importa onde você esteja, se você for merecedor, acredito eu que sua Limiax irá até você, assim que a vir saberá que é a sua. Sabe, Dane... Esse lugar é diferente... Por algum motivo, há uma grande quantidade delas lá embaixo.

– Senhor... O que aconteceu com seu avô?

– Ele foi vítima de uma emboscada... Um dia ele saiu para caçar e um grupo de cavadores o atacou. Acharam que ele estava com a pedra, mas ele foi esperto. Tinha construído um lugar no castelo... Um lugar onde os poderes de sua preciosa pedra se expandiam cada vez mais, até formar uma barreira muito poderosa. Fazendo com que o castelo ficasse oculto para os que estão lá fora. Eles o mataram lá mesmo. – falou, abatido.

– Então... seu avô era um escolhido... como eu?

– Portador de uma pedra sim... escolhido não, agora vá... não perca mais tempo. Ah, e Dane... me perdoe por não dar a você nem mesmo um pouco de tempo para descansar, antes de mandá-lo lá para baixo. Mas realmente não tenho outra alternativa.

– Tudo bem. – respondeu o menino.

– Um pouco de luz... Para quem sabe ajudá-lo a encontrar o caminho de volta. – disse. Levantando a mão, e um segundo depois, todos os archotes nas paredes acenderam.

Dane vagarosamente começou a descer pela fenda. A sala que agora estalava ao som dos vários archotes acesos, nas paredes, foi ficando para trás.

– Espere! – ouviu dizer. – Leve isso com você, acaso se encontre em uma situação desesperadora... jogue isso no chão... com força. – Deu a ele a bola onde antes apareceram as imagens de seus pais, deu também uma tocha já acesa, que estalava, soltando faíscas.

– Obrigado. – falou, apontando a tocha para o escuro e tomando fôlego algumas vezes, antes de continuar. Ele desapareceu na fenda, deixando visível apenas uma claridade dançante nas paredes. Deixando o lugar com uma aparência fantasmagórica e ainda mais horrenda.

– Boa sorte... Tenha força e coragem, pequeno... Você vai precisar. – Sussurrou com seus botões, quando a luz da tocha desapareceu. Ele parecia não ter dito tudo ao garoto.

Logo de início, o buraco não pareceu grande coisa, pois já dava para ver uma luz distante, no final dele. Após andar o que provavelmente tenha sido apenas cinquenta metros, um pouco mais adiante, Dane viu algo estranho, parecia... parecia... – ele sacudiu a tocha algumas vezes à frente da cara... – era uma mão, saindo da parede de rocha. O coração de Dane deu um salto, batia como se quisesse fugir do peito. O mais devagar que pôde, encostou-se na parede e escorregou por ela fazendo uma breve parada em frente àquela mão sem dono. Pronto para correr ao menor movimento daquela coisa, o garoto aproximou-se um pouco mais... Tinha um buraco estreito na parede, outra rachadura, e era dela que estava saindo aquela mão. Dane aproximou-se um pouco mais com a tocha e...

– *AAAAAHHHH!!! SAI.* – Ele empurrou a parede com tanta força que acabou tropeçando e batendo a cabeça na parede atrás dele. Caindo desacordado no chão.

– ... Hum, ui, ai... – Dane acordou após alguns minutos. A cabeça zunindo e girando. A tocha, ainda acesa, estalava próxima ao seu rosto, dando voltas e mais voltas.

Depois de ter que tatear para encontrar o cabo verdadeiro, Dane se levantou, a visão entrando em foco. Ele balançou o fogo... tinha uma cabeça espremida junto a um braço, na pequena fenda da parede. Com certeza o resto do corpo estava do outro lado, o homem de cabeça branca parecia ter morrido tentando sair daquele lugar a qualquer custo. Um pensamento de alerta veio a ele... se o buraco apresentava ramificações... ele tinha que tomar cuidado para não acabar como aquele pobre homem.

– Oi, garotinho... para onde está indo? – Falou uma voz baixa, no entanto nítida. Fazendo o coração do menino quase sair pela boca.

O garoto apressou os passos, sem sequer olhar para traz.

– Dane... Dane querido, sou eu, Lia... sua mãe, vem comigo... não pode ficar aqui, vamos pra casa. Disse uma outra voz, era mais alta e mudava o tom, a cada palavra.

– Não... vá embora... você não é a minha mãe! – falou correndo, ainda sem olhar para trás. As costas e nuca do menino pareciam serem percorridas por ondas gélidas e o seu cabelo parecia ter desaparecido da cabeça.

– Dane... filho, cadê você? Sou eu... Heitor. Estou procurando você faz tempo, eu... o que é isso? Não... nãããooooo! Aaahhhh, Dane, me ajude.

– Pai...? Paaai! Onde o senhor está? O que está acontecendo? Pai... – sem perceber Dane entrou em várias fendas nas paredes e, por ser magricela, não teve muitos problemas.

– Aqui, filhinho... alguma coisa me agarrou.

Dane deu uma freada brusca... "filhinho?" Heitor não o chamava assim... nunca, nem mesmo quando era menor. Ele não voltou a responder, embora a voz insistisse em gritar e chamar o seu nome.

– Achei você! – uma voz sinistra de mulher adulta e criança ao mesmo tempo falou logo atrás dele. O menino soltou um grito de terror, tão alto que até mesmo aquela coisa, seja lá o que fosse, devia ter se assustado. Ele jogou a tocha na direção da voz e correu como louco, no escuro, e só parou quando bateu com força contra uma parede e, outra vez, caiu desacordado.

– Dedos... hehe hehe... são... dedos deliciosos, muitos, muitos... sim são meus, meus... – falou uma voz. Essa era diferente, parecia ser humana. Dane estava acordando e ouvia o som, sabia que era uma voz, mas não dava para entender o que ela dizia.

– Hã... o que aconteceu...? Minha cabeça dói, aai! Me larga, me larga!

– Nãooo... são meus, meus... fome, fomeee...

Dane sentiu que havia chutado algo e que a coisa não era tão grande, ainda assim seu medo não foi embora. Seu bolso começou a brilhar como uma lanterna e metendo a mão... retirou dele a bola que o Sr. Amim lhe deu. Ela agora brilhava iluminando bem, grande parte do lugar... foi então que ele viu... não era um monstro, era um homem... uma barba tingida de vermelho e branco, cabelos bagunçados e a luz parecia cegar seus olhos. Devia estar ali há muito tempo a julgar pelo estado de suas roupas... uma coisa chamou a atenção do menino, escondida, em meio a tanto cabelo...

– Hei! Espera aí... você é um guardião? – Perguntou, sem fazer rodeios, ao ver uma coroa idêntica às que alguns dos guardiões que ele conheceu usavam, e no peito... estampado em algo que um dia devia ter sido uma camisa, havia o desenho de duas mãos unidas.

O homem que estava jogado contra a parede, tentando se proteger da luz...

– Gua-gua... guardi-ão, guardião. – O som daquela palavra parecia fazer eco na cabeça do pobre homem. Por alguns segundos ele ficou ali, parado, tremendo igual vara verde, então... – apaga, apaga, vão nos achar... sai daqui... vá embora!

– Por favor, eu preciso de ajuda, eu preciso... senhor, olhe para mim, eu preciso encontrar a minha Limiax... só assim eu posso ajudar o Sr. Amim e os outros. O senhor é um guardião, não é? Precisa me ajudar.

– Guardião, guardião... guardião... gua... Amim? – o homem batia a cabeça contra a parede. Parou de repente... – Comar?

– Isso! Comar, o senhor o conhece? Ele é meu amigo...

– Comar... – falou novamente, parecendo lembrar-se de algo.

A luminária na mão de Dane mudou de cor e apareceram algumas imagens... tinha um homem, ele estava ao lado de uma criança e pareciam se divertir bastante, um outro homem apareceu... era idêntico a ele, nos mínimos detalhes... os três riam bastante. A bola voltou a mudar de cor e as imagens desapareceram. O homem olhava e sorria, encantado com as imagens, acariciando a bola. De repente, ele pôs as mãos na cabeça e começou a se debater e gritar... como se estivesse sentindo a maior dor de cabeça do mundo.

– Achei vocês... – falou novamente a voz, dessa vez... mais parecendo um rugido.

Dane, que estava torcendo para que as vozes ouvidas antes tivessem vindo daquele homem, agora estava mais gelado do que as paredes em volta dele.

– Vem! – gemeu o homem. A voz quase não saindo.

– O quê?

– ANDA, CORRE! – Não tinha como não ter ouvido agora, o homem deu um berro, tão alto que ecoou pelo lugar.

Dane nem pensou duas vezes. Não tinha dúvida de que encarar aquele homem sujo e maltrapilho era mil vezes melhor do que encarar, seja lá o que fosse, aquela coisa. Agarrou a mão do homem que o arrastou pelos corredores estreitos. Ele parecia conhecer bem o lugar... mesmo estando um tanto escuro. O caminho sendo iluminado apenas pela esfera cintilante, na mão de Dane.

Correram até se perderem completamente. Caindo aqui e ali em pequenos buracos no chão. Parecia que estavam a salvo, pois já não ouviam mais nada há algum tempo. O lugar inteiro tinha cheiro de mofo e o fedor daquele homem não estava ajudando.

Não...! Não tem saída, e agora? – falou Dane, olhando, preocupado, tentando achar uma saída alternativa. Mas, a não ser que eles voltassem uns noventa metros, e pegassem um outro caminho... não tinham muito o que fazer. Os buracos na parede, perto deles, mal passavam um braço.

Claro demais... não consigo lembrar, não consigo... – murmurou o homem. Esmurrando a cabeça com as próprias mãos – é por aqui... sim, tem uma passagem aqui!

Eles realmente estavam perdidos, o homem não falava coisa com coisa, não que ele já tivesse falado, mas agora... ele apontava para uma parede.

Aqui não tem nada. – falou Dane. A voz com uma mistura de medo e indignação. – o senhor nos trouxe para um beco sem saída! Aqui... – ele fez uma pausa – que, coisa é essa? – ele apontou, lentamente, a luz para a parede à frente deles... os olhos do garoto foram se esbugalhando, quase saltando das órbitas. A parede estava repleta de aranhas de pelo menos trinta centímetros cada uma. Andavam uma por cima das outras, tentando fugir da luz.

– S-sai... sai... – gaguejou o homem, pegando uma pedra no chão e lançando contra elas, acertando duas. Aparentemente ele tinha tanto medo de aranha quanto Dane.

– Não! Não faça isso... meu Deus...

Dane, que já vira vezes demais para o seu gosto aranhas carregando suas bolsas de ovos, estava achando realmente estranho tantas aranhas juntas. Isso, e o fato de a pedra lançada ter batido na parede e, ao invés de se partido, ter meio que afundado na parede, produzindo um som fofo, confirmou sua suspeita. Ainda mais ao ver fios enormes entre elas. A parede se ergueu e virou para outra direção, agora grandes e peludas pernas apontavam na direção deles com sete grandes e negros olhos acima delas, que os encaravam, refletindo de forma medonha o brilho da esfera. A parede no caminho acabou se revelando e era nada menos do que a enorme bunda de uma aranha caranguejeira.

– O que vamos fazer? – gaguejou. – O senhor tem alguma ideia? – disse, dando uma passada para trás e virando-se lentamente, bem a tempo de ver apenas o vulto do homem, que corria e já ia longe.

– Corre, menino burro... corre! – Ouviu-o gritar.

O garoto estava amedrontado demais para correr, a criatura veio se aproximando, devagar, parecia tão surpresa quanto ele. Parou a mais ou menos cinco metros dele. Dane viu aquela criatura gigante e medonha levantar as patas da frente, ameaçando um ataque. Em seguida, duas presas enormes estavam sobre a cabeça dele... mas, por algum motivo, parecia não conseguir tocar o garoto.

– Eu disse pra correr, seu idiota!

O homem misterioso havia voltado, e, mesmo estando a quinze metros de distância... parecia empurrar a aranha para longe do menino, com as mãos, enquanto sua coroa brilhava. Ofuscando o brilho da esfera.

Recobrando os movimentos das pernas, Dane correu como louco, passando pelo seu salvador e o deixando para trás.

– Ora seu... traidorzinho, espere por mim! – vociferou. Abaixando as mãos e seguindo atrás do menino, que corria feito louco, iluminando o caminho por onde passava.

Os passos apressados da caranguejeira gigante logo atrás faziam com que o homem corresse como um raio, passando por corredores estreitos, seguindo a luz. Até entrarem em um lugar onde não tinha saída. Os dois encostaram-se na parede e se espremeram em uma fenda, Dane cobriu o melhor que pôde a esfera, que ainda brilhava, e ficaram olhando a aranha passar de um lado para o outro, até parar na entrada do estreito buraco onde eles se enfiaram. Ela passou.

— O senhor já sabe quem você é? – cochichou o menino.

— Sim – respondeu.

— Quem? – perguntou, curioso.

— Alguém que não quer morrer aqui... por isso não faça besteira, garoto! Se você quer morrer, morra sozinho.

— Ora! Mas foi o senhor quem jogou a pedra... o senhor é o culpado.

— *Ahhh!* Vê se cala essa boca! Eu voltei pra te ajudar, não voltei? – reclamou.

Dane, que tremia como se sentisse um frio absurdo, acabou deixando a esfera escorregar e cair. Para a sorte dos dois, ela já não brilhava tanto.

— Voltou, mas...

— Psiu... olha... – interrompeu, amedrontado.

Os olhos do monstro estavam fixos neles, virou, pôs a bunda peluda no buraco e começou a gritar, se tremendo toda... uma bolsa grande e amarela caiu, fazendo um barulho aquoso, algo se movia lá dentro. O homem sem querer ver o que iria sair dela, passou a mão pela parede, agarrou uma lasca de rocha e sem perder tempo bateu várias vezes com ela, na bolsa. Esparramando uma gosma nojenta, para os lados.

A criatura agora gritava como louca, parecia estar com mais raiva que antes. Agitada, batendo as presas, fazendo um barulho muito alto de osso batendo em osso. Tentava alcançar eles enfiando as pernas no buraco, mas sem resultado. Ela guinchava, raspando a parede com as patas, agora estava em pé pondo o abdômen na fenda, desengonçada. Dane agarrou o fragmento melado e jogou contra ela, que caiu de pernas para cima.

— Vamos... – gritou Dane. Segurando na frente do rosto a esfera, que voltara a brilhar com intensidade.

— Resolveu ficar corajoso agora?

— Anda logo!

— Tá legal... tô indo... mas eu quero que saiba que, se ela vier atrás de mim, eu jogo você na boca dela e saio correndo.

A aranha tentava desvirar-se jogando as pernas para os lados, tentando alcançar o chão, até que finalmente conseguiu. Levantou-se deixando no chão algumas de suas crias, esmagadas, ela parecia mais furiosa do que nunca.

Eles seguiram fazendo o mesmo percurso de antes. Enquanto corriam, encontravam filhotes pelo Caminho, alguns chegavam a saltar neles. Passaram pelo lugar que antes estava fechado e seguiram pelo corredor que se estreitava à medida que eles avançavam. Um pouco mais adiante, eles acharam uma passagem, um buraco na parede que parecia ter desmoronado há pouco tempo. Eles se precipitaram por ele e continuaram correndo por um corredor. Dava para sentir uma brisa gostosa ali.

— Tá ouvindo isso? — falou Dane, parando, apurando os ouvidos.

— ...Ouvindo? Ouvindo o que? Eu não ouço na... espera... eu, acho que é água! — Um som de água corrente surgiu de repente. Vinha do outro lado da parede de rocha, parecia... sim! Era muita água.

— Aqui! — Dane apontava a luz para a sua direita, havia uma pedra grande no chão, ele aproximou a luz um pouco mais... havia um buraco, grande o suficiente para eles se arrastarem por ele. Parecia um ventilador, soprando o seu rosto, quando ele se aproximou.

Sem dificuldades, os dois se arrastaram por ele.

Quanto mais eles corriam por aquele lugar, mais dava para ouvir a água, agora o som era de uma cachoeira. Não chegaram a correr nem cinquenta metros, quando...

— Para! — Dane gritou levantando a mão.

— O que foi...? — ele olhou para Dane — Que que é isso...? Mas... como? Isso, é impossível...

Tinham chegado ao fim... literalmente, ao fim, o caminho à frente deles havia se tornado uma gigantesca queda vertical... um buraco tão grande, escuro e fundo que mais parecia um monstro gigantesco saindo do centro da terra com a boca aberta para devorar todo o castelo. Havia muita água caindo nele.

E agora? — sussurrou Dane. Não tinham como seguir... teriam que voltar, mas e se aquela coisa aparecesse ali? Estariam em sérios apuros e eles sabiam disso. Parecendo ter lido suas mentes, os dois tremeram ao ouvir os passos apressados da aranha gigante, logo atrás deles. De alguma forma ela tinha conseguido encontrá-los.

— Achei...! — disse aquela mesma voz de antes, e dessa vez soou como várias pessoas ao mesmo tempo. Antes mesmo que Dane pudesse se virar para olhar, sentiu uma forte dor no braço, que fez com que ele derrubasse a bola que rolou pelo chão até parar embaixo da aranha, e se apagou.

CAPÍTULO TREZE

O RETORNO DO HERDEIRO

– *ÁAAAAAAHH!!!* Me ajude, por favor, me ajude.

– Onde o senhor está? Onde... o... – Dane parou, parecia que um monte de insetos estava fazendo uma festa dentro da sua cabeça, onde o grilo se destacava. Começou a sentir-se tonto, seu braço agora parecia anestesiado, leve, embora a sensação fosse de que seu braço tinha dobrado de tamanho. Dane caiu no chão em meio ao escuro total, agora, com um lado inteiro dormente. Ele acompanhou com os olhos uma luzinha flutuar em sua direção, passou sobre a cabeça dele, subiu mais dois metros e...

– UH! – Dane teria guinchado de dor, mas a verdade era que o seu corpo estava quase completamente adormecido. Aquela luz desceu como um raio, entrando pelo ferimento onde a raiz estava. Por um momento, Dane pensou estar sendo devorado por dentro. Segundos depois, tudo se acalmou, sentia-se bem... se levantou rapidamente, sentia todo o seu corpo ser abraçado por um calor inexplicável, eram tantos sentimentos juntos que ele tremia e não falava coisa com coisa. Um brilho intenso surgiu no peito de Dane... subindo pelo pescoço até formar um colar.

O que diabos estava acontecendo?

Olhando para seu braço direito Dane percebeu por que tinha ficado fraco e quase desmaiado... no seu braço, um tipo de criatura havia enfiado as garras nele e parecia estar se alimentando dele. Havia também duas em seu amigo que parecia não mais respirar. Dane, que agora estava tão calmo a ponto de não parecer mais ele mesmo, teve frieza, suficiente para olhar a criatura em seu braço nos olhos: uma hora ela estava semitransparente, outra estava bem visível, e nessa... era possível notar a semelhança de uma mulher, mas não tinha olhos, a boca com presas enormes usava quase todo o espaço do rosto, braços e pernas se contorciam no ar sem tocar o chão. Ele sentiu como se uma mão, com um calor ainda mais intenso, pousasse sobre seu peito e, não aguentando mais, Dane gritou com toda força...

criando uma onda de luz e calor tão intensa que fez com que todas as criaturas sugadoras de sangue desaparecessem, aos gritos.

Claramente havia acabado de encontrar a sua Limiax, e era incrível! Ele bem que tentou andar até o homem, mas desabou no chão... completamente exausto.

– NÃO NÃO NÃO...

– Acalme-se, garoto, já passou, já passou, já passou... – falou o homem, segurando em uma das mãos a bola, que tinha voltado a brilhar. Todo ensanguentado.

– Onde estão? Perguntou, ofegante.

– Foram embora. – respondeu aliviado.

– Embora, tem certeza? – continuou. Duvidava de que aquelas coisas fossem embora assim, sem mais nem menos. – Que cheiro é esse?

– Veja você mesmo... – falou com um sorriso no rosto.

Dane virou-se e viu a aranha com suas crias que agora tinham se tornado esculturas de cinza e carvão, exalando fumaça, e um fedor insuportável.

– Como isso aconteceu... você fez isso? – perguntou ao homem.

– Como eu poderia fazer isso? – riu-se.

– O senhor é um guardião... tem poderes, como o senhor acha que fez a aranha se afastar de mim?

– E eu sei lá! Apenas pensei. Não queria que ela devorasse você. Pra falar a verdade... desde que conheci você eu venho tendo lembranças...

– Nós vamos sair daqui... eu prometo. – Falou Dane, que, por conta da esfera, sequer tinha notado um brilho discreto no seu peito.

Ele lembrou e contou ao amigo sobre um sonho estranho que tivera, uma mulher vampiro sugava seu sangue, e que momentos depois seu corpo inteiro parecia pegar fogo e ele explodira. O homem sorriu.

Você é diferente... – falou, parecendo estar em algum tipo de transe.

– O sonho que tive... ele foi real, não foi?

– É, foi sim, meu caro... você será muito poderoso. – De alguma forma o homem tinha mudado. Ele estava diferente, parecia outra pessoa.

– Eu só espero poder deter Morlak e voltar logo pra casa.

Morlak... ao ouvir esse nome o homem afastou-se, assustado, e começou a falar sozinho. Parecia triste. Era evidente que começara a lembrar.

– Temos que ir. – disse de repente.
– Quê?
– Temos que sair daqui... acho que consigo achar a saída.
– Como? Esse lugar é um labirinto.
– Passei anos aqui... andei por muitas passagens deste lugar, lembro de ter visto uma luz uma vez... estava longe e logo se apagou, em seguida ouvi os gritos de um homem, parecia estar sendo atacado ou algo assim, então voltei correndo. Desde então não voltei mais lá.
– Luz... um homem sendo atacado... – pensava em voz alta – isso! O senhor estava lá!
– Lá onde?
– Na saída... o senhor chegou perto... Sabe, a luz que o senhor viu deve ter sido alguém entrando na sala, quer dizer, a luz vinha de fora e logo que entrei aqui eu vi um homem preso em um buraco na parede... acho que ele viu a mesma coisa que o senhor, tentou chegar antes da luz desaparecer, mas andou pelo caminho errado e deve ter ficado preso tentando passar pela brecha da parede, deve ter sido os gritos que o senhor ouviu, talvez ele estivesse pedindo ajuda. Mas ninguém veio.

Embora meio receoso, o homem decidiu acreditar em Dane, e, fazendo um esforço enorme para se lembrar de cada corredor e fenda que passara antes e por onde eles teriam de entrar para chegar até lá, e até tendo de retornar algumas vezes por entrarem em passagens sem saída, eles finalmente encontraram. Dane reconheceu... aquele era o corredor por onde ele havia passado, o corredor que levava ao salão.

Parecia que nada mais os impediria de sair daquele lugar. A escada agora estava a apenas uns cem metros. Como prometido, o Sr. Amim tinha deixado os archotes acesos, dava para ver a luz que entrava pela fenda, dançando nas paredes mais adiante.

Acho... que foi ele, – falou, quando os dois se aproximaram do esqueleto preso na fenda – sabe que o senhor ouviu! – eles se entreolharam, não por causa do esqueleto, mas porque, de repente, o ar ali ficou estranhamente frio. Eles desataram a correr, na direção da saída, quando... duas criaturas apareceram na frente deles, eram quase invisíveis, até que uma delas ficou visível e a outra logo em seguida. Dane estremeceu. Eram as criaturas vampiro que atacaram eles antes. Tinham voltado. – Espera aí... acho, estão sim, veja! Parece que estão machucadas! – informou. As duas realmente estavam agindo de forma estranha. Agora, pareciam fazer grande esforço para ficarem na forma visível.

Ficaram ali, paradas, flutuando a um metro e meio do chão, na frente de Dane. Era visível que aquelas coisas tremiam de raiva, mas pareciam não ter coragem para atacar. Ele pegou a bola brilhante da mão do homem e apontou para elas... que sequer se moveram. Era evidente que não era daquele objeto que elas estavam com medo, embora, da segunda vez que Dane se aproximou um pouco mais, segurando firme a esfera na mão, as duas tivessem recuado. Uma daquelas coisas entrou em uma parede e a outra desceu até parecer tocar o chão, rangendo as inúmeras presas. Era tanto ódio que uma das presas dela se partiu com um estalo seco. Ela foi afundando no chão até ficar só a cabeça encarando o menino, e depois sumiu completamente. Dane e o homem, que apenas observavam a cena, encostaram-se na parede e se arrastaram por ela, com medo de a criatura sair do chão e agarrar os pés deles. Mas elas realmente tinham ido embora.

Conseguimos! – comemorou Dane. Com a voz ainda trêmula.

Sim!

Já dava para ver os archotes acesos no salão. Sem perder tempo, os dois subiram correndo a escada mal iluminada. A passagem que dava acesso ao salão estava aberta, de repente, ouviu-se um som baixo como um estalo, era Comar, que atirava pequenas pedras na parede do lado de fora da sala, enquanto aguardava, impaciente, o retorno do menino.

– Vamos... estão nos esperando. – disse Dane. Um sorriso aliviado no rosto.

O homem estava imóvel, olhava para a fenda atrás dele com tristeza. A verdade é que ele passou tantos anos naquele lugar que, agora, parecia que estava deixando a sua casa.

– Vamos – insistiu Dane, que agora estava parado junto à porta. – O que está esperando? É a caverna? – falou, voltando para junto do homem. – O senhor ficou perdido lá durante muito tempo, mas... o seu lugar é aqui, com os humanos, com sua família... quer dizer... o senhor tem família, não tem?

Ao ouvir a voz de Dane, Comar passou pela porta e correu ao encontro do garoto, freando bruscamente, a um metro dele... seus olhos iam de Dane para aquele homem todo esfarrapado e mal nutrido.

– Hum, quem é ele? – perguntou ao menino, espantado.

— Pra falar a verdade eu ainda não sei, mas ele me ajudou lá embaixo e usa uma coroa como as de vocês e tem poderes também, então... eu pensei...

— Isso... isso é impossível! — falou achando a história sem cabimento. — Não existe outro guardião, Dane, além dos que você já conheceu ou dos que se tornaram anciões... quem é o senhor? — perguntou.

O homem que não respondeu à pergunta olhava para Comar de cima a baixo, admirado.

Comar também deu uma boa examinada no homem, estava tão sujo, mas deu para ver duas mãos unidas, estampadas no trapo que ele vestia, e embora a coroa escondida entre os cabelos estivesse muito suja, dava para ver que era a coroa de um guardião.

— Muito bem... vamos. — Disse Comar, encarando o homem. Algo nele lhe parecia familiar e o fazia sentir-se estranho.

— O senhor vai gostar, tem comida e o senhor vai poder tomar um bom banho. — Dane disse isso abaixando a cabeça e dando uma risadinha abafada.

— ...sim... — respondeu o homem, que não tirava os olhos de Comar.

Enquanto andavam de volta ao salão principal, onde já se encontravam os outros, por muitas vezes Comar encarou o homem. Alguma coisa naquele homem realmente lhe parecia familiar.

Estavam quase chegando e durante todo o percurso não se ouviu uma só palavra, apenas vários olhares que flechavam eles nos corredores por onde passavam. Subiram alguns lances de escada e passaram por mais um corredor deserto. Finalmente chagaram no salão, estavam todos os reis e mais algumas outras pessoas que serviam umas bandejas de frutas de todas as cores, enquanto Pheron se servia com uma maça, Alaor segurava duas grandes bandejas nas pernas e comia com as duas mãos.

— Chegaram! — gritou Heumir, que, ao ver Dane e Comar, correu ao encontro dos dois, mas parou, assim que viu o terceiro homem aparecer. Esfarrapado, barbudo e muito fedido.

Todos falavam ao mesmo tempo... Queriam saber quem era aquele homem, apenas o Sr. Amim continuava em silencio. Ele observou o homem por alguns segundos... até que seus olhos começaram a brilhar e Comar teve que ser muito rápido para conseguir segurá-lo a tempo, antes que ele caísse no chão. Todos ficaram sem entender o que tinha acontecido. Até Alaor largou as bandejas, curioso.

– A... A-Amim... Amim... – repetia com espanto, o próprio Amim. Estava fora de si.

– Ele está delirando! – gritou Alaor. Ainda mastigando um pedaço enorme de carne.

– É bruxaria! – gritou Marco. – Matem esse homem... matem-no, agora! – berrou, apontando para o estranho atrás de Dane.

Com o Amim chorando e tremendo, nos braços do Comar, não havia muito o que pensar. Todos já estavam de armas nas mãos quando o menino gritou...

– Parem! Ele não fez nada.

– Como sabe? – questionou Heumir, que, embora muito racional, ainda estava abalado com tudo o que acontecera com o seu povo. Desconfiando de todo mundo.

– Não diga besteiras, garoto... esse aí deve ser um dos homens de Morlak. Eu vou me certificar de que ele não faça mal a mais ninguém. – Rosnou Alaor novamente, falou isso arrancando uma espada da cintura que de tão grande tocava o chão. Empurrou Dane para o lado e ergueu a espada acima da cabeça, e desferiu um golpe tão poderoso que só não cortou o homem ao meio porque este tinha tropeçado e caído de costas no chão. Alaor ergueu a espada para atacar novamente...

– Chegaaaa... – gritou o pobre homem ao ver aquela espada enorme vindo em direção a ele outra vez, e usando apenas uma das mãos, arremessou Alaor contra uma parede no final do salão. Todos olharam para o homem, boquiabertos, até onde sabiam, era impossível um dos homens de Morlak fazer aquilo com um guardião, sem precisar tocá-lo.

– Parem! Por favor, e me escutem... estão cometendo um engano, ele não é inimigo – apressou-se Dane, bem no momento em que eles cercavam o homem. – Ele... é um de vocês, olhem a coroa na cabeça e o brasão no peito dele...

– Mas... o que significa isso? Mas que diabos! – Xingou Homar, com olhos arregalados, vendo a coroa muito suja na cabeça dele. – Não pode ser... como? Você... você é o... Amir... é você? – falou se aproximando devagar.

Novamente houve grande rebuliço entre as pessoas no salão, todos queriam ver o homem mais de perto e fazer seus comentários.

— Está louco, homem...! Amir está morto. – Vociferou Marco, enfurecido.

— É verdade... Amir desapareceu há muitos anos, não poderia ser esse aí... – falou Pheron, apontando com a cabeça, com descaso.

— Sim, é verdade que ele desapareceu faz muito tempo. – Começou Homar, com um tom tão calmo que até mesmo Dane, que já estava começando a ficar nervoso, se acalmou novamente. – Mas por acaso vocês não lembram o motivo da partida dele...? Lembram do que ele foi atrás? E se...

— Pare de dizer bobagens! – rugiu Marco, dessa vez, mais calmo. – E onde ele está guardando ela? Na roupa de baixo?

— Você poderia nos dizer qual o seu nome, amigo? – falou Homar. Não dando muita atenção às palavras de Marco, mas com um tom ligeiramente ameaçador.

— Não... não tenho certeza... – respondeu, sincero.

— Mas que diabos está dizendo? – rosnou Alaor – Não tem certeza...? Aai... minha cabeça! Matem esse, esse... ai, ai... – gemeu. Ainda tentando se levantar.

— Eu concordo com Alaor. Todos nós sabemos que o Amir não tem poderes, ele só usa uma coroa porque também é senhor deste castelo e reino.

— Senhores... só tem uma forma de sabermos a verdade... – falou Homar olhando o homem nos olhos. – Quer tomar um banho, amigo? – disse sorrindo.

Por um instante houve silêncio... até Comar, que até o momento tinha ficado calado, ser tomado por um súbito ataque de ódio.

— O que fez com ele...? Hã? O que fez com o meu pai... o que você fez com meu pai? – rugiu levantando-se furioso. Pegou a espada de Alaor que estava caída bem na frente dele e desferiu um golpe violento no ar. O homem, pressentindo o perigo, cruzou os braços na frente do rosto, pouco antes de ser atingido por uma rajada de vento tão forte que o fez quebrar a parede e despencar de uma boa altura, indo parar dentro de uma fonte.

Enquanto os outros elogiavam Comar... Homar e Dane correram até a janela recém-criada para ver se o homem tinha morrido. Foi por pouco, ele ainda se movia e tentava sair da água, cambaleando.

— Terminem de dar banho nele, depois tragam ele de volta para cá... – gritou Homar, lá de cima, para alguns curiosos que rodeavam a fonte – e usem bastante sabão... – acrescentou.

— Ele vai ficar bem? — perguntou Dane, nervoso.

— Vai sim... só não entendo como ele pôde arremessar Alaor tão longe...

— Como, bem, como só o senhor o reconheceu? Porque os outros também não...

— Eu não fui o único, garoto — falou, apontando com a cabeça para o Sr. Amim, ainda abalado.

— Ele é um guardião, como vocês... você viu o que ele pode fazer e também tem a coroa e...

O menino foi interrompido por Homar, que enquanto explicava fazia um gesto com a cabeça.

— Amir sempre foi um grande guerreiro... com arcos, espadas, lanças ou até mesmo com as próprias mãos, mas, nunca teve poderes. — explicou.

— Amir... — murmurava Dane. Seria ele? Mas ele viu com os próprios olhos o homem afastar uma aranha gigante, mesmo estando a metros de distância. — Quem... quem é ele? — perguntou curioso.

— É o irmão dele. — Apontou para o Sr. Amim, ainda no chão, sem fala.

— Irmão?

— Gêmeo... idêntico. — falou, deixando Dane estupefato. — Quando Hevon foi derrotado, nós ficamos desesperados... nenhum de nós tem poder suficiente para deter Morlak, mas Hevon deixou uma grande baixa no exército daquele maldito, aproveitamos isso, por dois anos, fizemos Morlak acreditar que ele ainda estava vivo e, bem, durante dois anos, tivemos paz. Morlak tinha desaparecido.

E... o que aconteceu?

Informantes, eu acho. Ele descobriu que o nosso senhor das pedras estava... bem, que ele estava... — ele fez uma pausa e deu um grande suspiro. — Então, uma pessoa atrás de outra começou a desaparecer, não demorou muito pra ele ganhar novamente confiança e começar a atacar e destruir vilas inteiras. Foi então que Amir teve a ideia de entrar na fenda onde por algum motivo as pedras se reúnem, para tentar achar a dele ou, por um milagre, conseguisse usar qualquer outra. Pareceu loucura na hora... mas não tínhamos outra alternativa, o Amim quis ir no lugar dele, mas ele tinha nascido alguns segundos antes, e um reino precisa de um rei, e ainda tinha Comar, era pequeno demais e precisava do pai. Então Amir foi... sem poderes, sem saber se conseguiria... isso já faz onze anos. E é por isso que eles não estão acreditando que ele seja o Amir...

– Por causa do poder?

– Não só por isso, Dane... mas também porque é quase impossível alguém sobreviver por tanto tempo em um lugar como aquele, sem água, comida... sem falar nas...

– Nas o que? – perguntou. Na verdade Dane sabia exatamente o que ele ia dizer... mas queria ter certeza de que eles sabiam o que tinha lá embaixo, antes de mandarem ele para lá.

– Nada... – mentiu.

– Comar sabe? Que aquele homem... que ele atacou, pode ser tio dele?

– Não. – respondeu sincero – Quando Amir desapareceu naquele buraco e não voltou, Comar ainda era pequeno, não se lembra de nada e assim nós deixamos, a pedido do próprio Amir, nós não dissemos nada a ele.

– Então, ele não sabe do tio... quer dizer, independente desse homem – apontou com a cabeça – ser o Sr. Amir ou não, ele não sabe que tem um tio, e que ele é gêmeo com seu pai e que ele se sacrificou para salvar a todos?

Dane realmente conseguiu fazer com que Homar sentisse que eles erraram ao fazer aquilo...

– Não, mas veja pelo lado bom, se ele for realmente o Amir significa que ele achou sua pedra. Espera... é verdade! – gritou para os guardiões ouvirem. – Ele só pode ter achado a Limiax dele, por isso sobreviveu tanto tempo!

Alaor bufou a um canto.

Todos se aproximaram para olhar o homem, menos Comar, que não entendia o que estava acontecendo, só que as pessoas já tinham tirado ele da água e o levavam de volta ao salão.

– Me deixa olhar você... – resmungou Alaor ainda zangado, quando o homem entrou novamente no salão.

– Por favor, traga uma lâmina afiada! – gritou Heumir para um dos servos, que pela aparência, devia ter quase a mesma idade do Sr. Amim e que olhava, muito chocado, para o homem.

CAPÍTULO CATORZE

A TROCA

Todos fizeram uma roda ao redor do homem, e em pé mesmo começaram a aparar seus cabelos, barba e bigode. Dane estava do lado de Comar e Sr. Amim quando Alaor e Heumir, que era quem desbastava os pelos do homem, se afastaram assustados, ao mesmo tempo, abrindo espaço para que os outros pudessem ver... a semelhança assustava, embora fosse muito mais magro do que o Sr. Amim, provavelmente pelo efeito de anos de sede e fome, não tinha como negar... aquele homem sem a menor sombra de dúvida era o Amir. Mas como?

Dane encarava o homem com os olhos arregalados, Comar olhava para seu pai e em seguida para o tio... sem acreditar no que estava vendo.

— Só falta uma coisa, meu senhor. — disse uma serva, colocando a coroa, que agora brilhava, de tão limpa, de volta na cabeça dele. — Bem-vindo de volta, meu senhor. — disse, curvando-se sutilmente.

— A-Amir...? — sussurrou Alaor — É... é ele mesmo! — falou com espanto. Abraçando o homem, com tanta força, que fez seus ossos estalarem.

Enquanto Homar sorria, claramente orgulhoso de si mesmo, pelo seu acerto, ou, pelo menos, por ele ter duvidado menos, Amim levantou-se e encarou o irmão nos olhos. Amir, ainda sem se lembrar de nada, retribuía o olhar, nervoso.

— Precisamos conversar — disse Amim e Amir concordou com a cabeça. — Todos vocês, por favor, se não se importam, aguardem aqui... sei que precisam retornar a seus reinos, mas por favor, aguardem um pouco mais... Comar venha com a gente, ah, você também, Dane.

— O que está acontecendo, meu pai? — perguntou Comar — quem é este homem? Por que o chamam de Amir... já não basta se parecer com o senhor, agora tem o nome quase igual ao seu...?

Sem ouvir resposta, Comar seguiu os três até um aposento pequeno que ficava um andar acima. Entraram e se sentaram.

– Escutem aqui, vocês três. – Disse Amim, encostando-se em uma janela e observando a lua que brilhava alta em um céu de poucas estrelas e nuvens rosadas. – Eu... não pude deixar de notar o seu espanto desde que chegou aqui... o que é perfeitamente compreensível, já que eu mesmo ainda estou. Parece que não reconhece nada. Mas, não se preocupe, eu vou contar tudo a você... a vocês três.

– Mas, pai, eu não...

– Ah... me desculpem. – Uma garotinha entrou correndo na sala onde os quatro estavam. Ela segurava uma boneca de pano nos braços, sorridente.

– Não se preocupe, querida. Está tudo bem. – Mas, Kirian, você não deveria estar na cama? – falou Amim, gentilmente.

– É que eu estou sem sono, e o castelo está muito barulhento hoje. Então eu saí para brincar um pouco.

– Eu sei, querida. Só que já é tarde.

– *Eu não tenho medo!* – vociferou ela.

Amir abriu um largo sorriso.

– É claro que não, minha pequena... pelo contrário, você é uma valente princesinha. E é exatamente por isso que você precisa ir dormir agora... para estar forte e apta para encarar as batalhas de um novo dia, está bem?

– Ok. – respondeu e saiu correndo, aos pinotes, dando tchau para as paredes ao invés deles.

Dane era só risinhos, e embora o clima ali estivesse estranho, a presença da criança, mesmo que só por poucos segundos, claramente melhorou o ambiente.

– Em primeiro lugar... – começou Amim, vendo que ninguém dizia nada – eu preciso que você saiba que é meu irmão. – Revelou, encarando o homem – Em segundo lugar, eu preciso que vocês entendam por que nós fizemos isso. Todos nós vimos a criança que entrou aqui a poucos instantes... inocente, sem maldade. Foi para tentar proteger ela e tantas outras que nós fizemos o que fizemos. Comar e Dane. Muitos anos atrás... nessas terras existiam mais reinos e o nosso povo vivia feliz, embora Morlak ameaçasse nos atacar... sabíamos que ele não tinha forças para isso, não contra todos nós... então ele foi atacando pelas beiradas, primeiro Milon, rei de Thug, onde de forma desleal ele conseguiu seu primeiro pedaço de pedra mágica, depois foi Geo, rei do poderoso reino de Margur, onde conseguiu o segundo pedaço, e depois Símio, rei de Munin, onde ganhou o terceiro... a cada rei morto e reino destruído, Morlak ficava mais forte. Em força e em número.

Dane ouvia a tudo com muita atenção, até que...

– Ué, mas eu achei que... – interrompeu ele.

– Eu disse pra escutarem! – gritou Amim. Dane o conhecia há pouquíssimo tempo, mas erradamente achou que ele fosse incapaz de ficar sério daquele jeito. – Em meio a toda aquela destruição... nós, reis, descobrimos que a lua tem o magnífico poder de criar passagens para outros mundos, e digo que eu não me surpreenderia se alguns desses fossem criados pela sua própria magia. Certa vez, passando pela sala mestre... eu vi seus raios a invadirem e tocarem a pedra que nosso avô encontrou – olhou para Amir. Dane ficou pensando "como os raios da lua, conseguiam invadir o castelo e envolver a pedra?", mas preferiu não dizer nada, já bastava ter sido chamado a atenção agora a pouco. – Aos poucos surgiu no ar... feito um arco-íris, um portal... uma passagem para outro mundo – falou, encarando Dane, que mesmo querendo não teve coragem para interrompê-lo novamente. – É claro que nós já sabíamos que apenas um ser puro poderia usar uma Limiax e controlar todo o seu poder, e foi então que passamos a observar as pessoas... como a passagem repetia o mesmo local todo mês, variando apenas os dias, decidimos mandar leal para observar mais de perto algumas pessoas... Ele era o mais adequado, não envelhece quase nada em décadas, e também... por algum motivo, do outro lado, a passagem parece se abrir para ele sempre que ele precisa. Mas as pessoas eram umas piores do que as outras... Morlak já havia começado a sua busca pelo poder, sobrepujando até mesmo os nossos inimigos mais fortes.

– Eu... não sabia. – disse Comar, cuja expressão de raiva diminuíra.

– Foi então que descobrimos Hevon – continuou. Parecendo estar longe. – Tão doce, meigo, gentil, honrado em todos os sentidos, era ele... tínhamos certeza, então eu usei o arco que hoje pertence a você, Comar, para atirar quatro flechas pelo portal e trazer ele até aqui.

A essa altura, ninguém se atrevia a interromper ele.

– Nós o treinamos e em seguida o mandamos para a mesma fenda onde você esteve, Dane, na esperança de que ele encontrasse sua pedra... e deu certo, ele a encontrou, voltou mais forte e maduro, como você, pelo que vejo... mas nos precipitamos e o mandamos pra batalha cedo demais. Por um tempo... após ver o terror que Morlak espalhava, ele lutou e venceu muitas batalhas... mas foi traído por uma criatura que ele mesmo tinha salvo... Morlak se aproveitou da distração e o atacou covardemente por trás. – Dane notou que a voz dele tremia. – Hevon andou até cair em um rio e, então, desapareceu.

Amir ouvia tudo com muita atenção... parecia começar a lembrar. Comar por outro lado não sabia exatamente aonde seu pai queria chegar. Ele já ouvira essa parte da história antes.

Amim, ainda com a voz trêmula, continuou.

– Ficamos sem chão... nossa única esperança havia morrido. Naquele mesmo dia, nossos exércitos que lutavam ao lado de Hevon foram massacrados... um por um, apenas os reis que você já conheceu sobreviveram. Foi então que eu tive a ideia de procurar a minha pedra... minha Limiax, eu sabia que eu não tinha as qualidades necessárias, mas o motivo pelo qual eu iria... talvez fosse puro o bastante, todos os reis concordaram... então, eu entrei na sala da fenda... estava decidido, porém eu não tinha poderes, a minha volta era impossível. Eu imaginava o tipo de criatura maligna que devia viver por lá e como seria fácil para elas acabarem comigo.

– Como não tem poderes, meu pai? – interrompeu-o Comar, outra vez. – O senhor é o mais forte de nós... nunca precisou usá-los nas batalhas porque é habilidoso com armas... mas os outros reis falam de seus feitos.

– Não... eu não tenho, Comar... porque... porque, bem, filho... eu não sou o Amim... eu, eu... não sou seu pai... Comar... eu... sou seu tio, Amir... – Dane e Comar deixaram escapar gritinhos de exclamação ao mesmo tempo. – E ele é o verdadeiro Amim. – Apontou. – Ele pediu pra ir no meu lugar, seria mais fácil pra ele sobreviver naquele lugar, com os poderes dele, e eu aceitei... ele me fez prometer que cuidaria de você, filho, até ele voltar, que eu não diria nada a você, nem a ninguém.

– Quer dizer que nem mesmo os reis na outra sala sabem dessa troca? – perguntou Dane, espantado.

– Não... não sabem. – respondeu o Sr. Amir, que na verdade era o Sr. Amim. Pondo as duas mãos na cabeça e parecendo ter recobrado completamente a memória. Agora olhava chorando para o filho, Comar.

– Mentiram pra mim... você... você não é meu pai? Esse tempo todo, você mentiu pra mim? – falava, engolindo lágrimas. – Como puderam?

143

– Então... é por isso que o senhor tinha poderes... – comentou Dane, pondo sem querer mais lenha na fogueira.

– Quieto! – gritaram os gêmeos em dueto.

– Filho, entenda... estávamos desesperados. – falou Amir.

– Não... me chame de filho, você não é meu pai... nenhum de vocês é.

– Comar, eles só não queriam que você crescesse sem um pai... – disse Dane, mas na mesma hora desejou não ter dito nada.

– Calado! Você não sabe nada da gente... até pouco tempo atrás você nem mesmo sabia que esse mundo existia. – Gritou Comar e saiu correndo. Passando próximo aos guardiões sem dizer uma só palavra.

Dane olhava de um gêmeo para o outro. Não entendia por que nenhum dos dois estava indo atrás dele.

– Vocês não vão fazer nada? – berrou Dane. Finalmente.

– Não tem nada pra ser feito por enquanto... a não ser o seu treinamento – disse Amim, dando um meio sorriso ao garoto.

– É verdade! – exclamou Amir – por causa da grande surpresa, acabei esquecendo totalmente... por favor, me diga que realmente conseguiu, diga que está com ela...

era verdade. Por causa da chegada inesperada de Amim, todos pareciam ter esquecido por que Dane tinha entrado naquele buraco.

– Ele não só conseguiu sua Limiax, como também salvou a minha vida – disse Amim, parecendo ligeiramente desconcertado. – Quando eu estava sendo atacado por sugadoras... ele a usou com grandeza e não só mandou as criaturas para longe como também matou aquela peluda, cheia de pernas... nojenta. – Amim arrancou um sorriso do garoto quando disse isso.

– *Esplêndido!* – falou Amim. Parecendo muitíssimo aliviado. – Vamos iniciar o seu treinamento... o mais rápido possível.

– O meu treinamento, senhor?

– Sim, Dane. Você precisa aprender a controlar a sua pedra.

– Ok. – Respondeu Dane, animado. Era a primeira vez que ele faria algo assim... mesmo sabendo que teria de enfrentar alguém que até os guardiões temiam... estava eufórico.

– Mas antes, nós temos que falar sobre a troca para os guardiões... espero que eles entendam. – Falou Amim. Dane conhecia bem aquele olhar.

Estava triste... não pelo fato de ter de encarar os outros reis e dizer que mentiu para eles, mas sim pela reação de seu filho ao saber da verdade. Dane o conhecia bem, porque era o mesmo olhar de seu pai, quando erradamente pensava ter desapontado ele algumas vezes. Dane nunca achara isso.

— ROOOOONC — a barriga escandalosa de Dane pareceu não concordar com um treinamento naquele momento, o menino cobriu a barriga com as mãos na tentativa inútil de fazê-la parar de roncar.

— Bem... acho que se iniciarmos seu treinamento amanhã, será mais produtivo, não acha? — falou Amir. — Agora vá tomar um banho, depois vá para a sala de jantar... Acredito que você já sabe onde fica... hum. — Ele deu um meio sorriso e uma piscada ao garoto, que ficou vermelho. — Vou pedir para servirem carne de lapau hoje, você vai gostar, iremos mais tarde.

Dane desceu correndo as escadas e embora naquele castelo devesse ter vários banheiros, Dane teve problemas para encontrar um. Lavou-se às pressas e correu para a sala de jantar, esbarrando em uma cozinheira, pouco antes de chegar ao salão.

— Aonde o senhor vai? — perguntou ela, sorrindo.

— Eu, eu... estou indo jantar. — respondeu, em voz baixa. Tímido.

— Não sem mudar essas roupas antes. O Sr. Amir pediu para que eu mostrasse o quarto em que o senhor vai ficar... é por aqui.

Enquanto seguia a mulher, desejando mais que tudo que ela andasse mais depressa, Dane pensava em como iria trocar de roupa, se não trouxera nenhuma. Talvez eles tivessem roupas guardadas para as visitas, mas será que alguma serviria nele?

— Chegamos... o senhor prestou atenção no caminho? — perguntou ela, sorrindo.

— Sim... hum, olha... será que eu posso fazer um pedido pra senhora? — perguntou vendo a mulher virar em atenção — a senhora poderia parar de me chamar assim?

— Desculpe, senhor, eu acho que não compreendi...

— De senhor, sabe... eu não gosto... se não se importar.

— Eu peço desculpas, eu não sabia. Então, como devo chamá-lo? Porque acredito que o sen... você, irá passar um bom tempo com a gente.

— Um bom tempo... — sussurrou. Pensando em quando veria seu pai novamente.

— Como disse? – perguntou ela.

— Nada... ah, eu me chamo Dane... Dane Borges, mas pode me chamar apenas de Dane.

— Tudo bem, Dane. Vou deixá-lo trocar de roupa, se me permite dizer Dane... hum, você se parece bastante com o antigo escolhido...

— Como assim? – perguntou. Ele já vira o antigo escolhido, Hevon. Não se pareciam em nada.

— Na gentileza... pelo visto as histórias são verdadeiras... somente pessoas puras usam as pedras, espero que possa nos salvar daquele monstro...

— Mamãe...?

Dane ouviu uma voz doce dizer... ele não sabia quem era... mas ficou maravilhado, ainda mais quando a mulher virou e ele viu surgir de trás dela uma menina de olhos azul-claros, os cabelos amarelos meio rebeldes, ficavam caindo sobre os olhos, era um tanto magra, o que para Dane pareceu ótimo, ela era um pouquinho mais alta que ele, porém parecia ter a mesma idade.

— Quem é ele? – perguntou a menina.

— Esse é o novo escolhido, filha, o novo senhor das pedras... e o nome dele é Dane. – respondeu.

— Olá, o meu nome é Kirian e essa é minha mãe, Missy. Que você já deve ter conhecido, é claro. Hei, você já tem uma pedra, eu posso ver?

— Kirian! Calma, assim você vai deixá-lo tonto... em primeiro lugar ele é o escolhido dos guardiões e não iria querer me conhecer, em segundo...

— Tudo bem. – Interrompeu-a Dane, rindo. – Foi muito bom conhecer a senhora, e eu já encontrei minha pedra sim... ela está aqui. – Ele abriu dois botões do pijama e mostrou. A pedra ficava no fim de um colar, desenhado na pele do garoto, era grande e meio oval, cravada em seu peito.

Enquanto Dane mostrava a pedra para a garota e ele mesmo aproveitando para dar uma boa olhada nela, Amim e Amir conversavam com os outros guardiões. Tentavam explicar os motivos da troca e, como esperavam, todos eles entenderam, agora só faltava Comar perdoá-los.

— Deixa-me falar com ele, irmão... – falou Amim. – Eu preciso disso... Eu, eu não o via há tanto tempo, quero abraçá-lo, beijar o seu rosto e dizer que o que fiz... foi por ele, dizer o quanto estou orgulhoso por ele ter se tornado um guardião.

– Claro... e você nem precisa me pedir isso, irmão, ele é seu filho... esse é seu reino... eu sou apenas...

Amim bateu a mão com força no ombro do irmão...

– Você é tão rei desse lugar quanto eu! Governou com sabedoria todos esses anos, mesmo sem poderes, afastou o mal que ameaçava nosso povo, honrou o nome de nossos pais e avós e cuidou de meu filho como se fosse seu... isso, irmão, eu nunca vou esquecer.

Amim deu as costas para o irmão e foi procurar Comar. O encontrou sentado no jardim, nos fundos do castelo, sob um céu estrelado, pensativo.

– Comar... posso me sentar com você? – perguntou.

– Claro, o reino é seu! – respondeu, vazio.

– Está vendo aquela árvore? – perguntou. Apontando para algo, um pouco mais adiante de onde antes eles tinham feito a reunião e a apresentação dos guardiões a Dane. Com um movimento da mão, alguns archotes se acenderam, revelando um tronco muito grande e velho.

– É só um tronco podre... não tem nada demais nele. – respondeu com rispidez.

– É verdade, mas sabia que aquele tronco podre já foi uma das mais belas árvores desse lugar? – falou sentando-se ao lado de Comar. – Sabe... sua mãe e eu gostávamos de fugir do castelo de vez em quando, para esquecer, mesmo que só por alguns minutos, das preocupações e das responsabilidades do reino... sentávamos embaixo dela e olhávamos as estrelas por entre as brechas nos galhos... o silêncio, a tranquilidade, a paz... e foi embaixo dela que prometemos um ao outro que, não importa o que acontecesse... sempre cuidaríamos um do outro e do nosso povo. Entenda, filho... eu fiz isso por eles... e por você. Seu tio é um homem muito forte, um guerreiro realmente formidável, mas eu sabia que ele não conseguiria, não... sem poderes. Você... consegue me perdoar?

Comar mirava fixo o tronco e voltou a encarar o pai...

– Ter dois pais... me parece bem legal... – respondeu, sorrindo. Para o alívio de Amim.

Os dois trocaram olhares por alguns segundos. Até que uma nova pergunta quebrou novamente o silêncio.

– Como ela era?

– Ela?

– Minha mãe. O meu pai... quer dizer, o meu tio. – Ele suspirou – bom, ele falou dela pra mim..., mas eu não consigo lembrar muito bem... sabe, parece que ela tá desaparecendo da minha cabeça.

– É verdade... quando ela morreu você ainda era muito jovem. Bom... ela era uma grande guerreira, grande mulher... grande esposa... e até o último suspiro, uma grande mãe.

– Como ela morreu? Quer dizer, eu sei que foi durante uma batalha... é só que, eu queria saber como realmente ela morreu. – perguntou. Já vendo os olhos de seu pai, brilharem.

– Como você mesmo acabou de dizer... foi durante uma batalha... eu gostaria de dizer que foi nos meus braços, mas não foi. Eu estava a trinta metros de distância, cortando a cabeça de um megrolir de dois metros.

– Eu odeio aquelas coisas.

– É... eu também. Quando ouvi sua mãe gritar... quando olhei... eu vi a espada do próprio Morlak, deixando o peito dela. Ele se aproveitou da ausência do Hevon... ele matou muitos outros naquele dia.

Àquela altura, nenhum dos dois conseguia mais conter as lágrimas. Abraçados, um tentava consolar o outro.

Voltaram ao castelo e, na sala de jantar, encontraram Dane, devorando um pedaço enorme de lapau. Olhou para os dois e abriu um sorriso sem abrir a boca.

– E os outros? – perguntou Comar.

– Já foram. – Respondeu Amir. Rindo ao ver os dois abraçados. – Eles foram preparar os locais de seu treinamento, Dane.

Ao ouvir aquilo o garoto deu um salto da cadeira. Entre mastigadas e arrotos, resmungou...

– Como assim? Eu não vou treinar aqui com vocês? – perguntou, com medo. Ele não sabia que tipo de criatura iria enfrentar nos outros reinos. Ao menos aqui, sabia que caso precisasse entrar na fenda outra vez, aquela aranha gigantesca já estava morta.

– Sim e não... o seu primeiro treinamento será aqui, mas você também treinará em outros reinos. Ora, vamos, Dane, não se preocupe, tudo vai dar certo.

– O senhor falou a mesma coisa quando eu entrei naquele buraco e quase virei comida de aranha! – resmungou.

Todos deram risadinhas.

– Por falar nisso... onde está a pedra? Eu gostaria muito de vê-la, se me permitir. – Falou Comar, ansioso, examinando o garoto, à procura dela.

– Aqui. – Mostrou. Desabotoando a camisa que ganhara e deixando à mostra sua Limiax.

– É belíssima... – disse Amir. Chegando um pouco mais perto. – Ainda mais bela que a última... agora, resta saber se é tão poderosa quanto.

– Boa sorte em seu treinamento amanhã, Dane. – Falou Comar. – Eu o acompanharei em parte dele.

Mas Dane não conseguia falar. Voltara a comer, estava com a boca atopetada de comida, o que causou gargalhada entre os amigos.

– Bom, eu estou satisfeito – disse Amir, levantando-se da mesa, Dane ainda comia e Amim não ficava muito atrás... devia estar descontando todos os anos de fome que passou naquele lugar.

Após o jantar todos foram para os quartos. Dane ainda foi beliscando um pedaço de bolo.

Já na cama, Dane não conseguia pregar o olho. Mal via a hora de começar o seu treinamento. Imaginava que se ficasse forte o bastante, de alguma forma, poderia ajudar Heitor a cuidar da casa.

CAPÍTULO QUINZE

O INÍCIO DOS TREINOS

A noite passou em um piscar de olhos, mas para Dane, que passou a noite em claro, ela pareceu durar uma eternidade. Ainda mais quando começou a cair uma tempestade próximo das quatro da manhã. Dane ouvia a tempestade fustigando as paredes do lado de fora e por duas vezes se levantou para olhar pela janela embaçada. O vento que uivava lá fora batia com força contra a janela, fazendo-a sacodir. O céu lá fora estava negro. Entre um raio e outro, Dane teve a impressão de ter visto, muito rapidamente, uma sombra enorme no céu.

— O que é aquilo? — sussurrou.

Sem perceber, Dane destrancou a janela e quase foi arremessado para longe, quando o vento da tempestade o atingiu. A janela de duas folhas batia contra a parede, com força. Dane se projetou para a frente e empurrou a janela, abrindo os olhos com muita dificuldade, queria ver o que era aquilo no céu. Um novo raio cortou o céu, permitindo a Dane ver, mesmo que só por dois segundos, uma coisa alongada, com grandes asas, passear por entre as nuvens lá em cima. Não podia ser. Ele sacudiu a cabeça e empurrando a janela o mais forte que pôde conseguiu fechá-la. Voltou para a cama ainda com aquela imagem na cabeça. Dali a poucas horas ele teria de começar seu treinamento, não era hora para ficar imaginando coisas.

Já era claro quando os passos apressados de Comar invadiram o quarto do garoto e com ele um cheiro gostoso que sem dúvida vinha da cozinha.

— Vamos... temos que começar cedo se quisermos que você domine a sua pedra.

— Que horas são? — perguntou Dane. Esfregando os olhos vermelhos e um bocado inchados.

— Hora de levantar e tomar banho... o café da manhã já está pronto. – Respondeu.

Dane deu um salto da cama e olhou pela janela. A grama no jardim cintilava por causa das gotas d'água da chuva, embora o céu continuasse com uma cor cinza grafite lá fora.

— Comar... — começou antes que pudesse se conter. — Você, hum, viu a chuva de hoje?

— Não. Por quê?

— Por nada. — Mentiu. Encarando o céu.

— Ok. Então vá tomar logo um banho. Precisamos sair o quanto antes.

O cheiro de comida, vindo lá de baixo, ficou ainda mais forte e Dane sentiu a barriga vibrar.

— Por favor, Comar, onde fica mesmo o banheiro? — perguntou ligeiro, não querendo perder mais tempo para não correr o risco de ficar sem café da manhã.

— Não se preocupe, eu levo você. — Falou Comar, rindo.

Dessa vez, Dane foi para um banheiro diferente do de antes. Comar o levou, passando por corredores e alguns salões, até pararem em frente a uma porta de madeira enorme, e assim que ele abriu, saiu um cheiro de terra e cachorro molhado, lá de dentro.

— É aqui. Pode entrar. Ah! E isso aqui é pra você. — Dane apanhou.

Obrigado. — Agradeceu, entrou e empurrou a porta, que fechou com um estrondo.

O banheiro era quase quatro vezes maior que sua casa na rua quatro, com canos que desciam pelas paredes e paravam a dois metros do chão. Ele teve problemas para girar um tipo esquisito de maçaneta até a água começar a cair, pesada, em sua cabeça. Apesar de a água estranhamente estar quente, por algum motivo ele não se sentia bem... Na verdade... Era uma sensação diferente, estranha... Como se estivesse sendo observado. Dane fechou os olhos, sentindo a água quente batendo em sua cabeça, fazendo os seus cabelos dançarem. Por um instante ele viu alguns raios cortarem um céu imaginário e algo muito grande deslizar por entre as nuvens.

— O que será que era aquilo? — um barulho no teto fez Dane abandonar seu pensamento. Girando a cabeça rapidamente na direção de onde vinha o barulho. Um morcego amarelo enorme estava pendurado de cabeça para baixo, no teto a um canto. – Está tudo bem... é só um morcego. – Sussurrou para ele mesmo. E bem que o garoto tentou continuar o banho, mas desistiu quando o morcego de mais de um metro olhou para ele e sorriu.

O mais depressa que pôde, encarando o enorme morcego, ele tateou o chão e apanhou o volume que recebera de Comar. Era uma calça preta, uma camisa cinza e, ao que parecia, embaixo delas, uma capa.

– Dane, o que foi? – perguntou Comar, quando o garoto saiu do banheiro, lutando para vestir a perna da calça.

– É que... tem um morcego enorme lá dentro. Ele olhou para mim e... sorriu.

– Ah! Aquele é o Zeus.

– Mas o que ele faz dentro do banheiro? Sabe... é que...

– Não se preocupe, Dane, Zeus pode andar livremente por todo o castelo, mas ele prefere ficar aqui, nesse banheiro, deve ser porque é úmido, sei lá. Anda, precisamos ir.

Depois de finalmente conseguir vestir a roupa, inclusive a capa, e de calçar uma bota velha de couro, e que depois de calçá-la era só dizer "PRONTO", que ela se abotoava sozinha e se ajustava ao pé da pessoa, ficando incrivelmente nova e limpa, Dane seguiu para a mesa da cozinha, já imaginando que estivesse cheia, enfeitada de gostosuras. E realmente estava. Doces caseiros, abóbora assada, milho, a farofa tinha uns pedacinhos de carne malpassada e muitas outras coisas, mas o que chamou sua atenção estava em uma bandeja no centro da mesa... era algo que parecia um javali. Dane teve a sensação de que aquele bicho tinha sido assado vivo, pois os olhos estavam arregalados.

– O gosto é melhor que a aparência. – Falou Comar sentando-se à mesa.

Dane se perguntava se lá era assim o tempo todo ou era apenas quando o escolhido estava presente. Parou de pensar nisso, quando trouxeram para mesa um bolo vermelho de um metro, coberto com frutinhas de todas as cores. Todos estavam presentes e, antes de começarem a comer...

Com um olhar sério e orgulhoso Amir se levantou da mesa e começou a falar.

— Desde que me entendo por gente... o nosso reino tem sido vítima de ataques... dos cavadores, dos thures... uma vez, um dragão brasileiro tentou fazer o seu ninho em cima do nosso castelo... bicho danado aquele, podia quebrar o encanto da pedra e ver nossa casa. – Amim riu. – Mas... nada disso se compara ao que estamos enfrentando hoje, Morlak é de longe o pior dos monstros. Acredite quando eu digo, Dane, que a sua tarefa será árdua, meu valente rapaz. Coma bem... pois hoje, infelizmente, é o dia em que você deixará de ser criança. – Todos se sentaram em silêncio e Dane, por um instante, pareceu ter esquecido que estava sentado em uma mesa repleta de comida, e encolhendo-se na cadeira, apertou sua limiax, como quem faz um desejo.

Agora menos entusiasmado com a ideia de enfrentar um ser que os guardiões temem, e que, segundo Amir, era pior que um dragão, ele deixou a mesa sem tocar na comida. Uma hora após o café da manhã, Dane acompanhou Comar até uma floresta atrás do castelo onde sem mais nem menos Comar agarrou o arco que estava em suas costas e lançou uma flecha luminosa em direção ao garoto, que nem sequer teve reação.

A flecha parou a um palmo da cabeça de Dane, que ficou paralisado de medo. Ela ficou ali, pairando próxima à cabeça dele, até desaparecer.

— O que foi isso? – perguntou Dane, nervoso. – Está tentando me matar? Ela quase arrancou a minha cabeça!

Antes que pudesse dar uma nova bronca, um novo ataque foi feito... esse acertou o garoto na altura da barriga e o jogou para longe, fazendo-o vomitar parte da janta. Não dava para acreditar... o que estava acontecendo? – Levantando com dificuldade ele olhou para Comar, espantado, realmente não acreditava no que estava acontecendo. Andou de costas, não pensou, nem por um segundo, que aquilo poderia fazer parte do seu treinamento... traição foi a única coisa que veio à mente. Sem querer receber um novo ataque e ainda gemendo de dor, Dane correu para dentro da floresta, para as árvores mais altas, o mais rápido que pôde.

Isso não fazia sentido... Comar era a última pessoa daquele lugar de quem Dane esperaria uma traição. Finalmente ele começou a pensar em seu treinamento e que talvez aquilo fizesse parte... mas o ataque que acabara de receber ainda doía. Ainda gemendo, sentou-se atrás de uma árvore e...

— *TOC!!!* – um machado cravou na árvore, um metro acima de sua cabeça.

— Está lá... naquela árvore! — Gritou longe uma voz de homem, meio mole, era Heumir, que segurava na mão esquerda um machado que certamente fazia dupla com o que estava sobre sua cabeça.

Ele mal tinha se levantado e começado a correr, quando...

De uma hora para outra, as folhas no chão começaram a tremer, dessa vez, parecia que vinha um exército marchando em sua direção. Dane alisava sua pedra com a mão para ver se ela atirava um raio, talvez o fizesse voar, ou melhor, talvez o deixasse invisível, mas para o seu azar nada aconteceu. Se aquela coisa tinha poderes, estavam muito bem escondidos.

— Anda, anda! Faz alguma coisa! — resmungava enquanto corria. — *Aaaaahhhh!* — ele corria tão desesperado que não viu uma descida logo à frente. Ele escorregou e saiu rolando por um pequeno morro até parar dentro de um córrego raso. — Bela limiax você é... estou a ponto de ser morto e você não me ajuda em nada.

Dane de repente sentiu um frio envolver seus pés e subir pelo corpo.

— ... Quê? Mas... — ele olhava para a água, abismado... estava congelando, quer dizer, a água... estava realmente congelando bem diante dos seus olhos.

Ele saiu da água bem a tempo de ver o córrego congelar por completo, tanto Dane quanto suas roupas que estavam molhadas foram cobertos por uma fina camada de gelo. Até as folhas congelaram. Sentindo o ar mais pesado, cansado, fumarando e tremendo de frio, Dane caiu e adormeceu às margens do córrego congelado. Mas não antes de ver uma velha agachada, com as mãos no chão.

Era quase meio-dia quando Dane retornou do sono. Não conseguia mover um músculo sequer, quase não abria os olhos, não sentia dor, estava dormente por completo. De repente, um calor cobriu seu peito e escorreu para o resto do corpo, sentia como se alguém derramasse água quente em cima dele. Era o mesmo calor que sentira quando matara a aranha, mas dessa vez, ele veio acompanhado, parecendo estar engasgado com o ar, Dane ofegava, seu cérebro parecia aumentar de tamanho, fórmulas, tempo, espaço, cores, morte, vida... tudo estava claro agora, sabedoria... esse era o poder da sua Limiax, ela dá as respostas de todas as coisas ao seu portador, ele agora sabia disso. Agora, ele usava cem por cento do seu cérebro, ele agora tinha o poder em sua cabeça e sabia exatamente como explorá-lo.

Levantou-se, tentando organizar os pensamentos. Sentia-se estranho. Parecia ter o controle de cada célula do seu corpo. Olhou para o córrego ainda congelado... ele estalava, como se estivesse rachando. Dane olhou para trás e, para a sua surpresa, aquela estranha mulher ainda estava lá. Parecendo fazer grande esforço para mantê-lo preso ao chão... uma ligeira olhada na água e Dane viu que pequenos peixes haviam sido congelados. Em uma explosão de raiva, ele pulou três metros para cima e caiu como um meteoro, fazendo uma enorme onda de energia varrer o lugar. A água, que estava congelada, no mesmo instante se tornou líquida novamente, todas as árvores ao redor estremeceram e a mulher, soltando um grande e longo gemido, foi arremessada tão longe que se perdeu entre as árvores. Inexplicavelmente, os peixes, que antes estavam congelados, voltaram a nadar, tranquilamente. A água estava incrivelmente limpa, parecia estar tão pura quanto antes.

– *Uau!* – admirou-se. – Então esse é o poder de que tanto falam? – sussurrou ele, quase ao mesmo tempo em que uma flecha incandescente passou próximo de sua cabeça. Era Comar novamente... Dane agora sabia que ele não queria matá-lo, pois se quisesse... já teria feito isso. Aquilo era realmente apenas um treinamento e Dane resolveu entrar no jogo e se divertir um pouco.

Ele subiu pela margem e se escondeu atrás de uma árvore grossa, não era mais um treinamento, para Dane, agora, era apenas... diversão. Ele via tudo de uma forma diferente agora. As folhas, como antes, voltaram a tremer... até o chão tremia agora e Dane se perguntava se eles realmente teriam trazido um exército para treiná-lo, até que a árvore onde ele estava escondido estremeceu e subiu no ar...

– *Predar!* – gritou Dane, com um sorriso enorme no rosto e um aparente alívio por ver seu amigo bem.

Predar, que agora parecia estar realmente muito bem, ergueu a árvore e ameaçou um ataque, mas não conseguiu concluir. Dane correu por entre as árvores, agora ainda mais feliz que nunca.

Naquele momento, o garoto poderia até ser a pessoa mais inteligente do mundo, mas ainda não passava de uma criança.

– É bom vê-lo melhor, amigo... – sorriu.

Distraído enquanto corria, ele não percebeu que Predar passou correndo pelo lado, saltando de surpresa na sua frente, com um enorme tronco na mão.

– *AAAAAAAHHH!!!* – por causa do susto, Dane sem querer levantou as duas mãos contra o amigo, e o que aconteceu em seguida foi tão rápido que foi como um borrão. Um grande estrondo e, no segundo seguinte, Predar estava estirado, a uns quinze metros do garoto. Pedaços do tronco que ele segurava ainda caindo sobre as folhas secas no chão.

– Predar...! – ele correu e chegou ao amigo que agora tentava se levantar. – Não... eu sinto muito, eu... me desculpe... eu, eu não tive a intenção. – Predar se levantou tremendo, caindo pequenas pedras do seu corpo. Dane continuou. – Eu não queria machucá-lo, juro, você pode me perdoar?

O grandão, embora claramente sentisse dor, fez um aceno com a cabeça, seguido de um grande gemido... Dane deu uma risadinha meio sem jeito e mostrou a sua pedra ao amigo.

– Veja, eu consegui! Encontrei minha Limiax e aprendi como usar ela... bem... mais ou menos. – Disse isso vendo Predar soltar fumaça das pedras do peito. – Minha cabeça está a mil, eu olho para uma folha e...

Antes de Dane terminar a frase, foi interrompido por um dos soldados de Nebor.

– Ele está aqui! – gritou o homem, com cara de sapo, em segundos, uma roda foi formada em volta dos dois e, embora Dane soubesse que poderia sair dali com facilidade, estava nervoso.

– Sabem o que têm que fazer, não percam tempo. – Falou uma voz jovem e lúcida que, pelo tom, deveria ser Comar. – Atenção, todos vocês, formação... avancem! – ordenou ele.

– Eu consegui! – gritou Dane para Comar. – Eu já sei como usar a pedra, não precisa mais me atacar para que eu aprenda a usá-la. – Falou essa última com rispidez.

– Parem! – ordenou aos homens. – Isso não é possível. Hevon demorou três meses para dominar os poderes da pedra dele... como você... quero dizer... me desculpe, eu não queria matar você. A intenção era... a intenção era...

– Eu sei. – Respondeu Dane, dando uma risadinha. Tentando disfarçar a forte dor de estomago que ainda sentia, por causa do golpe do amigo.

– Como conseguiu isso tão depressa? – perguntou Heumir, curioso.

– Não tenho certeza... eu estava correndo e escorreguei até cair naquele córrego. – Ele apontou com a mão, na direção do córrego, que corria silencioso. – Tudo começou a congelar, aí eu me lembro de ter visto uma mulher me olhando, estava com as mãos no chão, depois disso eu adormeci... quando acordei, senti... era como se o meu corpo inteiro pegasse fogo e todos os meus pensamentos se embaralhavam dentro da minha cabeça. Quando eu voltei, olhei pra água... olhei e vi os pobres peixinhos na água congelada... não sei como, mas eu conseguia ouvir os coraçõezinhos ainda batendo, não sei explicar direito, a água estava congelada, um segundo depois já não estava mais. Minha cabeça ainda dói e sinto como se tivesse um passo à frente de todo o mundo, como se eu soubesse as respostas pra todas as perguntas. Vejo fórmulas e cálculos na minha cabeça sempre que eu me concentro em algo.

– Respostas, Dane? – Perguntou Heumir, intrigado.

– Sim. Mas agora eu sinto... é como se ela estivesse mudando. – Respondeu.

Comar se aproximou de Heumir.

– Como ele pode saber de tudo e ainda não saber explicar algo? – perguntou em voz baixa, encarando Heumir. Mas o homem que alisava o queixo, pensativo, pareceu nem mesmo ter ouvido a pergunta.

– ... Ela, está mudando? – sussurrou para ele mesmo. – Será que é uma... não, não pode ser... é impossível.

– O quê? – perguntaram Dane e Comar, em coro.

– Hum? Ah, nada. Eu só estava pensando alto.

Tanto Comar quanto Heumir voltaram a encarar o menino, não estavam preocupados, tampouco surpresos com os poderes do garoto, mas a mulher que ele mencionara... quem era ela? Não havia nenhuma mulher entre eles, pelo menos não participando do treinamento, então, quem era a tal mulher?

Um estalo de dedo fez eles voltarem...

– Para onde vocês foram? – perguntou Dane, sorrindo.

Comar olhou para ele, todo sério.

– Então é verdade? Você já a dominou por completo? – Comar parecia extremamente desconfiado, e talvez tivesse razão em estar. Temia cometer o mesmo erro de antes, em que Hevon, embora realmente muito forte, claramente não estava pronto e pagou com a própria vida por isso. Não podiam arriscar.

— Bem... eu vejo como fazer as coisas, hum, na minha cabeça e eu quase matei o Predar ainda há pouco, então...

— Isso não basta. — Interrompeu Heumir. — Ele vai destroçar você, garoto... assim como fez com meu povo. E sem ofensa... você sabe as respostas para as perguntas, que perguntas? Não é de respostas que precisamos... e sim, de um guerreiro.

— Faça um poder... — falou Comar.

— O quê?

— Use seu poder, derrube uma árvore, jogue uma pedra para longe... faça alguma coisa. — Insistiu Comar.

Dane virou-se para uma pedra de uns cem quilos que estava atrás dele e, com o pescoço esticado, encarou-a. Um minuto depois os olhos dele pareciam duas brasas, as veias do pescoço estavam a ponto de explodir, o braço esticado foi caindo com o passar dos segundos. Dane caiu no chão, completamente exausto.

— Uuuunffff... eu consegui, eu juro que consegui. — Falou, respirando profundamente.

Eu acredito em você. Não duvido disso, Dane, afinal, você foi escolhido, só que você ainda não a domina... descanse um pouco, a noite está chegando.

Pelo tom de voz do Comar, outro treinamento estava a caminho.

— Para onde vamos?

— Caston. — Respondeu Comar, ansioso.

— Caston, esse é reino do Marco, não é? Que legal, isso quer dizer que amanhã eu vou conhecer os guerreiros da noite?

Heumir e Comar deram risadinhas abafadas ao verem a reação do garoto. Aquilo só poderia significar uma coisa e, para Dane, que já estava cansado e com fome, não era nada bom.

Retornaram ao castelo, porém não houve muito tempo para descansar. A noite caiu em um piscar de olhos e não demorou para a lua aparecer no céu, agraciando aquela terra com seus raios prateados e cintilantes. Fazia uma noite linda, o céu estava limpo, muito diferente da noite anterior. Por algum tempo, Dane ficou ali, contemplando o luar da janela do quarto, que dessa vez parara muito tranquila na posição em que Dane a colocou. Quinze para as oito, Comar bateu na porta do quarto de

Dane, entrou, e encontrou o menino com um dos braços esticado para a parede... parecia tentar arrancar um tijolo da parede, apenas com a força da mente. Não deu certo.

– Vamos... já é hora. – Falou Comar, abafando uma risadinha com a mão.

– Espere um pouco, eu... eu preciso ficar sozinho um pouco... Por favor. – Falou, acompanhando com os olhos Comar dar meia volta e sumir porta afora. – Tá legal. Olha, eu não sei se tem tanto poder quanto dizem, mas se tem, permita-me usá-lo para salvar esse povo... não quero ele para mim e sim para ajudar eles, mas quer saber... seria bem legal se eu pudesse levar você para casa. – Murmurava, segurando firme com as duas mãos a pontinha da sua Limiax. – eu conheço o seu segredo... então por que eu não consigo usar você? – acariciava a pedra.

Tóc, tóc, tóc – umas batidas na porta, seguidas de um novo chamado. Dessa vez era Amim quem apressava o garoto, dizendo que já estavam atrasados e que o povo de Caston é conhecido, entre outras coisas, por sua pontualidade.

– Estou indo, estou indo! – gritou, ansioso, lá de dentro. Dane queria aprender o mais rápido possível a dominar sua pedra, embora soubesse que teria de enfrentar um demônio chamado Morlak. Mesmo assim, achava tudo aquilo muito excitante.

O pobre garoto logo saberia que seu inimigo não está para brincadeiras, e ele logo perderia o sorriso, sentiria raiva, sentiria fúria, sentiria... dor...

– Nill! – gritou Dane, depois de descer e encontrar ela, pastando no jardim do lado de fora. – Por onde você andou, hein? Boa menina.

– Então... vamos lá, Heumir, está pronto?

– Quase. – Respondeu, tentando subir em sua montaria. Um tipo de morcego alourado, de olhos completamente brancos e um tamanho sem igual... devia ter uns três metros, uma coroa na cabeça dele com as iniciais HF escritas chamou a atenção de Dane.

– Heumir de Fóssen... – sussurrou ele, olhando para a coroa.

– O que disse? – questionou Heumir.

– Nada, eu só estava pensando em que tipo de treinamento farei em Caston.

– Não se preocupe, garoto, o treinamento não irá matá-lo, servirá apenas para melhorar suas habilidades, aqui você fez emergir os poderes, nos próximos treinamentos, aprenderá a controlá-los, e Marco é um excelente mestre, e não se engane... Ele é gentil, mas não irá facilitar as coisas para você.

Fiiit. – Ele fez seu morcego subir com um assobio fino, seguido de uma leve palmadinha. Heumir disparou na frente, seu morcego batendo lentamente as asas, cortando o ar gelado da noite.

– Vamos, Dane, temos que chegar a Caston o quanto antes. Fora dos nossos portões podemos ser atacados a qualquer momento. – Eles subiram em Nill e partiram. Ela parecia estar totalmente recuperada, mas ainda dava para ver os buracos das flechas em sua asa.

Não demorou muito e eles já estavam voando lado a lado com Heumir.

O frio da noite, a brisa que soprava contra o rosto de Dane, acariciando-o, e Nill, com seu pelo macio e plainar suave, formavam a combinação perfeita, um convite tentador para o garoto cair no sono. Dane adormeceu tão rápido que nem percebeu quando eles começaram a sobrevoar uma pequena aldeia em chamas. Quando as pobres criaturas começaram a gritar por socorro lá embaixo, Nill começou a voar descontrolada, primeiro em círculos, depois em espiral, o que fez Dane quase cair. Ainda assim ele não acordou.

Era como se ela quisesse lutar.

Comar e Heumir observavam tudo de uma altura segura. Comar rangia os dentes de tanta raiva, enquanto Heumir balançava a cabeça como sinal de negação. Os dois sabiam que não podiam arriscar a descer. Se tentassem ajudar as pobres criaturas lá embaixo, poriam tudo em risco.

– Estão cada vez mais perto! – gritou Heumir. – Sorte de vocês, estarem protegidos pela pedra.

– Nem tanto, meu amigo. – Sussurrou Comar, para ele mesmo.

Os três chegaram a Caston próximo da meia noite e logo avistaram Marco, que os aguardava, sorridente, na entrada da cidade principal. Era realmente uma bela cidade, em alguns aspectos, até chegava a ser parecida com Nebor. Marco, que estava montado em um enorme cavalo negro, lá embaixo, disparou pelas ruas da cidade. Era bem iluminada, talvez estivesse assim para a chegada de Dane, que ainda dormia e sequer notou quando chegaram. Não havia escudo de invisibilidade, nem segredos para entrar no reino, iluminada como estava, dava para ver a cidade de longe. Apenas um muro não muito alto separava a cidade principal, onde ficava o castelo, dos povoados ao redor.

– ...Já chegamos? – ouviu-se uma voz sonolenta dizer. Dane acabara de acordar e ficara ofuscado com a luz do lugar, tentando cobrir os olhos com uma das mãos.

– Bem-vindo a Caston, Dane, sei que você gostou de Nebor, mas espero que aqui você também se sinta em casa. – Ele abraçou o garoto, falando em seu ouvido, muito calmamente. – Sabe... aqui nós preparamos as melhores sobremesas que este mundo já viu... está vendo? – apontou para Nill, que estava atacando algumas tortas em uma barraca de comida mais adiante.

– Marco! Não tente comprar o menino com suas gostosuras! Isso é trapaça. – Falou Comar dando uma risadinha.

– Quem... eu? Mas eu não fiz nada... – e deu uma risadinha. – Enfim... temos que ir, me acompanhem, é muito fácil se perder por aqui.

CAPÍTULO DEZESSEIS

O TREINAMENTO EM CASTON

Comar dispensou Nill com uma tapinha no pescoço, Heumir repetiu o gesto com o seu morcego e seguiram Marco pelas ruas da cidade, indo em direção ao castelo, o que para Dane foi realmente um alívio, já estava cansado e não queria fazer um novo treinamento em uma floresta escura e fria, uma hora dessas.

– Onde estão seus soldados? – perguntou Dane, de repente lembrando-se dos guerreiros da noite. Estava tão ansioso para vê-los e até agora não tinha visto nenhum deles. Teria sido exagero o que falaram sobre os guerreiros da noite?

– Estão aqui, meu caro, não se deixe enganar pelo brilho de nossa cidade... veja... – ele apontou para cima, com uma expressão de satisfação. Dane jogou a cabeça para trás e espremeu bem os olhos... eram dezenas de estrelas brilhando bem próximas umas das outras, algumas iam de um lado para o outro, apagavam-se e acendiam novamente...

– Estão lá em cima... – sussurrou Dane, impressionado. – Como não os vimos quando estávamos chegando?

– Eu vi. – Zombou Heumir.

– É... quem dorme demais perde a batalha. – Caçoou Comar, fazendo o garoto entender que não os tinha visto porque dormira a viagem toda.

Dane deu mais uma olhada.

Uau...!

Andaram mais alguns minutos pelas ruas iluminadas da cidade. Eram dezenas e mais dezenas de postes, com um fogo muito amarelo, saindo das pontas. Enquanto andavam, Dane olhava cada detalhe do lugar, fascinado, e por um breve momento achou ter visto uma parede se mexer, o que o fez concluir que os soldados deviam estar presentes também no chão, observando-os desde que chegaram.

Depois de andarem mais de meia hora pela cidade, finalmente chegaram ao castelo e, de verdade, não era bem o que Dane esperava, a julgar pelo resto da cidade. Era meio escuro e não era pelo fato de estar de noite. Viam-se poucas luzes no castelo, luzes essas que flutuavam para lá e para cá, parecendo estarem vivas. O castelo tinha três longas pontas na parte da frente que tocavam o chão, e em cima uma estrutura roliça que ligava elas a certa altura. Na verdade, a combinação delas lembrava um pouco um pé de galinha. Dane segurou uma risada.

– Sabe o que vai treinar aqui? – perguntou Marco, de repente.

– Hum, bem, como controlar minha pedra... – respondeu, acanhado.

– Sim... – continuou Marco. – Heumir irá ajudá-lo a fazer isso.

Dane procurou Heumir com os olhos, mas este estava a uns vinte metros... enfiado em uma barraca, devorando algo que lembrava muito um pão doce.

– Achei que eu fosse ser treinado pelo senhor. – Falou. Um tanto desapontado. – Quer dizer...eu não estou reclamando nem nada, mas como viemos para o seu reino, eu pensei que...

– Sim, é verdade. Realmente, de início eu pensei nisso, mas não tem ninguém melhor para essa parte do seu treinamento do que nosso amigo ali. Você consegue se lembrar das exatas palavras do Amim... quero dizer, do Amir, quando o apresentou a você, naquele dia em Nebor?

Dane pensou um pouco... "este é Heumir... rei de Fóssen, a terra dos sábios..."

– Claro! Como ele pôde ter esquecido?

– Não se engane, Dane. – Falou Comar. – Heumir não é apenas forte... ele também é sábio, o que nos tempos de hoje o torna ainda mais temido pelo inimigo... talvez por isso o reino dele tenha sido um dos primeiros a ser atacado, Morlak sabia que precisaríamos dele para ajudar você a controlar a pedra. Matando ele, seu treinamento seria mais demorado, e ele teria mais tempo para achar você.

– Eu... não imaginava. – Disse. – Então, foi por minha causa que o povo dele foi morto...

– Hei, não faça isso. Ele não culpa você, Dane, não mesmo. – Falou Marco, tentando animar o garoto. – Pelo contrário, ele acredita que você veio para pôr um fim a toda essa matança e destruição.

Mas as palavras de Marco não foram suficientes para espantar a tristeza do garoto.

– Bem... é aqui que deixo vocês. – Falou Comar, pegando a todos de surpresa. Talvez ele tivesse algo mais importante para fazer, pensou Dane, além do mais, Comar já havia feito tanto por ele... não seria justo ele continuar alugando o amigo assim, refletiu.

– Não vai ficar para o meu treinamento? – questionou, antes de poder se conter. Contrariando tudo o que tinha pensado.

– Não vai dar. Preciso resolver algumas coisas... e também tenho que treinar, afinal, estarei ao seu lado quando estiver enfrentando as forças de Morlak, além do mais... estou deixando você em boas mãos, não há como ele atacar você aqui, não só pelo fato de o reino ser guardado por um forte exército, mas também pelo fato de ter dois guardiões ao seu lado. – As palavras de Comar deram certa confiança ao menino, embora ele ainda sentisse tristeza, ao pensar nos homens, mulheres e crianças que foram mortos em Fóssen.

Virando as costas, Comar montou novamente em Nill, que parecia ter lido a sua mente e pousara segundos antes, e foi embora.

Heumir, que agora voltava da visita à barraca, com os braços tão cheios de doces e tortas que não havia espaço para mais nada, ficou sem entender.

– Ué! Ele não vai ficar para o treinamento? Mas que safado! – falou essa última aos gritos e, ao que pareceu, Comar pôde ouvi-lo, pois acenou sorrindo. Dane encarou Heumir. – Estou brincando... Tenho certeza de que se ele pudesse ficar, ficaria.

– Entre, meu rapaz, quero que conheça a minha rainha e logo em seguida iremos para a sala onde faremos o seu treinamento. – Disse Marco, vendo a pedra do garoto aparecer por entre uma fresta da camisa. Dane o seguiu, pensativo, dali em diante, estava quase tremendo, não pelo treinamento que viria, mas sim porque não iria saber o que dizer a uma mulher, adulta e ainda por cima rainha. Mentalmente, ele foi ensaiando uma conversa.

Marco escancarou uma porta, e empurrando Dane para dentro, indicou com um gesto do braço...

– Dane, quero que conheça a minha esposa, Aurora. Querida, quero que conheça o nosso escolhido, o novo senhor das pedras.

Dane ficou parado, olhando a mulher se levantar, com movimentos suaves, arrastando um longo vestido cinza chão semitransparente e andar até ele. Uma gagueira sem fim atingiu o garoto, com força, quando a mulher começou a rodeá-lo.

Dane nunca saíra da vila para visitar uma cidade ou mesmo outras vilas mais próximas, por isso não tinha uma base para comparar, e as mulheres da vila, no geral, eram muito feias. Tinha a sua mãe, mas Dane nunca a conheceu realmente, apenas os comentários de algumas pessoas que falavam, ainda que com um certo desprezo, o quanto ela era linda. Sua irmã, Lurdinha, ao que todos diziam, se parecia muito com ela, mas ela se casara e por isso acabou saindo da vila. Usando Lurdinha como base, embora duvidasse que uma mulher pudesse superar sua irmã assim, aquela mulher era, no mínimo, bonita. Tinha olhos azuis, cabelos vermelhos que mais pareciam labaredas, pele muito clara, seios fartos e um sorriso contagiante. Em pensamento, Dane comparou ela a um anjo, com aquela roupa grande e delicada...

– E-eu, eu, hum... – por mais que tentasse, ele não conseguia falar uma só frase. Tudo que ensaiara, evaporou-se e ficou ainda mais sem jeito, quando todos perceberam que ele olhava para ela de cima a baixo e sorria. Não era por mal, mas, é que ele realmente nunca tinha visto uma mulher tão bonita, na vida. Ela realmente parecia um anjo. Por um segundo, Dane desejou se enfiar novamente naquela fenda em Nebor.

– Olá, meu jovem. – Disse ela. – É realmente um prazer conhecer você, espero que finalmente nos traga a paz. Nesses tempos de guerra, precisávamos acreditar em algo, agora, acreditamos em... você. E devo confessar que você é exatamente como Marco falou...

Na tentativa de não fazer mais papel de bobo, Dane disse a primeira coisa que veio à mente.

– Magro e fraco?

Ela fez menção de rir, mas se conteve.

– Não. Jovem e valente. E só o fato de você estar aqui já prova isso. Sabe, sempre tive pressentimentos quanto às pessoas... estou com um ótimo quanto a você. Certo, eu não vou mais fazer vocês perderem tempo, vão e bom treino, desejo-lhe boa sorte, Dane.

– Obrigado. – Disse ele. Agora parecendo um pouco mais tranquilo.

Comparado ao de Nebor, o castelo de Caston não era tão grande assim. Não dava para sentir aquela magia no ar e nem parecia ter passagens secretas, até onde Dane pôde ver, embora houvesse muitos cômodos e escadas que subiam, levando para os andares de cima. Era realmente simples se comparado ao de Nebor e mesmo isso não importando para Dane... o fazia pensar em como seriam os outros...

Após subirem escadas, descerem escadas e atravessarem vários corredores, eles chegaram, estavam de frente a uma sala onde a porta tinha no mínimo uns cinco metros de altura e outros três de largura, e que ia se estreitando na medida em que subia, até os portais de madeira se tocarem. O portal era de madeira vermelha sangue, com várias palavras entalhadas nele. Nenhuma que Dane pudesse entender. O que de verdade... era muito estranho. No topo dele era possível ver o desenho de um homem segurando um planeta com uma das mãos e com a outra um portal. Marco botou a mão na porta e no mesmo instante sua coroa começou a brilhar. Segundos depois a enorme porta começou a se encher de desenhos e símbolos, alguns dos desenhos se moviam e formavam outro desenho, Dane tentou acompanhar os movimentos, mas acabou se perdendo. A porta se abriu com um estalo e um rangido e eles entraram. A sala era iluminada apenas por uma tocha, que pelo visto deveria ter sido colocada ali um pouco antes da chegada deles. Queimava furiosa.

— Pode entrar. — Disse Heumir, dando um tapinha no ombro do menino. A sala estava vazia. Mesmo sendo grande, dava para ver a luz da tocha nas paredes. Não havia nada ali que indicasse que haveria um treinamento em poucos instantes, ainda assim, Dane entrou. Preferiu não contrariar os guardiões.

Assim que ele pôs o primeiro pé na sala, pôde sentir algo forte, intenso. Grudou o ouvido na parede e em seguida, com um salto, caiu do lado de fora da sala, ofegante.

— O que foi isso? — perguntou, nervoso.

— Isso o que? — apressou-se Heumir, botando a cara para dentro da sala e repetindo o gesto de Dane, curioso.

— Esses sons... — continuou Dane. — Acho, que estão vindo de dentro da sala.

Ao ouvir isso Heumir rapidamente tirou o rosto de dentro da sala e deu alguns passos para trás. Tentando disfarçar, olhava para as paredes e para o teto, rindo desconfiado.

— Comar não gosta de se gabar, mas o reino dele é o maior e mais forte de todos. — Falou Marco, parecendo ter lido os pensamentos do garoto, de agora a pouco. — Até porque os outros reinos dependem do poder da pedra deles para manter o seu próprio... Ainda assim, cada reino possui suas particularidades. A história do nosso reino é linda, qualquer hora eu conto a você, mas... o que posso adiantar é que essas vozes, que está ouvindo agora, somente você pode ouvi-las, meu rapaz. Essa sala foi construída pelo último ancião vivo. Ele usou todo o poder que lhe restava para construí-la, e digo, há poderes aí que nós não compreendemos, por isso escolhemos esse reino como seu segundo local de treinamento...

Dane empurrou a cabeça para dentro da sala novamente...

As vozes aumentaram, mas não faziam nenhum sentido, pareciam embaralhadas... Talvez, se ele entrasse e se concentrasse, pudesse entender o que diziam.

— Vocês vão entrar comigo, não vão? — perguntou. Com aparente ar de medo.

— Heumir irá acompanhá-lo. Eu tenho que voltar pra resolver algumas coisas. Ah! E, Dane... após fechar a porta não pode abri-la enquanto não se sentir pronto, nem mesmo para mim. — falou virando-se e indo embora.

Heumir, que entrou logo atrás do garoto, parecia não querer manter muita distância do menino naquele momento.

Somente agora, depois de entrar na sala, é que Dane se deu conta do quão assustador aquele lugar era. A tocha acesa no salão mal dava conta de iluminar o lugar, então Heumir grudou a boca em sua coroa e sussurrou alguma coisa que para Dane soou como um sopro leve. Na mesma hora ela ganhou um brilho tão intenso que ofuscou a tocha. A sala era realmente grande, úmida e quanto mais eles andavam em direção à parede do fundo mais forte ficava o cheiro de mofo. As paredes feitas de grandes pedras estavam cobertas de limo. Pareciam ter sido feitas para absorverem grandes impactos. Dane deu uma boa olhada nas paredes do lugar para ver se tinha algo ali que de alguma forma pudesse ajudá-lo, mas não tinha nem frases, nem desenhos, nem nada... Somente as vozes, que continuavam a sussurrar algo que ele não conseguia compreender.

— Ainda as ouve? — perguntou Heumir, fechando a grande porta. Mergulhando a sala em um silêncio angustiante.

— Quê?

— As vozes... você, sabe, você ainda as ouve? — falou botando a coroa no chão.

— Sim, é como se o vento soprasse contra minhas orelhas, mas não consigo compreender o que estão dizendo. — Respondeu sincero, o nervosismo estampado no rosto. — Espera... — Dane acabara de notar uma coisa... Heumir era um grande guerreiro, mas era evidente que tinha medo de fantasma. Ele agora imaginava como teria sido se Heumir tivesse entrado com ele naquela fenda, quando enfrentou a aranha e os fantasmas vampiros. Provavelmente ele teria desmaiado. Com aquela imagem na cabeça, a risadinha foi inevitável.

— Qual é a graça? — perguntou o guardião, em um sussurro. O menino não falou, apenas sacudiu a cabeça, como quem diz... "nada". — Acho que é melhor começarmos. Sente-se aqui. — Apontou para o meio da sala.

— Acha mesmo que eu consigo? Quer dizer, eu sei como fazer... está aqui, na minha cabeça, mas quando tento, sabe, na prática...

— Claro que consegue... tem que conseguir. Não podemos ter errado ao escolhermos você, sentimos algo em você que não encontramos em mais ninguém... nem mesmo no escolhido que veio antes de você.

— O senhor quis dizer, no Hevon, não é mesmo? — perguntou — Eu o conheci... Bem, mais ou menos, ele está dormindo...

— É, eu fiquei sabendo, e, francamente garoto, eu não sei como saiu vivo daquele lugar. Se eu pudesse... Iria tirar Hevon de lá o quanto antes... Antes que aquelas criaturas...

— Elas não são... — falou Dane, irritado. Interrompendo-o. — Elas são criaturas gentis e amorosas. Elas cuidam umas das outras, é por causa delas que Hevon ainda vive. Eu acho.

— Gosta delas, não é, garoto? Mas você não conhece toda a história.

— Então me conte... eu quero saber, eu, eu preciso. — Disse Dane ansioso, mas Heumir mais uma vez alegou não terem tempo.

— Talvez outra hora. — Disse.

Dane sentou-se no centro da sala e ali ficou, imóvel. Heumir, que estava sentado de frente para ele, o observava atentamente, enquanto mandava-o esvaziar a mente e se concentrar apenas em sua voz...

— ... agora, esqueça essas paredes, o teto, o chão... concentre-se apenas em você e em sua Limiax. Não existe mais nada além de vocês dois... alongue a respiração, sinta sua pedra, o calor dela, e abra o seu corpo para receber o que ela está tentando dar a você... Abra o seu corpo e a sua mente, receba, pois esse poder é seu de direito... ele nasceu, para você.

Dane que ouvia tudo com muita atenção e de vez em quando até contraía os lábios, segurando uma risadinha, em certo momento não conseguiu mais ouvir Heumir, apenas sussurros vindos do amigo. Estava aéreo. Os sussurros do amigo passavam por ele como palavras ditas ao longe, que usam o vento como mensageiro, agora os murmúrios vindos da sala foram se juntando e começavam a fazer sentido...

— Não deveria estar aqui, menino! Essa não é sua luta! – disse uma voz feminina e fervescente, parecendo extremamente zangada.

— Vá embora enquanto ainda pode, meu jovem... sabemos o que veio fazer aqui, mas isso não vai acontecer. Escute, preste atenção no que iremos dizer a você, se conseguir aprender o que mostraremos a você, use, crie um portal para seu mundo e não volte mais...

— Muitos inocentes já foram mortos por causa do poder dessas pedras... inclusive sua mãe... – voltou a dizer a voz feminina – não é sua luta, não é sua luta, não é sua luta... – foi aumentando o tom na medida em que repetia. – *VÁ EMBORA!!!*

— NÃO! Essa luta agora também é minha... – gritou Dane, em uma explosão de ira, fazendo Heumir, que estava sentado de frente para ele, quase tombar para trás, arregalando os olhos, sem entender o que estava se passando. – Eles feriram e mataram seres inocentes, pessoas e criaturas que se tornaram minhas amigas... – ofegou – não diga que essa luta não é minha... me ensinem... por favor. – Dane ficou pedindo para eles o ajudarem, mas a voz não voltou a dizer nada.

— Com quem você estava falando? – perguntou Heumir, espantado, pensando consigo mesmo que aquele não era o melhor momento para o escolhido ficar louco de pedra. Biruta.

— Com aquelas vozes... Você não ouviu? – respondeu jogando a cabeça para trás.

— Não seja tolo, garoto! Não tem nada nesse lugar... – exclamou, embora parecesse nervoso com tudo aquilo. – Deve ser só o vento... – Dane, que encarava Heumir, olhou para a porta fechada, que claramente era o único lugar por onde poderia entrar o vento, e voltou a olhar para o amigo.

— É claro, deve ter sido isso mesmo... – concordou. Abafando uma risadinha.

— Pronto para tentar novamente? – perguntou. Parecendo tão ansioso quanto Dane, para ver os poderes da Limiax sendo liberados... afinal, estava acontecendo uma guerra lá fora, além do mais, ele não via a hora de sair daquela sala que lhe causava tantos arrepios.

— Sim... espera aí... as vozes disseram que me ensinariam algo, e que eu deveria usar isso para voltar para minha casa. Elas disseram que essa guerra não é minha... – falou, pensativo. Aquele talvez fosse o momento em que mais estivessem passando dúvidas pela cabecinha inocente do garoto... lutar uma guerra... uma guerra que não pertencia a ele, em que apenas com muita sorte sairia vivo, ou ir para casa ficar com o seu pai, que, a essa altura, devia estar desesperado. Certamente estava muito preocupado e procurando por ele há dias...

— ... e então? Sabe, Dane... Eu confesso que no início eu tive sérias dúvidas quanto a você, achei que não encontraria sua pedra lá, naquela fenda, e, mesmo que a encontrasse, pensei que muito provavelmente você não sairia de lá com vida... e não foi só eu... sabe, outros guardiões também pensaram a mesma coisa... e mesmo não demonstrando, sabíamos que até mesmo o Amim, quer dizer, o Amir, tinha receio disso. Mas aqui está você... tão jovem e tão corajoso, não sei o poder que sua pedra possui e você não deve tentar explicá-lo a nós... isso nos confundiria, só você consegue compreendê-lo o suficiente, a ponto de senti-lo. Mas sei que precisamos de você, e de sua pedra, vocês dois devem se tornar um só, você deve senti-la e compreendê-la, se abra para ela, e deixe ela se abrir, para cuidar de você, Dane. – O garoto parecia estar entrando em transe novamente com as palavras do amigo. – O que você sentiu quando quase nocauteou o Predar? É assim que você o chama, não é? Predar?

Dane retornou...

— Eu não sei explicar direito, é que, eu me assustei com ele, sabe, quando ele pulou na minha frente, eu só pensei que não queria que aquilo me pegasse... eu, eu não sabia que era ele, foi rápido demais! Então eu empurrei as mãos para frente... sabe, eu até pude sentir o peso dele quando o empurrei.

— Bem, eu diria que aquele ataque estava mais para uma rebatida do que para um empurrão – falou dando uma risadinha. – O que quero dizer, Dane, é que você já mostrou que pode usá-lo, agora só precisa aprender a controlá-lo.

— Bem, e o que estamos esperando? – disse Dane. Decidido.

CAPÍTULO DEZESSETE

A VISÃO DE DANE

Ficaram ali, parados, pelo que pareceu serem horas. Dane parecia estar dormindo, imóvel... Exceto quando sua bunda parecia doer por causa do chão duro e ele mudava de posição. As vozes já não lhe diziam mais nada, apesar de terem dito que ensinariam algo a ele, apenas a voz distante de Heumir o orientava.

– Dane, Dane, Dane acorde! – berrou.

– *NÃÃÃÃÃÃÃÃÃOOO...* – Berrou Dane. A limiax em seu peito brilhava como uma lanterna. Estava suando frio, parecia realmente haver algo errado.

– Dane... Dane, acorde! Vamos, me diga o que está acontecendo, eu... – Heumir olhou para sua coroa, que do nada começou a brilhar com mais intensidade e foi diminuindo aos poucos, logo em seguida. – Mas o que é que está acontecendo aqui...?

– *Comar, não!!!* – gritou Dane, ficando de pé com um salto. – Temos que ajudá-lo, ele está morrendo...

– Quem?

– Comar, Morlak vai matá-lo, ele precisa da nossa ajuda. – Dane parecia realmente preocupado. Era como se o garoto estivesse vendo Comar ali, na sala, com eles.

– Olha... eu sei que você terá grandes poderes por causa da sua pedra, mas estamos longe demais de Comar, longe até mesmo para você... ele já deve estar seguro em Nebor. Venha, vamos continuar com o seu treinamento, anda. – Mas as palavras de Heumir não tiraram a sensação de angústia do garoto. Ainda assim ele se sentou, sua pedra agora emitindo uma luz vermelho-sangue. Heumir levantou e pegou sua coroa do chão, a luz amarelo-sol que ela emitia antes agora estava avermelhada. A preocupação tomou conta dele.

– Tem algo de errado, não tem? – perguntou Dane, vendo a coroa na mão do guardião ficar vermelho-sangue.

– Me diga, rápido, o que você viu?

– Hum, eu vi uma sombra estranha, ela levantava a mão para mim, depois eu senti uma dor muito forte, aí eu caí, mas não era... eu, era Comar... eu pude vê-lo.

As palavras de Dane intrigavam Heumir, com certeza tinha acontecido algo. Sem falar na sua coroa, que continuava a lançar luz vermelha nas paredes. Deixando o lugar com uma aparecia horripilante.

– Vamos continuar. – Falou em tom sério. Embora claramente estivesse preocupado. Dava para ver.

– Mas...

– Chega. Já disse que Comar está em Nebor, ele sabe que falta pouco para você estar pronto para a batalha. Ele não seria tão burro a ponto de enfrentar Morlak sozinho.

Dane notou que ele dizia isso, claramente tentando convencer a si mesmo.

Agora, a cor emitida pela limiax e também pela coroa, dava à sala uma aparência realmente medonha, não que ela já não fosse assim antes, mas agora estava pior.

Com a coroa de volta ao chão, eles continuaram o treinamento por horas, era difícil saber se era dia ou noite, na sala não entrava sequer um raiozinho de luz vinda do exterior. A cor amarelo-sol que era emitida pela coroa agora estava voltando aos poucos, dando certo alívio a eles. Nenhum dos dois sabia ao certo quantas horas já tinham se passado, desde que entraram naquela sala. Talvez eles já estivessem na sala há mais de um dia quando Dane fez realmente algum progresso. Agora ele podia mover as coisas com a mente e alguns gestos dos braços, e sempre que fazia isso sua Limiax brilhava. Mesmo estando ali já há algum tempo, eles não sentiam fome e, por algumas vezes, Dane teve a sensação de ter ouvido o piado de um pássaro. Mas ele não deu muita atenção.

Dane se divertia fazendo as coisas levitarem...

– É só isso que o escolhido pode fazer? – falou a mesma voz feminina de antes, na mesma hora a pedra que ele fazia levitar caiu, fazendo Heumir saltar para trás para não ter o pé esmagado.

– Esse não é o único dom que sua pedra pode oferecer a você, sabia, garoto? – disse uma outra voz. – Não faça os guardiões perderem o tempo deles...

– Eu estou me esforçando, e vocês prometeram me ensinar... – novamente Heumir parou para observar Dane, mas agora já não parecia tão surpreso como antes.

– Sim, é verdade, mas nós prometemos ensiná-lo a usar o seu poder para voltar para casa e não para lutar essa guerra, já dissemos que ela não pertence a você.

– Eu sei, mas vou lutar assim mesmo. Eu sei quem são vocês, não tenho medo de vocês, e se não vão me ajudar... Então, por que estão aqui? – disse, irritado. – E também, foi você mesmo que disse que eles mataram a minha mãe, não foi? Então, essa guerra também é minha. – Dane falava olhando para o teto, embora não desse para ver muita coisa.

– Dane... o que disse é verdade? Quero dizer, você sabe mesmo quem está falando com você? – perguntou Heumir, parecendo espantado e curioso ao mesmo tempo.

– Sim. – Respondeu. – São os anciões. No início eu não tinha certeza, mas depois eu fui ligando os pontos. Sabe, essa sala foi criada por um ancião, eles não querem me fazer mal, querem que eu vá embora para que não aconteça comigo o que aconteceu com a minha mãe, também já estou ouvindo esses piados há algum tempo... eu lembro que quando estava com Comar e íamos entrar no reino dele, ele pediu permissão a dois pássaros aos quais ele chamou de anciões. – Dane riu ao ver a cara de espanto de Heumir ao ouvir o garoto dizer aquilo...

– Você está louco, Dane! Não se trata um ancião dessa forma, não pode falar com eles de qualquer jeito... – falou Heumir, quase tendo um ataque.

– Mas, eu não disse nada demais, apenas que não tenho medo deles, afinal, eu não tenho por que ter, não é... eles não estão do nosso lado? E depois... o que o senhor está fazendo? – perguntou, ao ver o guardião arrumando o cabelo e polindo a armadura, claramente nervoso.

– Não disse que tem um ancião nessa sala? Então...

Dane deu uma risadinha.

– Está mesmo decidido a lutar por um mundo que não é o seu... mesmo... que isso lhe custe a vida, menino? – perguntou outra voz, mas não era a segunda voz que ele escutara antes. Essa era diferente, era doce, parecia a voz de um homem bem idoso, mais ainda que os outros. Era educado e conseguira deixar Dane sem jeito.

— S-sim, senhor. — Naquele momento, foi tudo o que ele conseguiu dizer.

— Pois bem... eu irei treinar você... — houve entre as vozes grande falação, mas logo ficaram em silêncio. Aparentemente havia grande respeito dos outros para com a voz que iria treinar o menino.

— Senhor... hum, sabe, é que eu, eu não quero ser grosso nem nada, mas como o senhor espera me treinar, se eu nem mesmo consigo vê-lo?

— Treinar você, como assim? Quem vai treinar você, Dane, um ancião? — falou. — Sabe o que isso significa, garoto... você será treinado por um ancião. — Gargalhou. Como se Dane não soubesse. — Fala de mim pra ele, diga que eu estou treinando você e que estou fazendo um ótimo trabalho... vamos, diga a ele.

— Acho que não é necessário... já que eles podem nos ouvir. — Disse, dando uma risadinha. Fazendo ele olhar para todos os lados, a cara ficando vermelha.

— Não precisa me ver... apenas ouvir a minha voz e me obedecer, se o fizer sem questionar, garanto que terá seus poderes antes do que imagina... — voltou a dizer a voz.

— Não sei não, senhor... eu consegui minha pedra já faz algum tempo e o progresso não parece ser tão rápido... eu, eu...

Dane desejou não ter dito isso.

Na mesma hora, as paredes e o teto começaram a tremer como se estivessem sendo abalados por um forte terremoto. Começou a cair pedaços de madeira do teto e pedras das paredes. Dane e Heumir, que tentavam se equilibrar para não cair, agora se viam cercados de entulho. Dane encarava o amigo guardião, na esperança de que ele pudesse dizer algo sobre o que estava acontecendo, mas a verdade era que até Heumir parecia tão surpreso quanto ele, Dane desejou menos ainda ter feito aquela pergunta, quando paus e pedras começaram a se mover, se amontoando, formando três pilhas de entulhos que foram ganhando forma, até ganharem a forma de algo que lembrava muito um lagarto. Começaram a se mover. A cauda formada em sua maioria por pedras, era longa, grossa e cheia de pontas de madeira, no pescoço, tinha um pedaço enorme de madeira atravessado, a cabeça cheia de buracos, tinha um formato alongado com uma divisão horizontal, quatro coisas que se pareciam com patas saíam daquela coisa, completando a aparência do animal mais esquisito que Dane já vira na vida. Mas o que mais chamou sua atenção foi outras duas fileiras de pedras que saíam do pescoço, escorregavam pelas costas e se esparramavam pelo chão.

– *DRAGÕES!!!!!* – Gritou Heumir, correndo para pegar sua coroa no chão o mais rápido possível. – Não se preocupe Dane, é só um treinamento, eles não vão nos machucar de verdade. – Talvez se o guardião tivesse sido um pouco mais rápido, pudesse ter evitado a rabanada que ele recebeu com força no peito e que o arremessou contra a parede. Caído, com a cara enfiada no chão, Heumir, agora era só gemido.

Enquanto o guardião resmungava, ainda caído no chão, Dane se desviava como podia dos ataques das três feras... rolando no chão, abaixando-se, fazendo pontes no ar. Em certo momento, em um dos ataques, o menino jogou o corpo para trás, sem tirar os pés do lugar, e viu a cauda de um deles passar tão próxima ao seu nariz que ele espirrou.

– Dane! Pegue a minha coroa... jogue ela para cá! – Dane olhou uma única vez, pois dois dos bichos não saíam da sua cola, Heumir gritava, empurrando com as duas mãos um dos dragões que tentava abocanhar a sua cabeça. – Rápido!

Nunca na vida Dane ficou tão feliz em ser uma criança quanto quando ele saltou em direção à coroa no chão e os bichos, na tentativa de abocanharem a sua perna, bateram cabeça com cabeça... tão próximas que ele pôde sentir uma pedra roçar de leve no seu dedo.

– Toma! – Gritou Dane... arremessando a coroa da única forma que deu, girando em diagonal. Ela pousou cintilante, no que Heumir não conseguiu distinguir se era um chifre ou uma orelha de um dos bichos. – Nossa, Dane! Não tinha outro lugar para você jogar minha... – Heumir achou melhor ficar calado, não dava para esticar o braço para pegá-la, a única solução era... – me deseje sorte – gritou ele.

– O quê? – perguntou. Sem entender muito bem o que pretendia o amigo. Não estava sendo impossível para ele se esquivar das criaturas, embora elas fossem grandes, eram meio lentas e desajeitadas. Por várias vezes elas esbarraram umas nas outras.

POW...

Uma pancada seca. Heumir acabara de se desviar de uma criatura, que batera com força a cabeça contra a parede. Com a distração houve tempo para Dane correr em direção a Heumir, que segurava em uma das mãos sua coroa.

– E agora? – perguntou Dane. – O que faremos?

– Use seus poderes... – respondeu Heumir. – É nossa única chance, você já deve ter percebido que eles não estão para brincadeira... E são três... – continuou – preciso da sua ajuda, Dane, eu não consigo sozinho.

– Como...? – Era difícil pensar direito com três feras enormes vindo na direção deles. Naquele exato momento, um pássaro desceu do alto do teto e fez um voo rasante sobre as cabeças das criaturas, deslizando suave pelo ar, distraindo as feras.

– A resposta você carrega aí com você, meu jovem. – Falou a mesma voz gentil de antes. – Sua limiax lhe deu o conhecimento, agora você precisa aceitá-lo, acreditar nele e usá-lo a seu favor... está vendo aquelas criaturas? – Dane não o via, mas ele só poderia estar falando dos dragões de pedra... então, fez um gesto com a cabeça. – Quero que toque sua pedra e repita essas palavras... *"SEI QUE EU NÃO SOU DIGNO... MAS PRECISO DE SUA AJUDA, PRECISO QUE LIBERTE A MINHA MENTE, NÃO QUERO MAIS SER IGNORANTE, PARA QUE EU POSSA ENTENDER O MUNDO À MINHA VOLTA E USAR O QUE ME FOR REVELADO, PARA O BEM... LEIA MEU CORAÇÃO, ELE TRANSBORDA PUREZA E VERDADE".*

Enquanto Dane repetia rigorosamente tudo o que lhe era dito, Heumir olhava para ele sem pestanejar, pálido. O menino repetira tudo e, de início, não aconteceu nada. A pedra continuava tão gelada no peito do menino quanto estava um minuto atrás.

– Vamos... por favor, anda... não é por mim, é pelo povo desse lugar... eles não merecem morrer nas mãos do Morlak. – A limiax pareceu ouvir o apelo do garoto, pois, como antes, ela começou a brilhar e logo o mesmo calor que Dane sentira antes, na caverna e no córrego, voltou a invadir o seu corpo... Ele ficou ali, parado, com os olhos cintilando, ofegante por pelo menos um minuto, e... quando voltou a si, seu olhar já não era mais o mesmo, seja lá o que tivesse acontecido, o mudou.

O pássaro que visivelmente tentava ganhar tempo para o menino subiu de volta ao teto tão rápido quanto descera, agora os olhares das criaturas novamente estavam voltados aos dois. Dois dos dragões apressaram-se em tentar um ataque de frente, mas foram bloqueados por uma espécie de escudo invisível que Heumir fez surgir à frente deles, Dane continuava imóvel, embora olhasse para as criaturas, sem demonstrar nenhum medo.

– Dane... defenda-se! – gritou Heumir, quando a outra criatura deu uma arrancada e avançou contra o menino... mas ele nem se moveu, o dragão de pedra ficou cara a cara com ele e, para espanto de Heumir, ao invés de arrancar a cabeça do garoto com aqueles dentes de pedra enormes, ele começou a roçar o menino, que continuava a não demonstrar medo algum.

– *SAIA*... sibilou Dane com voz firme. Levantando a mão e, com um gesto suave, empurrou ao mesmo tempo as três criaturas para o outro canto da sala, fazendo Heumir esquecer por alguns segundos que estava com a boca aberta, mas logo começou a dar vivas, gritos de alegria e correr para abraçá-lo. – Comar está morrendo... – disse Dane com voz melosa, de repente, fazendo Heumir derrapar e quase cair.

– Isso não é possível, Dane... Comar está em segurança em Nébor, ele...

– Não, não está não... – a expressão no rosto de Dane era como se tivesse sido golpeado várias e várias vezes pelas criaturas. Com exceção de Predar, Comar era a pessoa com quem Dane mais se identificara desde que chegara naquele mundo e a ideia de que poderia perder o amigo lhe trazia uma sensação de angústia que doía no peito e entalava a garganta. Um barulho vindo do canto da sala chamou atenção deles, os dragões começaram a andar de um lado para o outro, se desmontando, em pouco tempo no lugar onde estavam os três dragões, um monte enorme de pedra e madeira havia se formado.

– Bom... acho que já não há mais nada para você aprender aqui. – Disse Heumir, olhando fascinado o monte de entulho ao lado da parede. Sem fazer a menor ideia do quanto estava enganado.

Sem perder tempo Dane e Heumir foram até Marco. Dane contou a ele tudo o que acontecera na sala e sobre seu pressentimento...

– Você tem certeza quanto a esses pressentimentos, Dane? Quero dizer... não podemos interromper o seu treinamento, e...

– Acho que ele já está pronto. – Interrompeu-o Heumir.

– Como sabe? Estiveram lá por muito pouco tempo. – falou Marco, duvidoso.

— Olha, ele treinou... e teve... os anciões e também os dragões, olha...

— Dragões... no meu castelo?

— Escuta... você não viu o que eu vi! Ele está pronto, Marco, eu posso garantir isso. — Heumir falava com segurança e entusiasmo na voz, mas Marco parecia ter sérias dúvidas quanto a tudo aquilo. Mas não podia deixar de ajudar um amigo guardião, se esse precisasse de ajuda.

— Todo bem então... eu vou com vocês. Somente para provar que estão enganados. — disse Marco, franzindo a testa. Mesmo que Dane tivesse realmente terminado o treinamento, a ideia de perder mais um guardião, principalmente Comar, lhe causava arrepios. — Vamos comer e sairemos em seguida.

Logo após o almoço, em que Dane, para o espanto dos dois, quase não mexeu na comida, os três partiram.

Acompanhado de perto por Dane e Heumir, Marco seguiu até uma sala que ficava na parte dos fundos de seu castelo, atravessaram-na, e passando por uma porta cor de vinho cheia de desenhos de cobras, e que ficava no fundo da sala, chegaram a um jardim que, para o espanto de Dane, era incrivelmente parecido com o jardim de Nébor...

— Onde estamos? — perguntou Dane, curioso. A resposta "em meu jardim" que ele recebeu foi bem óbvia. — Ah... E o que viemos fazer aqui? — perguntou. A verdade é que essa era a pergunta que ele queria ter feito antes, e, para espanto do menino, mas não de Heumir, a resposta veio em forma de uivo.

— O que ele está fazendo? — sussurrou.

Heumir, que aparentemente já o vira fazer isso outras vezes, olhava sorridente.

— Observe... a qualquer momento... e lá vem ele. — Dane olhou para o chão e viu uma sombra pequena, dançando de um lado para o outro, foi aumentando de tamanho... — Hei! — gritou Heumir para chamar a atenção do garoto. — Lá em cima... — Dane ergueu a cabeça, cobrindo os olhos com as mãos... alguma coisa vinha descendo rápido, ganhando forma. Bem diante deles, desceu o cavalo mais lindo que Dane já vira na vida, com asas tão grandes que poderiam causar um pequeno redemoinho, o pelo era negro como a noite, os olhos eram incrivelmente claros, as longas crinas cobriam partes diferentes do seu corpo, sempre que ele balançava a cabeça e a pata dianteira esquerda tinha a mesma cor branca do casco que pertencia a ela, os demais eram negros, como todo o restante do animal.

— Ele é lindo... – admirou-se Dane, encantado.

— Esse é o Lamus! – falou Marco, se aproximando e fazendo um carinho no pescoço do cavalo. – Mais leal que qualquer homem, neste mundo ou em qualquer outro... sem ofensa, meu amigo – falou olhando para Heumir, sorrindo.

— Não me ofendeu. – respondeu, honesto. Afinal de contas, ele pensava a mesma coisa do seu morcego gigante.

— E então... vamos? – ele montou e estendeu a mão para Dane. – Quero provar que Comar não seria louco a ponto de desafiar os homens de Morlak sozinho.

— ... E se, estivermos certos... quero dizer, se ele realmente estiver ferido? – perguntou o garoto, em um tom de quem tem certeza do que está dizendo.

— Bom, se isso for verdade... a verdadeira guerra vai começar muito antes do que tínhamos previsto... – respondeu Marco, com o olhar fixo no garoto, em seguida, deixando o olhar cair em direção ao chão... – e se for esse o caso, meu amigo – falou olhando para Heumir. – Espero que tenha razão, quanto a ele estar pronto.

Dane montou na garupa do Lamus, Heumir chamou e também montou em seu morcego, em seguida, em meio a um redemoinho de folhas secas, gravetos e fazendo com que algumas árvores mais finas se inclinassem para o lado oposto de onde estavam, saíram voando.

Refazendo exatamente o mesmo percurso de antes, quando estava indo para o reino de Marco, agora eles sobrevoavam a vila que antes estava sendo atacada. Ela fora completamente destruída, reduzida a cinzas. Havia fortes sinais de que acontecera uma batalha lá embaixo, ou melhor, um massacre.

— Mais um ataque... – rosnou Dane, com um olhar de pena e raiva ao mesmo tempo.

— Esse aqui aconteceu enquanto estávamos indo a Caston – falou Heumir, mas no mesmo instante desejou não ter dito nada, pois, naquele momento, Dane lançou nele um olhar intenso, penetrante.

— O que, como assim? – questionou a voz aflita. – E vocês não fizeram nada!? Nem sequer me mostraram... nós juntos...

— Você estava dormindo a sono alto, Dane, e mesmo que chamássemos você... mesmo, que nós três lutássemos... a chance de a gente ganhar aquela luta, caso Morlak aparecesse... era mínima. Você ainda não estava pronto. Entenda. – Antes de iniciar uma discussão, algo, que certamente prolongaria aquela conversa e também a tensão entre eles, Dane hesitou, sabia que Heumir tinha razão... mas não podia deixar de pensar nas pobres criaturas daquele lugar. Criava em sua mente várias mortes, das piores formas.

– Não deveríamos descer e tentar achar alguém com vida? – perguntou Marco, olhando a enorme nuvem de fumaça, que agora ficava cada vez menor à medida que eles seguiam viagem.

– Não. – Respondeu Heumir, decidido. – Nesse momento Comar é mais importante. – A verdade era que os homens de Morlak, assim como ele próprio, sentiam orgulho em não deixar ninguém vivo após seus ataques, Heumir sabia disso... Marco também, mas parecia ter-se esquecido.

A nuvem de fumaça atrás deles agora se tornara quase impossível de se ver, bastou uma distração de poucos segundos do garoto para ele perdê-la completamente de vista. Sobrevoaram áreas ainda intactas e vilas grandes, e ao que pareceu a Dane, alegres.

– Estão bem otimistas lá embaixo. – Comentou Marco. – Isso é bom, eles não podem deixar o medo tomar conta de seus corações. – Dane observava atentamente as pessoas lá embaixo, elas pareciam formiguinhas dançantes. Realmente era um vilarejo bem alegre, aquele.

– O que é aquilo? – perguntou Dane, apontando uma formiga bem maior que as outras.

– O quê? – respondeu Heumir, fazendo seu morcego dar meia volta. Marco fez o mesmo, eles começaram a desenhar círculos imaginários no ar, muito acima da vila. Atentos.

– Lá! Entrando na vila... são... muitos. – Dane apontava algo que na mesma hora os dois guardiões identificaram ser alguns dos homens do senhor das trevas, o assassino, Morlak. – Vamos descer! – exclamou o menino ao ver as não tão pequenas formigas, sob eles, começarem a atacar as outras, derrubar coisas e começar a atear fogo nas pequenas moradias... – vamos... temos que descer! – os dois guardiões se entreolharam por um instante e, então, como uma águia em um ataque feroz a uma presa há pouco avistada, eles desceram... até rápido demais para o gosto de Dane, e, quando ele finalmente conseguiu abrir completamente os olhos e limpar as lágrimas que subiam pelo rosto, ao invés de descerem, eles já estavam plainando a pouco mais de três metros do chão.

As "formiguinhas", que na verdade acabaram se mostrando criaturas não tão pequenas, eram seres estranhíssimos. Andavam quase nuas, eram de uma cor extraordinariamente amarela, todas carecas, com umas linhas cor de cinza por todo o corpo, os olhos embora se assemelhassem aos dos humanos, eram redondos como bolas de gude, e uma calda longa e ossuda. Dane não pôde deixar de notar que no lugar da boca eles tinham bicos como os de um papagaio.

– Bica-bica. – Falou Heumir, encarando as criaturas.

– Criaturas miseráveis. – Rosnou Marco.

– Bica-bica...? – Sussurrou Dane.

CAPÍTULO DEZOITO

MIRO, O ELFO

Antes das patas de Lamus tocarem o chão e eles desmontarem, Dane viu Marco meter as mãos em sua capa e tirar de dentro dela um tipo de luva e uma espada, ambos eram cheios de pequeninas pedras, que brilhavam, parecendo miniaturas de estrelas. Na luva, na parte de cima, e também na espada, elas estavam cravadas no cabo... todas brilhando intensamente.

– Isso aí... são Limiax? – perguntou Dane. Os olhos arregalados ao ver tantas pedrinhas juntas.

A grande quantidade de pedras na luva e na espada do guardião fazia parecer que o braço dele, inteiro, pegava fogo.

– Bom... hum... não iguais a sua. É, bom, eu sou um guardião... e como guardião eu tenho direito a uma... – Marco ia dizer que por desejo dos anciãos, a pessoa ou criatura escolhida para guardião recebia uma pequena pedra, não muito poderosa, mas forte o suficiente para manter a ordem em um reino. Um pedaço da pedra de Nebor. Mas foi interrompido por uma gargalhada sem noção do Heumir.

– Dane, quero que saiba de uma coisa... e isso é muito importante... – eles falavam enquanto andavam apressados, e Dane olhava para Heumir, aguardando o conselho que viria a seguir, como se estivessem em meio a um deserto escaldante e Heumir segurasse nas mãos um grande e refrescante copo de limonada, afinal, talvez fosse um conselho muito útil, de batalha... – isso é muito importante... Dane, Marco é doido... louquinho de pedra. – Disse, fazendo o garoto olhar para ele, incrédulo. – Esse maluco, após ganhar sua pedra... – enquanto falava, Heumir se lançava a toda contra as criaturas. – Ele a partiu... é isso aí, ele estilhaçou ela em muitos pedaços, sem se importar se ela ainda funcionaria depois disso. – Marco que já estava mais adiante, com duas daquelas coisas entre os braços, informou estar ouvindo a conversa.

— É isso aí... – deu uma risada. – E olha só as armas que fiz com os pedaços. – Ele soltou os bichos e passou a espada nos dois ao mesmo tempo. – Legais, não são? – Dane olhava, incrédulo... o grande senhor dos guerreiros da noite tinha um estranho senso de humor.

Agora os moradores da pequena vila estavam todos atrás de Dane, Heumir e Marco, com os bichos à frente, encarando os guardiões com um olhar perverso...

— Vocês dois! – falou um, saindo de trás dos outros, arrastando um morador pelo pescoço. – Eu conheço bem vocês... e quem é esse aí? – apontou com a mão grande e torta para Dane, os dedos compridos e enrugados. – Quem é esse?

— Não interessa! – disse Dane, rispidamente. – Solte-o, agora! – o morador não fazia movimentos bruscos, apenas encarava o garoto nos olhos. Implorando silenciosamente.

Ao ouvir a ameaça, as estranhas criaturas começaram a estalar os bicos. Pareciam se comunicar entre elas. Todas riram.

— Ah, mas é claro, meu senhor. – Falou com deboche. – Me perdoe, pode ir. – Falou pondo de pé o pequeno morador com uma das mãos, liberando-o. O pequeno andou devagar, ainda olhando para trás, assustado, em seguida olhou para Dane, deu o que pareceu ser um sorriso acanhado e...

POOOOW! – uma rabanada acertou em cheio o pequenino, derrubando-o no chão. A pobre criatura guinchava de dor, e não era para menos, pelo barulho, parecia que todos os seus ossos tinham se quebrado.

O *"não"*, que veio em seguida, veio de um trio completamente enraivecido, mas foi Dane quem lançou o primeiro ataque, que fez com que vários daqueles miseráveis fossem lançados a uns dez metros de distância. O assassino da pobre criatura, agora, olhava para o menino... amedrontado. Sem fazer a menor ideia do que acabara de acontecer.

— Você... você é quem nós queremos... – disse. Levantando-se com dificuldade.

— Bom... – falou Heumir dando um passo à frente. – Vão continuar querendo, mas não o terão. De jeito nenhum.

— Peguem eles! – gritou a criatura. – Matem todos os outros, mas o mestre quer o menino vivo! – falou, ainda encarando Dane. As palavras da criatura, que pelo jeito era o líder daquele pequeno grupo, fizeram com que todos os outros parassem de destruir as coisas e rumassem para um ataque frontal.

Porém, nem Dane, Marco ou Heumir demonstraram medo, pelo contrário... pareciam confiantes. Para eles um pequeno grupo como aquele, atrapalhado, não era tão ameaçador assim... ainda assim Heumir recomendou a Dane que se cuidasse. Em segundos, a mistura dos mais diversos sons fez-se ouvir em meio a toda aquela agitação. Era de metal, madeira e até o som de ossos sendo quebrados, ouvia-se a todo volume. Agora... uns caídos, outros ainda de pé, o fato era que a quantidade daquelas coisas, caídas no chão, aumentava rapidamente sempre que Dane levantava os braços e descia, furioso, ou jogava-os para os lados, arremessando-as como se fossem bolas sendo rebatidas por um bastão. A pedra em seu peito sempre brilhando parecia passar mais e mais poder a ele. No pensamento, vinha o que eles poderiam ter feito a Comar, ao que acabaram de fazer com aquela criatura inocente que acabara de ser morta cruelmente... e todas as coisas ruins que ele viu acontecer desde que chegara aqui... Dane agora parecia flutuar... ouvia pequenos estrondos ao longe e pessoas gritando, mas não dava para compreender o que elas estavam dizendo... sentia algo crescendo dentro dele... todo aquele poder... era tão bom... tão agradável... e...

– Dane... Dane... olhe para mim... Dane, acabou, chega! Acabou... você matou todos, olhe... *olhe!* – Heumir e Marco chamavam, aflitos, e, após alguns segundos gritando e acenando, reconquistaram a atenção do menino, trazendo-o de volta, de seja lá onde ele estivesse. Dane levantou os olhos e viu as criaturas, caídas, umas por cima das outras. Virou-se e se deparou com centenas de olhares amedrontados atrás dele, mas já não era mais por causa do ataque daquelas coisas.

– O que aconteceu? – perguntou, parecendo confuso.

– Você foi extraordinário, Dane, mas... – Marco fez uma pausa. Parecia estar procurando as palavras certas. – Houve um momento, que parecia que você... já não era você, entende?

– Não. – respondeu o garoto, agora, parecendo mais confuso do que antes. As criaturinhas, que agora se organizavam em duplas, começaram a arrastar os corpos para fora da vila e entre um murmúrio e outro, levantavam a cabeça, olhavam para Dane e tornavam a abaixar. – Hum, de nada. – falou, ao ver que nenhuma das criaturas agradeceu por eles terem salvado as vidas delas.

– Não os julgue... – disse Heumir. – Os Dillyus são um povo pacífico, honesto e de uma generosidade impressionante, mas eles têm os motivos deles para estarem agindo assim.

— Vamos. – falou Marco, lançando ao garoto um olhar preocupado.

— Então eles se chamam Dillyus... – sussurrou Dane, olhando para uma criaturinha que acenava para ele, ela devia ter dois anos, a julgar pelo tamanho pequenino. A reação do que pareceu ser a mãe dele ao abraçá-lo e sair correndo do lugar, girando a cabeça em um ângulo de cento e oitenta graus, para espiar Dane, antes que o garoto pudesse retribuir o gesto, deixou ele intrigado. Outros também fugiram, mas não antes que Dane pudesse ouvir um deles dizer com voz arrastada a palavra "*GUIND*".

"GUIND..." Durante tudo o restante do percurso de volta a Nebor, Dane não conseguiu tirar essa palavra da cabeça e nem o olhar dos pequenos Dillyus, encarando-o, assustados. Com certeza havia algo de errado, mas não era hora de pensar naquilo, talvez não significasse nada demais, pelo que Dane viu e sentiu, seu amigo Comar poderia estar morrendo neste momento, mas não teria certeza até chegarem em Nebor... O que não demorou muito. Levantando a cabeça e espremendo os olhos, a alguns quilômetros em linha reta, ele avistou o que reconheceu ser a mesma floresta onde fora carregado como uma mala de viagem, por Predar, e, passando por ela, mais à frente, à esquerda, via-se o lago que cobria a floresta e a passagem secreta para Nebor.

Não demorou muito e todos já se encontravam parados, em frente à entrada secreta, onde o que pareceu serem os mesmos pássaros de antes estavam sentados nos mesmos galhos, Dane não pôde deixar de notar que os pássaros, agora, também o encaravam, com um olhar sério e penetrante...

— Anciões... eu sou Heumir, guardião e rei de Fós... rei de Fóssen. Peço gentilmente que nos deixem passar. – Adiantou-se em dizer Heumir, mas nada aconteceu... os pássaros continuaram parados com o olhar fixo em Dane. – Ah... hum, hum... anciões, eu sou Heumir... rei de Fóssen, nos deixem passar! – nada. Os pássaros mais pareciam duas estátuas.

— O que é que está acontecendo, por que eles não abrem a passagem? – falou Marco. Examinando os pássaros, para ver se realmente eram os anciões.

— Eu não sei... – respondeu Heumir, olhando meio de lado para Dane. – Talvez eles... só estejam se certificando... – continuou ele, parecendo não acreditar muito no que ele mesmo dizia.

Dane aproximou-se de um dos pássaros, cujas penas estavam muito diferentes do que ele lembrava, estavam meio branquicentas, e que lhe pareceu ser o mais velho, e fez uma reverencia.

– Senhor... hum, ancião... eu, eu me chamo Dane... Dane Borges, vocês já me conhecem, eu passei por aqui com um amigo, Comar, ele mora no reino atrás dessa passagem, ele pode estar ferido... mas acho que vocês já sabem porque ele deve ter passado por aqui... eu... – o menino não conseguiu terminar, ainda encarando ele, os pássaros voaram até um galho mais alto, liberando a passagem. Como em uma janela de lembranças, Dane viu se repetir tudo o que acontecera da primeira vez que ele estivera na passagem, segundos depois eles estavam de frente para uma porta de ar úmido com gotas de água que flutuavam de um lado para outro, fazendo acrobacias dentro do portal.

Um a um eles passaram pelo portal, que agora se fechava às costas deles, Dane pôde ver seus meios de transporte darem meia volta e levantarem voo. Por um breve momento ocorreu a ele perguntar a si mesmo para onde eles iam e como faziam para entrar no reino, sendo que sempre que eles passavam para o outro lado, as pobres criaturas ficavam para trás... mas esses pensamentos logo foram varridos pela preocupação de ver Comar, agora Dane pensava apenas em ir ao castelo. Precisava saber se seus pressentimentos estavam corretos.

O caminho de volta ao castelo, agora, pareceu bem mais fácil de fazer e mais rápido também. Não demorou nada e os três já estavam de volta ao castelo. Logo na entrada encontraram Ramon, que trazia no rosto um sorriso maldoso, mas que de certa forma meio que os tranquilizou. Por mais que Ramon parecesse odiar tudo e todos... não abriria um sorriso daqueles se seu irmão estivesse à beira da morte, tudo não passara de um pressentimento ruim e enganoso...

– Senhores guardiões, e... ah! Escolhido... – falou Ramon, com ar de deboche. – Nem sei dizer o quanto é bom revê-los, eu estava de saída, mas vocês... vocês podem ficar à vontade, Comar está na sala da pedra, junto com o papai dele. – Ramon olhou para os três com desprezo. – Ou melhor... com os papais dele, agora, se me dão licença... – ele deu as costas e saiu dando risadinhas, satisfeito.

– Ele disse na sala da pedra.

– É, eu ouvi! Temos que ir... – falou Heumir, tomando a dianteira e seguindo a passos apressados, passando por várias salas com portas secretas e por corredores enormes. Dane, quase correndo atrás deles, procurou memorizar o caminho que percorriam, percebendo que nunca tinha passado por ali antes.

Com certeza aquele era o caminho para a tal sala da pedra, que certamente era onde ficava a pedra mágica que sustentava todo o lugar.

Uma parede enorme surgiu à frente deles, fechando o corredor em que estavam... aparentemente, os dois guardiões não conheciam tão bem assim o castelo. Dane arregalou os olhos ao ver Heumir tirar sua coroa da cabeça e apontar para a parede. Já devia ter se acostumado com aquilo.

– **MOSTRE-SE O OCULTO!** – disse ele em voz alta, e imediatamente a grande parede estremeceu, fazendo Dane ter calafrios. A coroa começou a brilhar e dois ramos, magnificamente desenhados na parede, um de cada lado, ganharam vida. Bem diante dos olhos do garoto e também para seu espanto, os ramos começaram a subir, ganhando folhas e flores à medida que cresciam. A uns quatro metros de altura eles seguiram na mesma direção, de encontro um ao outro, Dane os viu se chocarem e subirem se entrelaçando, e no minuto seguinte o desenho de uma bela árvore, com galhos fartos, havia se formado, e sob ela, agora, havia uma passagem na parede espessa.

O olhar do menino que estava fixo na árvore balançava, acompanhando o movimento dela, que parecia estar sendo embalada pelo vento. Ele desceu o olhar, acompanhando algumas folhas que caíam, e, como se já não tivesse surpreso o bastante, viu as folhas se materializarem ao se desprenderem da árvore e caírem, lentamente. Ele seguiu cuidadosamente o trajeto de uma delas, mas seu olhar novamente parou, dessa vez, no meio da passagem. Atrás das folhas que caíam, naquela sala tão limpa e iluminada que o menino poderia contar os grãos de areia no chão, Dane viu o corpo de Comar estendido sobre um tipo de mesa grande, bem no centro da sala e ao lado do que, sem a menor sombra de dúvida, era a grande pedra mágica que sustentava a magia do castelo, com Amim e Amir ao seu lado, claramente Preocupados.

Aquela pedra era no mínimo trinta vezes maior que a de Dane, tinha um formato meio oval, com minúsculas crateras muito próximas umas das outras, que davam a ela um aspecto espinhoso, tinha uma cor vermelho-amarronzado e, embora gigantesca se comparada à pequena pedra do garoto... de alguma forma, ele sentia que ela possuía bem menos energia que a dele. Ainda assim, ela parecia ter muita energia. O que realmente preocupou e intrigou Dane foi que ela funcionava sem precisar de um portador. Ele se recusou a imaginar o que aconteceria se Morlak pusesse as mãos naquela pedra. Afinal, talvez fosse isso o que ele realmente quisesse, e só estivesse atacando os outros reinos para ganhar mais poder e aumentar o seu exército, antes de enfrentar os soldados e os grandes senhores de Nébor.

— Vamos! — falou Marco, dando uma tapinha nas costas do garoto, que tomou um susto.

— Ele está... — falou Dane, encostando-se na mesa, examinando o rosto pálido do amigo.

— Ainda está vivo. — Falou Amim. — A pedra na coroa dele não parou de brilhar nem por um segundo. Parece que ela está conservando a energia dele... notamos isso assim que ele chegou, ensanguentado, mal conseguia se manter de pé, por isso o trouxemos para cá, pensamos que se o deixássemos mais próximo da sua fonte de poder, ele iria se recuperar. Mas ele não acorda.

— Como... como isso aconteceu, como é possível? — Marco estava inquieto, incrédulo. — Quem faria isso?

— Morlak! — disse Amir em alto tom. — Foi ele quem fez isso, e, aparentemente... Não teve trabalho algum para fazê-lo.

— Como vocês sabem? Quero dizer, como sabem que foi aquele maldito, quem fez... essa, barbaridade? — questionou Heumir, com uma mistura de raiva e medo, estampada no rosto.

— Sabemos disso... porque temos uma testemunha do evento. — Falou Amim, apontando para um canto da sala. Dane olhou e, para sua surpresa, viu algo que não notou antes, quando entrou na sala. Uma criaturinha encolhida em um canto da sala, tinha pouco mais de um metro de altura, careca, os enormes olhos eram de uma cor azul-acinzentada intrigante, vestia-se com peles de pequenos animais que pareciam terem sido costuradas à mão, uma a uma, a pele era estranhamente pálida, o que fez Dane pensar que talvez por isso não o tivesse notado antes. — Esse pequeno Flingsmel, que mora não muito longe de Balt, na vila que estava sendo atacada, viu tudo. Ele se chama Miro, aproxime-se, meu pequeno. — Falou Amim, estendendo a mão para a criaturinha que tremia da cabeça aos pés. — Na verdade, me atrevo a dizer que, se não fosse por ele, Comar não estaria aqui agora.

Heumir não conseguia acreditar no que via, não sabia o que era pior... Comar ali, naquele estado... ou um Flingsmel de uma vila recém-atacada, ali, naquela sala, não via problemas se o pequeno estivesse visitando os arredores do castelo, mas ali... na sala da pedra? Até onde ele sabia aquele... poderia ser um espião, sob as ordens de Morlak.

— Senhores, eu não quero ser grosseiro nem nada, mas trazer esse... bem, sei que este reino e castelo são de vocês, mas isso é tolice! Ele pode estar usando esse pretexto apenas para...

— Não seja tolo! — ergueu-se Amir. — Ele trouxe nosso Comar de volta, se o caso fosse esse, ele teria se aproveitado da situação e o teria matado lá mesmo! Seria uma pedra e um guardião a menos.

— Eu... eu só estou tentando dizer que, os exércitos do senhor das trevas não são conhecidos por sua piedade, nem tampouco o próprio Morlak, é... difícil, acreditar que eles o deixariam ir embora assim, ainda por cima, levando Comar...

— Miro estava escondido, senhor... — falou uma voz tímida e muito baixa. A pobre criatura, agora quase no meio do salão, tremia, sem sequer ousar levantar os olhos. — Miro se escondeu, sob uma casa... Miro ajudou o guardião a se esconder, depois ajudou ele a chegar até aqui. — Ao que Dane pôde notar, as pessoas já estavam acostumadas a ouvirem aquelas criaturas falarem de si mesmas como se estivessem se referindo a outra pessoa.

— O que disse! — exclamou Marco, alternando o olhar entre a criatura e o amigo em coma.

— Ele diz a verdade, Marco. — Falou Amim. — Comar chegou aqui ainda consciente e as versões batem, pois ele nos contou a mesma coisa antes de ficar inconsciente.

Dane parecia não estar prestando muita atenção em toda aquela conversa, seus olhos estavam voltados para o amigo, estirado ali, na mesa.

— Isso é loucura! Mandem essa criatura embora de uma vez! — Dane olhou para Heumir, assustado, jamais ouvira o guardião agindo ou falando assim, menosprezando criaturas inocentes. Isso não fazia o estilo dele, afinal talvez o medo estivesse finalmente começando a afetar suas ideias, suas atitudes.

O senhor das trevas, Morlak, parecia estar agora tão poderoso, que mesmo sem estar presente tocava terror entre os guardiões e fazia com que Heumir, um dos guardiões mais sábios, perdesse o controle e o raciocínio lógico.

— ... Tem mais uma coisa... — falou Amim, com a voz trêmula, atraindo a atenção de todos. — Antes de fazer isso com Comar, parece que

Morlak já havia destruído o reino de Balt e, pelo que parece, se ocupou em matar todos os seus habitantes. – Os olhos de Dane estremeceram, estava passando dos limites. O menino olhou fixo para o amigo em coma, tentando imaginar pelo que ele devia ter passado nas mãos daquele... maldito. O sangue fervendo nas veias e com todo o corpo tremendo, Dane sentiu algo... Sua cabeça zunindo, os punhos cerrados, as veias pulsando e a lágrima descendo. Dane sentiu ódio. – Homar, o senhor de Balt, foi decapitado. – Continuou Amim, fazendo todos deixarem cair o queixo. – E pelo que eu soube, parece que o Morlak se divertia enquanto erguia a cabeça do nosso amigo no ar, para que todos a vissem, inclusive Comar...

– Ele deve ter visto a fumaça... – Falou Heumir. – Não conseguiu ignorar.

– Entendo... impulsivo como ele é... – falou Marco, socando a mesa. Os dentes cerrados. – Deve ter atacado ao invés de fugido... se ele tivesse saído de lá o mais rápido possível, ele não...

– ... ele tentou, senhor. – Fungou novamente a criaturinha. A voz ainda mais baixa, interrompendo Marco. – O grande guardião lutou bravamente contra o exército e acho que teria vencido se... Miro fica com medo só de lembrar, senhor. – A pobre criatura abaixou a cabeça ainda mais, tremendo o corpo como se estivesse com uma febre de quarenta graus. Dane pôde ver algumas lágrimas escorregarem por seu rosto e pingarem no chão, fazendo uma pequena poça ao lado de seus grandes pés. – O senhor das trevas apareceu, mas o grande guardião é muito valente, senhor, ele não recuou, ele queria proteger o nosso povo a todo custo. – Agora, estava visível o choro da criatura, que soluçava em alto som. – O guardião quase fora esmagado com apenas um golpe do malvado Morlak, meu senhor, Miro estava escondido, Miro queria ajudar, mas Miro é muito fraco, meu senhor... Miro ficou olhando e viu o grande guardião se levantar e ser pego de surpresa por um segundo golpe que lançou ele longe, Miro ouviu um barulho no céu, olhou e viu a criatura do guardião descer do lado dele, ele conseguiu se levantar e montou nela... – a pobre criatura que agora se acabava no choro fez uma pausa e um sinal de negação com a cabeça. – Miro viu o grande guardião ser atacado quando já subia em direção ao céu, com a sua criatura voadora, então eles caíram... Caíram bem próximo, sabe, de Miro, meu senhor. – disse, segurando a capa de Amim, levantando a cabeça para encarar o guardião. – Sabe, para protegê-lo a criatura do guardião se afastou o mais rápido possível dele. Aí, enquanto a atenção de todos estava na criatura, sem pensar, Miro correu e arrastou ele para onde estava escondido, então, quando finalmente se cansaram de procurar, eles foram embora. Miro pensou que ele estivesse morto, mas ele respirou, ele respirou, senhor. Miro ficou muito feliz.

– O fato é que estamos diminuindo em número, e isso não é nada bom. – Falou Amir, abafando um soluço de choro. – O senhor das trevas está ganhando forças a cada dia, por isso é arriscado deixar apenas um guardião por reino, mas o fato é que temos um número muito pequeno de guardiões e cada um já tem o seu próprio reino para defender... Não podemos pedir que abandonem o seu povo, mas você, Heumir, como... Infelizmente, perdeu o seu povo... poderia voltar com Marco e juntos defenderem Caston e seus habitantes? Espalhem a notícia de que o reino está sendo protegido por dois guardiões. Creio eu que com vocês dois lá, será menos provável que Morlak tente atacá-los. – Após Heumir confirmar, com um suave aceno da cabeça, Amir continuou. – Aqui em Nebor, além de um fabuloso exército, contamos também com dois guardiões, pois creio que Comar irá se recuperar logo. Além de mim e do Dane, é claro, então, por enquanto, acho que nós não corremos o risco de...

– ... É verdade!!! E você, Dane... – falou Amim surpreendendo a todos, fazendo todos encararem o garoto. – Conseguiu terminar o seu treinamento? Confesso que não vejo muita diferença...

– Não, ele não terminou. – Disse Amir com voz nervosa. – Passou-se muito pouco tempo para isso, o que aconteceu? Por que não continuaram o treinamento? Acho que eu não preciso dizer o quanto esse treinamento era importante, não preciso dizer isso porque... – Amir fez uma breve pausa. – Os fatos falam por si só.

– Nós sabemos, mas achamos que ele já está pronto. – Falou Marco, tentando mostrar entusiasmo, o melhor que pôde, devido às circunstâncias.

– É verdade. – Confirmou Heumir. – Eu estava com ele no salão criado pelo ancião... Dane fez coisas incríveis lá dentro, passou por um teste feito pelo próprio ancião... Depois de ver o que ele é capaz de fazer, não tenho dúvidas, ele está pronto.

Alguma coisa nos olhos cintilantes de Amim, que não parava de encarar o menino, discordava do que Heumir estava dizendo...

– Se tem certeza do que está dizendo, meu caro amigo... – disse ele, ainda encarando o garoto. – Ouvimos de um informante seguro que um pequeno grupo de seguidores do Morlak irá atacar uma vila nos arredores de Nilderon, achamos que talvez seja por causa das habilidades que os moradores têm, afinal, apesar de serem um povo pacífico, eles conseguem produzir excelentes armas.

– O que Comar estava fazendo em Balt? – perguntou Dane, apertando a mão do amigo.

Na verdade, ele foi ferido perto de lá, mas de fato, ele estava indo para lá. Tinha que passar por lá, porque era onde seria feito o seu próximo treinamento. – Informou Amir.

– Eu também vou. – Adiantou-se em dizer, Dane, que agora segurava o canto da mesa onde o amigo estava deitado. Era estranho, embora Comar estivesse gravemente ferido, respirava com facilidade e seu corpo estava extremamente quente. A coroa brilhante, ainda em sua cabeça, parecia estar recebendo energia da pedra e distribuindo-a pelo seu corpo. Dane deu uma espiada no peito do guardião... pequenos ferimentos estavam se fechando rapidamente. – Você vai ficar bem, amigo. – Sussurrou.

– Vamos... precisamos deixá-lo descansar. – Falou Amim, com um meio sorriso no rosto. – Vamos, vamos todos, afinal, pelo que sabemos o ataque só acontecerá na quarta-feira, isso ainda nos dá quase dois dias, e Dane acho que deve estar com fome, não é mesmo? – Dane sorriu, Comar estava se recuperando bem, um jantar agora não seria nada mal.

– Então, onde nos encontraremos? – perguntou Heumir.

– Nos encontraremos? – exclamou Amir.

– Para irmos a Nilderon, não deixaremos vocês irem sozinhos.

– Eu agradeço a preocupação, meu caro Heumir, mas não iremos enfrentar nenhuma grande ameaça, na verdade, pelo que sabemos, será um número pequeno de cavadores, tentando mostrar lealdade a Morlak, que irá atacar a vila. Damos conta disso sozinhos, além do mais, Dane irá conosco, mas se quiserem ficar e jantar conosco, serão muito bem-vindos.

– Eu concordo com Amim. – falou Amir. – Não tem com que se preocuparem, até mesmo eu que não tenho poderes, penso que eles não representam uma grande ameaça.

– O que te falta em poder, Amir, sobra-lhe em habilidade com armas, é de longe o melhor com espadas, machados, arcos ou qualquer outra arma.

– É verdade. Por isso nos enganou tão bem durante todos esses anos... – comentou Heumir, fazendo todos darem risadinhas, tornando o momento um pouco mais leve.

— Sr. Amim, — falou Dane, quando eles seguiam por um corredor. — Eu queria perguntar... aquela... hum, aquele...

— O Miro?

— Sim. O que ele é?

— O Miro é um elfo da terra, Dane, um elfo da terra. Chamamos eles de Flingsmel, porque não é justo comparar.

— Comparar, senhor, o quê?

— Nada. Vamos, estou faminto.

— Eles têm poderes? — gritou Dane, quando Amim entrou em outro corredor.

— Não. Mas são perfeitos no preparo de poções. — respondeu, virando em outro corredor.

Depois de escurecer por completo, todas as luminárias do castelo foram acesas e Dane, que aguardava no quarto, após ter tomado um longo e merecido banho, finalmente ouviu alguém bater na porta, abriu, não era Missy quem batia, era Kirian, a filha da ajudante, com o rosto tão vermelho que mais parecia um tomate maduro.

— Estão, hum, é que, estão aguardando você... — disse ela, com a voz tão baixa, que Dane quase não conseguiu ouvir. A verdade era que ele também estava ficando vermelho.

Não entendia... na primeira vez que a viu, a garota falava pelos cotovelos, agora estava diferente, tímida.

— Hum, obrigado. Respondeu, fazendo a garota corar mais ainda. Ela levantou o olhar, deu uma risadinha com o canto da boca e antes que Dane pudesse retribuir o sorriso, ela saiu correndo.

Morrendo de fome como estava, Dane não quis perder mais tempo. Andando pelo longo corredor que levava ao salão de jantar, uma lembrança veio à mente... seu pai, com uma chave na mão, tentando instalar um gerador de energia surrado. Dane sabia que seu pai não se incomodava em dormir todas as noites à luz de velas... então, tudo aquilo, tudo o que Heitor estava fazendo era para ele, Dane, para agradá-lo, sempre fora. Ele voltou um pouco mais no tempo, lembrou-se de todas as coisas boas que seu pai fizera por ele. Mesmo pobre e, pelo que Dane lembrava, na maior parte do tempo dominado por profunda tristeza, Heitor sempre procurava não deixar faltar comida para o menino... sesmo que isso significasse o próprio Heitor ficar com fome. Se comprava um pão era para Dane, se pescava algo vendia e comprava roupa e comida para o menino, sempre que encontrava uma fruta em alguma árvore, Heitor não a comia, simplesmente a guardava e levava para Dane. Essas lembranças fizeram com que o menino percebesse ainda mais o amor gigantesco que seu pai sentia por ele... Foi com esse pensamento e o rosto molhado de lágrimas, pois não conseguiu enxugar a tempo e nem disfarçar, que Dane surgiu no salão de jantar. Embora assustados por notarem que o menino andara chorando, a expressão de felicidade no rosto de Dane meio que os tranquilizou.

O jantar, como sempre, estava divino. Dane comeu de tudo um pouco. Se atreveu até a beber um pouco de caldo de Jambu uma planta que fazia formigar a língua quando você a comia.

Após o jantar, Dane voltou para o quarto confuso. É que durante o jantar aconteceu de tudo, brincadeiras, muitas risadas, conversas sobre coisas que o menino não sabia o que eram, mas nada de estratégia de batalha. Como poderiam estar tão tranquilos?

A noite se arrastou lentamente, talvez pelas inúmeras vezes que Dane tenha levantado, assustado, por causa de pesadelos. A comida ainda pesando na barriga. Ele se sentou no parapeito da janela, observando atentamente o céu para ver se via outra vez aquela criatura deslizar por entre as nuvens. Acariciou a pedra em seu peito, seu brilho refletido na janela fora ofuscado pela baita tempestade que começou a cair. Dane continuou lá, sentado, dava para ver os arbustos do lado de fora dançarem com a força do vento. Por um segundo, ele poderia jurar que viu alguém correr pelo jardim e pular no laguinho em frente ao castelo, ele até ouviu o "*splash*" na água. Estava imaginando coisas. Ninguém, ninguém mesmo, seria louco de sair com uma tempestade daquela caindo lá fora.

– E agora... – Disse. Vendo a janela ganhar uma cor cinza.

CAPÍTULO DEZENOVE

O PODER DA PEDRA LIMIAX

Por mais que tentasse, Dane não conseguiu pregar o olho. Agora, estava parado em frente à passagem secreta que dava acesso à sala da pedra, se perguntando se Comar estaria melhor.

– Não vai entrar? – perguntou uma voz doce, atrás dele. Dane se virou e sorriu.

– Sr. Amir. O senhor também não está conseguindo dormir?

– Não, não, Dane, esse... hábito, de acordar na madrugada, já me persegue há vários anos. Acho que deve ser por causa das preocupações do dia que passou, e das incertezas do dia que entra sorrateiro, para pegar a todos de surpresa. Em todo caso, o silêncio da noite me ajuda a pensar melhor. – Amir olhou firme para o desenho dos ramos na parede e respirou profundamente.

– Sabe... agora a pouco o senhor perguntou se eu não ia entrar, mas eu não sei como, eu não tenho uma coroa como a de vocês, eu vi Heumir usar a dele para abrir a passagem e...

– Não, não, Dane, você não entendeu e... devo confessar, que isso é algo que me intriga, levando em consideração os dons que a sua pedra lhe fornece. – Amir piscou e sorriu de leve para ele, que ficou surpreso ao ouvir o comentário... seria possível? – Não é a coroa que libera a passagem, meu rapaz. – Continuou Amir, interrompendo o pensamento do garoto. – Se você quisesse entrar agora, por exemplo... era só olhar para a passagem e desejar profundamente, a pedra lá dentro vai se comunicar com a que está aí, no seu peito... se suas intenções forem boas, ela abrirá a passagem.

– Então, eu posso tentar?

– Vá em frente. – Sorriu.

Dane ficou parado em frente à passagem, excitado. Lembrando-se das palavras exatas de Heumir. Inspirou grande quantidade de ar...

– MOSTRE-SE O OCULTO. – Disse, mas nada aconteceu. Nem uma folhinha sequer caiu da árvore. Na verdade, os ramos nem se moveram, para formá-la. – Eu, eu não entendo...

– Sabe, Dane, eu não duvido da sua lealdade, menos ainda do seu bom coração, mas você não pode ter distrações, você precisa passar certeza do que você quer, apenas... peça.

– Pedir, para os ramos? – perguntou.

– Sim, para os ramos. Olhe para eles, o que você vê? – Dane olhou os ramos por alguns segundos e a resposta "um desenho que se move por meio de magia" fez Amir sorrir. – Embora tenha se passado pouco tempo, você amadureceu muito desde que chegou aqui, Dane. Disso eu não tenho a menor dúvida, mas a verdade é que sua Limiax parece lhe fornecer um poder limitado, muito maior do que o nosso, com certeza, ainda assim, limitado. Com a pedra, você, meu jovem, obteve grande conhecimento, mas no fundo ainda é uma criança, com toda a sua pureza e inocência... isso é bom. Mas os ramos que você vê aí, que se transformaram naquela magnífica árvore diante dos seus olhos, não são apenas um desenho na parede, meu rapaz... eles, de certa forma, estão vivos e representam a mais pura essência do que você encontra lá dentro. Bondade.

– Senhor... como, como sabe tanto sobre isso? Quer dizer, eu sei que o senhor é irmão do Sr. Amim, que é um guardião e que vocês têm uma pedra, mágica, guardada aqui no castelo. É só que... hum, é como se o senhor... entendesse, a minha pedra.

Amir fez uma pausa.

– Sabe, eu a tenho faz muito tempo. – Falou, abaixando a cabeça e afastando o cabelo, de forma que Dane pudesse ver. Na lateral da cabeça, quase no cocuruto, havia uma cicatriz de uns três centímetros. – Talvez... eu conte a você, uma outra hora.

– Me desculpe, senhor... eu não entendo...

– Não se preocupe... você entenderá em breve. Agora, vamos descansar um pouco, acho que nós dois precisamos disso, não é mesmo? – Amir deu outra piscadela, acompanhada de um largo sorriso, tão quente que pareceu afastar todos os temores de Dane, que se afastou em direção a seu quarto e não pôde ouvir o "Eu Espero...".

As primeiras horas do dia se passaram rapidamente e Dane, que no restante da noite estivera mergulhado em uma sequência de sonhos loucos, com pessoas voando e se transformando em animais, agora aguardava do lado de fora do castelo. Não demorou muito para Amim e Amir se juntarem a ele, as armaduras incrivelmente parecidas, amarelo-ouro, os deixavam ainda mais parecidos, demorou um pouco para Dane descobrir quem era quem. Eles apareceram em dois belos cavalos e puxando um terceiro.

– Cavalos? – Admirou-se. Após ver tantas criaturas esquisitas servindo como montaria, ver os senhores de Nebor montados em cavalos comuns, pareceu realmente incomum.

– Sim. Cavalos. – respondeu Amim. – São criaturas adoráveis e também muito inteligentes.

– E pode nos levar onde queremos, sem chamar muita atenção. – Completou Amir, dando uma tapinha na traseira do cavalo, empurrando-o para Dane.

Os cavalos eram realmente rápidos e silenciosos, em pouco tempo eles chegaram a Nilderon. Arnold Mcbios, o senhor daquelas terras, os recebeu com grande alegria e ofereceu alguns dos seus homens para acompanhá-los, mas Amim recusou, informando a ele que estava tudo sob controle, ainda assim Mcbios insistiu, alegando que Sunavir, a vila que seria atacada, ficava dentro de suas terras.

Após Amir explicar que talvez Nilderon precisasse dos seus soldados caso a batalha mudasse de direção, Mcbios desistiu de mandar seus homens, ao invés disso, mandou apenas um, Elieu Mcbios, seu filho. Amir e Amim não fizeram objeção e, guiados por Elieu, os quatro seguiram em direção a Sunavir. Duas horas mais tarde estavam entrando na pequena vila.

Logo na entrada deu para ouvir o som de metal batendo em metal, indicando que o ferreiro da vila estava trabalhando. O cantarolar alegre das crianças e o bom dia muito formal das pessoas que passavam indicavam que na vila estava tudo bem. Até agora.

– Elas ainda não sabem. – Informou Elieu.

– E agora? Como vamos dizer a todas essas pessoas que a vila delas será atacada a qualquer momento? – perguntou Dane, sorrindo com o canto da boca para uma criança que acenava alegremente para ele.

– Sr. Elieu, que bom revê-lo. – Todos olharam ao mesmo tempo. Era um homem que aparentava ter uns cinquenta anos, com cara de bolacha, careca, baixo e corpulento, quem falava. Sorridente.

– Ah... Sr. Edy. Como vai? – cumprimentou-o Elieu. – Senhores, esse é o Sr. Edymund Guil, ele comanda essa vila... Edy, precisamos de sua ajuda.

– O que precisar, senhor.

– Precisamos que você retire todos os moradores daqui e leve para a floresta, fiquem lá e só saiam quando um de nós for buscar vocês. Ouviu?

– Mas, Sr. Elieu, não podemos sair daqui assim, às pressas, e as pessoas... elas vão querer saber por que estão tendo que abandonar suas casas, elas...

– Edy, Edy... não temos tempo, apenas faça. Leve as pessoas para a velha mina na floresta, assim saberemos exatamente onde procurá-los. Vá.

– Tudo bem... vou ver o que posso fazer, mas senhor, por favor não destruam nossa pequena vila, as pessoas precisam ter pra onde voltar.

– Já viu que o rapaz aí gosta de uma confusão, não é? – comentou Amir, arrancando uma risadinha de Dane.

Aos poucos, sob os berros do Sr. Edy e a desculpa de que aquilo se tratava de um treinamento, caso a vila fosse atacada, as pessoas foram deixando suas casas. Algumas levavam grandes trouxas, outras empurravam carros de mão, mas a grande maioria não levava nada. Uma criança que passava no colo da mãe deu uma grande risada ao passar por Dane, seguida de um tchauzinho caloroso. De alguma forma aquela cena o fez pensar em sua mãe. Dane não chegou a conhecê-la de verdade, ela morreu assim que ele nasceu, por isso ele não se lembrava dela, mas todos diziam que ela era a pessoa mais bondosa do mundo. Herwer e Fofo, que se tornaram amigos dos Borges desde aquele dia, sempre o lembravam disso. Aos poucos, Dane foi mergulhando em uma lembrança de algo que ele tinha certeza de que nunca acontecera, ele e sua mãe abraçados e, embora ela estivesse com o rosto destorcido, eles riam...

– Esses são os últimos. – Ofegou. As banhas tremendo enquanto andava. – E agora?

– Preciso que vá com eles e mantenha-os em segurança. Não saiam de lá.

– Ok. – respondeu Edy, que claramente não tinha mesmo a intenção de ficar por ali. Virou as costas e saiu correndo. Dane quase morreu de gargalhar quando Edy tropeçou e saiu rolando, depois, com as calças quase no chão, se levantou e saiu correndo, sem olhar para trás.

A pequena vila de Sunavir, agora, tinha apenas quatro habitantes, quase deserta. Isso aumentou a preocupação de Dane, Amim, Amir e Elieu, afinal, agora já fazia duas horas que os moradores haviam se retirado e nem sinal dos cavadores.

– Será que a fonte de vocês mentiu? – perguntou Elieu, em tom de alívio. Amim, que examinava o lugar, trouxe o cavalo de volta ao grupo.

– Preparem-se, não estamos sozinhos! – sussurrou ele.

– O quê? Do que o senhor está falando?! Olhe ao nosso redor... estamos sozinhos aqui e... *NÃÃOOO!* – uma lâmina cheia de dentes passou roçando o seu pescoço antes que Elieu pudesse terminar a frase. Um lagarto velho e todo enrugado que mais parecia estar trocando de pele pulou em cima do cavalo, derrubando Elieu. Imediatamente um pequeno exército de cavadores surgiu, alguns deslizavam pelos telhados, outros saíam de dentro do poço, Dane olhou para o que acabara de atacar Elieu, ele também estava no chão e se levantava com dificuldade...

– Ele não tem um dos braços! – falou, vendo um tipo estranho e enorme de lagarto ficar de pé outra vez. As mandíbulas batendo, furiosas. A estranha criatura andava sobre as patas traseiras.

– Não faça isso, garoto... não tenha pena deles, eles não terão de nós. – Gritou Elieu, se reunindo ao grupo e desembainhando uma espada com as letras E M, escritas no cabo. Amim levantou as mãos e um tipo de bolha invisível envolveu os quatro, de modo que os cavadores que saltavam como loucos em cima deles eram bloqueados.

– Não! Minha magia não vai segurar eles por muito tempo. – Gritou Amim, cujas mãos já estremeciam. – Não sou forte o bastante... Dane, você está pronto?

Sim... – respondeu. A pedra, que agora ficava sempre acesa no seu peito, brilhou com mais intensidade ainda. O escudo invisível que os envolvia desapareceu com um grande estalo, que fez com que os cavadores saíssem voando.

Por Nilderon! – gritou Elieu, correndo com a espada erguida contra um cavador. Parecia que ele estava marchando contra um exército gigantesco. Amir, por outro lado, lutava calado e a cada vez que ele erguia e abaixava a sua espada, um cavador ficava no chão. Seus amigos tinham razão... Amir era realmente bom com armas. Dane reparou que às vezes ele acertava dois cavadores de uma única vez.

Os cavadores, que afinal não eram um grupo tão pequeno como disseram, vinham de todas as direções e, por algum motivo, ignoravam Dane. Talvez por estarem muito ocupados com Elieu, que berrava como um bode, enquanto investia ataques rápidos e descoordenados contra as criaturas. Sem que ninguém percebesse um deles se arrastou rapidamente sobre as quatro patas e, enquanto o Mcbios se ocupava com um dos lagartos que tinha um olho furado, o que se arrastava veio por trás dele e atacou.

Embora nem Elieu, Amim ou Amir tivessem notado o que estava acontecendo... Dane, que até o momento estava como espectador, observava toda a movimentação e antes que o cavador pudesse encostar as garras em Elieu, Dane o paralisou e, com um movimento brusco das mãos, o lançou sobre o telhado de uma das casas, com tanta força que o afundou completamente.

Ofegante, com os dentes cerrados e um olhar ameaçador, Dane encarou os cavadores, que recuaram, e durante algum tempo ficaram apenas observando, confusos. Pareciam não entender o que estava acontecendo.

– Estão confusos. – falou Amim, dando uma risadinha. – Até hoje eles só tinham visto uma pessoa com esse poder... Hevon, mas você não é ele, isso os deixou intrigados.

– Eles não sabem quem eu sou?

– Não... não sabem, eles fazem o que Morlak os manda fazer, sem questionar, só querem servir a escuridão, na esperança de serem poupados e aceitos, nem percebem que estão sendo usados.

– Tem como fazer eles perceberem isso?

– Não... não tem não. Essas criaturas já não são gentis quando livres, estando elas dominadas pelo medo e pela cobiça então... – Amir, mal fechou a boca e uma lança passou raspando sua cabeça, seguida de uma mão e um braço pelanquento de um dos lagartos que se arrastava por trás dele. Ouviu-se então um rasgar de carne e um gemido, seguido de uma respiração ofegante. Amim, agora com a cara muito séria, não tirava os olhos do irmão. Dane, com os olhos trêmulos, viu algo escorrer por entre os dois e cair no chão, lentamente, formando um minúsculo rio vermelho e branco. Motivados pelo sucesso, uma onda enorme agora se formava à frente deles... todos os cavadores em um único ataque.

O barulho que os lagartos faziam, com a boca e também batendo a calda no chão, enquanto corriam em direção a Dane, Amim e Elieu, parecia uma tentativa desesperada de intimidar. Amim formou uma fina barreira à frente deles, e Dane, com os braços abertos, fazendo movimentos leves com as mãos, parecia tentar chamar algo do fundo da terra.

SPLOSH...

Algo caiu do céu bem entre eles, fazendo um barulho aquoso e duro ao mesmo tempo, que fez com que os cavadores, que já aceleravam os passos, escorregassem e recuassem, com medo.

– O couro desses bichos é ruim de furar. – Falou uma voz controlada. Dane olhou para trás e viu Amir, tirando o sangue de sua espada e mostrando nela um leve empeno em sua lâmina. Isso pareceu tirar toda a coragem dos horríveis cavadores, pois nenhum deles ousou atacar.

Essa é a hora, vamos! – gritou Elieu, correndo desembestado na direção do inimigo, Amim e Amir fizeram o mesmo, talvez por não quererem ver Elieu ser feito em pedacinhos. Dane, apesar de feliz por ver que seu amigo estava bem, empalideceu. Era visível o suor que escorria do seu rosto, de repente, um desejo incontrolável... por um segundo, ele quis matar todos aqueles cavadores.

A visão de Comar, deitado, quase morto, repetindo... de novo e de novo em sua cabeça...

– Cavadores malditos... – sussurrava, enquanto andava na direção de alguns dos bichos, parando de frente para um que, pelo visto, pretendia devorar o menino. – *Não... não...* – continuava a sussurrar, enquanto pequenos clarões surtavam sua mente. Um lampejo mais demorado trouxe a Dane algo... uma lembrança. Havia uma mulher, uma estrada com curvas que se perdia de vista, galhos de árvores que passavam rapidamente sobre ela, criando sombras passageiras... e uma outra sombra, mas essa não desaparecia como as outras, essa se aproximava cada vez mais, tornando-se cada vez mais visível, chegava a ser quase palpável. Ela deslizou, silenciosa, sobre tábuas encharcadas de sangue, então...

– *NÃOOO!* – gritou Dane, imediatamente o som de algo sendo cortado seguido de um baque de duas coisas moles caindo no chão fizeram Elieu dar um gritinho de horror. Sem que nem ele mesmo percebesse, Dane, de alguma forma, partira o cavador ao meio.

Impressionado com o que acabara de acontecer, os cavadores agora corriam, desesperados, passando uns por cima dos outros. Dane continuava a falar palavras inaudíveis. Parecia estar mergulhado em um pesadelo.

– Dane... Dane, está tudo bem, eles já foram... vamos pra casa. Dane! – enquanto Amim e Amir tentavam chamar a atenção do garoto, Elieu desandou a vomitar.

– O que aconteceu? – perguntou Elieu, encarando Dane, pasmo.

– Nada... – mentiu Amim, cuja expressão no rosto não estava muito diferente da de Elieu.

– Mas ele parece...

– Mas nada! Nós viemos aqui para expulsar, e se necessário matar, esses cavadores. Tenho certeza que depois de hoje, eles nunca mais pisarão nessa vila, fizemos o que tínhamos de fazer... – falou Amir aos berros.

Elieu balançou a cabeça, concordando com Amir, embora ainda encarasse Dane com um olhar assustado.

– Dane... Dane... concentre-se em sua Limiax, ela lhe dará força. Lembre-se do porquê de você estar aqui, lembre-se de que... – falou Amim, encostando-se ao ouvido do garoto. Ele mal fechou a boca e Dane se virou lentamente para ele, os olhos escancarados, cheios de lágrimas, olhou o amigo diretamente nos olhos e soltou um grito, tão alto que fez com que Amim quase caísse no chão. O chão entre eles começou a tremer e uma coisa grande saiu rastejando, para os pés de Amim.

– *Cuidado*! – gritou Elieu, ao ver uma coisa grande e lisa se arrastar, ligeira, por entre as pernas de Amim, como uma cobra enorme.

– São... raízes? – Exclamou Amir, assustado, parecendo nunca ter visto nada como aquilo antes. Enquanto falava, um monte de raízes grossas e cascudas avançava contra seu irmão. Amim, que acabou tendo que criar uma barreira protetora para impedir de ser rasgado ao meio, gritava para Dane. O garoto estava claramente descontrolado.

– O que faremos? – perguntou Elieu, assustado. Vendo as raízes saindo aos montes de dentro da terra.

– Atacaremos. – Respondeu Amir, receoso. Ele sabia que naquele momento não tinham a menor chance. Mas não podia deixar seu irmão ser morto.

– Atacar... o senhor da pedra, está louco homem? Que ótimo... é hoje que eu morro. – Aos gritos e com as espadas empunhadas, os dois correram na direção de Dane, que parecia estar em transe e que de vez em quando dava um gritinho e fazia um barulho estranho... como se estivesse sufocando.

– Não! Fiquem aí... – gritou de longe Amim. Levantando uma das mãos, Amim fez surgir um raio de luz branco que flutuou em direção ao garoto, desaparecendo dentro da pedra do menino, e esse foi seguido por outro, outro e mais outro. Aos poucos, Dane começou a voltar a si. As raízes desapareceram tão rápido quanto surgiram, deixando uma pequena cratera.

– Bem... ficou melhor do que eu esperava... – falou Elieu, apontando a vila em volta deles, quase totalmente destruída. Quase todos deram risadinhas, com exceção de Dane, que mantinha uma expressão séria e aérea.

– O que aconteceu? – perguntou uma voz sonolenta, todos se viraram, Dane, parecendo estar acordando de um longo sono, em que estivera mergulhado em um pesadelo atormentador, todo suado, os encarava.

– N-Nada! – mentiu Elieu, com ar de quem acabara de ver um fantasma e indicando alguns cavadores mortos no chão. – Você os assustou...

Sem perder muito tempo, embora Elieu insistisse para que Dane ficasse na vila, eles foram até a floresta, onde encontraram os moradores da vila amontoados dentro de uma velha mina.

– Já podemos voltar? – perguntou Edy, aparecendo apenas a cabeça, atrás de uma pedra.

Os quatro voltaram ao castelo de Nilderon, onde havia sido preparada uma grande festa para comemorar o retorno deles, e debaixo de uma enxurrada de aplausos eles comemoraram. Apesar dos vários pedidos feitos pelo velho Sr. Mcbios, para que ficassem e passassem a noite em seu castelo, Amim recusou, alegando que tinham que retornar a Nebor para cuidar do castelo, além disso, tinham que saber como Comar estava. Isso agradou e muito Elieu, que apesar de grato, estava com certo receio de passar a noite na companhia de Dane.

A volta para o reino de Nebor foi rápida e sem complicação. Já era início de noite quando eles chegaram na passagem pelo portal, onde os dois espíritos anciãos montavam guarda. Passaram e seguiram pelas ruas em direção à entrada do castelo e, para surpresa e alegria de todos, Comar os aguardava do lado de fora do castelo, no jardim, totalmente recuperado e com o pequeno Miro escondido atrás dele, com uma expressão de extrema alegria estampada no seu rosto ossudo.

– Chegaram... – falou Miro, alargando ainda mais o sorriso em seu rosto.

— Comar! — gritou Amim, mostrando preocupação, embora visivelmente contente. — O que está fazendo aqui fora? Deveria estar descansando, enquanto se recupera!

— Não se preocupe, meu pai... estou ótimo.

— E vejo que fez um novo amigo... — falou Dane. Sorrindo para o pequeno Miro, que apesar de sorridente, continuava escondido atrás de Comar.

— Pois é... ele não saiu do meu lado desde que acordei... parece estar grato, por algum motivo que eu não consigo lembrar, mas eu é que deveria estar, pois até onde consigo me lembrar, foi ele quem salvou a minha vida.

— Você lembra-se do que aconteceu lá? — perguntou Dane.

— Estou me lembrando aos poucos... lembro de ter lutado contra alguns dos homens de Morlak, em uma vila próxima de Balt, depois... lembro que o próprio Morlak apareceu... eu tentei fugir, depois disso, tudo vira um borrão... — naquele momento todos pareceram não ter nada a dizer... — bem, mas acho que dei mesmo muita sorte. — Continuou Comar, tentando mudar a expressão nos rostos à sua frente. — Havia um sobrevivente, escondido, e graças a ele, estou aqui.

— E... o que vai acontecer com ele agora que sua vila foi... bem... — Dane fez uma pausa, mas todos já sabiam o que ele queria dizer.

— Eu estava pensando... talvez ele possa morar aqui, temos muitas terras disponíveis em Nebor, o que acham? — a pergunta de Comar meio que pegou a todos de surpresa.

— Bom... eu... eu não vejo por que não. — Respondeu Amir, encarando o irmão que também concordou com a cabeça. Além do mais, acho que esse será um bom lar para ele, devido às circunstâncias. Bem-vindo a Nebor, meu caro Miro.

Miro estava encantado com o lugar, e não pensou duas vezes antes de aceitar a proposta, afinal, Nebor era um reino realmente encantador. À primeira vista, nada ali entregava que aquelas terras estavam sob ataque de um monstro como Morlak. As pessoas zanzavam tranquilamente pelas ruas.

— Então... quando esse carinha aqui me disse que vocês foram para Nilderon... fiquei preocupado, não deviam ter ido lá sozinhos, e se... aquele... miserável! Aparecesse por lá? Deviam ter esperado eu me...

— Não tem com o que se preocupar filho, era apenas um pequeno grupo de cavadores, já os enfrentamos dezenas de vezes, estava tudo sob controle. – Falou Amim, o rosto sorridente. – Agora, vamos entrar... estou morrendo de fome. O que temos para o jantar?

Durante o jantar, algumas coisas chamaram a atenção de Dane... a mais intrigante delas foi que, mesmo tendo vencido a batalha contra os cavadores, que na opinião de Dane se pareciam muito com camaleões, ninguém sorria ou fazia sequer um comentário sobre a luta, pelo contrário, estavam todos muito acanhados...

– Foi uma boa luta... eu acho. – Disse Dane, mordendo um pedaço enorme de orelha de porco guisada. Abaixando a cabeça logo em seguida ao ver que ninguém lhe deu atenção.

– Dane, gostaria de conversar com você... por um minuto, se não se importa. – Disse Amir, tentando disfarçar um sorriso. Os dois seguiram pelos corredores até a escada quebrada que ficava próximo à passagem que dava acesso à sala da fenda, onde ele, Dane, encontrara a sua Limiax. Por um segundo ele tremeu ao pensar que estava indo outra vez para lá. Amir se sentou no primeiro degrau e pediu a Dane que fizesse o mesmo.

– Dane... você sabe por que está aqui? – perguntou.

– Porque o senhor disse que queria falar comigo, senhor.

– Não estou me referindo a este local onde estamos agora... me refiro a este mundo, tão diferente do seu...

– Bom, eu... acho que é porque eu consigo usar uma limiax, e... – As palavras pareciam fugir do garoto.

– Sabe, Dane, a razão para estar aqui é que nós vimos em sua mãe algo extraordinário, algo que acreditamos que ela tenha passado a você...

– Um coração puro. – Completou Dane.

– Sim. Mas não fomos apenas nós que percebemos isso em você... eu nunca tinha visto a lua brilhar tão intensa, como quando você passou para este lado... parece que ela também viu algo especial em você.

– A... lua, senhor?

– Sim, a lua. Acredito, que você já saiba que é dela que vem o nosso poder, e é claro, o seu também. mas... mesmo um coração tão forte e puro como o seu pode ser facilmente corrompido pelo poder... já vimos isso acontecer antes...

– Jamais! Senhor, eu nunca... hum, eu... – Berrou. – Eu nunca passaria para o lado das trevas, eu lutarei, defenderei essas pessoas, esse mundo, junto com o senhor e os outros... eu... eu...

– Disso eu não tenho dúvida, Dane. Posso fazer só mais uma pergunta?

– É claro, senhor.

– Como se sentiu quando estava enfrentando os cavadores?

– Eu conseguia... era como se eu pudesse antecipar os movimentos deles. Parecia que eu sabia o que eles estavam pensando. Parecia que... eu pensava como eles, senhor. Mas isso não quer dizer nada! – defendeu-se rapidamente, ao ver a expressão no rosto de Amir.

– Lembra-se de algo mais? – perguntou. – Lembra-se... de ter cortado um cavador ao meio? – Amir agora olhava muito sério para Dane.

– Sim, pra falar a verdade eu me lembro de quase tudo. Mas os cavadores não foram o problema... teve um momento em que surgiu um novo inimigo, esse era diferente, não era como os cavadores... ele parecia ter muito poder...

– Um novo inimigo, Dane, quem? – perguntou Amir, tamborilando os dedos na testa.

– Eu, não consigo me lembrar, senhor.

– Sei... certo! Vamos voltar? Ainda estou faminto e quero terminar a minha torta. – Essa última parte agradou e muito a Dane, que tomou a dianteira e seguiu para o salão de jantar.

O dia seguinte foi muito tranquilo. Sem treinamentos e Dane teve tempo de admirar o jardim em frente ao castelo, ele até tentou mergulhar no laguinho do jardim, mas desistiu ao ver a água ondular ferozmente. Durante todo o resto do dia, Dane correu pelos salões e corredores do castelo. Quase morreu de susto ao empurrar uma porta que estava entreaberta e o Zeus passar voando, veloz por ele.

A noite chegou muito rápido para o gosto de Dane e trouxe com ela um frio de doer os ossos. Estava tão frio que Missy teve que ameaçar deixar Dane sem jantar, caso ele não tomasse um banho.

Após um banho que demorou no máximo trinta segundos, Dane, que ganhara novas roupas, se trocou e desceu correndo para a sala de jantar, onde já se encontravam todos os outros, e, como sempre, a mesa estava repleta das mais variadas gostosuras, muitas das quais o menino não fazia ideia do que eram, mas pelo cheiro, tinha de experimentar.

Como todos se recusavam a levantar da mesa, pois Dane ainda estava comendo, o jantar foi terminar lá pelas oito horas da noite. Todos conversavam e riam bastante. Eles já se dirigiam aos seus aposentos quando Comar, que tinha saído por uns minutos, apareceu aos berros...

— Está lá! – gritou ele. Deixando todos com uma interrogação sobre suas cabeças. – Eu estava passando pela sala da pedra quando ouvi um barulho... entrei e vi... o portal... Ele está novamente no mundo do Dane, próximo à casa dele. – Dane, que estava se servindo de tripas fritas, ao ouvir isso, saiu correndo em direção à sala da pedra, com Amim, Amir e Comar, logo atrás dele.

— Meu pai... meu... eu, posso ver? Dá pra ver ele? – perguntou, fazendo um grande esforço para não chorar, ele levantou os olhos, mas a saudade era tanta, que nenhum esforço que ele fez conseguiu impedir as lágrimas de rolarem.

— Chore, meu rapaz, você tem todo o direito. Além do mais, não é nenhuma vergonha chorar por quem se ama. Vamos... antes que o portal mude outra vez. – Falou Amim, agora tomando a dianteira, seguido de perto por Dane, Comar e Amir.

Antes de entrar na sala, Dane estava tão feliz que deixou escapar, sem querer, uns gritinhos de excitação.

— Entre, Dane... Comar irá com você, Amim e eu precisamos conversar. – Não foi necessário falar duas vezes. Segundos depois, após Amim abrir a passagem, Dane estava parado, imóvel em frente à pedra, admirando o portal. Vasculhando cada centímetro dele com o olhar, até que...

— Lá! Lá está ele! Perto daquela árvore grande com folhas amarelas... olha lá... está vendo, Comar? É meu pai. – Dane apontava para um Heitor em miniatura, que andava por entre as árvores da orla e também parecia procurar alguma coisa. Foi o bastante para o menino novamente cair no choro. – Meu paizinho, está vendo Comar? É o meu paizinho.

— Parece... que ele está procurando por você, Dane.

O menino agora já não se importava mais em conter o choro, àquela altura era impossível. Era evidente que mesmo com todo o poder e conhecimentos, adquiridos com a pedra, Dane ainda não passava de uma criança, poderosa e diferente de todas as outras, sim, mas ainda assim, uma criança. Até mesmo Comar, sem se dar conta, deixou cair algumas lágrimas.

— Posso falar com ele?

— Não, sinto muito. Mesmo que você grite, ele não ouvirá você, acredite, já tentamos isso muitas vezes.

– Queria falar... dizer que estou bem, para ele não se preocupar... que logo estarei com ele novamente, na nossa casinha, eu queria... eu queria poder mandar dinheiro para ele, pra ajudar, sabe, pra ele comprar comida...

– Isso nós temos muito. Ouro não é problema, mas infelizmente... Dane, você não pode...

– É... eu sei... – disse, desanimado. Estendendo a mão, tentando tocar no rosto de seu pai, que agora ganhara um zum. A pedra brilhou e o portal desapareceu.

Mesmo que só por uns poucos minutos, Dane conseguiu ver o seu pai. Estava feliz.

Aquela noite fora sem dúvida a melhor desde que o menino chegara naquele mundo. Além de ter vencido um grupo de cavadores e ajudado a salvar uma vila, Dane tinha comido como nunca, pois o jantar estava excelente... mas, para ele, a melhor coisa do dia, sem dúvida, foi ele ter visto seu pai, mesmo que por pouco tempo. Naquela noite os sonhos de Dane foram os melhores possíveis, além de ter sonhado com seu pai, pelo que pareceu serem várias horas. Pouco antes de adormecer por completo, teve a sensação de que uma mulher de voz muito doce cantava para ele.

No dia seguinte, durante o café da manhã, o humor de Dane não poderia estar melhor, tão bom que nem mesmo a notícia de que uma pequena aldeia, nos arredores de Balt, fora destruída conseguiu desanimá-lo.

– Precisamos fazer algo! – rugiu Comar, deixando cair leite em sua roupa ao bater o copo com força na mesa. – O que estamos esperando? Eu já estou curado, temos vocês dois e temos Dane, somos mais fortes agora, acho que já está na hora de...

– Como se sente hoje, Dane? – perguntou Amir, como se não tivesse ouvido o comentário de Comar.

– Eu? Eu estou bem, senhor...

– Sabe... Amir e eu estivemos conversando. – Começou Amim, em tom sério. – E, decidimos que se você quiser voltar para sua casa, nós, os guardiões, tentaremos forçar uma abertura para Dawsdren.

A reação de espanto não veio apenas de Dane, mas também de Comar. Depois de tudo que passaram, mandar o menino de volta seria o mesmo que condenar metade daquele mundo a morte e escravidão, afinal, sozinhos, eles não tinham poder o bastante para deter Morlak, nem tampouco tempo, para encontrar e treinar um novo escolhido. Isso sem contar que seria o mesmo que atirar às cegas, pois tinha uma grande possibilidade de a Limiax não ser controlada. Não tinham como saber se o garoto escolhido conseguiria dominá-la. E foi exatamente isso que Comar tentou explicar meio que aos berros, depois de chamar seu pai e tio para um canto afastado.

— Sabemos disso, Comar, mas apesar de claramente ser uma boa pessoa, a Limiax que Dane usa parece ser forte demais, ela está dominando-o aos poucos... – explicou Amir.

— Mas... não é essa a intenção? Deixá-lo forte? Além do mais, a Limiax só vai refletir o que há no coração dele, não é? Dane só tem bondade no coração, por isso controlou-a tão rápido...

— É exatamente essa a questão, filho... ele não está conseguindo dominar ela... a raiva que ele sente durante as batalhas, por conta de todas as mortes, dor e sofrimento que Morlak tem causado... tudo isso está levando ele por um caminho diferente, um caminho que não queremos que ele siga.

— Então por que... por que ele ainda tem a pedra? Por que ela não se apagou como as outras?

Amir encarou Amim, este o encarou de volta. Como se estivessem decidindo se contariam ou não alguma coisa, preocupante, ao rapaz.

— ...Tem razão. – falou Amim, com um sorriso pouco convincente no rosto. – Se Dane realmente está tendo um dos sentimentos que a pedra mais rejeita... ele não deveria conseguir usá-la. Mas...

— Mas achamos que a Limiax de Dane está mudando, Comar. – falou Amir. Os olhos indo do rapaz para Dane.

— Isso é possível? Hum, bem, deve ter algo que possamos fazer, não podemos mandá-lo embora.

— Ah...

— Senhor Amim... posso falar com o senhor um instante? – Chamou Dane, trazendo todos de volta à mesa. – O senhor estava comigo quando ganhei minha Limiax. Acha mesmo que eu posso pender para o lado das trevas? – a pergunta do garoto teve um efeito diferente, ninguém disse nada. Era como se o menino tivesse ouvido toda a conversa. – Além do mais... mesmo querendo muito voltar para casa, vou ficar e ajudar. Para isso estou disposto a fazer o que for necessário.

— O problema não é esse, Dane... – falou Comar entristecido. – Meu pai e meu tio... eles acham que os seus sentimentos durante as lutas... bom, eles acham que eles estão mudando a natureza de sua pedra e... a sua também.

— Então é isso...? Hum, sabe, eu confesso que algumas vezes eu me descontrolo um pouco, um pouco, mas não é nada pra se preocupar.

— Infelizmente eu creio que seja, meu rapaz. – disse Amir, bondosamente.

— Já chega! – tentou interromper Amim. Sem sucesso.

— Não, não é não! Eu consigo controlar ela, eu só preciso...

— Dane! Você atacou o Amim.

— Eu... Ataquei? Mas eu não me lembro. – falou o menino, quando Comar o encarou com espanto. – Quando, onde?

— Em Sunavir, Dane, em Sunavir, quando enfrentávamos os cavadores. Você partiu um deles ao meio e acho que lhe pareceu ser boa ideia fazer o mesmo com o Amim. – Disse Amir que, embora sorrisse, tinha um olhar preocupado.

— Mas... – agora, o estômago do garoto dera um nó. Nunca, nem por um segundo passou pela cabeça dele atacar qualquer pessoa no reino, ainda mais um dos gêmeos. Tinha muito respeito pelos dois.

— Não foi bem assim! Dane, você lotou bravamente, mas houve um momento em que acho que perdeu a concentração e deu espaço para outros pensamentos, isso infelizmente não pode acontecer, senão você vai se ferir, ou, pior ainda, vai ferir alguém que você ama.

— Não vamos forçá-lo. Você é quem decide. – Falou Comar, encarando o garoto. – Se quiser ir não impediremos, mas se quiser ficar e lutar... não sei como, mas prometo que ajudarei você a controlar a sua pedra.

— Não, você não vai! – rosnou Amim. – Mas se você, Dane, quiser ficar. Existe um lugar...

— Amim, não! – exclamou Amir, rapidamente.

— Ele tem que saber, Amir, talvez seja a única chance dele de aprender a controlar a pedra.

— Mas ele é só um menino. Vários tentaram e não conseguiram...

— Do que estão falando? – perguntou Comar, que, como Dane, não estava entendendo nada.

— De um lugar. — Continuou Amim, sem dar importância a um novo apelo de seu irmão. — Não muito perto daqui. Um lugar onde, se tudo correr bem, acho que Dane aprenderá a controlar sua pedra com perfeição.

— E se não correr? — questionou Amir, com cara de quem comeu e não gostou. — Nenhum de nós tem permissão para ir lá, um ancião foi morto ao tentar descobrir os segredos daquele lugar, e você quer mandá-lo para lá, sozinho? Isso é loucura, irmão!

— Receio que esteja certo, irmão... mas todos nós já percebemos o quanto Morlak é forte, e o quanto Dane está se tornando forte... se tem uma chance...

— Hum, desculpe-me, senhor, mas por que está nos comparando? — perguntou Dane, em tom mais que nervoso. — Morlak e eu somos muito diferentes, não nos parecemos em nada!

— É claro... mas você precisa ir, acredite em mim... Heumir nos contou tudo o que aconteceu com vocês dois, durante o seu treinamento naquela sala... disse o quanto você foi ousado ao desafiar os anciões, e que de alguma forma ganhou a confiança deles. Disse que um teste foi feito, e que por causa dele você melhorou as suas habilidades. Se os anciões sentiram que você é merecedor e depositaram tanta confiança em você... não serei eu quem vai fazer o contrário. — A essa altura os argumentos de Amir haviam se esgotado e, por mais que ele não quisesse admitir, tanto Comar quanto Amim pareciam estarem certos. Não houve outro remédio senão concordar.

— Ele era um ancião, não era? — falou Dane, pegando a todos de surpresa com essa pergunta.

— O que disse? — perguntou Comar.

— Ou guardião... não sei. Só sei que parecem muito preocupados que eu me torne como ele... como o Morlak. Estão com medo de mim, como se já tivessem visto isso acontecer antes... foi com ele, não foi? Morlak mudou para o lado das trevas. Podem falar. Eu não tenho medo.

— Isso é verdade? — perguntou Comar. Se recusava a acreditar no que acabara de ouvir.

— Há verdade no que disse, meu rapaz. — Falou Amim, encarando o garoto. — Porém, essa não é toda a história... e não temos tempo para contá-la agora a você... a vocês dois. Por hora, basta que saibam que ele nunca foi um ancião ou mesmo um guardião.

– Certo. – Concordou Dane. – Eu vou, mas não conheço o caminho e...

– Não se preocupe, Dane, um amigo seu irá com você... – na mesma hora, uma coisa enorme passou muito curvada pela porta, entrou, mas continuou curvado para não bater no teto da sala de jantar, que agora não parecia mais tão alto assim.

– Predar! – Gritou Dane, correndo ao encontro do amigo.

– EU VOU COM ELES! – gritou Comar.

– Não, não vai! Eu o proib...

– Meu pai... eu já decidi... eu vou com vocês, Dane.

– Eu não poderia estar em companhia melhor... – alegrou-se Dane. Abraçando a perna do gigante. – Sr. Amim... Sr. Amir...

– Está bem. – Disse finalmente Amir.

– Amir, você não pode...

– Ah, posso sim, irmão. Enquanto você estava preso naquela... caverna dos diabos, procurando desesperada e inutilmente por uma Limiax que fosse forte o bastante para deter Morlak... fui eu quem cuidou do Comar... como se fosse meu próprio filho, então, não diga que eu não posso...

– Mas é claro... me perdoem, eu apenas não quero que... – Amim não conseguiu terminar. Comar entendeu exatamente o que ele estava tentando dizer. Estava mais que evidente.

– Eu vou me cuidar, meu pai, eu prometo, prometo aos dois, logo estaremos de volta. – O efeito dessa frase juntou-se com o do abraço que veio em seguida, e nem Amim, Amir ou Comar conseguiram conter as lágrimas. Por um instante, Dane lembrou-se de Heitor. No dia do seu décimo aniversário, o único presente que ganhara fora um abraço apertado de seu pai... mas, para Dane, aquele fora o melhor presente que ganhara em toda a sua vida.

– Cuide bem de nosso Comar, Dane. – Recomendou Amir. Trazendo o garoto de volta de sua linda lembrança. Como se Dane fosse o adulto e Comar a criança. Ainda assim ele confirmou com a cabeça.

– Sairemos amanhã bem cedo. – Falou Comar, empolgado com a aventura que se aproximava. Dane fez sinal de positivo.

– E você, Predar... o que acha? Concorda? – o grandão respondeu com um grosso grito, tão alto que pareceu ecoar por todo o castelo. Dane, esfregando os ouvidos... – vou entender isso como um sim. – Sorriu.

— Dane... quero que durma essa noite no meu quarto, creio eu que achará as acomodações muito confortáveis. Eu não estou com sono, então, acho que vou passar a noite lendo um pouco.

O castelo, como sempre, estava mal iluminado. Por volta das onze horas da noite, todos já haviam se recolhido para seus aposentos, todos, com exceção de Comar e Dane, que discutiam estratégias de batalha, caso encontrassem alguns dos soldados de Morlak, ou até mesmo o próprio...

— Mas e se ele aparecer? — perguntou Comar, parecendo muito preocupado. Já o havia enfrentado e perdido. — Não pode desperdiçar seu poder com os outros... ataque-o, com tudo que tiver, e se isso não for suficiente... então fugiremos, o mais rápido possível.

— Comar... você já lutou contra ele. Como ele...? Quero dizer, como Morlak é? — perguntou Dane, cujos olhos tremiam com a dança das labaredas na parede.

— Fisicamente... como você ou eu, mas está sempre escondido atrás de uma armadura, então... não sei dizer se ele é humano. Não faço a menor ideia do que sua armadura é feita... ela é extremamente resistente. Mas não se engane... ele é um monstro destruidor de vidas. O poder dele agora parece não ter limites. De alguma forma ele consegue controlar as pedras dos guardiões que ele mesmo matou. Falou sério, quando perguntou se ele era um ancião?

— Sim. E você ouviu seu pai. Ele falou que em parte eu estava certo. Que acha que ele quis dizer?

— Não tenho certeza, mas acho que talvez você tenha razão. Talvez um dia ele tenha sido um guardião ou ancião... mas agora ele representa o mal neste mundo, e até mesmo de outros. — Dane entendeu exatamente o que Comar quis dizer... com tantas pedras, era provável que ele conseguisse abrir um portal para onde quisesse, com as próprias mãos.

— Já passava de uma da manhã quando finalmente os dois subiram as escadas correndo. Dane, em direção ao quarto de Amir, no terceiro andar. Um barulho alto, seguido de um pequeno tremor, indicou que Predar acabara de se ajeitar em algum canto da parede no andar de baixo. Agora, Dane sentia-se seguro o bastante para cair em sua cama e apagar.

Sentou-se na cama e deu uma boa olhada em volta. Nunca tinha entrado ali antes. O quarto de Amir estava repleto de livros por todos os lados; ele se levantou e começou a examiná-los. Havia um grosso, com capa de couro que estava atrás de três outros e parecia ter sido aberto recentemente. Em sua capa, se lia: *"A MAGIA DA LIMIAX, COMO E QUEM PODE USÁ-LA"* escrito com uma tinta dourada e, um pouco mais abaixo, **"POR LIANA GOMES"**. O garoto não teve dúvidas. Pegou o livro e abriu-o na cama, na página um. Era ilustrado com textos sob cada desenho.

– Por que ele tem isso aqui? – sussurrou. – Não acredito que não tenha me dado esse livro pra ler... – Como se tivesse com um peso enorme sobre suas pálpebras, Dane fechou os olhos e adormeceu. Uma tempestade começou a cair do lado de fora, fustigando, furiosa, as paredes do castelo, do lado de fora. Uma janelinha no alto da parede deixava passar pequenos pingos de chuva e um clarão que se movia de um lado para o outro do quarto, sempre que caía um raio.

– *DANE... DANE! NÃO VÁ, NÃO VÁ... FILHO, FIQUE!* – uma voz de mulher veio como um sussurro, depois, a visão de uma caminhonete com uma mulher, deitada na parte de trás... uma sombra a perseguia, ela parou de repente, procurava algo. Ele pôde ver... através de uma mistura de vento e chuva, a criatura olhou diretamente para ele. Antes que o menino pudesse pensar em fugir, sentiu as garras gélidas daquela criatura envolverem seu pescoço... sufocando-o, o ar parando de circular em seus pulmões, a garganta cada vez mais apertada estalava, e Dane sentiu, sentiu, que agora já não havia mais um corpo sob sua cabeça... – *NÃO VÁ... DANE, VOLTE... VOOOOOOLTEEE...*

– **NÃÃOOOOO!!!!!** – Dane acordou, banhado em suor, segurando firmemente o pescoço, como se sua cabeça fosse se desprender do resto do corpo a qualquer momento. – ...um pesadelo... foi só, um pesadelo... um pesadelo. – Repetia, ofegante. Sentou-se na cama, tentando se lembrar do sonho. Lembrou. – Aquela voz... tenho certeza que já a ouvi antes, e se... *AAAHHHHH!!! O QUÊ... MAS, O QUE VOCÊ ESTÁ FAZENDO AQUI?* – Dessa vez, o coração de Dane quase subiu pela garganta. Olhava para um canto iluminado por alguns raios do luar, que invadiam o quarto. Parado ali, no canto, estava Ramon, que não tirava os olhos do menino. Com um sorriso maligno em seu rosto pálido. Parecia um fantasma.

– Então... você vai até a mon... – Começou Ramon, mas antes que pudesse terminar, a porta se escancarou e Comar, Amim e Amir passaram correndo por ela. Assustados.

– O que está acontecendo aqui?! – berrou Amim. Sem se dar conta de que entrou no quarto vestido em um pijama cinza grafite, com detalhes prateados e pequenas abelhas bordadas à mão. Mesmo naquela situação, Dane teve de fazer muita força para não rir.

– O que está fazendo aqui, irmão? – falou Comar, surpreso ao ver Ramon ali parado.

– Nada. – Respondeu, com voz fria e arrastada. Os dentes cerrados. – Assim como vocês... eu ouvi os gritos do garoto e... vim ver o que estava acontecendo. – Dane encarava Ramon com sérias dúvidas. Quando acordara, Ramon já estava parado no quarto, olhando para ele.

– Muito bem. – Falou Amim, encarando Ramon. – Parece que tudo não passou de um pesadelo. Sugiro que voltemos todos a dormir, o dia de hoje será longo... principalmente para vocês dois. – Disse ele, alternando o olhar entre Dane e Comar. – Procurem descansar... boa noite.

– Ramon? – chamou Comar, que, assim como Dane, pareceu não se convencer com a explicação.

– Claro... boa noite, Dane, espero que durma bem e que não tenha novos pesadelos, se bem que... se apenas um simples sonho faz isso com você, o que o senhor da escuridão não fará? – riu-se com o canto da boca. – Como eu disse, durma bem.

– *RAMON...* – insistiu Comar já sem paciência. Tinha certeza de que apesar de tudo o irmão era uma boa pessoa, pelo menos era no que ele queria acreditar.

– Calma, foi só um comentário. Comentários não matam, matam, Dane?

– *Ramon... por favor!* – voltou a chamar Comar, já meio aborrecido.

– O que esse cara tem contra mim? – sussurrou Dane para si mesmo, quando os dois saíram do quarto. Dane se deitou novamente... tentando pensar em Heitor, se concentrando na lembrança dele, trabalhando no gerador. Tentou mantê-la viva... aos poucos, seus olhos foram se fechando, muito lentamente, o quarto foi virando um borrão, e com essa lembrança o menino pegou novamente no sono.

CAPÍTULO VINTE

A VILA DOS CULPADOS

Os primeiros raios de sol invadiram o quarto, próximo das sete horas da manhã. Dane, a cara amassada sobre o livro, ainda dormia. Já passava das sete e meia quando ele finalmente abriu os olhos, sentou-se na cama e fez um esforço para tentar lembrar de tudo o que sonhara durante a noite. Inutilmente.

"Devia ter sido um sonho bom". O som de batidas na porta afastou suas tentativas de se lembrar do sonho.

– Pode entrar. – Falou, ainda esfregando os olhos e bocejando alto. Estava tranquilo... Nem parecia que dali a poucas horas estaria a caminho de um lugar que, até onde sabia, até mesmo os guardiões pareciam temer.

– Está tudo pronto. – falou Comar, com ansiedade na voz. – Quando estiver pronto desça; o café já está servido e nossas montarias estão aguardando.

– *Nossas montarias?* – perguntou. Provavelmente eram outras daquelas criaturas aladas, semelhantes a Nill ou... – Nill... o que aconteceu com ela? Ela não... quero dizer... ainda está viva, não está? É que com tudo que aconteceu, eu não...

– Está morta... – respondeu. Dane notou que seu tom de voz passou de nítido para um mais aquoso. Parecia estar se engasgando.

– Eu... sinto muito, eu não...

– Não... está tudo bem. Você logo estará na montanha, uma vez que estiver lá e conseguir dominar a pedra, nós a vingaremos, vingaremos a todos, todos os que ele matou, o... maldito Morlak. – Eram visíveis agora as lágrimas do amigo. – Vamos. – Disse, limpando o rosto com a capa. – Precisamos ir.

– Ok.

— Dane, olha... é a sua Limiax, ela... – Comar apontava para o peito do menino. Onde antes ainda havia um ferimento mal fechado, agora a pedra havia tomado conta. Não que ela já não tivesse se fundindo ao garoto, mas agora ela parecia estar afundando no ferimento. Não se via mais o desenho da corrente que dava a volta no pescoço do menino, apenas duas linhas que mais pareciam sombras, que desciam do pescoço e paravam na pedra. A limiax agora tinha uma estranha cor vermelha, tão intensa que chegava a parecer sangue. Dentro dela, agora, várias luzinhas dançavam.

— O que aconteceu com ela? – perguntou o menino. Comar paralisado sequer ousou abrir a boca para arriscar uma resposta. A verdade era que ele estava tão surpreso quanto Dane.

— Se vista... vamos descer. Meu pai deve saber alguma coisa a respeito disso. – Falou, ainda encarando a pedra.

— Comar... o que está acontecendo comigo? – Dane passava a mão sobre ela. Não doía, mas era estranho ver aquela pedra invadindo o seu corpo.

— ... *CURIOSO*... – sibilou Amim. Investigando a pedra de perto. – Nunca tinha visto nada parecido, parece... que ela quer, fazer parte de você.

— Fazer parte, de mim? – Dane fez uma cara de cachorro sem dono. Por mais que ele gostasse de sua Limiax, não queria ter uma pedra mágica dentro dele. – Mas... o senhor deve saber de algo... sabe... sobre isso. Como tirar ela.

— Sinto muito, Dane. Queria poder dizer que sim... – Amim não precisou dizer mais nada. Com certeza era a primeira vez que ele vira aquilo acontecer. – Além do mais... parece que ela está curando você. Bom, pelo menos é o que parece.

— Entendo... tudo bem... não deve ser tão ruim assim, não é? Quero dizer... – era visível o nervosismo de Dane. O suor em seu rosto não era de cansaço por ter descido as escadas correndo. – Ela veio até mim para me ajudar, não foi? Então, não deve ser nada.

— ... Claro, Dane. – Concordou Amir. Encostado a uma parede, observando de longe a pedra. – Vamos tomar o café da manhã. Se bem me lembro, vocês dois têm que escalar uma montanha.

— É, eu quase esqueci... – falou Dane.

— Certo. – Concordou Comar.

A mesa estava estranhamente quieta naquela manhã. Todos olhavam para o peito de Dane. Como se o resto dele não estivesse presente na mesa.

– Sabe... já podem parar de olhar, se quiserem. – Bufou Dane, parecendo ao mesmo tempo sem jeito e chateado com a situação.

O sol já ardia na pele quando finalmente os três saíram do castelo e Dane, vestido como sempre, desde que chegara, com roupas emprestadas. Usava uma calça folgada que mais parecia ser feita de pele de cobra, era possível ver as malhas, uma camisa quadriculada vermelha country ridícula e enorme, com mangas que desciam até a metade do braço. Dane reprimiu uma risada e seu rosto corou. Levantou a cabeça ainda risonho e viu Predar, o seu amigo gigante de pedra, à sua frente. Estava distraído, tentando pegar um pássaro muito colorido que voava por entre os arbustos do jardim.

– Sr. Amir, eu, hum... bom... posso falar com o senhor? – Disse ele.

– Não, Dane, não... – disse gentilmente. – O que estiver perturbando você deve ser dito na presença de Comar, assim como o que perturbar ele, de agora em diante deve ser dito na sua presença. Os dois não devem ter segredos, um precisará do outro para concluir essa tarefa tão difícil. – Ele fez um sinal para Comar se aproximar. – Agora, diga... o que o perturba, Dane?

"Tudo" pensou em dizer o menino, mas se conteve.

– É que... sabe, quando eu, hum... ganhei a minha Limiax, eu senti... era como se todo o conhecimento do mundo estivesse ao meu alcance, como se eu pudesse... era como...

– ... Certa vez, eu ouvi falar de um homem... – cortou-o Amim, aproximando-se deles. Inspirando profundamente, olhando para o céu. – Eu era apenas uma criança, mas me lembro bem. Diziam que ele podia fazer animais surgirem do nada, ou bolas flamejantes caírem do céu, com apenas um movimento das mãos... e com essas mesmas mãos ele fazia belíssimas flores brotarem em pedras brutas, curava animais feridos... por mais pequenos e insignificantes que eles parecessem. Ele usava uma pedra como a sua. Esse mesmo poder está em você, Dane, eu posso sentir... eu tenho fé em você.

– Ah, Dane! – advertiu Amir, dando alguns passos apressados e se pondo na frente dos cavalos. – Se por acaso vocês se virem em uma situação em que suas vidas estejam correndo perigo... visualize... apenas, tente visualizar, o mais claro que poder, um escudo à sua frente, ou uma armadura... talvez isso salve a sua vida.

Dane pensou um pouco, lembrou-se de quando vira Hevon caído, no braço dele havia uma espécie de armadura na qual algumas pedras se encaixavam. Ele olhou para o peito e pôs a mão sobre sua pedra. Tocando de leve sua Limiax. Imaginando se ele também seria capaz de criar algo assim.

– O que é isso... mais um cavalo? – Dane apontava para um terceiro cavalo que um dos ajudantes traziam, amarrado a uma corda e com dois enormes baús presos a ele.

– Acreditem... vocês vão precisar. – Disse Amim. Encarando o menino e sorrindo.

A verdade era que ele falava de uma forma... era como se ele tivesse certeza do que estava dizendo. Estranho.

– O que tem ali? – questionou Comar.

– Nada demais. Apenas algumas coisas que, acredito eu, vocês talvez precisem nessa viagem... ouro, prata e... algo muito mais precioso que os dois juntos. – Falou, o sorriso em sua cara se alargando. – Enfim, o necessário. Está na hora de partirem. Andem, andem logo, não podem perder mais tempo.

– Amim, você acha uma boa ideia deixá-los partir assim... sozinhos? A montanha, ela não brinca, eles estão correndo um sério risco indo até lá, pense nisso! – falou Amir, quando os três já iam longe e não podiam mais ouvi-los.

– É, eu sei... mas não podemos fazer nada por enquanto. Se ficarem aqui eles morrerão, todos nós morreremos, eles... são nossa única chance, meu caro irmão, já disse que não temos mais tempo. Dane é a nossa única esperança. Mas ele tem que aprender a controlar completamente a sua pedra. Só assim ele poderá derrotar Morlak. Caso contrário... o nosso mundo e talvez até mesmo o dele acabarão.

– Acho que tem razão. Mas não posso deixar de pensar no que eles enfrentarão. Sem falar na Limiax de Dane. Acho que talvez fosse melhor se ele soubesse... que ela está mudando.

– Você treinou Comar muito bem, irmão. Graças a você ele se tornou um guardião forte e destemido. Um dos mais fortes que conheci e também um dos mais sábios... tenha fé, eles vão ficar bem, e nós temos

que ficar e proteger as pessoas e as criaturas do nosso reino, a todo custo. – Dane e Comar não puderam ver, mas mal Amim acabara de fechar a boca e um castor gigante apareceu correndo, longe. Era vermelho e tinha uma cabeça exageradamente grande, a calda arrastava no chão fazendo levantar poeira e mesmo ainda estando a uma boa distância dava para ver dois grandes olhos amarelos, que pareciam querer saltar das órbitas.
– Aquele não é...

– ... é Homar Martov, rei de Balt. Parece estar com muita pressa... – o castor parou diante dos dois, e dele desceu uma mulher ruiva, o cabelo longo preso em um coque, olhos amarelos e um tanto magra. Pela aparência, devia ter uns trinta anos. Ela segurava um bebê no colo e ambos estavam ensanguentados. A mulher parecia extremamente cansada. – Sr.ª Martov... achamos que fosse seu marido, o que aconteceu? – perguntou, embora já soubesse a resposta. Só queria ver se na versão dela havia algum sobrevivente. Os dois apuraram os ouvidos para ouvir a resposta, mas ela não veio, ao invés disso a mulher desabou no chão, desmaiada. O bebê seguro contra o peito.

– *AMÉLIA!!!* – gritaram os dois em coro, assustando a mulher, que arrancou um punhal da bota e esfaqueou o ar.

– NÃO, AFASTE-SE DE NÓS! – Rugiu. Ela ergueu a cabeça e viu os dois, olhando para ela, assustados. – Me desculpem, eu, eu não tive a intenção. – Disse ela, visivelmente abalada.

– Está tudo bem, Amélia, mas precisamos que nos diga o que aconteceu. – O olhar de Amim para Amir foi de desaprovação. Devido às circunstâncias da chegada dela, ele não devia ter feito aquela pergunta naquele momento. Amélia desabou no choro. Entre soluços e fungados ela contou aos dois que Morlak invadira o reino de Balt, e que sem nenhuma piedade matou os habitantes que se recusaram a segui-lo. Homens, mulheres, crianças, velhos e criaturas, dizia ela enquanto as lágrimas corriam pelo seu rosto em choque.

– Amélia... eu realmente sinto muito. – Falou Amim, cujo olhar não se atrevia a encontrar o dela.

– Ele não tem coração. – Continuou ela. Parecendo estar vendo novamente a cena. – Depois de massacrarem até os nossos animais, ele foi ao castelo... – Amélia Martov, agora, por algum motivo, parecia extremamente envergonhada. – Ele matou nossos soldados que guardavam o portão, nossa cozinheira e todos que ele encontrou pela frente. Homar tentou impedi-lo, mas... – ela soltou um grande grito. – Ele... aquele Maldito, decapitou o meu marido na minha frente. – Ela tentou enxugar as lágrimas e se conter, mas era impossível. – Foi graças a Homar que escapamos. Ele lutou como nunca, e por um momento eu pensei que ele havia desistido de lutar... ele se ajoelhou e abaixou a cabeça, com os olhos fechados... eu pensei, eu pensei que ele tinha desistido de tudo... de nós. – Ela abaixou a cabeça e apertou as mãos contra o peito, sonhadora. – Poucos segundos depois a parede atrás de mim se quebrou... fomos puxados para fora, pela Cast. – Ela acariciou o ar. – Mas não antes de eu ter que ver Homar ter a cabeça cortada fora. Cast nos trouxe até aqui, eu não sei... acho que Homar disse a ela pra fazer isso.

– Lamentamos que tenha passado por isso. – Falou Amir, espantado.

– Enquanto tentávamos fugir – continuou – algumas flechas acertaram ela. Meu bebê, onde está meu bebê? – choramingou Amélia, somente agora se dando conta de que não estava mais do lado de fora do castelo e que seu bebê não estava mais em seus braços e que nem mesmo a Cast estava ali. O enorme castor tinha ficado do lado de fora, roendo uma árvore do jardim.

– Acalme-se, seu bebê está seguro. – Falou Amim apontando para uma mulher que segurava a criança a poucos metros deles. – Aqui... os três estarão seguros. Confie em mim, Amélia, aqui, nada de mal vai lhe acontecer.

– Me desculpem, eu sinto muito, é que...

– Não tem nada para se desculpar, você passou por uma experiência terrível, uma que nenhuma mulher, sendo mãe ou não, deveria passar. – Ao dizer isso, Amir notou que Amélia foi se acalmando e umas poucas lágrimas desceram pelo seu rosto, que agora começara a ganhar cor.

– ... eu o abandonei... deixei ele lá para morrer. – Choramingou.

– Srt.ª Flora, poderia fazer a gentileza de levar a Sr.ª Martov e o seu bebê para um dos cômodos do castelo? Eles precisam descansar. Sinta-se em casa, Amélia, fique o tempo que precisar. – Quando Flora e Amélia já iam longe, Amim virou-se para Amir com uma expressão de espanto no olhar. – Homar deixou-se ser assassinado!

– Eu imaginei... desconfiei quando ela disse que ele se ajoelhou aos pés de Morlak. Nenhum guardião faria isso, ele se ajoelhou para ganhar algum tempo. Homar era esperto.

– Exatamente! – exclamou Amim em voz baixa, olhando para os lados para ver se ninguém escutava a conversa. – Ele usou esse tempo para chamar e dar instruções a Cast. Ele se sacrificou para salvar a sua família. Estamos diminuindo em número, agora, precisamos de Dane mais do que nunca.

A essa altura não havia mais nada que Amim, Amir ou qualquer outro guardião pudesse fazer por Balt, afinal de contas, o reino já deveria estar completamente destruído e também deveria haver centenas das criaturas de Morlak rondando a área.

Naquele dia, Amim mandou vários mensageiros para os reinos que ainda restavam. Informando sobre o acontecido e também pedindo para que eles, se possível, dobrassem a guarda. Por um instante, ele até pensou em informar aos guardiões sobre a ida de Dane e Comar à montanha da magia, mas desistiu, por medo de que a carta fosse interceptada e caísse nas mãos de Morlak.

Com os reinos de sobreaviso, os irmãos trataram de reforçar a segurança ao redor do castelo, e Ramon, embora contra vontade, começou a acompanhar o exército de Nebor, liderado por Heitor Filmont, em rondas constantes pelas terras do reino.

Longe dali...

Passando pelas terras sem dono, ao norte do reino de Mirna, Dane e Comar se questionavam sobre o que encontrariam na montanha. Mesmo Comar sendo um aventureiro nato, ele nunca ousara se aproximar muito daquele lugar, a simples menção do nome lhe causava calafrios.

– Você realmente nunca foi mesmo à tal montanha da magia? – perguntou Dane, parecendo muito curioso.

– Não. – Respondeu Comar, diminuindo a marcha do cavalo. – Pra falar a verdade, eu não faço a menor ideia do que encontraremos por lá, quero dizer, eu conheço bem o caminho até bem perto, mas nunca ousei me aproximar muito de lá. Agora, olha eu aqui... Indo para a montanha. Dizem que a montanha é mal-assombrada, amaldiçoada ou alguma coisa do tipo. Ninguém em boa consciência se aproximaria do lugar, nem mesmo Morlak ousa fazer isso. Porque as histórias contam que espíritos dos grandes anciões repousam nela.

– Mas o Predar, ele se aproxima de lá, quer dizer, ele se alimenta das rochas de lá, não é? – perguntou Dane. A pergunta que ele realmente queria fazer era "se ninguém nunca ousa se aproximar de lá, como as histórias foram surgindo?", até onde ele sabia, os únicos que andavam pelo lugar eram os gigantes de pedra como Predar, mas um estalo o fez perceber que talvez tivessem sido os primeiros habitantes do reino, e mais... Dane passara a acreditar em quase tudo desde que chegara naquele mundo, ele mesmo andava com uma pedra mágica enfiada no peito.

— É diferente. Por algum motivo leal, assim como a maioria dos da sua espécie, parece não temer a montanha e anda tranquilamente por toda ela. — Dane abaixou a cabeça, pensativo, como era possível apenas Predar e outros de sua espécie não temerem a montanha? O que eles poderiam saber, que os outros não sabiam? Por algum tempo, Dane viajou por esse pensamento e por vários outros, sem se dar conta de que as horas passavam rapidamente.

Já se aproximava das cinco da tarde e embora os três andassem a passos apressados, ainda estavam a pelo menos dois dias da montanha. Uma fumaça preta, vinda do lado esquerdo, de dentro da floresta, perto de onde os três estavam, chamou a atenção de Dane. Não parecia ser de uma vila que estivesse sendo atacada... parecia que algo menor queimava.

— É a vila dos culpados. — Informou Comar apontando com a cabeça para a direção de onde a fumaça vinha. Dane olhou para ele e novamente para a fumaça, que subia e se dissipava a certa altura.

— Vila dos culpados? — Dane não sabia quem eram, mas as palavras, vila, sugerindo que eram muitos, e culpados, sugerindo que não deviam ser nada bonzinhos, soou para o menino como um aviso para passarem longe do lugar. Isso sem falar no frio que lhe subiu pela espinha. — Quem são eles? — falou puxando as rédeas para o outro lado.

— São ex-soldados de Morlak. Todo tipo de criatura. Conseguiram fugir e fundaram aquela vila. — Dane notava que, enquanto falava, Comar tomava a direção da fumaça.

— Estamos indo pra lá? — ele notou um leve brilho sob sua camisa, seguido de um calor angustiante. Parecia não ser uma boa ideia, mas Comar parecia decidido.

— Não se preocupe, eles estão cansados de lutar, não querem mais o lado das trevas. Por isso fugiram. Sabe... muitos dos que abandonaram os exércitos estão aqui, são umas poucas dezenas. É um bom lugar para passarmos a noite.

— O quê? Passar a noite, com eles? — o espanto do garoto não era em vão, ele chegara naquele mundo há apenas alguns dias, mas já tinha presenciado muitas maldades vindas dos homens do senhor da escuridão, Morlak. – Hum, Comar, sabe, é que eu... não sei se essa é uma boa ideia...

O guardião meio que riu com o canto da boca, talvez por ter ali, ao seu lado, um escolhido, portando uma pedra muito poderosa, e ainda assim temia um grupo pequeno e pacífico de criaturas.

– Está tudo bem. Eu já dormi aqui antes... – confortou-o Comar – não tem com o que se preocupar, sabe... eles têm uma cara de dar medo, parecem que não comem há anos, mas são bem tranquilos. Você vai ver.

– Obrigado, estou bem melhor agora!

Eles andaram mais alguns metros, e Predar estancou.

– Leal... o que foi?

– Predar, está tudo bem?

O grandão levou a enorme mão à barriga e soltou um baita gemido. Comar riu.

– Tudo bem, amigo. Pode ir.

– Aonde ele vai? – perguntou Dane, vendo o amigo se distanciar e, mesmo sendo enorme, desaparecer rapidamente.

– Está tudo bem, Dane, ele só vai jantar. Amanhã estará de volta.

A viagem pelo caminho estreito até a fonte da fumaça não durou muito, mas o sol já tinha se escondido atrás das árvores quando eles entraram na vila. Os cavalos exaustos. As copas das árvores mais altas agora haviam ganhado um tom dourado, belíssimo. Comar parou em frente a um tipo pequeno de piscina onde se via no fundo da pouca água que tinha uma quantidade exagerada de lodo. A vila, que na verdade estava mais para um acampamento, ficava entre morros e o lugar não podia ser mais horripilante. Inúmeras barracas de todos os tipos e tamanhos lotavam o lugar, rasgadas e malcheirosas. Havia pequenas muretas em volta de algumas delas e no fundo, distante das barracas, sob umas árvores grandes, estava o motivo da fumaça. Uma fogueira enorme, onde vários troncos em chamas tinham sido amontoados uns sobre os outros, e, no topo da pilha, havia um animal sendo queimado.

– Mas que coisa é aquela? – apontou Comar. Vendo o animal que fumaceava sobre a pilha de troncos em chamas. Se aproximaram.

Era um tipo esquisito de cachorro. Ele lembrava um pouco o cachorro do Sr. Fofo, Bolinha, que era marrom de pelo curto, parecia uma bola de tão gordo e quase não tinha rabo, andava com dificuldade, talvez por causa do enorme peso sobre suas quatro minúsculas patas. Quase todos os dias o Sr. Fofo pegava-o no colo para dar umas beijocas, para ver se Bolinha se animava a andar. Ele até tinha os mesmos longos bigodes que o dono.

O cheiro era de doer. Vários e estranhos insetos sobrevoavam por cima e nos lados da fogueira. Dane teve a sensação de que se não fosse pelas chamas, aquele animal estaria servindo de jantar para os insetos agora.

— Está tudo bem?

— Hum, sim. É só que... está... um pouco abandonado, aqui. — O cenário realmente não poderia ser pior. O lugar estava extremamente malcuidado, piorara muito desde a última vez que Comar o viu e, com exceção de uma barraca muito grande e gasta que ficava entre dois montes de areia, no meio das outras... não havia nada de novo naquele lugar. Dane deu uma boa olhada ao redor. Calhas estavam distribuídas por vários pontos, provavelmente para coletar parte da água da chuva que descia monte abaixo.

Apesar de o lugar estar caindo aos pedaços, o chão estava razoavelmente limpo, e somente agora, após desviarem o olhar do cão, perceberam pequenas fogueiras que ainda ardiam atrás de algumas barracas. Comar havia dito que ali viviam algumas dezenas de criaturas, então, aonde elas foram? Não se via ninguém e isso definitivamente não era algo que pudesse passar despercebido.

— Onde estão todos, Comar, achei que tivesse dito que eles eram dezenas, onde estão todos?

Realmente não se via ninguém. O som das fogueiras se desfazendo em cinzas, o som da água descendo e o barulho de pequenos animais vindos da floresta ao redor era tudo que se ouvia. A sensação de alguém que está sendo observado veio aos dois ao mesmo tempo e eles se olharam ligeiramente. Sob os sussurros de Comar, Dane andou um pouco mais e olhou para trás, de forma que pudesse ver os cavalos, eles ainda bebiam, muito tranquilos, na piscina de lodo.

— O que foi isso? — algo vinha descendo morro abaixo por entre as árvores. Era rápido e descia fazendo ziguezague.

— Dane, afaste-se! — Comar acabara de ouvir o mesmo som. A coisa continuou descendo e esbarrou com força em uma árvore, que tremeu e quase caiu.

– Parou. – Sussurrou Dane. Andando abaixado, tentando ver o que tinha batido naquela árvore.

– Dane, fique aqui! Não sabemos o que é isso, Dane... Dane! – sibilou Comar em sussurros, quase se descabelando.

Com passadas lentas e o olhar fixo no lugar de onde tinha ouvido o som, Dane deixou o acampamento e entrou na floresta. Não precisou andar muito e nem se esforçar para descobrir em qual árvore a coisa acabara de bater. A árvore quase fora arrancada pela raiz e agora estava inclinada em um ângulo diferente das outras. Sem falar que, mesmo a certa distância, era possível ouvir o som de folhas e pequenos gravetos sendo esmagados, sempre que algo se movia atrás dela. Ainda caíam folhas da árvore e embora estivesse começando a escurecer, ele pôde ver claramente uma... coisa escondida atrás daquela árvore. Seja lá o que fosse aquilo, era tão gorda que não conseguia se esconder direito, não poderia ser uma pessoa... era redonda demais, se bem que poderia facilmente ser o Sr. Fofo. Dane riu ao pensar isso. O braço que era possível ser visto era muito pequeno, assim como a perna, o olho, por outro lado... por um momento, Dane teve a sensação de que conhecia aquele olho, fundo e escuro.

– P-Predar? – ao ouvir a voz de Dane, a coisa fez um som estranho e se fechou, ficando parecida com uma enorme bola de praia. Com o susto, Dane recuou, tropeçando em uma raiz e caindo de costas. A coisa, seja lá o que fosse, começou a subir o morro, rolando, ainda fazendo o estranho barulho.

– Dane...! Você está bem? – Comar chegou correndo, a tempo de ver a criatura subindo pelo morro e de ver o amigo se levantando, massageando o bumbum dolorido da queda.

– Estou, mas o que era aquilo? – parecia com o Predar, só que, menor...

– Não tenho certeza, não deu pra ver direito. Venha, vamos ver se encontramos alguém por aí.

– AAAAHHHHHHH!!!!! – Uma mão, com longos dedos enrugados, vinha se aproximando lentamente por trás de Dane. Era um cavador, que de tão velho era quase branco. Tinha apenas um braço, muito comprido. Aos poucos o pequeno acampamento foi se enchendo. Cavadores, saindo de todas as partes, até mesmo de algumas barracas que, até alguns segundos atrás, Dane podia jurar que estavam vazias.

– Olá, como vão? Estávamos procurando por vocês, e quando eu vi esse lugar assim, vazio... confesso que cheguei a pensar no pior. – Dane arregalou os olhos ao ver Comar falar com aquele cavador, como se estivesse conversando com um amigo. Ele já tinha visto muita maldade da parte dos cavadores, não ia simplesmente confiar, mesmo com Comar alegando que estava tudo bem.

Apesar da enorme desconfiança do garoto, naquela noite, os cavadores foram extremamente gentis. Deram comida e água limpa aos cavalos, trouxeram para Dane e Comar umas travessas repletas de carne que naquele momento, devido à fome, Dane achou melhor nem perguntar do que eram. A Limiax em seu peito brilhava sem parar, espalhando pequenas ondas de calor por todo o seu corpo. De alguma forma, ele compreendia perfeitamente tudo o que o cavador falava, sem arrastadas ou cortes de letras. Ele lembrou-se de quando chegou naquele mundo e da sua primeira conversa com um habitante... fora com o Azul. Uma criaturinha estranha que conhecera na margem do rio, tinha uma aparência esquisita e falava errado. Algumas vezes, engolindo letras.

— Comar... será que podemos conversar por um instante, eu, hum, quero tirar umas dúvidas com você, é sobre... — Dane estava ofegante ao falar. — os cavalos.

— O que foi, Dane, o que tem os cavalos? — perguntou Comar, quando estavam um tanto afastados das barracas, se esticando para ver se os cavalos ainda estavam lá.

— Não tem nada de errado com os cavalos. — Disse Dane. Encarando o amigo nos olhos. — É sobre... bom, é sobre esse lugar... eu sei que você confia neles, mas olha bem pra esse lugar... o que você vê?

— Uma vila, de desertores, Dane, que cansaram de lutar... — falou firmemente, não entendendo aonde o amigo queria chegar. — Olha, Dane, eu sei o que está pensando, mas eles não estão mais do lado das trevas, estão tentando se redimir...

— Eu sei, não pense que eu não sei! É só que... olha, você disse para mim que nesse lugar, estava a maioria dos desertores, certo? De várias espécies, disse que eles vivem em paz aqui...

— Sim. Foi isso mesmo que eu disse, mas não entendo aonde quer chegar, Dane.

— Então, olha ao redor... só tem um tipo de criatura aqui, Comar, só um... *CAVADORES*. — Comar encarou o amigo por alguns segundos, depois deu uma boa olhada ao redor. Dane tinha razão! Ali só havia cavadores. Mas isso não significava que eles tivessem decepado as cabeças dos outros moradores, afinal Comar já havia se hospedado ali antes e não fora sequer roubado e até onde ele sabia, as outras criaturas poderiam ter ido morar em um outro lugar.

– Está bem, Dane, se é tão importante pra você... montaremos guarda hoje à noite, tá bom? Primeiro eu, depois você... sairemos assim que amanhecer. Agora vem, vamos voltar para a barraca, tá começando a esfriar aqui fora.

– ... Predar... amigo... péssima hora pra você ter ido jantar. – Sussurrou Dane.

Eles comeram e beberam tudo o que conseguiram, Comar conversava com o cavador de um braço só, enquanto os outros apenas observavam a distância, fora da barraca, parecendo não sentirem o efeito do frio que fazia. Eles não conversavam entre si, apenas gesticulavam e apontavam com a cabeça.

CAPÍTULO VINTE E UM

A PEDRA TRANSFORMA

Por volta das dez horas da noite, Comar ainda conversava com o cavador.

– E os homens do Morlak, ainda estão procurando por vocês? – perguntou ele, parecendo um tanto sonolento. O cavador lançou um olhar em Dane, que fez o menino se arrepiar todo.

– Não. – Respondeu ele. A boca agora parecendo ter dobrado de tamanho. – Eles já não procuram mais a gente, desde que mandamos um mensageiro informar a eles que se parassem de nos caçar e nos aceitassem de volta... entregaríamos para ele, para o senhor da escuridão... o valioso portador da pedra Limiax, e queridinho dos guardiões... o poderoso Dane Borges. – Ao ouvir isso, Dane tentou levantar o mais rápido que pôde, mas sua cabeça começou a pender para o lado, levando todo o resto do corpo junto a ela, e ele desabou. O mesmo aconteceu a Comar, que assim que caiu no chão, apagou. Os olhos de Dane foram se fechando... vários cavadores o cercaram, sorridentes. Agora já não dava para distinguir o que eles diziam e, antes de adormecer completamente, a única coisa que Dane conseguiu ouvir e entender foi "*ESTÁ MORTO*"

– *DANE, DANE... ACORDE!* – Comar chamava. A cabeça ainda girando, os olhos não conseguiam focar direito no amigo, que estava em pé, amarrado a um tronco a uns três metros dele. – Acorde... temos que sair daqui, Dane... *DANE!*

Um som muito familiar chegou aos ouvidos de Comar. O som de armas sendo afiadas e de ferro batendo em ferro. Umas poucas batidas e ouviu-se o som do que parecia ser uma grande árvore indo ao chão.

– Huuuuum... o que aconteceu? – Dane acabara de acordar. Levantando a cabeça com dificuldade, tudo à sua volta parecendo girar em câmera lenta.

— Me perdoe... você tinha razão, Dane, nós fomos traídos. — No olhar de Comar havia um claro aspecto de vergonha por ter confiado nos cavadores. Seu olhar, que parecia finalmente ter entrado em foco, o denunciava. — Eles devem ter colocado algum tipo de mistura em nossa comida. Dane, me diga, você consegue nos tirar daqui? — por um segundo, o menino pensou em dizer que avisara sobre eles, mas pensou melhor e decidiu não comentar nada. A situação já estava ruim demais, ele só iria piorar.

— Como? Eu ainda não consigo controlar minha pedra, esqueceu? Eu, eu não sei como...

— Concentre-se...

— Tá... eu vou tentar. — Ele respirou profundamente e tentou visualizar os nós das cordas se desfazendo sozinhos. O som familiar que Comar ouvira antes parou, agora, ao invés disso, uma barulheira infernal veio se aproximando. Um grupo de cavadores armados marchava na direção dos dois.

— Dane, depressa!

— Ouviu-se um estalo logo atrás deles, e em seguida o tronco onde Dane estava amarrado estremeceu...

— Acho... acho que estou conseguindo.

— *OLÁ, DANE...* — os dois levaram o maior susto. Tanto Dane quanto Comar deram gritinhos.

Aquela voz era familiar, os dois olharam rapidamente, de modo que puderam ver, com o canto do olho, e a visão não poderia ser mais animadora.

"KIRIAN!" disseram os dois em coro. A garota estava encostada ao tronco, atrás de Dane.

— Como isso aconteceu? — perguntou ela, indo para frente, de modo que os dois pudessem vê-la melhor.

— Kirian, não temos tempo, nos desamarre! — apressou-a, Comar.

— Depressa, por favor.

— CALMA, EU VOU... QUE GROSSOS! — Kirian olhou para Comar de um jeito... notara algo diferente nele. — Espera... onde está a sua coroa, Comar? — Dane olhou para a menina, incrédulo. Ela demonstrara ser meio maluca desde o dia em que ele a conhecera, no castelo. Falava o que vinha à cabeça. Aquela não era a melhor hora para ter uma conversa!

— Eles a pegaram. Devem tê-la escondido em uma daquelas barracas.

— Por favor, nos desamarre, depressa! - Sussurrou, Dane.

— Eu não entendo... – disse ela, franzindo a testa. Enquanto desfazia os nós da corda de Dane. – Quero dizer... você é o escolhido, não é? Como se deixou ser capturado? Por que não usou a sua pedra pra sair daqui? Ouvi no castelo uma conversa entre o Sr. Amim e o Sr. Amir... eles falavam que sua pedra é uma... como era mesmo o nome...? Ah! Já lembrei, uma *Pedra Transforma*... parece que é um tipo diferente de Limiax, sei lá, não entendi direito, mas parece que é muito poderosa. – Sibilou, abaixando o tom de voz até chegar ao ponto de Dane quase não conseguir ouvi-la. – Pronto, está livre... fiquem aqui.

— Espera! Aonde você vai, Kirian... Ki... – Dane acabara de ter a certeza. A garota era realmente maluca.

Ela saiu sorrateira, se esgueirando por trás das barracas...

— Dane, me desamarre rápido! Temos que fazer alguma coisa. Eles vão matá-la.

— Tá. – Concordou. O mesmo pensamento veio aos dois, e por um instante eles pararam, se encarando... como Kirian chegara até eles? Dane lembrava-se claramente de ter visto a menina pouco antes de saírem do castelo...

— Obrigado, Dane, agora... esse é o plano: precisamos recuperar minha coroa, então, eu vou pela esquerda, sou maior que você e por aqui tem mais barracas, será mais fácil pra eu me esconder... você vai pela direita, faça um raio cair neles, faça eles virarem água, pegarem fogo ou apenas jogue pedras neles, o importante é que os distraia. Eu preciso recuperar minha coroa e tirar aquela maluca de lá, antes que eles a peguem. – Comar fazia desenhos no chão enquanto falava, traçava uma verdadeira estratégia de batalha.

— *Esse plano é horrível... nunca daria certo*. – Os dois se viraram rapidamente e se depararam com Kirian, espiando o plano por cima dos ombros deles.

— Mas, mas... como? – perguntou Dane. O coração, assim como o de Comar, quase saindo pela boca.

— Você é maluca! Nunca mais faça isso, ouviu? Está tentando se matar?

— Hum... Comar... – chamou-o Dane.

— Espera um pouco, Dane, essa menina tem que ouvir umas boas. Não posso me concentrar em achar a minha coroa, se eu tiver que procurar e proteger você, mocinha!

— Comar...

— Eu já disse... tá, fala, o que foi?

— Olha... na mão dela... — Comar olhou e uma mistura de incredulidade e alegria invadiu o seu peito, tudo ao mesmo tempo. Ele sacudiu a cabeça e piscou algumas vezes, imaginando que talvez ainda estivesse sob o efeito da droga... não podia ser... mas era, era sim. Kirian, que agora estava de pé na frente deles, segurava em uma das mãos a coroa amarelo-ouro de Comar, as pedras cravadas na coroa, reluzindo.

O barulho dos cavadores, que por algum motivo havia parado, recomeçou e desta vez estava bem mais próximo, tanto que dava para ouvir os dentes deles estalarem.

— E agora, o que vamos fazer? — perguntou Kirian, entregando a coroa a Comar.

— Dane e eu iremos segurá-los... e você... trate de voltar ao castelo. Leve um dos cavalos com você e... — Comar parou de falar de repente... os cavalos estavam do outro lado do acampamento naquele momento, mas não foi isso que o fez parar. Kirian deu um gritinho e se jogou no chão após dar uma olhada rápida para trás, e por pouco não fora atingida por uma pedra de uns dez quilos que passou voando sobre sua cabeça. Um grupo enorme de cavadores apareceu, saindo de trás das barracas, todos armados com facas, machados e espadas improvisadas, um deles segurava uma cabeça pelos cabelos. A sena era horrível, sem falar que também era nojenta, mas Dane não conseguiu conter um riso ao imaginar como seria ser espancado por um cavador que usa uma cabeça cabeluda de algum animal estranho como arma. Ele teria gargalhado, se não estivessem em tamanha desvantagem.

— Uuurrrggg... que nojo! — Kirian se levantou limpando o rosto que agora tinha ganhado uma estranha camada escura sobre a pele. Ela, sem querer, se jogara em cima de um monte enorme de bosta de algum bicho.

— O que aconteceu? — perguntou Dane. Vendo a menina xingar atrás dele.

— Nada... eu só caí, Dane, cuidado! — ele virou-se rapidamente, mas não conseguiu se esquivar da calda de um cavador que o acertou em cheio na altura da cintura e o arremessou longe. Ele se levantou devagar, com a mão na costela e uma careta de dar dó.

A Limiax de Dane acendeu, agora ela brilhava tanto que mesmo estando sob a camisa dava para ver de longe. A sensação de alguém que acabara de ter um balde de água quente derramado sobre ele, em um dia muito frio de inverno, lhe caiu. Em segundos o lugar onde levara a rabanada estava completamente anestesiado. Ele olhou para ver quem o atacara... era exatamente o cavador que segurava uma cabeça. Perto dali, Comar lutava contra dois cavadores e outros sete o cercavam. Comar era incrível... usava muito bem a espada com uma das mãos, enquanto com a outra fazia magia. Dane observou que sempre que ele fazia um movimento com a mão, algo acontecia... o chão se abria e um cavador ficava com a perna presa na fenda, outro caía de joelhos com os braços grudados ao corpo, sem poder se mover.

– Dane... Dane... ajude ele, vai, vai logo! – Kirian dava ordens de trás de uma árvore. Ela tinha razão, ele não podia ficar ali... só olhando, tinha que ajudar...

– Hei, aqui! – Dane pegou algumas pedras e começou a arremessá-las contra os cavadores que agora já estavam em um número tão grande que já não era mais possível contar.

– O que está fazendo? – perguntou Comar. A coroa brilhando sobre sua cabeça, obedecendo a cada comando dado por ele.

– Eu não faço ideia... – respondeu. Vendo um monte de cavadores vindo em sua direção.

– DANE... DANE, CORRE ELES VÃO MATAR VOCÊ! – Desesperou-se Kirian. No mínimo sete cavadores avançaram na direção do menino, dois deles, dominados pelos instintos, andavam de quatro patas, o que dava a eles ainda mais velocidade. Um deles saltou sobre Dane, derrubando o garoto no chão, depois se levantou, triunfante, os dois braços erguidos, berrando algo impossível de entender.

POOW!!!

Um tronco podre de uma árvore passou roçando o menino, acertando em cheio o cavador e arremessando ele para longe, se esfarelando em seguida. O som de árvores caindo foi ouvido. Algo vinha se aproximando... do lado onde antes estava a bola de praia, agora vinha descendo uma linha reta de árvores caindo, e, seja lá o que fosse, vinha direto para eles. Os cavadores se inquietaram ainda mais... de repente, um vulto gigantesco saiu de dentro da floresta... Predar saiu com tudo, chutando cavadores para todo lado, alguns iam tão alto que chegavam a subir quase quinze metros de altura, depois caíam com força no chão, estatelados. Depois disso os poucos que conseguiam levantar andavam de um lado para o outro, totalmente desorientados.

Finalmente Dane encontrara coragem para atacar... saiu correndo em disparada na direção de um cavador. Queria pegá-lo.

– *NÃO!* – Berrou Kirian, cobrindo a boca.

– Não coma ainda, filho, temos que esperar a sua irmã. Lurdinha virá hoje, com o marido dela, Armando... passarão a manhã com a gente, sabia? – Dane olhou para a mesa, um bolo aleijado, uma jarra de suco tão fraco que mal conseguia colorir a água, alguns pedaços de batata, um cuscuz esfarelado, um pedaço velho de queijo e um copo grande com leite a enfeitavam. Dane nunca vira a mesa de sua casa tão recheada. Dava água na boca só de olhar. Os Borges sempre foram pobres. Por mais que Heitor se esforçasse, as únicas vezes em que Dane comera bem de verdade fora nas raras ocasiões em que o Sr. Erwer fazia algum evento em sua casa, ele sempre convidava Dane e o obrigava a comer de tudo um pouco... brigadeiros deliciosos, tortas, milho, pudim e várias outras gostosuras. O que na opinião de Dane era ótimo. Antes de o evento acabar e sem que sua mulher percebesse, Erwer sempre arrastava Dane até a cozinha e enchia um saco grande com um pouco de cada comida... "tome, leve isso para seu pai... e diga a ele que não ouse recusar, ouviu? Ande logo, saia por aqui." dizia Erwer, empurrando a porta, para que Dane pudesse sair. O saco bem seguro nas duas mãos.

– Ok, papai. – Falou Dane, rindo. A comida de sua casa era pouca e simples, mas para ele era a melhor comida do mundo, o sabor, o cheiro... o simples fato de ter sido feita por Heitor já era suficiente para Dane, e não era apenas o sabor da comida que dava prazer a ele, mas saber que fora feita com todo o amor do mundo, saber que Heitor se esforçara ao máximo para colocá-la na mesa. – Papai... eu o amo, muito. – falou. Incapaz de conter as lágrimas.

A visão de Dane ficou embaçada, uma tontura repentina o fez tremer e desabar no chão, o teto e as paredes rodopiando. Era possível ver Heitor debruçado sobre ele, tentando levantá-lo.

— Filho, filho... Dane, Danee... anda, filho, levante-se, o que você tem... tome, coma um pouco, coma, filho... coma... coma... comaaa — as palavras foram se desfazendo...

— ... Comar. Está me ouvindo? Dane, sou eu... o Comar.

De repente a audição de Dane voltou. Ele estava deitado no chão, de barriga para cima, as cabeças de Comar, Kirian e a gigantesca cabeça de Predar, aparecendo no seu campo de visão, como um carrossel. Rodopiando... Rodopiando... ele fez um esforço e lembrou-se de tudo. Fora apenas um sonho, nunca estivera de volta à sua casa na rua quatorze, mas por que estava caído? Fez um esforço maior e viu... uma cabeça voadora, vindo em sua direção em alta velocidade... Perto, mais perto, mais perto... E então...

Ele se levantou esfregando a testa, na qual se via um enorme calombo e uma linha de sangue. As cabeças acima dele ainda rodopiando.

— Eu estou bem... — disse ele, ainda com a mão na testa. Estava claramente desorientado, não conseguia focar direito em ninguém. — O que aconteceu?

— Bem, depois que... — Comar começou a explicar o que acontecera, mas logo foi ultrapassado por Kirian, que parecia extremamente excitada com tudo o que vira.

— FOI INCRÍVEL! — exclamou ela, gesticulando com os braços, para tentar explicar o que acontecera. — COMAR ESTAVA LUTANDO CONTRA ALGUMAS DAQUELAS CRIATURAS... E ENTÃO... — ela fez uma pausa de suspense. — LEAL DESCEU CORRENDO PELA MONTANHA... ELE ACABOU COM TODOS AQUELES CAVADORES, NOJENTOS, EM POUCO TEMPO... FOI REALMENTE INCRÍVEL!!! QUER DIZER... MENOS PRA VOCE, QUE LEVOU UMA CABEÇADA E CAIU DURO... — Kirian mordeu os lábios e fez uma cara de pena... — tá doendo muito? — Dane fechou a cara e encarou-a bem. Ela não estava nada preocupada, pelo contrário, a expressão em seu rosto era de alguém que estava achando tudo muito engraçado. Mordia os lábios para não gargalhar.

— Não. Eu estou bem... — resmungou, tomando a dianteira e seguindo em direção à estrada. — Vamos, temos que chegar logo à montanha. — Era visível a expressão de desapontamento consigo mesmo. Fora nocauteado antes mesmo de lutar.

– Tudo bem, vamos. – Respondeu Comar, guiando Kirian com a cabeça.

– *ESPEREM!* – os quatro olharam rapidamente. Era uma voz conhecida. Predar deu um rugido tão alto que quase deixou todo mundo surdo.

Era o cavador de um braço só quem chamava. Ele saía lentamente de trás de uma das poucas barracas que ainda restaram de pé. Predar já se preparava para atacar quando Comar levantou a mão, pedindo calma.

– Ele ainda tá vivo? – falou Kirian. Olhando de cara feia para o cavador.

– Esperem, por favor, não... não era nossa intenção atacar vocês, nunca foi... – disse ele. Caindo de joelhos aos pés de Dane e Comar. – Nós, nós fomos obrigados, estavam nos caçando. Atacaram nossa vila, mataram as outras criaturas, nós só sobrevimos porque fugimos rapidamente para a floresta... – por mais cruel que fossem os cavadores, a cena era de cortar o coração. Outra vez Comar parecia estar se convencendo da inocência do cavador, até Dane parecia ter-se deixado convencer... Por outro lado, Kirian não parecia nada convencida e olhava feio para ele.

O cavador parecia ter notado a desconfiança da menina e começou a encará-la de um jeito estranho, mas logo abaixou a cabeça. Tremendo do rabo à cabeça.

– O que foi isso? – Kirian acabara de ouvir um som estranho, abafado. Eram como vozes presas entre escombros e não pareciam vir de longe.

– Isso o que, garotinha? Eu não ouço nada. – Respondeu o cavador, tirando o olhar dos dois e olhando para o centro da vila. – Deve ter sido o vento... está se formando uma tempestade, vamos... vamos logo, antes que a água comece a descer do céu...

– Vamos, vamos pra onde? – respondeu Kirian com rispidez. – Você não vai com a gente, nem pensar!

– Mas, mas... eu não posso ficar aqui... é muito perigoso. Além do mais, eu conheço um atalho para a montanha... é pra lá que estão indo, não é?

– Não é da sua conta! – vociferou a menina, agora mais zangada. Os olhos saltando das órbitas. Dane e Comar olhavam ela de um jeito... pareciam estar com mais medo da menina do que de todos os cavadores juntos. – Além do mais... – Kirian começou a falar, mas foi interrompida pelo mesmo barulho de antes. Só que agora estava mais alto e veio seguido de um pequeno desmoronamento. – Lá! Vocês viram? Naquela barraca! – gritou ela, apontando para a barraca grande que agora tinha boa parte engolida pela terra.

– O que é aquilo? – perguntou Dane. Olhando a terra se afunilando mais e mais, enquanto descia chão adentro.

– Não é nada, meu senhor. Deve ser consequência da batalha... o... o seu amigo é muito grande. – Falou virando a cabeça para Predar, como se quisesse matá-lo com os olhos. – Deve ter soltado a terra, precisamos sair daqui, meu senhor, a montanha fica longe. – Insistiu o cavador

– Então... Predar soltou a terra? – disse Dane, indo em direção à barraca. – Mas o que... – Dane agora levava a cabeça de um lado para o outro, os sons continuaram. Vinham de dentro da terra e agora era ouvido em alto tom. – Tem um buraco aqui, Comar, parece... – ele ergueu a cabeça e lançou em Comar um olhar de quem não acreditava no que acabara de ver lá embaixo. Imediatamente, o cavador tentou sair correndo o mais rápido que pôde, nas quatro patas, mas acabou levando um tremendo chute de Predar e caiu estatelado aos pés de Dane.

– O que foi, o que tem aí? – perguntou Comar indo de encontro ao garoto, se jogando no buraco para espiar o que tinha lá embaixo. Um vento quente e malcheiroso entrou por suas narinas, como se Comar tivesse em um campo aberto, repleto de gado morto há vários dias. Um buraco enorme sob a barraca foi se revelando à medida que Comar espiava pelo espaço estreito, para onde a areia ainda escorregava. Aos poucos, a expressão no rosto dele foi se assemelhando à de Dane. Inúmeras criaturas, de várias espécies, se amontoavam dentro do buraco. Todas parecendo muito amedrontadas. Estavam muito magras... algumas já nem conseguiam mais ficar de pé, moviam apenas os olhos, desejosas, na direção de Comar. Para o espanto dos dois havia, em um canto afastado, dois cavadores caídos, em um deles faltava a calda. Tanto Dane quanto Comar pensaram exatamente a mesma coisa.

– Vocês... vocês, estavam comendo os outros moradores? – berrou Dane, com cara de nojo. Era repugnante só de pensar. Ele quase vomitou. – Vocês são nojentos! Como puderam se alimentar dessas pobres criaturas? – o brilho da Limiax de Dane foi se intensificando à medida que ele falava.

– Nós não... – o cavador começou a falar, mas devido às circunstâncias e às evidências, ele pareceu mudar de ideia. – Meu senhor, tem que entender. Quase não tem comida por essas bandas... e elas já estavam fracas e doentes, não dá pra desperdiçar, carne fresca.

Uma sequência de pensamentos bizarros passou rapidamente pela cabeça de Dane. Que fez com que seu estômago revirasse. Os outros moradores não tinham procurado um lugar melhor, eles tinham sido capturados pelos cavadores, que agora estavam se alimentando deles... desmembrando-os aos poucos, para que a carne pudesse estar sempre fresca.

– Os dois cavadores lá embaixo... por que eles estão lá? – perguntou Comar. Já imaginando a resposta... que os dois cavadores lá embaixo provavelmente não concordaram, e por isso tiveram o mesmo destino que os outros.

– Dane, acaba logo com essa criatura repulsiva! – falou Kirian aos berros, de uma distância segura, fazendo o cavador que estava, discretamente, à procura de uma maneira de se embrenhar na floresta olhar feio para ela.

Dane abaixou um pouco para espiar as criaturas novamente. Outra vez, a sensação de que havia um redemoinho revirando o seu estômago voltou. Sua garganta engrossou e um som cortante subiu por ela, inúmeros farelos acompanhados por um líquido tão azedo que Dane teve a sensação de estar com um limão na boca pousaram sobre sua língua e, no segundo seguinte, ele estava pondo para fora todo o jantar da noite anterior. Todos pareceram assustados, nem mesmo o cavador parecia acreditar. A verdade era que mesmo Dane sendo o portador da poderosa pedra Limiax e mesmo com o poder dela percorrendo seu corpo... ainda assim... ele era apenas uma criança.

– Vamos, Dane, precisamos acabar com isso. – Falou Comar, indo na direção do cavador, agora completamente decidido. – Já perdemos muito tempo neste lugar, sabe-se lá o que Morlak fez enquanto estávamos presos aqui, quanta destruição causou. – Um descuido de Comar e o cavador escorregou por entre as pernas de Predar e correu para a floresta. Ele agora estava longe demais, estava fora do alcance do Comar e até mesmo de Predar, mas o fato de o cavador agora estar a quase meio quilômetro mata adentro não impediu Kirian de gritar, xingar e jogar pedras feito uma louca, na direção de onde o cavador desapareceu.

– Vamos... – disse Dane. Tentando sem sucesso desviar a atenção das loucuras da menina. – Precisamos tirar todos daqui, não podemos deixá-los lá embaixo.

— E não vamos. Mas precisamos ser rápidos, Dane... aquele cavador vai atrás do exército de Morlak. Em pouco tempo poderemos estar cercados novamente. Talvez o próprio Morlak apareça.

— Então é melhor nos apressarmos. — Falou Dane, começando a puxar areia com as mãos. Kirian, que desde que o cavador escapuliu ficou colada nos dois, pegou uma tábua que estava caída e usando-a como uma pá começou a cavar a terra. Tanto Dane quanto Comar observavam a menina com um risinho no canto da boca, ela jogava areia para todos os lados e, no fim, acabava empurrando mais areia para dentro do buraco do que para fora.

Os minutos pareciam passar mais rápido que o normal, e já passava das oito e meia da manhã quando eles finalmente conseguiram tirar toda a areia. De forma que o falso chão, que na verdade era uma camada de madeira, não desmoronasse. Uma a uma, as criaturas foram saindo e quando finalmente a última correu, muito desajeitada, para fora do buraco e entrou floresta adentro... uma cena chocante e aparentemente tão incomum de ser vista, que até mesmo Comar pareceu extremamente surpreso ao presenciá-la, aconteceu. Todos haviam saído, até mesmo o cavador sem calda, o qual Dane pôde dar uma olhada bem de perto desta vez. Por causa da pouca luminosidade do local onde estava antes, ele não pôde perceber, mas aquele cavador era diferente... tinha uma coloração um tanto rosada, apesar de cortada, era possível ver que na calda e na garganta, indo até o peito, era onde se mostrava mais intensa essa cor. Ele saiu apoiado no outro cavador que, por sua vez, tinha a mesma coloração dos outros. Ao sair o cavador encarou Dane de um jeito estranho, não parecia uma ameaça, ainda assim, Dane recuou alguns passos.

— Acho que ele gostou de você. — Brincou Comar. Vendo os dois cavadores se afastarem.

— É, acho que sim. — falou, olhando os cavadores que agora desapareciam entre as árvores.

— *DANE, CUIDADO!* — gritou Kirian, apontando na direção do amigo, mas foi tarde demais. Algo saiu do buraco, muito rápido, acertou ele na altura da cintura e quase o derrubou.

— *AI!* — gemeu Dane, levando as mãos à cintura, onde agora havia uma criatura de mais ou menos um metro grudada a ele. Mesmo com o susto e com Kirian insistindo aos berros para Dane "desgrudar aquela coisa dele", Dane manteve-se razoavelmente calmo. Ele alternava o olhar entre Comar, sua Limiax e a criatura. A pedra não brilhou nem por um segundo, e segundo suas próprias experiências, sua pedra brilhava ao menor sinal de perigo.

Embora apertado, Dane não sentia que aquele pequeno cavador quisesse machucá-lo. O pequenino ficou ali, agarrado a Dane por alguns segundos, e quando finalmente o soltou, Dane notou que o pequeno, de cabeça baixa, ensaiava um sorriso. E quando finalmente levantou a cabeça para dá-lo, pôs em Dane o medo que não conseguira antes. Era evidente que não era do feitio dos cavadores andarem sorrindo. Dane meio que retribuiu o estranho sorriso.

Algo na orla da floresta chamou a atenção do predar, que por sua vez urrou, mas não pareceu querer atacar, se sacudiu, deixando cair algumas pedras, e ficou onde estava. Dane e Comar olharam ao mesmo tempo. Embrenhados na floresta, atrás de uma árvore, estavam os dois cavadores que olhavam apreensivos o pequeno cavador se separar de Dane.

– Devem ser os pais dele. – falou Kirian, dessa vez em tom de pena, as sobrancelhas abaixadas.

– Vai... pode ir, está tudo bem. Você está livre agora. – falou, no mesmo tom de pena de Kirian. Dane estendeu a mão para o pequeno cavador em símbolo de amizade, mas ao invés de apertá-la, o cavador virou de costas e deu uma baita rabanada na mão dele e saiu correndo. Enquanto Dane massageava a mão, Kirian e Comar davam risadinhas. Mesmo estando com a mão doendo, ele entendeu que talvez aquela tivesse sido uma forma carinhosa de dizer obrigado ou adeus. Os quatro ficaram ali, parados, vendo a pequena criaturinha se juntar aos outros dois e desaparecerem logo em seguida.

– Então... pra onde vamos agora? – perguntou Kirian. – Eu... sabe... não posso voltar sozinha, é muito perigoso. – Tanto Dane quanto Comar precisaram fazer força para não rir. Era evidente que os dois pensaram a mesma coisa, "pobre da criatura que se meter com essa aí".

CAPÍTULO VINTE E DOIS

TEM SOMBRAS NA FLORESTA

De volta à estrada, da qual agora Dane desejava do fundo do coração nunca ter se desviado, ele agora tinha seus pensamentos em forma de frases incompletas. Estava extremamente intrigado.

– Kirian, não me leve a mal, mas você não deveria estar aqui. – Falou ele, um tanto sem jeito. – Quero dizer... você nos ajudou, bastante, lá atrás e somos muito gratos por isso, mas... o que estamos fazendo é, é muito perigoso e...

– Como nos encontrou? – perguntou Comar. Vendo que o amigo estava se enrolando todo ao falar.

– Eu não... encontrei vocês! – embora Kirian estivesse um tanto ofegante ao falar, a menina parecia calma, mais que isso... estava sorridente. – Eu tava com vocês o tempo todo! – exclamou ela. Indicando com a cabeça o terceiro cavalo, que sustentava nas costas dois grandes baús. – Hum, sabe... na noite, antes de vocês três saírem – continuou ela, antes que um dos dois interrompesse para perguntar como ela conseguira, como não morrera sem ar dentro do baú. – Quando eu saí para dar uma volta pelo jardim do castelo... – por um breve momento, passou pela cabeça de Dane perguntar por que a menina levantara à noite para passear pelo castelo, mas prudentemente preferiu ficar calado. Comar pensou a mesma coisa e até chegou a abrir a boca, mas também não disse nada. – Só pra vocês saberem, eu tenho insônia, tá? – falou de cara amarrada, adivinhando o que os dois estavam pensando. – Naquela noite, quando eu passava por entre os arbustos do jardim... – por um segundo Kirian pareceu viajar em seus próprios pensamentos, seu olhar aos poucos foi perdendo o foco, se distanciando... – eu ouvi alguém andar com passadas lentas, vinha se aproximando... Depois eu ouvi alguém chamar o meu nome...

– *QUEM ERA?* – Perguntaram ao mesmo tempo.

– Era seu pai – falou encarando Comar – era o Sr. Amim. Ele falou que tinha uma tarefa muito importante para mim, mas que não iria me obrigar a fazê-la, se eu não quisesse. Apenas quando eu concordei, ele me contou o que era. – A menina respirou um pouco e continuou. – Ele disse que há várias noites ele tem sonhado com coisas estranhas... um dia desses ele acordou durante a noite, angustiado, sua coroa brilhava tanto que o quarto ficou completamente iluminado. Ele não conseguiu lembrar de nada depois que ele acordou, mas havia um pedaço de pergaminho, com algo escrito nele, estava em cima de uma mesinha do quarto dele, ele falou que nunca vira nada parecido, as letras faiscavam, era como se pequenas correntes elétricas passassem por elas. Ele não quis me contar o que estava escrito nele, por mais que eu tenha insistido. – Dane deu uma risadinha. – Mas seu pai tinha certeza, aquela era a letra dele. Então, no jardim, ele pediu para, assim que amanhecesse, que eu me escondesse dentro de um baú grande e velho, que ele iria pôr em um dos cavalos que vocês trariam. Não foi difícil de achar. Quando eu perguntei por que, ele falou que achava que vocês iriam precisar de mim... e, viu? Ele tinha razão.

– Acha que ele sonhou...? sabe... com isso que aconteceu aqui? – perguntou Dane, encarando Comar.

– Eu não sei... pode ser. – Respondeu. Intrigado.

Já bem longe da vila dos culpados, Kirian, que agora estava montada em um dos cavalos ao invés de dentro de um baú velho e mofado, o que para ela foi realmente um alívio, apontava para os muitos buracos feitos no baú, por Amim, para que ela pudesse respirar. Mostrou também, com certo orgulho, um pedaço enorme de pão, uma garrafa de suco quase vazia e várias peças de ouro e prata que, de tão brilhosas, Dane teve certeza de que a menina andara lustrando, para afastar o tédio.

– Então... pra onde vamos agora? – perguntou a menina, que entre uma palavra e outra dava uma boa gargalhada. Predar, embora fosse um gigante monstruoso de pedra, naquele momento mais parecia um cãozinho brincando com seu brinquedo favorito. Ele corria de um lado para o outro e assim que via uma pedra de tamanho considerável saltava sobre ela, como se não a quisesse deixar escapar, mastigava, depois cuspia fora, como se não tivesse gostado do sabor.

– Por enquanto... vamos tentar chegar ao vale das sombras, e de lá atravessaremos o rio Nair, vamos passar a noite próximo a ele, teremos comida e água fresca. Os homens de Morlak não se aproximam muito daquelas margens, estaremos seguros lá. – Por um segundo, Dane cogitou a hipótese de perguntar o porquê de eles não se aproximarem das margens do rio, mas refletiu um pouco mais... saber o motivo pelo qual as criaturas medonhas do senhor da escuridão evitavam as margens do rio com toda a certeza não o deixaria muito tranquilo. Ainda mais, sabendo que eles iriam acampar por lá.

Os quatro continuaram na estrada. Kirian, que continuava a rir dos saltos de Predar, contou a eles como fora fácil pegar de volta a coroa do Comar. Após algum tempo, novamente avistaram uma fumaça negra no céu, mas dessa vez estava distante. Dane, apertando a barriga que não parava de roncar, pois não comera mais nada desde o jantar da noite anterior, notou que ela vinha de uma parte diferente da floresta. As árvores pareciam ser mais altas naquela parte. Após mais alguns minutos de cavalgada, Dane, Comar, Kirian e Predar finalmente chegaram a uma descida que dava acesso ao vale. Um caminho estreito, serpentiforme e cheio de pedras soltas, que seguia e parecia se embrenhar floresta adentro. Com uma breve olhada para trás, Dane observou com espanto que sem se dar conta ele andou por um caminho elevado. Olhou bem a descida... não era grande coisa, até mesmo o vale, com sua floresta de árvores altas, no qual ele passara boa parte do tempo pensando, já não parecia grande coisa. Era possível ver o rio passando, muito longe, saindo da direita, da parte do vale onde a vegetação era baixa e se escondendo por detrás dos galhos muito altos das árvores.

– Aquele lugar é... aquele, ele é...

– O vale das sombras... e aquela... aquela, é a floresta do vale. Não parece grande coisa, mas não se enganem. Teremos que passar por ela para chegarmos ao rio. – Respondeu Comar, guiando seu cavalo pela descida do caminho.

– Temos mesmo que passar por aqui? Parece tão... *aaaahh!* – antes que pudesse terminar, Kirian escorregou por cima do pescoço do seu cavalo e desceu morro abaixo, junto a algumas pedras. Comar, que estava mais próximo, poderia até ter ajudado, mas uma descida de uns poucos metros por um tapete de areia e pequenas pedras não iria matá-la. Ela ficaria no máximo com o bumbum dolorido.

– Quer ajuda? – falou Dane ao passar pela amiga. Ela levantou-se lentamente, limpando as costas e olhando de cara feia para Dane e Comar, que riam disfarçadamente, até o Predar parecia estar se divertindo com o baita tombo que a garota acabara de levar. – Você está bem, se machucou?

– Não, obrigada, eu não preciso da ajuda de ninguém e estou ótima. – Respondeu ela, rispidamente.

– Com certeza não. – Comentou Comar, segurando um risinho, olhando a amiga que agora subia com dificuldade em seu cavalo.

Quanto mais eles se aproximavam da floresta, mais ficava visível o quanto ela era fechada. Agora, parados em frente às árvores, perceberam que mesmo sendo dia não era possível ver mais que trinta metros à frente. Um pressentimento estranho, que fez sua nuca congelar, tomou conta de Dane e sua Limiax acendeu de leve. Por um segundo, ele poderia jurar que já tivera aquela mesma sensação antes.

– Vamos entrar aí? – gemeu Kirian, com um claro ar de medo no rosto. Realmente, o lugar dava medo só de olhar.

– Sim... – respondeu Comar, distraído. Investigando as árvores mais próximas, que eram atingidas pela luz do sol. – Na verdade, existem outros caminhos, mas a essa altura... não vale a pena arriscar, não temos tempo.

Algumas daquelas árvores pareciam ter centenas de anos e mais de trinta metros de altura. Predar, embora fosse muito grande, perto delas parecia uma criança ao lado de um poste. Talvez por isso ele parecesse tão receoso de entrar na floresta. Ficaram ali, parados, pareciam tentar ver o outro lado, demoraram pelo menos vinte minutos antes de adentrarem, receosos, na floresta escura.

Após terem deixado os cavalos para trás, e terem se embrenhado floresta adentro, Aqui e ali, Comar pedia para Leal afastar algumas árvores, de forma que o sol pudesse passar por entre elas e iluminar parte do caminho, tarefa essa que, por causa do tamanho exagerado daquelas árvores e de seus grossos troncos, ele realizava com extrema dificuldade. De vez em quando, quando eles erravam o caminho, Dane tinha a estranha sensação de estar afundando no chão. Parecia que estava andando sobre água, às vezes seu pé afundava na folhagem seca que havia no chão e... era possível até sentir a água em torno dos seus dedos, e quando ele parava para tentar identificar, tinha quase certeza de que o chão, coberto de folhas sob seus pés, se mexia, fazendo um movimento ondulado.

Depois de andarem, pelo que pareceu a eles, horas e mais horas por aquela floresta escura e fria (mas que na verdade foram apenas duas), os quatro chegaram a uma clareira na floresta, onde as árvores davam espaço umas às outras e o sol penetrava com mais facilidade. Sem a necessidade de um empurrãozinho. Era uma clareira não muito grande, tinha no máximo uns setenta metros quadrados, a luz amarelo-ouro que banhava o lugar parecia ter petrificado Dane, que por uns dez segundos ficou imóvel, parecia nem respirar. Olhava, fixo, o outro lado da clareira. Ele correu o olhar lentamente pela margem e parou... como se estivesse em algum tipo de transe. Seus olhos foram se fechando e ele pareceu já não se dar mais conta do que acontecia ao seu redor... alguma coisa ecoou, longe... era um som meloso, prolongado, que se desfazia em sons menores e arrastados. Dane ficou ouvindo aquele som... aos poucos, foram se juntando novamente até formarem um único ruído, que foi ganhando volume e, por fim... transformou-se em um grito fino e preocupado. Kirian gritava, tentando trazer Dane de volta de seu inesperado devaneio.

— Vocês... hum... também viram aquilo? — Perguntou ele, finalmente. Já totalmente fora do transe.

— Aquilo o quê? — perguntou Kirian, correndo para trás de Dane e vasculhando com os olhos o outro lado da clareira. A menina mais parecia um furão, olhava para todos os lados.

— Tinha alguma coisa do outro lado da clareira... estava bem ali, vocês não viram? — disse. — Não... é claro que não viram...

— Dane, pode ter sido qualquer coisa! — falou Comar, investigando cuidadosamente, de longe, o outro lado. — Talvez sua mente tenha pregado uma peça em você, sabe... toda essa luz, e ainda tem as sombras das árvores do outro lado... é fácil começar a imaginar coisas.

— Comar tem razão, Dane. Não tem nada ali, deve ter sido só uma sombra.

— Vocês devem estar certos, deve ter sido só a minha imaginação... — Dane parecia não acreditar no que ele mesmo dizia, encarava as árvores como se a qualquer momento alguém ou alguma coisa, de repente, fosse sair de trás de uma delas, para atacá-los.

Os quatro continuaram andando pela floresta e agora Predar voltara a empurrar com força as árvores para que a luz do sol iluminasse o caminho que se estreitava cada vez mais e fazia com que eles se perdessem com mais frequência. Por algum motivo as árvores naquele ponto da floresta pareciam ainda mais grossas, dava para notar pela força que Predar fazia para empurrá-las, suas pedras chegavam a estalar quando elas roçavam umas nas outras. Até mesmo ele com todo aquele tamanho ficava pouco visível naquele lugar.

— Dane, por que você não sobe em uma dessas árvores, e vê se consegue enxergar o caminho? — Pediu Comar. Era realmente sorte estar tão escuro, senão Comar teria se assustado com a cara que o garoto fez.

— Hum... e como eu vou fazer isso? Não dá pra ver nada. — Respondeu. Na verdade, Dane, teria xingado o amigo, mas isso não fazia muito o jeito dele. Não que isso não tivesse passado pela cabeça dele.

— Leal... pode dar uma forcinha aqui? — chamou Comar, olhando para o lado oposto de onde estava o grandalhão. A verdade é que não era difícil confundir ele com uma das enormes árvores que os cercavam. Predar respondeu à pergunta com um grande estalo em sua boca. De alguma forma, ele parecia ter encontrado algo para comer, em meio a toda aquela escuridão...

Dane sentiu a mão enorme do Predar, apertá-lo de leve e erguê-lo lentamente, aos poucos. Sentiu os galhos roçarem nele de leve, Predar devia estar se esticando ao máximo, para poder deixar o menino o mais alto possível.

— AI! — Gemeu Dane, ele acabara de bater a cabeça em um galho mais grosso. Tateando aqui e ali, ele subiu no galho, na verdade Predar escolheu bem, a árvore era repleta de galhos, de folhagem espessa e farta. Depois de subir mais alguns metros, de bater a cabeça em mais dois galhos e de, pelo ardor, ter a certeza de que ganhara alguns arranhões, ele finalmente avistou alguns raios de luz amarelo-ouro, que atingiam os galhos mais altos, sobre sua cabeça. Dando a estranha sensação de que a árvore estava pegando fogo.

— Consegue ver algo? — gritou Kirian, olhando fixamente para cima, sem saber exatamente se estava falando com Dane ou com um galho.

— Estou... quase, Kirian, quase... — gemeu Dane. Alguns metros à esquerda de onde a menina olhava. Parecia estar se arrastando, a julgar pelo som de casca de árvore que se ouvia caindo sobre a vegetação rasteira e sobre as folhas secas no chão.

Havia uma quantidade incomum de pequenos insetos no topo da árvore. Eles pareciam estar aproveitando ao máximo a luz e o calor dos últimos raios de sol do dia. Dane, que agora estava sentado em um dos galhos, observou com tristeza que subira em uma árvore não muito alta. Grandes árvores atrás e nos lados limitavam a sua visão. Na tentativa de ter uma visão melhor, ele ficou de pé no galho mais alto que conseguiu e, no mesmo instante, os besouros, mariposas e tudo quanto mais de insetos que até então estavam quietos nas folhas levantaram voou, formando uma nuvem enorme de insetos que voavam para lá e para cá, batendo contra ele com força, alguns até chegavam a estourar nele.

Mantendo a boca bem fechada, para que não engolisse nenhum inseto, Dane ouviu um farfalhar de asas atrás dele e, antes que pudesse apurar melhor os ouvidos para tentar identificar os sons, os galhos mais finos atrás dele estremeceram, e alguma coisa, bem maior do que qualquer um dos insetos, passou veloz por ele. Seja lá o que fossem, também estavam aos montes e assim como os insetos formaram uma nuvem, bem maior, dançando no mesmo ritmo dos insetos. Um louva-deus, de cabeça grande e seis pernas enormes, sentou em uma folha, e foi só quando dois dos maiores se aproximaram, para disputar quem comeria o petisco servido na folha, que Dane notou... eram pássaros... e morcegos...

– *AAAAAAAAI!* – Berrou Dane. Um grande besouro acabara de se chocar violentamente contra o peito do garoto. Dane ficou olhando-o desgrudar pata por pata, mas antes que a última pata se desprendesse da roupa do menino, um pássaro, do tamanho de um pombo, bateu com força no peito dele e depois de várias dolorosas bicadas o pássaro partiu, com o inseto no bico, e pelo ardor, provavelmente um pedaço de pele da costela de Dane, nas garras. – XÔ, SAIAM! VÃO EMBORA, SUMAM DAQUI! – Ele parecia determinado a expulsar os bichos. Arrancara um galho da árvore e sacudia como um louco, para todos os lados, esperava dissipar a nuvem, mas a imagem das duas nuvens se juntando e arrancando pedacinhos dele pareceu tirar toda a sua coragem. Dane de olhos fechados continuou sacudindo o galho por um bom tempo e quando voltou a abri-los, a nuvem de insetos, assim como a de pássaros e morcegos, havia desaparecido quase por completo. Apenas alguns pássaros mais esfomeados ficaram por ali. Procurando por entre os galhos e, aqui e ali, aos piados, arrancavam um grilo albino ou uma larva de um buraco da árvore e o engoliam, com um nauseante "CREC, CREC".

Como se estivesse saindo de uma demorada partida de paintball, em que ele tivesse sido o único alvo, de todos os outros jogadores, Dane, se esticando ao máximo que podia, olhou pela única passagem livre entre os galhos, pelo menos a única que ele pôde alcançar. A visão não podia ser mais animadora, ainda andavam na direção certa, o rio agora parecia estar a no máximo um quilômetro e meio de distância. Dane precisava descer logo para dar a boa notícia.

– Mas o que... Comar...? Kirian? – algo deslizou, roçando de leve a perna de Dane quando ele começou a descer. Apurou a vista para tentar ver o que era, aproveitando um pouco da luz que batia nas folhas acima e ricocheteava com menos intensidade, na direção dos galhos mais baixos onde o garoto estava. Sem ver nada, após uma breve examinada, ele continuou descendo. Agora com a certeza de que havia algo errado, sua Limiax começara a brilhar, iluminando a parte da árvore que estava sendo esfoliada pelo peito do menino. – *AI, ME LARGA!* – mais uma vez alguma coisa passou próximo dele, e pareceu tentar provocar uma queda tirando um dos pés dele do galho.

– Dane, tá tudo bem aí em cima? – gritou Comar, lá embaixo. Parecendo extremamente nervoso, a julgar pelo tom da sua voz. Também dava para ouvir Predar, andando inquieto, de um lado para o outro. Talvez aquela coisa estivesse assombrando-os também. – Dane... Dane?

– Eu estou bem! Estou... – o garoto vinha descendo rápido, embalado pela gravidade e pelo medo. Agora estava a pouco mais de seis metros do chão. Parou.

– Dane, o que você tá fazendo, hein? Anda logo! Tem alguma coisa aqui... AI!

– O que foi? – Comar ouviu a garota dar uns gritinhos e correr na direção do Predar.

– Alguma coisa molhada passou por mim! – exclamou ela, com voz assustada. – Dane... anda logo! AI!

– Kirian, o que é que está acontecendo aí?

Embora nem Comar, Kirian ou Dane fizessem a menor ideia do que estava acontecendo, Predar parecia saber exatamente o que os estava cercando. Jogava seus enormes braços para todos os lados, derrubando pequenas árvores e arrancando galhos mais baixos das grandes árvores mais próximas. Dane ficou assombrado com a força que Predar possuía. Pelo som, ele agora parecia esmurrar um tronco com violência, dava para ouvir as lascas da árvore disparando em todas as direções. Diferente deles, Predar enxergava perfeitamente no escuro. É claro que ele sabia exatamente o que estava fazendo. Alguma coisa naquele lugar os ameaçava.

Dane ainda estava parado a poucos metros e tentava, sem sucesso, desviar a luz de sua pedra, que clareava o meio da árvore, mas tudo que conseguiu foi arrastar seu peito uns poucos centímetros para a direita, iluminando sem querer uma casa enorme de vespa amarela.

— Estou descendo! — exclamou com firmeza. Ele acabara de pisar em algo sólido, parecia ser um galho mais fino. Apoiando-se no galho o melhor que pôde, Dane soltou o galho no qual estava apoiado e tateando, agora, procurava por outro que fosse mais baixo. Dava para sentir seu sangue correndo, circulando rapidamente por suas veias. — O rio... — Gritou. — Ele está à nossa frente! Não muito distante. O QUÊ... NÃO! — A coisa passou outra vez pelo garoto, dessa vez tão próxima que ele teve a sensação de que ela acabara de passar por dentro dele. A sensação não poderia ser mais desagradável... era como se um balde de areia e água estivesse atravessado o peito dele. Com isso, Dane acabou perdendo o equilíbrio e caindo, com um baque surdo, estatelado. Afundando o chão de folhas e gravetos sob ele.

— AI, SAI! COMAR... SOCORRO! — Kirian gritava enquanto Predar se debatia feito um louco. A Limiax no peito de Dane brilhando fraca e imóvel ao pé da árvore.

A situação de Dane, Predar, Kirian e Comar não estava nada boa, e se agravou ainda mais quando Kirian informou que parecia estar sangrando... quase ao mesmo tempo que Predar desabou no chão, quase esmagando Dane, a julgar pela proximidade do som da queda, com o lugar onde se via a pedra do menino brilhar.

Uma onda de sentimentos, jamais sentidos antes varreu o interior de Comar naquele momento... Dane estava caído, sabe-se lá em que condições, Predar também, e Kirian sangrando... isso para não falar que alguma coisa passava, ligeira, próximo a Dane. Era possível ver a luz da Limiax sumindo e reaparecendo, sempre que a coisa passava entre os dois.

Com a cabeça zunindo. Parecendo ter centenas de vozes, gritando ao mesmo tempo, Comar, sem se dar conta, arrancou sua coroa da cabeça e começou a gritar com toda a força dos seus pulmões. As palavras se avolumando em sua boca...

— *ACENDA... ACENDA E PROTEJA O SEU GUARDIÃO! ACENDA... E PROTEJA O SEU GUARDIÃO!* — para sua própria surpresa, a coroa erguida em sua mão acendeu... brilhante como um farol. Era possível ver os ossos da mão do guardião, envoltos em punhados de carne rosa. — Transparente. Como se a coroa estivesse se dissolvendo no ar, o brilho foi se intensificando e se alastrando. Demorou um tempo para

Comar perceber que o brilho, na verdade, era uma nuvem de minúsculos pássaros incandescentes, que se dividiram em grupos e começaram a atacar o ar negro da floresta.

– COMAR! – gritou Kirian, correndo na direção do amigo quando alguma coisa, agora bem visível, avançou contra ela, sendo bloqueada pelos pássaros, pouco antes de chegar à garota. – O que são essas coisas?

– Eu... eu não sei, nunca tinha visto essas coisas antes... – era verdade. Comar nunca tinha visto aquelas criaturas antes. Eram sombras, mas não como as que causaram a morte de Lia, naquele dia, na estrada. Essas eram muito diferentes, tinham uma única forma, espessa. Embora ainda flutuassem atravessando pequenas plantas, deixando-as completamente encharcadas após isso. Elas pareciam tentar andar pelo chão coberto de folhas. Tinham quase dois metros de altura, dois negros tubos desciam do que parecia ser o corpo da coisa e se alongavam até quase tocar o chão, dois pés, que mais pareciam ter sido desenhados por uma criança de três anos, apareciam depois sumiam, deixando apenas um toco negro e mal feito, grudado em algo que continuava a flutuar, tinham mais quatro membros de tamanhos diferentes lançados para trás, dois deles tinham mais de um metro e meio e ficavam próximo do que parecia ser a cabeça da coisa.

Algumas sombras, na tentativa desesperada de se livrarem dos pássaros, lançavam-se para cima, dando várias cambalhotas no ar, mas tudo o que conseguiam era voltar ainda mais cobertas pelos pequeninos, que bicavam e batiam as asas, furiosos, tão próximos das sombras que aos poucos, uma após a outra, começaram a se dissolver. Kirian e Comar alternavam os olhares entre Dane, ainda caído, os pássaros e Predar, que já havia levantado e agora continuava a esmurrar, inutilmente, aquelas coisas, fazendo um estardalhaço danado ao acertar uma árvore ou chão, depois de sua enorme mão atravessá-las.

Depois de mais alguns minutos, restavam apenas duas sombras e, talvez pelo fato de os pássaros agora estarem concentrados nelas duas, a aparência delas pareceu ainda mais horrenda, em alguns momentos elas chegavam a prender dois ou três pássaros, com uma mão fumacenta enorme, em forma de patas de caranguejo, mas acabavam dissolvidas pela luz emitida por eles. Aqui e ali se via algo do tamanho de uma bola de gude, atravessar veloz por dentro delas, arrastando uma linha negra ao sair do outro lado, se debatendo no ar para se livrar dela, até dissolvê-la por completo.

— Comar, olha! — os pássaros dançavam pelo ar, perseguindo as sombras, em ataques furiosos. Uma delas chegou tão perto que só então eles puderam entender o porquê de as pequeninas bolas brilhantes, embora às centenas, ainda não terem levado a melhor... as sombras que restaram eram muito espessas. Ainda mais que as outras.

Como uma aranha caranguejeira, uma das sombras parou em frente a Kirian e Comar, e armou um ataque, se abrindo toda. Mas foi alvejada por uma enxurrada de pássaros e aos poucos desapareceu por completo.

— Hummm... ai... ai, o que aconteceu? — os gemidos de alguém que estava próximo foram ouvidos. Era Dane quem gemia enquanto tentava se levantar, segurando a cabeça como se não a quisesse deixar escapulir do pescoço. — Por que está tudo tão claro...? — perguntou. Com voz de alguém que acabara de morder a própria língua.

— DANE, CUIDADO! — gritaram Kirian e Comar ao mesmo tempo, mas o garoto não ouviu. Sua cabeça ainda dançava ao som de centenas de grilos, que festejavam dentro dela, com apitos e tambores. A sombra que ainda restava flutuou cheia de ódio na direção do garoto, agora, com todos os membros apontados como flechas em sua direção.

Com a visão ainda embaçada por causa da queda, Dane, ainda tentava entender o que estava acontecendo, e por pouco não teve seu corpo perfurado por vários tentáculos sombrios. A Limiax no peito de Dane acendeu, sobrepondo-se à claridade dos pássaros, a forma sombria e fantasmagórica se desfez a meio metro do menino. Dane até pôde sentir uma parede de água passar direto por ele, atravessando seu corpo, e acertar umas plantas baixas, do outro lado.

Alguma coisa saiu se arrastando muito rápido por baixo das folhas secas no chão. Fazendo as folhas estalarem e subirem até quase um metro de altura, até desaparecer na floresta escura.

Sem as sombras para atrapalhar a passagem pela floresta, Predar deu um grande urro e agarrou Comar, Kirian e Dane do jeito que deu e saiu correndo por entre as árvores, deixando pelo caminho algumas delas no chão. As cabeças dos três sacudindo loucamente, a cada passada gigantesca que ele dava.

Com Dane e Comar seguros em uma mão e Kirian de cabeça para baixo na outra, Predar, que mais parecia um trator, derrubando árvores por onde passava, continuou correndo. Após jogar mais pelo menos duas dúzias de árvores no chão, eles finalmente saíram da floresta. Saíram em um campo de vegetação rasteira onde mais adiante, a uns cinquenta metros, se via o rio. O sol já havia desaparecido por completo quando eles finalmente chegaram à margem do rio. Nuvens de vários tamanhos e formas enfeitavam o céu, esbanjando beleza e um tom dourado e laranja jamais visto por Dane.

O rio, embora não fosse muito largo, parecia ser extremamente fundo. Tinha transbordado e estava invadindo o gramado que seguia meio elevado do rio para a floresta. Dane, Kirian e Comar notaram que em alguns pontos do gramado, próximo das árvores altas, havia pequenos buracos por onde passavam pequenas correntes de água escorria, fazendo caminho até se ligarem ao rio.

– CLARO, ENTÃO É ISSO! – exclamou Dane, olhando muito atento para um dos buracos.

– Isso o quê? – perguntou Kirian, distraída, ela acompanhava o voo de uma ave até as árvores do outro lado, como se desejasse fazer o mesmo.

– Lá atrás... – continuou ele. – Vocês não perceberam? Hum... sabe, algumas vezes eu tive a sensação de estar afundando e quando eu caí daquela árvore... bem, eu, eu acho que uma parte desse rio passa sob essa floresta. – Dane apontou com o indicador.

O comprimento dela parecia não ter fim, acompanhava o rio que serpeava, até perder-se de vista. Dane teve calafrios só de pensar no que poderia acontecer se eles tivessem que seguir o rio, por dentro da floresta.

– Não seja tolo! – brigou Kirian. Com ar de quem não acreditava no que acabara de ouvir. – O rio não poderia passar aí por baixo. – Ela apontou com o queixo. – As árvores estariam todas mortas, além do mais, o rio segue por aqui! – ela apontou com a mão, acompanhando a extensão do rio, que, embora estivesse cheio, sua correnteza parecia lenta.

– E como sabe que elas estariam todas mortas se... – ele começou a falar, mas logo se deu conta do tamanho da loucura que ele mesmo estava dizendo.

– Eu sei... – começou ela, com ar de quem estava claramente revoltada. – Porque uma vez eu tentei fazer o meu próprio jardim, nos fundos do castelo. Não foi nenhuma obra-prima, se querem saber. – Apressou-se ela em dizer, antes que eles dessem umas boas risadas da garota, se bem que eles já se olhavam com ar de riso. Mas na verdade, Dane estava mais curioso de saber como a garota conseguira ir até os fundos do castelo. Talvez um guardião a tivesse levado ou esquecido a passagem aberta.

Não seria a primeira vez, afinal fora assim que o Ramon passou, quando o garoto conheceu os guardiões. Ela continuou, sem dar importância aos dois. – Ele tinha uns quatro metros. – Disse ela, parecendo orgulhosa de si mesma. – Às vezes eu levava algumas mudas do jardim da frente, sabe eu sou muito boa com essas coisas. – Ela corou de leve as bochechas e as orelhas, dando risadinhas. – Não demorou muito, sabe, e eu já tinha um monte de flores desabrochando. Foi aí que tive a ideia... então eu fiz uma pequena muralha em volta das plantas, depois joguei vários baldes de água lá dentro, até quase cobri-las por completo... achei que a água iria apenas hidratá-las. Por um momento eu me diverti vendo a água caindo do balde, formando um pequeno rio que aos poucos foi virando um lago... então eu voltei para o castelo.

– E o que aconteceu depois? – Perguntou Dane. Mostrando-se muito interessado. Talvez para fazê-los se esquecer de sua mancada.

– No dia seguinte eu voltei lá... – continuou ela, fazendo uma pausa. Ao que parecia, estava relembrando a cena. – Estavam muito bonitas, sabe, as flores, algumas até tinham desabrochado... elas tinham bebido metade da água, então eu repeti a dose e voltei ao castelo, no outro dia eu voltei para vê-las... – ela botou a mão na boca como se a coisa toda estivesse acontecendo naquele momento. – Estavam todas mortas, murchas dentro da água, algumas até já estavam começando a apodrecer... – Dane fez uma cara de riso em meio à desgraça da garota, mas se recompôs.

– Eu sinto muito – disse ele, embora estivesse pensando consigo mesmo que, em tudo que eles passaram até agora, Kirian havia demonstrado ter mais coragem do que ele e Comar juntos, como poderia agora estar quase aos prantos por causa de umas florezinhas? É claro que Dane não compartilhou seu pensamento com a garota, afinal, já a conhecia muito bem e não queria se arriscar a levar um chute no meio da canela.

– Ok. – Falou finalmente Comar, com um inegável risinho na cara. – Temos que chegar ao outro lado... só que eu não esperava que o rio estivesse tão cheio, mas pelo que vejo essa ainda continua sendo a parte mais estreita para se chegar ao outro lado... – Comar deu uma olhada para Predar, que pareceu entender na hora o que o seu senhor queria. Ele até deu uma olhadela para o céu e uma expressão de dar dó, no seu rosto, o denunciou... ele sentia falta da Nill, e era bem verdade que se ela estivesse com eles a situação seria bem diferente. Eles atravessariam aquele rio voando.

CAPÍTULO VINTE E TRÊS

POR ÁGUA ABAIXO

Alguma coisa cortou o céu com extrema velocidade, clareando o próprio céu e tudo o mais que estava sob ele, seguido por um violento estrondo, algo parecido com o som de um tiro de canhão, segundos depois, o céu estava sendo cortado por inúmeros raios, com trovoadas que faziam o chão tremer. As primeiras gotas d'água começaram a cair no rio, deixando a superfície esbranquiçada. Alguns gravetos, agitados, subiam rápido do fundo do rio e boiavam na superfície. A água agora estava bem mais agitada.

Talvez fosse pelo motivo de o sol agora ter desaparecido por completo do horizonte e a noite fria e escura estar a minutos... ou talvez fosse apenas falta de atenção de Dane mesmo, mas... a lua estava à vista, grande e brilhante no céu, que, agora, mesmo com a lua brilhando lá no alto, ganhara uma coloração escura. O vento que passava por eles trazia um ar gelado, cortante. Por um tempo, Dane observou a outra margem, alguns animais saíam do rio e subiam a ribanceira lentamente, também alguns pássaros que remexiam aqui e ali próximo à água à procura de insetos saíram saltando, mas assim como os outros animais, se embrenharam no mato para fugir da chuva.

Ele já tinha voltado sua atenção mais uma vez para Comar, Kirian e Predar, que discutiam as mais loucas e impossíveis formas de atravessar o rio, quando teve sua visão arrastada mais uma vez para a margem do outro lado. Alguma coisa lá não tinha saído da água e movia-se lentamente, escondendo-se atrás de algumas plantas aquáticas. Era uma cabeça irregular e solitária que boiava sobre a água. Diferente dos inúmeros gravetos e até grandes troncos que desciam pela água... ela estava quase imóvel, e ao perceber que Dane a observava, veio deslizando lentamente sobre a água, para o meio do rio.

– Hum... ok. Gente... eu... pessoal... pessoal, olhem, no rio, tem alguma coisa lá! – exclamou Dane, tentando chamar a atenção dos três. Mas nenhum dos dois deu ouvidos, apenas Predar pareceu interessado no que o garoto falava, se inclinando para frente e apertando os olhos, na direção em que Dane apontava com o dedo. Ao lado de Dane e predar, Kirian sugeriu que eles deveriam atravessar o rio usando altas pernas de pau.

— O que? Isso é loucura! É isso que é essa ideia. — Berrou Comar. Nenhum dos dois dava ouvidos ao menino, que quase teve um ataque cardíaco, quando voltou a olhar para o lugar onde a cabeça estava e percebeu que ela agora os observava bem de perto.

Seja lá o que fosse aquela coisa dentro do rio, agora observava eles a pouco mais de dez metros e seria facilmente confundida com os muitos troncos e folhas que desciam na correnteza se não fosse o fato de a cabeça ainda se manter imóvel dentro da água, embora agora apenas os olhos e o topo irregular da cabeça estivessem para fora da água. Era esverdeada com cabelos muito falhos e longos, que tinham a mesma cor. Mais perto, Dane agora conseguia reconhecer aqueles olhos enormes e aquela cabeleira, sua ideia do que era aquela coisa se confirmou quando algo parecido com um bambu extremamente flexível emergiu, levantando uns capins alguns centímetros sobre a água, alguns metros abaixo.

— É uma Glinth... — sussurrou Dane para si mesmo. — É UMA GLINTH, TEM UMA GLINTH NO RIO! — berrou, agora, fazendo todos ouvirem e fazendo Comar olhar com descrença para o garoto.

— Não seja tolo, Dane. Não existem glinths nesse rio... elas ficam a quilômetros daqui. — Disse ele. Olhando a água e pela expressão em seu rosto, ele realmente não acreditava que pudesse haver uma criatura como uma glinth naquele lugar.

— Cadê? Onde ela está? — Kirian correu e ficou parada, acariciando a água que batia e dava a volta em sua cintura. Sequer percebeu quando agarrou com a mão um tipo estranho e enorme de rato em decomposição que descia na correnteza e ficou esfregando a superfície da água com ele. Olhava curiosa, para todos os lados. Mas desistiu. — ARGGGGG, QUE NOJO! — as risadas acompanharam a garota enquanto ela corria para fora da água e algum tempo depois também. Por um instante Dane pareceu ter esquecido o que acabara de ver, ou talvez estivesse tentando acreditar nas palavras do amigo... de que naquele rio não havia nenhuma glinth, ou talvez fosse simplesmente por não ter medo delas, já que quando ficara cara a cara com algumas delas, com exceção, é claro, do buraco em seu peito, feito por uma arma de um pescador estranho, mas que graças à garota glinth, havia cicatrizado, ele saíra ileso do encontro... até a própria rainha glinth o ajudara a sair do túnel em que estava preso. – Por que vocês fizeram isso, hein? Por que não avisaram que eu estava segurando uma criatura morta? – Kirian dava pulinhos de nojo enquanto falava. Tentando limpar um óleo fedido das mãos.

Esforçando-se para não esmagar seus amigos, Predar apertou-os de leve com as mãos, fazendo-os parecer um bolinho de carne achatado entre seus dedos enormes e, como se não pesassem mais que uma pena, jogou os três nas costas e saiu andando. Ainda encarando o meio do rio e fazendo um barulho com a boca, que fez Dane lembrar outra vez do Bolinha, o cachorro gorducho do Sr. Fofo, e do som que ele fazia quando o seu dono tentava tirar algo de sua boca.

Predar foi entrando na água devagar, porém decidido. Com certeza ele não tinha medo de água, apesar de ser feito de pedra. Com apenas duas passadas a água que de início estava na altura da canela chegou à linha da cintura, um segundo mais tarde ela já cobria o peito rochoso de Predar, batendo com força nos três às suas costas. Bem... afinal, o rio era mais fundo do que parecia ser.

A força da correnteza estava bem mais visível agora, batia em Predar no braço direito com força, fazia onda e dava a volta, agressiva. Comar e Kirian estavam montados no ombro do amigo e se agarravam como dava, Dane, porém, tinha ficado em pé atrás do pescoço grosso do amigo. Por várias vezes ele tentou passar as pernas em volta, mas tudo que conseguira fora ficar em uma situação ainda pior, escorregara e agora estava com água na cintura e se segurando apenas em uma pedra pontuda das costas do Predar. Dane, que agora estava até o peito dentro da água, pôde perceber que o amigo deslizava aos poucos com a força da correnteza e a água que até então estava razoavelmente tranquila de repente foi se avolumando, formando ondas que passavam sobre a cabeça de Dane, fazendo ele beber grandes goles de água.

– O que está acontecendo? – gritou Kirian. A voz trêmula.

A chuva começou a cair com mais vontade. As enormes gotas estalando ao baterem em seus corpos doloridos. Estavam sendo castigados por todos os lados. A lua havia desaparecido, por trás das nuvens escuras no céu.

Talvez fosse apenas por causa da água acumulada dentro dos olhos de Dane ou talvez fosse o receio do garoto se concretizando... ele viu uma onda serpeante vir na direção deles, dois segundos depois, sentiu um tranco forte e Predar cambaleou. Alguma coisa acabara de tentar derrubar o Predar e essa mesma coisa, agora, passava roçando, lentamente, sob as pernas de Dane, muito grossa, comprida e, até onde ele pôde notar, muito pegajosa. Fazendo seu coração disparar. Era verdade, ele já não tinha mais medo das glinths, mas a sensação não poderia ser mais desagradável.

– Predar, vai mais depressa! – Berrou Dane. Estava aterrorizado. Mesmo que aquela coisa dentro d'água fosse uma glinth, o fato de não poder vê-la o deixava extremamente nervoso, mas ela não ficou lá embaixo por muito tempo.

Jogando água para todos os lados, ela finalmente veio à tona, ficando de frente para Predar... a cabeça passando no mínimo três metros da dele. Soltou um grito.

Dane não teve dúvidas, apesar de o grito não se parecer em nada com o que ele lembrava, pois só de ouvi-lo ele ficou desacordado, era impossível não reconhecer aquela cabeça quase careca, com aquela cara horrorosa. Não era uma glinth... eram duas, cada uma mais feia que a outra, e mesmo agora elas tendo voltado um bocado para dentro da água, suas cabeças ainda estavam, e muito, acima da de Predar, que ao vê-las, assumiu uma posição que tanto Dane quanto Comar reconheceram na hora ser de defesa. Por mais que tentasse, ele não conseguiu lembrar-se daqueles rostos, com certeza elas não estavam nos túneis naquele dia... ele teria lembrado. Uma coisa ou outra diferenciava uma glinth da outra, uma verruga a mais, um corte no rosto a menos ou algo do tipo. Se as conhecesse poderia tentar falar com elas.

O céu escureceu de vez e ninguém com exceção de Predar ou das mulheres glinths parecia enxergar alguma coisa. Predar avançara poucos metros. A pedra no peito de Dane de repente começou a brilhar, mas não o suficiente para iluminar tudo em volta deles. Predar começou a subir pelo rio contra a correnteza, estava indo muito rápido e inquieto. A água batendo furiosa contra eles. Somente quando Comar tirou sua coroa da cabeça e ergueu-a no ar, iluminando uns dez metros em volta deles, foi que ele eles perceberam... uma glinth tinha se enroscado no braço direito de predar e o arrastava rio acima.

– Comar, faça alguma coisa! – berrou Kirian, e bem que ele queria, mas a verdade era que ele não estava vendo muita coisa, até que a cauda de uma das glinths subiu alto e desceu, muito rápida, acertando em Dane meio que na cabeça e no peito ao mesmo tempo, fazendo-o desprender do Predar com um barulho tão alto que por um instante pareceu que algumas de suas unhas tinham ficado presas no amigo. Nem Comar ou Kirian pareciam terem notado que Dane havia caído na água, eles estavam muito ocupados tentando fugir dos ataques das Glinths, que por alguma razão estavam menos constantes.

— Cadê ela?

— Ela quem? – perguntou Comar, ofegante, segurando firme a coroa e apontando para a glinth, que finalmente dera uma trégua e agora olhava para eles de próximo da margem.

— A coisa... elas estavam em duas, não estavam? Eu só estou vendo uma... então, onde está a outra? – um estalo fez Comar olhar rapidamente para trás. Confirmou. Dane não estava mais nas costas do amigo. Ele voltou a coroa rapidamente para a glinth da margem, mas ela também já tinha desaparecido. – Comar... onde ele está?

— Eu não sei... ele... ele deve ter caído, eu acho que... bem...

— *DANE!*

— *DANEEEEEE!*

— DANE... POR FAVOR, NÃO! – Os gritos dos dois varriam as margens, sem resposta. O rio voltara a ficar tranquilo. – Comar, ouça! Está ouvindo? – Comar apurou os ouvidos, girando-os como quem gira uma antena para tentar captar um sinal melhor.

— Ouvindo o quê...? Eu não ouço nada. Você deve estar ouvindo coisas. Ele deve estar por aqui, em algum lugar... eu vou encontrá-lo. – Mas Kirian não estava ouvindo coisas, e quando Comar ia mergulhar na água, um grito de socorro, parcelado, ecoou. Muito baixo, mas que não deixava nenhuma dúvida, era Dane. Parecia já estar muito longe rio abaixo. – ***LEAL, VAI!*** – Predar disparou por dentro do rio, descendo rápido com a ajuda da correnteza, ia mais pelo fundo da água do que por cima e antes que pudesse chegar na primeira curva do rio... afundou por completo. Por quase um minuto não se viu e nem se ouviu nada, com exceção dos gritos de socorro, agora quase inaudíveis, de Dane. Até que uma mão enorme surgiu na margem do outro lado e Predar emergiu, com Comar agarrado em seu ombro e Kirian grudada no braço, igual a um carrapato, vomitando parte do rio.

— Vamos, atrás, dele! – gritou Kirian, ofegante. Quando finalmente parou de vomitar.

— Não dá... não tem como ir pelo rio e a floresta é muito escura, a gente ia se perder fácil... não ia adiantar de nada.

— Mas...

— Eu lamento. Mas não poderemos ajudar Dane se estivermos mortos.

A chuva agora já havia passado. As nuvens começavam a se dissipar e a lua, embora não aparecesse, começava a iluminar o céu. As estrelas já apareciam aos montes.

Kirian abaixou a cabeça, pensativa, enquanto observava o andar gracioso de um vagalume, que brilhava e iluminava parte da areia ao redor dele.

— É CLARO... A PEDRA DELE! — exclamou.

— É... a pedra dele. — Repetiu, confuso.

— Não, você não entendeu. Ela brilha, não é? Quero dizer, quando tem algum problema? Então... ela deve estar brilhando como louca agora.

— ... Deve sim. Mas, Kirian, ela deve estar embaixo d'água uma hora dessas... não daria pra ver. Temos que esperar pelo amanhecer... e torcer pra que ele tenha ficado com a cabeça acima da água até conseguir chegar à margem.

Mas Kirian tinha parado de ouvir. Sua atenção estava na curva mais adiante do rio, no borrão escuro que eram as árvores nas margens e no prateado da água que agora corria silenciosa. As palavras de Comar, agora, nada mais eram que sussurros, que se misturavam com a brisa suave e gélida da noite.

Algumas curvas abaixo de onde Kirian parara o olhar por um bom tempo, antes de Comar arrastá-la para mais próximo das árvores da margem, onde fizeram uma fogueira. Dane tentava desesperadamente manter a cabeça acima da água, aqui e ali afundava, depois subia novamente, tossindo e vomitando. Na tentativa desesperada de se aquecer e também de ficar em cima da água, ele se debatia o máximo que podia. E ainda assim, continuava a afundar.

O rio de repente pareceu ter um volume maior de água do lado em que ele estava. Vários peixes começaram a se agitar, saltando uns por cima dos outros, por cima de Dane, todos na mesma direção. Nadavam a favor da correnteza. Algo deslizou rapidamente sobre a água e afundou em seguida. Dane começou a nadar o mais depressa que pôde a favor da correnteza, tentando acompanhar os peixes que nadavam, desesperados, na direção da margem. Sem se importar se era o lado certo, ele continuou a seguir os peixes. Ele não precisava ver o que estava assustando os peixes. Sabia exatamente o que era.

– Não... de novo não, de novo não!

Parecendo terem saído do pensamento de Dane, os vultos enormes das duas glinths surgiram em volta dele, que, mesmo sabendo que a visão delas parecia ser ainda melhor durante a noite, ficou imóvel, torcendo para elas não o verem. Mas isso não adiantou, uma delas fez um som esquisito para a outra e avançou com a boca escancarada contra Dane. Antes das enormes presas da glinth tocarem a cabeça do menino, alguma coisa enorme surgiu entre os dois, arremessando o garoto para trás e batendo com força na cabeça da glinth que o atacava. Dane olhou ligeiro para seu salvador e mais do que nunca, agora, tinha certeza de que iria morrer. A coisa o salvara, com certeza, por acidente... era mais uma glinth, ela devia ter subido à superfície tentando devorá-lo antes das outras e apenas errara o bote. Dane, sentindo-se incapaz de nadar, já se perguntava se seu corpo pequeno e magricela teria carne suficiente para as três.

A glinth que levara a cabeçada boiava em cima da água, parecendo completamente desorientada. A expectativa de Dane se salvar aumentou quando a terceira glinth, embora, bem menor que as outras, começou a atacar a que restou. As duas foram subindo, se enroscando até ficarem parecidas com um pavio gigante e desabaram sobre Dane, que foi parar no fundo do rio.

Na tentativa de voltar rapidamente para a superfície, ele chutou o fundo do rio, infelizmente, com tanta força que seu pé ficou preso na lama.

Quando Dane finalmente conseguiu se soltar e subir à superfície, não conseguiu acreditar na sua falta de sorte. Acabou saindo exatamente entre as serpentes, que continuavam brigando, sem descer a droga da correnteza. A glinth que levara a cabeçada também continuava ali. Ela ainda boiava, girando e se debatendo, embora parecesse estar recobrando a consciência, e a outra, maior, estava com os dentes cravados na menor, que dava guinchos de dor. Dane, sem ter muita certeza se estava fazendo a coisa certa, agarrou um galho espinhoso que passava perto dele e arremessou com força contra a glinth maior. O galho acertou e grudou no olho dela, que guinchou de dor e soltou a outra. Se contorcendo. Dane já não tinha mais forças para manter a cabeça acima da água, mas antes que começasse a afundar, ele viu a pequena glinth enfiar as garras na maior e dar um grito estrondoso em seu ouvido. Ele a viu desabar em câmera lenta, antes de sua vista escurecer por completo. Dane já não sentia mais medo ou frio, apenas sono, aos poucos, ele afundou na água.

 O som dos pássaros que piavam aos montes chegou com uma brisa suave e quente aos ouvidos de Dane, banhando o seu rosto. Acordou. Estivera sonhando... no sonho ele estava em casa com seu pai, tentavam instalar algo... parecia ser o velho gerador que Heitor ganhara do vizinho, Erwer, Dane estava feliz, Heitor sorria para ele. Um barulho como um de um arranhão chamou a atenção de Dane, mas Heitor pareceu não ter notado. Outra vez... só que dessa vez o barulho veio acompanhado de um outro som... parecia ser água. Dane olhou para seu pai que continuava a trabalhar no gerador. O que estava acontecendo? Quando o barulho voltou, agora, como se alguma coisa arranhasse um metal, Dane não teve dúvidas, o som vinha de dentro do gerador. Encostou o ouvido no gerador para ouvir melhor... parecia estar havendo uma tempestade lá dentro, ouvia-se tinidos de metal, arranhões e gritos vindos lá de dentro. No minuto seguinte o gerador rachou e se partiu. Uma quantidade enorme de água saiu do gerador e inundou o lugar em segundos. Heitor sorria para Dane enquanto segurava seu braço, mantendo-o sobre a água. O gerador boiava, girando e girando. Continuava a despejar água. Dane mirou bem o buraco no gerador... alguma coisa estava saindo lá de dentro, ficava cada vez maior à medida que se aproximava da saída. "POW", o gerador explodiu, jogando água para os lados e deixando escapar lá de dentro. Era uma coisa grande e que a princípio parecia ser uma grande palmeira, mas Dane mudou de pensamento quando a coisa emergiu ao lado deles, a enorme boca escancarada sobre suas cabeças. Estava exausta, ofegante e extremamente furiosa, seu olhar penetrante se acalmou assim que encontrou o de Dane. Ele encarou-a bem. Não restavam dúvidas, aquela era a garota glinth. Embora a maior parte do corpo se parecesse com os das outras, somente ela mostrava bondade nos olhos. Ela agora ria.

 TRUC...

 – NÃAAAAAAAO! – a cena parecia estar se repetindo. Algo estava atravessado no peito da glinth, que guinchou de dor e começou a se debater, criando enormes ondas. Ela encarou Dane, como se implorasse por ajuda.

 O céu escureceu de repente e uma tempestade começou a cair.

– *FUJA* – disse ela. Pouco antes uma figura surgiu atrás dela, e mesmo agora estando chovendo forte e estando escuro, Dane não teve dúvidas... aquele era Morlak.

Morlak sorria enquanto enfiava ainda mais uma espada negra e vaporosa na garota. Mesmo ela sendo muito grande, se comparada a Dane, Morlak segurou-a pela cabeça com apenas uma das mãos. Arrancou a espada e em seguida a decapitou.

– *NÃÃÃÃÃÃÃO! NÃO!* – Gritou Dane, vendo o corpo da amiga desabar e sumir sob a água. – MALDITO! SEU MALDITO... COMO PÔDE?

– Dane... Dane... eu tenho que ir, filho. – Por um segundo, Dane havia se esquecido de que o seu pai estava ali, ao seu lado.

– Do que o senhor está falando? Não! Por favor, não. Fique atrás de mim, eu vou protegê-lo, prometo.

Tarde demais. Heitor soltara o braço de Dane.

– Cuide-se, filho.

– Papai, não! Segure a minha mão... por favor... Por favor, não! – mas Heitor parecia não estar mais escutando. Ele se afastava cada vez mais. Levado pela água.

– Vai ficar tudo bem, filho, eu te amo.

Morlak olhou para Dane e riu. Uma risada fria, má e sem vida. Em seguida lançou-se em um ataque feroz contra o garoto, mas mudou de direção, ainda rindo. Ele abriu a boca, que para a surpresa do menino ficou tão grande que poderia engolir facilmente a velha caminhonete do Sr. Erwer. Sob os gritos de desespero de Dane, abocanhou Heitor e o arrastou para o fundo.

– *... NÃO... NÃO... POR FAVOR... PAAAAAAAI!*

Com a respiração ofegante, soluçando e extremamente suado, Dane acordou.

– Tudo bem... fora apenas um sonho. – Falou para si mesmo. Heitor estava bem... estava seguro.

Ele abriu os olhos... o céu estava azul-claro e o sol saía de trás das árvores. Fechou os olhos novamente... queria sentir os primeiros raios do sol no rosto e o calor invadindo o seu corpo, mas ao invés disso, sentiu um beliscão tão forte em seus cabelos que fez ele gemer. Dane abriu os olhos, assustado. Ao lado da sua cabeça, um pássaro do tamanho de um urubu, que mais parecia um pavão de tão colorido, embora tivesse uma calda curta, bicava a testa dele, arrancando fiapos de cabelo.

– Ai! Sai, sai daqui! – o pássaro se afastou com um bater de asas barulhento e um som que com certeza era de ameaça. Dane levantou a cabeça e olhou em volta, tentando lembrar o que tinha acontecido. Como ele fora parar ali. Ainda estava dentro do rio, bem... pelo menos uma parte dele estava. A correnteza que agora estava bem menos agitada balançava seus pés. Era uma areia branca e quentinha na beira do rio onde ele fora parar. Dane levantou fazendo o urubu pavão, que ainda estava por ali, saltar para trás e ficar todo inchado. O garoto tinha areia até nos olhos e... – *AI, SAI!* – Ele olhou um pouco mais abaixo de onde ele estava e de repente as lembranças da noite anterior passaram como um trem bala pela sua cabeça. Uma glinth estava caída na margem, a apenas quatro metros dele, mas ela não se mexia, embora seus grandes olhos estivessem abertos. Uma linha vermelha descia do seu pescoço, onde era possível ver um buraco e corria para o rio... o sangue descia aos montes. A glinth estava morta.

Com certeza era ela... só podia ser, Dane se aproximou um pouco mais para ver a glinth morta...

– NÃO, NÃO, NÃO... – a voz chorosa de Dane ecoou pela margem, alta e penosa. Era ela... a garota glinth que o salvara, assim que ele chegou naquele mundo estranho. Ela agora tinha salvado a vida dele pela segunda vez, e, por sua culpa, estava morta. Sem medo e sem se importar com o que poderia acontecer, Dane agarrou-a pelos fiapos de cabelo, que de tão fracos se quebraram e ela bateu a cabeça com força em um galho em que estava presa e que era a única coisa impedindo que ela descesse correnteza abaixo. – Isso, isso! Vamos... tem que reagir, faça um esforço. – O rosto tristonho e pálido de Dane se iluminou. A glinth mexera um pouco a cabeça... bem pouco, mas o suficiente para levantar o ânimo do garoto.

Dane ficou ali, parado, olhando a glinth mexer a cabeça lentamente, aquela criatura medonha, enigmática, improvável e com certeza estranha. Um devaneio o afastou dali por uns segundos... todas as criaturas que o atacara até agora, incluindo as duas glinths, deviam estar sob ordens de Morlak... e se apenas os comandados dele já quase o mataram... do que ele, Morlak, seria capaz... Dane nunca o vira, nem mesmo uma vez, a não ser, talvez, no seu sonho, uma figura grande, forte e cruel. Talvez achasse que Dane não representasse uma ameaça real ou simplesmente fosse do tipo que se esconde atrás do seu exército. Não tinha como saber... ainda não.

– Espere! Não se mova, não se mova. – A menina começou a se debater e deslizar para dentro da água. Quanto mais ela se mexia, mais alto o sangue jorrava, deixando parte da areia da margem com uma cor vermelho-rubi. – Espere, por favor. – Ele agarrou um galho em forma de gancho e laçou-a pelo pescoço, fazendo força para tentar arrastá-la mais para a beirada. A glinth gritava de dor e arranhava o galho com tanta ferocidade que as lascas voavam. Dane não estava tendo sucesso, por mais força que botasse, a garota não se movia um só centímetro. Com um estalo de doer os ouvidos o galho com o qual Dane tentava arrastar a garota se partiu e ele se estatelou no chão com um baque surdo e um gemido. Levantou-se com cara de quem queria bater na garota com aquele pedaço de madeira, mas se acalmou quando a glinth pareceu perder o resto das forças e agora apenas olhava para ele, quase desmaiando... parecia implorar para que Dane a matasse de uma vez. Seu olhar desceu do rosto do garoto para a pedra em seu peito. – O quê... isso? – Dane pôs a mão sobre a pedra. – Quer que eu use isto? – ela consentiu com um movimento suave da cabeça.

Fazia poucas horas que a garota glinth estava presa no galho na margem do rio, mas sua aparência... era como se ela tivesse presa ali há dias, estava ressecada e cheia de bolhas vermelhas.

Depois de algum tempo e muito trabalho, Dane finalmente conseguiu chegar perto o bastante para agarrar a garota.

– ... Eu vou conseguir, você vai ver. – Disse ele, aumentando um pouco a voz. – Vou tirar você daqui.

A menina estava fraca demais para atacá-lo, ao menos, essa era sua esperança, caso ela não o reconhecesse. Os dentes da garota nunca pareceram mais afiados.

GRRRRRRRRRRR...

– Sou eu... lembra? Você me salvou... duas vezes. – Dane dava passadas lentas e entre uma e outra, uma pausa. Agarrou novamente a cabeça dela e... – *PARA!* – a glinth deu uma abocanhada no ar e quase arrancou a mão dele, babando, tremendo e se contorcendo toda. Dane tropeçou e caiu de cara no chão após uma tentativa inútil de se equilibrar. – Não está vendo? Eu só quero ajudar! – Bufou. – Por favor, deixe-me ajudar você...

por favor. – Mais do que nunca o garoto teve certeza de que não devia ter dito nada. A garota o encarou como se a qualquer momento fosse saltar e abocanhar a sua cabeça. Talvez ela não tivesse mais o reconhecendo... ou talvez sim, e só tivesse extremamente zangada pelo que ela acabara de passar por causa dele.

Ela realmente não estava nada bem. Abriu a boca exageradamente grande, bocejando, exausta, exibindo uma fileira de dentes menores e pontiagudos, oculta atrás da fileira principal, depois apoiou a cabeça no galho com tanta força que ele balançou, estalou e quase se partiu. Sem ninguém para ajudá-lo, Dane se aproximou mais uma vez da garota serpente, que dessa vez sequer esboçou uma reação. Continuou parada, encarando ele, que mais uma vez chegou perto o suficiente para acariciá-la.

– Está tudo bem... eu vou ajudar você de alguma forma, vou dar um jeito... eu prometo. – Ele já tivera uma conversa com uma glinth antes, e, fosse por ela ser a rainha de todas as outras ou talvez fosse simplesmente por ela ser muito velha, falava como um humano, quase sem chiados, mas com muitos arrastos. Sua jovem amiga glinth... ao contrário da rainha, parecia não compreender absolutamente nada do que ele dizia.

A tentativa de Dane de ajudar a amiga finalmente parecia estar dando resultado. Sua pedra brilhava e aos poucos, claramente, via-se ondas se formando dentro dela. Ele teria ficado abobado se já não tivesse visto aquilo antes... no esconderijo das mulheres glinths. Estava no pulso de Hevon um bracelete repleto de pedrinhas brilhantes, a maior delas ficava no meio, linda e brilhante, com um mar em miniatura dentro dela, repleto de ondas parecidas com aquelas que Dane via agora. Ele a tocou e sentiu o seu sangue correr por suas veias, como aquelas ondas, todas indo na mesma direção, onde a pele da mão de Dane tocava a pele áspera do rosto da amiga. Era como se seu corpo passasse calor e vida para a jovem glinth. Dava para sentir a energia saindo dele.

Aos poucos, o corpo ressecado da menina foi ganhando uma aparência mais úmida e oleosa, seus grandes olhos de farol que estavam murchos e sem vida, de repente, se encheram e ganharam um brilho encantador. A calda, que se movia lentamente com a força da água, começou a se agitar mais e mais...

– Hei, para com isso. Vai se machucar! – a garota agora estava se debatendo tanto que o galho começou a se partir. A calda agitada da menina fazia ondas tão grandes que por um momento Dane poderia

jurar ter visto as duas mulheres serpente se aproximando dele outra vez.
– Opa! – tenha mais cuidado! – foi por pouco. A calda da menina foi para frente e acertou o chão, tão perto de Dane que ele sequer teve tempo de reagir, ela deu impulso com a calda e completamente desajeitada voltou para a água, levando parte do galho com ela. – Hei, espera!

Estava outra vez sozinho... apenas o urubu-pavão que ainda o observava, desta vez, do alto de uma das árvores, fazia companhia para ele. Algo emergiu no meio do rio, os longos cabelos, cobrindo parte do rosto... era ela, a garota. Seu olhar agora já não era de ameaça, era um olhar sereno e ao mesmo tempo de dúvida, ela o observou por uns trinta segundos e desapareceu, deixando uma nuvem de lama e bolhas na superfície.

Havia um caminho muito estreito que saía da margem e seguia por entre as árvores, e foi exatamente por ele que Dane seguiu. Afastou-se do rio e seguiu pelo caminho estreito passando por entre as árvores que ainda pingavam por causa da chuva da noite anterior, boa parte delas estava coberta de cipós, samambaias e outras plantas que desciam do alto, até quase tocarem o chão. O escuro da floresta atrapalhava, e a manhã que havia trazido com ela um belo sol e um calor aconchegante, agora, entre aquelas árvores, mais parecia um fim de tarde em um dia chuvoso. O caminho era forrado por folhas secas, aqui e ali era possível ver a areia muito branca sob elas, o que para Dane era realmente uma sorte porque ele sequer conseguia ver direito o caminho, quanto mais ele andava, mais as árvores se fechavam. Ele agora apenas seguia os pontinhos brancos e de vez em quando esbarrava em alguma coisa.

– Ai!!! – Dane correu a mão à testa que de repente pareceu estar molhada, em seguida, na coisa na qual acabara de dar de cara. Era pontiaguda e estavam aos montes. Dane fez um esforço para que sua Limiax brilhasse, mas nada aconteceu. Correu a mão novamente pelo objeto... Era um galho grosso e espinhoso. Identificou. Devia ter caído ali na noite anterior, por causa da chuva. Dane contornou o galho e andou dando voltas, por pelo menos uma hora e meia, sempre seguindo os pontinhos brancos no chão, até que uma clareira surgiu mais adiante, a uns setenta metros de distância. O som de uma criança chorando quebrou o silêncio do lugar, embora, na verdade, vários insetos estivessem fazendo uma festa, e outra coisa bem maior se arrastasse por entre as árvores, fazendo a pele de Dane arrepiar.

– Finalmente. – Suspirou. Andando o mais rápido possível em direção ao choro da criança.

CAPÍTULO VINTE E QUATRO

O ENCONTRO COM O MAGO DA VILA

  Agora, já mais próximo, o choro da criança fazia o coração de Dane palpitar. Era tão... humano, que fez ele pensar que talvez aquele fosse um portal para o seu mundo. Tomando cuidado e andando o mais depressa que pôde, Dane correu até a clareira e ficou parado atrás de uma árvore, observando. Esperava que alguma coisa acontecesse... os galhos se movessem, pingos de água levitassem fazendo uma dança no ar ou alguma coisa do tipo, mas nada disso aconteceu. Era apenas uma clareira na floresta, onde algum maluco, na opinião de Dane, resolveu fundar uma vila. Dane continuou ali, parado, observando cada movimento, mas aquele lugar não se parecia com nada que ele já tivesse visto no seu mundo... algumas das casas tinham andares e eram feitas de palha por cima e nos lados, outras que não tinham um andar ou dois sobre elas, possuíam as mais estranhas formas, algumas até pareciam túneis com mais de quatro metros de comprimento e dois de altura, umas serpeando sobre o chão, outras em linha reta.
  A vila, assim como a clareira, não era tão grande. De onde Dane estava, dava para ver perfeitamente onde ela terminava. Era ladeada por grandes rochas e altas árvores entranhadas nelas, uma coisa parecida com um jardim fora feita bem no meio da vila, mas não havia flores nele, era apenas mato, ainda assim, parecia ser bem cuidado, alguns até pareciam que tinham sido podados recentemente.
  O choro continuou.
  – ... de onde tá vindo isso? – sussurrou.
  Ainda atrás da árvore, Dane esticou o pescoço e ficou na ponta dos pés. Estava vindo de trás do jardim. Queria saber o que diabos era aquilo, estava ali já há algum tempo e ninguém apareceu. Talvez a vila fosse assombrada...

TREC!

Imaginando que um espírito maligno fosse saltar de trás das plantas e sair pairando pela vila, Dane deu um passo para trás e, para seu azar, acabou pisando em um galho podre. Olhou para os pés e novamente na direção do jardim... o choro havia parado. Dane sentiu a cabeça rodar e por pouco ele não desmaiou, tudo em volta estava girando. A visão de um dos olhos ficando vermelha. Com as mãos apoiadas no chão e fazendo grande esforço para não desmaiar, ele ficou ali, parado, enquanto as coisas ao redor aos poucos paravam de girar. Após alguns minutos, Dane conseguiu se levantar, seu pensamento ainda estava no jardim que, para sua surpresa, ao encará-lo novamente, notou que agora uma cabecinha o observava de lá.

Por um instante Dane tremeu. Refazendo mentalmente o caminho de volta para sair dali o mais depressa possível, mas as pernas congelaram. A cabeça flutuou para longe do jardim, ganhando um corpo logo abaixo dela, e engatinhou com os olhos fixos em Dane até o centro da vila... foi ficando vermelha, sua respiração foi ficando tão pesada que era possível ouvir de onde Dane estava, parecia estar inflando, até que novamente abriu a boca e soltou um berreiro de doer os ouvidos. Qualquer coisa a quilômetros dali sem dúvida poderia ouvi-lo. Não era um espírito maligno, era só... era... apenas um bebê, completamente normal, e amedrontado.

Finalmente Dane resolveu encarar, mas assim que pôs o pé fora das árvores, uma multidão foi enchendo a pequena vila, saindo das casas, só aí que ele percebeu que havia mais casas do que ele tinha contado, nos lugares mais improváveis, no alto das árvores, dentro das rochas e tinha até uma dentro do chão, estava coberta por uma porta camuflada. Havia pelo menos cinco tipos diferentes de criaturas e um monte de cada uma delas. Cercaram a criança ainda aos berros, pareciam querer comê-la viva.

– Vamos! Brilha, anda brilha sua coisa... por que você não brilha?! – Dane resmungava baixinho com sua pedra quando um casal, talvez o mais humano que ele já tinha visto desde que chegara, saiu de dentro de uma casa de três andares e correu na direção da criança, gritando alguma coisa. As criaturas abriram passagem para os dois ainda bodejando algo, a mulher pegou a criança no colo, enquanto o homem conversava com os demais... parecia dar algum tipo de explicação, não muito bem aceita, pelo que Dane pôde notar.

Ainda reclamando, as criaturas foram dando as costas e voltando para suas casas. O casal de humanos ainda parado no centro da vila... era agora ou nunca.

— Olá... — a criança agora estava quieta nos braços da mulher que provavelmente devia ser a sua mãe, mas ainda encarava Dane. Seguindo o olhar do filho, os dois viram ele e, como se tivessem acabado de ver um fantasma, os dois se entreolharam e deram a impressão de que iriam chamar os outros, mas ao invés disso, começaram a acenar para Dane, um orientando para que ele voltasse por onde veio e o outro indicando para ele vir até eles, e rápido. Obedecendo a mãe, que embora parecesse preocupada, mantinha um sorriso acolhedor no rosto, Dane foi até eles e imediatamente fora arrastado por ela para dentro da casa.

— O que você faz aqui, garoto?! Não é seguro... você não devia... — mas ela parou de falar de repente, seu olhar agora descera dos olhos do garoto, para a pedra em seu peito.

— Vocês falam minha língua! Mas então...

— É... é você... o menino de quem todos estão falando... é você mesmo...

— Ai! — a mulher puxou o cabelo de Dane com tanta força que ele teve certeza de que alguns fios saíram grudados na mão dela. — Sim, quer dizer... acho que sim. — Ele esfregou a cabeça e se recompôs. — O que vocês fazem aqui, sabe, com aquelas coisas? Não tem medo deles?

— Não, eles não vão nos machucar enquanto os magos cuidarem da gente. — Disse o homem, parecendo assustado com a presença do menino.

— Os... magos? — disse. O homem só poderia estar se referindo aos guardiões. — Hum, olha, eu sei que eles protegem as pessoas, mas é que eles... sabe, é que, este... lugar está tão longe dos castelos deles e, é bem... — Dane procurou palavras que não insultassem os dois. — É bem escondido aqui.

— Escondido?

— É, sabe, um lugar protegido... difícil de achar. — Os dois se entreolharam novamente enquanto lá no fundo Dane pedia com toda as forças que eles não chamassem os outros.

— Vamos levá-lo aos magos, eles saberão o que fazer! — o marido olhou para ela, incrédulo, mas acabou concordando.

— Pode ser agora? — perguntou, depressa. — É que eu me separei dos meus amigos, preciso encontrar eles. Por favor...

— Não. Agora não dá, temos que esperar a noite chegar.

— Mas é que...

— Já disse! Você pode até ser o escolhido dos guardiões, mas ainda não passa de uma criança. Suba, tem uma cama lá em cima, descanse um pouco, quando a noite chegar levaremos você até eles. – Dane obedeceu, nunca na vida uma mulher tinha falado com ele daquele jeito. Isso o fez imaginar como seria ter uma mãe.

Dane subiu por uma escada feita de madeira e amarrada com cipós e que levava aos andares superiores da casa, sorridente, e no terceiro andar, onde sua cabeça bateu no teto baixo, se deparou com uma cama de madeira amarrada com cipós e coberta por palhas, capim e peles de animais. Nunca uma cama lhe pareceu mais convidativa. Ele deitou-se sem se importar com a simplicidade da cama ou de qualquer outra coisa no quarto, já estava acostumado. Na casa em que morava com seu pai, Heitor, a maioria dos móveis estavam quebrados ou algo do tipo, remendados com uma quantidade exagerada de fita ou pregos, inclusive a cama cujos dois pés, que estavam quebrados, tinham sido substituídos por tijolos.

— Oi, rapazinho... – Dane estava começando a entrar em um mundo só dele, quando foi trazido de volta pela anfitriã. Ela trazia um prato com uma sopa tão cheirosa, mas tão cheirosa, que seu estômago roncou tão alto que ele mesmo se assustou. – Parece que eu adivinhei. – Disse ela, rindo.

— Me desculpe, é que eu...

— Me desculpe? Você é diferente do outro escolhido, sabe, o que voava... – ela se sentou na beirada da cama, com um olhar caloroso. – Não que ele não fosse uma boa pessoa, sabe, mas ele não era muito de agradecer ou pedir desculpas. Era o jeito dele.

— O outro... acho que a senhora deve estar falando do Hevon... como... como o conheceu?

— Ah, querido... isso já faz algum tempo... – disse, acomodando a vasilha em cima da cama, de modo que Dane pudesse se servir. – O escolhido, o que voava, ele nos encontrou... meu marido e eu. Foi durante um ataque... a nossa vila estava sendo destruída por um grupo de drumgus.

— Drum... o que são?

— São criaturas parecidas com dragões, embora não sejam tão grandes. Eles têm uma calda longa e negra, cheia de espinhos, são muito fortes e ainda têm aquela couraça coberta por espinhos. Sabe... se um deles agarrar você ele não solta... embrulha você com suas asas e você morre. Eles conseguem aumentar a temperatura do corpo até fazer sua presa cozinhar viva.

– Parece que não tem como fugir deles... como vocês escaparam? – Dane estava curioso e intrigado ao mesmo tempo, de repente um frio lhe subiu pela espinha e fez sua nuca gelar.

– Tem um jeito. – Disse. – Eles são realmente muito fortes, é verdade, mas parece que são cegos. Silos e eu saímos correndo e pelo menos dois deles nos seguiram até uma parte afastada da nossa vila, onde nossas pernas falharam e nós caímos... eles se aproximaram de nós... estavam a apenas quatro metros de distância da gente, mas desistiram. Era como se não vissem a gente e não pareciam dispostos a procurar. Parece que a gritaria e a agitação das pessoas da vila sendo mortas era mais doce para eles. Nós nos levantamos e começamos a andar de costas, lentamente, mas infelizmente o Silos acabou pisando em algumas folhas secas no chão, e isso os trouxe de volta. Eles começaram a farejar... as asas abertas, como se quisessem queimar qualquer coisa que tocassem. O chão estava coberto de folhas e o vento não estava ajudando, trazia mais e mais folhas para nossos pés. Um deles estava a um metro de Silos... eu não ia deixar... não podia... então eu gritei... gritei e fechei os olhos. Foi quando eu ouvi... foi um barulho alto e quando eu abri os olhos, a fera estava caída a uns dez metros de mim, fumaceando, morta. O fedor da fumaça que saía dela afugentou a outra, que voou enlouquecida, em seguida todas as outras também se foram. – Ela falava, mas parecia não estar no quarto com Dane naquele momento. Algumas lágrimas caíram e ela as enxugou rapidamente. – Agora coma e descanse, sairemos assim que escurecer.

– Obrigado... pela sopa... está, está com uma cara ótima. – A mulher retribuiu com um sorriso tímido.

– Como você se chama, querido?

– Ah, me desculpe, eu sou Dane... Dane Borges, filho de Heitor e Lia Borges, de Dawsdren.

– Bem-vindo, Dane Borges... coma, querido, vai precisar.

– Obrigado.

Após tomar a sopa, Dane fora simplesmente nocauteado pelo sono. A noite anterior não tinha sido nada boa, e o seu dia, antes de encontrar o casal, não tinha sido lá muito diferente.

– Pai... pai! - o vento da noite soprava um ar gelado, daqueles de tremer o corpo inteiro e doer os ossos. A lua agraciava a tudo e a todos com belos raios dourados e prateados. Havia um homem parado, estava a uns cinquenta metros, de costas, parecia estar indo para algum lugar. Uma breve olhada na paisagem ao redor e além do homem, que permanecera parado desde que ouvira a voz de Dane. Ele deu uma boa olhada em volta... não teve dúvidas... estava em casa. Dane já apreciara aquela vista diversas vezes, quando saía escondido de casa para dar uma volta pela orla da floresta durante a noite... a mesma brisa, a floresta às suas costas, as inúmeras luzes acesas que mostravam em quais casas ainda havia pessoas acordadas, os cachorros latindo para os gatos, que corriam derrubando o que tivesse pela frente, ou simplesmente para o vento que balançava as poucas árvores da rua quatro, fazendo-as dançar, e o barulho inconfundível dos geradores de energia. – Pai... sou eu... Dane, seu filho, eu voltei... – o homem balançou a cabeça, ele ouvia a voz de Dane, mas parecia não acreditar. Virou-se lentamente quando Dane sussurrou seu nome... era ele... era Heitor, estava mais magro, extremamente mal cuidado e os cabelos, massageados pela luz da lua, pareceram ainda mais grisalhos. Mas não restavam dúvidas... era Heitor.

– D-D-Dan... – Heitor bem que tentou sair em disparada ao encontro do filho, mas as pernas pareceram afundar no chão e ele desabou, aos prantos. Dane ficou parado, olhando o pai caído no chão, as pernas não lhe permitiam dar um passo sequer. Heitor levantou, trêmulo, parou a um metro de Dane e ficaram ali, os dois, se olhando como se apreciassem o próprio reflexo em um espelho. Com um berro e muitas lágrimas, Heitor o agarrou e o beijou. Espalhou uma coberta sobre o corpo de Dane e o arrastou, beijando-o a cada passo que davam. Dane estava tão apertado dentro do abraço que seus braços magros estalavam, ainda assim ele não conseguia parar de sorrir. Finalmente estava em casa.

– Sim?

– O quê? – falou Heitor, confuso.

– O senhor me chamou... eu, eu só respondi. – Respondeu Dane, em um sorriso que era só dentes.

– Mas... eu não disse nada, filho, eu, tenho certeza.

– Ah... ok. – respondeu. Intrigado.

– Dane... vamos, temos que ir, querido. – Falou novamente a mesma voz de antes, e, dessa vez, estava mais nítida. Realmente não era seu pai, era uma voz feminina e que parecia ser trazida pelo vento. Era como um sussurro.

– Dane, vamos, temos que chegar em casa! – disse Heitor, quando Dane parou abruptamente, olhando para os lados. Tentando descobrir de onde vinha aquela voz. Não era estranha. – Anda, filho, estamos quase lá, quase lá!

– O senhor não ouviu? – disse. – Estão me chamando, acho, acho que conheço essa voz.

– Não! Não, filho, por favor... não dê ouvidos... eu não posso perder você de novo, venha comigo, vamos para casa. – Heitor não fazia a menor ideia do que estava acontecendo... ele não ouvia nada, mas sabia que havia algo errado. Seu filho aparecera ali, de repente... do nada, mesmo depois de ele ter vasculhado minuciosamente grande parte da floresta. – Anda, depressa... estamos quase, estamos quase...

– Pai...

A lua que até agora havia se mantido majestosa lá no alto, com todos aqueles raios, brilhantes e inigualáveis, de repente pareceu afastar-se um pouco mais da terra e, aos poucos, seus belos raios dourados e prateados foram ficando cor de abóbora.

– Dane... Dane... Filho, cadê você, Dane?! – Heitor estava parado, segurando apenas um trapo velho nas mãos. O volume sob o cobertor, agora, havia desaparecido. – Filho... filho, não faz isso comigo... de novo não... meu Deus! Eu estou ficando louco, eu estou... eu... não, não pode ser, ele estava aqui! Eu tenho certeza que estava. – Ele sentou-se no chão frio, agarrado ao cobertor, cheirando-o e beijando-o... imaginando se tudo o que acabara de acontecer não passara de fruto da sua imaginação.

– Dane... Dane, querido, acorde. – O sussurro virou uma voz firme, doce e muito tranquila.

– Querida, deixe-o dormir mais um pouco, ele deve estar cansado.

– Eu sei, querido, mas ele não pode perder mais tempo. Temos que levá-lo a ela, imediatamente. – Dane acordou ao ouvir essas últimas palavras de sua anfitriã.

– Me levar a ela... de quem vocês estão falando, quem é ela?

– Venha, querido, não se preocupe. Devemos ir agora, algumas das criaturas deste lugar entregariam você de bandeja pro maldito Morlak, se achassem que teriam uma pequena chance de salvarem suas vidas. Venha, temos que andar depressa. – Dane se levantou e andou, sonolento, mal conseguindo se manter de pé. Eles desceram lentamente a escada, que rangia a cada pisada, e andaram por entre as estranhas casas, escondendo-se nas sombras, até que chegaram ao final da vila. Havia uma casa lá, mas essa era diferente, parecia um enorme polvo virado de cabeça para baixo, com seus tentáculos apontados para cima, não havia muitas portas nem janelas, na verdade, apenas uma cortina grosseira e suja, que balançava com a brisa gélida da noite e que parecia esconder a única entrada da casa. – Chegamos. É aqui. – Disse ela encarando Dane e voltando a olhar para a casa. – É aqui... a casa dos magos, você estará seguro aqui.

– É aqui? Sabe, eu ... – Dane encarou o casal, que sustentou um longo e caloroso sorriso.

– O que foi, querido, algo perturba você?

– Não, é só que... bem, não é nada. Obrigado... por tudo. – A verdade era que ele esperava ser levado até um dos guardiões, ao invés disso, apenas o levaram para o outro lado da estranha e pequena vila.

– De nada, meu caro. – Respondeu o Sr. Silos. – Como ela disse, você vai ficar bem, mas não volte à vila... de maneira alguma. Ouviu bem?

– Sim, senhor. E esses magos, eles sabem que estou aqui?

– Sim, querido, eles já sabem, mas por favor... procure, procure entendê-la. – Dane percorreu cada centímetro da casa com os olhos.

– Hum, senhora... a senhora disse pra eu procurar entendê-la, mas como assim? Eu não... – Dane falava sozinho. Silos e a esposa já haviam ido embora. Iam longe, ainda procurando não serem vistos, até que desapareceram no escuro da noite. – Procurar entendê-la... – sussurrou – o que ela quis dizer com isso?

Parado à porta da casa, Dane se deu conta de que ela era bem maior do que parecia. Estendeu a mão e abriu a cortina que servia como porta de entrada...

– ... Como...? – Dane fechou novamente o pano e ficou olhando, do lado de fora, então... abriu ele e fechou outra vez. – UAU! – do lado de fora não dava para ver nada, mas sempre que Dane afastava o pano e espiava para dentro da casa, era possível ver vários archotes queimando lá dentro. O pano velho e gasto que servia como porta não era tão grosso assim, como a luz não atravessava?

O lugar mais parecia um templo religioso. Para onde quer que se olhasse havia um tipo diferente de oferenda: arroz, frutas, água, algo que lembrava muito um pão e um monte de outras coisas. Um dos archotes, este, no centro da casa, iluminava o local com uma chama dourada magnífica, e, com exceção das oferendas, dos vários troncos largados e de outras tralhas, não havia nada ali... Nenhuma alma viva sequer. Apenas um grande salão.

– Olá! – arriscou. Andou na direção do centro da casa, receoso.

– *QUEM ESTÁ AÍ?* – Dane quase teve um treco ao ouvir isso. Era uma voz dupla e trovejada, extremamente grossa e medonha. O vento soprou forte dentro da casa e ele teve a sensação de que seria arremessado para fora a qualquer momento. – *VÁ EMBORA, SE NÃO QUISER MORRER!*

O vento agora aumentara tanto que os troncos começaram a se mover. Agora, mais do que nunca, Dane teve a certeza de que seria esmagado a qualquer momento por um deles, antes de ser jogado para fora.

– Por favor... senhor, eu não quero roubar nada, eu só quero... – Dane se abaixou e um tronco mais leve passou voando, raspando a cabeça dele. – Eu só quero sair desse lugar. A Sr.ª ... – a verdade era que Dane nunca perguntara o nome de sua bondosa anfitriã, e não se lembrava de ela ter dito em nenhum momento. – O Sr. Silos e a esposa dele... eles me trouxeram aqui, disseram que os magos poderiam me ajudar a voltar pros meus amigos.

Aparentemente ele dissera as palavras certas. O vento cessou e os troncos pousaram tranquilamente no chão. A voz também desapareceu e ao invés dela, passadas vindas do alto da casa foram ouvidas, um forro de palha no teto se abriu e de dentro saiu uma escada que se estendeu até o chão. Era possível ver um clarão e ouvir um estalar de brasas vindos lá de cima. Uma sombra fantasmagórica na parede veio na direção de Dane, que deixou de sentir suas pernas e ficou lá, imóvel.

– Venha! – disse. Mas não era mais a voz dupla e trovejada de antes, era uma voz jovem, curiosa e... feminina. A figura usava uma grande capa com capuz vermelho gritante, que escondia a cabeça. Tinha pelo menos duas vezes a altura de Dane. Ela o levou para o segundo andar da casa e pelo que ele pôde notar... parecia haver também um terceiro. – *QUEM É VOCÊ?* – berrou a figura encapuzada, levantando a voz até ficar outra vez trovejada.

A parte de cima do chão do segundo andar era de madeira. Tão brilhoso, que dava para ver o fogo refletido nele.

— Eu sou... — Dane hesitou... e se aquela criatura pertencesse ao exército de Morlak, e se tudo aquilo não passasse de uma armadilha para capturá-lo? — eu, eu sou Dane, Dane Borges... muito prazer, senhor. — Disse, parecendo ligeiramente desconcertado. Descartando a hipótese de aquela criatura ser um dos homens de Morlak.

— Disse que Silos e a esposa dele trouxeram você aqui, não foi? — perguntou. A voz, agora, quase igual a de uma pessoa normal.

— Sim, sim senhor. — Respondeu Dane, depressa, olhando ligeiramente para o próprio peito, mas a Limiax sequer se manifestou.

— *MENTIROSO!!!* — berrou. — *SEU... GAROTO, MENTIROSO. SAIA DAQUI OU VOU MATÁ-LO POR SEUS INSULTOS!*

— Insultos? — Dane estava sendo extremamente cuidadoso com suas palavras, não lembrava de ter ofendido em nenhum momento aquela criatura. — Senhor, mas... eu não entendo, em que, exatamente, eu ofendi o senhor?

— Diga-me mais uma vez... como você chegou aqui? — perguntou. Aumentando de tamanho até a ponta do capuz tocar o teto. — E dessa vez, fale a verdade. — Ameaçou.

— Eu já disse... Silos e... — Ofegante e desajeitado, Dane tropeçou, caindo em uma parte escura do cômodo. Sua pedra brilhou de leve, mas o suficiente para chamar a atenção da criatura.

— Essa... essa pedra... ela, ela é uma... é uma Limiax, uma pedra transforma, não é? — disse a criatura, parecendo muito impressionada, agora, outra vez com voz feminina e dessa vez parecendo ainda mais jovem. — Me desculpe. — Disse. — Eu não sabia quem você era, além do mais, você não se apresentou como devia. — O capuz da criatura foi soprado para traz e Dane teve de abaixar o olhar... aquela estranha figura, na verdade, era apenas uma garota. Devia ter no máximo onze anos. Os olhos eram um tanto puxados e verdes, embora os cabelos longos, ondulados e desgrenhados fossem muito negros, ela era branca, como se nunca tivesse pegado um sol na vida, era magricela assim como ele, seus tornozelos, joelhos e cotovelos eram enormes, o que a fazia parecer ainda mais magra. Talvez eles fossem assim pelo fato de ela ser tão magra.

— Você é uma garota? — a cara de confuso de Dane superara todas as que o garoto fizera até agora, desde que chegara àquele mundo. Ele se levantou, encarou a menina, depois a capa caída, pendurada às costas dela. — Você é algum tipo de aprendiz? Eu preciso falar com os magos, por favor, chame eles aqui, eu...

— Não existe nenhum mago aqui!

Dane olhou para ela, incrédulo, estava mentindo, é claro que estava.

— E tudo isso? — disse. — Tudo o que eu vi... lá embaixo e aqui em cima, eu imaginei tudo isso?

— Pode ser. — A garota, embora se mostrasse surpresa em ver Dane com aquela pedra, agia com frieza. — Vá! Desapareça daqui e não torne a voltar a este lugar se não quiser morrer.

— Mas... Silos e a esposa, eles...

— SILOS ESTÁ MORTO! — berrou ela. Dane ouviu os troncos lá embaixo se chocarem contra as paredes — E... E A MULHER DELE TAMBÉM. AGORA VÁ EMBORA, POR FAVOR. — ela correu até uma parede, do lado direito do cômodo onde havia uma janelinha, era muito provável que durante o dia fosse possível ver toda a vila através dela. A garota levantou a mão para o teto e disse "DESÇA". Uma belíssima e enorme escada desgrudou do teto e desceu a toda, rumo ao chão. Dane correu e se agarrou à primeira coisa que viu, uma pequena mesa no canto da sala. Ele fechou os olhos e esperou o impacto que faria a casa desmoronar.

Ouviu-se um toque suave de madeira batendo em madeira. Ele abriu os olhos. A enorme escada estava tocando de leve o chão que sequer tremeu com o toque. Havia uma passagem no alto da escada, onde dava para ver a sombra dançante da garota em uma parede, indicando que lá em cima também havia um fogo aceso. Um barulho seco e arenoso veio da escada e logo em seguida ela começou a se desfazer bem diante dos olhos do garoto. A parte que tocava o chão começou a virar pó e foi subindo, degrau por degrau. Já estava quase no quarto degrau quando Dane decidiu que tinha que falar outra vez com a garota. Um salto... foi tudo o que ele precisou para alcançar o quarto degrau, que afundou e ele quase caiu. Dane se segurou no corrimão da escada, que tinha uma cor esverdeada e um estranho formato de serpente, e lançou-se para frente com toda a força.

— Não vai se livrar de mim assim tão fácil! Ouviu? — Dane pulou para o final da escada e saltou para dentro. Recuperou um pouco o fôlego e continuou. — Você disse que Silos e a esposa dele estão mortos, mas eu sei que isso é mentira! Porque eu estive com eles... com os dois, e eles estão bem vivos. Eu não sei por que você está fazendo isso, mas eu preciso falar com os magos. Por favor. — Ela levantou-se e encarou Dane, seu rosto pálido, agora, estava muito vermelho, assim como seus olhos. Estava chorando. — O que... aconteceu, você está bem?

A garota não respondeu. Virou-se para a parede, enxugando as lágrimas, estendeu uma das mãos e...

— Desfaço agora, o que por mim foi feito. — Disse.

— O que está fazendo?

— Você disse que viu e conversou com o Silos e com a mulher dele, não foi? Bem, isso é impossível. — Falou a garota, ainda com a mão levantada. Segundos depois a parede começou a se dissolver diante dos olhos de Dane e no minuto seguinte, onde antes havia uma parede sólida, agora ele estava de frente para um quarto, muito bem iluminado, embora não houvesse lâmpadas ou tochas acesas. No centro do quarto, uma cama rodeada por flores... — Eu sei disso... porque... porque eles eram meus pais e, e... bem... eles estão aqui. — Dane parou de ouvir assim que viu duas pessoas deitadas na cama. Ele os reconheceu de imediato... eram eles, eram Silos e a esposa.

— Mas isso, isso não é possível, eu os vi e falei com eles, eu juro! — a menina não falou mais nada, ficou parada, observando os pais, os olhos brilhando. — Eles me disseram que a vila era perigosa, por isso eles me levaram para a casa deles, me deram comida e uma cama no terceiro andar da casa, pediram pra eu descansar enquanto chegava a noite, disseram que era perigoso pra vir até aqui durante o dia, porque... alguém poderia me ver. Então, quando escureceu eles me trouxeram até aqui e foram embora. — Disse, parecendo distante. — Foi isso que aconteceu, eu juro!

— Tinha mais alguém na casa? — perguntou ela, curiosa.

— Tinha. Tinha um garoto... uma criança. Mas por que está me perguntando isso?

— Não era um garoto, era uma garota! — exclamou. Sonhadora.

— EU NÃO SEI O QUE ERA, TÁ BOM? EU NÃO REPAREI NESSES DETALHES!

— Eu amava pescar... – disse ela, ignorando o comentário de Dane. – Uma vez, eu me preparei pra ir pescar em um lago não muito longe da nossa casa. Sabe, estava tudo preparado, a minha... – ela deu uma risadinha, se divertia enquanto viajava em seus próprios pensamentos. – A minha minúscula rede de pesca, ela era tão pequena, mas ainda assim eu mal conseguia carregá-la e o meu balde pra pôr os peixes. Estava tudo pronto, sabe. – Ela deu outra risadinha. – O problema é que o lago era perigoso até mesmo para os adultos, imagina para uma criança de cinco anos de idade, ainda por cima sozinha. – Ela riu. – Mas eu queria tanto ir... peguei meu material e saí pela porta dos fundos, certa de que traria muitos peixes e deixaria meus pais orgulhosos, mas uns poucos passos depois, eu me senti cansada e por um segundo acho que até desmaiei, mas levantei logo em seguida, ainda mais forte e animada. Fui ao lago e mesmo com minha redinha eu peguei muitos peixes.

— ... olha, eu...

— ... eu me lembro que nunca tinha me divertido tanto como naquele dia. – Continuou ela. Sem dar atenção ao garoto. – Quando eu cheguei em casa, sabia que eu ia levar a maior bronca, mas e daí? Eu estava tão feliz. Entrei em casa e esperei pela bronca, mas isso não aconteceu. A minha mãe correu até mim, me abraçou e disse... "venha, entre, minha pequena aventureira, tome um banho e vá descansar. Eu cuido dos seus peixes", sabe... eu não lembro de ter tomado banho, nem de como fui parar na cama, mas quando eu acordei, meus peixes estavam lá... cada um deles, expostos, como troféus. Meus pais riam, orgulhosos.

— Hum, desculpe, mas eu não entendo aonde você quer chegar. – A pergunta de Dane não desconcentrou a garota, que continuou. Como se não tivesse ouvido uma só palavra.

— ... dois anos depois, minha tia Elda veio nos visitar e trouxe meu primo, Izivan, com ela... sabe, meu tio tinha acabado de morrer. Um mês antes, se eu me lembro bem. Meu primo tinha a mesma idade que eu, sabe, de quando fui pescar. Ele saiu sem ninguém perceber... – Dane reparou que ela tentava limpar as lágrimas, mas os soluços a entregavam. – Os gritos dele foram aterrorizantes, nunca pensei que uma criança pudesse gritar tão alto, todos corremos na direção dos gritos... quanto mais corríamos, mais eles pareciam vir do lago. Então foi pra lá que nós corremos. Quando chegamos ao lago, não havia nada, apenas um monte de bolhas subindo à superfície. Minha tia parou de comer desde então, e nos dias seguintes ela não quis mais sair da beira daquele lago. Não importava o que fizéssemos, ela não comia e se recusava a sair de lá. Ela dizia que estava esperando o Izi terminar o banho. Uma semana depois meus pais a pegaram tentando se afogar no lago, eles a agarraram e tiraram da água... foi aí que eu vi. Minha mãe segurou a cabeça dela e sussurrou algumas palavras ao vento frio do lago. Logo em seguida minha tia desmaiou e eles a trouxeram para casa.

– Eu sinto muito, eu não sabia, eu...

– Sabe o que é mais incrível em tudo isso? – perguntou ela, ainda parecendo não ouvir as palavras de Dane. – O incrível é que até aquele dia eu não sabia desse poder da minha mãe, ela tinha muitos outros, mas desse, desse, eu não sabia. Foi só quando eu vi minha tia rindo enquanto sonhava e conversava com alguém que não estava lá, foi que eu entendi... naquele dia, quando eu tinha cinco anos e fui ao lago... na verdade, eu nunca saí de casa, eu não fui pescar... eu não peguei aqueles peixes. Minha mãe me fez dormir e imaginar tudo aquilo. – Ela deu uma risadinha, enquanto lágrimas desciam. – Ela pegou aqueles peixes e me fez pensar que eu os tinha pegado. Ela sabia que era perigoso, mas sabia que eu gostava de pescar, que eu me divertia enquanto fazia isso... ela só queria me ver feliz, sorrindo, sempre. – Dane a viu se aproximar da mãe e beijá-la, enquanto acariciava seus cabelos.

– Mas e sua tia, o que aconteceu com ela? – a garota finalmente olhou para Dane. Com uma expressão de pena no olhar.

– Ela só ficava feliz quando estava dentro da ilusão... com o tempo ela parou de comer de vez.

– Entendi. – Disse Dane, voltando a olhar o casal, deitado naquela cama. – Sinto muito.

– Está tudo bem. – Disse. – Mas vamos voltar ao assunto. Você entendeu o que eu quis dizer?

– Mais ou menos. – E era verdade. A história teve vários pontos interessantes e foi tão longa que foi impossível ele se concentrar em apenas um.

– Afff – bufou ela. – Eu já ouvi falar de sua pedra. Uma vez, peguei os meus pais conversando. Eles falavam sobre ela, sobre a pedra transforma e o quanto ela é rara e poderosa. Uma das mais poderosas que existe, segundo eles. Está vendo essa conexão que ela faz com o seu corpo? – ela apontou para o peito de Dane.

— Você está falando dessa.

— Pois é! – exclamou. – Eu fiquei curiosa e li sobre ela em um livro raro dos meus pais. Posso garantir que nenhuma outra pedra faz isso. Você provavelmente deve ter sido ferido e ela mudou pra salvar você. Sabe, ela muda conforme a necessidade do seu portador, mas ela nunca volta ao que era antes... – ela deu uma espiada, franzindo a testa. – Parece que ela tá... grudada em você.

— AAAAAI – gritou. – ISSO DÓI!

— Desculpa.

— Você nunca tinha visto uma, não é mesmo?

— Pessoalmente não. Só no livro. Mas soube que ela era uma pedra transforma assim que eu a vi... eu pude senti-la.

— Hum, sabe, você disse que nenhuma outra pedra faz isso, mas eu já vi uma pedra curando um guardião.

— Pode até ser. Mas as outras pedras curam muito lentamente e elas têm um limite. Só podem curar até certo ponto. Se seu dono for gravemente ferido, provavelmente, ela não terá poder suficiente para curá-lo.

— E como pode saber tanto sobre elas?

— As pessoas desse lugar não sabem que meus pais, os magos, estão mortos e eu obviamente não posso sair. Sempre que eles aparecem aqui, eu faço uma aparição como a que você viu, faço uma cura ou algo do tipo. O resto do meu tempo eu passo lendo os livros que pertenciam aos meus pais... em um deles, tem mais de uma página falando sobre a sua pedra, sabia?

— Não. Claro que não.

— Enfim, parece que a sua pedra, de alguma forma, trouxe meus pais até você e tudo o que você acha que viu nada mais foi do que a magia da minha mãe, para impedir você de entrar na vila durante o dia, e ela desfez o encanto assim que você chegou aqui.

Dane pensou um pouco, seria verdade, seria possível?

— É claro... na margem da floresta... – falou Dane. A garota fez uma cara de quem não entendeu nada. – Sabe, de manhã quando eu ia entrar na vila, eu, eu senti muito sono a ponto de quase desmaiar e cair.

— Claro, Dane! Foi nessa hora que a magia dela afetou você. Você não "quase caiu", você desmaiou lá, literalmente!

— Está querendo dizer que eu passei o dia inteiro caído na mata? E se alguma coisa tivesse me devorado?

— Mas você não foi!

— Espera aí... se o que você tá dizendo for verdade, como vou saber se ainda não estou dentro de uma ilusão, hein?

— Ah, isso é bem simples.

— AAAAAAAAI!!! Ficou maluca?

— Doeu?

— É claro que doeu, você chutou a minha perna! — Dane começou a massagear a perna, onde agora, aos poucos, um calombo ia aparecendo.

— Viu? Não está sonhando. Espera um pouco, vou arrumar as minhas coisas.

— Como assim, o que quer dizer com isso? — falou. Ainda massageando a canela.

— Que eu vou com você, é óbvio.

— Sinto muito, mas eu não quero que venha comigo. — Bodejou ele. — Eu só preciso que me diga como encontrar meus amigos. Só isso.

— Eu não sei! — disse ela, batendo em alguma coisa. — Tudo que eu sei é que meus pais não trouxeram você aqui por acaso, deve haver algum motivo. Estou pronta, vamos.

— É perigoso... sabe... pra onde eu estou indo. Talvez não seja uma boa ideia, você ir comigo.

— Quer que eu jogue outro tronco na sua cabeça? — Dane abriu a boca, mas desistiu de falar, o que pelo visto, ia fazê-los brigar ainda mais. Ao invés disso apenas consentiu com a cabeça.

— E agora...?

— Agora nós temos que sair daqui. — Ela esticou a mão na direção de seus pais... — *revelar parede* — murmurou, e a parede reapareceu. Ocultando o quarto.

CAPÍTULO VINTE E CINCO

JORGE, O PRIMEIRO

Eles deixaram a casa e seguiram em direção à floresta.

— O que você está fazendo? – perguntou Dane, ao ver a garota parar, abrir as mãos e murmurar algo.

— Feitiço de proteção e enganação. Isso vai nos dar um tempo... antes que eles descubram.

— E por quanto tempo ele vai funcionar?

— Não faço ideia. Depende da força do mago que o fez.

— O que vai acontecer, sabe... quando eles descobrirem? – perguntou Dane. Quando os dois já iam longe.

— Como assim? – ela sabia exatamente ao que Dane se referia, mas por algum motivo, parecia gostar de deixá-lo sem jeito.

— Os seus pais... aquelas coisas, elas vão encontrar eles, em algum momento, e o que acontece depois?

— Eu não faço ideia. Mas não vou ficar aqui pra descobrir. Tem um espigão vivendo no buraco daquela rocha, e ele iria adorar mastigar um pedaço da minha perna ou do meu braço se me encontrasse aqui... sabe, eles... essas... coisas, só temem aos meus pais, e como eles não estão mais aqui...

— Aarg!

— Que foi?

— Eu pisei em alguma coisa muito grudenta. – Dane encontrou um arbusto e começou a limpar o pé. Resmungando a cada esfregada.

— O que você está fazendo? Anda logo! – ela já estava bem mais adiante e gritava para ele. O que deixou Dane ainda mais zangado, "se ela estava com tanta pressa, por que não ia sozinha?". Uma tocha se acendeu e, a julgar pela posição da luz que ela produzia, vinha da direção das casas. Dane ficou parado, olhando-a flutuar a um metro de altura e em seguida quase apagar. Uma pequenina faísca agora era tudo que ele conseguia ver. Era tão pequena... impossível saber a distância exata, ela era tão pequena... parecia estar muito distante, se afastava cada vez mais, ficando cada vez menor.

— Aaaaahhh! — Dane cobriu a boca com a mão e soltou um grito abafado. A tocha simplesmente reapareceu do nada, bem diante dele, agora estava a no máximo quatro metros dele e a pelo menos três de altura. A claridade iluminou o rosto amedrontado de Dane, que continuou cobrindo a boca para não gritar e quase teve um treco, quando alguma coisa o agarrou por trás e o arrastou para longe.

— Você tá querendo morrer, é? — bufou a garota, indignada. Embora estivesse sussurrando. — Porque se quiser, tudo bem... — as passadas dela pararam e Dane ouviu seu berro bem no seu nariz — *MAS NÃO ME LEVA JUNTO, OK!*

— O que era aquela coisa? — perguntou Dane. Vendo a tocha se transformar novamente em uma minúscula faísca e sair flutuando, em curvas. Dessa vez indo na direção oposta.

— Era o espigão! E você deu sorte por ele estar de costas pra você, e também de não escutarem muito bem. Vamos.

Estava tão escuro que Dane nem percebeu quando entraram na parte mais fechada da floresta, aqui e ali ele pisava no calcanhar dela. Não queria correr o risco de se perder e acabar esbarrando em outro espigão.

— Olha... ainda não chegamos ao final desta floresta? — sussurrou Dane. — AI!!!

— Quer parar de resmungar, garoto! — a garota tinha parado de andar e Dane deu uma narigada no ombro dela com tanta força, que teve certeza de que seu nariz acabara de quebrar. — E se quer saber, só estamos andando a mais ou menos uma hora. Acho que ela é maior que isso. — Dane fechou a cara e espremeu os olhos para ver se ela falava a verdade, mas foi inútil. Não dava para ver sequer o próprio nariz naquela escuridão toda.

— Focê é uma mãga. Num tem cumu facer afarecer uma luz? — disse Dane. Esfregando o nariz dolorido.

— O quê... que nojo, Dane! Você está espremendo o seu nariz?

— Me desculpe. – Respondeu. Deixando o pobre nariz em paz, após constatar que ele não tinha quebrado. – Sabe, é que você tem... esses, esses poderes, então, por que não faz aparecer uma tocha ou uma lâmpada?

— Uma o quê? Ah, deixa pra lá. Seja lá o que for eu não posso fazer nada disso ainda. Os espigões podem não escutar muito bem, mas eles têm uma ótima visão. Poderiam encontrar a gente. Fiquei surpresa de ele não ter visto você. – Ela parecia saber bem o que estava falando, por isso, Dane não voltou a tocar no assunto e continuou andando grudado nela.

— AI!

— Quer parar de esbarrar em mim!

— Eu não posso fazer nada se você para de repente. Além do mais, é meu nariz que tá sofrendo, sabia?

— Para de resmungar! Você devia acender um pouco essa coisa aí no seu peito, sabe, pra iluminar o nosso caminho. Passaria despercebido.

— Ah tá! Isso aqui no meu peito não é uma lanterna, sabia? Além do mais, quando é você, alguém pode ver... mas quando sou eu... hã...

— Você... não sabe como fazer, não é mesmo? – cortou ela. – Não sabe fazer ela acender. Não consegue usar seus poderes...

— Não. – Respondeu Dane, após uma breve pausa. Era possível sentir o desânimo no tom de sua voz. – E é por isso que eu preciso encontrar os meus amigos, para juntos irmos à montanha da magia. Quero aprender a controlar ela, e não o contrário.

— Você quer ir para montanha da magia? Por que não disse isso antes? – disse, cheia de si. – Eu sei onde fica, nunca foi lá, é claro. Mas tenho o mapa gravado na minha cabeça. Estamos indo na direção errada. Se quer saber, só estamos indo pra lá, – falou, claramente apontando para alguma direção. – porque você disse que queria encontrar seus amigos. Essa é uma das melhores formas de sair daqui e a outra é pelo rio, mas eu não me aventuraria. Eles devem estar na estrada das cinzas agora. Acho que devíamos ir direto pra lá, pra montanha, com certeza eles vão esperar por você lá. Eu esperaria.

— Você disse estrada das cinzas?

— Isso. Alguns a chamam de estrada queimada. É uma velha estrada que passa a alguns quilômetros daqui.

— E como sabe, como sabe que eles vão passar por ela?

– Porque... eles não têm muitas opções, na verdade. – Disse. – A menos que eles queiram se arriscar andando pelas estradas patrulhadas pelas piores criaturas que se possa imaginar.

– Essas criaturas, elas trabalham para Morlak?

– Talvez, algumas. Mas a maioria delas não. São muito poderosas, até pra ele, mas vivem em paz... Não mexemos com elas, que elas não mexem com a gente. Como meus pais diziam.

– Talvez tenha razão... sabe, sobre a montanha. É o único lugar onde eles têm certeza que vou estar. Consegue mesmo encontrar o caminho?

– Claro! – respondeu. Parecendo levemente insultada. – Nós não precisamos andar no escuro até lá. Acho que já é seguro... *lux*. – Disse ela, calmamente. Uma luzinha acendeu no chão, próxima a eles, depois outra e outra... em segundos o chão e o tronco de algumas árvores mais próximas ficaram cobertos por luzinhas verdes. Aos poucos o caminho à frente deles foi ficando iluminado. Dane olhou para a garota. Ela estava com as mãos apontadas para o chão, ainda sussurrando algo.

– O que são essas coisas? – Dane estava realmente, intrigado. O caminho agora parecia arder em uma chama verde. Muito bem iluminada.

– São apenas folhas. – Respondeu ela, toda contente. – Sabe, eu já tinha feito esse feitiço antes, mas dentro de casa e com poucas folhas... que bom que deu certo. Vamos, elas já vão apagar.

– Como assim?

– Afff! – bufou. Esperou um pouco... – A minha família sempre respeitou muito os animais e as plantas... essa magia suga a energia das coisas, é por isso que não vai durar. Eu usei o feitiço apenas nas folhas que estavam caídas.

– Entendi... – isso não explicava como antes ela conseguia ver por onde estava andando. Mas agora era possível ver bem o caminho, tinha uma trilha entre as árvores que seguia serpenteando até perder de vista.

– ... Para a montanha da magia?

– Claro. Vamos embora.

Eles seguiram pelo caminho, que mais parecia uma cobra enorme coberta por uma chama verde. De vez em quando ruídos estranhos e estalos de galhos se partindo os assustavam. Por algumas vezes, Dan, podia jurar que alguém assobiara e sussurrara o seu nome. Eles andaram por horas e mais horas, até que...

— Que luz é aquela?

— Onde?

— Lá, tá vendo? — respondeu a menina, parando de apontar as mãos para o chão e indicando com o dedo uma janelinha, minúscula, que brilhava por entre as árvores.

— É... a luz do dia... já é dia? — Na verdade, Dane não estava tão espantado assim, por já estar de dia. Estava espantado com a visão da garota, era perfeita. Ele mesmo não teria visto, se ela não tivesse apontado.

— Parece que sim. — Respondeu ela. Apressando o passo. Indo em direção à minúscula janela.

À medida que andavam, a janela de luz ia aumentando de tamanho.

Finalmente os primeiros raios do sol apareceram e penetraram com dificuldade por entre os galhos altos e fechados das árvores. Agora era questão de tempo... logo estariam longe daquela floresta úmida, e, pelo menos para Dane, medonha.

— Agora falta pouco. — O semblante da garota era de pura excitação, ela vibrava a cada passada. Aparentemente ela nunca tinha ido tão longe de casa. — Estamos chegando ao monte quebrado. — Ela apontou com o dedo indicador, para uma janelinha brilhante que sem dúvida alguma era a porta de saída deles daquele lugar. Dane ficou imaginando, como ela sabia disso se nunca esteve ali? Mas lembrou-se dos anos que a garota ficou naquela casa, sozinha, sem ter nada para fazer... qualquer um teria como diversão ler livros e estudar mapas. Deu uma boa olhada através da janela... era possível ver um volume cinzento, salpicado de verde-escuro, do outro lado.

Aos poucos os raios do sol foram aparecendo, mais e mais, o calor matinal finalmente aqueceu os seus corpos suados e cansados. Dando um baita ânimo. A floresta escura atrás deles já não era mais um problema... tinham conseguido, estavam fora da floresta.

— Está chovendo... — falou Dane. Vendo as gotas de chuva caindo lentamente, mais adiante, fora da cobertura das árvores.

— Que estranho...

Saíram. O volume que Dane observara antes, agora, mostrava-se imensamente maior. Era um grande monte ladeado por vários outros menores e havia vários outros mais afastados. A coloração deles era a mesma, mesmo agora, olhando um pouco mais de perto o grande monte, ele ainda apresentava a mesma coloração verde-acinzentada, a vegetação parecia ser baixa e, a julgar pela cor, boa parte dela parecia estar morrendo. O mesmo estava acontecendo com os outros. Estavam secando.

– Sabe... estamos andando juntos a horas, e eu ainda não sei o seu nome.

– Lolane. – Falou, distraída. – Mas pode me chamar de Lola.

– Posso chamar você de Ane?

– Não. Prefiro Lola. – Respondeu ela. Olhando, horrorizada, o cenário à frente deles.

– Ok.

– O que aconteceu aqui? – Dane congelara. Ao pé do monte mais próximo, havia vários animais mortos. Alguns ainda fumaceavam. A chuva, na verdade, eram cinzas que caíam lentamente, deixando o lugar com uma aparência ainda mais morta.

Lola agarrou Dane e enfiou a cara debaixo do braço dele, claramente abalada. Eram de várias espécies, os animas, desde pequenininhos, que de tão pequenos mal dava para ver de onde os dois estavam, até estranhos animais do tamanho de cavalos. Dane ainda observava o pé do monte... os animais mortos e as árvores queimadas, quando um pouco mais acima... Uma árvore caída começou a se mexer. Ela subia e descia...

– O que foi, Dane, – Sussurrou. – o que você tá olhando?

– Lola, olha... lá! Tá vendo?

– Vendo o quê? – ela olhou com o canto do olho. – Quem poderia ter feito uma coisa dessas, Dane, quem poderia ser tão cruel assim?

– Você não faz nenhuma ideia? – respondeu ele, cerrando os dentes. Indignado. – Mas não é isso, olha... tá vendo? Lá! Perto daquela pedra grande e redonda. – Evitando ao máximo olhar para os animais mortos, Lola traçou uma linha imaginária, que saía do dedo indicador dele e chegava até uns cinco metros abaixo da pedra que ele falara.

– O que é aquilo?

– Acho que pode ser um animal. Ele deve ter ficado preso embaixo daquela árvore, quando ela caiu. Pode estar ferido. Lola, vamos, precisamos ajudá-lo.

– Espera! Como vamos fazer para chegarmos até lá?

— Bom... espera... — Dane olhou novamente para o pé do monte, onde estavam os animais mortos. Havia um caminho rochoso, que parecia ligar os montes. — Por aqui! — ele correu para onde o caminho parecia começar, na direita, a uns trinta metros. — Lola, vem logo!

— Dane, o que vamos fazer? — Lola olhava assustada para uma queda de pelo menos seis metros, até chegar no caminho rochoso.

— Você poderia nos fazer voar até lá, eu já vi você fazer isso... com aqueles troncos, acha que...

— Não dá. — Interrompeu. — Não tenho muito controle, nós poderíamos parar em qualquer lugar — continuou. Talvez fosse verdade. Quando os troncos voaram e quase arrancaram a cabeça de Dane, ele notou que não era exatamente um voo sincronizado. Eles apenas flutuavam sem direção.

— Tem razão... — concordou rapidamente. — talvez... bem, acho que se descermos por aqui, acho que dá pra gente se arrastar até aqueles galhos ali embaixo. — Apontou. Tinha uma faixa de árvores baixas e finas, tão finas, que realmente pareciam apenas galhos grudados no chão e que seguia para os lados, na horizontal, parecendo um anel verde muito fino, em volta de um dedo gigantesco.

— Acha que dá? — perguntou, assustada.

Dane olhou para os animais mortos do outro lado, o vento tímido agora trazia com ele um cheiro muito forte, era uma mistura de pena, pelo e carne queimada.

— Vai ter que dar, Lola... vai ter que dar. — Dane se deitou no chão e esticou o braço, de forma que pôde segurar uma raiz exposta, um pouco mais abaixo. Lançou o corpo para baixo, torcendo para que a raiz não se partisse e ele saísse rolando. — Pode descer, é seguro. — Gritou, arrastando o corpo nas pedras e segurando outra raiz, um pouco mais fina.

Lola murmurou algo e também desceu, embora claramente não tivesse a mesma confiança que Dane. Desceu rápido e logo ficou desgovernada, e Dane sequer teve tempo de reagir quando ela escorregou pelo lado dele, após dar uma baita trombada e o puxar pela camisa. Os dois desceram até trombarem nos galhos lá embaixo.

— Ufa... graças a Deus nós paramos, né? — exclamou ela, levantando-se e sacudindo o cabelo que devido à poeira e às cinzas, agora tinha adquirido uma estranha mistura de branco com cinza-grafite. — Que foi? — Dane olhava para ela com uma cara quase impossível de distinguir, se era de choro ou raiva. Somente quando ele finalmente se levantou, com dificuldade e segurando a virilha, foi que ela se tocou. – Ai! Me desculpe... eu, eu... sinto muito. Me desculpe.

– Está tudo bem. – Disse finalmente, ainda de cara amarrada. Tomando fôlego e imaginando que... até agora, a garota mais "normal" que ele encontrara fora a garota glinth. – Anda... Vamos, não podemos perder mais tempo.

– Certo.

O caminho que ligava os montes era praticamente uma linha reta, e com exceção das pedras grandes e pontiagudas, eles não tiveram grandes problemas para chegar.

– Lola, cuidado!

– Dane... – Dane bem que tentou avisar, mas não deu tempo. A garota enfiou o pé no crânio de algum bicho morto, que, pelo desenho das cinzas, deveria ter o tamanho de um cão. Muito grande. Mas Dane sabia que depois de ver tantos seres estranhos, a chance de existir um animal doméstico, conhecido por ele naquele mundo, era bem escassa. O crânio, a única parte que não virara cinza por completo, se partiu e ela viu um líquido marrom-escuro, muito quente, encharcar os seus dedos. – Uuurg! que coisa mais nojenta.

– Acho... que deve ser o cérebro. – Comentou Dane, em tom de risada. Lola teria dado um chilique, se a árvore que eles observaram lá do outro lado não tivesse começado a se mexer novamente. Eles esqueceram o pé melado de cérebro derretido e correram até ela. Deram uma olhada em volta... – você já tinha visto alguma coisa parecida?

– ... não... Dane, isso... isso é horrível! Você precisa fazer alguma coisa! – havia animais queimados por todo lado, alguns mal dava para notar, de tão queimados.

– Está tudo bem, Lola... – disse Dane, quando a menina começou a chorar. – Olha, eu sei que é difícil, mas precisamos seguir em frente. Por eles, e tantos outros que Morlak e seus homens mataram. Vamos, Lola, eu preciso de você, por favor... por favor, Lola.

– Tá bom. – Respondeu. Enxugando as lágrimas.

– Tudo bem? – disse Dane, vendo a garota virar em trezentos e sessenta e quase voltar a chorar.

Ela apontou as mãos para o chão, onde se via perfeitamente o desenho de um pobre animal, feito de cinzas, e murmurou...

– *Vita.* – Disse. Dane, de olhos arregalados, viu as cinzas do animal se agitarem e diante de seus olhos viu uma figura, do tamanho de um gato, surgir ali. Embora, fosse apenas cinzas, o bicho parecia bem vivo. Correndo para cá e para lá. Alegre.

– Uau. – Admirou-se.

– Eu vou ficar bem. – Respondeu ela. Rindo com o canto da boca, vendo o bicho saltitar, feliz. – O animal, Dane! – berrou ela. – Cadê ele?

– Mas ele estava aqui, não estava? embaixo dessa árvore.

Os dois ficaram ali... parados, olhando a árvore caída. Não havia nada embaixo dela, apenas um monte de folhas chamuscadas e pedras queimadas.

– Talvez ele tenha conseguido escapar, não acha? – Sussurrou ela. Esperançosa.

– É... talvez... – Dane parecia não estar muito convencido de que, seja lá o que fosse que estivesse ali, tivesse escapado assim. Não havia marcas ou arranhões de qualquer tipo no chão... nem uma sequer. Isso, para não falar da árvore... era enorme. – Lola, o que acha que poderia ser?

– Hum, eu não sei... – a garota fez uma cara de quem estava se esforçando ao máximo para se lembrar dos tipos de animais que vivem naquela área. Ouvira tantas vezes seus pais falarem sobre as montanhas e que tipos de animais vivem nelas, que acabou aprendendo um pouco sobre o assunto, mas eram tantos e de tantas espécies os animais mortos ali que ficava praticamente impossível dizer que tipo de animal fora prensado pela árvore. – Eu realmente não sei...

Antes que Lola pudesse terminar a frase, a árvore começou a tremer novamente. Um volume foi se formando sob ela. Dane e Lola finalmente puderam ver. Claro! Por isso eles não tinham visto antes. O animal estava preso não apenas sob a árvore, mas também, soterrado, sob um monte de pedras.

A árvore estava agora a mais de meio metro do chão e nada... apenas as pedras, que pareciam subir grudadas umas nas outras. Dane olhou fixamente para elas e começou a estalar a língua dentro da boca, como um relógio desembestado, e aos poucos os segundos foram ficando mais espaçosos até que sua língua sossegou dentro da boca.

— Hum, Lola, eu acho que isso... não é um animal!

— Do que você tá falando, Dane? É óbvio que isso é um animal. Deve ser um minhocaçu, eu já ouvi falar sobre eles, são minhocas gigantes. Bem maiores do que a maioria das cobras, você sabia? Deve estar presa por causa da terra dura daqui.

— Não, Lola, eu não sabia. — Respondeu. — Mas eu tenho quase certeza de que você está enganada. — Dane tirou a dúvida que ainda restava, quando algumas pedras se moveram para cima e ele pôde ver duas grandes e escuras órbitas encararem-no muito rapidamente e se fecharem em seguida.

— Anda, Lola! Temos que tirar essa árvore daqui rápido! — Dane correu e arrancou alguns galhos que não tinham sido queimados por completo e jogou sob o tronco. — Vamos, temos que empurrá-la.

— Mas, Dane...

— *LOLA!*

— Ahh, tá bom...! — ainda relutante, ela jogou alguns galhos sob do tronco e começou a empurrar. — Eu não entendo, Dane, por que estamos fazendo isso? É óbvio que não tem nada aí embaixo, ele já deve ter cavado a terra e pode estar muito longe uma hora dessas. Só o que ficou aí foi esse monte de pedras.

— Lola, apenas confie em mim, tá bom? Continue empurrando. — A garota bufou e fez uma cara de quem ainda não aprovava a ideia, ainda assim, continuou empurrando.

Por mais esforço que os dois fizessem, a árvore mal desgrudava das pedras sob ela. Era pesada demais. Era óbvio que os dois não conseguiriam mover o tronco, e, depois de dez longos minutos e muitos gemidos a cada empurrão que davam, Lola finalmente desistiu, exausta e muito suja.

— Lola, não pare de empurrar ainda. — Mas a garota já tinha largado o tronco, e agora mantinha as duas mãos sobre ele, girando-as em espiral.

— Espera, espera, espera, Dane, *pare de empurrar!* Que coisa! Vou tentar uma coisa... — ela voltou a se concentrar, as mãos novamente girando em espiral sobre a árvore caída. — *LEVITATE* — murmurou. Por um breve momento a árvore estremeceu, mas apenas isso. Ela olhou para o Dane, claramente desapontada... — *LEVITATE* — voltou a dizer, dessa vez, em tom mais alto. Aborrecida. Os dois gritaram e se jogaram no chão ao mesmo tempo... e foi realmente uma sorte eles terem sido mais rápidos que seus próprios gritos. A árvore deu um grande estalo e, um segundo depois, passou voando sobre eles, caindo a uns quinze metros de distância.

– Sabia que você é perfeita, Lola? Sério.

– Obrigada. Pra falar a verdade, eu não tinha muita certeza se daria certo. – Ela deu uma risadinha. Parecendo muito, muito orgulhosa de si mesma.

– Venha... não tenha medo, pode sair.

– Dane... com quem você tá falando?

– Shiiiiiiiiii. Fala baixo, vai assustá-lo!

– Assustá-lo? Assustar, quem? Dane, eu acho que você não está bem... eu realmente acho, *AAAAHHHHH! Dane, o que é aquela coisa?*

As pedras que antes subiam, desorganizadas umas sobre as outras, agora, tinham se juntado e formado braços e pernas. Seja lá o que fosse, saiu correndo muito rápido e um pouco mais à frente, se fechou, como se fosse uma bola, e rolou até desaparecer atrás de algumas pedras enormes.

– É um Predar... quero dizer, leal. Da mesma espécie dele. – A cara de intrigada da menina fez Dane perceber que ela nunca vira ou ouvira falar deles. – São gigantes, gigantes de pedra. – Completou.

– Gigantes de... acho que já ouvi falar sobre eles. Ninguém sabe como eles nascem, vivem centenas de anos, eu nunca ouvi falar de alguém que já tenha visto um deles morrer de forma natural, mas dizem que antes de morrerem eles andam durante dias... ninguém sabe pra onde. Simplesmente não voltam mais... é muito triste, pra falar a verdade. Morrer assim... sozinho. – Dane ouvia cada palavra com extrema atenção. Ele não sabia disso.

– Eu não sabia disso... – falou, sincero. – Isso que saiu daqui... hum, bem, não foi exatamente o Predar. Sabe... o que eu conheço. – Como a amiga não o conhecia, Dane ficou mais à vontade para chamá-lo como gostava. – Mas foi um da espécie dele, tenho certeza.

– E... eles são, hum, sabe, perigosos? – falou andando de costas. Na direção oposta de onde a criatura tinha rolado.

– Acho que não. Em Nebor, eles... – um repentino devaneio... Dane, viajou por alguns segundos... Amim, Amir, os guardiões, os criados do castelo ou até mesmo Ramon, que por algum motivo parecia odiá-lo... como será que todos estavam agora, o que estavam fazendo? Comar, Kirian e Predar...

– Dane... Dane! – mesmo olhando diretamente, a poucos centímetros do rosto da amiga, demorou um tempo para seu rosto entrar em foco.

– Que foi? – disse.

– *ELE TÁ VOLTANDO!!!* – Gritou. Mas a criatura não estava voltando, estava apenas observando, escondida atrás do que antes deveria ter sido uma bela árvore. O tronco de dois metros de altura, ainda de pé, tinha uma estranha, porém belíssima mistura de cores, desde o azul metálico, o amarelo ouro, o lilás, até o vermelho gritante. Mudava a coloração a cada passada que eles davam para os lados, como se se fundissem. Dane não sabia o porquê, mas estranhamente aquele tronco multicolorido o fez lembrar da garota Glinth.

– Ele não está voltando, Lola, ele... só está lá... parado. Aposto que deve estar com mais medo de nós, do que nós dele – disse.

– Fale por você! – rosnou. Sem tirar os olhos do pequeno monte de pedra. Ainda os observando de longe.

– Lola, a montanha da magia!

– Tá bem! Bem...

– *LOLA!*

– Tá bem, tá bem. Bom, vamos ver. **Suba.** – Disse, dedilhando na direção dos seus pés. Imediatamente várias folhas secas que se arrastavam pelo chão por causa do vento flutuaram em direção à mão dela, parando a poucos centímetros dos dedos da garota. – **Montanha da magia!** – disse, e como um quebra-cabeça sendo montado as folhas foram tomando lugar, uma ao lado da outra. Em segundos, Dane as viu formarem um círculo perfeito, girando em sentido horário. Uma folha que dançava sozinha um pouco mais abaixo subiu e ficou girando bem no centro, atravessou e continuou girando, quase encostando no dedo indicador da garota.

– Hum... – reclamou.

– Calma... quase lá! – ela deu um enorme sopro de alívio, quando a folha parou, apontando para o lado direito dos dois. Para longe do bicho que acabara de salvar. – Eu estava certa. É pra lá, estamos bem perto agora.

– Bem perto? – bufou. – Enquanto estamos aqui, parados, Morlak está...

– Me desculpe, tá bom! Mas eu estou fazendo o melhor que eu posso. Não posso me transformar numa ave e sair arrastando você por aí. Aliás... os guardiões, eles têm criaturas mágicas, que podem levá-los pra onde quiserem...

– É... eu sei disso. Mas eu não sou um guardião, Lola, na verdade, acho que não sou nada. Eu sou... só um garoto fraco e medroso.

– Hum... me desculpe, Dane. Eu não quis... você não é fraco, Dane, e com certeza não é medroso...

– Como não, Lola? Pessoas estão morrendo, pessoas boas. Os guardiões estão lutando e morrendo, eu... eu deveria estar ajudando eles. Mas ao invés disso, eu tô aqui, com você, e não me entenda mal, eu gosto de estar com você... é só que... parece que eu estou me escondendo.

– É que... isso tudo isso é um mundo novo pra você... não deve se culpar por isso, Dane.

– Eu sei, é só que... eu queria poder ajudar.

– E você vai!

– Quando?

– Olha... a sua pedra é uma das mais poderosas de que já se ouviu falar. Talvez por isso esteja tendo dificuldade para usá-la, não é qualquer um que ganha uma pedra dessas, Dane. Aposto que se fosse outra você já saberia como fazer – o comentário da amiga pareceu tirar uma tonelada das costas dele. Talvez ela tivesse razão. Kirian já tinha comentado sobre a conversa que ouviu no castelo, sobre a sua Limiax ser diferente.

– Tá... mas e agora?

– Vocês nasceram juntos, não foi? Você e a sua pedra, ela é parte de você assim como você é parte dela. Existe uma conexão, Dane.

– Eu sei! Eu sinto essa conexão dentro de mim, Lola, mas eu não sei explorá-la – disse.

Ela pensou um pouco.

– Dane, você sabe de onde vem o seu poder, não sabe?

– Ele vem da lua. Foi o que me disseram. – respondeu. Ainda desanimado.

– A minha mãe tinha um livro, bem antigo – ela deu uma risadinha – pra ser sincera. Eu encontrei ele, meio que por acaso, sabe. Eu tinha seis anos, meus pais tinham saído e eu estava procurando uns frascos para preparar uma porção mágica de luminosidade. Ela faz as coisas brilharem intensamente. O livro estava escondido sob os frascos, dentro de um baú velho de madeira com trancas de ferro... – ela mergulhou na lembrança, ficou ali, narrando... – os babalumins já tinham comido quase a metade dele. A capa... ela era bem grossa e estranha. Tinha um círculo grande no alto dela, com vários raios de luz saindo dele, e em baixo, tinha uma pessoa de pé, ela tentava segurar os raios com as mãos, apontadas para o círculo. – Dane pensou em perguntar que diabos eram os babalumins, mas desistiu. Pelo que a menina acabara de falar, devia ser algum tipo de traça ou algo parecido. – Mas ainda dava pra ler. – continuou ela. – Eu estava folheando as páginas e uma delas me chamou muito a atenção, por causa das gravuras. O título era... o título era... era... *A PEDRA TRANSFORMA E SEUS PODERES*.

– Excelente, Lola! E só agora você vem me contar isso?

– Eu não lembrei, tá bem? – retrucou – E além do mais, o livro não dizia como usar a pedra, se você quer saber!

– Me desculpe. E o que dizia exatamente, sabe, a página? – Dane só se mostrara tão curioso assim quando ganhara do pai um jogo de montar usado, embrulhado em jornal velho, como presente de aniversário.

– ... Dizia que a pedra transforma é a mais poderosa de todas. Que dá ao seu portador um poder sem igual, ela pode mudar não só a aparência ou a cor, mas também o tipo de poder contido nela. Muda de acordo com a necessidade de seu dono.

– Ela muda... de acordo com... a vontade do... dono?

– Não com a vontade... com a necessidade, Dane. – Sibilou. Ela fez uma pausa e continuou. – Existe uma lenda muito antiga. Ela conta a história de um jovem rapaz de um vilarejo, que se apaixonou por uma jovem do mesmo vilarejo, mas ele era um tanto estranho. Vivia afastado de todos e passava mais tempo com os animais do que com os da sua própria espécie. Por esse motivo, todos ali o tratavam como louco e até o agrediam quando o viam andando pelas ruas. O homem, no entanto, tinha o coração muito puro. Certa vez andando pela floresta, ele viu a jovem pela qual se apaixonara. Ela estava de joelhos, bebendo água de um córrego. Ela era tão linda... sem querer assustá-la, ele ficou ali, apenas observando, sabia que se ela o visse, fugiria dali. Igual a todas as outras, na vila. Enquanto ele a observava, um galho se partiu próximo a ele... ele fechou os olhos e quando voltou a abri-los, ela olhava e sorria para ele. Imediatamente ele retribuiu o sorriso, mas fechou a cara logo em seguida. Algo se arrastava lentamente pelo córrego, indo em direção a ela. Desesperado ele deu um grito estridente e correu em direção à sua amada. Mas já era tarde. Alguma coisa a agarrou e arrastou para dentro do córrego e para baixo das plantas. Desesperado e tomado pela ideia de perder sua amada, ele se jogou no córrego que para sua sorte estava raso. Ele andou pela água rasa e um pouco mais adiante ele a encontrou, sob alguns galhos baixos de uma árvore, sendo abraçada por uma enorme serpente. Sem pensar, ele se lançou sobre a serpente, conseguindo, com muito esforço, libertar a jovem do abraço da morte. Ela, porém, estava fraca demais e afundou na água...

– Como assim? Ela morreu?

Lola deu uma olhada para Dane, que entendeu a mensagem.

– ... O jovem rapaz gritava. Não por agora ser ele quem estava sendo esmagado, mas por causa da sua bela jovem que agora estava ali, inconsciente, ao seu lado. Em um último esforço para se livrar daquele demônio e salvar a sua amada, ele tentou usar toda a força que ainda lhe restava. Mas seu corpo estava esmagado, ainda assim, ele continuou tentando e, por milagre, conseguiu soltar um dos braços. Ele então encheu a mão com lama da margem e em uma última e desesperada atitude, mirou na cabeça da serpente. Sua mão cheia de lama ia ganhando mais e mais força à medida que se aproximava dela. De repente a água em volta deles começou a ferver, uma luz ofuscante presa em sua mão... ele bateu com a lama na cabeça da serpente, que no mesmo instante virou cinza. Ele sabia que era pra ele estar morto, mas ao invés disso, seu corpo parecia estar se curando. O rapaz cambaleou até a jovem, tomou-a nos braços e a levou de volta ao vilarejo, na esperança de encontrar ajuda. Mas ao invés disso, assim que os moradores o viram com a jovem, já sem vida, em seus braços, o acusaram de assassinato. Eles o cassaram até a beira de um penhasco, onde o encurralaram. Todos os moradores estavam lá, incluindo os dois irmãos da jovem, um deles, porém, o mais jovem, mesmo sofrendo pela perda da irmã, acreditava na inocência do rapaz. Convencido pelo irmão mais velho, eles e os outros marcharam em direção ao penhasco. Empurrando o jovem cada vez mais na direção da morte certa. O rapaz, porém, ainda sentia a mesma energia de antes percorrer o seu corpo. Em sua mão, no lugar da lama, ele segurava uma pedra verde e brilhosa. Todos começaram a chamá-lo de demônio e acusá-lo. Motivado pela dor de perder a amada. Ele se jogou do penhasco.

– Então... ele também morreu?

– Foi o que todos pensaram. Quando eles correram para vê-lo caindo, ao invés do corpo frágil do rapaz caindo pelo penhasco, eles viram uma criatura alada, gigantesca, o couro negro semelhante a uma armadura. Ela voou até eles... tinha nos olhos o mesmo olhar de dor... sem aviso, ela cuspiu fogo em todos eles.

– Ele... matou as pessoas?

– Sim. Quase todas... ele deixou vivo apenas o irmão mais novo da jovem. Certa noite, em sonho, o irmão fora visitado pela jovem, que lhe contou com detalhes, tudo o que havia acontecido. Mas já era tarde. Alguns anos depois o irmão mais novo morreu, mas não antes de passar a história para os filhos e netos. E aí está! Essa é a lenda do primeiro portador de uma pedra transforma.

– Mas, Lola, eu não entendo... como ele conseguiu usar a pedra, se ele era mal?

– Você não entendeu, não é? Ele não era mal. Sim, ele se transformou em um dragão, não porque ele quis, mas porque foi necessário naquele momento. Ele ia morrer. Mas sua pedra era tão poderosa que o transformou em um enorme dragão. Que movido pela dor, fez o que fez. E por isso ele foi amaldiçoado, e por isso ele não pôde voltar à sua forma humana.

– ... E... como ele se chamava, sabe, o homem?

– Bom, embaixo, no final da página tinha algo escrito com letras pequenas, era... como era mesmo...? Ah! Já lembrei, *"A história de Jorge, o primeiro"*.

– E onde ele está? Quer dizer... ele ainda tá vivo?

– Os livros não dizem. Mas alguns acreditam que ele ainda esteja por aí. Sob uma montanha ou algo do tipo.

Dane estremeceu. Por alguns segundos, pareceu estar petrificado. Lembrou daquela noite chuvosa em Nebor... vira uma sombra gigantesca passear por entre as nuvens.

– ... Quando ela veio até mim, naquela fenda em Nebor. – Começou. Segurando a sua pedra, tentando afastar aquele pensamento. – Eu senti... que sabia de tudo, sabe, tudo mesmo, sobre qualquer coisa. Mas agora eu... depois de conhecer Morlak e ver tudo o que ele está fazendo...

– Claro, Dane! A sua limiax deu a você o dom da sabedoria, por isso você é tão maduro pra sua idade. E após conhecer Morlak ela mudou porque o seu coração mudou.

— Ele dizia algo mais? Sabe... o livro? Por favor, tente se lembrar. Isso... isso é muito importante, Lola.

— Não muita coisa. A página estava bem danificada e as frases, fragmentadas. – falou, encarando Dane. – Mas na parte que dava pra ler dizia claramente... ***MENTE LIMPA, CORAÇÃO JUSTO. HERDEIRO DO PODER... SE A MERECER, PODERÁ USÁ-LA.***

— Herdeiro do poder... Lola, como assim, o que isso quer dizer?

— Eu não sei, mas é sua, sabe, a pedra. Quero dizer, ela nasceu junto com você, portanto ela é sua... ninguém mais pode usar ela. – Por mais que a garota tentasse disfarçar, era óbvio que ela estava pensando o mesmo que ele... "e se Dane não fosse o único, e se mais alguém pudesse usar a pedra no seu peito?".

— Você o trouxe, está com o livro aí? – talvez, se examinasse minuciosamente a página, encontrasse algo sobre a Limiax que a amiga não tivesse notado.

— Não. – Respondeu prontamente – Deixei na minha casa. Nem passou pela minha cabeça. Aff, como fui idiota! – Bufou.

Os dois ficaram ali... parados, olhando um para o outro, por um tempo. O som de um galho se partindo próximo a eles os fez se lembrar de que não estavam sozinhos ali. A criaturinha de pedra ainda os observava de trás do tronco multicolorido. Parecendo muito intrigada.

— Anda, Lola, temos que ir. – Dane tinha razão, estavam perdendo tempo demais. Não havia nada que eles pudessem fazer para ajudar aqueles animais. Estavam mortos e a montanha da magia ficava a quilômetros dali. Precisavam se apressar.

O monte à frente não era tão alto, ainda assim, Dane ficou mais que feliz quando percebeu que não teria que subi-lo. O caminho seguia serpenteando pelo pé do monte e perdia-se de vista. Quanto mais eles andavam ladeando o monte, mais eles percebiam que a fumaça e as cinzas estavam diminuindo, as rochas já não apresentavam mais nenhum sinal de fogo e até o capim, que agora substituíra as rochas embaixo dos seus pés, já estava mais verde. Seja lá o que tivesse atacado as árvores e os animais, não tinha feito isso daquele lado do monte. O fogo não consumira tudo. A parte atrás do monte estava praticamente intacta.

— Está explicado... – comentou a garota, olhando para frente, estendendo o braço sobre o peito de Dane para fazê-lo parar de caminhar.

Dane estava distraído, olhava para um tipo incomum de cavalo, que saíra de trás de uma árvore e começou a mancar pra longe. – Era por isso que não dava pra ver muito do caminho, olhando lá de cima.

– Você viu aquele cavalo? – perguntou Dane. Não dando atenção ao braço estendido da garota.

– Aquele o quê?

– Aquele cav... aquele animal. Estava com as patas queimadas. Devia estar do outro lado quando o incêndio começou.

– ... Ou quando começaram o incêndio. – Sussurrou ela. – E eu sei o que é um cavalo. Nossos mundos não são tão diferentes, sabia?

– Claro que não. – zombou – A não ser por um monte de criaturas estranhas, de todo tipo, lagartos que agem como pessoas e andam em duas patas, gigantes de pedra, pedras mágicas muito poderosas... desculpe, eu, hum... – Dane não sabia o que dizer. Olhava para o braço da garota que agora estava abaixado, colado ao corpo, com o punho fechado. Iria levar um soco no nariz a qualquer momento.

– Deixa pra lá. Olha só isso... – falou ela. Dane finalmente virou-se para frente, respirando fundo. Havia um vale mais adiante. Não dava para ver muita coisa. As árvores mais altas cobriam o fundo, fazendo com que fosse impossível saber o que tinha lá embaixo. Era possível ver outros montes, distantes, e bem além deles... era possível ver uma manchinha pontiaguda e cinza, quase oculta pelo céu nublado. Estava cercada por nuvens escuras.

– É ela... a montanha da magia – disse. – Lar dos anciãos e dos grandes magos.

– ... Dos magos? – Dane ouvira falar de que na montanha havia anciões, mas nunca alguma coisa sobre magos.

– Sim... meu pai dizia que quando um ser do bem e de grande poder morre, é pra lá que ele vai. Pra poder cuidar dos seus entes queridos. Um dia quando eu morrer... também irei pra lá...

– Acha que seus pais...

– Sim, eles estão lá. Cuidando de mim. – disse. Enxugando os olhos, que já começavam a brilhar – Tenho certeza... – Dane a encarou. Queria dizer algo para apoiar a amiga, mas as palavras não vieram.

Era difícil acreditar nisso. Embora tivesse que concordar que aquele mundo não era lá um lugar muito normal.

– Ok. – Disse. – Lola, o que são aquelas coisas? – com intervalo de poucos segundos de uma para a outra, várias linhas costuravam o céu ao redor da montanha. Incandescentes. Fazendo com que o ar escuro em volta da mancha cinza clareasse por um segundo.

– São raios. Eles nunca param de cair. – explicou.

– Então... aquela é a montanha da magia... – Dane contemplava a montanha de longe. Vários raios caindo em pequenos intervalos. Finalmente.

CAPÍTULO VINTE E SEIS

A VOLTA DE TIA ELDA

— *Oláááá!* — os dois olharam ao mesmo tempo. Um velho de cabelos grisalhos e muito magro os observava, curvado atrás de uma árvore, na descida do vale.

— Quem é aquele? — Dane olhou bem para ver se reconhecia o homem que agora estava de pé, longe da árvore. Realmente nunca o tinha visto antes.

— Não sei... nunca o vi antes. — Lola estava sendo modesta. Provavelmente ela não via ninguém há muito tempo, com exceção, é claro, dos seus pais e das horríveis criaturas da vila onde moravam.

— Venham, não tenham medo! — gritou. — Não é seguro aqui.

— Dane, o que vamos fazer?

Dane deu uma olhada em sua pedra. Estava estranhamente normal. A pessoa lá embaixo, seja lá quem fosse, parecia não oferecer nenhum risco aos dois.

— Vamos descer... ele deve conhecer o caminho para a montanha. Quem sabe um atalho.

Quanto mais Dane e Lola se aproximavam, mais o homem ficava estranho. Rindo e cochichando sozinho. Suas vestes estavam completamente rasgadas e tão sujas que era impossível de distinguir a cor exata. Os cabelos muito compridos, sujos e desgrenhados, dava para ver que boa parte deles eram grisalhos.

Os dois pararam a três metros do homem, que ainda ria, um sorriso amarelado e com dois dentes faltando. Ele mirou Dane por um tempo e então começou a encarar a garota. Detendo o olhar nela por um longo tempo. O sorriso desaparecendo do rosto... Lola encarou-o bem...

— Lola... — sussurrou Dane.

— Eu percebi... é uma mulher. — respondeu ela. Também aos sussurros.

A mulher ameaçou atacar a garota, mas parou no meio da viagem, e por um segundo pareceu que ia chorar. Voltou e começou a andar, rindo e indicando para que eles a seguissem.

– Acha que podemos confiar nela?

Mas Lola não respondeu. Continuou andando. O olhar fixo na velhota.

Eles a seguiram por uma vereda até o fundo do vale. Sob as árvores a vegetação era falha e facilitava andar por ali.

Após aproximadamente duas horas e meia de caminhada, os três passaram por um campo onde Dane contou no mínimo nove tipos diferentes de pássaros, alguns eram tão grandes que chegavam a fazer sombra sobre o capim, outros eram tão pequenos que mal dava para ver. Todos claramente tinham sido atraídos para lá pelos milhares de insetos, no capim baixo e nas inúmeras e variadas flores. Dane estava fascinado.

– Dane, olha, uma estrada! – Havia uma estrada um pouco mais adiante. Ela passava um pouco mais à frente e seguia, de forma estranha, até desaparecer de vista.

– Que chão mais esquisito... eu...

VLÓÓÓC!!!

Dane afundou até o peito assim que pisou. O que antes parecia ser uma longa e firme estrada, acabou revelando-se ser um rio, completamente coberto por plantas aquáticas cor de chão.

Daneeee!

– Lola, é um rio! – gritou Dane. Agora começando a deslizar para o meio do rio.

– Não! Ai... tá legal... concentre-se, Lola... – ela começou a girar as mãos.

Lola estendeu as mãos para a água que agora já podia ser vista ao redor de Dane e começou a murmurar alguma coisa. Quanto mais Dane se debatia, mais o rio ficava visível. Mas antes que algo acontecesse, a mulher, com os pés bem firmes em volta de uma planta, se lançou na água e começou a puxar o garoto. Ainda sob os gritos de Lola, ele foi puxado e quase enforcado pela velha, enquanto o arrastava para fora da água, pela gola da camisa.

— As plantas! — ofegou Dane. Que entre uma tossida e outra, tirava uma planta de cima dele — elas crescem para dentro da água... essas são as raízes — apontou para um monte de fiapos na estrada.

— Dane, você está bem? Quase me matou de susto, sabia?

— Sério, Lola? Então acho que fomos dois.

A mulher ainda segurava a gola de Dane, com o olhar atento para dentro de sua roupa. Um pedaço de sua Limiax estava exposto e ela não parava de encará-lo. Seu olhar foi subindo da pedra para o rosto do garoto e para Lola em seguida. Balançou a cabeça e continuou andando pela margem. Apressada.

— O que foi isso?

— Eu não sei...

Não dava para saber para onde a mulher estava levando-os, mas com certeza, aquela não era a direção certa. Deveriam atravessar o rio, e não seguir na direção da nascente. Meio quilometro acima, a mulher parou e ficou ali... de frente para o rio coberto de plantas, com um sorriso bobo de meia lua que deixava seus longos dentes amarelados expostos.

— Senhora... está, está tudo bem? — Dane nunca tinha visto alguém agindo daquela forma antes. Seus olhos ligeiros buscavam alguma coisa na água coberta por plantas. Ela não respondeu, subiu um pouco mais pela margem e entrou no rio. Lola cobriu a boca com as mãos e deu um gritinho abafado. Ficaram ali... esperando a velhota afundar e desaparecer na água, mas ao invés disso, ela começou a andar na água, que mal chegava ao meio da canela.

— Ah... Dane?

— Não temos escolha, temos, Lola? Hum, sabe, ela parece conhecer bem esse lugar. Talvez ela seja nossa melhor chance de sair daqui... olha, você disse que os grandes magos também ficam na montanha, cuidando de seus entes, talvez, talvez seus pais estejam lá, sabe, cuidando de você, talvez essa mulher...

— *CHEGA, DANE, NÃO BRINQUE COM ISSO!*

— Desculpe. Eu não quis ofendê-la, mas é que...

— Não se preocupe. Está tudo bem... — exclamou. Limpando o rosto e forçando um sorriso acanhado — Eu sei que eles estão lá. Eu posso sentir.

— Acho que ela está nos esperando. — disse Dane. A mulher estava parada no meio do rio, olhando para eles, parecendo um fantasma, daqueles que já morreu há séculos.

– Ok. Vamos. – Ela deu um empurrão tão forte em Dane, que por um segundo ele teve a sensação de que a sua Limiax tinha afundado um pouco mais no seu peito.

– Ai! – gemeu. – Que bom que não está zangada comigo – brincou, fazendo uma massagem no peito para aliviar a dor.

Eles atravessaram o rio e seguiram por uma trilha fechada até chegarem a uma área mais aberta... onde as árvores e densos arbustos davam lugar a outro tipo de vegetação. Era um enorme pasto. Com uma linha de mato alto no meio, onde se via uma fumaça branca saindo por entre os galhos fechados.

– Hei, espera! – Lola saiu correndo atrás da mulher, que disparou na direção da fumaça. Enquanto a mulher passava por baixo de uns cipós e desaparecia, Lola estancou... ainda faltavam uns quatro metros e já podia sentir. Era um mal cheiro perturbador que saía de lá de dentro.

– Acha que devemos entrar? – Dane acabara de emparelhar com a amiga.

– ... acho sim. – respondeu. Ele tivera observando sua pedra, ela não dera nenhum sinal de perigo enquanto estavam com a velha. – Além do mais, aqui fora nós estamos expostos. Pelo menos lá dentro podemos ver o que ela tá fazendo.

– Ok.

Eles entraram na estreita faixa de mato e quanto mais eles andavam, mais insuportável ficava o cheiro.

– Lola... olha... ela está lá! – Dane apontava para uma área limpa mais adiante. Havia um fogo aceso e a mulher preparava algo. – Olá... de novo. – disse, quando se aproximaram. – A senhora anda bem rápido pra uma, uma senhora...

– Dane, olha os pés dela! – cochichou. Os pés da mulher estavam sangrando. Várias feridas haviam perdido o cascão e os dedos tortos estavam cheios de espinhos.

– É... eu já vi! – Dane deu uma olhada em volta. Era um tipo de moradia, um acampamento. Havia uma cama improvisada de madeira, uma cobertura sobre ela feita de folhas e palhas que parecia ter sido trocada recentemente, tinha um tronco caído que devia ser usado como sofá, e alguns instrumentos de cozinha, pendurados em galhos próximos do chão. não havia roupas nem sabão. Havia amontoados de folhas, em várias direções.

– DANE! – O pavor na voz de Lola fez Dane tremer. Talvez a mulher que os ajudara antes não estivesse do lado deles, afinal.

– Se afaste dela! – ele chegou correndo com um pedaço de galho podre na mão, mas a mulher não havia se movido um centímetro sequer. – O que aconteceu? – bufou, sem entender.

– Dentro do caldeirão, Dane... – o enorme caldeirão tinha água até a metade dele e seja lá o que a garota tivesse visto estava submerso.

Dava para ouvir o som de alguma coisa pesada batendo no fundo do caldeirão. Uns segundos depois, alguma coisa emergiu do fundo e ficou ali, boiando e girando na superfície até afundar outra vez, lentamente. A cabeça de um cavador.

Lola soltou um gritinho.

Ela olhou para o lado, disse algo e sorriu. Acariciando o ar.

– Perdão... o que a senhora disse? – a estranha mulher continuava sussurrando alguma coisa. O olhar de Lola foi do nojo e se transformou em uma mistura de choro e espanto.

– Esquece isso, Lola. Vamos sair daqui!

– Não, Dane! – o queixo da mulher tremia, mas ela não estava chorando, tampouco parecia estar com frio. Contrariando o pedido do amigo, Lola se aproximou um pouco mais... – senhora... está... hum – suspirou. – Está tudo bem... a senhora gosta dele... – A mulher estava na defensiva, literalmente na defensiva. Se fechou sentada próximo ao caldeirão e não falou mais nada. De vez em quando olhava para o rosto de Lola e forçava um sorriso maltratado. Era hora de uma abordagem diferente.

– Lola...

– Espera, Dane. Senhora... o seu amigo, a senhora gosta de falar com ele, quero dizer, de conversar com ele, não é mesmo? Qual... qual é o nome dele? – ela apontou com a cabeça para o lado da mulher. Os olhos lacrimejando.

O olhar de Dane não desviava do caldeirão. Não parava de pensar no tipo de artimanha que a mulher devia ter usado para capturar e matar aquele cavador. E se ela estivesse em grupo... e se eles voltassem? Dane olhou para o campo e por entre o emaranhado de árvores finas ao redor dele, espiou as árvores mais distantes. Não viu nada. Nenhuma alma viva sequer os observava.

– Lola, eu realmente acho melhor...

– I... – Sussurrou a mulher. Fazendo Dane calar, com um arrepio na espinha. Mas foi como um sopro com palavras indistinguíveis. Antes que os dois fizessem caras de confuso, a mulher repetiu, mas dessa vez, de forma mais clara. *IZI!* – Lola, sem aviso, correu e abraçou Dane. Caindo no choro.

A cabeça de Dane deu um nó. Sabia que já tinha ouvido aquele nome antes... onde?

– Dane... – entre soluços e grandes goles da mistura salgada de saliva e lágrimas, Lola fez com que Dane quase desejasse voltar ao seu mundo. – Eu sei por que eu venho tendo essa sensação estranha perto dela... ela é minha tia, Dane. Minha tia, Tita.

Finalmente ele lembrou... algum tempo atrás a amiga contara a ele a história. De como seu primo morrera afogado em um lago próximo de onde viviam, após ser arrastado para dentro por alguma coisa e também de como sua tia, irmã de sua mãe, ficara louca após o ocorrido. E morrido algum tempo depois.

– Ah, hum... Lola, essa não pode ser a sua tia... ela, ela está... morta, lembra?

– Eu sei, eu sei que parece loucura, mas é ela, Dane, é ela... eu sinto isso. – A mulher deixou escapar um gritinho e sorriu para a garota, depois enfiou um copo improvisado, feito da casca de alguma fruta, no caldeirão, despejou o conteúdo do copo na boca e saboreou, como se aquela fosse a melhor comida do mundo. Dane sempre fora pobre, mas nem ele comeria aquela coisa. Dava enjoo só de olhar. – Além do mais, nós não a vimos morrer. É uma longa história.

– Me desculpe... eu, eu não queria ser... eu só... eu sinto muito, mesmo. – Ele sentou-se ao lado da tia Tita. – A senhora se lembra de alguma coisa?

– Claro! Por que não pensei nisso antes? Como sou idiota! – Lola deu um tapinha na testa, enfiou a mão na bolsa de couro onde ela carregava as suas coisas e tirou de dentro um frasco transparente, de uns dois centímetros, com um pó lilás cintilante dentro dele.

– O que é isso?

– Isso, Dane, é pó de memória. São muito raros porque os ingredientes não são nada fáceis de encontrar, sem falar que tem que ser talentoso pra preparar um deste. Minha mãe fez este aqui pro meu pai porque ele vivia perdendo as coisas, sabe. – Ela deu uma risadinha chorosa. – Vem, tia, eu vou ajudar a senhora a lembrar.

– Acha que vai dar certo?

– Sim. A minha mãe era muito boa nisso. – Lola derramou um pouco do pó de memória em uma das mãos e apontou para o rosto da tia – quando acabar, quando o pó tiver feito efeito, vamos levar ela com a gente, pra montanha da magia.

Foi o mesmo que dar um tapa no rosto da tia Tita. Ela caiu rolando e jogando os braços para os lados como se estivesse sendo picada por dezenas de abelhas raivosas. Em uma fração de segundos, a garota viu o frasco sair voando de sua mão e ir parar dentro do fogo, sob o caldeirão fervente. Instantaneamente o conteúdo do frasco se tornou tão negro quanto o carvão ao redor do fogo.

– Lola, o frasco! – Dane olhava para a mão da garota... não restara um tantinho sequer.

– NÃÃÃÃOO, MONTANHA DA MAGIA NÃO, MONTANHA DA MAGIA NÃO. ELES VÃO NOS MATAR! – Os gritos roucos, porém altos, de tia Tita varreram o campo e seguiram mato adentro. Era questão de tempo até alguém os ouvir e chegar até eles.

– Anda, Dane, vamos! Se ela quer ficar aí sozinha e sofrendo, é problema dela. – Dane estava surpreso, nunca vira, nem uma vez sequer, a amiga falando assim, nem mesmo com ele. Mas isso não durou muito. Seus olhos se encheram e ela caiu no choro novamente. – Eu não preciso de você, nunca precisei, entendeu?! Sempre me virei muito bem sozinha.

– Lola... – Dane estava realmente com pena da amiga. Era possível sentir a dor dela em cada palavra.

– Quer ficar aí, chorando pelo seu filho? Ótimo! Pois que fique! – ela deu de ombros e saiu soluçando, na direção do campo aberto. – E tem mais uma coisa. – voltou. – A senhora está falando sozinha! Sabe por quê? Porque a pessoa que você pensa que está aí ao seu lado agora, ela está... ela está...

– Lola, talvez... talvez a gente possa levar ela. O que acha?

– Não, Dane... não podemos. Além do mais, ela só iria nos atrasar. – Disse. Fingindo não sentir a dor que suas palavras causavam a ela mesma.

– Ok, você que sabe.

— Anda, vamos. Espera... — Lola tirou do pescoço um colar com algo que lembrava muito uma lapa, na ponta. — Quero que fique com isso, a senhora me deu isso quando eu tinha quatro anos. Você sempre soube que eu gostava de tudo relacionado a água... quero que fique com ele. Por favor, não morra. — Chorou.

Dane sabia que a amiga estava passando por uma barra, mas a verdade era que ele não podia perder mais tempo. Pessoas estavam morrendo e muitas outras poderiam morrer se ele não se apressasse.

— Lola, a montanha da magia... precisamos ir. — Dane segurou-a pela mão — Lola...

— Está bem...

— Olha, eu sei que ela vai ficar bem. — Falou Dane, quando eles já iam longe. Agora seguindo o curso do rio que descia pelo vale, na direção da montanha.

— Você promete?

— Bem, não, mas... olha o que aconteceu com o último cavador que entrou no caminho dela. — Finalmente ele conseguiu fazê-la rir. Mesmo que só por um segundo.

Os dois seguiram viagem. Deixando tia Tita para trás.

As horas se passaram rapidamente. A noite chegou em um piscar de olhos. O céu, carregado de nuvens pesadas, agora tinha ganhado uma cor azul-escuro, com uns poucos pontos claros. Para a surpresa de Dane, Lola parecia ter melhorado a sua técnica de levitação das coisas. Ela construiu rapidamente um simpático abrigo, usando troncos caídos, galhos e folhas.

— Sabe, bem que você poderia transformar essa pedra em um acendedor, não acha? — falou quase ao mesmo tempo que passava a mão sobre alguns galhos secos, fazendo surgir uma chama.

— Não preciso, você é muito boa nisso. — Riu.

— Sim... pena que meus poderes não são suficientes para deter... Morlak. Não chegam nem perto. Precisamos de você, Dane.

— É... eu sei. Eu só tenho medo de decepcionar, sabe... a todos.

— Mas você não vai, Dane. Sabe... eu tenho certeza de que nem mesmo os guardiões sabem exatamente quando foi a última vez em que alguém usou uma pedra, pelo menos parecida com a sua.

— Mas, Lola. O que é, exatamente, uma pedra transforma? – perguntou Dane. Olhando para os lados para ver se não vinha ninguém. Como se aquilo fosse o mais absoluto segredo.

— Afff! Eu já disse. É uma pedra muito poderosa. Uma Limiax diferente de todas as outras, que pode mudar de forma, mas o principal... pode mudar o tipo de poder contido nela.

— Sabe mais alguma coisa, sobre... ela?

— Tipo o quê?

— Sei lá! Tipo, como faço pra controlar ela ou como... hum, eu não sei!

— Sinto muito, Dane, eu não sei. As páginas estavam destroçadas, comidas. Não tinha muita coisa que desse pra ler.

— Tudo bem...

Eles adormeceram e a noite passou tão rápida quanto chegou. Por algum motivo Dane acordou com a garota glinth na cabeça. Ficou ali, de pé, olhando a paisagem enquanto a amiga ainda dormia.

— Bom dia, Lola. – Disse. Quando a amiga acordou, bocejando e se espreguiçando.

— Bom dia, Dane. Que horas são?

— Não faço ideia. Cedo, eu acho.

— Acho que se sairmos agora estaremos na montanha amanhã de manhã. Talvez antes, se andarmos rápido. – As palavras de Lola fizeram com que o estomago de Dane revirasse. Como se um redemoinho estivesse revirando suas tripas.

— É claro. – Disse. – Acha que eles estarão lá, Lola?

— Eles quem, Dane?

— Os meus amigos... acha que eles conseguiram?

— Claro. Eu aposto que eles já devem estar lá. Você disse que um deles é um guardião, não foi?

— Sim. O Comar, do reino de Nebor. Sabe, ele...

— **DANE, A SUA PEDRA!** – a Limiax de Dane brilhava como uma brasa. De costas um para o outro, eles olharam por entre as árvores nos lados e na frente do abrigo, e nada. De repente, o som de gravetos se partindo vindo de trás do abrigo fez com que seus sangues gelassem.

— Espera aí... aquele não é...

— É sim. – falou Lola. Reconhecendo aquele montinho de pedras. – Acho que ele está nos seguindo.

Era óbvio que a criatura realmente estava seguindo-os. Mas o que Dane não entendia era por que sua Limiax estava brilhando agora. Eles já tinham ficado frente a frente com ele antes e nada tinha acontecido, a não ser a fuga rápida da pobrezinha.

— Lola... tem alguma coisa errada.

— Claro que tem. Estamos sendo seguidos por um monte de pedras!

— Você está enganada, Lola, eu acho que não é por causa dele que minha Limiax tá brilhando... eu não sei, eu estou sentindo algo, é, é como se já tivesse sentido isso antes.

— Isso o quê?

— Essa... sensação, de que algo está errado. Lola, precisamos ir embora daqui, agora!

— Ai, Dane! Para de me puxar!

— Anda, Lola, vem logo! – Dane apagou a fogueira e arrastou a amiga por entre as árvores, olhando sempre que dava, por entre elas, para ver se ainda seguiam na direção certa.

— Dane, para. Não tem nada atrás da gente, e também não vamos conseguir passar por ali. – Apontou, massageando o braço. Mesmo seguindo o curso do rio, estavam subindo cada vez mais, por uma colina de vegetação tão densa que agora era quase impossível passar por ali. Isso sem falar que subindo por ali, se afastariam cada vez mais da montanha. – Vamos ter que descer para o rio.

— É... acho que sim. – Concordou. Dane não tinha medo de água, afinal, era filho de pescador, mas todas as suas experiências com os rios daquele lugar não foram das melhores. – Acha que consegue fazer alguma coisa que possa ajudar a gente a atravessar?

— Não. O mais provável é que você caia no meio do rio, se eu tentar fazer você levitar até o outro lado. – Disse dando uma risadinha. Provavelmente imaginando a cena.

— Pense, Lola, precisamos atravessar esse rio. – Os dois já estavam na margem, quando algumas árvores próximas começaram a cair. – Essa não...

— Dane, o que tá acontecendo?

— Eu já vi isso antes. Lola, se for fazer alguma coisa, faça rápido!

– Hum, pula na água, Dane! – era bem verdade que ele queria sair dali, mas atravessar aquele rio a nado...? – Anda, Dane, confie em mim!

Lola pulou primeiro. Ela não fazia ideia do que estava causando a queda das árvores e não parecia nem um pouco a fim de descobrir. Dane já estava a ponto de pular na água, quando alguma coisa agarrou o seu braço com força e o impediu de pular. A sensação não poderia ser mais desagradável. Na mesma hora um calafrio subiu pelas costas até a nuca, fazendo-a congelar. A mão que o segurava era fria e Molhada. Era como se a mão de Dane estivesse dentro de uma panela com pedras de gelo.

– Segure-se em alguma coisa! – gritou Dane. vendo a amiga descer lentamente a correnteza. Enquanto ele ainda tentava soltar o braço. Recusava-se a olhar. Poucas vezes na vida Dane sentira algo tão ruim assim. Era como se sua mão estivesse congelando aos poucos, e agora, a sensação subia para o resto do braço.

– Dane! – Lola estava de volta. Estava montada em um tronco de árvore podre, que ao invés de descer na correnteza, subia, como se tivesse um motor ligado a ele. Ela parou próximo à margem. – Anda logo, Dane, pula!

Correndo o risco de cair e ser levado novamente pela correnteza, Dane enfiou os pés na areia escura e úmida da margem e se lançou com força para dentro do rio. Era como tentar arrastar um cavalo. Algumas passadas para trás e de repente ele pôde sentir alguns raios do sol em seu rosto e também o chão, que de repente desapareceu sob um de seus pés. A sensação de estar quase deitado não era falsa... com o corpo inclinado para dentro do rio, mantinha apenas um dos pés em uma raiz e o outro estava no vazio, a quase dois metros da água.

Agora, um cheiro que se assemelhava muito com o de cabelo queimado invadia as narinas dele, fazendo-o quase vomitar, quase ao mesmo tempo que seu braço começava a vibrar. Seja lá o que estivesse segurando-o, agora, tremia feito uma gelatina.

Seja por ser o portador de uma poderosa Limiax, ou simplesmente por todos estarem sempre falando que ele era o escolhido, Dane criou coragem e abriu os olhos. O sol brilhava no alto, banhando tudo com um brilho dourado e um calor aconchegante. Os raios batiam na água e refletiam na margem e ali, parado, tremendo enquanto segurava firme o braço dele, estava uma coisa grande e medonha. Tinha a forma de uma pessoa, mas era completamente escura, um escuro um tanto acinzentado.

Era como se fosse um boneco de argila, uma argila muito fedida. Ela estava sob a sombra dos galhos, mas o braço da figura estava exposto ao sol, e era exatamente dele que vinha o mal cheiro. Parecia que aquela coisa estava se decompondo, se desfazendo ali mesmo. Outra vez, Dane se lançou para trás e dessa vez ele conseguiu... arrancara parte do braço da coisa que, ao invés de sair berrando de dor, permaneceu ali, imóvel, como se nada tivesse acontecido. Seu braço, por outro lado, evaporou por completo, pouco antes de cair no chão.

— O que era aquela coisa? — perguntou Dane. Após cair na água e ser resgatado por Lola.

— Acho que era uma sombra. Eu já tinha ouvido falar nelas, mas nunca tinha visto uma. São criaturas muito más, Dane, muito más mesmo. Dizem que algumas são tão más que matam apenas para se alimentarem do sangue de qualquer criatura inocente que cruze o seu caminho. Fazem isso pra ficarem fortes o suficiente, ao ponto de um dia poderem sair ao sol.

— Disse que aquela coisa era uma sombra, mas Lola, eu não entendo... por que elas iriam querer sair ao sol? — Dane já tinha encontrado algumas sombras antes, e pelo que pôde perceber, elas ficavam muito à vontade, ocultas pela escuridão. Não entendia por que elas iriam querer ficar expostas durante o dia. Sem contar que as sombras que ele teve o azar de encontrar, eram bem diferentes daquela.

— Elas são criaturas das trevas, Dane, não se importam em matar. Mas estão condenadas a viverem na escuridão. Imagina o que fariam se conseguissem sair ao sol...?

— Acha que ela, aquela coisa, vai tentar atravessar o rio? — perguntou. Quando os dois já iam chegando à outra margem.

— Acho difícil. O sol com certeza estava machucando ela...

— É... eu vi. — Concordou. Mas nenhum dos dois parecia acreditar muito nisso. Enquanto subiam a margem do outro lado, não paravam de olhar para trás. Ela continuava lá, imóvel, parecendo olhar diretamente para eles.

A faixa de mato ao longo do rio era ainda mais estreita que a anterior e logo os dois a atravessaram.

— Aquela... aquela é...

— Sim, com certeza é ela. — disse Lola, abrindo um sorrisão largo — é a montanha da magia. — Lola parecia extremamente orgulhosa de si mesma. A montanha estava perto, mas agora eles tinham que passar por um terreno rochoso onde só se via pedras, pedras e mais pedras. Lá... mais adiante, estavam as montanhas e atrás delas, uma outra, verde escura e cercada por nuvens negras.

— Onde fica a outra estrada? — perguntou Dane. Examinando algumas montanhas mais baixas, próximas.

— Outra estrada?

— Isso, sabe... a estrada que você falou antes, por onde meus amigos estão vindo.

— Ah, é. — Exclamou a garota. — A estrada queimada... ela não fica longe daqui não. Pelo que me lembro do mapa no livro, ela deve ficar logo atrás de uma daquelas montanhas ali. — Ela apontou com o dedo para uma montanha estranhamente cinzenta e que estava à direita deles. Onde quase não se via vegetação, apenas umas poucas árvores que insistiam em crescer entre as pedras. — Parece que os caminhos se unem lá. — Continuou. — Naquela outra montanha, e vai direto para nossa montanha.

Lola não estava brincando quando disse que não tinha o que fazer em sua casa. Ela provavelmente conhecia aquele lugar melhor do que qualquer outro.

— Vamos.

— Dane, espera!

— ... Está tudo bem?

— Está. É só que... Dane, você tem certeza? Quer dizer... quanto a ir até a montanha? — as lágrimas da garota deixaram Dane preocupado. Era como se ela soubesse de algo, algo que ele não sabia... como se estivesse indo de encontro à morte.

— Não tem outro jeito. Eu não pedi para me escolherem, Lola, mas me escolheram, agora, eu não posso deixar Morlak continuar matando, — Dane fez uma pausa — matando pessoas e criaturas inocentes.

— Eu sei. Dane, é só que... eu não quero que...

— Vai dar certo, Lola, eu prometo. Confie em mim. — Lola limpou os olhos e abriu um meio sorriso. A verdade era que a garota nunca tivera um amigo na vida. Por medo das criaturas da pequena vila onde morava, recentemente, sempre ficava trancada em casa e tudo só piorou depois que seus pais, os magos do lugar, morreram.

– Você tem razão... vamos conseguir. Além do mais... – Lola parou de falar de repente. Seus olhos estavam fixos na direção de uma rocha pontuda, um pouco mais adiante. Onde algo se movia lentamente em meio às pedras, mais adiante.

– ... Ele voltou. – Suspirou Dane. Olhando na mesma direção da amiga. – Como ele passou pela gente?

– Olha à nossa volta. Tudo aqui é pedra, não é difícil pra ele passar despercebido. – Resmungou Lola, olhando secamente para um montinho de pedras com olhos que os observava de longe. – O que será que ele quer, hein?

– Não faço ideia. Mas não podemos perder tempo com ele, temos que chegar à montanha!

CAPÍTULO VINTE E SETE

A MONTANHA DA MAGIA

Com a criaturinha sempre à frente, ora correndo, ora rolando, os dois andaram pelo campo de rochas por mais alguns quilômetros. A montanha parecia estar se afastando deles. O céu que antes estava com um tom azulado, agora mais parecia um pano de chão que fora usado o dia inteiro até ficar encardido. A impressão que dava era de que as nuvens estavam abduzindo a montanha.

Depois de andarem por pelo menos mais uma hora, os dois finalmente chegaram. Mas ainda não era o pé da montanha. As rochas à frente formaram um tipo estranho de cerca, e embora ela tivesse pouco mais de um metro de altura, era como se protegesse a montanha.

— Dane, olha... — Lola olhava por cima da cerca. Era uma queda de pelo menos doze metros. — O que vamos fazer?

— Ainda não sei. Mas não é tão alto. Vamos dar um jeito de descer, a montanha está logo ali. Você tem certeza de que eles estarão lá?

— Dane... você disse que vocês se separaram no rio, não foi? — ela pensou um pouco — Sabe, não tem muitos caminhos para chegar naquela montanha. Como eu já havia dito, eles só podem ter ido pela estrada queimada, o que quer dizer que provavelmente já devem estar lá.

Dane não era muito de sentir medo. Em Dawsdren, por exemplo, não conseguia se lembrar de muitas vezes em que sentira medo, com exceção, talvez, das aranhas que encontrara na floresta e de quando Heitor o levou para pescar e o jogou, de propósito, dentro d'água, quando Dane ainda estava aprendendo a nadar, ele falava que essa era a melhor forma de se aprender a nadar. Tirando os goles d'água, até que fora bem divertido. Mas a visão da montanha...

— Você deve estar certa. — Concordou. Embora não confiasse cegamente na sabedoria da amiga. Basicamente todo o conhecimento dela vinha de livros antigos e mapas, mas sem nenhuma experiência de campo. Até onde Dane sabia, as coisas poderiam estar bem diferentes agora. – Mas como a garota já conseguira trazê-los até aqui... – e como vamos descer?

– Dane, olha! – Lola apontava para as costas do amigo. A criaturinha estava parada perto de uma rocha grande e pontiaguda colada ao muro. Em segundos e deixando os dois boquiabertos, ela sumiu e reapareceu lá embaixo.

– Como ele fez aquilo?

– Espera um pouco... – Lola correu até onde antes estava o montinho de pedra ambulante. – Dane, vem até aqui, rápido!

– Lola, o que foi? – disse. Seja lá o que a garota estivesse vendo, parecia bem animada. – Um buraco? Mas Lola...

– Foi assim que ele conseguiu descer, Dane, você não vê?

– Ah! Claro.

– Nossa, Dane, a pedra da inteligência tá fazendo falta.

– Não era pedra da inteligência! – respondeu. Indignado.

– Que seja. Temos que passar por este buraco. Vamos.

No buraco na rocha, embora não fosse tão grande assim, cabia os dois com facilidade. Eles entraram e mesmo estando um tanto escuro, dava pra ver uma luz que com certeza vinha da saída lá embaixo.

– Lola, cuidado! – ela olhou para ele, meio que sem entender. – Olha, do seu lado! – ela olhou. Havia um buraco não muito grande, mas que poderia engoli-la facilmente, perto do pé dela, e que ele só notou porque era muito escuro. Conforme eles andavam, pelo que se assemelhava muito a uma escada em caracol, eles encontravam mais e mais buracos lá dentro, havia alguns em que cabia facilmente uma pessoa lá dentro.

– Finalmente! – disseram em coro, quando avistaram a luz da saída. A criaturinha continuava lá, parada.

– Parece que ele estava esperando a gente. – Disse Dane. Rindo-se só de imaginar que a amiga provavelmente iria dar um chilique e sair correndo.

– É, parece que sim... que acha de darmos um nome a ele?

Por essa Dane não esperava. Fora pego de surpresa com a pergunta. Até agora a garota não tinha demonstrado nenhum tipo de sentimento para com a criaturinha, a não ser, talvez... de medo.

– Tá. Você que sabe. Só que talvez ele não queira ser um bichinho de estimação.

— Ou talvez ele queira. Talvez ele esteja cansado de ficar sozinho. — Disse. Quando os dois passaram próximo dele. — Não é, meu marronzinho fofinho? — Fez graça.

— Marronzinho? — Dane agora estava espantado com a falta de criatividade da amiga.

— Claro! Ele é feito de pedras, que são marrons, então, vou chamá-lo de marrom. Vem, marrom, estamos quase chegando. — Dane não sabia o que mais o impressionava... se era o fato de a amiga, agora, estar tratando aquele bicho como se fosse uma pessoa, ou o fato de o marrom estar obedecendo às ordens dela.

Ainda balançando a cabeça, Dane seguiu os dois. Morrendo de rir.

As nuvens negras baixas no céu davam a impressão de que iam despencar lá de cima a qualquer momento. Os raios caíam, um após o outro, na montanha, mas por algum motivo não se ouvia o estalo que vem logo após. Não tinha trovões.

— Que estranho... — comentou. Em Dawsdren, eram bem comuns as tempestades com raios. Isso o fazia passar noites e noites em claro, não porque ele estivesse com medo. Na verdade, ele até gostava... adorava quando a chuva batia no telhado e passava gotinhas minúsculas por entre as telhas e caíam sobre ele, dando uma sensação gostosa. É que na maioria das vezes, Heitor estava fora, pescando, e Dane morria de medo de que algo acontecesse com ele.

— Dane... Dane! — Lola acenava e estalava os dedos na cara do amigo. Trazendo-o de volta. — O que está fazendo? Anda, estamos quase chegando. — Era verdade. Sem perceber ele andou mais da metade do caminho até a montanha. Tanto que já era possível ver um pedaço de estrada, provavelmente, aquela era a estrada queimada, de que Lola tanto falava.

— Já está escurecendo — disse ele. Distraidamente.

— Está sim.

Os raios caíam, fazendo clarear tudo em volta, bem perto, tanto que por algumas vezes Dane pôde jurar que um acabara de cair bem do seu lado. Mas isso não era possível. Embora agora eles estivessem caindo com mais frequência e mais perto que nunca.

— Chegamos...

— É... chegamos... — Disse Lola, que, mesmo sorridente, estava trêmula. Dane sabia bem o porquê de a amiga estar assim... as lendas diziam que após a morte, era ali, naquela montanha, onde os grandes magos iam parar, e, se isso fosse verdade, talvez os pais dela estivessem lá também.

– É... finalmente. – Bocejou Dane. Encarando a amiga. – Tudo bem?

– Sim, mas... eu estou me sentindo um pouco estranha. Não deve ser nada. Dane... você acha que eles estão lá? Sabe... os meus pais?

– Eu não sei, talvez. Mas olha... em que outro lugar eles poderiam estar? Essa é a montanha da magia, não é? – acrescentou rapidamente. Arrancando um meio sorriso da garota.

– Obrigada, Dane.

– Por quê?

– Por aparecer na vila, por me deixar acompanhar você, e... por ser meu amigo.

– Sem problemas. – Respondeu. Embora, na verdade, a chegada dele à vila não tivesse passado de uma coincidência, e quanto à garota o acompanhar, bem, ela não deu muitas escolhas a ele. Mas era bem verdade que Dane acabou se apegando muito a ela.

– Dane, está sentindo isso?

– Isso o quê?

– Parece que...

– ... o chão está tremendo. Agora eu percebi. – Enquanto os dois falavam meio que aos cochichos, com as pedras tremendo sob seus pés, Marrom, que andava à frente, voltou e passou correndo pelos dois, se escondendo atrás de uma rocha. – Talvez seja um terremoto – comentou. Na verdade, Dane nunca vira um terremoto na vida, nem mesmo na tv, já que não tinham nenhuma. Mas lembrava-se perfeitamente de que em uma de suas visitas à casa do Sr. Erwer, enquanto abocanhava uma fatia de bolo de chocolate, na cozinha, ouvira um noticiário da tv na sala, sobre um terremoto que acontecera em algum lugar do Japão. Que fez tremer a terra e até mesmo derrubou alguns postes na rua.

– Um o quê? – perguntou. Aparentemente, Lola nunca ouvira essa palavra antes, e Dane não era a pessoa mais indicada para explicar isso a ela. Sabia que se tratava de um tremor na terra. Fora o que ele conseguira ouvir, estava mais concentrado na fatia de bolo.

– Bem... é quando a terra treme, sabe, hum...

– *DANE... DANE!* – os gritos de alguém chamaram a atenção dos dois, que para a sorte de Dane não teve que continuar explicando sobre terremotos. De repente os gritos estavam mais próximos e a visão não poderia ser melhor. Predar vinha correndo com passadas longas na direção deles, e em suas costas Comar e Kirian se seguravam como podiam.

– Dane! – gritou Kirian. Descendo das costas do Predar e abraçando o amigo. – Pensamos que tínhamos perdido você. Quando você desapareceu no rio nós... – Kirian deteve o olhar em Lola, examinando-a, como se a garota fosse uma ameaça. – E, quem é essa aí?

– Dane. Nossa, que susto você nos deu. – falou Comar, abraçando o amigo. – Que bom que está bem e que conseguiu chegar até aqui.

– Eu estou ótimo, sério. – Enquanto Dane tentava convencer os dois de que estava bem, Lola tinha uma aparência de pânico no rosto. Com exceção de Dane, ela não via nenhum humano há alguns anos. Mas não era por isso que ela estava nervosa. Ela encarava, sem piscar, Predar, um gigante de pedra de botar medo em qualquer um. – Lola... tudo bem? Ah! É verdade, pessoal, essa aqui é a Lola. Eu não estaria aqui se não fosse por ela... e pelos seus pais. – Acrescentou. Rindo para a amiga.

– E... onde estão os pais... dessa aí? – perguntou Kirian. Que aparentemente não gostou nada da garota.

– Bem... essa é... uma, uma longa história. – Falou Dane. Encarando uma, depois a outra.

– É tão bom ver você outra vez. – falou Comar, indo até o amigo e abraçando-o. – Quando você sumiu naquele rio, eu... eu...

– Está tudo bem, amigo, juro. Bem, pelo menos agora eu sei o que estava causando o terremoto. – Riu-se Dane.

Comar e Kirian se olharam, sem entender. Talvez, assim como Lola, os dois não soubessem o que era. Talvez naquele mundo não existissem terremotos, ou, talvez existissem, mas as pessoas não os chamassem assim. Sem entender também que Dane se referia a Predar.

– Dane, temos que ir. – Disse Lola.

– Sabe, Dane, ela tem razão. Temos que subir a montanha, depressa. Por algum motivo os raios não estão agindo naturalmente – falou Comar. Dane encarou o amigo... o que exatamente tinha de normal em um monte de raios caindo a todo instante quase sempre no mesmo lugar e de nuvens negras que pareciam querer tocar o chão?

– Certo. – Foi tudo que Dane disse. Enquanto eles conversavam, Marrom ainda os observava de longe. E aos poucos, lentamente andou até eles, encarando Predar.

– Está escuro. Não seria melhor... – Kirian começou a falar, mas desistiu. Ela ia sugerir que eles esperassem o dia amanhecer para poderem entrar na montanha. Mas logo percebeu que ia falar bobagem. Não tinha uma árvore sequer ali por perto, e eles não podiam dormir ali, nas pedras, era muito arriscado com todos aqueles raios caindo. Dentro da montanha com certeza era a melhor opção. – Nada... – disse. Quando os três olharam para ela.

Eles seguiram. Se abaixando aqui e ali por causa dos raios que embora não os acertassem, faziam grande clarão por alguns segundos, causando uma cegueira momentânea. Finalmente eles começaram a subir a montanha. Até que enfim. Agora, dava para ver os caminhos que chegavam à montanha. Realmente não eram muitos. Eles continuaram subindo e já tinham passado da metade quando as nuvens começaram a se mover.

– Ai meu Deus, o que é isso? – gritou Kirian. De repente as nuvens sobre suas cabeças começaram a se contorcer. Ficando completamente descontroladas. Lançavam raios em todas as direções e em questão de segundos uma jaula de raios havia se formado ao redor da montanha, um pouco mais à frente de onde eles estavam. Caindo com tanta frequência que mais pareciam emendar uns nos outros.

A essa altura, todos já haviam procurado refúgio às costas do Predar, o único ali que parecia não ter medo dos raios. Ocorreu a Dane que era exatamente para aquela montanha, que Predar ia para comer pedras. Provavelmente já estava acostumado.

– Como vamos fazer? – Falou Comar. Tentando enxergar a montanha em meio à claridade. – Como vamos passar?

Kirian, que continuava escondida atrás do Predar, sugeriu que Comar derrubasse as nuvens, usando magia. O amigo olhou para ela, de forma que a garota entendeu na hora que o que acabara de dizer era impossível.

– Espera um pouco. – Disse Lola. Ela ergueu os braços e em apenas alguns segundos várias pedras e uns poucos pedaços de madeira flutuaram. Como quando acontecera na vila, onde Dane a conhecera. Só que dessa vez as coisas flutuaram de forma mais controlada. Ela apontou com as mãos a direção dos raios e no mesmo instante uma chuva de pedras e pedaços de madeira foi lançada naquela direção.

Enquanto a garota lançava pedras contra os raios, Comar e Kirian encaravam-na, abobados. Mas não adiantou... apenas umas poucas pedras passaram pelos raios, a maioria acabou sendo feita em pedaços.

– Predar... Predar, o que está fazendo? – o gigante estava indo na direção dos raios. Dane sabia que o amigo muito provavelmente conseguiria passar pelos raios, mas sabia também que ele poderia se machucar seriamente ao fazer isso. Ele não era imortal. Sabia disso, porque presenciara uma luta de gigantes, na qual o amigo quase morrera. – Predar! – gritou, mas o amigo não deu ouvidos a Dane. Simplesmente se jogou embaixo dos raios e ficou ali, aguentando as descargas.

Os raios o acertavam com violência, fazendo lascas de pedras voarem em várias direções. Tantas e tão grandes, que não demorou muito para o gigante de pedra ficar de quatro, por causa da dor.

– Leal, não! – Comar olhava para o amigo... não fazia a menor ideia do que fazer para ajudar. Mesmo sendo um guardião, não tinha poder para parar os raios.

– Dane, olha! – Kirian cobria o rosto com a mão e entre uma espiada e outra viu que Predar abria caminho para eles. Uma brecha, entre as mãos e os pés dele. – Vamos passar por baixo dele.

– Acho que não vai dar! – gritou Dane – Não consigo ver nada. – Era verdade. Os raios tinham aumentado tanto que era quase impossível alguém conseguir enxergar alguma coisa agora.

– Droga! – resmungou Comar. – Leal, saia daí! Vamos achar outra forma! – Predar se alimentava com as pedras daquele lugar, talvez por isso fosse tão resistente, mas a verdade era que ele já começava a desmoronar, literalmente. Pedra por pedra.

– Se pelo menos tivesse um lugar pra gente se esconder... uma sombra... de qualquer coisa. – Resmungou Kirian, tão grudada no chão que mais parecia uma tartaruga.

– É isso! – gritou Lola. Parecendo excitadíssima. – Uma sombra! – berrou. Fazendo Dane entrar em pânico – ela enfiou a mão na bolsa de couro que ela carregava de lado e começou a revirá-la. Procurava desesperadamente por alguma coisa. De repente ela parou de mexer na bolsa, seja lá o que ela estivesse procurando, tinha achado e segurava firme na mão fechada. – **DIA-NOITE** – falou ela. Jogando nela mesma um pó escuro, que cobriu todo o seu corpo em instantes. Uma camada escura de uns três centímetros se formou sobre sua pele. – Dane, espera, fica parado... ***DIA-NOITE...*** pronto. Já pode abrir os olhos.

Os olhos de Dane se abriram lentamente. Sentia-se extraordinariamente bem. Seus olhos já não estavam sendo maltratados pelos raios. Eles finalmente tinham cessado.

– Lola o que tá acontecendo, o que você fez? – Dane olhava para a amiga. A pouca luz que até pouco tempo era possível ver, banhando algumas árvores distantes, longe das nuvens, havia desaparecido, agora, ao invés disso, era possível ver apenas um anoitecer, súbito. Tudo à sua volta sob as nuvens estava muito escuro. Já não era possível ver as nuvens. – Lola...

– Anda, Dane, vem logo! – Lola já havia jogado o pó em Comar e... muito relutante, em Kirian. – Olhem... – ela apontou para o Predar, que continuava de quatro, caído no chão.

– Mas por que ele ainda tá caído? Os raios já pararam.

– Não, Dane, olha direito. – Ela apontou para as costas do grandão. Espremendo bem os olhos, ele viu, as lascas continuavam a voar, ferozmente, para todo lado. Ele apertou os olhos ainda mais, até ficarem quase fechados... finas linhas desciam do alto e acertavam as costas do Predar.

– Dane, vem, vem logo! – gritou Comar. Agarrando Kirian pelo braço e arrastando-a na direção do amigo de pedra. Ele abriu um pouco mais de espaço entre seus braços e pernas, criando um tipo de arco. – Vamos!

Começaram a passar o mais rápido que puderam. Passando por baixo do amigo. Por ficar puxando Comar para trás, atrasando-os, Kirian fora a última a passar. A garota passou aos berros, cobrindo a cabeça com as mãos. Após todos passarem, todos mesmo, até o pequeno Marrom, Predar se jogou para longe dos raios e saiu rolando, desengonçado. Claramente ele não estava bem. Ele parou a uns cem metros e ficou lá... caído. Dane, aos berros, ainda tentou voltar para ajudar o amigo, mas fora contido por Comar, que o abraçou com força e o puxou de volta.

– Dane, eu... eu sinto muito. – Falou Kirian. Eu...

– Dane, olha. – Lola apontava para Predar. Ele parecia fazer um grande esforço para mover um dos braços. Com o outro, e muito lentamente, agarrava uma pedra e a jogava na boca, mastigando-a com dificuldade.

– Dane... vem, vamos sair daqui. Ele vai ficar bem. É muito forte. – Disse Comar, erguendo um pouco a cabeça para que seus olhos brilhantes não deixassem cair nenhuma lágrima.

Eles começaram a subir. Agora livres dos raios e com Comar iluminando o caminho, podiam andar com mais tranquilidade. Eles subiram apressados. Já tinham passado do meio da montanha, quando Kirian apontou uma entrada um pouco mais adiante. Parecia pequena, mas quanto mais eles se aproximavam, mais ela aumentava.

– Nós vamos entrar aqui? – perguntou Kirian. O buraco na verdade era uma caverna escura. Mesmo Comar forçando, não dava para ver muita coisa. Dava para ouvir o farfalhar de asas lá dentro, em toda parte. – Deve ter outra entrada lá em cima. – falou, apontando para o topo.

– Temos que entrar. – Disse Dane. Encarando a caverna como se fosse um inimigo mortal.

– Dane tem razão! Não dá para ficar lá fora e tentar subir mais... é muito arriscado. Mas também não vamos conseguir fazer muita coisa no momento. Acho melhor passarmos a noite aqui... amanhã a gente continua. Tá bom?

Com todos de acordo, eles se agasalharam o melhor que puderam no chão frio da caverna. Dane deitou a cabeça em cima de uma pedra e começou a pensar em seu pai... como será que ele estava? O pensamento foi viajando dentro de sua cabeça. Se misturando. Já não conseguia mais manter o pensamento e aos poucos ele foi envolvido por uma brisa suave que o fazia ir e voltar... até que adormeceu.

Talvez tivesse sido pelo cansaço da viagem, mas se Dane sonhara com algo durante a noite, ele não lembrava. Não tinha uma noite de sono boa assim há dias e, mesmo acordando um pouco dolorido, estava de excelente humor.

Por volta de sete da manhã, todos já estavam acordados e agora conversavam. Com Lola e Kirian discordando uma da outra em tudo. Por fim, decidiram explorar um pouco mais, dentro da caverna.

– Então, o que estamos esperando? – disse Lola, se inchando toda e tomando a dianteira. Provavelmente para mostrar para Kirian como se faz. Dane e Comar a seguiram e somente quando eles desapareceram em uma curva da caverna foi que a garota começou a segui-los, correndo e reclamando do mal cheiro do lugar.

Havia uma espécie de câmara lá dentro. Não era tão grande, ainda assim era surpreendente. Lola pôs as mãos nas paredes e murmurou alguma coisa, de repente as paredes começaram a brilhar, iluminando o lugar. O que pareceu deixar Kirian ainda mais aborrecida. Várias colunas de rocha se erguiam do chão até o teto. Com exceção dos inúmeros morcegos que voavam desembestados de um lado para o outro, e que Dane identificou na hora serem idênticos aos do seu mundo. Não havia nada ali, nenhuma alma viva sequer.

— Não pode ser... mas... — Dane não podia acreditar. Eles andaram durante dias e passaram por tantos perigos. Ele mesmo quase morrera para chegar até a montanha e agora...

— Espera um pouco, deve ter outra passagem por aqui. — Falou Comar, vasculhando o lugar. — Mas que droga!

— Dane... — Lola encarava o amigo, que agora parecia tão desapontado quanto os outros. — Eles estão aqui, Dane, eu sei que estão.

— Não, Lola... eu, eu sinto muito. Não tem nada aqui. — As palavras de Dane pareciam pesar cem quilos cada uma. Ele sabia que voltar sem ter aprendido a dominar sua Limiax era o mesmo que deixar todos morrerem. Até onde ele sabia, Morlak, agora, poderia estar atacando e matando um reino inteiro. Dane, mais que todos, queria poder fazer algo para impedir que Morlak continuasse matando.

— Dane tem razão, Lola. Acho que é melhor voltarmos e tentar subir um pouco mais, não sei... talvez, talvez dar a volta e tentar pelo outro lado. Talvez haja uma passagem por lá. — Por ser um guardião ou talvez simplesmente por ser o mais velho dali, Comar tomou a frente e decidiu continuar.

Kirian apenas observava. A verdade era que ela queria poder fazer alguma coisa para ajudar, mas... Comar era um guardião e tinha o poder da pedra em sua coroa, e Dane era simplesmente o portador da limiax mais poderosa entre todas as outras, a poderosa pedra transforma. Ela olhou ligeiramente para Lola, até aquela... garota tinha poderes. Kirian nunca na vida se sentira tão deslocada como agora.

— Está tudo bem com você, Kirian? — perguntou Dane, quando a amiga abaixou a cabeça, triste. Dane nunca vira a garota assim antes. Geralmente ela é muito enérgica e fala pelos cotovelos. Vê-la assim...

— Kirian, tudo bem? — falou Comar. Também preocupado com a garota. Muito provavelmente ele pensava o mesmo que Dane.

— Está... é só que... eu, hum, eu não estou ajudando vocês em nada. A verdade é que eu acho que só estou atrapalhando vocês.

— Isso não é verdade, Kirian — consolou-a Dane. Pondo a mão no ombro da amiga, rindo. Sabe, se não fosse por você, aqueles cavadores da vila dos culpados teriam... bem, você sabe...

— É verdade — concordou Comar, indo até a garota e também pondo a mão no ombro dela. Arrancando uma risadinha da garota.

— Lola... está, hum, está tudo bem? — a garota de repente colou o ouvido na rocha e se pôs a escutar. Andava um pouco e voltava a grudar o ouvido na parede — Lola... — mas a amiga continuou calada. Ficou lá, de ouvido colado na parede da caverna por mais alguns segundos.

— Xiiiiiiiiiiiiiiiiu — pediu ela. — Não estão ouvindo?

— Ouvindo... o quê? — perguntou Kirian, se aproximando um pouco mais da parede e imitando a garota.

— ... hum... eu acho melhor nós irmos andando. Dane, temos que ir. — Falou Comar, parecendo ligeiramente preocupado.

— Lola... temos que ir. — Chamou Dane.

— Não, Dane, escuta só... acho que são os meus pais, Dane... acho que eles estão aqui. Era verdade... era tudo verdade!

— Lola... seus pais, eles... — Dane olhou para Comar, que tinha no rosto a mesma expressão que ele. Não estava triste apenas pela amiga, que parecia não estar bem, mas também por saber que iria voltar para Nebor, sem ter conseguido dominar sua pedra. Isso significava que não só Nebor, mas também todos os outros reinos seriam destruídos, a qualquer momento.

— Não, Dane, você tem que ouvir isso! — insistiu Lola.

— ... Dane, — continuou Comar — por favor, ponha a cabeça no lugar. Temos que ir, não sabemos o que Morlak pode estar aprontando a uma hora dessas.

— Dane, o que vamos fazer agora? — perguntou Kirian.

— Dane... ouça... Está ouvindo?

— Gente, vamos sair daqui! — insistiu Comar. — Não podemos perder mais tempo.

— Dane... você está bem?

— ...*JÁ CHEGA!!!!* — surtou. — *CHEGA...* — a pressão do momento se juntou às lembranças das vilas sendo atacadas pelos homens de Morlak... Dane explodiu. As lágrimas descendo e a visão de uma lança atravessando o corpo de uma pequena criaturinha cinza o fizeram tremer. – A-Azul... – Azul fora a primeira criatura que Dane encontrara quando chegara àquele mundo estranho. – É culpa dele... é tudo culpa daquele... Morlak.

– *Dane, não!* – gritou Comar.

– *Dane!* – gritou Kirian. Lola, que estava de testa com a parede, não viu na hora em que Dane tentou chutar uma pedrinha no chão, mas acabou errando e em vez disso chutou apenas o ar. Escorregando e caindo com tudo.

O chão ao redor da cabeça de Dane logo ganhou um tom avermelhado. De joelhos, Comar segurou o garoto, que ainda mantinha os olhos abertos e que lentamente foram se fechando. Alguns gritos, parecendo distantes, faziam companhia a Dane enquanto o lugar inteiro girava em volta dele. Girando, girando, girando... Até tudo em volta virar um borrão. Os gritos dos dois agora não passavam de sopros do vento.

Durante algum tempo, tudo ficou branco e estranhamente quieto. Aqui e ali, passava uns lampejos... vermelho, azul, rosa, lilás... preto. Era como se alguém estivesse apertando suas pálpebras.

– Foi um belo tombo, meu jovem – disse Comar, meio que rindo. Mas sua voz estava um tanto diferente. Que coisa... parece que ele batera a cabeça com força.

– ... Comar... o que aconteceu? – perguntou ele, sentando-se no chão. A cabeça ainda girando e a visão embaçada.

– Você caiu. Mas não se preocupe... vai ficar bem. – A voz de Comar... era como se ele falasse de dentro de uma chaleira, a voz saindo junto com o vapor. – Mas eu preciso que você saiba, meu rapaz... que eu não sou o Comar. – Informou. Enquanto ele falava, os ouvidos de Dane foram parando de tinir. E ele pôde perceber que outras vozes foram surgindo. Pareciam assustadas.

As vozes cochichavam umas para as outras, parecia que os donos das vozes não conseguiam acreditar no que viam. Dane, com a cabeça ainda girando, ergueu um pouco os olhos. Eles não paravam quietos. Mas deu para ver que havia alguém... um homem, sorridente, de pé, bem diante dele. Era alto; os cabelos grisalhos eram esticados para o lado, magro e barbudo, usava uma capa que lembrava muito a do Sr. Amim, na verdade... elas eram idênticas.

— Ele é novo demais! — falou uma vozinha feminina e ligeira. Parecendo muito surpresa.

— Ele vai morrer, isso sim... estão loucos, loucos! — disse outra, e essa era muito grossa. Dane ficou surpreso ao ver o quanto ela se assemelhava à voz do Sr. Erwer. Dane abriu bem os olhos, as vozes continuavam falando, umas atropelando as outras, todas falando da mesma coisa.

— Irmãos! — falou o homem. Levantando a voz de tal maneira que Dane teve de tapar os ouvidos. A voz dele, embora rouca, agora mais parecia um trovão. — Esse garoto — continuou. Agora abaixando um pouco a voz — foi escolhido pelos guardiões e acredito que todos saibam o porquê de não duvidarmos deles. São guerreiros justos, leais e, acima de tudo... são nosso sangue.

— Sabemos por que está aqui! — disse uma outra voz. Essa também era rouca, só que zangada. — Como pode um portador de uma Limiax não dominar a sua pedra, mesmo depois de passar por um treinamento com tantos guardiões... — continuou ao mesmo tempo que uma fumaça branca surgia ao lado de Dane. — Você está sem tempo, garoto. — falou. A voz vinha de dentro da fumaça, que aos poucos foi ganhando forma e em segundos Dane viu um homem baixo, careca e um bocado resmungão aparecer ali. Aconteceu o mesmo com as outras vozes... em menos de um minuto, Dane se viu cercado de pessoas velhas e brilhantes. Algumas delas usavam coroas.

— São vocês, não são? Os anciões? — falou Dane.

— Sim... somos nós. E vamos ajudar você no que precisar, meu rapaz. — falou um homem. Aproximando-se de Dane.

— Me perdoe, Ziron, mas quanto a isso, eu creio que devo concordar com o nosso irmão. — Ele apontou para o homem baixinho que agora, embora em voz baixa, ainda resmungava feito um louco. — Ele está sem tempo. Os reinos estão sendo destruídos um por um, seus guardiões... — ele fez uma pausa, seus olhos brilharam e uma pequena luz escorreu pelo seu rosto e caiu no chão, que também brilhou, fazendo uma onda. — Eles estão sendo assassinados.

— Sim, é verdade. Morlak, acredito eu, a essa altura já deve ser quase invencível. Forte demais para qualquer um de nós, ou para nossos filhos... ou netos... mas acredito também que um portador de uma pedra transforma pode detê-lo, se nós dermos uma mãozinha. — Depois que o homem falou, várias outras pessoas chegaram mais perto para dar uma espiada em Dane. Ainda não parecendo estarem muito convencidas.

– É verdade... e pode contar com a gente – Dane ouviu dizer. Ele conhecia aquela voz...

– Sr. Silos! – falou Dane. Abrindo um enorme sorriso no rosto.

O mago estava de pé ao lado da esposa. Sorrindo para ele. Os dois parecendo muitíssimo aliviados.

– Olá, Dane... é muito bom revê-lo. Como está a Lola? – perguntou a Sr.ª Lara, ao lado do marido. A pergunta foi como dar um banho de água fria em Dane, por um segundo, ele esquecera completamente os amigos. Olhou para o lado... Comar, Kirian e Lola gritavam. Estavam muito longe e... os gritos eram para alguém que estava caído no chão. Tentavam acordá-lo.

– O quê? Não...! Não pode ser... eu, mas eu... – Entre os três, Dane viu a si mesmo caído.

Dane olhava para Comar, ele estava com a coroa no alto, talvez tentando fazer uma magia que o fizesse acordar. Lola também parecia tentar algo.

– Confuso, Dane?

– Sr. Silos, eu, hum...

– Não está morto. – Disse o mago, prontamente. – No entanto... não pode perder mais tempo, Dane. Muita coisa está dependendo de você e do quão rápido você vai aprender a controlar a sua pedra. É cruel, Dane, que você tenha que passar por tudo isso... mas, infelizmente, não temos escolha... – continuou. Agora com a testa franzida.

– O senhor... sabe por que eu estou aqui, senhor?

– Sim, eu sei por que você está aqui, mas receio não poder ajudá-lo com isso.

– Porque o senhor é um mago... – disse. Parecendo um tanto desapontado. Mesmo sabendo que tanto o Sr. Silos quanto sua esposa eram apenas fantasmas, sentia-se mais à vontade com eles do que com os outros.

– Isso mesmo. Seu treinamento deve ser feito por antigos guardiões.

– Os anciões... – disse. Olhando para o homem que o acordara há poucos instantes, e que estava ali, a poucos metros dele. Com um sorriso acolhedor.

– Mas nós estaremos aqui, querido. – disse a Sr.ª Lara. Acariciando o rosto de Dane. – Perto de você. Se precisar... – Silos concordou com a cabeça.

Dane virou-se sem dizer mais nada... andou até o homem que o acordara há pouco e que ainda mantinha um sorriso amigável no rosto. Na verdade, todos, com exceção dele, de silos e da Sr.ª Lara, o olhavam com desconfiança ou pena. Como se Dane tivesse amarrado a uma guilhotina e fosse ser decapitado a qualquer instante.

– Eu, hum, eu preciso da ajuda de vocês. – falou. Mas foi tão baixo, que ninguém pareceu escutar... ou ligar. Continuaram conversando entre si. Alguns amarraram ainda mais a cara para ele.

Dane abriu alguns botões de sua camisa, de forma que sua Limiax ficou exposta, brilhando calmamente. Trazendo toda a atenção para ele.

– Olha lá! – gritou um.

Que coisa mais linda... – falou outro. Quase chorando.

– Será que é de verdade?

– Claro que é, seu tonto! Não consegue sentir...? – brigou uma anciã.

Os comentários não paravam...

– Acho que pode funcionar... vamos testá-lo. – Disse um outro. Se aproximando e examinando a pedra. Os olhos saltando das órbitas.

– E o que faz você pensar que pode vir aqui, mostrar sua pedra para nós e pedir a nossa ajuda? Como se nós tivéssemos a obrigação de fazer algo por você, garoto. Já fizemos a nossa parte... controle sua pedra!

CAPÍTULO VINTE E OITO

DO OUTRO LADO DA MONTANHA

Os gritos vinham de uma nuvem branca de fumaça, que ao se aproximar transformou-se em uma mulher alta e muito magra. Vestida em uma armadura reluzente, os cabelos presos em um coque eram tão negros que mesmo com o brilho da armadura e até dela mesmo era possível notar.

— Esse rapaz... — Ziron começou a falar novamente. Andando lentamente e observando os rostos à sua volta. — Pelo que eu pude perceber... fora observado mais que qualquer outro antes dele. Tem mostrado muita força... mesmo antes de nascer... — falou isso encarando Dane, que o olhou de volta, sem entender. — Pelo que sabemos, apenas mais duas pessoas na história nasceram destinadas a possuir e controlar uma pedra transforma. — Houve um grande alvoroço. Parecia que mesmo os anciões não sabiam de tudo, afinal.

— Mas como é que esse garotinho...

— Todos nós nascemos muito pequenos, não é mesmo, meu caro Argus? — falou o ancião, ainda sorrindo para Dane. — Talvez, você ache que se fosse um homem, adulto, fosse melhor... e talvez você tenha razão, pois eu mesmo confesso que não me agrada em nada a ideia de uma criança ter que lutar uma guerra, e ter que viver com isso. Mas todos sabemos bem que as chances de um adulto merecer uma pedra assim são quase nulas. Os guardiões não puderam mais esperar, Argus. A menos, é claro, que você queira esperar mais alguns anos, para que o portador da pedra mais poderosa que existe possa crescer. E talvez, com sorte, ainda possa usá-la. Infelizmente quando isso acontecer, nós talvez já não precisemos mais dele, pois, creio eu, o nosso mundo como conhecemos talvez já não exista mais.

Um homem baixo, corpulento e de olhos amarelos veio andando na direção de Dane... ele podia jurar que conhecia aquele homem...

– Bem-vindo, Dane Borges... a montanha da magia... lar dos antigos guardiões e dos grandes magos. – disse ele. Ao falar isso, o lugar onde estavam foi perdendo o brilho, as cores foram aparecendo... em segundos, um salão gigantesco se mostrou para Dane. Uma porta salmão se abriu logo atrás dos anciões e Dane viu alguns pequenos animais passarem por ela, correndo, pareciam se divertir enquanto pulavam para cá e para lá e algumas vezes por baixo das pernas de Dane. Dava para ver uma floresta do outro lado. Com certeza era o outro lado da montanha da magia.

Dava para ouvir os animais do outro lado, o lugar era tão... vivo, que uma sensação de paz e tranquilidade invadiu o salão de rocha onde eles estavam.

– Vamos? – falou o ancião, gentilmente. Dane olhou para o Sr. Silos, que sorriu e deu um "ok" com a cabeça. Ele deu uma breve olhada em sua pedra e ela brilhava levemente. Tranquila.

Todos naquele grande salão, agora, pareciam pessoas de carne e osso. Ninguém se transformava em fumaça agora. Um a um todos foram passando pela passagem que aparecera há pouco, até mesmo os magos passaram, e Dane ficou realmente muito feliz por isso, não queria perder de vista os pais da sua amiga. Sentia-se bem e... seguro, perto deles.

– Sr. Homar! – exclamou Dane. Ao passarem e ele reconhecer de vez aquela voz, acompanhada dos olhos amarelos e aquele cabelo vermelho – O senhor está...

– Morto, Dane.

– Não! Eu... Sr. Homar, eu sinto muito, senhor... mesmo.

– Não se preocupe, rapaz... foi por uma boa causa. – Riu.

Dane, mesmo surpreso, retribuiu o sorriso.

O lugar tinha cheiro de alecrim com uma leve mistura de grama verde cortada. Mas aquele não parecia ser o outro lado da montanha. Na verdade... não se via mais as montanhas ali. Tirando algumas colinas verdes e floridas ao longe, até que o lugar era bem plano. Era como se ele não estivesse na metade de uma montanha, ou melhor, era como se ele nem estivesse mais na montanha. Nem tampouco dava para ver o rio que cortava ao longe... o que Dane achou estranho, pois já não via mais o efeito do feitiço da Lola, há algum tempo. Ele deu uma espiada na direção da porta por onde acabara de passar, ela agora estava com dois terços do tamanho de antes.

— A porta... – falou Dane. – Ela...

— Está diminuindo de tamanho... sim, eu sei. – falou o ancião, Ziron, sem olhar para a passagem. – E continuará a diminuir. Sendo hoje o seu primeiro dia, ela diminuiu apenas um terço do seu tamanho normal. Isso significa que antes do final do terceiro dia, você terá que passar por ela, Dane, ou ficará preso nesta montanha, pra sempre. Esse lugar deve guardar apenas antigos guardiões e os mais brilhantes e bondosos magos do nosso mundo. Aqui não é lugar para alguém que ainda está vivo, Dane. Ainda mais sendo tão jovem, mesmo sendo o portador de uma Limiax tão poderosa como essa. – Apontou discretamente. – Aqui não é lugar para você, meu pequeno.

— Senhor, eu não...

— Ziron... você pode me chamar de Ziron. – falou o ancião, bondosamente.

— ... E o que devo fazer agora, eu não, hum, senhor, o que eu faço? – Dane deu uma olhada em volta, os dois estavam sozinhos ali, todos os outros haviam desaparecido. O que não o espantou nem um pouco, porque eles pareciam desaparecer no ar, como se fossem fumaça.

Durante um tempo o ancião ficou ali... parado... olhava para Dane, como se realmente sentisse pena do garoto.

— Sabe, Dane... – ele o segurou pelo ombro e começou a andar pelo gramado até próximo a umas árvores. – Já faz algum tempo que vivo aqui e – ele deu uma risadinha. E Dane pareceu ainda mais confuso. – por... várias vezes, durante meus passeios nesse lugar... eu parava ali, – eles passaram por entre algumas árvores baixas e novamente saíram em uma área aberta, onde parecia ter um rio, um pouco mais adiante. Dava para ver a margem rochosa do outro lado. Com certeza era um rio. – E contemplava a beleza desse lugar, no entanto, de tudo o que eu vi aqui, entre toda essa beleza, o que sempre chamou a minha atenção e despertou a minha curiosidade... fora uma flor.

— Uma... flor, senhor? – Dane fez cara de quem se perdera de vez. Deu um trezentos e sessenta, fazendo o homem perceber... que eles estavam cercados por flores, por todos os lados.

— Não, não... – riu – não estou falando de uma flor como estas. A flor a que me refiro está lá embaixo e é diferente... é única. – Dane estava com medo de perguntar, não tinha muita certeza se ia gostar da resposta.

Nem precisou. – Eu gostaria de tocá-la, Dane, se possível. Gostaria de senti-la em minhas mãos, de tocar as suas pétalas e sentir o seu aroma. Mas na minha idade, não sei se conseguiria chegar até lá embaixo. – Ele agarrou o garoto pelo braço e o levou mais perto da margem... não era um rio, afinal, não havia água. No cânion as árvores disputavam espaço com grandes pedras e, lá longe, entre o que parecia serem ossos de algum animal, havia um brilho lilás de uns dez centímetros, se movendo com o vento.

– ... como eu faço pra chegar até lá, para colhê-la para o senhor? – perguntou Dane. Adivinhando os pensamentos do ancião.

– Sabe... eu realmente não faço ideia. – Riu – Mas, seja lá o que você for fazer, deve fazê-lo rápido. – Falou. E com um giro da capa, desapareceu, deixando o garoto lá, sozinho.

Dane andou um pouco pela beirada daquela coisa enorme que vinha sabe-se lá de onde e seguia até desaparecer de vista. Procurava uma saliência na rocha, por onde pudesse descer para poder pegar a bendita flor. A lembrança de casa bateu. Ele lembrou-se de quando brincava na orla da floresta, sozinho como sempre, pois nenhum outro garoto da vizinhança queria brincar com ele, nem mesmo os netos do Sr. Erwer, embora o pobre homem, aos berros, insistisse que eles deveriam. Na verdade, Dane já não brincava com alguém desde que sua irmã, Lurdinha, se casara e passara a morar com o marido, Douglas, em outra vila. Diversas vezes ele tirou a casca de algumas árvores e fez cordas. Durante algumas horas ele se transformava em um grande explorador, escalando o máximo de árvores que podia com a ajuda da corda, que na maioria das vezes arrebentava e ele se estabacava no chão. Por sorte o chão da floresta era macio. Mas ali, ele não reconhecia nenhuma daquelas árvores, sem falar que não tinha nenhuma ferramenta para retirar as cascas e fazer as cordas.

Seus olhinhos ligeiros percorreram a beirada do cânion e pararam em um ponto um pouco mais adiante. Havia alguns arbustos ali. Em um deles, via-se vários cipós que seguiam, trançando um no outro, grudados no chão, e desciam pela beirada chegando até bem próximo do fundo do buraco. O arbusto de onde eles saiam era estranho e lembrava um pouco um amontoado de redes de pesca. Não era a melhor ideia que Dane já tivera na vida, mas ele não via outro jeito. Aqueles cipós eram sua única opção no momento para chegar até o fundo, ou, pelo menos, diminuir a altura da queda.

– Ok... vamos lá. – Gemeu Dane.

Ele começou a descer, um braço de cada vez, e não demorou muito para ele perceber que calculara mal, faltavam ainda, no mínimo, cinco metros até o chão. E a situação do garoto, que já não era das melhores por ter no máximo mais dois metros de cipó abaixo dele, piorou ainda mais quando quase um metro do cipó, que estava abaixo de sua mão, por algum motivo, se partiu.

– Droga, estava seco... e agora? – as forças do garoto já começavam a deixar os seus braços. Eles agora formigavam sem parar. Uma queda daquela altura poderia não o matar, mas com certeza iria machucá-lo, e bem. Dane sabia disso e por isso segurou-se como pôde. Tentando achar apoio para os pés, muito embora soubesse que não havia outra opção a não ser largar o cipó e esperar pelo melhor. Esperar machucar-se o menos possível.

Ele se preparou e contou, mentalmente, até três. Repetindo a contagem outras duas vezes, antes de se soltar.

– *AI!!!!* – Dane caiu estatelado sobre algumas pedras. Mesmo tendo caído daquela altura, inacreditavelmente estava bem, quer dizer, a queda com certeza não fora a pior que o garoto já levara na vida, mas com certeza ele tinha se machucado. Sua visão agora estava ficando vermelha de um lado do rosto, exatamente do lado que agora começava a inchar. Dane se levantou do chão, o céu girando acima dele. Apoiando-se na parede de rocha maciça da qual acabara de despencar, os joelhos e os braços agora haviam adquirido um tom branco que aos poucos foi se avermelhando. Olhou para os pés, algumas pedras próximas a ele ganhavam um tom vermelho-rubi. Dane levou a mão à testa e limpou o sangue que escorria de um corte pequeno. Conseguira... estava no fundo do cânion, agora era só encontrar e pegar a flor. Não podia estar muito longe, afinal, deu para vê-la lá de cima. – É isso... agora é só seguir em frente – falou para si mesmo. Enquanto andava na direção que tinha a visto.

Sem sombra de dúvida aquele lugar já tinha sido um rio. Dava para ver as marcas da água em alguns pontos das paredes rochosas. Mas, ao que parecia, a flor não estava tão perto quanto ele pensara. Andou na mesma direção por vários minutos e nada. Sem perceber, Dane andou até que as margens, que antes eram um tanto baixas, ficassem tão altas que mal podia ver o topo.

– Uau... – admirou-se.

– Está procurando algo, meu rapaz? – Dane quase teve um treco ao ouvir aquela voz arrastada e rouca.

– Hum, bem, estou procurando uma flor – disse, sincero. Olhando cauteloso para o lado da margem de onde parecia ter vindo a voz.

– Uma flor, você disse? – falou novamente. Mas dessa vez parecendo estar colada a ele.

– Sim, sim, senhor. – Respondeu prontamente. Dane já tinha visto de tudo naquele mundo... inclusive fantasmas. Já estava se acostumando com coisas estranhas acontecendo o tempo todo. Isso sem falar que a pedra em seu peito não dava sinal algum de perigo, o que para Dane era realmente um alívio. – Senhor... o que aconteceu? – perguntou, quando finalmente avistou um corpo desnutrido, caído atrás de uma pedra. Era um homem, tinha a aparência extremamente acabada e aparentava ser muito velho, o que também não surpreendeu o garoto, pois já conhecera muitos velhos ali desde que chegara.

Ele parecia estar muito machucado. Estava sentado, encostado na pedra. Dane não pôde deixar de notar que mesmo sem fazer nada o homem parecia exausto.

– Não se preocupe comigo, meu rapaz. Sabe, você é jovem... jovem demais para estar aqui, tendo que carregar esse fardo. Se aceita um conselho de um velho moribundo... volte pra casa. Sua família deve estar desesperada.

Por um breve momento, Dane refletiu. E desejou estar em casa...

– Não posso! – disse decidido.

– Por que não?

– Porque... se, eu fizer isso... se eu for embora, Morlak vai continuar matando e... não posso deixar isso acontecer.

– Então é isso... você quer matar o demônio. Acha que consegue?

– Eu não... eu não sei... não quero matar ninguém. Mas ele está por aí, matando... e destruindo. Olha, eu não sei... não sei o que vou ter que fazer, mas eu não posso ficar parado, enquanto pessoas boas estão morrendo. Não posso.

Pela primeira vez o homem encarou Dane.

– Dá pra sentir daqui...

– Perdão, senhor, mas o que dá pra sentir?

— O poder dela... – ele apontou para o peito de Dane. Que discretamente cobriu a pedra com a camisa. – É muito poderosa.

— O senhor, hum, sabe alguma coisa sobre ela?

— Inteligência, sabedoria... Conhecimento, não foi?

— Perdão...

— O primeiro poder que ela deu a você... mas você perdeu. Não foi?

— Acho que sim, mas...

— Mas foi por uma boa causa. Você está vivo.

— Me desculpe... mas eu preciso ir.

— ... ah, é verdade. A tal flor... você tem que achá-la, não é mesmo?

— Sim, senhor.

— Bem... então esse velho não vai mais fazê-lo perder tempo. Pode ir. – Disse. Tirando o olhar de Dane e começando a contar os dedos das mãos.

— Por que o senhor está aqui? – perguntou. Antes de poder se conter. – O senhor não parece estar morto.

Mas o homem não respondeu. Continuou de cabeça baixa. Agora contando os dedos dos pés.

Dane continuou andando, até que o caminho à sua frente se dividiu em cinco.

— E agora...

Dane mal fechou a boca, e alguma coisa passou muito rápido por ele. Indo na única direção onde se via marcas de água na parede.

— Olá? – disse, andando cauteloso na direção onde tinha visto a coisa desaparecer. – Olá! Quem, quem é você? – quanto mais Dane andava, mais as paredes ao redor se fechavam. Em alguns pontos a fenda se dividia novamente. Fazendo ele se perder.

— Para a esquerda! – gritou uma voz rouca, quando o garoto se perdeu pela terceira vez. Dane olhou para trás, sabia que aquela voz era a do homem que acabara de conhecer... era como se ele estivesse vendo cada passo que ele dava. A pedra em seu peito continuava sem dar sinal de vida, o que para Dane era reconfortante, afinal, sempre que sua pedra brilhava, ele corria perigo. Franziu a testa e continuou andando. Pegando o caminho à esquerda.

Dane andou pouco mais de duzentos metros, depois de pegar o caminho da esquerda, até chegar no que parecia ser o fim do caminho. A menos que Dane conseguisse se transformar em um rato e passasse por um buraco minúsculo que havia na rocha. Era o fim. Tinha que voltar e tentar outro caminho.

Todas aquelas ramificações...

– E mais essa... – resmungou em voz baixa. Ficou ali, parado, imaginando por que o velho tinha o mandado seguir por aquele caminho errado. Enquanto estava ali, as teorias jorravam em sua mente. Dane sacudiu a cabeça para espantá-las, virou as costas e começou a fazer o caminho de volta. – Hei... espera um pouco... – ele voltou e espiou pelo buraco na rocha. Dava para ver o outro lado, era tudo muito, muito verde e... – Lá está ela! – falou, eufórico. Olhando a flor, que dançava com uma brisa suave.

Ele encostou as mãos e a cabeça na rocha para ver melhor o outro lado.

– Ai! – queixou-se, esfregando a testa. A rocha era estranhamente gelada. Sem falar nas marcas da água... o desenho era totalmente diferente dos das outras paredes. Dane começou a examiná-la... apalpando e empurrando. Sem noção.

Diante dos olhos dele, o buraco por onde ele espiava foi se fechando, lentamente. Dane começou a torcer para estar vendo coisas quando a parede de rocha à sua frente começou a desmoronar, em várias direções. Ai não...

Enquanto andava de costas, a parede à sua frente ia se desfazendo diante dos olhos do garoto e pela segunda vez ele viu... só que dessa vez, não surgiu ali uma aranha gigante, não, Dane ia erguendo o olhar à medida que a coisa ia se desenrolando. A pedra em seu peito brilhou de leve e ele viu... talvez fosse... não! Era sim. A maior serpente que ele já vira na vida. Era ainda maior que a garota glinth. Surgiu ali, bem diante dele. A pele tinha nas malhas a mesma cor das rochas e poderia se perder facilmente entre elas, se não fossem aqueles enormes olhos amarelo-ouro.

Dane ficou parado. Completamente imóvel. Sua cabeça pedindo para ele dar o fora dali, antes que aquela coisa o devorasse. Mas suas pernas não obedeciam. A serpente o atacaria assim que ele se movesse.

– Por que não tenta passar?

Dane reconheceu a voz de imediato. Outra vez era o velho quem falava, os passos lentos e arrastados ecoando às suas costas.

– Espere! – gritou quando o velho cambaleou e quase caiu.

– *NÃAAAO!!!* – gritou o velho a plenos pulmões. Dane estancou de imediato. O homem parou, imóvel, com a mão levantada na direção do garoto. – Não... se... mova... – mandou. Muito sério.

Por algum motivo, os cabelos de Dane dançavam em várias direções. Em uma fração de segundo, o ar em volta dele ficou extremamente quente. Foi só então que o garoto percebeu que o velho não havia "gritado" com ele. Virou-se lentamente... a pedra agora brilhando como louca em seu peito. A gigantesca serpente estava a um metro dele, com a boca tão aberta que Dane pôde ver bem lá no fundo. De uma forma incrível, a serpente obedeceu ao velho e recuou, o suficiente para o garoto tirar um pouco a atenção dela e finalmente notar que, agora, já não havia apenas a serpente ali.

A sombra de Dane no chão acabara de ganhar uma outra companhia. Essa era diferente, parecia uma coluna feita com pedras empilhadas. Por uma fração de segundo, aquela sombra fez Dane se lembrar de um colar que mantinha guardado a sete chaves em casa, e que ele achara escondido entre as coisas do pai e que provavelmente tinha pertencido à sua mãe, Lia. Era tão cheiroso...

Dane olhou para cima, e a coisa agora não poderia estar pior. Não era uma coluna de pedras, muito menos o colar da sua mãe. Ele olhava, petrificado, para um escorpião gigante que embora fosse menor que a serpente, era pelo menos quatro vezes maior que ele. Isso sem contar o ferrão... era enorme. Estava parado na parede com o ferrão apontado para ele, como se esperasse a hora certa... ou uma ordem.

– O-olá... – disse. Em um gemido fraco. Ele olhou para o velho que, diferentemente dele, não olhava para o escorpião, e sim para a parede do outro lado. Dane acompanhou o olhar do homem até o topo da parede de rocha... um leão... gigantesco e majestoso e que parecia ser feito de ouro puro, estava parado lá no alto, observando. A juba esvoaçando com o vento, os olhos grandes e castanhos mirando o garoto. Dane nunca tinha visto um leão na vida, mas sabia como eles eram e como poderiam ser ferozes, ainda mais se estivessem com fome. O que Dane estava torcendo para que não fosse o caso. Ainda assim, aquele era o animal mais belo que ele vira na vida. O leão olhava direto para ele, embora não esboçasse reação alguma. Estava apenas ali, parado, observando o garoto.

– Hum... senhor... – Dane sabia exatamente o que o brilho em seu peito significava, mas o medo foi se esvaindo, conforme os segundos iam passando e nenhum animal o atacava. Ele tentou chamar a atenção do homem, que, por algum motivo, parecia tentar tocar a cabeça da serpente.

Com os olhos saltando das órbitas. Ele viu a enorme cobra abaixar a cabeça, até ficar na altura do homem. Envolvendo a cabeça dele com uma enorme língua bifurcada.

– Shiiiiiii... calma, velha amiga. – Dizia ele. Acariciando-a, como se acariciasse a um cão ou um gato de estimação.

Uma sombra passou rapidamente sobre suas cabeças, fazendo o velho gargalhar. Havia agora um bater de asas constante sobre eles. Pequenas pedras começaram a se agitar, e, enquanto algumas caíam nas cabeças deles, outras, no fundo da fenda, saíam rolando para longe. Como se um pequeno redemoinho estivesse chegando. Poderia ser isso... claro que poderia. Se não fosse aquele bater de asas constante, que agora estava tão alto que Dane mal conseguia ouvir seus próprios pensamentos.

– Senhor! – gritou. Tentando, sem sucesso, chamar a atenção do homem, em meio a todo aquele barulho. Ele respirou fundo, precisava conseguir coragem para andar até o velho. As pernas agora petrificaram de vez. Não obedecendo a ele. A sensação subindo para o resto do corpo. Não podia ser... – S-senhor...

– Perdoe-me, meu rapaz, eu já estou velho demais... já não consigo mais lutar... não posso ajudá-lo, pelo menos não em batalha. Mas posso dar a você o que há de melhor em mim...

Dane levantou o olhar mais uma vez, para ter certeza de que não ficara louco de pedra. A sombra aumentou de tamanho, agora estava tão grande que fazia o resto dos animais parecerem de brinquedo.

– O melhor que há no senhor? – Dane estava sem tempo. Quanto mais ele demorasse ali, mais a chance de sair da montanha, de deter Morlak e de voltar para casa diminuía. Imaginando que provavelmente se tratasse de mais um treinamento... – *AH! SENHOR, EU PRECISO PEGAR AQUELA...* – começou Dane, mas o velho o interrompeu com uma nova risadinha.

– Não é por ela que você está aqui, meu rapaz. Não mesmo. – Ele estendeu a mão na direção da flor, que se desprendeu do chão e flutuou até ele, repousando de pé, na palma da sua mão. – Ela, apesar de ter uma beleza realmente magnífica, não representa nada. – O velho a tocou com as pontas dos dedos e ela se desfez, como cinzas ao vento.

Dane sentiu um aperto no peito, seu estômago revirou como se suas tripas estivessem se contorcendo dentro dele. Fizera tudo aquilo para nada. Apesar de não estar machucado, as lágrimas eram da mais sincera dor... nada estava dando certo. O que eles queriam dele, afinal? Por que ele, Dane, estava ali?

– Mas é que... – começou, mas o soluço não o deixou terminar.

– Não fique triste. Como eu disse, aquela flor não representava nada. Não é por ela que você está aqui... não é por ela, que mandaram você aqui... Dane Borges.

– Co-como o senhor...

– Eu sei de muita coisa, meu rapaz, ah, e como sei... você ficaria surpreso. – Falou, bondosamente. – E eu adoraria ficar conversando com você por horas, quem sabe dias, e talvez falar sobre... – ele fez uma pausa – Mas você não tem tempo, não é mesmo? – Dane balançou a cabeça, concordando. A sombra agora girava lentamente sobre eles, em uma nova espiada, Dane identificou a origem da sombra. Uma águia muito grande voava sobre eles, desenhando círculos gigantescos no céu. Sério... era muito maior que os outros animais.

CAPÍTULO VINTE E NOVE

O AGOURO DE MORTE

– Senhor... o, o que o senhor quer de mim?

– Ela é magnífica, não é? – disse. Não dando atenção à pergunta de Dane. Apontando para a ave, que dava voltas cada vez mais próxima ao chão.

– Sim, muito. – Concordou. Preocupado.

O homem pareceu um tanto decepcionado com a resposta do garoto.

De repente os animais enlouqueceram. O leão rugia alto, em seguida olhava para baixo, ameaçador, a serpente mordia o ar e dava botes, na mesma direção, enquanto o escorpião andava de um lado para o outro, batendo e estalando as pinças. O velho lançou um olhar preocupado, que lentamente foi de uma parede a outra, como se com os olhos seguisse algo, um pouco mais adiante. Atrás de Dane.

– **BANSHEES**... – Sussurrou.

– Perdão?

– Não é nada. Olhe, com atenção. – Pediu. Apontando, preocupado, para o alto.

Dane reparou que ele continuava a olhar para o "nada". Estava nervoso, embora tentasse esconder isso com um sorriso.

Ele espremeu bem os olhos e arregalou-os em seguida, espantado. Uma sombra imensamente maior passeava por dentro das nuvens.

– Senhor, o que é aquilo? – Dane não sabia o que era, mas a Limiax em seu peito brilhou com tanta intensidade que chegava a refletir nas paredes. Descontrolada.

– Aquilo, meu caro, Dane... é você! – disse, docilmente. E antes que o garoto pudesse dizer qualquer coisa, o velho começou a pronunciar palavras que, ao menos para Dane, não faziam o menor sentido. Era uma língua, pelo menos para o garoto, desconhecida. – Me perdoe por não acompanhar você nessa jornada, mas eu quero que saiba, Dane, que você não estará sozinho, você nunca estará sozinho... Cuide bem deles. – Disse. E continuou a dizer as estranhas palavras, que mais pareciam emendar umas nas outras.

O velho ficou de pé, escorado em uma pedra que mais parecia uma estalagmite. Parecendo cada vez mais fraco...

– *SENHOR, NÃO!!!!* – Dane ainda tentou segurar o homem, mas não conseguiu. Ele caiu com tudo. Com o velho ali, caído, os animais começaram a se agitar ainda mais, o rugido do leão era tão alto que ecoava longe e doía nos ouvidos, a serpente batia a cabeça e a calda com força no chão e na parede, assim como o escorpião... a águia deu um rasante e pousou furiosa, derrubando parte da parede de rocha, batendo as asas e esmagando pedras com o bico. Uma parte da parede desabou e Dane abraçou o homem como pôde, fazendo um inútil escudo humano.

O som das pedras caindo fez com que os animais ficassem ainda mais agitados. Dane olhou para cima a tempo de ver uma rocha enorme descer na direção deles e parar em pleno ar, caindo suavemente à esquerda. Longe dos dois.

– Cuide... deles... – falou o pobre velho. Parecendo fazer um grande esforço pra falar.

Era como se tivesse um escudo invisível, protegendo os dois. Dane olhou para o velho. Ele estava com a mão aberta, quase roçando o chão... dedilhando o ar. Deixando-a cair com força em seguida.

– Me ajudem! Por favor, ele está morrendo, por favor... *ME AJUDEM!* – ele alternava o olhar entre os animais que cessaram o barulho por um instante e ficaram ali, observando o garoto. – Não se preocupe, senhor, por favor, eu... eu vou... – tinha um brilho estranho sob os cabelos e a longa barba extremamente branca do velho. Só agora, com ele caído e os cabelos um tanto afastados para o lado, é que foi possível ver. Dane meteu a mão devagar entre a barba... o homem girou a cabeça para o lado, para facilitar a visão do garoto. Um colar triplo apertava bem o seu pescoço... magnífico, embora, aparentasse ser muito velho e estivesse muito sujo, Dane correu a mão por ele, nunca vira nada igual, nem mesmo nos guardiões. Correu a mão um pouco mais... lá estava ela, bem no meio da garganta, muito linda, com um leve brilho dourado dentro dela. Uma pedra limiax.

– Pensei que o senhor fosse um guardião... – disse. Rindo e chorando ao mesmo tempo. – Mas o senhor não é! O senhor é um portador, um senhor das pedras, igual a mim... não é? – o homem riu com o canto da boca, e, com um último esforço, tocou com a palma da mão o peito de Dane, apertando um pouco sua pedra.

– Seja, seja corajoso, Dane. – Sua respiração diminuiu. – Justo e bom, seja você... sempre. – O olhar do homem agora estava vazio, sem brilho... sem vida. Inacreditavelmente, a boca seca pronunciou uma última e curta frase... – *SIM... É ELE.*

Dane não entendeu.

– Senhor... senhor, acorde, por favor. – Ele gritou e continuou gritando, mas o velho já não respirava mais.

Um brilho dourado no alto chamou a atenção de Dane. O leão agora ganhara um brilho dourado muito intenso. Era como se refletisse a luz de um belo pôr do sol. Em seguida, um por um, os outros ganharam esse mesmo brilho.

Sem aviso e com extrema velocidade, dois dos animais se lançaram na direção do menino. Parando a um metro dele. O leão e a águia continuaram lá em cima e ainda tinha aquela sombra gigantesca, que continuava a passear por entre as nuvens, e seja lá o que fosse, ela também não desceu. Ela agora já não era mais uma sombra, agora era como se as nuvens estivessem pegando fogo.

– Não! – gritou. Quando os dois mais próximos o agarraram. Dane não conseguia olhar diretamente para eles, mas poderia jurar que eles haviam ficado menor. Por um segundo eles pararam o ataque, roçando a pele do garoto que continuava agarrado ao homem. – Por favor... não... por... – antes que conseguisse terminar, os dois o tocaram com tanta violência que Dane poderia jurar que iriam atravessá-lo e cortá-lo ao meio. Por um instante ele teve uma sensação muito parecida com a de antes... de quando ganhara a sua Limiax. Um calor extremo, porém gostoso... uma vontade de gritar...

Dane caiu ali mesmo. Os dois animais haviam desaparecido. Deitado ao lado do velho... o olhar agora fixo no leão que também parecia ter diminuído consideravelmente de tamanho e que mesmo não dando para ver seus olhos sabia que estavam apontados diretamente para o garoto.

Com um rugido ele deu um salto e caiu com uma das patas dianteiras sobre ele, que apenas sentiu um leve tranco. Dane já não conseguia abrir os olhos... ainda assim, via perfeitamente uma luz intensa. Ondas de calor varriam todo o seu corpo. Se ele tivesse aberto os olhos naquele momento, teria visto o animal se deitar sobre ele e desaparecer. Com um estalo seco.

Dane parecia já não estar mais em seu estado normal. Agarrara o velho pela barba e tentava puxá-lo para cima de si, mas o máximo que conseguiu foi fazer o velho virar a cabeça. O corpo de Dane já não o obedecia... ele continuou caído, embora sentisse uma força enorme e incontrolável percorrendo todo o seu corpo. Mal conseguia se mexer. Seus olhos pesaram, como se ele tivesse passado uma noite inteira em claro. Lutando para não adormecer, Dane fez força para abrir os olhos, arregalando-os bem. E constatou que a águia também já havia desaparecido, mas a tempo de ver as nuvens descendo do céu, em formato cônico, flamejante. Dane já não tinha mais forças para manter os olhos abertos, ainda assim conseguia ver um enorme clarão que... após alguns segundos... desapareceu. Tudo ficou escuro.

Ele acordou e abriu os olhos... confuso, olhava para o céu azul celeste acima dele. Não havia nem sinal dos animais. Apenas umas vozes exasperadas.

– ... ele, conseguiu?

– É difícil dizer, minha cara Lia.

– Ah! É claro que ele conseguiu, todos nós vimos a mesma coisa, não foi? Aquilo só quer dizer uma coisa...

– Ainda não temos certeza, Vlad, ainda... não temos certeza. – Disse outra voz, que Dane, recobrando todos os sentidos, reconheceu ser a do Sr. Ziron.

– Certeza... do quê? – perguntou. Levantando-se, ainda tonto. Tanto os anciões quanto os magos estavam o circulando, com caras de espanto. Aos cochichos.

Enquanto os cochichos continuavam a circular, Silos Berto e Lara Sophie Berto correram até o garoto para ajudá-lo a se firmar de pé, mas foram rebatidos para longe, assim que tocaram a pele do garoto. Até Dane saiu voando. Levados por uma luz que varreu o lugar. Por alguns segundos todos ficaram em silêncio. Havia algo naquele lugar que nem mesmo os anciões entendiam e que, pelo visto, temiam. Algo muito poderoso e que agora parecia fazer parte de Dane.

– Ainda tem alguma dúvida? – perguntou Vlad. De forma sarcástica e zangada ao mesmo tempo.

– Olhem... o que é aquilo no pescoço dele? – perguntou uma anciã. Tinha uma aparência pálida e usava vestes feitas totalmente de folhas, de várias as cores e tamanhos. Era tão gorda que mais parecia um ninho gigante com pernas, pernas enormes. Ela apontava para uma mancha escura no pescoço de Dane, mas o garoto havia caído longe e não dava para ver direito, e antes que pudessem chegar mais perto para ver o que era, desapareceu.

Enquanto a distância os cochichos continuavam, Dane se levantou, lentamente. Ficou ali, parado, olhando para toda aquela gente a olhá-lo de volta. Com feições diversas. Silos e Lara, que tinham adquirido grande afeto pelo menino, tinham estampados em seus rostos uma mistura de preocupação... e muita, muita pena.

– Senhor... – disse Dane. Que havia cambaleado até silos e, agora, estava a um metro dele e de sua esposa. – O que há de errado comigo?

Lara deitou a cabeça sobre o ombro do marido, chorosa. Embora tentasse sorrir para o menino. Queria poder fazer algo, mas ela não tinha tanto poder... nem mesmo quando estava viva.

Silos suspirou...

– Eu... – ele encostou a cabeça na cabeça da esposa... – Quero que saiba, Dane, que estaremos lá, quando chegar a hora. Eu prometo. – Lara, ainda chorosa, concordou com um aceno da cabeça.

– *VOCÊS NÃO PODEM!* – vociferou Brit. Um ancião com cara de porco. Ficando quase duas vezes o seu tamanho normal. – *NÓS ACEITAMOS OS DOIS* – ele apontou. – *NESSE LUGAR...* – continuou. Mas fora interrompido pelo ancião, Ziron.

– Sim, eles podem, meu caro amigo, Brit. Eles não são prisioneiros aqui. E nós não aceitamos eles... é a montanha quem escolhe quem vem para cá, e já pode voltar ao seu tamanho normal. Embora eu tenha que perguntar... isso é o que vocês querem, realmente? – disse. Virando-se para os dois. Que riram e confirmaram.

– Eu só estou dizendo que eles vão... – continuou Brit, agora em seu tamanho normal. A cara de porco ainda muito vermelha.

– Meu caro amigo, você ainda fica se perguntando, ou melhor, resmungando, por que não conseguiu uma Limiax...

– Mas é a verdade! – bufou. Se inchando todo. – Se eu tivesse o poder que esse... garoto tem... eu salvaria a todos, todos os reinos.

— É, é claro! — falou o Sr. Ziron. Rindo. — Ou mataria a todos nós. Mas como ela deve ter se apagado assim que você nasceu... provavelmente por ter adivinhado que você seria tão resmungão... — Brit abriu a boca... pensou um pouco. Parecia fazer um grande esforço para rebater as palavras do colega ancião. Após alguns segundos, voltou e se enfiou entre os outros, sem dizer uma só palavra.

O receio parecia ter abandonado os anciões e magos, pois quase todos se aproximaram do menino, apenas um pequeno punhado ficou para trás. Olhando cada movimento do garoto.

— Ah! Senhor... a flor, ela se desfez... — lembrou-se de repente. — Mas não foi por ela que me mandaram aqui, foi, senhor? — disse. Com um olhar meio zangado.

— Não, Dane, não foi... a flor, embora muito bela, não representava nada. Mas não fique zangado. — Apressou-se em dizer, quando percebeu que Dane fechara a cara. — Nós temos observado daqui, dessa montanha... o poder do mau crescendo, a cada dia, nossos guardiões morrendo das piores formas... eles não tiveram escolha, Dane, nós também não, não tivemos escolha, a não ser... confiar em você. Confiar, que conseguiria fazer o que nenhum ancião, guardião ou mago conseguiu fazer antes de você. Ninguém... com exceção... de duas pessoas. — apontou para o velho, caído.

— Mas... e o meu treinamento? Eu pensei...

— Já terminou. — Cortou-o o Sr. Ziron. — A sua missão, Dane, era encontrá-lo... e você a cumpriu, com grande êxito, devo admitir.

— Desculpe, mas... nada mudou, eu...

— Ah, me perdoe por discordar, meu rapaz, mas tudo mudou. Você agora possui um dom... um dom que nem mesmo os anciões foram dignos de receber...

Dane olhou com tristeza para o velho ali no chão. Por algum motivo, sentia-se muito mal com a morte dele. Não que ele não fosse sentir, mas o peito chegava a doer.

— Mas e se eu morresse? Aposto que não pensaram nisso! Aqueles animais, eles poderiam ter me... — Dane parou um pouco, deu uma olhada em volta... — os animais, pra onde é que eles foram? Quando eu acordei eles tinham sumido.

— Bem... não temos certeza, Dane. — Falou Silos. Encarando Brit, que apesar de parecer querer resmungar algo, permaneceu calado.

— Mas e ele? – falou Dane. – Não podemos deixá-lo aqui!

O Sr. Ziron foi até o velho, pôs dois dedos em seu pescoço. Dane retorceu-se. Sentiu um calafrio e um desejo enorme de o empurrar contra a parede de rocha.

— Sinto muito, Dane. Não há mais nada que possamos fazer, senão... libertá-lo.

Dane ficou vendo os anciões darem as mãos... no minuto seguinte, surgiu uma luz intensa e que claramente estava vindo deles, invadiu o lugar. O cenário sob seus pés foi se transformando. A luz que os anciões emitiam diminuiu e Dane se viu cercado por ossos, ossos humanos. Estavam em toda parte. O corpo do homem ganhou um brilho dourado. Logo todo o corpo estava em uma espécie de chama prateada e dourada. Lentamente ele começou a se desfazer... como fumaça. Agora, ali, não havia mais o velho, os animais ou a flor... apenas, Dane. Cercado por fantasmas. Sem ter a menor ideia do que fazer agora, ou mesmo do que acabara de acontecer ali. Realmente.

Sem fazer a menor ideia... do quanto ele acabara de se tornar poderoso.

A volta de Dane para dentro da montanha fora rápida. Por algum motivo, que ele desconhecia, todos estavam sendo extremamente gentis com ele. Agora ele estava parado, olhando para Comar, Kirian e Lola, que ainda o cercavam, aos berros. Mas não dava pra ouvir nada.

— Eu posso ir? – perguntou. Virando-se.

— Quando quiser, querido. – respondeu a Sr.ª Lara. Com o mesmo olhar carinhoso que sempre dava ao garoto. – Mas antes de ir, quero que me prometa uma coisa. Que não vai contar nada sobre isso para a nossa Lola... pelo menos não sobre nós. – Ela deu uma olhada e um sorriso ao marido, que retribuiu. – Ela viria atrás de nós e poderia acabar morrendo, tentando nos encontrar. Prometa, Dane.

— Eu prometo.

Dane olhou para todos, para dar um último adeus, com um aceno e...

— *DANE!* – gritaram três vozes, em coro. Quando ele abriu os olhos.

— Olá. – disse, tentando se levantar. A cabeça girando e a visão um pouco embaçada.

— Calma, você bateu com a cabeça. É melhor esperar um pouco.

— Estou bem, amigo, juro. — falou. Reconhecendo a voz do Comar. Dando uma boa olhada pra ver se era ele mesmo.

— Ok. Então deixa eu ajudar você a levantar...

— *NÃO!!!* — berrou Dane, antes que Comar o tocasse. Assustando os três.

— ... Dane, eu só queria ajudar...

— Eu sei, me desculpe. É que eu quero tentar levantar sozinho. Obrigado, amigo. — Apressou-se em dizer. Olhando para o lado que, a poucos instantes, ele, Dane, estava de pé, observando a si próprio caído ali, no chão.

— Está tudo bem, Dane? — perguntou Kirian, preocupada. — Você não parece bem...

Lola não parecia preocupada... parecia intrigada. Alternava o olhar entre Dane e uma parede de rocha, da qual ele não tirava os olhos.

— Eu estou bem, obrigado. Podemos ir, por favor? Estou tendo um pressentimento ruim... acho que ele está matando, sabe, nesse momento... Morlak.

— ... vamos embora... — falou Comar. Decidido.

A verdade era que enquanto Dane, esteve desacordado, Comar andou por todos os túneis e fendas que encontrou na montanha, e a não ser por umas fendas minúsculas que mal passava sua mão, ele poderia assegurar que não havia muito mais coisa para se olhar ali. Realmente não via motivos para eles ficarem ali por mais tempo.

A saída da montanha foi muito tranquila. Por algum motivo os raios haviam parado de cair, embora ela ainda continuasse rodeada por nuvens escuras.

Um urro muito alto fez-se ouvir. Predar se levantava do chão, gigantesco, totalmente recuperado dos ferimentos que ganhara por conta dos vários raios que o atingiram. Ele ainda segurava na mão uma grande pedra, a qual ele arremessou para dentro da boca e mastigou-a, deixando cair grandes farelos, depois engoliu.

Todos deram risadinhas.

Marrom, talvez por estar com medo dos novos integrantes do grupo, não ficou na caverna. Estava com ele. Os dois pareciam estar se entendendo bem.

Os seis seguiram viagem muito calados, exceto Lola, que dava pulinhos de excitação sempre que via algo novo. O que era a todo instante, já que a menina passara parte da sua vida entocada, dentro de sua casa.

— Temos que nos apressar. – falou Comar. Olhando para trás e vendo que os raios voltaram a cair.

— ...você sabia? – perguntou Dane, quando os outros estavam atrás o suficiente para não ouvirem a conversa.

— Sabia... o quê, Dane?

— Eu os encontrei. – disse, excitado. Percebendo que Comar realmente não fazia ideia do que ele estava falando. – Os anciões, eu os encontrei... falei com eles. Encontrei alguns mag... – Ele parou, olhando ligeiramente para Lola e voltou a encarar Comar. Seria mesmo melhor se ninguém soubesse que ele havia encontrado alguns magos na montanha. Talvez o amigo, sem querer, deixasse escapar algo.

Dane começou a narrar para Comar tudo que acabara de passar, deixando os magos de fora. Os olhos do amigo ficaram fixos em seu rosto. Quando Dane finalmente terminou de contar tudo, Comar, que naquele momento ouvia a tudo de boca aberta, deu uma espiada na montanha que agora estava à direita de suas costas e diminuía de tamanho conforme eles andavam. Como antes, ela continuava a receber os raios. Porém, com bem menos intensidade e frequência.

— Olha, Dane, tem certeza de que não foi sua imaginação? Você bateu a cabeça com força quando caiu... sabe...

— Não, Comar... eu não imaginei tudo isso! Eu sei o que parece, mas eu... eu posso sentir... tem... alguma coisa, sabe, dentro de mim, eu, eu não sei explicar. Mas... eu posso sentir.

Comar lançou um olhar sério ao amigo.

— Eu acredito em você, Dane. – Disse. Quando os outros correram para acompanhá-los.

— Sobre o que vocês dois tanto conversam? – perguntou Kirian, acompanhando os dois.

— Sobre nada importante. – Mentiu Comar.

— Não era isso que parecia. – falou Lola, com os olhos espremidos, na direção de Dane.

Por um instante, Dane pensou em contar tudo a ela, afinal Lola já havia se tornado sua amiga e Dane gostava bastante dela. Merecia saber sobre seus pais... que eles estavam bem, apesar de estarem mortos, e que ela estava certa, quando dizia que seus pais estavam na montanha da magia, protegendo-a.

– Comar falou a verdade, não é nada. – Mentiu. Com extrema dificuldade, evitando o olhar da amiga. Sabia que deveria contar toda a verdade para sua amiga, mas tinha feito uma promessa a Sr.ª Lara. Não iria quebrá-la.

Eles voltaram pela estrada das cinzas. Segundo Dane, o caminho parecia ser bem menos perigoso.

Eles fizeram o percurso de volta, até agora, sem nenhum problema, incluindo a travessia pelo rio. Onde Kirian jurava aos berros que acabara de ver dois grandes olhos olhando para eles, do outro lado, de dentro d'água.

A volta ao castelo, talvez por estarem voltando por outro caminho ou ainda por não estarem encontrando contratempos, estava sendo muito mais rápida. Eles já se aproximavam da vila dos culpados. Lola e Kirian agora se revezavam para fazer carinho no Marrom, que parecia ter perdido completamente o medo deles e agora andava em seus calcanhares. Mesmo Predar resmungando aqui e ali.

– Olhem lá! – gritou Kirian. Apontando para uma fumacinha que subia acima das árvores.

– Parece que a vila voltou a ser habitada. – Falou Dane. Encarando Comar.

– Por quem? – disse Kirian, em tom de espanto. A última coisa que a garota queria era um novo encontro com os cavadores.

– Vamos descobrir – falou Comar. Decidido.

– Não podemos! Lembram do que aconteceu quando fomos até lá? Vocês são burros ou o quê? – mas ninguém parecia dar ouvidos a menina.

– O que aconteceu? – perguntou Lola, curiosa.

– Quase fomos mortos... *foi isso que aconteceu*. Um bando de cavadores. – falou Kirian, cheia de si. – Eu salvei os dois... – sussurrou. As duas deram risadinhas abafadas.

Quando se aproximaram mais da vila, a fumaça tinha aumentado tanto que agora parecia que um monte de nuvens tinha descido e envolvido grande parte das árvores daquele lado. Se espalhando muito rapidamente. Grandes estalos informavam que a vila estava em chamas.

CAPÍTULO TRINTA

O GRANDE PODER DE MORLAK

Eles nem mesmo chegaram a entrar na vila. O cavador de um braço só que encontraram antes estava parado no caminho, com um sorriso maldoso, em sua cara feiosa. Era só dentes.

— ... você? – disse Dane, reconhecendo o cavador.

— Sim... eu... – o cavador começou a rir. Dane e os outros se olharam.

— O que está acontecendo na vila? – perguntou Comar. – Achei que tivesse deixado claro...

— Ah! Sim... ficou muito claro, guardião. Depois que vocês nos expulsaram daqui as outras criaturas resolveram voltar, sabe, tentar uma... vida. – Ele deu uma risada forçada – E é claro que precisariam de um líder, então, eu me ofereci...

— Mas eles recusaram, não foi? – perguntou Dane. O peito inchando de raiva. – Onde eles estão? – perguntou... já temendo a resposta.

— Eles... bem... vamos ver...

O cavador começou. Havia um brilho diferente em seus olhos malvados.

— *ONDE?* – gritou Dane. assustando seus próprios colegas.

— ... estão todos mortos. – Respondeu. Mas não foi o cavador. Era uma voz fria e fantasmagórica, que fez um arrepio subir pelas costas de Dane, Lola e Kirian até chegar congelante na nuca. Dane olhou para Comar... o guardião estava andando de costas. Os olhos arregalados... tremendo.

Um vulto saiu de dentro da fumaça e ganhou forma atrás do cavador. Era no mínimo uma vez e meia o tamanho dele. Seja lá o que fosse, se escondia dentro de uma grossa armadura verde-esmeralda com detalhes dourados e cheia de espinhos metálicos. Dane olhou bem para o grande elmo que escondia sua cabeça. Não era possível ver nada lá dentro. Por um segundo, quando o "homem" desviou o olhar de Dane para Comar, foi possível ver duas minúsculas brasas, onde deveriam estar os olhos.

Dane olhou novamente para Comar... o guardião parecia petrificado.

Ele teria tido dúvidas sobre quem era aquela figura, se não fosse o fato do seu amigo estar paralisado de medo, sem conseguir mover um dedo.

– *MORLAK*... – cuspiu Dane. Entredentes.

Kirian soltou um gritinho e foi se esconder atrás do Predar, junto ao marrom. Predar rugiu alto e cerrou os punhos.

Finalmente. Finalmente, Dane estava diante daquele de quem todos falavam e temiam. Aquele, de quem todos falavam, com pavor, Morlak, o mau em pessoa. A Limiax de Dane começou a brilhar, descontrolada. A pele de Dane tremeu... era como se sua carne inteira estivesse se contorcendo por baixo dela.

Comar acabara de recobrar a sensibilidade das pernas e continuou andando de costas. Parecia estar revivendo seu último encontro com aquele ser.

– É ele, meu senhor... o garoto...

– Obrigado... escravo. – Falou Morlak. Apertando o ombro do cavador de tal forma, que mesmo tendo uma grossa couraça, foi facilmente perfurado pelos dedos dele, dentro de uma luva de ferro. Dane podia jurar que eram homens, mulheres e até algumas criaturas falando ao mesmo tempo. A voz cuspia maldade.

– Hum... meu, meu senhor? – gemeu o cavador. De cabeça baixa.

– Você me trouxe até aqui, para... matar, alguns desertores traidores... e eu, confesso que já estava ficando entediado... estava decidindo se devia matar você também por perturbar o seu senhor, por nada... mas, agora, acho que vou recompensá-lo. – Sibilou.

Aquela voz fantasmagórica e vaporosa se prendia no ar por alguns instantes e, então, evaporava.

– Obrigado, meu senhor... – choramingou. – Prometo que não vou decepcioná-lo.

– Ah... tenho certeza de que não vai... – o cavador virou-se para Morlak, que o encarou por um segundo... quase ao mesmo tempo em que a grande mão metálica de Morlak atravessou o seu corpo encouraçado.

Dane observou, chocado, Morlak, com a outra mão, sem esforço, arrancar fora o braço do cavador. Fazendo espirrar sangue em sua armadura, que brilhou e absorveu o líquido.

— Meu senhor...? – falou o cavador. Entre urros de dor.

— Diga-me... de que me serve um soldado que não consegue lutar? – Morlak olhou para o grupo de amigos. – Vocês, por outro lado...

— *NUNCA!* – rugiu Dane. Olhando o cavador estremecer aos pés daquele maldito. – Ele era seu amigo. Você não tem coração?

— Nunca? – repetiu. – Tudo bem... eu não preciso mesmo de você... já dessa pedra, aí, no seu peito...

A Limiax no peito de Dane brilhava tanto que mesmo em meio a toda aquela fumaça uma pessoa a cem metros conseguiria vê-la.

— Eu nunca a entregarei a você, nunca!

— Sei... – falou com voz arrastada. – Acredito em você. Vou tentar não me divertir muito, enquanto arranco a pedra do seu corpo, após matá-lo. Além do mais...

BAM!!!!

Por essa Morlak não esperava. Acabara de ser atingido por uma enorme pedra, lançada pelo Predar. Indo parar a uma boa distância a julgar pelo som das árvores quebrando.

— *CORRAM!* – gritou Comar. Arrastando as duas garotas pelo braço.

Mas eles não foram muito longe.

Ouviu-se o barulho de algo rasgando, e, no minuto seguinte, o chão à frente deles cedeu. Uma cratera de quatro metros de largura e pelo menos dez metros de profundidade surgiu ali, diante deles. Cortava a estrada e a julgar pelo som das árvores caindo, cortava pelo menos uns quinze metros para cada lado.

— Predar... – chamou Dane.

O gigante havia arrancado uma árvore e a segurava como se aguardasse uma bola ser lançada, para ele rebater.

— É só isso? Isso é tudo que podem fazer? Devo confessar que esperava mais... de um senhor das pedras. Mas ao invés de lutar, você manda o seu servo fazer isso por você... – Morlak estava parado ao lado do cavador caído. Ergueu o braço e o cavador ficou de pé e flutuou até ficar entre eles. Sabe... eu estava pensando em fazer uma visita a vocês, em Nebor, já faz tempo que eu não me divirto...

— Vai sonhando, coisa feia. – Disse uma vozinha acanhada, atrás do Predar. Kirian apareceu, segurando uma pedra um pouco maior que seu punho. – Você não vai pra Nebor, nunca, porque, porque você vai morrer aqui. – Claramente a garota nunca tinha ameaçado alguém antes. – Não vai mais matar pessoas inocentes. E o Leal não é servo de ninguém... ele é nosso amigo. Ouviu?

Predar soltou um enorme rugido e até o Marrom veio para frente. Parecia disposto a lutar.

– Um guardião, um portador de uma pedra Limiax e... ah! Não posso esquecer essa... uma maga, não é? Eu consigo sentir o seu poder... me parece familiar... eu...

– VOCÊ OS MATOU! – vociferou Lola. Dane a encarou. A amiga tinha contado a ele que seus pais tinham morrido. Mas não tinha dito como.

– Ora, ora... eu ia dizer que de vocês apenas essa criança tinha coragem, mas vejo que me enganei, temos outra aqui. Alguém mais? – falou, com voz debochada. Seu olhar parou em Comar... – você? achei que eu já tivesse matado você...

Comar finalmente pareceu abandonar o medo.

– Não vou morrer, Morlak. Não antes de você.

Dane sentiu o seu corpo inteiro fervilhar. Sentiu suas mãos aquecerem... era uma sensação gostosa.

– Vá embora daqui, Morlak. – Sibilou Dane, tomando a frente com Comar ao seu lado.

– ... ou o quê? – debochou.

– Ou vou matá-lo... – Dane estava calmo e sério. Ao ouvir isso, Comar desembainhou sua espada.

Finalmente ia começar.

– ... SEU... MOLEQUE... IDIOTA! – rosnou. – QUEM VOCÊ PENSA QUE É PARA ME DESAFIAR? – pela primeira vez, Morlak levantou a voz na presença de Dane. Embora tentasse mostrar confiança em cada palavra, parecia nervoso.

– O que foi, Morlak? – desafiou Dane. – Está com medo? – na verdade não era possível ver a expressão no rosto dele, por causa do grande elmo, mas a respiração ofegante não passou despercebida.

– Devia ter ficado com o seu pai, garoto... Heitor está ficando um tanto... louco, por causa de sua ausência. Procurando por você, dia e noite, naquela floresta. Acho que ele deveria tomar mais cuidado, ou algum animal poderia atacá-lo... não acha? – ameaçou. Em seu tom calmo e desdenhoso. – Você não deveria ter dado ouvidos àqueles tolos que se intitulam guardiões, eles dizem... muitas bobagens, sabia? – Morlak sorria. Uma risada fria e má. Parecendo sentir prazer em pronunciar cada palavra cheia de ódio e veneno que saía de sua boca nojenta.

A cara de espanto de Dane... não era pra menos. Morlak não só era uma ameaça para aquele mundo, como também parecia ser para outros. Ele acabara de ameaçar o seu pai. E se ele atravessasse um portal? E se chegasse até Heitor?

– ... eles só estão preocupados em salvar esse mundo. – Disse. Claramente tentando desviar a conversa do seu pai.

– De quem, de mim? Por isso trouxeram você? – Morlak se aproximava ao falar. Os raios dourados do sol que agora começava a se pôr batiam em sua armadura e refletiam, deixando sua aparência ainda mais assustadora. – Você é inútil pra eles, garoto, Dane... esse é o seu nome, não é? Estão apenas usando você, e...

– Isso não é verdade! – vociferou Comar. A espada empunhada.

– Você matou o Hevon... – sibilou Dane, fazendo esforço para não recuar. A pedra em seu peito mudando a intensidade do brilho a cada segundo.

– Ah... contaram a história a você! Quanta honestidade da parte deles – Debochou – Então me permita dizer... ele era atrevido, assim como você... eu ofereci a ele a chance de viver uma vida longa e cheia de riquezas, mas ele não aceitou, então, tive que matá-lo. Sabe... acho que vou fazer a mesma proposta a você, e... de verdade, espero que a aceite. Eu não quero ter que fazer alguma coisa contra o seu amado paizinho. Sabe, ele está na floresta agora, sabia? Está procurando por você. Sabe, eu tenho que admitir, ele é muito persistente, ainda não desistiu de você... já não come há três dias, eu tenho algumas criaturas perto dele nesse momento, observando-o, a cada passo. Posso acabar com o sofrimento dele, se você quiser.

– *FIQUE LONGE DELE!!!!!*

– Certo... acalme-se, Dane, foi só uma ideia. Eu apenas quero que pense na minha generosa proposta.

– E o que vai fazer se eu não aceitar, Morlak, vai me matar? Pelas costas, como fez com Hevon? Não acha uma atitude covarde até mesmo para alguém que se auto intitula o senhor da escuridão? – Dane, que esperava uma reação bruta, como um grito de raiva ou até mesmo um ataque, ficou surpreso ao ouvir a gargalhada oca e sem vida dele. Morlak começou a girar a cabeça de um lado para o outro, até que deteve sua visão a uns cinquenta metros. Um higlim surgiu, ele pastava distraído, comendo os brotos de grama que insistiam em tentar crescer ao lado de uma pedra na beira da estrada.

– ... o que vai fazer? – Dane viu o olhar frio de Morlak. As duas esferas dentro do elmo se encheram de malícia. No mesmo instante ele disparou com grande velocidade na direção do animal... iria matá-lo, não tinha como impedir.

VULF...

Um vento cortante passou à frente de Morlak, antes que ele pudesse alcançar o higlim, fazendo-o parar o ataque. Mesmo imóvel, ele não pareceu nada surpreso com o ataque.

Dane, que segurava em uma das mãos a espada do Comar, viu o olhar de Morlak se desviar na direção do guardião. Comar observava com espanto as mãos de Dane. O garoto tirara a espada dele sem ele perceber...

Com passadas lentas e o olhar fixo no guardião, foi se aproximando...

O céu estava limpo... o final do dia estava lindo. Nada sugeria que haveria alguma morte naquele dia.

Sem saber exatamente o que enfrentaria, Dane deu algumas passadas rápidas e ficou entre os dois. Morlak, sem dizer uma só palavra, parou e levou a mão à cintura. Parecia tentar tirar algo de sua larga capa... achou... uma coroa cinza com o desenho de um lobo brilhou em sua mão. Ele passou as garras negras e afiadas de sua luva metálica na pedra da coroa e os farelos foram caindo no chão. Dane fez um esforço para lembrar, tinha certeza de que já vira aquela coroa antes...

– Eu gosto de trazer lembranças de um lugar, quando eu o visito, sabe... o dono desta peça não a merecia, não merecia ser rei, muito menos um guardião. – Morlak tremia de satisfação ao pronunciar cada palavra.

– Ser guardião? Então... essa coroa é, ela é... – Com um choque, Dane lembrou. – *NÃÃÃÃÃOOO... SEU MALDITO!* Como pôde fazer isso com o Sr. Homar?!

Dane queria matá-lo...

Mas ele nem teve tempo de raciocinar direito. No lugar onde haviam caído os farelos da pedra, várias coisinhas foram brotando. Ganhando forma e em menos de um minuto uma dúzia de criaturinhas aladas, cinzentas, de olhos fundos e negros, surgiu, todas saídas do lugar onde o pó da coroa tinha caído. Pareciam morcegos, embora também se assemelhassem a um homem anão muito magro, pele e osso, tinham garras e dentes afiados que ocupavam quase toda a cabeça, além de quatro calombos enormes na cabeça e dois braços extras nas costas, sob as asas.

Elas... seja lá o que fossem... começaram o ataque.

Por duas vezes, Dane quase chegou ao ponto de flutuar para esquivar-se da mordida feroz de uma delas. Eram rápidas e não demorou muito para ele ficar completamente cercado por aquelas coisas. Com dificuldade, Dane conseguiu criar um campo de força para mantê-las afastadas. Aquelas coisas eram completamente piradas, andavam umas por cima das outras, escalando, desajeitadas, cada uma delas querendo arrancar um pedaço do garoto. Dane tinha pouco mais de um metro e cinquenta de altura, e não demorou muito para ele ficar completamente submerso pelas criaturas. Já não conseguia ver mais nada, estavam tapando completamente a sua visão.

Em um momento de descuido das criaturinhas, por entre o que pareceu ser a perna de uma e o pescoço de outra, Dane pôde ver... ele, Morlak, se aproximando do Comar, deslizando como um fantasma... a longa capa varrendo o chão. O guardião outra vez estava paralisado de medo. O encontro anterior com o Morlak tinha feito mais estrago do que ele, Dane, imaginava.

Comar, mata ele! – berrou Kirian, ainda escondida atrás do Predar, que tentava acertar uma criatura que voava ao redor da cabeça dele. Enquanto Lola folheava loucamente um livro.

– Comar, fuja! – gritou Dane. Esticando o braço na direção do amigo. No mesmo instante, aquelas coisas, cinzentas e horríveis, começaram a mordê-lo. Abocanhando a barreira transparente em volta do seu braço. Chutando e socando criaturas como dava, o mais depressa que pôde, enquanto lutava para se livrar de uma outra que tentava morder sua orelha... Dane ouviu...

TRUC...

O som foi de causar arrepios.

– Uma dor excruciante no peito fez Dane se lembrar da punhalada que levara no rio, quando tentava salvar a menina glinth. Ele começou a se contorcer, como se uma das criaturas tivesse cravado as presas nele. Em um momento de ira... a Limiax brilhando loucamente em seu peito, Dane não aguentou mais. Gritou, com tanta força, que a barreira em volta dele explodiu, lançando criaturas para todo lado, fazendo-as cair, em chamas. Apenas três delas, mesmo fumaceando, ainda continuavam agarradas ao garoto. Dane olhou para o amigo... Morlak, estava inclinado sobre ele, com um punhal cor de chumbo enfiado no peito do guardião. Comar, mesmo com aquele punhal enfiado nele, parecia estar com mais coragem que antes e com uma das mãos segurava a mão de Morlak que descia, mais e mais, cravando a arma no peito do guardião, enquanto com a outra arranhava o elmo espinhoso de Morlak, tentando inutilmente empurrá-lo para longe.

– *NÃO!!!* – Berrou. Dane estava sem reação. Como? Como ele conseguiu... como ele chegou até o Comar tão rápido? Comar ainda tentava empurrar Morlak para longe, mas agora parecia nem saber o que estava fazendo. – DEIXE-O EM PAZ! – berrou e em uma explosão de ódio que nem ele ou mesmo Morlak pareceu entender... Dane brilhou por inteiro. Várias ondas de luz começaram a varrer o lugar, quase ao mesmo tempo que pelo menos uma dezena de criaturas começaram a rodeá-lo. Estavam saindo de sua Limiax. Eram semitransparentes e flutuavam de um lado para o outro, desordenadas, quase impossíveis de se ver... eram extremamente rápidas. Aos poucos, elas foram se agrupando, e mesmo sendo quase transparentes, deu para notar que era uma mais estranha que a outra. Começaram a tirar as criaturas de cima de Dane e a destroçá-las no ar. Em questão de segundos, todas as criaturinhas foram mortas, e mesmo Dane desejando do fundo do coração que os fantasmas atacassem Morlak também, isso não aconteceu. Ao invés disso, os fantasmas começaram a rodopiar no ar, formando um pequeno tornado, e, tão rápido quanto apareceram, retornaram para dentro da pedra. Com um estalinho.

Predar, Lola, Kirian e até o Marrom dispararam, aos berros, na direção de Morlak. Um ataque furioso e desordenado... no segundo seguinte os quatro estavam caídos à beira da estrada, gemendo a cada movimento que faziam para se levantar. Morlak, com apenas um braço, arremessou eles para longe.

– Me perdoem... eu... machuquei o guardião? – debochou.

Embora tivesse levado um susto quando os fantasmas desapareceram dentro dele. Naquele momento a raiva de Dane era tanta que ele não deu muita importância ao que acabara de acontecer. Outra vez ele ergueu a espada e avançou contra Morlak, que recuou tão rápido quanto havia avançado.

– Não, não, não... COVARDE! – berrou, ao se aproximar de Comar. Tentando manter o amigo acordado. Comar sangrava em seus braços... a coroa brilhando em sua cabeça. – Você é um monstro maldito... e vai pagar por isso... eu juro... *vou matá-lo!* – Morlak olhava para os dois... parecendo degustar o momento. – O que você quer, é isto, não é? – Dane tirou a coroa da cabeça do guardião e ergueu-a no ar. – É isto, não é? Você quer ela pra ficar mais forte... quer ela, pra poder matar mais pessoas inocentes...

Morlak, que agora estava a uns vinte metros de distância, apenas observava, e, mesmo não dando para ver a expressão em seu rosto, parecia estar feliz com o seu feito.

A Limiax no peito do garoto continuava a brilhar. Em um novo ataque de fúria, Dane disparou quase na mesma velocidade que Morlak usara antes, mas se deteve a uns sete metros, encarando, furioso, o senhor das trevas. O chão sob seus pés começou a tremer e inúmeras raízes grossas começaram a brotar... todas se movendo ferozmente na mesma direção... de Morlak.

Com um único comando da mão, Dane atiçou elas, que dispararam como flechas.

Livrando-se por muito pouco com um salto para trás, no lugar onde antes estava Morlak, agora havia uma onda de raízes com pontas afiadas que tocavam o chão.

Morlak averiguava a sua capa, que agora ganhara um tremendo rasgo. Aos poucos as raízes foram recuando e uns segundos depois, todas já haviam retornado novamente para dentro da terra. Morlak estava tremendo, e Dane tinha a mais absoluta certeza de que não era de medo. Mas isso não importava... Dane finalmente parecia tê-lo surpreendido. Morlak estava ferido... talvez não fisicamente, mas estava.

Ele levantou as mãos e abaixou-as em seguida, depois fez um gesto circular.

Dane sentiu a terra tremer sob seus pés e, dessa vez, não era ele quem estava fazendo isso. Outra vez, de baixo da terra começaram a sair raízes, mas essas eram diferentes, eram escuras e cheias de nós. Morlak levantou a mão esquerda ainda girando e encarou o higlim que ainda pastava ali perto. Dane estava ofegante. Morlak virou-se novamente para o menino, e com uma esticada de pescoço ele voltou-se para o animal ainda com a mão erguida e...

– ...*NÃO!*... – pediu Dane. Tarde demais.

Com um movimento do braço ele lançou todas as raízes na direção do higlim, que acabou sendo pego de surpresa.

Sem reação, Dane apenas observou as raízes perfurando o pobre animal, uma delas passou como navalha sob seu peito. Dane teve de assistir o higlim guinchar de dor. Enquanto Morlak ria.

– Você entendeu agora? – perguntou. Voltando-se novamente para Dane. A voz sibilante. – Eu sou o seu senhor... sou o senhor de todos... de tudo. Todos terão que se submeter a mim... e talvez eu tenha misericórdia. talvez... eu poupe alguns.

Dane já não aguentava mais... afinal, o que Morlak pretendia?

– Ajoelhe-se... ajoelhe-se agora, Dane, ou vou continuar matando e... – Ele olhou, muito satisfeito, para Comar. – Já que o seu amigo ali está quase morto, acho que vou me divertir com aquelas duas.

– Pare... – pediu Dane. Em tom quase inaudível. Parecendo ter esquecido tudo o que aprendera. – Por favor...

Não dava para acreditar no poder que Morlak possuía. Mesmo Dane estando agora duas vezes mais poderoso que antes... sentia-se mais fraco e inútil que nunca. Ficou olhando o pobre higlim contorcer-se em dor, enquanto lutava para se livrar de algumas raízes, ainda cravadas nele. Os olhos cheios de lágrimas do menino pararam no mesmo lugar que o animal... sob a sombra de uma acácia de galhos fartos, porém, estranhamente, sem muitas folhas.

O dia que até o momento estava claro e com muitas nuvens brancas no céu, de repente foi ficando cinza-avermelhado, o vento que soprava com força bagunçava os cabelos de Dane. Os olhos do menino tremiam, um suor frio desceu por seu rosto e ele sentiu como se espinhos penetrassem nele... se movendo por todo o seu corpo.

— Por que... por que fez isso? Não precisava matá-lo, ele não... ele era só um animal inocente! **NÃO PRECISAVA MATÁ-LO!!!!**

— ... o que foi? — disse Morlak, cujas duas faíscas dentro do elmo de ferro tremiam de malícia. A voz esfumaçada do senhor da escuridão ecoava pela cabeça do menino como um tiro de canhão. Dane por um instante deixou claro o seu pavor... estava visível em seus olhos. — Não me diga que sente pena dessa... criatura. Olhe para ela, deixa eu dizer uma coisa, eu estou aqui para melhorar o mundo, é por isso que estou aqui, esse é meu propósito, você... Está aqui para tentar evitar isso, inutilmente, é claro, mas... também tem o seu propósito. Agora, olhe para... esse Higlim, ele não tem propósito algum. Não tem o que perder.

— **A VIDA!** — Gemeu Dane. — Isso não significa nada pra você? As vidas das pessoas ou... dos animais não pertencem a você, Morlak, não pode simplesmente tirá-las deles. — Ofegou. — Não pode matá-los...

Comar tossiu. Estava perdendo muito sangue... estava morrendo. Predar e Marrom, mesmo encarando e batendo os punhos para Morlak, continuavam mantendo distância. Formavam uma barreira, protegendo Lola e Kirian.

— Isso não está certo. — Falou Lola. Saindo de trás da perna do Predar e andando em direção a Morlak.

— Lola, não! — advertiu Dane.

— Aaah, deixe-a vir... venha, querida, não tenha medo. Prometo que serei misericordioso. Não sofrerá.

— Não vou morrer... nem nenhum dos meus amigos... e você... vai pagar... eu juro. — Falou, muito séria. Ela levantou as mãos para o céu... — Nebor... Nebor... Nebor... — começou a sussurrar. Uma névoa surgiu do nada e envolveu Dane, Comar, Kirian, Predar, Marrom e por último ela mesma. Bem a tempo de livrá-la das garras de Morlak, que, ao perceber o que ela estava fazendo, lançou-se na direção dela e por pouco não conseguiu tocar a garota. Ele passou direto pela névoa, caindo de joelhos, gritando e socando o chão. Sozinho.

— Lola... o que você fez? Eu não consigo ver nada.

— Espere...

A névoa se dissipou. Estavam em frente ao portal do lago. Ou melhor... estavam de frente para o lago.

— Lola, como você...

Mas Dane foi interrompido por um risinho da amiga.

— Você está rindo? — perguntou Kirian. Confusa.

— Esse é um feitiço muito antigo. Meus pais me ensinaram... sabe, eu nunca tinha conseguido fazer ele antes. É muito difícil de realizar. — Ela deu uma olhada em volta, o sorriso diminuindo. — E eu não conheço Nebor, mas tenho certeza de que não trouxe a gente pra ele...

— Não... você conseguiu. A entrada é aqui... — disse encarando o lago — Lola, você nos salvou, e nos trouxe até o portal. Foi mais do que eu consegui fazer... obrigado.

— Dane... não foi culpa sua, Morlak é forte demais. Ele...

— É, mas depois de tudo o que eu passei, eu pensei... eu pensei...

Comar tossiu. Todos se viraram rapidamente. O guardião estava caído às costas deles, estava realmente perdendo muito sangue. Uma poça havia se formado no chão, ao redor dele, com uma linha vermelha que corria em direção ao lago.

— Temos que chegar logo ao castelo. — Falou Dane.

— É, Dane, mas pelo que eu sei, apenas os guardiões podem abrir essa passagem. — Disse Kirian. Segurando a mão de Comar, como se implorasse para ele fazer isso.

A água do lago tremeu e algo saiu de dentro dela, muito rápido. Eram dois pontinhos coloridos, que continuavam subindo e subindo. Dane apurou a vista, mas apenas quando eles deram um rasante sobre as cabeças dos cinco e mais ou menos no joelho do Predar, foi que Dane conseguiu identificá-los. Os pássaros anciões pareciam terem ouvido a conversa. Apareceram, saindo de dentro da água e mergulharam em seguida.

— Aquilo eram pássaros... na água? — impressionou-se Lola. Apontando para onde eles mergulharam e onde agora um monte de bolhas subia, fazendo espuma. A garota acompanhou de boca aberta a ilha emergir do fundo do lago. — Isso... isso...

— Lola, vem! — chamou Dane. Correndo em direção à ilha.

Predar com Comar seguro em uma das mãos passou correndo por todo mundo e depositou ele ao pé do portal.

— Obrigada, Leal. — Agradeceu Kirian. Quando todos se juntaram a eles. Abraçando a perna do grandão.

Os dois pássaros anciões sobrevoaram os galhos, que rapidamente se afastaram, deixando o portal visível. De repente eles estavam de frente para um espelho de ar, com algumas gotas de água dançando dentro dele.

Todos, exceto Predar, atravessaram o portal. Lola fez um feitiço de levitação e na mesma hora Comar subiu e ficou flutuando a um metro do chão. Eles saíram correndo em direção ao castelo, com Comar flutuando à frente deles.

Eles passaram correndo pelos guardas, que já tinham aberto o portão, assim que os avistaram. Os quatro entraram correndo no castelo. Deixando uma linha vermelha por onde passavam.

– O que aconteceu? – Amir e Amim vinham correndo ao encontro deles.

– Foi Morlak! – Eu não consegui detê-lo, senhor, me desculpe.

– Podem deixar. – Amim girou algumas vezes a mão no ar, o corpo de Comar levitou mais alto e o seguiu castelo adentro.

– Escute, Dane, você não tem culpa. Temíamos que isso pudesse acontecer. – Falou o Sr. Amir. virando as costas e também saindo correndo.

– Sr. Amir! – gritou. Antes que o homem desaparecesse. – O senhor acha que a pedra vai conseguir curá-lo?

– Eu não sei, Dane. Mas vamos torcer pelo melhor. – Disse, e saiu disparado.

No dia seguinte, após uma longa noite na qual Dane fora atormentado por longos pesadelos, nos quais Morlak assassinava seu pai e sua irmã, fora chamado para ir à sala da pedra. Ele encontrou Marco na entrada da sala. Provavelmente ele chegara durante a noite.

– Muito bem... disse Amim, quando já se encontravam lá dentro também Dane, Marco e Amir. Ao lado deles, imóvel, se encontrava Comar. Dane deu uma boa olhada nele... ainda respirava. – Em primeiro lugar... eu queria pedir perdão, Dane, perdão... pelo que fiz você passar... não me orgulho de tê-lo feito e não teria coragem pra fazer outra vez. Ter mandado você para um lugar, um lugar de onde eu sabia que teria poucas chances de voltar... – Os olhos de Dane se encheram. Sacudiu a cabeça. – Agora... – continuou – eu preciso saber, nos mínimos detalhes, tudo o que aconteceu lá.

Dane se aproximou de Comar, que já estava novamente sobre a mesa, com a pedra da sala brilhando próxima a ele, e começou a contar tudo o que acontecera desde que saíram do castelo, incluindo na história a parte dos magos. Todos ouviam com atenção e Dane podia jurar que viu um pouco de baba cair da boca de Marco, que ouvia a tudo com a boca escancarada.

– Muito bem... então a missão foi um sucesso, acredito. – Falou Amir dando um sorriso artificial.

Dane olhou para seu amigo, deitado ali, à beira da morte... ele não diria isso.

– Não, Sr. Amir, o senhor não entendeu, eu...

– Acredito – cortou-o o Sr. Amim – que seu treinamento em Caston tenha dado algum resultado, acredito.

- Sim, senhor, quero dizer, eu consegui lutar contra Morlak por um tempo, mas ele... é forte demais. – Falou abaixando a voz.

– Dane... – falou Marco, parecendo intrigado. – Você poderia fazer a gentileza de tirar a camisa?

– Como? Tirar a minha camisa, senhor? – perguntou, confuso.

– Por favor, Dane, só precisamos ter certeza. – Falou o Sr. Amim, com sua costumeira voz doce. Embora parecesse preocupado. Dane nunca tirara a roupa na frente de ninguém, nem mesmo a camisa. Tremendo de vergonha, puxou a camisa deixando aparecer seus braços magricelas e seu peito ossudo. Ele nunca sentira tanta vergonha na vida, os três ficaram ali, examinando o corpo do garoto por um tempo.

– *MAS... NÃO TEM NADA AQUI!* – rugiu Marco.

– Perdão... mas o que não tem?

– Nada... – disse Amir. – Já pode vestir a camisa. – Falou. Ainda olhando para as costas do garoto. E, assim como Marco, parecendo um tanto desapontado.

Comar tossiu. Parecia estar recobrando a consciência.

– Dane, Dane! Não use todo o seu poder, vai nos matar. Não... não... não... n...

– O que foi que ele disse?

Os quatro se aproximaram para ouvir melhor. Comar não repetiu. Eles ficaram na sala por pelo menos mais uma hora e meia, mas Comar só voltou a falar alguma coisa no dia seguinte, quando pediu água e o café da manhã. Pois estava morrendo de fome.

Lá pela hora do café, Comar já estava de pé, embora, contrariando as ordens dos seus dois pais, tivesse aparecido para tomar o café ainda se segurando nos móveis.

— Como passou a noite? — perguntou Dane, quando o amigo se sentou à mesa e pegou um pedaço grande de abóbora cozida com casca.

— ... sonhei com ele a noite inteira... me esfaqueando, de novo e de novo...

— Sinto muito...

— Kirian e Lola... elas...

— Estão bem. — respondeu Dane, com um meio sorriso. — Tomaram café mais cedo e estão lá fora, brincando com o Marrom. Do que você se lembra, hum, sabe, de ontem?

— De quase tudo. Vi como você enfrentou ele... — Dane corou de leve, quando percebeu que todos olhavam para ele.

— Não fui forte o bastante... — falou, pensativo. — Nem cheguei perto...

Comar se levantou e tentou andar até o amigo, mas após duas passadas as pernas faltaram e ele desabou no chão. O teto girando sobre ele... borrões andavam para lá e para cá e as vozes indistinguíveis, ficando cada vez mais distantes... até que tudo ficou escuro.

— Ele está bem... só desmaiou. — Falou Amim, deitando a cabeça sobre o seu peito. — Vou levá-lo de volta à sala da pedra. Com licença.

— Certo. — falou Amir, pegando uma grande costela de porco e comendo. — Daqui a pouco iremos até o bosque. Preciso que veja uma coisa, Dane.

Imaginando que talvez tivesse que passar por um novo treinamento, Dane tratou de comer o máximo que pôde. Às dez da manhã, quando saiu em direção ao bosque com os outros, estava tão cheio que respirava com dificuldade.

— Hum... senhor... o que nós viemos fazer aqui, exatamente? — perguntou quando passavam pela passagem estreita em direção ao bosque, nos fundos do castelo. Não pôde deixar de notar quando passaram pelo lugar onde fizeram a reunião, assim que ele chegara em Nebor, foi onde conheceu todos os guardiões. Até os que agora estavam mortos. Eles continuaram andando por um caminho de pedra muito estreito e ladeado pelas grandes e belas árvores do bosque, por pelo menos mais quinze minutos até que finalmente chegaram a uma área onde as belas árvores davam espaço a um grande campo aberto. Uma grande concentração de pássaros que faziam uma festa barulhenta chamou a atenção de Dane. Estavam às margens de um pequeno lago, a superfície brilhando por causa do sol. Dane nunca tinha visto tantos pássaros na vida. Eram de várias cores e espécies... estava maravilhado. Ele apurou os ouvidos para tentar contar os vários e variados cantos, mas nem chegou perto, parecia uma majestosa orquestra. – É... lindo... – sussurrou. Tocando de leve o gramado, ainda banhado por pequenas gotas, que brilhavam ao sol.

– É assim que deveria ser, Dane, ninguém tem nada... e todos temos tudo... – falou o Sr. Amim, apontando para um grande pássaro que mergulhava na água e saiu instantes depois, com um peixe no bico e o largou perto de um pássaro menor, de outra espécie, e que tentava sem sucesso pescar algo.

– ...quero tentar algo, senhor. – Dane deu alguns passos para a frente e virou-se de modo que ficou de frente para eles. Fechou os olhos. – Eu sou você... e você sou eu – sussurrou, de modo que apenas ele mesmo conseguia ouvir – eu sou você... e você sou eu. Por favor, eu preciso de você... por favor... – a Limiax no peito de Dane acendeu e ele, desajeitado, voou alguns centímetros.

– Como? – perguntou Marco, incrédulo.

– Acho que já descobri como funciona. Hevon conseguia voar e fazer um monte de coisas. Se não me engano, temos o mesmo poder, não estou certo?

– Sim... e não... – respondeu Amim, bondosamente. – Sim, é verdade, seus poderes são parecidos, embora suas pedras sejam muito diferentes. É muito provável que você consiga fazer tudo o que ele fazia, mas você tem um poder que supera os dele... um poder... que vai além da nossa compreensão, um poder que ele nunca terá... um poder, Dane, que ele nunca desejou.

– Ok. – falou Amir, encarando o irmão. – Vamos começar... Dane, nós vamos atacar você! – falou, trazendo a atenção do garoto para ele. – E esperamos que se defenda. Não temos mais tempo, talvez essas sejam as últimas horas que temos para treinar... apenas essas poucas horas, Dane, para treinar, então, dê o máximo de si... está bem? – Dane concordou com a cabeça.

– Vamos começar. – falou Marco, dando alguns passos para trás, ficando em posição de ataque.

Por algum motivo Dane sentia-se totalmente seguro de si. Talvez tivesse finalmente dominado sua Limiax. Amir desembainhou sua espada e Amim ergueu as mãos na altura do peito, fazendo movimentos suaves.

O dia estava passando num piscar de olhos. Já era fim de tarde e Dane mostrava o mesmo poder de quando lutara contra Morlak. O sol já se escondia atrás das árvores distantes, no final do campo. Deixando o céu com um tom avermelhado. Os ataques contínuos dos três não deixavam Dane ter tempo para pensar em muita coisa. Mas, incrivelmente, os três pareciam estar bem mais cansados que o garoto.

– Vamos parar um pouco... – sugeriu Marco, ofegante e muito suado. Deixando o braço cair e a espada arrastar no chão. – Precisamos deixar Dane descansar um pouco... Uffff...

– Claro... – concordou Amir, dando uma piscadela para Dane.

– Acho que preciso mesmo descansar um pouco. – Falou. Dando uma olhada para Marco, que tinha ficado ligeiramente vermelho. Os quatro deram risadinhas. Por um breve momento, tudo parecia normal. Por um momento... tudo parecia estar bem.

– Tudo bem, Dane? – perguntou Amim, quando os quatro se sentaram na grama, agora seca, do campo. As risadas deram espaço a expressões sérias e preocupadas.

– Hum, bom, é só que... – suspirou. – O senhor acha que temos chance, senhor, sabe... de vencer?

– ... Morlak luta com o corpo, Dane, o poder dele está em seus músculos, e esse é o erro dos que se julgam fortes, melhores que outros, pois quando eles caem, permanecem no chão. Você, por outro lado... luta com a mente e com o coração, não importa quantas vezes caia... ele vai bater forte, gritando, lembrando a você o motivo pelo qual você luta. O motivo pelo qual você daria a sua própria vida, Dane... amor, esperança, justiça, paz... e pela vida, não a sua, mas a de qualquer criatura inocente. Essas coisas farão você ficar de pé, porque você é assim. Então... *SIM*, Dane, eu realmente acho que podemos vencer essa guerra.

Alguém surgiu, correndo por entre as árvores, gritando e acenando os braços. Eram Lola e Kirian.

– Senhor. – começou Kirian, assim que se aproximaram. – Os reinos, estão sendo atacados. – Falou, exasperada.

– Qual deles? – perguntou o Sr. Amir. Levantando-se depressa.

— Todos eles, senhor. – Disse Lola, depressa. Sobrepondo-se à voz do Sr. Amir.

— É ele... é o Morlak! – disse Dane, cerrando os dentes.

— É, é sim. – falou o Sr. Amim, pensativo. – Voltem ao castelo e não saiam de lá, ouviram? – gritou para as duas, que voltaram em disparada na direção do castelo. Desaparecendo por entre as árvores.

— MEU REINO! – Gritou Marco. Desabando no chão.

— Eu sinto muito, meu amigo. Mas precisa se recompor. Volte ao seu reino, guie seus homens na batalha. A chance de Morlak estar lá é muito pequena... escute, vou mandar alguns dos nossos homens com você.

— ... *NÃO*... – falou Marco. Agora em tom mais calmo. – Não posso ir a cavalo, meu reino terá sido reduzido a cinzas... não, obrigado. Defendam o seu reino... defenda o seu povo... vou defender o meu. – falou e saiu correndo em direção ao castelo.

— Ele vai...

— Voando. – Respondeu o Sr. Amim. Cortando Dane.

— Nós precisamos ajudá-lo, Morlak vai matá-lo! – rugiu Dane, enquanto andavam a passos apressados rumo ao castelo.

— Morlak não está lá. Acredito que Marco chegará a tempo... Dane, Marco é muito forte. Se ele usar o poder de sua coroa, junto com o seu povo... vão conseguir defender o reino.

— Como sabem, como sabem que ele não vai estar lá?

— Porque, Dane, Morlak se sentiu humilhado por ter tido você entre os dedos e deixado escapar, porque uma garotinha, com dons excepcionais, devo admitir, fez ele de tolo, salvando não só a ela mesma, mas a todos vocês. Por isso ele não está indo para lá... ele está vindo para o único lugar onde ela poderia estar agora. Ele quer vocês dois.

— Ótimo, então é aqui que vamos matá-lo! – falou, indignado. – Estou me sentindo mais forte, o senhor viu! Juntos, podemos... quando ele chegar, vamos matá-lo!

— É verdade... você evoluiu muito desde que chegou, nem parece aquele garotinho, esfomeado, que eu peguei devorando o nosso jantar naquela noite. Mas não podemos atacá-lo, pelo menos, não ainda.

— Meu pai tem razão, Dane. Está seguro aqui dentro. – falou uma voz conhecida, quando eles voltaram ao castelo e já saíam da passagem estreita.

– ... COMAR! – gritou Dane, correndo de encontro ao amigo, agarrando-o com força. Dane não o via desde o café da manhã. Quando ele se sentiu mal e fora levado novamente para a sala da pedra, para se recuperar.

– *AI!* – gemeu.

– Me desculpe.

– Tudo bem. Encontrei as meninas agora a pouco. Elas me botaram a par do que está acontecendo.

– Como se sente? – perguntou o Sr. Amir, lançando nele um olhar avaliativo.

– Estou bem... sério! – falou. Quando os três lhe lançaram um olhar severo.

– Ok. E o que vamos fazer agora? – perguntou Dane.

– Por enquanto... esperar. – Respondeu Amir, após uma longa respiração. – Não há nada que possamos fazer agora, apenas esperar que nossos amigos aguentem firme e resistam a toda essa maldade gratuita. – Amir parecia nervoso. Claro que estava.

Após um banho demorado, com Zeus voando para cá e para lá do lado de fora do banheiro, Dane se reuniu aos outros no salão de jantar.

Um trovão roncou alto e não demorou muito para uma tempestade daquelas desabar. Por duas ou três vezes, Dane assustou-se com o vento que fustigava furioso, as paredes do lado de fora do castelo. Seu coração disparou ainda mais, quando Zeus passou disparado sobre suas cabeças, fazendo os cabelos do garoto dançarem. Pousando de cabeça para baixo num canto do teto.

Dane foi dormir naquela noite com o coração ainda disparado. Sabia que muitas pessoas e criaturas nos outros reinos poderiam estar morrendo naquele momento, mas o fato de estar caindo o maior temporal lá fora meio que o tranquilizava, afinal, as tropas de Morlak não poderiam estar atacando em meio a toda aquela água e vento, não dava para enxergar um palmo à frente do nariz lá fora. Com esse pensamento, Dane pegou no sono.

CAPÍTULO TRINTA E UM

A AJUDA DE TIA ELDA

Ele acordou com o cantar dos pássaros no dia seguinte. O sol brilhava forte do lado de fora, embora pesadas nuvens cinza-grafite ameaçassem uma nova tempestade para mais tarde. A grande mesa do salão de jantar, agora, repleta de bolos, chás, doces e várias outras gostosuras, estava silenciosa.

— ...Morlak... – começou Amim. Chamando a atenção de todos para ele. – Como tínhamos previsto, não participou de nenhum dos ataques de ontem... de alguma forma, ele descobriu onde fica uma das entradas para o nosso reino. – Suspirou.

— Perdão, senhor, hum, mas como sabe que ele descobriu onde fica a passagem?

FLUP...

Todos estavam de cabeça baixa. Ninguém parecia ter notado uma pessoa, parada ao lado de uma das estatuas de pedra na parede.

— Bem, eu os vi, Dane. De alguma forma eles conseguiram fazer a ilha aparecer... estavam parados perto do portal. Pareciam confusos. Eles não sabem exatamente onde fica e acredito que ainda não sabem como passar pelos pássaros anciões que guardam a passagem. E...

— Ah... perdoem-me pela intromissão. – falou uma voz vazia e vaporosa, que fez o sangue de Dane congelar. Todos olharam na mesma direção, para o canto, sob a cabeça de Zeus, que saiu voando em disparada.

— Morlak! – gritou Amir. Batendo a mão na cintura à procura da espada. Que não estava lá. – Mas como?

— Não se preocupem. – Disse, com voz macilenta e vaporosa. Como se várias vozes falassem ao mesmo tempo. – Eu não estou aqui, não... realmente. Mas acredito que saibam onde eu estou neste momento... assim como... – ele lançou um olhar ameaçador a Dane – Também já devem saber que os outros reinos estão sob ataque. – Riu. Os olhos de faíscas brilhando de maldade. – Quero que saibam que matei o menor número de pessoas possível e...

– Acredito, então, que queira que agradeçamos por isso, não é mesmo? Por ter... como você mesmo disse... matado poucas pessoas. – falou Amim, tomando a dianteira e ficando de frente para Morlak, que o encarou de volta. Não era possível ver a expressão no rosto de Morlak, mas pela tremida, Dane não teve dúvidas, era de puro ódio. – Quero que saiba que não temos medo de você e que vamos usar toda a nossa força para detê-lo. – Disse. Ainda encarando um Morlak que tremia de fúria.

– Acha que vai ser suficiente? – falou lentamente. – Um punhado de guardiões e uma criança, que sequer consegue controlar a sua pedra? – debochou.

– Talvez não... – disse Amir, calmamente. E Dane reparou que ele ria. – Talvez você seja inúmeras vezes mais forte do que nós, mas isso não nos impedirá de defender quem amamos.

– Amor? – o salão inteiro se encheu com uma risada má e fria. – Um sentimento inútil... o medo, por outro lado...

– Ninguém aqui tem medo de você! – vociferou Comar. Apertando o peito.

– Eu me lembro de você... estou começando a achar que você não morre, diabo. – falou, parando o olhar nele, por alguns segundos.

– Disse que não é você... não é mesmo? Então, acredito que saiba que não tem poder suficiente para nos derrotar, Morlak. – Disse Amir, com um olhar calmo, porém penetrante. – O que quer aqui, realmente?

– Ah, é verdade, eu já ia me esquecendo. – A voz de Morlak parecia mesmo mudar conforme a sua vontade. Agora era apenas uma, mas ainda continuava fria e fantasmagórica. – Sabe... eu não quero começar a governar com tanto sangue derramado nas minhas mãos. – riu – Por isso, dei ordens a minhas tropas para que não matassem mais ninguém por enquanto e, é claro... deixei o melhor para o final... – ele começou a andar, sem sair do lugar. – Seus guardiões, alguns deles já estão aqui comigo... – apontou. Imediatamente a imagem mudou, ao invés de Morlak, agora eles se viram de frente para uma jaula de madeira vazia. Dane e Comar sufocaram uma risada. Amim e Amir não estavam rindo, pelo contrário, pareciam muitíssimos preocupados. A imagem da jaula girou no ar e se esfumaçou. Desaparecendo.

— O que foi? — perguntou Comar, vendo as caras sérias do Sr. Amim e Amir.

— Dane, eu quero que você e Comar fiquem aqui. Amir e eu...

— Eu também vou! — adiantou-se Dane. — Sinto muito, senhor, mas não me trouxeram aqui pra eu ficar me escondendo... senhor... por favor, me deixe ajudar...

— ... está bem, Dane, mas quero que saiba que nessa guerra não posso garantir vitória...

— Acho que terei mais chance lutando ao seu lado, senhor. — Disse. Forçando uma risada.

— Está bem. — Concordou Amir. — Sairemos em uma hora. Até lá, só podemos torcer para que eles não consigam passar.

Eles mal fecharam a boca, quando passos apressados foram ouvidos vindo na direção deles. Heumir, Alaor e Dilon entraram correndo no salão, completamente ensanguentados.

Dane limpou os olhos... logo atrás deles vinha um rosto familiar. Era a Sr.ª Elda, tia da Lola. Ela andava acanhada como se tivesse medo até das paredes.

Amim se permitiu um sorriso ao abraçar os três.

— Sejam bem-vindos de volta, meus amigos. — Disse. — Estava preocupado com o que poderia ter acontecido a vocês. E quem é essa bela senhora? — falou com brandura. Sendo mais gentil que sincero.

— Não sabemos, Amim. — Falou Heumir, também parecendo muito intrigado. — Fomos atacados pelas tropas de Morlak sem aviso. Foi terrível... — falou, pensativo.

— Depois de tomarem os nossos castelos — bufou Alaor. O homem mais durão e zangado que Dane já vira na vida, agora, dava pena... humilhado, encarava os outros com água nos olhos. — Nos trancafiaram em uma jaula, Amim... como animais... *EM UMA MALDITA JAULA!!!! — berrou.*

— Foi então que essa... ela apareceu. — Disse Dilon. — No início pensamos que fosse uma das criaturas de Morlak, mas quando se aproximou, pudemos ver que era uma mulher. Ela cortou as cordas que prendiam uma das paredes da jaula... depois nos desamarrou. Foi assim que conseguimos escapar.

– Mas o maldito Morlak... ele está com nossas pedras agora. – Dane nunca vira Heumir falar com tanto ódio nos olhos. Talvez fosse pelo fato de não ter conseguido defender o seu reino antes. E perdera outra vez agora, mesmo estando em dois.

Dane nem conseguia imaginar o que devia estar se passando pela cabeça do guardião agora... ver dois reinos serem massacrados...

– Sentem-se. – Pediu Amir, gentilmente. – Pedirei para que tragam comida e bebida a todos. O olhar de Heumir ia de Amim para o Amir e de Comar para Dane...

– Estão de saída... não estão? – perguntou.

– Íamos tentar encontrá-los. – Falou Comar.

– Morte... é o que aguarda a todos vocês, se saírem desses portões. – falou Alaor, cabisbaixo. – Ele é forte demais... seu exército só aumenta...

– Eu posso lutar! – falou Dane, abruptamente. Parecendo não ter muita convicção do que dizia. Pondo em todos mais dúvidas do que certeza.

– Perdoe-me pela falta de fé em você, meu amigo – disse Dilon, encarando Dane com um pouco de pena no olhar. – Mas o nosso inimigo está mais forte a cada instante, graças às nossas pedras... e você...

– Vai nos surpreender. – Disse Amir. – Não tivemos ainda, o prazer de dizer a vocês – ele deu uma olhada calorosa para Heumir, Dilon e Alaor. – Que Dane é o portador de nada menos que uma pedra transforma. Acredito que isso elevará as nossas chances e talvez até quem sabe, se não for muita presunção minha, acredito, superar as forças de Morlak. – Deu uma piscadela para Dane.

– Não pode ser... – falou Alaor. Levantando-se da mesa tão rápido que a barriga quase levou a mesa junto. O olhar fixo em Dane. – Uma pedra dessas não é vista há...

– ... centenas de anos... – completou Heumir, olhando, descrente, para Dane. Posso ver?

– Hum, claro. – disse Dane, abaixando a gola da camisa, o suficiente para que pudessem ver uma pedra vermelho-rubi cravada em seu peito.

Ao verem a pedra, brilhando levemente no peito de Dane, as forças dos guardiões pareciam terem sido renovadas. A comida chegou acompanhada de muita bebida, da qual Alaor já foi logo se servindo, dando um grande gole em uma caneca de chá de mel.

— Vou com vocês. – falou Heumir, decidido. – Não vou ficar aqui parado enquanto aquele... miserável, assassina nosso povo. Não vou ver outro reino ser destruído.

— Não vamos ficar parados. – falou Alaor. A comida caindo pelo canto da boca.

— Eu também vou. – Falou Dilon, encarando Dane.

— Não me atreveria a pedir isso a vocês... – falou Amir, bondosamente. – Se a situação não me obrigasse.

A uma hora que tinham para sair, por causa do café atrasado dos guardiões, durou quase três. Já passava das dez horas da manhã quando eles finalmente passaram pela grande porta de carvalho da frente, em direção ao jardim e ao pequeno lago em frente ao castelo. Dane não pôde deixar de notar que a água, antes cristalina, do lago, agora estava barrenta e com muitos gravetos que subiam com a lama do fundo. A ponte demorou mais do que o costume para subir, por um segundo, por uma brecha na água toldada, Dane achou ter visto alguma coisa segurar a ponte, para que não subisse.

Quase todos já tinham passado pela ponte, agora na superfície, quando ouviram a voz e os passos de Lola, que corria atrás deles com os braços levantados, aos berros.

— Esperem! – falou, quando finalmente os alcançou, tomando fôlego. – Eu, eu, eu vou, com vocês, ufffff – ofegou. Amim rio discretamente para ela, depois levantou a cabeça para o céu...

— Seria realmente um prazer, ter uma garota tão genial como você em nosso grupo. – falou, arrancando uma risada da menina, que corou de leve. – Mas devo pedir que fique. Com a nossa saída, a força de defesa deste castelo irá diminuir muito...

— Mas, senhor, eu posso lutar, eu...

— Disso eu não tenho dúvidas. – Riu. – E é exatamente por isso que estou pedindo que fique. Cuidar deste castelo será uma grande responsabilidade, mas acredito que tirará de letra, – disse – mas não é só por isso... quero pedir uma outra coisa, se não for pedir muito... – Lola olhou para ele, ansiosa, quando ele a puxou um pouco mais para longe do grupo. – Quero que mande alguém para um lugar. Se quiser, é claro.

— Senhor, eu sinto muito... não vou conseguir. A magia desse lugar, ela não vai permitir... quando eu tentei trazer a gente pra cá, ela...

– Acredito que você conseguirá, se tentar. Segure a minha mão.

– Ok. Vou tentar. Quem o senhor quer que eu tire daqui...? – perguntou. Olhando para os outros, que aguardavam um pouco mais adiante. Confusos.

Amim segurou gentilmente a mão da garota. Sua coroa brilhando de leve, como se acabasse de ser atingida por um forte raio de sol. Ele disse alguma coisa ao ouvido dela e sorriu. Os outros ainda observavam, de longe. A garota murmurava alguma coisa. Ela girou nos calcanhares, com os braços esticados... imediatamente uma explosão de névoa em forma de anel rente ao chão varreu o lugar, atingindo todos ali. Mas diferente de antes... nada aconteceu. Ninguém desapareceu. Ainda assim, Amim voltou para junto dos outros parecendo muitíssimo satisfeito.

Lola voltou ao castelo sem dizer mais nada. Parecendo confusa... olhando para trás, desejosa. Amim, por outro lado, cantarolava.

Ninguém questionou o que acabara de acontecer.

– Comar nos contou quem é a menina... achei que fosse convencer ela a lutar, sabe, nós precisamos...

– Ah, meu caro Alaor... sim, é verdade, estaremos em menor número, não tenha dúvida. Mas jamais tentaria convencer uma criança a lutar uma guerra, pelo menos não outra vez... – disse, encarando Dane.

Dane já estava ficando acostumado a passar pelas ruas de Nebor. Na verdade, já tinha memorizado a maior parte delas. Não demorou muito e eles já estavam do lado de fora dos enormes portões que guardavam o castelo. Com Amim ainda cantarolando, eles pegaram alguns cavalos e seguiram para a passagem na barreira.

– Não pensei que fossemos pela passagem do lago... – falou Heumir, o rosto pálido.

– O que quer dizer com "pela passagem do lago"? – perguntou Dane. Olhando de um rosto para outro. – Existem outras passagens?

– Temos três passagens... – começou Comar, encarando os guardiões. – Que dão acesso ao nosso reino, Dane, para entrar... ou sair...

– Sim, é verdade. – Disse Amir, calmamente. – No entanto, felizmente, o nosso inimigo parece ter conhecimento apenas desta... é preferível que continue assim.

– ...o senhor acha que temos chance? – perguntou Dane. Esperançoso.

– Sempre há esperança, Dane... – Amim mal fechou a boca e algo bateu com força na barreira, que mesmo ainda estando a pelo menos uns trezentos metros de distância, deu para ouvir claramente ela começar a se partir. No minuto seguinte um estrondo ensurdecedor ecoou para os lados. Estavam sob ataque. Os sons vindos do outro lado fizeram os cabelos de Dane arrepiarem. Agora mesmo eles ainda estando a uns cem metros... dava para ver o outro lado. Vultos corriam para lá e para cá atrás da parede de proteção.

O portal parecia estar aberto, mas por algum motivo, as criaturas não conseguiam passar...

– Senhor... o que são aquelas coisas? – Dane apontava para um grupo esquisito que se aproximava, eram dezenas de homens e mulheres comuns, tirando o fato de terem a pele muito cinza. Mas a verdade foi que ele não deteve os olhos naquelas pessoas por muito tempo. Sua atenção se voltou para a mulher magra, enorme, de longos cabelos negros e orelhas pontudas, que os conduzia. Dando ordens para todos, gritando feito louca.

Algo, que lembrou a Dane uma galhada de cervo, saía de sua cabeça e para o terror do garoto a estranha mulher estava montada em uma enorme aranha. Dane apurou a vista para ver melhor... ela não estava montada na aranha... ela era metade aranha... ligeira, inquieta, dando ordens e... logo atrás dela... Morlak andava em direção ao portal. Não deu para ver direito no início, mas assim que ele se aproximou um pouco mais da barreira, deu para ver... ele segurava dois pássaros mortos na mão.

– Estejam prontos... – falou Amir. Saltando do cavalo e desembainhando duas espadas da cintura. – De que inferno ele tirou aquela coisa?

– O que são? – perguntou Dane. Os homens e mulheres pararam, imóveis, como estátuas.

– Olhe bem, Dane... não lembra nada a você? – falou Amim. – Acredito que já tenha encontrado algumas dessas por aí. – Dane observou as pessoas por uns segundos, paradas como estátuas... a luz do sol as deixava ainda mais sinistras... ele já tinha visto aquele comportamento antes, mas onde? Ele soltou um gritinho de exclamação, quando uma delas se rachou e evaporou no sol.

– *SOMBRAS!!! ESSAS, ESSAS... COISAS SÃO SOMBRAS?*

– Sim... fortes o bastante para se arriscarem a sair ao sol. – Falou Heumir, furioso.

— Sim, é verdade. — falou Amir, ao mesmo tempo que parte da barreira rachou com um estalo de doer os ouvidos. — E se não me engano, para isso, centenas de seres inocentes tiveram que morrer.

Dane já tivera experiências com aquelas coisas antes, e por mais que elas o deixassem nervoso, a visão da mulher aranha era dez vezes mais medonha. Desde pequeno ele sempre teve medo de aranhas. Durante suas aventuras na floresta próximo de casa, por várias vezes ele voltou para casa aos berros, após encontrar-se com algumas, alegando ter sido atacado e até perseguido por uma ou mais delas.

— ...e aquela... — continuou o Amim. Vendo que Dane não tirava os olhos da mulher aranha. — Apesar de nunca ter visto uma, acredito que seja uma Drider, Dane. Um elfo, cuja maldade e o desejo pelas artes das trevas cresceu tanto em seu coração que fora expulso pelo seu próprio povo. Sendo obrigado a viver no submundo. Um elfo negro.

— ...então, aquela coisa era um, um elfo?

Um novo estalo fez todos ficarem alertas. A barreira que, do lado que eles estavam, mais parecia uma enorme parede de vidro transparente estava se partindo.

— Todos prontos? — perguntou Comar. Vendo um gigante, do outro lado, procurar seus olhos.

Estamos! — disse uma vozinha nervosa, atrás deles.

— Lola! O que está fazendo aqui? — bodejou Comar. — Volte para o castelo!

— NÃO! EU NÃO VOU, E SE VAMOS TODOS MORRER, DE QUE ADIANTA EU ESTAR ESCONDIDA NO CASTELO COMO UMA COVARDE? ALÉM DO MAIS... — ela fez um movimento com as mãos e algumas folhas voaram para longe — SE ELE ACHA QUE VAI NOS MATAR, ELE QUE TENTE.

— Papai, do que está rindo?

— Ah, a coragem, ela é tão intrigante...

CAPÍTULO TRINTE E DOIS

O SEGREDO DE KIRIAN

— *DEUS...* – boquiabriu-se Heumir, quando algo, pelo menos duas vezes o tamanho de um elefante, surgiu diante deles e se chocou com força contra a barreira. Lola soltou um gritinho, cobrindo a boca. Logo em seguida veio outro e mais outro. Pouco tempo depois a barreira estava, até onde se via, tomada por criaturas estranhas. Dane teve certeza de que em meio àquele exército de criaturas esquisitas, algumas aladas, ele passara os olhos pelos homens, pescadores, que ele encontrara assim que conhecera a garota glinth. Quando fora perfurado no peito.

— Não tenha medo, minha pequena. – Falou Amim, encarando Lola.

— O senhor não está com medo?

— O medo é como um presente, pode ser bom ou ruim, mas assim como um presente, você pode decidir aceitá-lo... ou não.

— Então... o senhor decidiu não o aceitar, não foi?

— Pelo contrário. – Sabe, uma pessoa totalmente corajosa, sem medo, é uma pessoa tola. – Riu.

Lola olhou para o outro lado.

Já não havia mais plantas ou árvores... apenas criaturas estranhas, pisoteando tudo. De repente a mulher aranha veio abrindo caminho por entre os monstros, derrubando alguns. Fez uma reverência de leve e entregou algo a Morlak, agora mais visível depois que algumas criaturas estavam no chão.

Segurando na mão, no alto, onde Morlak fez questão de levantar, estavam as coroas do Heumir, Dilon e Alaor.

— Estamos perdidos... – lamentou Dilon. Com olhar de quem está à beira da morte.

– Ainda não, meu amigo... ainda não. – Falou Amim. Tentando sem sucesso, animar o guardião.

– Talvez... – disse Dane. Chamando a atenção de todos. – Se eu entregar, se eu entregar a pedra a ele, talvez...

– Não se engane, meu pequeno. Não é apenas a pedra que ele quer... Morlak deseja apenas espalhar a morte e o caos. Entregar algo tão poderoso a ele... seria o fim, de tudo. Tudo que conhecemos e amamos iria desaparecer. – Um novo estalo seguido do som de algo rachando parou a conversa.

Por um breve momento, Dane achou ter visto o chão sob os pés das criaturas do outro lado ondular de leve.

– Gente... o que é aquilo? – Lola apontava para um jato crescente de água a poucos centímetros do chão. Escorrendo na direção deles.

– Aquilo... é o que eu temia. – Disse Amir, com tom de incredulidade. O olhar sereno de sempre tinha dado lugar a uma expressão de pânico.

– Preparem-se! – gritou Comar, quando a barreira invisível se partiu, com um grande estrondo. Uma onda de água de quase um metro passou por eles... o lago em volta deles estava sendo engolido.

A água que descia pela abertura fazendo correnteza não estava tão funda assim. Ainda assim, as tropas de Morlak começaram a afundar, aos berros. Afundavam em pouco mais de meio metro de água, como se afundassem no chão.

Amim, Amir, Heumir, Alaor, Dilon e Comar se lançaram para frente, contra a correnteza.

Os golpes de Amir eram vorazes e sempre deixavam mais de uma criatura no chão, sempre que desferia um golpe. Comar, que voltara a usar o seu arco, lançava flechas flamejantes para todos os lados e aqui e ali tinha que tirar cavadores de cima de Dilon e Alaor, que lutavam sem poderes.

Os homens de Morlak continuavam a afundar no chão, às dezenas, sem explicação. A Drider continuava a dar ordens, pisoteando alguns cavadores enquanto isso. O chão agora havia ganhado uma camada de quase um metro de água. Lutavam com água pela cintura. Os cavadores pareciam ser exímios nadadores, mas por algum motivo, se recusavam a ficar submersos. Eles corriam à procura de um lugar mais raso. Assim como tantas outras criaturas.

Algumas saíam da água como loucas e corriam para longe da batalha.

— Comar! – gritou Lola, quando viu o amigo caído depois de receber uma porretada na cabeça, por um dos gigantes.

Por algum motivo os homens continuavam a afundar. Dane viu algo semelhante a um tronco de palmeira deslizar sobre a água mais adiante e, então... afundar, levando com ele um dos gigantes. Amim lançava poderes alaranjados, fascinantes, com as mãos. Derrubando gigantes e arremessando cavadores para todos os lados. Dilon e Alaor pareciam estar se empenhando em matar apenas as sombras. Pareciam ter encontrado uma maneira de matá-las, um ponto fraco.

— Dane, cuidado! – gritou Heumir, quando a Drider veio correndo na direção do garoto. Fazendo uma onda que deixava apenas o seu dorso visível.

— *NÃO!* – gritou Dane. Fechando os olhos e protegendo o rosto com as mãos.

POW!!!

SPLASH...

Ele abriu os olhos...

A Drider estava caída na água, a uns quinze metros dele. Levantando-se com dificuldade, segundos depois.

Uma olhada rápida para cima fez Dane abrir um grande sorriso. Predar estava de pé atrás dele e mandava um olhar ameaçador para a Drider.

— Predar... obrigado, amigo.

O grandalhão olhou para ele e deu o que pareceu ser um sorriso. O sorriso mais desengonçado que o garoto viu na vida.

A água do lago continuava a correr na direção do castelo, embora não fosse tanta água assim. Aquela quantidade não poderia inundar o castelo, muito menos a cidade inteira. E pelo jeito, todos pareciam ter esse pensamento, pois continuavam a lutar sem dar muita importância.

Algo boiou mais adiante... tinha um gigante completamente neutralizado. Aquela que no primeiro segundo Dane imaginou ser a palmeira mais flexível que ele já viu na vida. Enroscou-se ainda mais, apertando o gigante, levantou-o no ar e deixando-o cair em seguida, com um baque aquoso, ainda neutralizado. Dane riu.

— Eu sabia – murmurou. Um sorriso aliviado no rosto.

A Drider, que havia desaparecido de vista desde que levara um enorme soco do Predar, voltou, parecendo dezenas de vezes mais furiosa. Ela corria de um lado para o outro, tentando perfurar qualquer um com suas pernas ossudas. Comar se livrou por um triz, quando um osso pontudo, no final da perna dela, passou raspando a sua cabeça. Alguém não teve a mesma sorte. Não deu para ver quem era, mas a Drider parecia muitíssimo satisfeita em pisotear alguém que pelo jeito estava submerso. Ela continuou pisando e pisando até a água que já estava vermelha ganhar um tom rubi intenso. Uma glinth boiou, se contorcendo de dor, mas a Drider finalizou, cravando uma espada negra nela. Os olhos espremidos na direção de Dane, a boca ensanguentada, tremendo de satisfação.

Várias glinths, agora furiosas, saltavam fora d'água. Arrastando o que quer que fosse, para a parte funda do lago. Por um momento a batalha parecia bem equilibrada, com as glinths ali, ajudando. Havia uma chance... uma luz.

– ISSO!!! – bradou Heumir. Quando Predar derrubou com um soco os dois últimos gigantes.

Motivado agora pela presença do amigo de pedra, Dane finalmente começou a lutar. A pedra em seu peito parecia acompanhar as batidas do coração do garoto. Obedecendo a cada um dos seus comandos.

Dane sorria. Parecia realmente ter conseguido controlar a pedra. Seus poderes eram realmente incríveis. Não dava para vê-los saindo dele, como acontecia com o Sr. Amim e Comar, mas dava para senti-los, ao passar por eles. Acertando criaturas e as jogando para longe.

As tropas de Morlak, agora, tinham sido reduzidas a menos da metade.

Havia gigantes caídos por toda parte, grandes, feiosos, cheios de calombos em todo o corpo e muito, muito fedidos. As enormes barrigas acima da água, parecendo uma enorme bolha.

Mesmo em meio ao barulho de centenas de espadas, do bater de presas e tantos outros sons que vinham da batalha, ouviu-se o som do que pareceu serem cascos. Um minuto depois, a margem do lago estava repleta de soldados. À frente deles estava Marco, muito sério, e muito maltratado...

Os guerreiros da noite tinham sobrevivido.

— *POR NEBOR!!!* — rugiu Marco. Mergulhando com cavalo e tudo dentro do lago que, por causa da abertura no portal, tinha perdido grande parte de sua água. Sua frase ecoou por todos os soldados, que mergulharam em seguida, atingindo com espadas e flechas os poucos cavadores que restaram. Todos os soldados pareciam conhecer bem o lugar... nenhum deles pulou na parte funda do lago, e sim na parte, agora, bem visível da pequena ilha.

Algo se ergueu sobre a água... era enorme...

— Hum... — Alaor perdeu a fala.

— De que lado ela está? — perguntou Heumir. Dando alguns passos para trás.

Era a rainha das mulheres glinths. Ela olhou para Dane e riu... um sorriso cheio de presas. Realmente Parecendo feliz. Dane, sem jeito, retribuiu o sorriso.

Ela desenhou um S na água, levantando lama do fundo enquanto se aproximava do menino. A enorme cabeça três metros acima da dele.

Olá. — Falou Dane.

Ela abriu a boca e...

TRUC!

Ouviu-se o som de couro se partindo. Um segundo depois o olhar da rainha mudou. Dane viu Morlak surgir de repente de trás dela, o braço inteiro enfiado em suas costas. Ele girou o braço e a soltou, deixando-a cair com estrondo, em cima de um gigante.

— *NÃÃÃÃAAOOO!* — berrou Dane. Ao mesmo tempo que as glinths se agitaram como loucas, criando grandes ondulações na parte mais funda do lago. Elas gritavam e espalhavam água para todo lado.

— Matem todos! — ordenou Morlak, apontando para o exército de Marco. Ele veio em direção a Dane, com a Drider em seus calcanhares. Rindo como louca. Estava a metros do menino, os olhos espremidos por um sorriso cheio de dentes pontiagudos.

Grande parte do exército de Morlak, que ainda estava vivo, agora, estava lutando contra Marco e seus homens. Havia mais espaço para os guardiões lutarem. Lola, que era excepcionalmente boa em feitiços do ar, havia prendido as asas de todas as criaturas aladas que Morlak fez aparecer. Fazendo-as caírem na água com um baque e afundar.

Morlak estava extremamente revoltado com o que via... as glinths mais do que nunca estavam afundando ou esmagando seus homens. Amim, Amir e Comar levavam a melhor em cima de dois espigões que apareceram do nada e que por serem quase cegos durante o dia golpeavam a tudo e a todos em volta deles.

O senhor da morte lançou-se na direção de um cavador que estivera fora da batalha durante todo o tempo e que segurava nas costas um baú velho de couro marrom salpicado de vermelho, que escorria pelos lados. Ele empurrou o cavador para o lado e tirou algo de dentro do baú. Satisfeito.

Comar reconheceu as pedras em sua mão...

Amir era realmente brilhante com a espada. Ele parecia deslizar por entre um grupo pequeno de cavadores.

– Morlak! – gritou Amim, tentando, sem êxito, chamar a atenção dele. Ele estava concentrado demais, esmagando as pedras com as mãos.

Uma onda de água, vento e o que Dane poderia jurar serem raios varreu o lugar. Arremessando homens e criaturas para longe. Predar, que conseguiu se manter de pé, correu na direção de Morlak, mas foi atingido com força por algo invisível, que o jogou longe.

As glinths se afastaram e ficaram observando de uma margem distante. Em uma parte do lago, cuja água havia diminuído tanto que dava para ver seus enormes corpos aparecerem na superfície. Estavam claramente receosas. Olhavam umas para as outras, nervosas, não pareciam dispostas a sacrificar mais ninguém.

– Você é meu! – disse uma voz fria e medonha. Ao mesmo tempo que Dane sentiu seu corpo ser abraçado por várias, longas e espinhosas pernas. A Drider o agarrou. Girando o corpo de Dane várias vezes e jogando-o para cima. Segurando firme seu pescoço.

– Solte-o, solte-o agora! – Dane estava de frente para a Drider e de costas para a dona da voz. Mas não tinha como ser outra pessoa senão... Kirian. Ela surgiu arrastando-se, parecendo exausta. Andava devagar, tentando não ser levada de volta ao castelo pela correnteza.

Morlak parecia finalmente ter decidido lutar a sério. Andava espaçoso. Veio gingando na direção deles.

– E o que vai fazer? – falou a Drider. Vendo satisfeita o seu senhor dobrar de tamanho. – Não se preocupe... já vou cuidar de você também.

– Mandei soltá-lo!

Mas a Drider não deu ouvidos. Avançou na direção da garota, com Dane sacudindo em sua mão, como um boneco de pano. Tentando se soltar. A coragem parecendo ter desaparecido completamente por causa da Drider.

— Kirian, volte para o castelo, agora! — gritou Comar, golpeando sem querer um pedaço de madeira que boiou perto dele e correndo para salvar a menina. Tarde demais. A Drider já esticava as longas pernas dianteiras para alcançar a garota. Dane, que agora estava seguro pelos cabelos, olhou direto para a amiga, bem a tempo de vê-la arrancar a munhequeira do pulso e, logo em seguida, com um grande puxão, arrancar também uma pulseira cheia de dentes afiados, que voou, levando parte da pele do braço da garota.

— Kirian! — gritou Dane, estrebuchando, tentando se soltar. A Drider parou de repente. Kirian rolava de dor, na água... Dane procurou a amiga, mas não a encontrou. Ao invés da menina, uma criatura grande, com grandes olhos vermelhos e uma boca sem igual, surgiu ali. Os braços dobraram de tamanho assim como sua cabeça, olhos e bocas ficaram enormes e as pernas deram lugar a uma calda enorme com uma grande mancha vermelha na ponta.

— *Kirian... era, uma... GLINTH...*

CAPÍTULO TRINTA E TRÊS

A BATALHA DE NEBOR

A garota avançou. Enroscou-se na Drider, com tanta força que seus ossos estalaram. Dane era jogado para todo lado, seus cabelos quase sendo arrancados. Aos berros. Seus golpes ricocheteando na carapaça da Drider. Kirian ergueu-se acima da mulher aranha... mordeu-a com tanta força que Dane achou que o pescoço da Drider fosse se partir. Guinchando de dor e tentando se livrar ao mesmo tempo, a mulher arremessou Dane para longe. Mas Kirian a segurava com força. A garota enfiou as garras na cabeça da Drider, se inchou toda e... o mais colado possível, para que o som não se perdesse no ar... soltou um grito devastador...

Com os olhos vazios e se tremendo... a Drider caiu na água... se fechando... sem vida.

— NÃÃÃOOO!!! — o grito de Morlak ecoou pelo lago, como um tiro em um boqueirão... acabara de perder sua general. Decididamente as coisas não estavam boas para ele. Seu exército, agora, estava reduzido a pouco mais de umas poucas dezenas das mais estranhas criaturas. Que em sua maioria eram cavadores nada leais. Que fugiam, sorrateiros. Estava acabado. Ainda assim ele ria... um sorriso frio e sem vida. — Você poderia ter evitado tudo isso. Mas optou por tirar centenas de vidas, o poderoso Dane Borges... — zombou. — Não é tão bom e justo, como todos acreditam, não é mesmo?

— Eu não os matei... eles já estavam mortos. Fizeram isso quando decidiram seguir você. Não precisava ser assim... não precisa... você ainda pode se salvar... pode salvar todos eles e...

— Ah... quanta compaixão. Talvez eu mude de lado, não é? Talvez eu me torne um guardião... como seus amigos... e, talvez até me mude, para aquele... lugar. — Apontou. Quase cuspindo de nojo.

Por algum motivo o castelo de Nebor estava completamente exposto, dava para ver suas grandes torres de longe.

— A pedra! — exclamou Comar, correndo na direção do castelo.

— Vão com ele! — berrou Amim para Heumir, Alaor e Dilon, indicando com a cabeça a direção do castelo. — Protejam a pedra!

— Peguem a pedra, agora! — ordenou Morlak.

Um segundo depois, enquanto Kirian se enrolava em três cavadores ao mesmo tempo, Dane e Lola começaram a conjurar feitiços de bloquear. Uma parede sólida de raízes e lama se formou à frente do portal.

— ... acha mesmo que pode me vencer? É tão tolo assim? Me entregue a pedra... e eu deixo você ir... na verdade, terei grande prazer em abrir o portal pra você. Você quer ver seu pai... não quer? É só me entregar a pedra.

A ideia de voltar para casa e ver seu pai novamente era tentadora.

— *NUNCA!* — falou decidido.

— Então, acho que terei que arrancá-la de você, garoto. Mas não se preocupe... prometo que serei rápido, quando eu matar você. Na verdade, se me implorar, talvez eu mate você, antes de arrancar a pedra do seu corpo. Assim você não sofrerá. Considere isso, misericórdia... — Ele esticou o braço direito e agarrou a sua espada, que ganhou um ligeiro tom avermelhado. — *INPULSA EST IN AQUAM!* — Gritou. Aproximando a enorme espada da água. As glinths que ainda estavam por ali, recusando-se a entrar novamente na batalha, começaram a arranhar a margem, tentando sair da água, contorcendo-se de dor. Dane olhou para Lola, Amim e Amir... estavam todos tremendo... pareciam lutar para não mergulhar a cabeça na água. Grande parte dos homens de Marco estavam caídos na água, os poucos que resistiam, ainda de pé, estavam tremendo. Fazendo pequenas ondas na água.

Dane sentiu um choque sacudir seu o corpo e suas pernas faltarem. A imagem de Morlak rodopiou e o céu desapareceu na escuridão.

Uma voz... a mais linda que Dane ouvira na vida, ecoou. Veio se aproximando... cada vez mais nítida. Era uma voz tão doce... tão gostosa de se ouvir...

— ... tem que levantar, filho. Não pode se dar por vencido. Você é mais forte do que imagina, do que todos imaginam, Dane.

— Mamãe? Eu sinto muito... eu desapontei a todos... eu desapontei a senhora e ao papai... não vou mais voltar pra casa. Nunca mais.

— Está tudo bem, querido. Você nunca vai nos decepcionar... nunca, mas filho, você precisa acordar. Por favor, filho, acorde... acorde...*AGORA!*

— Dane abriu os olhos bem a tempo de ver Morlak segurando Kirian, desacordada, pelo pescoço. Lola e os outros mal se mexiam. Dane nunca tinha sentido tanta raiva na vida.

Ofegante e com o peito estufando de tanta raiva, Dane sentiu um calor intenso invadir seu corpo e projetar-se para fora. Por algum motivo, ele sabia que aquilo não vinha da Limiax em seu peito. Não... era algo diferente. Esse poder... Dane não conseguiu se conter... quando percebeu, já estava correndo em direção a Morlak, parando a poucos passos dele...

Estava inquieto. Parecia que ia explodir a qualquer momento... ele se fechou todo e tornou a se abrir. Braços e pernas abertos e com um olhar penetrante na direção de Morlak, tão penetrante que fez o senhor das trevas tremer. Ele rugiu... com tanta força que o lago inteiro e até mesmo a terra pareceram tremer. Dane projetou os braços para trás e soltou um novo rugido, no segundo seguinte toda a água do lago começou a borbulhar. Dane agora estava envolvido em uma sequência de ondas de luz branca e dourada.

Morlak começou a tremer, quando Dane começou a andar em sua direção. A terra tremendo a cada passada que o garoto dava. Mesmo ele estando dentro d'água. Uma nova onda de luz varreu a água. Morlak viu, muito surpreso, todos se levantaram. Todos pareciam excepcionalmente bem, como se o ataque anterior não tivesse surtido nenhum efeito.

— Da-Dane... é você? — Lola olhava para o amigo, boquiaberta. Estava espantada. Por um segundo ela achou que ele fosse responder, mas ele continuou a encarar Morlak, que, sem se dar conta, deixou Kirian escorregar de sua mão e agora, mais que nunca, ele visivelmente tremia.
— Dane... o seu rosto.

Não era apenas o rosto. Era bem verdade que agora os olhos de Dane mais pareciam dois riscos negros e verticais. Mas também, quando ele rugiu, um riso diferente do seu habitual, por um segundo, sua pele pareceu ganhar escamas... grandes escamas marrons. Ele encarou a amiga... o brilho diminuindo...

— O que foi? — perguntou Lola, encarando Amim. — Aquilo foi a pedra?

— Não, minha querida... — respondeu vendo, muitíssimo satisfeito, Morlak, paralisado de medo. — Isso foi algo muito mais poderoso que qualquer pedra conhecida.

O lago agora estava quase sem água. Grandes e inúmeros buracos estavam visíveis agora. Provavelmente tinha sido por eles que as glinths tinham chegado até lá. E era exatamente por eles que elas deslizavam, ligeiras e assustadas.

– ...pode se render, se quiser. – Disse Dane, calmamente. – Entregue as pedras que roubou. Prometo que não lhe faremos mal, não precisa ser assim. Ninguém mais precisa morrer. Nem mesmo você...

– Dane... – Amim olhava para o garoto com um olhar sereno e preocupado ao mesmo tempo. – Ah, minha pequena criança, bondosa e justa... infelizmente, nem todos podem ser salvos, Dane, eu sinto muito. Além do mais...

Morlak se mexeu. Estava sério e concentrado. Os olhos de faíscas tremendo de ódio, dentro do elmo negro.

O sol estava quase no centro do céu... devia ser quase meio-dia agora. As glinths, após um passeio de Kirian pelo lago vazio e alguns chiados da garota, que pelo visto tinha sido uma bela de uma bronca, tinham saído novamente dos túneis e agora cercavam Morlak. Eram tantas que não dava para contar.

Marco observava a tudo de longe agora. Parecia receoso em deixar seus homens muito próximo das glinths. Conhecia a fama delas... de não gostarem dos humanos.

Morlak esticou os braços para a água que na verdade, agora, era mais lama. Ele girou as mãos algumas vezes, riscando a lama com a ponta dos dedos...

– *EXEMPLUM!* – sibilou. Mudando rapidamente a espada de posição. Agora, mirando as glinths que rastejavam, furiosas, em sua direção. Criando várias e largas trilhas de lama por onde passavam.

Como se tapetes estivessem sendo enrolados ali mesmo, na lama, inúmeros tubos de lama se ergueram próximos das glinths. E tirando o fato de terem sido criadas poucos segundos atrás, por Morlak, e de mais parecerem esculturas feitas de lama e galhos podres, em todo o resto, eram muito parecidas com as mulheres glinths.

Elas se encararam por um tempo e, no minuto seguinte, sem aviso, começaram a atacar umas às outras.

Concentrado e decidido a não perder Kirian de vista, Dane manteve o olhar fixo na garota por um tempo, mas elas eram tão parecidas que ele a perdeu rapidamente. Aqui e ali ele reconhecia a calda da garota, por causa da mancha vermelho-sangue, mas elas se moviam tão rápido, enquanto abocanhavam umas às outras, que Dane logo a perdia de vista novamente.

Uma onda de lama e raízes pontiagudas varreu o chão em direção a Dane. Algumas delas cresceram de repente e acertaram de raspão o seu rosto. Lola deu um gritinho quando uma árvore inteira se ergueu da lama e começou a socar, com os nós dos galhos, o rosto do garoto. Um por um, eles foram sendo atacados por criaturas bizarras saídas da lama. Lola lutava para não ter a cabeça cortada fora por um tipo de caranguejo gigante, enquanto Amim e Amir eram cortados por alguma coisa invisível. "As pegadas" gritava Amir, apontando para a lama que se movia ligeira no chão, sempre que eles recebiam um novo golpe.

Dane! – Lola olhava para o amigo que continuava sendo esmurrado pela árvore... queria fazer algo, mas ela ainda lutava contra o caranguejo de lama. A garota barrava os golpes enfurecidos dele com um escudo invisível... – Ah, Dane... – gemeu ela. Encarando o amigo. – Com um estalinho, o escudo de Lola desapareceu e uma enorme pinça a acertou em cheio. Ela caiu, ainda olhando o amigo. – **Praesidium...** – sussurrou ela. Parecendo muito feliz, ao ver que agora os golpes da árvore já não atingiam mais o amigo.

Dane se levantou, coberto de lama. A cabeça girando, como tudo em volta. Ele olhou para seus amigos... um por um eles estavam caindo... nem mesmo as glinths ou o Predar, com todo aquele tamanho e força, estavam conseguindo deter aquelas coisas. A árvore continuava a socar a proteção do garoto, sem sequer tocar a pele dele.

O som da batalha ecoando dentro de sua cabeça... os amigos caindo na lama, se protegendo como podiam...

– Chega... – falou Dane, tão baixo que mais pareceu um pensamento. – Chega... – repetiu. Agora um pouco mais alto. – **CHEGAAAAAAAAAAAAAAA!!!!!!** – rugiu.

Alguma coisa saiu de dentro da lama, atrás de Morlak, que ao se virar, foi completamente imobilizado por um corpo comprido e muito grande.

Kirian agora o apertava... com tanta força, que a armadura dele parecia estar amassando. As únicas quatro glinths que depois de enfrentarem as outras ainda conseguiam lutar, incluindo a garota glinth, que acabara de chagar, ao verem Kirian lutando contra Morlak, avançaram contra suas cópias arranhando e apertando... Partindo-as ao meio.

Dane ofegava.... olhava furioso para Morlak... não queria matá-lo... não...

Ele deu alguns passos. Sentia-se bem... a pedra em seu peito afundara ainda mais, agora, quase não dava para ver, embora continuasse brilhando. Dane sentiu alguma coisa passear pelo seu corpo... estava dentro dele. Ele girou nos calcanhares, o braço esquerdo estendido. Mas não era o seu braço... um brilho muito forte com o formato de uma asa gigantesca varreu o lugar. No segundo seguinte, todas as criaturas feitas de lama estavam fumaceando e se contorcendo. Em menos de um minuto, onde as criaturas estavam, havia apenas um monte de estátuas horrendas. A árvore que andara dando socos em Dane ainda estava de pé, mas não se movia. Estava cinza, cheia de rachaduras, e quando um vento leve soprou, aos poucos, ela foi se desfazendo até não sobrar nada.

— Como... como fez isso? — perguntou Morlak, parecendo, pela primeira vez, Impressionado. Com medo. — Bom... isso não importa. Essa pedra será minha. Entregue-a para mim, e pouparei você e seus amigos. Entregue-a... e não lhes farei mal.

— Acho que não entendeu, Morlak... acabou. Você perdeu. — Disse Amir. Juntando-se a Dane. — Entregue as pedras que roubou, e se entregue...

— Devolver... — riu — me... entregar? — ele largou a espada na lama... — eu vou matar cada homem, mulher ou qualquer outra coisa que respire. Do seu reino e de todos os outros. — Ele levantou as mãos e junto a elas uma grande quantidade de lama e raízes se ergueu no ar. Ganhando enormes pontas a cada segundo. Com um grito ele lançou tudo, com grande velocidade, contra Dane, Amir, Amim, Lola, que ainda estava caída, e contra todas as glinths.

— Não vai mais machucar ninguém... — disse Dane. Parecendo, por algum motivo, muito tranquilo. Ele levantou a mão e um vento forte fez com que o ataque do Morlak perdesse a força e caíssem no chão. O próprio Morlak por pouco não foi levado pelo vento. Ele teve de apelar para a sua espada, agarrando-a e enfiando-a no chão, para não ser arremessado longe.

Não tinha como ver a expressão em seu rosto. Mas sem sombra de dúvidas era do mais puro ódio e não era para menos, o senhor da escuridão estava sendo humilhado. A pedra no peito de Dane brilhava de leve... ainda assim ele parecia estar mais forte do que nunca.

— Você tem uma pedra... — disse Morlak. Tentando manter a sua voz fria de sempre, mas ela estava diferente... tinha medo nela. — Eu, por outro lado, tenho várias... junte-se a mim, Dane... junte-se a mim, e esse mundo será nosso.

— Nunca! – respondeu Dane. Friamente.

— Tem certeza?... então, você não quer ver seu papai outra vez? Não tem medo do que eu posso fazer com ele?

— O que quer dizer?

— Que a pedra, dentro daquele castelo, – apontou – está perdendo o seu poder... em breve ela não poderá mais mandar você de volta.

— *Mentira!* – apressou-se Dane. O tom de voz ligeiramente preocupado. – Isso é mentira!

— Não precisa acreditar em mim... pergunte aos seus amados guardiões. O poder deles deve estar diminuindo, na verdade, acredito que já esteja quase no fim...

— O que significa que o seu também. – Falou Amim.

Morlak gargalhou.

— Meu poder... é eterno... Assim como eu. E quando eu matar você... *INCUSSUS!!!* – ouviu-se de repente. Lola estava de pé apontando as mãos para Morlak, que agora tremia dos pés à cabeça. Como se estivesse sendo eletrocutado. Lola parecia fazer muita força para mantê-lo assim. – *INCUSSUS!!!!* – repetiu.

— ... espera... espera! Seus pais... seus pais, eu posso ressuscitá-los. Espera, não!

— Cala a boca! – Berrou Lola. – Cala essa boca! – *INCUSSUS INPULSA!* – Morlak, agora, era atingido por Lola, com tanta força que sua armadura começou a rachar. Era possível ver uns lampejos percorrendo todo o seu corpo.

— Como... ousa? – ele pegou a espada e arremessou contra a garota, que se jogou no chão. Bem a tempo de evitar ser cortada ao meio.

— Lola! – gritou Dane.

— Estou bem. – Respondeu ela. Tirando uma máscara de lama fedida do rosto.

— Você é muito poderosa, criança, mas eu já disse... – começou o Morlak. – Eu sou...

TRUC!!!

Todos olhavam na direção de Morlak, espantados.

O senhor das trevas, agora, estava suspenso no ar... tremendo, como se ainda estivesse sob o ataque de Lola. Mas a verdade era que até a garota olhava a cena chocada. Morlak, pingando sangue e com algo atravessado na barriga. A dois metros de altura.

Atrás dele, uma figura muito grande parecia fazer força para mantê-lo no ar.

– Morra, demônio. – Sibilou...

Dane abriu um sorriso.

Era a rainha glinth, que mesmo sangrando e parecendo extremamente fraca jogou Morlak no chão com tanta força que ele afundou na lama.

Ela se arrastou até as outras glinths. Muitas delas tinham morrido... ela ofegava... vendo as poucas glinths que sobraram se arrastarem lentamente até ela.

– Dane... – falou Lola. Indo até o amigo e abraçando-o. – Eu sinto muito. – Disse. Pousando a cabeça no ombro do amigo, ao perceber que ele chorava.

– Dane...

– Dane...

Os Srs. Amir e Amim se aproximavam, mas não sabiam o que dizer para consolar o garoto... todas aquelas mortes...

Dane fungou.

– Estou bem, Lola.

– Mas como ela conseguiu? Quero dizer, a armadura dele, ela... – Começou Lola, encarando a rainha que parecia completamente exausta no meio das outras.

– Os ferrões delas são muito poderosos, resistentes. – Falou Amir. – Tanto, que nem mesmo a armadura de Morlak foi capaz de suportar o ataque da...

– O importante é que tudo acabou. – Apressou-se Amim.

– Ah, Dane... – gemeu a amiga.

– Sério... estou bem. Acabou. Vencemos.

Mas ele pareceu ter dito aquilo cedo demais.

A lama sob seus pés começou a ferver. Era como se o lago estivesse respirando. O chão começou a se elevar, como se uma montanha estivesse emergindo ali.

— O que tá acontecendo? — Gritou Lola, em pânico.

As glinths dispararam. Fugiam do lago do jeito de dava... pelos buracos na lama, pela margem... pareciam não ter notado que sua rainha ficara para trás.

Dane disparou correndo em direção a ela, mas alguma coisa saiu de dentro do chão e o atirou para longe, fazendo-o cair com um baque, aos pés do Amim. Quase ao mesmo tempo que o Predar chegou com tudo... enfiando a mão na lama e tirando de dentro dela uma árvore inteira, que com apenas uma passada da mão ficou igual a um bastão. Os gêmeos se posicionaram e Lola enfiou a mão na sua bolsa, tirou um livro e começou a folheá-lo.

A lama do lago começou a se contorcer...

— *AI CARAMBA!* — Lola cobriu a boca. Olhava tão fixamente para algo à sua frente que nem percebeu quando o seu livro escapuliu de sua mão, caiu e afundou na lama.

— Amim...

— Firme, irmão...

Até o predar, mesmo ainda rugindo, recuou um pouco.

De frente para eles estava Morlak. Uma das mãos apertando a barriga, que sangrava por conta do ferimento causado pela rainha glinth.

Ele subia... saindo de dentro da lama. No centro do redemoinho. O problema é que ele continuou subindo, subindo e subindo até ficar a pelo menos quinze metros de altura... Uma montanha de lama sob ele. Alguma coisa revirava lá dentro.

Mesmo ferida, a rainha se arrastava na direção dele. Chiando e mostrando as presas... Mas estava fraca demais. Ela caiu e uma lona sob a lama a puxou mais para perto de Morlak, mas antes que Dane pudesse fazer algo, a montanha de lama se abriu feito um guarda-chuva. Espalhando lama para todo lado.

— Aquilo é... — falou Lola. Correndo para seus amigos e se escondendo atrás do Predar. Que talvez por ser feito de pedra, era o único que não tinha uma expressão de pânico.

Uma figura negra e gigantesca saiu de dentro da lama. Morlak, que estava montado naquela coisa horrenda e gigantesca, fazia força para se manter lá em cima. Aquela coisa era incrível! Ela até parecia de carne e osso... até respirava, furiosa. A lama da qual era feita secou de tal forma que qualquer um diria que era de verdade.

Predar rugiu e atacou. Mas a coisa se ergueu, ficando ainda maior. Fazendo-o recuar. Trazendo a rainha para mais perto.

Era impossível matar aquela coisa... seu peito, agora bem exposto, além de uma couraça que mais parecia ferro, era cheio de espinhos enormes, assim como boa parte da cabeça, isso sem falar no resto do corpo. Eles desciam pelo pescoço e corriam em linha até o final da longa e grossa calda. Uma calda de flecha levantou no ar... dançou por um segundo e caiu.

– *Dragããããão!!!* – berrou, Amir.

Morlak cochichou algo para ele e Dane estremeceu quando ele o encarou. Aqueles olhos... Dane já vira aqueles olhos. Nos jacarés. Sabia exatamente como eles eram, pois Heitor, de vez em quando, trazia um para servir de alimento para eles.

A enorme lona se arrastou um pouco mais, até ficar colada ao enorme corpo daquela coisa.

O olhar frio, encarando Dane...

Sem aviso, ele deu três pesadas passadas em direção a Dane. As enormes asas servindo de apoio. Ele parou... por um segundo parecia que ia dar um salto, mas ele deu meia volta...

Morlak parecia extremamente exausto. Juntando a pouca força que ainda lhe restava ele encarou Dane e berrou alto, mas esse grito foi diferente... foi de alguém que estava agonizando. O dragão se sacodiu. O som de osso batendo em osso vinha dos espinhos em seu corpo... e também gritou tão alto que fez Dane e os outros caírem no chão, com as mãos cobrindo as orelhas.

Aquela coisa enorme correu muito desajeitada pela lama e saltou em cima da rainha. Que sequer teve forças para reagir e antes que qualquer um pudesse fazer algo levantou voo.

Dane acompanhou o dragão subir rápido em direção às nuvens. Largando o corpo enorme da rainha glinth, fazendo-a vir de encontro ao chão a toda velocidade.

Todos gritaram...

Amim, Amir e Lola tiveram que segurar Dane com toda força. O garoto gritava, eram rugidos com a mescla de raiva e dor... os olhos acompanhando o corpo enorme da glinth descendo rápido até cair, afundando na lama.

— Sinto muito, Dane. — Disse Lola. Realmente parecendo triste.

— Acabou, Dane... acabou... — Falou o Sr. Amir. Levantando o garoto, que agora estava de joelhos na lama. Em lágrimas.

— Precisamos voltar ao castelo. — Disse Amim — ainda não sabemos o que aconteceu com a pedra que guarda o castelo e...

— Eu quero ir pra casa... — falou Dane. Surpreendendo a todos.

— Claro... é um direito seu. E é nosso dever, como guardiões, ajudá-lo a voltar. Eu só peço que espere, Dane, só... até amanhã. Se não for pedir muito. Sei que já pedimos demais a você... e que não temos o direito de pedir mais nada.

Dane olhou para ele... a verdade era que ele tinha se apegado àquele mundo e àquelas pessoas. Mas... todas aquelas mortes...

Dane passou uma noite muito mal no castelo. Não conseguiu pregar o olho. Passou a noite inteira andando para lá e para cá em seu quarto. Pensativo.

O dia finalmente amanheceu e o inconfundível cheiro de café da manhã, vindo da cozinha e muito provavelmente da enorme mesa do salão de jantar, invadiu o quarto de Dane.

— Pode entrar. — Disse ele, em tom distraído, quando alguém bateu à porta.

Era Amir. Ele entrou e sentou-se na borda da cama. Pensativo.

— Sabe, Dane, eu só queria dizer que somos muito gratos por tudo que você fez por nós. E pedir desculpas, por tudo o que fizemos você passar. A nossa intenção era... Bom, era a melhor, acredite.

— Não importa. — Respondeu Dane secamente. — Morlak conseguiu fugir... mesmo depois de tudo o que ele fez. E eu não consegui detê-lo.

Amir riu.

— Sim, é verdade. Você não conseguiu detê-lo. Mas nós dois sabemos que não foi porque não tem poder para isso, hum? — Ele riu e deu uma piscadela para Dane.

— ... senhor... hum, bom... eu queria saber... é que na montanha da magia, aqueles animais, eles, bom... eles não foram embora, foram?

— O que acha que aconteceu? – perguntou bondosamente. Dando umas palmadinhas na cama, para que ele se sentasse ao seu lado.

— É como se eu pudesse senti-los, sabe, dentro de mim.

— Sim, é verdade. Eles agora fazem parte de você, Dane. Foram passados a você, pelo antigo senhor deles.

Dane pensou um pouco...

— Se ele não tivesse feito isso, talvez o velho ainda estivesse vivo. – Lamentou.

— O fim vem para todos nós... por mais fortes que sejamos. Não lamente por ele, Dane. Quando alguém está disposto a dar a vida por outra pessoa, é porque consegue ver algo, algo que nem mesmo aquela pessoa consegue ver em si mesma.

— Mas... eu não... quer dizer, por um instante eu pude sentir um poder dentro de mim... Um poder diferente, sabe, do da pedra. Então... por que eu não consegui usá-lo?

— Eu acredito que você tenha usado, Dane. Talvez, apenas, por um breve momento. Mas acredito que você não tenha conseguido usar o poder dos animais, porque precisa ganhar a confiança deles.

— E como eu faço isso?

— Bom... acho que isso é uma coisa que você vai ter que descobrir sozinho, meu rapaz. Mesmo nós, guardiões, não temos tantas respostas assim. Mas é preciso que saiba, Dane, que eles nem sempre foram animais. Pense nisso. Talvez o ajude.

— Ah, senhor! – apressou-se, quando Amir se levantou e começou a andar em direção à porta. – E o que aconteceu com os cavadores que vieram em direção ao castelo?

— Não precisa se preocupar com eles. Tudo foi resolvido. Agora vamos descer, você precisa de um bom café da manhã para renovar as suas forças. – Riu.

— Ah...

— Sim...

— É que... eu... eu, não entendo, senhor, a Kirian, ela... como?

CAPÍTULO TRINTA E QUATRO

A VOLTA PARA CASA

— Essa é uma longa história, Dane. Por hora basta que você saiba que sim... ela é uma glinth, mas também é metade humana. Na pulseira que ela arrancou, tinha uma presa, uma presa de glinth. Ela injetava uma pequena quantidade de veneno no corpo de Kirian, pouco, mas suficiente para impedir que ela se transformasse.

— Mas por que ela fez aquilo, e se ela não voltar mais ao normal!?

— Não se preocupe. Ela já fez isso muitas vezes. Mas acredito que o principal motivo dessa vez tenha sido você, Dane.

— Eu?

— Sim, você. Sabe, desde que chegou aqui, você ganhou o carinho, o respeito e, por que não dizer, o amor de todos à sua volta. – Ele riu. – Sabe... acredito, que mesmo que ela não soubesse, que ela imaginasse que poderia nunca mais voltar a ser a nossa Kirian... ainda assim ela faria, sem hesitar.

— Então... se ela puser outra pulseira com um dente, ela volta ao normal?

Amir pensou um pouco, respirou profundamente e, por fim, deu um sorriso acanhado. Era verdade que a menina era metade humana, mas também era metade glinth, então, o que seria o "normal" dela?

— Sim. – Respondeu. A cabeça parecendo passar mil pensamentos por segundo.

— Será que ela já conseguiu outro dente?

Amir não respondeu, apenas deu uma risadinha.

— Dane... será que eu poderia abraçá-lo?

— Senhor... é claro.

Ele o abraçou e beijou-o na testa.

— Obrigado... por tudo, Dane. — Saiu. Batendo a porta às suas costas.

Quando Dane desceu, encontrou todo mundo sentado à mesa do salão principal, rindo para ele. A mesa estava tão cheia de comida que mal tinha lugar para os pratos.

— *Dane!* — gritaram em coro.

— Olá a todos. — Respondeu ele, com um sorriso acanhado.

— Ora, sente-se aqui, seu moleque! — gritou Alaor, puxando uma cadeira ao lado dele para mais perto. Com um sorriso tão grande que mal cabia no rosto e uma caneca exageradamente grande de uma bebida verde, da qual exalava o cheiro inconfundível de álcool. Dane conhecia bem aquele cheiro.

Por alguns segundos houve silêncio. Todos o encaravam com orgulho nos olhos.

— Como estão todos? — Perguntou Dane. Quebrando o silêncio. Vendo as expressões dos rostos em volta da mesa mudarem.

— Muitos morreram... — falou Comar, pensativo. A voz trêmula.

Alaor, que levava a caneca em direção à boca, pousou-a na mesa. Dessa vez o silêncio veio acompanhado de expressões vazias.

— Comar... — começou Dane. — Você sabe se a Kirian... bom, sabe se ela...

— O que tem eu? — perguntou uma voz conhecida. No outro lado da sala.

— ***KIRIAN... LOLA!*** — gritou ele. Correndo em direção às duas. Abraçando-as.

— Conseguimos — falou Lola, eufórica.

— Obrigado... por tudo. Se não fossem vocês eu...

— Não teria a menor chance. — Falou Kirian, arrancando uma risadinha dos dois. A garota parecia exausta. Dava para ver várias marcas em seu corpo. — Eu vou ficar bem. — disse ela, ao perceber que Dane olhava para um corte um pouco mais profundo no seu braço.

— É culpa minha... e se você não voltasse mais ao normal eu...

— Dane... tá tudo bem... — Disse ela, levantando o braço esquerdo e mostrando um pano muito sujo amarrado no pulso.

— Um momento, por favor. — Pediu Amim. Depois que Dane finalmente soltou as duas e voltou ao seu lugar na mesa. — Muito bem... pra começar, eu queria dizer que a Srt.ª Lola será mais que bem-vinda, se quiser ficar em nosso reino. Temos vários aposentos no castelo que, acredito eu, a Srt.ª vai adorar. – Ele riu para ela com bondade e continuou. – Assim como no nosso a Srt.ª será bem-vinda em qualquer outro reino, eu me atrevo a dizer. – Todos concordaram. – Queria dizer também que embora estejamos tristes por nossas perdas... hoje começa um novo tempo de paz, paz para todos. E isso é motivo para celebrarmos. E, sobretudo, quero agradecer ao nosso pequeno, porém gigante, Dane Borges, por não desistir, mesmo quando tudo parecia perdido. Obrigado.

Dane corou como nunca tinha corado na vida ao ver que todos olhavam para ele. Todos mesmo. Até Zeus, que acabara de entrar na sala e esvoaçava os cabelos de todos, com voos rasantes, pousou em um canto e começou a encarar o garoto.

O café foi muito tranquilo. Alaor divertia a todos, contando como ele bravamente lutara e vencera vários cavadores ao mesmo tempo e como arrancara uma das pernas da Drider, fazendo-a cambalear e cair, gritando de dor. O que todos sabiam que não era verdade. Todos riam.

Um som, como de um tiro de canhão, alertou a todos.

– Parece que estamos ficando sem tempo. O poder da pedra está se esgotando. – Disse Amir, olhando para o teto.

– Dane... está na hora. – Falou Comar.

– Me dão um minuto? – falou Dane e saiu correndo em direção ao seu quarto, com Kirian e Lola em seus calcanhares.

– Dan... Dane... – ofegou Kirian. – Tem certeza disso?

– Como assim? – perguntou ele. Dando uma última olhada na bela vista que tinha da janela. As nuvens escuras anunciavam um aguaceiro para mais tarde. Queria saber o que era aquela coisa que ele viu naquela noite, daquela mesma janela.

– Se é isso mesmo que você quer... ir embora... – falou Lola. Em tom suplicante.

– Sim... – disse ele. Virando-se para as duas. – Vocês não entendem? Eu preciso ver ele... ver o meu pai. Preciso... saber se ele está bem.

– Então... você não vai mais voltar? – perguntou Kirian, a lágrima começando a correr.

– Não... acho que não. Obrigado... às duas... eu falei sério, se não fosse vocês eu... – ele correu e abraçou as duas.

Então era essa... a sensação de ter amigos...

– Dane! – chamou Comar, do lado de fora do quarto.

– Olá. – respondeu, abrindo a porta.

– Já está tudo pronto. Todos já esperam por você na sala da pedra. Mas antes, tem alguém que quer ver você.

– Quem?

– Ele está lá embaixo. Na porta de entrada do castelo. – Indicou com a cabeça. – Eu vou aguardar com os outros.

– Ok. – Disse Dane. Deixando as duas no quarto e descendo apressado em direção à porta de entrada.

– *PREDAR!* – gritou, quase sem fôlego, ao avistar um enorme monte de pedras que perseguia um pássaro no jardim em frente ao castelo.

O grandalhão ainda estava muito sujo e faltavam algumas pedras em seu corpo. Andou até Dane e se sentou. Apesar do estado em que estava, parecia feliz em ver que o garoto estava bem.

– Obrigado, amigo, por tudo. – Disse. Acariciando o rosto do amigo, que agora estava quase tocando o seu. – Eu lamento que tenha passado por tudo isso. – Predar se levantou. Uma das mãos empurrando o garoto de volta ao castelo. Acenou com a cabeça e por um segundo Dane viu o que pareceu ser um sorriso se formar em seu rosto. – Adeus, amigo. – Sussurrou e saiu correndo de volta ao castelo.

Pouco antes da entrada da sala, Dane encontrou Kirian e Lola que corriam ao encontro dele...

– Anda, Dane!

– Anda logo!

Ele passou correndo pelas duas e entrou na sala, com as duas logo atrás. Amim, Amir, Comar, Alaor, Heumir, Marco, todos estavam ali, formavam um círculo em volta da pedra, que tinha sido colocada a um canto da sala, apontando suas coroas para ela. Sobre a pedra, como se fizesse parte da sala, via-se algumas árvores e logo atrás delas... lá longe...

– É... é a minha casa.

– Anda, garoto, vai logo! – mandou Alaor. Parecendo fazer força para segurar a sua coroa que vibrava em sua mão e, assim como as outras, começava a perder o brilho e a cor.

– Dane... – pediu o Amim.

— Eu vou ver vocês outra vez? – perguntou o garoto, mas antes que Amim pudesse responder, a pedra deu um grande estalo e rachou ao meio.

—*ANDA, DANE!* – gritou Comar. Ele saltou para entre as árvores e deu uma última olhada, bem a tempo de ver as coroas se desfazendo nas mãos dos guardiões.

— Comar! – choramingou.

— Eu sei, Dane... se cuida. – E por um segundo tudo ficou escuro. No segundo seguinte, ao invés do amigo, Dane estava olhando para algumas árvores.

O ventou soprou os seus cabelos, uns latidos às suas costas lhe pareceram familiar. Dane se virou. Dava para ver a sua casa... ele não estava olhando dentro de uma esfera mágica ou em um portal... era isso... Dane tinha voltado... estava em casa. Um homem magro, de aparência maltratada, saiu pela porta, parou por alguns segundos, olhava na direção de Dane, virou-se e caminhou em direção ao fundo da casa.

— Pai... – sussurrou. Correndo o mais rápido que suas pernas bambas lhe permitiam.

O homem voltou. Vinha trazendo na mão o que parecia ser uma peça do velho gerador de energia. Ao avistar Dane, correndo feito um louco em sua direção, a peça, assim como o homem, desabou no chão. Dane se jogou em cima dele, abraçando-o e beijando-o. O homem sacudia a cabeça, aos prantos.

— Não, não, não, não, não...

— Pai... sou eu. Olhe, sou eu...

Heitor ergueu os olhos. Estavam inchados.

— Dane... filho... é, é você, é você mesmo?

— Sim, sou eu, sou eu, pai. Eu voltei, eu voltei.

— Ah, meu filho. – Berrou ele, agora abraçando e beijando Dane. Chorando tanto que a voz ia e voltava.

O resto do dia passou voando. Heitor, que em nenhum momento saiu de perto de Dane, ainda entre soluços fez questão de mostrar todas as melhorias que ele fizera na casa. Para quando ele voltasse.

O quarto de Dane ganhara uma cama nova, toda a casa ganhara mobília e até as paredes estavam concertadas e ganharam uma fina camada de tinta.

— Obrigado... por sempre cuidar de mim, por nunca desistir de mim, mas acima de tudo, por ser o meu pai.

— Ah, meu filho amado.

Naquela noite Dane contou ao pai tudo o que vivera durante o tempo em que esteve fora. Heitor ouvia a tudo, incrédulo. Não dava para acreditar. Mas Dane contou a ele que vira o acidente que o seu pai sofrera na estrada com a sua mãe e o Sr. Erwer contou, nos mínimos detalhes. Heitor tremia. Segurou a camisa de Dane e a abriu, devagar, espiou para dentro e viu a pedra, quase sumindo em seu peito.

— Está tudo bem... eu estou bem. Juro. — Disse. Quando seu pai levou as mãos à cabeça.

— Ele pode vir atrás de você, esse Morlak, ele pode vir atrás de você?

— Acho que não. Ele está muito fraco, talvez até morto.

— Dane... não vamos contar isso a ninguém, você me entendeu, filho? As pessoas, elas não entenderiam. — Dane concordou com um aceno da cabeça. A verdade era que ele já ia pedir isso mesmo ao pai.

Na manhã seguinte, Dane, que acordara antes do pai, estava na janela encarando a orla da floresta esbranquiçada por causa da neblina, com um sorriso no rosto.

— Filho... levantou cedo, o que faz aí?

— Nada. — Respondeu Dane. Olhando, acariciando a sua Limiax que brilhava levemente.

— Está tudo bem? — perguntou.

— Está. Na verdade, agora está tudo perfeito. — Disse. Dando um forte e longo abraço em seu pai. — Os dois riram e continuaram ali, observando a floresta e a chuva leve que começou a cair.

Dane estava em casa... em casa...

Continua...